Vuelo final

KEN FOLLETT

Vuelo final

Traducción de
Albert Solé

Grijalbo

823   Follett, Ken
FOL   Vuelo final. - 1ª ed. – Buenos Aires : Grijalbo, 2003.
      480 p. ; 23x17 cm.

      Traducción de: Albert Solé

      ISBN 950-28-0293-4

      I. Título. - 1. Narrativa Inglesa

Título original: Hornet Flight

Primera edición: marzo de 2003
Primera edición en la Argentina: mayo de 2003

© 2002, Ken Follett
   Publicado por acuerdo con Dutton, una división de Penguin
   Putnam, Inc.
© de la traducción: Albert Solé
© de la edición en castellano para todo el mundo:
   2003, Grupo Editorial Random House Mondadori, S. L.
   Travessera de Gràcia, 47-49. 08021 Barcelona

Impreso en la Argentina

ISBN: 950-28-0293-4
Queda hecho el depósito que previene la ley 11.723

Fotocomposición: gama, s. l.

www.edsudamericana.com.ar

Una parte de lo que sigue ocurrió realmente

PRÓLOGO

Un hombre que tenía una pierna de madera iba por el corredor de un hospital.

Bajo y vigoroso, de unos treinta años de edad y con una constitución atlética, vestía un sencillo traje de color gris oscuro y calzaba zapatos de puntera negra. Andaba con paso rápido y decidido, pero se podía saber que estaba lisiado por la ligera irregularidad que había en su caminar: tap-*tap*, tap-*tap*. Su rostro permanecía inmóvil en una expresión sombría, como si estuviera reprimiendo alguna profunda emoción.

Llegó al final del corredor y se detuvo delante del escritorio de la enfermera.

—¿El teniente de vuelo Hoare? —preguntó.

La enfermera levantó la vista de un libro de registro. Era guapa y tenía el pelo negro, y cuando habló lo hizo con el suave acento del condado de Cork.

—Estoy pensando que usted será pariente suyo —dijo con una afable sonrisa.

Su encanto no surtió efecto alguno.

—¿Qué cama, hermana? —preguntó el visitante.

—La última a la izquierda.

El visitante giró sobre sus talones y siguió pasillo adelante hasta llegar al fondo de la sala. En una silla junto a la cama, una figura vestida con una bata marrón estaba sentada con la espalda vuelta hacia la sala, mirando por la ventana mientras fumaba.

El visitante titubeó.

—¿Bart?

El hombre de la silla se levantó y se volvió hacia él. Su cabeza lucía un vendaje y llevaba el brazo izquierdo en cabestrillo, pero estaba sonriendo. Era una versión más joven y un poco más alta del visitante.

—Hola, Digby.

Digby rodeó con los brazos a su hermano y lo abrazó con fuerza.

—Pensaba que estabas muerto —dijo.

Luego empezó a llorar.

—Yo estaba pilotando un Whitley —dijo Bart. El Armstrong Whitworth Whitley era un bombardero de larga cola y bastante difícil de maniobrar que volaba manteniendo el morro extrañamente inclinado hacia abajo. En la primavera de 1941, el Mando de Bombarderos disponía de un centenar de ellos, entre un total de unos quinientos aparatos—. Un Messerschmitt disparó contra nosotros y recibimos varios impactos —siguió diciendo Bart—. Pero debía de estar quedándose sin combustible, porque de pronto viró sin haber llegado a terminar con nosotros. Pensé que era mi día de suerte. Entonces empezamos a perder altitud. El Messerschmitt había tocado ambos motores. Arrojamos todo lo que no estaba atornillado, para reducir nuestro peso, pero no sirvió de nada, y comprendí que tendríamos que amarar en el mar del Norte.

Digby, que ahora tenía los ojos secos, estaba sentado en el borde de la cama de hospital y contemplaba el rostro de su hermano, viendo la mirada de mil metros mientras Bart recordaba.

—Le dije a la tripulación que arrojara la escotilla posterior y que luego adoptara la posición de amaraje forzoso, apoyándose en la mampara. —Digby recordó que el Whitley tenía cinco tripulantes—. Cuando llegamos a altitud cero, tiré de la palanca y abrí las válvulas de estrangulación, pero el avión se negó a nivelarse y nos estrellamos contra el agua con un impacto tremendo. Quedé inconsciente.

Eran medio hermanos, separados por ocho años de diferencia. La madre de Digby había muerto cuando él tenía trece años, y su padre se había casado con una viuda que ya tenía un hijo de otro matrimonio. Digby había cuidado de su hermano pequeño desde el primer momento, protegiéndolo de los matones y ayudándolo con sus deberes en la escuela. Los dos estaban locos por los aeroplanos, y soñaban con ser pilotos. Digby perdió la pierna derecha en un accidente de moto, estudió ingeniería, y luego se dedicó al diseño aeronáutico; pero Bart hizo realidad su sueño.

—Cuando volví en mí, olí a humo. El avión flotaba en el mar y el ala de estribor ardía. La noche era oscura como una tumba, pero yo podía ver gracias a la luz de las llamas. Me arrastré a lo largo del fuselaje y encontré el paquete de la balsa de caucho. Lo metí por la escotilla y salté. ¡Dios, qué fría que estaba el agua!

Bart hablaba con voz suave y tranquila, pero daba profundas caladas a su cigarrillo, metiéndose el humo dentro de los pulmones para luego expulsarlo en un largo chorro a través de sus labios fruncidos.

—Llevaba un chaleco salvavidas y salí a la superficie igual que un corcho. Había mucho oleaje, y yo subía y bajaba tan deprisa como las bragas de una fulana, pero no conseguí izarme a la balsa. Por suerte, tenía el paquete justo delante de mis narices. Tiré de la cuerda y la balsa se hinchó por sí sola. Pero yo no tenía fuerzas para salir del agua. No podía entenderlo, porque no me había dado cuenta de que tenía un hombro dislocado, una muñeca rota, tres costillas fracturadas y no sé qué más. Así que me quedé allí, agarrándome a la balsa mientras me iba muriendo de frío.

Digby recordó que había habido un tiempo en el que pensaba que Bart era el que tenía más suerte de los dos.

—Al cabo aparecieron Jones y Croft. Habían estado agarrados a la cola hasta que esta se hundió. Ninguno de los dos podía nadar, pero sus Mae West los salvaron, y consiguieron subir a la balsa y meterme dentro de ella. —Encendió otro cigarrillo—. Nunca llegué a ver a Pickering. No sé qué le ocurrió, pero supongo que ahora está en el fondo del mar.

Se quedó callado. Digby cayó en la cuenta de que había un miembro de la tripulación del que todavía no se había hablado, y después de una pausa preguntó:

—¿Y qué hay del quinto hombre?

—John Rowley, el que apuntaba las bombas, estaba vivo. Lo oímos gritar. Yo me encontraba un poco aturdido, pero Jones y Croft intentaron remar hacia el sitio del que venía la voz. —Sacudió la cabeza en un gesto de desesperanza—. No te puedes ni imaginar lo difícil que era. Las olas debían de tener un metro de altura, las llamas se estaban apagando y eso hacía que no pudiéramos ver gran cosa, y el viento aullaba como uno de esos malditos espectros irlandeses que anuncian una muerte en la familia. Jones chillaba, y tenía una buena voz. Rowley le respondía gritando, y entonces la balsa subía por un lado de una ola y bajaba por el otro al mismo tiempo que iba dando vueltas, y cuando Rowley volvía a gritar entonces su voz parecía provenir de una dirección completamente distinta. No sé durante cuánto tiempo seguimos así. Rowley continuaba gritando, pero su voz fue volviéndose más débil a medida que iba notando el frío. —El rostro de Bart se envaró—. Empezó a sonar un poco patético, llamando a Dios y a su madre y toda esa mierda. Finalmente se calló.

Digby descubrió que estaba conteniendo el aliento, como si el mero sonido de respirar fuera a suponer una intrusión en un recuerdo tan horrible.

—Un destructor que estaba patrullando en busca de submarinos alemanes nos encontró poco después del amanecer. Bajaron una chalupa y nos subieron a bordo. —Bart miró por la ventana, ciego al verde paisaje del Hertfordshire y viendo una escena diferente, muy lejos de allí—. Sí, la verdad es que tuvimos muchísima suerte —dijo.

Permanecieron sentados en silencio durante un rato, y luego Bart dijo:

—¿La incursión fue un éxito? Nadie va a contarme cuántos volvieron a casa.

—Desastrosa —dijo Digby.

—¿Y mi escuadrón?

—El sargento Jenkins y su tripulación consiguieron regresar enteros. —Digby sacó una tira de papel de su bolsillo—. Al igual que el oficial piloto Arasaratnam. ¿De dónde es?

—De Ceilán.

—Y el aparato del sargento Riley sufrió un impacto, pero consiguió regresar.

—La suerte de los irlandeses —dijo Bart—. ¿Y qué hay de los demás?

Digby se limitó a sacudir la cabeza.

—¡Pero en esa incursión había seis aparatos de mi escuadrón! —protestó Bart.

—Lo sé. Al igual que vosotros, dos más fueron derribados. No parece que hubiera supervivientes.

—Así que Creighton-Smith está muerto. Y Billy Shaw. Y...
Oh, Dios —dijo, volviendo la cabeza.

—Lo siento.

El estado de ánimo de Bart pasó de la desesperación a la ira.

—Con sentirlo no basta —dijo—. ¡Nos están enviando ahí para que muramos!

—Lo sé.

—Por el amor de Cristo, Digby, tú formas parte del maldito gobierno.

—Trabajo para el primer ministro, sí.

A Churchill le gustaba incorporar al gobierno a gente de la industria privada y Digby, que había obtenido muchos éxitos como diseñador de aviones antes de la guerra, era uno de sus especialistas en resolver problemas.

—Entonces tú eres igual de culpable. No deberías estar desperdiciando tu tiempo haciendo visitas a los enfermos. Sal de aquí ahora mismo y haz algo al respecto.

—Ya estoy haciendo algo —dijo Digby sin perder la calma—. Se me ha asignado la labor de descubrir por qué está ocurriendo esto. En esa incursión perdimos el cincuenta por ciento de los aparatos.

—Alguna maldita traición en las alturas, sospecho. O algún mariscal del aire presumiendo como un imbécil de la incursión de mañana en su club, y un camarero nazi tomando notas detrás de los tiradores de la cerveza.

—Es una posibilidad.

Bart suspiró.

—Lo siento, Diggers —dijo, utilizando un apodo de la infancia—. Tú no tienes la culpa. Solo me estaba desahogando.

—Hablando en serio, ¿tienes alguna idea de por qué están derribando a tantos? Has volado en más de una docena de misiones. ¿Cuál es tu corazonada?

Bart se puso pensativo.

—Oye, eso de los espías no lo he dicho solo por hablar. Cuando llegamos a Alemania, ellos ya están preparados para recibirnos. Saben que venimos.

—¿Qué te hace decir eso?

—Sus cazas están esperándonos en el aire. Ya sabes lo difícil que le resulta a una fuerza defensiva acertar en eso. El escuadrón de cazas tiene que ser reunido justo en el momento adecuado. Después los cazas tienen que navegar desde su campo hasta el área en la que piensan que podemos estar nosotros y luego tienen que subir por encima de nuestro techo de vuelo, y una vez que han hecho todo eso, entonces todavía tienen que localizarnos a la luz de la luna. Ese proceso requiere tanto tiempo que nosotros deberíamos poder dejar caer nuestras bombas y alejarnos de allí antes de que nos cojan. Pero no está sucediendo de esa manera.

Digby asintió. La experiencia de Bart se correspondía con la de otros pilotos a los que había interrogado. Se disponía a decirlo cuando Bart levantó la vista y sonrió por encima del hombro de Digby. Digby se volvió para ver a un negro que vestía el uniforme de un jefe de escuadrón. Al igual que Bart, era joven para su rango, y Digby supuso que habría recibido los ascensos automáticos que acompañaban a la experiencia en el combate: teniente de vuelo después de doce salidas, jefe de escuadrón después de quince.

—Hola, Charles —dijo Bart.

—Nos has tenido muy preocupados a todos, Bartlett. ¿Cómo estás?

El recién llegado hablaba con un acento caribeño al que se superponía un deje de Oxbridge.

—Puede que viva, dicen.

Charles rozó con la punta de un dedo el dorso de la mano de Bart allí donde esta asomaba de su cabestrillo, en lo que Digby pensó era un gesto curiosamente lleno de afecto.

—Me alegro muchísimo de saberlo —dijo Charles.

—Charles, te presento a mi hermano Digby. Digby, este es Charles Ford. Estuvimos juntos en el Trinity College hasta que nos fuimos de allí para ingresar en la fuerza aérea.

—Era la única manera de evitar tener que presentarnos a nuestros exámenes —dijo Charles, estrechando la mano de Digby.

—¿Cómo te están tratando los africanos? —preguntó Bart.

Charles sonrió y pasó a explicárselo a Digby.

—En nuestro campo hay un escuadrón de rodesianos. Todos son unos aviadores de primera, pero les resulta difícil tratar con un oficial de mi color. Los llamamos los africanos, cosa que parece irritarlos ligeramente. No entiendo por qué.

—Y obviamente tú no estás permitiendo que eso te afecte mucho —dijo Digby.

—Creo que con la paciencia y la mejora en la educación podremos terminar civilizando a esa clase de personas, por muy primitivas que parezcan ahora. —Charles desvió la mirada, y Digby percibió un destello de la ira que había debajo de su buen humor.

—Acababa de preguntarle a Bart por qué piensa que estamos perdiendo tantos bombarderos —dijo Digby—. ¿Cuál es tu opinión?

—No tomé parte en esa incursión —dijo Charles—. Y por lo que sé, tuve mucha suerte al perdérmela. Pero otras operaciones recientes han salido igual de mal. Tengo la sensación de que la Luftwaffe puede seguirnos a través de las nubes. ¿Podrían tener a bordo alguna clase de equipo que les permita localizarnos incluso cuando no somos visibles?

Digby sacudió la cabeza.

—Cada aparato enemigo que se estrella es examinado minuciosamente, y nunca hemos visto nada parecido a esa cosa de la que hablas. Estamos trabajando muy duro para inventar esa clase de sistema, y tengo la seguridad de que el enemigo también trabaja en ello, pero todavía nos encontramos muy lejos del éxito, y estamos bastante seguros de que ellos van muy por detrás de nosotros. No creo que se trate de eso.

—Bueno, pues lo parece.

—Sigo pensando que es cosa de espías —dijo Bart.

—Interesante. —Digby se levantó—. He de regresar a Whitehall. Gracias por vuestras opiniones. —Estrechó la mano de Charles y le apretó suavemente el hombro sano a Bart—. Descansa y ponte bien.

—Dicen que dentro de unas semanas volveré a volar.

—No puedo decir que eso me alegre.

Digby se disponía a irse cuando Charles dijo:

—¿Puedo hacerte una pregunta?

—Por supuesto.

—En una incursión como esta, lo que nos cuesta reemplazar los aparatos perdidos tiene que ser bastante más que lo que le cuesta al enemigo reparar los daños causados por nuestras bombas.

—Indudablemente.

—Entonces... —Charles extendió los brazos para indicar que no entendía nada—. ¿Por qué lo hacemos? ¿Qué sentido tiene el bombardear?

—Sí —dijo Bart—. Me gustaría saberlo.

—¿Qué otra cosa podemos hacer? —dijo Digby—. Los nazis controlan Europa: Austria, Checoslovaquia, Holanda, Bélgica, Francia,

Dinamarca, Noruega. Italia es una aliada, España simpatiza con ellos, Suecia es neutral, y tienen un pacto con la Unión Soviética. No tenemos fuerzas militares en el Continente. No disponemos de ningún otro modo de devolverles los golpes.

Charles asintió.

—Así que nosotros somos todo lo que tenéis.

—Exactamente —dijo Digby—. Si los bombardeos cesan, la guerra ha terminado... y Hitler ha vencido.

El primer ministro estaba viendo *El halcón maltés*. Recientemente se había construido un cine privado en las antiguas cocinas de la Casa del Almirantazgo. Disponía de cincuenta o sesenta cómodos asientos y un telón de terciopelo rojo, pero normalmente se utilizaba para proyectar las filmaciones de las incursiones de bombardeo y las películas de propaganda antes de que estas fueran exhibidas ante el público.

Ya entrada la noche, después de que todos los memorandos hubieran sido dictados, los cablegramas enviados, los informes anotados y las minutas puestas al día, cuando estaba demasiado preocupado, enfadado y tenso para que le fuera posible conciliar el sueño, Churchill se sentaba en uno de los espaciosos asientos para personalidades de la primera fila con un vaso de coñac y se dejaba absorber por el último hechizo llegado de Hollywood.

Cuando Digby entró en el cine, Humphrey Bogart le estaba explicando a Mary Astor que cuando el socio de un hombre es asesinado se supone que este debe hacer algo al respecto. El aire estaba cargado del humo de los puros. Churchill señaló un asiento. Digby se sentó en él y vio los últimos minutos de la película. Cuando aparecieron los títulos de crédito encima de la estatuilla de un halcón negro, Digby explicó a su jefe que la Luftwaffe siempre parecía saber por anticipado cuándo iba a llegar el Mando de Bombarderos.

Cuando Digby hubo terminado de hablar, Churchill contempló la pantalla durante unos segundos como si estuviera esperando averiguar quién había interpretado a Bryan. Había momentos en los que el primer ministro era encantador, con una sonrisa irresistible y un suave destello en sus ojos azules, pero aquella noche parecía hallarse sumido en la melancolía. Finalmente dijo:

—¿Qué piensa la RAF?

—Le echan la culpa a no haber volado en formación como es debido. En teoría, si los bombarderos vuelan siguiendo una formación cerrada entonces su armamento debería cubrir la totalidad del cielo, de tal manera que cualquier caza enemigo que apareciese por allí debería ser abatido inmediatamente.

—¿Y usted qué dice a eso?

—Que es una estupidez. El vuelo en formación nunca ha funcionado. Algún factor nuevo ha entrado en la ecuación.

—Estoy de acuerdo. Pero ¿en qué consiste exactamente ese factor?

—Mi hermano culpa a los espías.

—Todos los espías a los que hemos capturado eran unos aficionados..., pero esa es la razón por la que fueron capturados, claro está. Puede que los que eran realmente competentes hayan conseguido escurrirse a través de la red.

—Quizá sea que los alemanes han hecho algún gran progreso técnico.

—El Servicio Secreto de Inteligencia me dice que el enemigo va muy por detrás de nosotros en el desarrollo del radar.

—¿Confía en sus dictámenes?

—No. —Las luces del techo se encendieron. Churchill iba de etiqueta. Siempre tenía un aspecto muy elegante, pero su rostro estaba surcado por líneas de cansancio. Sacó del bolsillo de su chaleco una hoja de papel cebolla doblada—. He aquí una pista —dijo, y le tendió la hoja a Digby.

Digby la estudió. Parecía ser el desciframiento de una señal radiada por la Luftwaffe, en alemán y en inglés. Decía que la nueva estrategia de combate nocturno a ciegas de la Luftwaffe —*Dunkle Nachtjagd*— se había anotado un gran triunfo, gracias a la excelente información proporcionada por Freya. Digby leyó el mensaje en inglés y luego volvió a leerlo en alemán. «Freya» no era una palabra que perteneciese a ninguna de las dos lenguas.

—¿Qué significa esto? —preguntó.

—Eso es lo que quiero que averigüe. —Churchill se levantó y se embutió en su chaqueta con un encogimiento de hombros—. Regrese andando conmigo —dijo, y mientras se iban gritó—: ¡Gracias!

—El placer ha sido mío, señor —replicó una voz desde la cabina del proyeccionista.

Mientras iban por el edificio, dos hombres echaron a andar detrás de ellos: el inspector Thompson de Scotland Yard, y el guar-

17

daespaldas particular de Churchill. Salieron al recinto de los desfiles, pasaron junto a un equipo que estaba operando un globo de barrera contra los bombardeos, y pasaron por una puerta en el cercado de alambre de espino para salir a la calle. Londres se hallaba ennegrecido por el oscurecimiento, pero una luna creciente les proporcionó la luz suficiente para que pudieran encontrar su camino.

Anduvieron unos cuantos metros el uno al lado del otro por Horse Guards Parade hasta llegar al número 1 de Storey's Gate. Una bomba había dañado la parte de atrás del número 10 de Downing Street, la residencia tradicional del primer ministro, por lo que Churchill estaba viviendo en el anexo cercano encima de las salas del Gabinete de Guerra. La entrada se encontraba protegida por un muro a prueba de bombas. El cañón de una ametralladora asomaba a través de un agujero en el muro.

—Buenas noches, señor —dijo Digby.

—Esto no puede continuar —dijo Churchill—. A este ritmo, el Mando de Bombarderos estará acabado para Navidad. Necesito saber quién o qué es Freya.

—Lo descubriré.

—Hágalo con la máxima rapidez posible.

—Sí, señor.

—Buenas noches —dijo el primer ministro, y entró en el edificio.

PRIMERA PARTE

1

El último día del mes de mayo de 1941, un extraño vehículo fue visto en las calles de Morlunde, una ciudad en la costa oeste de Dinamarca.

Era una motocicleta Nimbus de fabricación danesa provista de un sidecar. En sí mismo eso ya la convertía en una visión insólita, porque no había gasolina para nadie aparte de los médicos y la policía y, naturalmente, las tropas alemanas que ocupaban el país. Pero aquella Nimbus había sido modificada. El motor de cuatro cilindros que funcionaba con gasolina había sido sustituido por uno de vapor tomado de una lancha fluvial convertida en chatarra. Se había quitado el asiento del sidecar para hacer sitio a una caldera, una caja de fuego y un cañón de chimenea. El motor utilizado como reemplazo no tenía mucha potencia y la velocidad máxima de la motocicleta había quedado reducida a unos treinta y cinco kilómetros por hora. En vez del acostumbrado rugido del tubo de escape de una motocicleta, solo se oía el suave siseo del vapor. Su lentitud y el fantasmagórico silencio con que se movía conferían un aire majestuoso al vehículo.

En el sillín se encontraba Harald Olufsen, un joven de dieciocho años, alto, de piel clara y rubios cabellos echados hacia atrás para apartarlos de una despejada frente. Parecía un vikingo ataviado con una americana escolar. Harald había estado ahorrando durante un año para comprar la Nimbus, que le había costado seiscientas coronas; y entonces, justo el día después de que por fin hubiera conseguido hacerse con ella, los alemanes habían impuesto las restricciones de gasolina.

Harald se había enfadado muchísimo. ¿Qué derecho tenían los alemanes a hacer aquello? Pero su educación le había enseñado que actuar era preferible a quejarse.

Había tardado otro año en modificar la motocicleta, trabajando durante las vacaciones escolares y compaginando la labor con la revisión para sus exámenes de entrada en la universidad. Ese día, nuevamente en casa después de haber salido del internado para celebrar la fiesta de Pentecostés, Harald había pasado la mañana aprendiéndose de memoria ecuaciones de física y la tarde uniendo a la rueda trasera el engranaje de rueda que había sacado de una cortadora de césped. Ahora, con la motocicleta funcionando perfectamente, se dirigía hacia un bar donde esperaba poder escuchar un poco de jazz y quizá incluso conocer a algunas chicas.

Harald adoraba el jazz. Después de la física, era la cosa más interesante que le hubiese ocurrido jamás. Los músicos estadounidenses eran los mejores, por supuesto, pero incluso sus imitadores daneses merecían que se los escuchara. A veces se podía oír buen jazz en Morlunde, quizá porque era un puerto internacional, visitado por marineros de todo el mundo.

Pero cuando se detuvo delante del club Hot, en el corazón del distrito de los muelles, Harald vio que la puerta estaba cerrada y los postigos cubrían sus ventanas.

Se quedó perplejo. Eran las ocho de una tarde de sábado, y el club Hot era uno de los locales más populares de la ciudad. Hubiese debido estar lleno.

Mientras Harald contemplaba el silencioso edificio, un hombre que pasaba por allí se detuvo y le echó una mirada a su vehículo.

—¿Qué es este artefacto?

—Una Nimbus con un motor de vapor. ¿Sabe algo acerca de este club?

—Es de mi propiedad. ¿Qué utiliza la motocicleta como combustible?

—Cualquier cosa que arda. Yo uso turba —dijo Harald, señalando el montón que había en la parte de atrás del sidecar.

—¿Turba? —dijo el hombre, y se rió.

—¿Por qué están cerradas las puertas?

—Los nazis me cerraron el negocio.

Harald puso cara de consternación.

—¿Por qué?

—Por dar empleo a músicos negros.

Harald nunca había visto a un músico de color en carne y hueso, pero sabía por los discos que eran los mejores.

—Los nazis son unos cerdos ignorantes —dijo furiosamente. Le habían arruinado la noche.

El dueño del club recorrió rápidamente la calle con la mirada para asegurarse de que nadie había oído a Harald. El poder ocupante gobernaba Dinamarca con mano bastante suave, pero aun así pocas personas insultaban abiertamente a los nazis. Sin embargo, no había nadie más visible. La mirada del hombre volvió a la motocicleta.

—¿Funciona?

—Pues claro que funciona.

—¿Quién te la convirtió?

—Lo hice yo mismo.

La diversión del hombre estaba transformándose en admiración.

—Eso sí que es tener buena mano.

—Gracias. —Harald abrió la espita que permitía que el vapor entrase en el motor—. Siento lo de su club.

—Espero que me dejarán volver a abrir dentro de unas semanas. Pero tendré que prometer que solo emplearé a músicos blancos.

—¿Jazz sin negros? —Harald sacudió la cabeza con disgusto—. Eso es como echar a los cocineros franceses de los restaurantes. —Apartó el pie del freno y la motocicleta empezó a alejarse lentamente.

Pensó ir al centro de la ciudad, para ver si había alguien a quien conociera en los cafés y los bares de alrededor de la plaza, pero lo del club de jazz había sido una decepción tan terrible que decidió que el seguir dando vueltas por ahí resultaría muy deprimente. Harald puso rumbo hacia el puerto.

Su padre era el pastor de la iglesia que había en Sande, una islita situada a unos tres kilómetros enfrente de la costa. El pequeño transbordador que iba y venía entre la isla y el continente se hallaba atracado en el muelle, y Harald fue directamente hacia él. Estaba lleno de gente, a la mayoría de la cual Harald conocía. Había un alegre grupo de pescadores que se habían tomado unas cuantas copas después de haber asistido a un partido de fútbol; dos mujeres acomodadas ataviadas con sombreros y guantes que llevaban consigo un poni, un calesín de dos ruedas y un montón de compras; y una familia de cinco personas que había estado visitando a sus conocidos en la ciudad. Una pareja muy bien vestida, a la que Harald no reconoció, se dirigía probablemente a cenar en el hotel de la isla, el cual disponía de un restaurante de primera clase. La motocicleta de Harald atrajo el interés de todos, y tuvo que volver a explicar lo del motor de vapor.

En el último momento llegó un sedán Ford fabricado en Alemania. Harald conocía aquel coche: pertenecía a Axel Flemming, el dueño del hotel de la isla. Los Flemming mantenían una actitud hostil hacia la familia de Harald. Axel Flemming se tenía por el líder natural de la comunidad isleña, un papel que el pastor Olufsen creía le pertenecía a él, y la fricción entre los patriarcas rivales afectaba a todos los otros miembros de la familia. Harald se preguntó cómo se las habría arreglado Flemming para conseguir gasolina que hiciera funcionar su coche, y supuso que para los ricos cualquier cosa era posible.

El mar estaba picado y había nubes oscuras en el oeste. Se aproximaba una tormenta, pero los pescadores dijeron que estarían en casa antes de que esta llegara, aunque por los pelos. Harald sacó de su bolsillo un periódico que había cogido en la ciudad. Titulado *Realidad*, era una publicación ilegal impresa en un acto de desafío al poder ocupante que se repartía gratis. La policía danesa no había intentado hacerla desaparecer, y los alemanes parecían considerar que ni siquiera era merecedora de su desprecio. En Copenhague, la gente la leía abiertamente en los trenes y los tranvías. Allí la gente era más discreta, y Harald la dobló para ocultar la cabecera mientras leía un informe sobre la escasez de mantequilla. Dinamarca producía millones de kilos de mantequilla cada año, pero ahora casi toda ella era enviada a Alemania, y los daneses tenían serios problemas para conseguirla. Era la clase de historia que nunca aparecía en la prensa legal censurada.

La familiar forma plana de la isla iba aproximándose. Sande tenía unos diecinueve kilómetros de largo por uno y medio de ancho, con un pueblo en cada extremo. Las casitas de los pescadores, y la iglesia con su rectoría, formaban el más antiguo de los dos pueblos en el extremo sur. También en el extremo sur, una escuela de navegación, en desuso desde hacía ya mucho tiempo, había sido ocupada por los alemanes y convertida en una base militar. El hotel y las casas de mayores dimensiones se encontraban en el extremo norte. Entre uno y otro extremo, la isla consistía básicamente en dunas de arena y matorrales con unos cuantos árboles y ninguna colina, pero a lo largo de todo el lado que daba al mar había una magnífica playa de dieciséis kilómetros de largo.

Harald sintió unas cuantas gotas de lluvia mientras el transbordador se aproximaba a su atracadero en el extremo norte de la isla. El taxi del hotel tirado por un caballo ya estaba esperando a la pareja elegantemente vestida. Los pescadores fueron recibidos por la esposa de uno de ellos, que conducía una carreta de la cual tiraba un caballo. Harald decidió cruzar la isla e ir a su casa siguiendo la playa, cuya arena estaba tan dura y apretada que de hecho había sido utilizada para llevar a cabo pruebas de velocidad de coches de carreras.

Se encontraba a medio camino entre el muelle y el hotel cuando se le acabó el vapor.

Harald estaba utilizando el depósito de gasolina de la motocicleta como una reserva de agua, y entonces se dio cuenta de que este no era lo bastante grande. Tendría que hacerse con un bidón de gasolina de cinco galones y meterlo en el sidecar. Mientras tanto, necesitaba agua para que el motor de vapor lo llevara hasta su casa.

Solo había una casa a la vista, y por desgracia era la de Axel Flemming. A pesar de su rivalidad, los Olufsen y los Flemming todavía se hablaban: todos los miembros de la familia Flemming acudían a la iglesia cada domingo y se sentaban en el primer banco. De hecho, Axel era diácono. Aun así, a Harald no le hacía ninguna gracia la idea de tener que pedir ayuda a los siempre hostiles Flemming. Estuvo pensando en caminar medio kilómetro hasta llegar a la siguiente casa pero decidió que sería una estupidez. Con un suspiro, echó a andar por el largo camino que subía hacia la casa de los Flemming.

En vez de llamar a la puerta principal, contorneó la casa hasta llegar a los establos. Le complació ver a un sirviente que estaba metiendo el Ford en el garaje.

—Hola, Gunnar —dijo Harald—. ¿Podría darme un poco de agua?

El hombre se mostró muy cordial.

—Sírvete tú mismo —dijo—. Hay un grifo en el patio.

Harald encontró un cubo al lado del grifo y lo llenó. Luego regresó al camino y echó el agua dentro del depósito. Parecía que iba a poder evitar tener que encontrarse con alguien de la familia. Pero cuando devolvió el cubo al patio, Peter Flemming estaba allí.

Alto, arrogante y con treinta años de edad, vestido con un bien confeccionado traje de tweed color avena Peter era el hijo de Axel. Antes de que las familias se enemistaran, había sido el amigo del alma de Arne, el hermano de Harald, y durante su adolescencia los dos se habían ganado reputación de conquistadores: Arne seducía a las chicas mediante su malévolo encanto y Peter recurría a su impasible sofisticación. Ahora Peter vivía en Copenhague, pero Harald supuso que habría vuelto a casa para pasar allí aquel fin de semana festivo.

Peter estaba leyendo *Realidad* y levantó los ojos del periódico para mirar a Harald.

—¿Qué estás haciendo aquí? —preguntó.

—Hola, Peter. He venido a coger un poco de agua.

—Supongo que este periodicucho es tuyo, ¿no?

Harald se llevó la mano al bolsillo, y entonces se dio cuenta con una súbita consternación de que el periódico debía de haberse caído cuando se agachó a coger el cubo.

Peter vio el movimiento y comprendió su significado.

—Obviamente lo es —dijo—. ¿Eres consciente de que podrías ir a la cárcel solo por tenerlo en tu poder?

La mención de la cárcel no era una amenaza hueca, porque Peter era detective de la policía.

—En la ciudad todo el mundo lo lee —dijo Harald. Consiguió que su voz sonara desafiante, pero de hecho estaba un poco asustado. Peter era lo bastante ruin para arrestarlo.

—Esto no es Copenhague —entonó Peter solemnemente.

Harald sabía que a Peter le encantaría tener ocasión de hundir en la ignominia a un Olufsen, y sin embargo vacilaba en hacerlo. Harald creyó saber por qué.

—Si arrestas a un estudiante en Sande por estar haciendo algo que toda la población hace abiertamente, quedarás como un imbécil. Especialmente cuando todos se enteren de que le tienes manía a mi padre.

Peter estaba visiblemente desgarrado entre el deseo de humillar a Harald y el miedo a que se rieran de él.

—Nadie tiene derecho a infringir la ley —dijo.

—¿La ley de quién? ¿De nosotros o de los alemanes?

—La ley es la ley.

Harald empezó a sentirse más seguro de sí mismo. Peter no se habría puesto tan a la defensiva si realmente tuviera intención de hacer un arresto.

—Eso lo dices únicamente porque tu padre gana muchísimo dinero haciendo que los nazis se lo pasen bien en su hotel.

La réplica de Harald dio en el blanco. El hotel era muy popular

26

entre los oficiales alemanes, quienes disponían de más dinero para gastar que los daneses.

—Mientras que tu padre va enardeciendo a la gente con sus sermones —repuso Peter a su vez. Era cierto: el pastor había predicado contra los nazis, escogiendo como tema «Jesús era un judío»—. ¿Ya se da cuenta de cuántos problemas llegará a causar si incita a la gente? —siguió diciendo Peter.

—Estoy seguro de que sí. El fundador de la religión cristiana también causó bastantes problemas.

—No me hables de religión. Yo he de mantener el orden aquí en la tierra.

—¡Al diablo con el orden, hemos sido invadidos! —La frustración que sentía Harald al haber visto arruinada su velada salió a la luz—. ¿Qué derecho tienen los nazis a decirnos lo que hemos de hacer? ¡Deberíamos echar a patadas de nuestro país a toda esa jauría!

—No debes odiar a los alemanes, porque son nuestros amigos —dijo Peter, con un aire de santurronería que hizo enloquecer de ira a Harald.

—Yo no odio a los alemanes, maldito estúpido. Tengo primos alemanes —dijo. La hermana del pastor se había casado con un joven dentista al que le iban muy bien las cosas en Hamburgo y ella y su marido siempre venían a Sande durante las vacaciones, allá por los años veinte. Su hija Monika era la primera chica a la que había besado Harald—. Y los nazis se lo han hecho pasar mucho peor que a nosotros —añadió. El tío Joachim era judío y, aunque era cristiano bautizado y un anciano de su iglesia, los nazis habían decidido que solo podía tratar a judíos, con lo que hundieron su consulta. Hacía un año que lo habían arrestado como sospechoso de esconder oro y le habían enviado a una clase especial de prisión, lo que los nazis llamaban un *Konzentrazionslager*, en la pequeña población bávara de Dachau.

—Quien tiene problemas es porque se los ha buscado —dijo Peter, dándoselas de hombre de mundo—. Tu padre nunca hubiese debido permitir que su hermana se casara con un judío. —Tiró al suelo el periódico y se fue.

Al principio Harald se quedó demasiado perplejo para replicar. Se agachó y recogió el periódico.

—Estás empezando a hablar como un nazi —le dijo luego a la espalda de Peter mientras este se alejaba de él.

Sin prestarle ninguna atención, Peter entró en la casa por la puerta de la cocina y cerró dando un portazo.

Harald sintió que había salido perdedor de la discusión, lo cual resultaba muy irritante porque sabía que lo que había dicho Peter era una auténtica barbaridad.

Mientras iba hacia el camino empezó a llover intensamente. Cuando llegó a su motocicleta, Harald descubrió que se había apagado el fuego debajo de la caldera.

Trató de volver a encenderlo. Hizo una bola con su ejemplar de *Realidad* para usarlo como yesca; tenía una caja de fósforos de madera de buena calidad en el bolsillo, pero no se había traído consigo el fuelle que utilizó para encender el fuego unas horas antes. Después de veinte frustrantes minutos inclinado sobre la caja de fuego bajo la lluvia, Harald se dio por vencido. Tendría que ir a su casa andando.

Se subió el cuello de la chaqueta.

Fue empujando la motocicleta hasta llegar al hotel y la dejó en el pequeño aparcamiento; luego echó a andar playa abajo. En aquella época del año, a tres semanas del solsticio de verano, los anocheceres escandinavos duraban hasta las once; pero aquella noche las nubes oscurecían el cielo, y el aguacero restringía todavía más la visibilidad. Harald fue siguiendo el contorno de las dunas. Encontraba el camino por la manera en que iba cambiando el suelo debajo de sus pies y el ruido del mar en su oreja derecha. Antes de que hubiera transcurrido mucho tiempo, sus ropas habían quedado tan empapadas que hubiera podido ir a casa nadando sin mojarse más de lo que ya lo estaba.

Harald era un joven fuerte y estaba tan en forma como un lebrel, pero tras dos horas de caminata se encontraba cansado, frío y deprimido; entonces se topó con la valla que circundaba la nueva base alemana y comprendió que tendría que caminar cinco kilómetros alrededor de ella para poder llegar a su casa, que quedaba a solo unos centenares de metros de distancia.

Si la marea se hubiese retirado, habría seguido andando a lo largo de la playa porque, si bien oficialmente el acceso a aquella extensión de arena estaba prohibido, los guardias no hubiesen podido verlo con aquel tiempo. No obstante, la marea todavía no había bajado y el agua aún llegaba a la valla. A Harald se le pasó por la cabeza recorrer el último trecho nadando, pero enseguida descartó la idea. Como todo el mundo en aquella comunidad pesquera, Harald le tenía un cauteloso respeto al mar, y nadar de noche con aquel tiempo sería peligroso cuando él ya se hallaba exhausto.

Pero podía trepar por la valla.

La lluvia había amainado y un cuarto de luna asomaba de vez en cuando entre las nubes que corrían por el cielo, proyectando intermitentemente una vacilante claridad sobre el paisaje empapado. Harald podía ver el metro ochenta de altura del alambre para gallineros que formaba la valla, con dos tiras de alambre de espino extendidas sobre ella, de aspecto bastante formidable pero no un gran obstáculo para una persona realmente determinada que se encontrase en buena forma física. Cincuenta metros tierra adentro, la valla atravesaba un pequeño macizo de matorrales y arbolillos que la ocultaban a la mirada. Ese sería el sitio por el cual trepar.

Harald sabía qué había más allá de la valla. El verano pasado había estado trabajando en las labores de construcción. Por aquel entonces, no había sabido que el lugar estuviera destinado a ser una base militar. Los constructores, una firma de Copenhague, le habían dicho a todo el mundo que iba a ser una nueva estación del servicio de guardacostas. Si hubieran dicho la verdad quizá habrían tenido problemas para reclutar al personal, porque por ejemplo Harald nunca hubiese trabajado a sabiendas para los nazis. Luego, cuando los edificios hubieron sido levantados y la valla quedó completada, todos los daneses habían sido despedidos y se trajo a alemanes para que instalaran el equipo. Pero Harald conocía la disposición del recinto. La escuela de navegación en desuso había sido vuelta a acondicionar, y se construyeron nuevos edificios que la flanqueaban. Todos los edificios se encontraban bastante alejados de la playa, por lo que Harald podía cruzar la base sin tener que acercarse a ellos. Además, en aquel extremo del recinto una gran parte del terreno se hallaba cubierto por pequeños matorrales que le ayudarían a ocultarse. Lo único que tendría que hacer sería mantener los ojos bien abiertos por si había guardias patrullando.

Encontró su camino hasta el bosquecillo, escaló la valla, pasó con mucho cuidado por encima del alambre de espino que la coronaba y saltó al otro lado, aterrizando sin hacer ruido sobre las dunas húmedas. Miró en torno a él, atisbando entre la penumbra, y solo vio las vagas siluetas de los árboles. Los edificios no eran visibles, pero pudo oír música lejana y alguna que otra carcajada ocasional. Era noche de sábado, así que los soldados alemanes quizá estuvieran tomándose unas cuantas cervezas mientras sus oficiales cenaban en el hotel de Axel Flemming.

Harald empezó a cruzar la base, moviéndose todo lo deprisa que se atrevía a hacerlo bajo la cambiante claridad lunar, manteniéndose pegado a los arbustos cuando podía hacerlo y orientándose por las olas a su derecha y la tenue música a la izquierda. Pasó por delante de una estructura muy alta y la reconoció, en la penumbra, como la torre de un reflector. Toda el área podía ser iluminada en caso de que hubiera una emergencia, pero habitualmente la base se hallaba sumida en la oscuridad.

Un súbito ruido a su izquierda lo sobresaltó; se agazapó, con el corazón latiéndole alterado. Dirigió la mirada hacia los edificios. Una puerta se hallaba abierta, derramando luz. Un soldado salió por ella mientras Harald la observaba y cruzó corriendo el recinto. Entonces otra puerta se abrió en un edificio distinto, y el soldado entró corriendo por ella.

El pulso de Harald se normalizó.

Atravesó un grupo de coníferas y bajó por una pequeña hondonada. Cuando llegó al fondo del declive, vio una estructura que se elevaba en la penumbra. No podía distinguirla con claridad, pero no recordaba que se hubiera construido nada en aquel lugar. Acercándose un poco más, vio la curva de un muro de cemento que tendría aproximadamente la altura de su cabeza. Algo se movía por encima del muro, y Harald oyó un tenue zumbido, como el de un motor eléctrico.

Aquello tenía que haber sido erigido por los alemanes después de que los trabajadores locales fueran despedidos. Harald se preguntó por qué nunca había visto la estructura a través de la valla, y entonces cayó en la cuenta de que los árboles y la hondonada la ocultarían desde la mayoría de los puntos de observación, excepto quizá desde la playa, donde estaba prohibido entrar en la zona que pasaba ante la base.

Cuando miró hacia arriba e intentó distinguir los detalles, la lluvia le cayó en la cara y golpeó en los ojos. Pero sentía demasiada curiosidad para seguir su camino. La luna brilló por un instante. Entornando los ojos, Harald volvió a mirar. Por encima del muro circular logró distinguir una parrilla de metal o de cable parecida a un enorme colchón, que tendría unos cuatro metros de lado. La totalidad del artefacto estaba dando vueltas como un tiovivo y completaba una revolución cada pocos segundos.

Harald estaba fascinado. Era una máquina de un tipo que nunca había visto antes, y el ingeniero que había en ello enseguida quedó hechizado. ¿Qué hacía? ¿Por qué giraba? El sonido le decía muy poco, porque procedía del motor que hacía girar a la cosa. Harald estaba seguro de que no se trataba de una pieza de artillería, al menos no del tipo convencional, ya que no había ningún cañón. Su mejor conjetura fue que tenía algo que ver con la radio.

Alguien tosió cerca de él.

Harald reaccionó instintivamente. Saltando hacia arriba, pasó los brazos por encima del borde del muro y se izó a lo alto de él. Permaneció inmóvil durante un segundo encima de aquel estrecho reborde, sintiéndose peligrosamente visible, y luego bajó al interior del recinto. Le preocupaba que sus pies pudieran encontrarse con alguna maquinaria en movimiento, pero estaba casi seguro de que habría una pasarela alrededor del mecanismo para permitir que este pudiera ser atendido por los ingenieros; después de un momento lleno de tensión tocó un suelo de cemento. El zumbido se había vuelto más intenso, y Harald pudo oler a aceite de motores. Sobre su lengua notaba el peculiar sabor de la electricidad estática.

¿Quién había tosido? Harald supuso que un centinela que pasaba por allí. Los pasos del hombre tenían que haberse perdido entre el viento y la lluvia. Afortunadamente, esos mismos ruidos habían ahogado el sonido que produjo Harald cuando se encaramó sobre el muro. Pero ¿lo había visto el centinela?

Pegándose a la curva interior del muro, Harald respiró entrecortadamente mientras esperaba a que el haz de una poderosa linterna lo delatara. Se preguntó qué ocurriría en el caso de que lo atraparan. Los alemanes se mostraban bastante amables en el campo y la mayoría de ellos no se dedicaban a ir de un lado a otro pavoneándose como conquistadores, sino que casi parecían sentirse un poco avergonzados de su dominio. Probablemente lo entregarían a la policía danesa. Harald no estaba muy seguro de qué actitud adoptarían los policías. Si Peter Flemming hubiera formado parte de la fuerza local, se habría asegurado de que Harald lo pasara lo peor posible; pero afortunadamente, lo habían destinado a Copenhague. Lo que Harald temía, más que cualquier castigo oficial, era la ira de su padre. Ya podía oír la sarcástica interrogación del pastor: «¿Escalaste la valla? ¿Y entraste en el recinto militar secreto? ¿De noche? ¿Y lo usaste como atajo para llegar a casa? ¿Porque estaba lloviendo?».

Pero ninguna luz brilló sobre él. Harald esperó, y contempló la oscura mole del aparato que se alzaba ante él. Le pareció poder ver unos gruesos cables que salían del borde inferior de la parrilla y desaparecían en la oscuridad, al otro lado del pozo. Aquello tenía que ser un medio de enviar señales de radio, o de recibirlas, pensó.

Cuando hubieron transcurrido unos cuantos lentos minutos, estuvo seguro de que el guardia había seguido su camino. Harald se encaramó a lo alto del muro y trató de ver a través de la lluvia. A cada lado de la estructura pudo distinguir dos formas oscuras más pequeñas que estaban inmóviles; Harald decidió que tenían que formar parte de la maquinaria. No había ningún centinela visible. Harald se deslizó por la parte exterior del muro y reanudó su camino a través de las dunas.

En un momento de oscuridad, cuando la luna se encontraba detrás de una gruesa nube, se dio de narices con una pared de madera. Aturdido y momentáneamente asustado, Harald dejó escapar una maldición ahogada. Un segundo después comprendió que había chocado con una vieja caseta para botes de la antigua escuela de navegación. Estaba medio en ruinas, y los alemanes no la habían reparado, aparentemente porque no se les ocurría ningún uso para ella. Harald se quedó inmóvil durante un momento, escuchando, pero lo único que pudo oír fue el palpitar de su corazón. Siguió andando.

Llegó a la valla más alejada sin ningún nuevo incidente. Trepó por ella y se encaminó hacia su casa.

Primero fue a la iglesia. La luz brillaba desde la larga hilera de pequeñas ventanas cuadradas del muro que daba al mar. Sorprendiéndose de que hubiera alguien en el edificio a aquellas horas de una noche de sábado, Harald echó una mirada al interior.

La iglesia era larga y de techo bajo. En ocasiones especiales podía acoger a los cuatrocientos residentes de la isla, llenándose hasta rebosar. Las hileras de bancos estaban encaradas hacia un atril de madera. No había altar. Los muros estaban desnudos salvo por algunos textos enmarcados.

Los daneses no eran nada dogmáticos en lo referente a la religión, y la mayor parte de la nación profesaba el luteranismo evangélico. No obstante, los pescadores de Sande se habían convertido, cien años antes, a un credo bastante más riguroso. Durante los últimos treinta años el padre de Harald había mantenido viva la llama de su fe, dando un ejemplo de puritanismo que no aceptaba los compromisos en su propia vida, fortaleciendo la determinación de su congregación con sermones semanales llenos de fuego y azufre, haciendo frente personalmente a los descarriados con la irresistible santidad de su mirada de ojos azules. Pese al ejemplo de aquella llameante convicción, su hijo no era creyente. Harald acudía a los servicios siempre que se encontraba en casa, por no herir los sentimientos de su padre, pero en su fuero interno no estaba de acuerdo con él. Todavía no tenía una opinión formada sobre la religión en general, pero sabía que no creía en un dios de reglas vacías y castigos vengativos.

Cuando miró por la ventana oyó música. Su hermano Arne estaba sentado al piano, tocando una pieza de jazz con delicadas pulsaciones de las teclas. Harald sonrió con placer. Arne había venido a casa para las fiestas. Su hermano era divertido y sofisticado, y animaría el largo fin de semana en la rectoría.

Harald fue hacia la puerta y entró en la iglesia. Sin volverse a mirar, Arne convirtió la música sin una sola interrupción en la melodía de un himno. Harald sonrió. Arne había oído abrirse la puerta y pensaba que su padre era el que entraba en la iglesia. El pastor desaprobaba el jazz, y ciertamente no permitiría que fuera tocado en su iglesia.

—Solo soy yo —dijo Harald.

Arne se volvió hacia él. Llevaba su uniforme marrón del ejército. Diez años mayor que Harald, era instructor de vuelo de la aviación militar en la escuela aeronáutica de las cercanías de Copenhague. Los alemanes habían puesto fin a toda la actividad militar danesa, y los aviones pasaban la mayor parte del tiempo en tierra, pero a los instructores se les permitía dar lecciones a bordo de planeadores.

—Viéndote por el rabillo del ojo, pensé que eras el viejo. —La mirada de Arne recorrió cariñosamente a Harald de arriba abajo—. Cada día te pareces más a él.

—¿Eso significa que me quedaré calvo?

—Probablemente.

—¿Y tú?

—No lo creo. Yo he salido a nuestra madre.

Era cierto. Arne tenía el abundante cabello oscuro y los ojos color avellana de su madre. Harald era rubio, al igual que su padre, y también había heredado la penetrante mirada de ojos azules con la que el pastor intimidaba a su rebaño. Tanto Harald como su padre eran formidablemente altos, y hacían parecer bajo a Arne a pesar de su casi metro ochenta de estatura.

—Tengo algo que quiero que escuches —dijo Harald. Arne se levantó del taburete y Harald se sentó al piano—. Lo aprendí de un disco que alguien trajo al internado. ¿Conoces a Mads Kirke?

—El primo de mi colega Poul.

—Exacto. Descubrió a este pianista americano llamado Clarence «Pine Top» Smith. —Harald titubeó—. ¿Qué está haciendo el viejo en este momento?

—Escribir el sermón de mañana.

—Perfecto.

El piano no podía ser oído desde la rectoría, a cincuenta metros de distancia, y era improbable que el pastor fuera a interrumpir su preparación del sermón para dar un paseo por la iglesia, especialmente con aquel tiempo. Harald empezó a tocar «Pine Top's Boogie-Woogie», y el interior del edificio se llenó con las sensuales armonías del Sur americano. Era un entusiasta del piano, aunque su madre decía que ponía demasiado ímpetu. Era incapaz de quedarse sentado para tocar, por lo que se levantó, empujando el taburete hacia atrás con el pie hasta hacerlo volcar, y tocó de pie, inclinando su largo cuerpo encima del teclado. De aquella manera cometía más errores, pero estos no importaban mientras pudiera mantener aquel ritmo compulsivo. Tocó vigorosamente el último acorde y luego dijo: «¡De eso es de lo que estoy hablando!», en inglés y exactamente igual que lo decía Pine Top en el disco.

Arne se echó a reír.

—¡No está mal!

—Deberías oír el original.

—Salgamos al porche. Quiero fumar.

Harald se levantó.

—Al viejo no le gustará eso.

—Tengo veintiocho años —dijo Arne—. Soy demasiado mayor para que mi padre me diga lo que he de hacer.

—Estoy de acuerdo. Pero ¿lo está él?

—¿Le tienes miedo?

—Por supuesto. Como nuestra madre, y prácticamente cualquier otra persona de esta isla..., incluso tú.

Arne sonrió.

—De acuerdo, puede que un poquito.

Se quedaron delante de la puerta de la iglesia, resguardados de la lluvia bajo un pequeño porche. Desde allí podían divisar los oscuros contornos de la rectoría al final de una pequeña extensión de terreno arenoso. La luz brillaba a través de la ventana en forma de diamante que había en la puerta de la cocina. Arne sacó sus cigarrillos.

—¿Has tenido noticias de Hermia? —le preguntó Harald. Arne estaba comprometido con una joven inglesa a la que llevaba más de un año sin ver, desde que los alemanes habían ocupado Dinamarca.

Arne sacudió la cabeza.

—Intenté escribirle. Encontré la dirección del consulado británico en Gotemburgo. —A los daneses se les permitía enviar cartas a Suecia, que era neutral—. Se la remití a ella a aquella dirección, sin mencionar el consulado en el sobre. Creí que había sido muy astuto, pero a los censores no se los engaña fácilmente. Mi oficial superior me trajo la carta y dijo que si volvía a intentar hacer algo semejante, me formaría un consejo de guerra.

A Harald le gustaba Hermia. Algunas de las chicas de Arne habían sido, bueno, rubias tontas, pero Hermia tenía cerebro y agallas. Cuando se la conocía asustaba un poco, con su intensa morenez y su manera de hablar tan directa; pero había sabido hacerse querer por Harald tratándolo como a un hombre, no solo como el hermano pequeño de alguien. Y estaba sensacionalmente voluptuosa en traje de baño.

—¿Todavía quieres casarte con ella?

—Dios, sí..., si está viva. Una bomba podría haberla matado en Londres.

—No saberlo tiene que ser muy duro.

Arne asintió, y luego dijo:

—¿Y qué me dices de ti? ¿Ha habido alguna novedad digna de contarse?

Harald se encogió de hombros.

—Las chicas de mi edad no están interesadas en los escolares. —Habló en un tono jovial, pero estaba ocultando un auténtico resentimiento. Había sufrido un par de rechazos que lo hirieron profundamente.

—Supongo que quieren salir con un tipo que pueda gastarse algo de dinero en ellas.

—Exactamente. Y las chicas más jóvenes... En Pascua conocí a una chica, Birgit Claussen.

—¿Claussen? ¿Esa familia de Morlunde que se dedica a la construcción naval?

—Sí. Birgit es guapa, pero solo tiene dieciséis años, y te aburres muchísimo hablando con ella.

—Mejor. En esa familia todos son católicos. El viejo no lo aprobaría.

—Lo sé. —Harald frunció el ceño—. Pero a veces hace cosas bastante extrañas. En Pascua predicó acerca de la tolerancia.

—Es tan tolerante como Vlad el Empalador. —Arne arrojó a lo lejos la colilla de su cigarrillo—. Bueno, vayamos a hablar con el viejo tirano.

—Antes de que entremos...

—¿Qué?

—¿Cómo están las cosas en el ejército?

—Muy mal. No podemos defender a nuestro país, y casi nunca nos permiten volar.

—¿Cuánto puede durar esto?

—¿Quién sabe? Puede que siempre. Los nazis lo han conquistado todo. La única oposición que queda son los británicos, y están colgando de un hilo.

Harald bajó la voz, aunque no había nadie para escuchar.

—Seguro que alguien en Copenhague tiene que estar iniciando un movimiento de resistencia, ¿no?

Arne se encogió de hombros.

—Si lo estuvieran haciendo y si yo estuviera al corriente de ello, no podría decírtelo, ¿verdad?

Luego, antes de que Harald pudiera decir algo más, Arne echó a correr bajo la lluvia hacia la luz que salía de la cocina.

2

Hermia Mount contempló con abatimiento su almuerzo —dos salchichas medio quemadas, una masa de puré de patata que empezaba a deshacerse, y un montículo de repollo demasiado cocido— y pensó con anhelo en un bar de la zona portuaria de Copenhague que servía tres clases distintas de arenque con ensalada, pepinillos, pan caliente y cerveza lager.

Hermia se había educado en Dinamarca. Su padre había sido un diplomático británico que pasó la mayor parte de su carrera en los países escandinavos. Hermia había trabajado en la embajada británica de Copenhague, primero como secretaria y más tarde como asistente de un agregado naval que de hecho trabajaba para el MI6, el servicio secreto de inteligencia. Cuando su padre murió y su madre regresó a Londres, Hermia se quedó en Dinamarca, en parte debido a su trabajo, pero más que nada porque se había comprometido con un piloto danés, Arne Olufsen.

Entonces, el 9 de abril de 1940, Hitler invadió Dinamarca. Cuatro días llenos de tensiones más tarde, Hermia y un grupo de oficiales británicos salieron del país en un tren diplomático especial que los llevó a través de Alemania hasta la frontera holandesa, desde donde viajaron a través de la Holanda neutral y siguieron adelante hasta llegar a Londres.

Ahora a la edad de treinta años Hermia era analista de inteligencia a cargo de la sección danesa del MI6. Junto a la mayor parte del servicio, había sido evacuada de sus cuarteles generales de Londres en el 54 de Broadway, cerca del palacio de Buckingham, a Bletchley Park, una gran casa de campo que se alzaba junto a un pueblecito a ochenta kilómetros al norte de la capital.

Un cobertizo Nissen erigido a toda prisa en la propiedad servía como cantina. Hermia se alegraba de haber escapado al *Blitz*, pero deseaba que por algún milagro también pudieran haber evacuado de Londres a uno de sus encantadores pequeños restaurantes italianos o franceses, de tal manera que ella pudiese tener algo que comer. Se metió en la boca un poco de puré con el tenedor y se obligó a tragarlo.

Para alejar sus pensamientos del sabor de la comida, puso el *Daily Express* junto a su plato. Los británicos acababan de perder la isla mediterránea de Creta. El *Express* trataba de poner al mal tiempo buena cara, asegurando que la batalla le había costado 18.000 hombres a Hitler, pero la deprimente verdad era que para los nazis se trataba de otro triunfo más en una larga sucesión.

Cuando alzó la mirada, Hermia vio venir hacia ella a un hombre no muy alto que tendría su edad. Llevando una taza de té en la mano, el hombre andaba rápidamente pero con una perceptible cojera.

—¿Puedo acompañarte? —preguntó jovialmente, y se sentó delante de ella sin aguardar una respuesta—. Soy Digby Hoare. Sé quién eres.

Hermia arqueó una ceja y dijo:

—Haz como si estuvieras en tu casa.

La nota de ironía que había en su voz no produjo ningún impacto aparente. El hombre se limitó a decir:

—Gracias.

Hermia lo había visto por allí en una o dos ocasiones. Tenía un aire enérgico, a pesar de su cojera. No era ningún ídolo del cine, con sus rebeldes cabellos oscuros, pero tenía unos bonitos ojos azules y sus facciones agradablemente marcadas recordaban un poco a Humphrey Bogart.

—¿Con qué departamento estás? —le preguntó Hermia.

—La verdad es que trabajo en Londres.

Aquello no era una respuesta a su pregunta, notó ella. Puso su plato a un lado.

—¿No te gusta la comida? —preguntó él.

—¿Y a ti?

—Te contaré una cosa. He interrogado a pilotos que fueron derribados sobre Francia y consiguieron volver a casa. Nosotros creemos estar experimentando la austeridad, pero no conocemos el significado de la palabra. Los franchutes se están muriendo de hambre. Después de haber oído esas historias, todo me sabe bien.

—La austeridad no es una excusa para cocinar fatal —dijo Hermia secamente.

Hoare sonrió.

—Ya me habían dicho que tenías bastante mal genio.

—¿Qué más te han dicho?

—Que hablas tanto el inglés como el danés. Lo cual supongo es la razón por la que estás al frente de la sección de Dinamarca.

—No. La razón para eso es la guerra. Antes, ninguna mujer había llegado a superar el nivel de secretaria-asistente en el MI6. Las mujeres no tenemos una mente analítica, ¿comprendes? Estamos más hechas para crear un hogar y educar a los niños. Pero desde que estalló la guerra, los cerebros de las mujeres han experimentado un notable cambio, y nos hemos vuelto capaces de hacer trabajos que antes solo podían ser llevados a cabo por la mentalidad masculina.

Hoare aceptó su sarcasmo con tranquilo buen humor.

—Sí, yo también me he dado cuenta de eso —dijo—. La vida nunca dejará de sorprendernos.

—¿Por qué te has estado informando sobre mí?

—Por dos razones. La primera, porque eres la mujer más hermosa que he visto nunca —dijo, y esta vez no estaba sonriendo.

Había conseguido sorprenderla. Los hombres no solían decir que fuese hermosa. Guapa, quizá; llamativa, algunas veces; imponente, a menudo. El rostro de Hermia era un largo óvalo, perfectamente regular, pero con severos cabellos oscuros, ojos velados por los párpados y una nariz demasiado grande para que fuera bonita. No supo qué replicar.

—¿Cuál es la otra razón?

Él volvió la mirada hacia un lado. Dos mujeres ya bastante mayores estaban compartiendo su mesa, y aunque no paraban de hablar entre ellas, probablemente también estaban medio escuchando a Digby y Hermia.

—Te lo diré dentro de un momento —dijo él—. ¿Te gustaría ir de juerga?

Había vuelto a sorprenderla.

—¿Qué?

—¿Saldrías conmigo?

—Desde luego que no.

Por un instante él pareció quedarse perplejo. Luego la sonrisa regresó a sus labios, y dijo:

—No dores la píldora y házmela tragar tal como esté.

Hermia no pudo evitar sonreír.

—Podríamos ir al cine —insistió él—. O al pub Shoulder of Mutton en Old Bletchley. O al cine y al pub.

Hermia sacudió la cabeza.

—No, gracias —dijo firmemente.

—Oh —dijo él, pareciendo sentirse bastante abatido.

¿Pensaba que lo estaba rechazando debido a su incapacidad física? Hermia se apresuró a dejarle claro que no se trataba de eso.

—Estoy comprometida —dijo, enseñándole el anillo en su mano izquierda.

—No me había dado cuenta.

—Los hombres nunca lo hacen.

—¿Quién es el afortunado?

—Un piloto del ejército danés.

—Que ahora se encuentra allí, supongo.

—Que yo sepa. Hace un año que no tengo noticias de él.

Las dos señoras se levantaron de la mesa, y las maneras de Digby cambiaron. Su rostro se puso muy serio y su voz se volvió más baja, pero adoptó un tono apremiante.

—Echa una mirada a esto, por favor —dijo, sacando de su bolsillo una hoja de papel cebolla y alargándosela.

Hermia ya había visto hojas como aquella antes, allí en Bletchley Park. Tal como esperaba, era el desciframiento de una señal de radio enemiga.

—Me imagino que no necesito decirte lo desesperadamente secreto que es esto —dijo Digby.

—No hace falta.

—Creo que hablas el alemán tan bien como el danés.

Hermia asintió.

—En Dinamarca, todos los niños aprenden alemán en la escuela, así como inglés y latín. —Estudió la señal durante unos instantes—. ¿Información procedente de Freya?

—Eso es lo que nos tiene perplejos. No es una palabra alemana. Pensé que podía significar algo en una de las lenguas escandinavas.

—Sí, en cierta manera —dijo Hermia—. Freya es una diosa nórdica. De hecho es la Venus vikinga, la diosa del amor.

—¡Ah! —Digby puso cara pensativa—. Bueno, ya es algo. Pero no nos llevará muy lejos.

—¿A qué viene todo esto?

—Estamos perdiendo demasiados bombarderos.

Hermia frunció el ceño.

—Leí acerca de la última gran incursión en los periódicos. Decían que había sido un gran éxito.

Digby se limitó a mirarla en silencio.

—Oh, comprendo —dijo ella—. No le contáis la verdad a los periódicos.

Él permaneció en silencio.

—De hecho, toda la imagen que tengo de la campaña de bombardeos es pura propaganda —siguió diciendo Hermia—. La verdad es que está siendo un completo desastre. —Para su consternación, él seguía sin contradecirla—. Por el amor del cielo, ¿cuántos aparatos perdimos?

—El cincuenta por ciento.

—Santo Dios. —Hermia desvió la mirada. Algunos de aquellos pilotos tenían novias, pensó—. Pero si esto continúa...

—Exactamente.

Hermia volvió a examinar la hoja.

—¿Freya es una espía?

—Mi trabajo consiste en averiguarlo.

—¿Qué puedo hacer yo?

—Cuéntame más cosas acerca de la diosa.

Hermia rebuscó en su memoria. Había aprendido los mitos nórdicos en la escuela, pero ya hacía mucho tiempo de eso.

—Freya tiene un collar de oro que es un tesoro muy preciado. Le fue entregado por cuatro enanos. Se encuentra custodiado por el centinela de los dioses... Heimdal, me parece que se llama.

—Un centinela. Eso tiene sentido.

—Freya podría ser una espía con acceso a información previa sobre las incursiones aéreas.

—También podría ser una máquina para detectar a los aviones que se están aproximando antes de que lleguen a hacerse visibles.

—He oído decir que disponemos de máquinas semejantes, pero no tengo ni idea de cómo funcionan.

—Hay tres maneras posibles: infrarrojos, lidar y radar. Los detectores de infrarrojos captarían los rayos emitidos por un motor de avión caliente, o posiblemente sus escapes. El lidar es un sistema de impulsos ópticos transmitidos por el aparato de detección que se reflejan en el avión. El radar es lo mismo con ondas de radio.

—Acabo de recordar algo más. Heimdal puede ver a un centenar de kilómetros de distancia tanto durante el día como durante la noche.

—Eso hace que suene más a una máquina.

—Es lo que estaba pensando yo.

Digby terminó su té y se levantó.

—Si se te ocurre algo más, ¿me lo harás saber?

—Claro. ¿Dónde puedo encontrarte?

—En el número diez de Downing Street.

—¡Oh! —Hermia estaba impresionada.

—Adiós.

—Adiós —dijo ella, y lo vio alejarse.

Hermia se quedó sentada a la mesa. Había sido una conversación interesante en más de un aspecto. Digby Hoare era toda una figura, ya que el primer ministro en persona tenía que estar preocupado por la pérdida de bombarderos. ¿El uso del nombre en código Freya era una mera coincidencia o había una conexión escandinava?

Le había gustado que Digby le propusiera salir con él. Aunque Hermia no estaba interesada en salir con otro hombre, siempre es agradable que te lo pidan.

Pasado un rato, la visión del almuerzo que no había comido empezó a deprimirla. Llevó su bandeja a la mesa de los restos y vació su plato en el cubo de la basura. Luego fue al lavabo de señoras.

Mientras estaba dentro de un cubículo, oyó entrar a un grupo de mujeres bastante jóvenes que charlaban animadamente. Se disponía a salir cuando una de ellas dijo:

—El tal Digby Hoare no pierde el tiempo. ¡Para que luego hablen de los que siempre van a cien por hora!

Hermia se quedó inmóvil con la mano encima del picaporte.

—Vi cómo le echaba los tejos a la señorita Mount —dijo una voz de mayor edad—. Debe de ser uno de esos hombres a los que les van las tetas.

Las otras rieron. Dentro del cubículo, Hermia frunció el ceño ante aquella referencia a su generosa figura.

—Pero creo que ella se lo quitó de encima —dijo la primera chica.

—¿Y qué hubieses hecho tú? Yo nunca podría hacer nada con un hombre que tuviese una pierna de madera.

Una tercera joven habló con un acento escocés.

—Me pregunto si se la quita cuando te folla —dijo, y todas rieron.

Hermia ya había oído suficiente. Abrió la puerta, salió del cubículo y dijo:

—Si lo averiguo, os lo haré saber.

Las tres chicas se sumieron en un silencio consternado, y Hermia se fue antes de que hubieran tenido tiempo de recuperarse.

Salió del edificio de madera. La gran extensión de césped, con sus cedros y su estanque de los cisnes, había sido desfigurada por cobertizos levantados a toda prisa para acomodar a los centenares de integrantes del personal llegados de Londres. Hermia cruzó el parque hacia la casa, una elegante mansión victoriana construida con ladrillo rojo.

Pasó por el gran porche y fue a su despacho en los alojamientos de la antigua servidumbre, un diminuto espacio en forma de L que probablemente había sido el cuarto donde guardaban las botas. Tenía una pequeña ventana situada demasiado alta para que se pudiera ver por ella, así que Hermia trabajaba todo el día con la luz encendida. Encima de su escritorio había un teléfono y una máquina de escribir en una mesa lateral. Su predecesor había tenido una secretaria, pero se esperaba que las mujeres hicieran sus propios trabajos de mecanografía. Encima de su escritorio, Hermia encontró un paquete procedente de Copenhague.

Después de que Hitler invadiera Polonia, Hermia había puesto los cimientos de una pequeña red de espionaje en Dinamarca. Su jefe era el amigo de su prometido, Poul Kirke. Este había reunido a un grupo de jóvenes que creían que su pequeño país iba a ser absorbido por su mucho más enorme vecino, y que la única manera de luchar por la libertad era cooperar con los británicos. Poul había declarado que el grupo, cuyos integrantes se hacían llamar los Vigilantes Nocturnos, no se dedicaría al sabotaje o al asesinato, sino que pasaría información militar a los servicios de inteligencia británicos. Aquel logro conseguido por Hermia —realmente único para tratarse de una mujer— le había valido su ascenso a directora de la sección danesa.

El paquete contenía algunos de los frutos de su capacidad de prever el futuro. Había una serie de informes, ya descifrados para ella por su sala de códigos, sobre las decisiones de naturaleza militar que los alemanes habían ido tomando en Dinamarca: bases del ejército en la isla central de Fyn; tráfico naval en el Kattegat, el mar que separaba a Dinamarca de Suecia; nombres de los oficiales alemanes de mayor antigüedad destacados en Copenhague.

Dentro del paquete también había un ejemplar de un periódico clandestino llamado *Realidad*. La prensa clandestina era, hasta el momento, el único signo de resistencia a los nazis en Dinamarca. Hermia le echó un vistazo y leyó un artículo lleno de indignación en el que se afirmaba que había escasez de mantequilla porque toda era enviada a Alemania.

El paquete había salido en secreto de Dinamarca hasta llegar a manos de un intermediario en Suecia, quien se lo había entregado al hombre del MI6 de la legación británica en Estocolmo. Con el paquete había una nota del intermediario diciendo que también le había pasado un ejemplar de *Realidad* al servicio cablegráfico de Reuter en Estocolmo. Hermia frunció el ceño al leer aquello. A primera vista, dar publicidad a las condiciones de vida bajo la ocupación parecía una buena idea, pero a Hermia no le gustaba en absoluto que los agentes mezclaran el espionaje con otros trabajos. La acción de la resistencia podía atraer la atención de las autoridades sobre un espía que de otra manera hubiese podido trabajar durante años sin ser detectado.

Pensar en los Vigilantes Nocturnos le recordó dolorosamente a su prometido. Arne no formaba parte del grupo. Su temperamento no podía ser menos adecuado para ello. Hermia amaba a Arne por su despreocupada *joie de vivre*. Hacía que toda ella se relajara, especialmente en la cama. Pero un hombre que se lo tomaba todo a la ligera y era incapaz de pensar en los detalles cotidianos no era el tipo de persona más apropiada para el trabajo secreto. En sus momentos más honrados, Hermia admitía ante sí misma que no estaba segura de que Arne tuviera el valor necesario. En las pistas de esquí era realmente temerario —se habían conocido en una montaña noruega, donde Arne había sido el único capaz de esquiar mejor que Hermia—, pero no estaba segura de cómo haría frente Arne a los más sutiles terrores de las operaciones clandestinas.

Hermia había estado pensando enviarle un mensaje a través de los Vigilantes Nocturnos. Poul Kirke trabajaba en la escuela de vuelo, y si Arne todavía estaba allí tenían que verse cada día. Utilizar la red de espionaje para una comunicación personal hubiese sido una lamentable falta de profesionalidad, pero eso no la detuvo. La habrían descubierto con toda seguridad, porque sus mensajes tenían que ser cifrados por la sala de códigos, pero quizá ni siquiera eso la hubiese detenido. Las claves utilizadas por el MI6 eran códigos basados en poemas nada sofisticados sobrantes de los tiempos de paz, y podían ser descifradas fácilmente. Si el nombre de Arne aparecía en un mensaje enviado por la inteligencia británica a unos espías daneses, probablemente él perdería la vida. El que ella quisiera saber algo de Arne podía convertirse en su sentencia de muerte. Por eso Hermia se quedó sentada en su cuarto de las botas con una ácida ansiedad ardiendo dentro de ella.

Redactó un mensaje dirigido al intermediario sueco, diciéndole que se mantuviera alejado de la guerra propagandística y se limitara a hacer su trabajo como correo. Luego mecanografió un informe para su jefe conteniendo toda la información militar que había en el paquete, con copias en papel carbón para otros departamentos.

A las cuatro se fue. Tenía más trabajo que hacer, y volvería al despacho para pasar allí un par de horas cuando empezara a anochecer, pero ahora tenía que ir a tomar el té con su madre.

Margaret Mount vivía en una pequeña casa en Chelsea. Después de que el padre de Hermia muriera de cáncer poco antes de cumplir los cincuenta años, su madre se había ido a vivir con una amiga de la escuela que no se había casado, Elizabeth. Se llamaban la una a la otra Mags y Bets, sus apodos de adolescentes. Hoy las dos habían ido en tren a Bletchley para inspeccionar el alojamiento de Hermia.

Cruzó el pueblo andando rápidamente hasta que llegó a la calle donde había alquilado una habitación. Encontró a Mags y Bets en el vestíbulo hablando con su casera, la señora Bevan. La madre de Hermia llevaba su uniforme de conductora de ambulancia, con pantalones y una gorra. Bets era una guapa mujer de cincuenta años que lucía un vestido floreado de manga corta. Hermia abrazó a su madre y le dio un beso en la mejilla a Bets. Ella y Bets nunca habían llegado a intimar, y a veces Hermia sospechaba que Bets estaba celosa de lo unida que se sentía ella a su madre.

Las llevó al piso de arriba. Bets no pareció sentirse muy entusiasmada por la pequeña habitación con una sola cama, pero la madre de Hermia dijo animadamente:

—Bueno, no está nada mal, para lo que se puede esperar en tiempos de guerra.

—No paso mucho tiempo aquí —mintió Hermia. De hecho pasaba allí largos y solitarios anocheceres leyendo y escuchando la radio.

Encendió el hornillo de gas para hacer té y cortó en rebanadas un pequeño pastel que había comprado para la ocasión.

—Supongo que no habrás tenido noticias de Arne —dijo la madre de Hermia.

—No. Le escribí a través de la legación británica en Estocolmo y ellos remitieron la carta, pero no he vuelto a saber nada de ella, así que no sé si la recibió.

—Oh, cielos.

—Ojalá pudiera conocerlo —dijo Bets—. ¿Cómo es?

Hermia pensó que enamorarse de Arne había sido como esquiar colina abajo: un pequeño empujón para ponerse en marcha, un súbito incremento en la velocidad y entonces, antes de que estuviera del todo preparada para ello, la estimulante sensación de estar bajando por la pista como una exhalación, sin poder parar. Pero ¿cómo explicar todo aquello?

—Parece una estrella de cine, es un magnífico atleta y tiene el encanto de un irlandés, pero no se trata de eso —dijo Hermia—. Siempre te resulta muy fácil estar con él. Ocurra lo que ocurra, lo único que hace es reírse. A veces me enfado, aunque nunca con él, y entonces Arne me sonríe y dice: «No hay nadie como tú, Hermia, lo juro». Santo Dios, cómo lo echo de menos... —murmuró, conteniendo las lágrimas.

—Muchos hombres se han enamorado de ti, pero no hay muchos que sean capaces de aguantarte —dijo su madre enérgicamente. El estilo conversacional de Mags se encontraba tan falto de adornos como el de la misma Hermia—. Deberías haberle clavado el pie al suelo cuando tenías la ocasión de hacerlo.

Hermia cambió de tema y les preguntó por el *Blitz*. Bets pasaba las incursiones aéreas debajo de la mesa de la cocina, pero Mags conducía su ambulancia a través de las bombas. La madre de Hermia siempre había sido una mujer formidable, un tanto demasiado directa y carente de tacto para la esposa de un diplomático, pero la guerra había hecho aflorar toda su fortaleza y su coraje, de la misma manera que la repentina escasez de hombres que padecía el servicio secreto había permitido florecer a Hermia.

—La Luftwaffe no puede seguir manteniendo este nivel de operaciones indefinidamente —dijo Mags—. No disponen de un suministro interminable de aviones y pilotos. Si nuestros bombarderos continúan machacando la industria alemana, tarde o temprano se notará el efecto.

—Mientras tanto, mujeres y niños alemanes inocentes están sufriendo igual que nosotros —dijo Bets.

—Lo sé, pero la guerra es así —dijo Mags.

Hermia recordó su conversación con Digby Hoare. Las personas como Mags y Bets se imaginaban que la campaña de bombardeos británica estaba minando a los nazis. Era una suerte que no tuvieran ni la más remota idea de que la mitad de los bombarderos estaban siendo derribados. Si la gente supiera la verdad, quizá se daría por vencida.

Mags empezó a contar una larga historia sobre rescatar a un perro de un edificio en llamas y Hermia la escuchó con media oreja, mientras pensaba en Digby. Si Freya era una máquina, y los alemanes la estaban utilizando para defender sus fronteras, era muy posible que se encontrara en Dinamarca. ¿Había algo que ella pudiera hacer para tratar de localizarla? Digby había dicho que la máquina podía emitir una especie de haz, ya fuese con impulsos ópticos o mediante ondas de radio. Semejantes emisiones deberían ser detectables. Quizá los Vigilantes Nocturnos de Hermia podrían hacer algo.

La idea ya había empezado a despertar su interés. Podía enviar un mensaje a los Vigilantes Nocturnos. Pero primero, necesitaba más información. Empezaría a trabajar en ello aquella noche, decidió, tan pronto como hubiera acompañado a Mags y Bets a coger su tren.

Empezó a desear impacientemente que se fueran.

—¿Más pastel, madre? —preguntó.

3

La Jansborg Skole tenía trescientos años de edad y se enorgullecía de ello.

Al principio la escuela había consistido en una iglesia y una casa donde los muchachos comían, dormían y recibían sus lecciones. Ahora era un complejo de viejos y nuevos edificios de ladrillo rojo. La biblioteca, que en tiempos había sido la mejor de Dinamarca, era un edificio independiente tan grande como la iglesia. Había laboratorios de ciencias, modernos dormitorios, una enfermería y un gimnasio instalado en un granero reconvertido.

Harald Olufsen iba del refectorio al gimnasio. Eran las doce del mediodía, y los chicos acababan de almorzar: un bocadillo del tipo hágaselo-usted-mismo consistente en tocino frío y pepinillos, la misma comida que se había servido cada viernes a lo largo de los siete años que Harald llevaba asistiendo a la escuela.

Harald encontraba bastante idiota sentirse orgulloso de que la institución fuera vieja. Cuando los profesores hablaban reverentemente de la historia de la escuela, él siempre se acordaba de aquellas viejas esposas de los pescadores de Sande a las que les gustaba tanto decir: «Ahora ya tengo más de setenta años», con una tímida sonrisa, como si eso fuese un gran logro.

Pasaba por delante de la casa del director cuando su esposa salió y le sonrió.

—Buenos días, Mia —dijo Harald cortésmente. Al director siempre lo llamaba «Heis», la antigua palabra griega para el número uno, por lo que su mujer era «Mia», la forma femenina de la misma palabra griega. Ya hacía cinco años que la escuela había dejado de enseñar griego, pero a las tradiciones les costaba mucho morir.

—¿Alguna noticia, Harald? —preguntó ella.

Harald tenía una radio de fabricación casera que podía captar la BBC.

—Los rebeldes iraquíes han sido derrotados —dijo—. Los británicos han entrado en Bagdad.

—Una victoria británica —dijo ella—. Eso sí que es toda una novedad.

Mia era una mujer bastante fea, con un rostro nada atractivo y unos apagados cabellos castaños, que siempre vestía de cualquier manera. Pero también era una de las dos mujeres que había en la escuela, y los chicos estaban especulando constantemente sobre qué aspecto tendría desnuda. Harald se preguntó si alguna vez dejaría de estar obsesionado por el sexo. Teóricamente, creía que después de haberte acostado con tu esposa cada noche durante años tenías que acostumbrarte a ello, e incluso llegar a encontrarlo aburrido, pero era sencillamente incapaz de imaginárselo.

La siguiente lección hubiese debido consistir en dos horas de matemáticas, pero ese día había un visitante. Era Svend Agger, un antiguo alumno de la escuela que por entonces representaba a su ciudad natal en el Rigsdag, el Parlamento de la nación. Toda la escuela iba a oírlo hablar al gimasio, la única sala lo bastante grande para poder acoger a los ciento veinte muchachos. Harald hubiese preferido hacer matemáticas.

No podía recordar el momento exacto en que el trabajo escolar se había vuelto interesante. De pequeño, Harald había considerado cada lección como una irritante distracción de cuestiones tan importantes como levantar presas en los arroyos y construir casas en lo alto de los árboles. Hacia los catorce años de edad, y casi sin darse cuenta de ello, había empezado a encontrar más apasionantes la física y la química que el jugar en los bosques. Lo emocionó muchísimo descubrir que el inventor de la física cuántica era un científico danés, Niels Bohr. La interpretación de la tabla periódica de los elementos hecha por Bohr, en la que explicaba las reacciones químicas a partir de la estructura atómica de los elementos involucrados, le había parecido a Harald una revelación divina, una descripción fundamental y profundamente satisfactoria de la composición del universo. Rendía culto a Bohr de la misma manera en que otros chicos adoraban a

Kaj Hansen —«Pequeño Kaj»—, el héroe del fútbol que jugaba como delantero centro en el equipo conocido como B93 København. Harald había solicitado poder estudiar física en la Universidad de Copenhague, donde Bohr era director del Instituto de Física Teórica.

La educación costaba dinero. Afortunadamente el abuelo de Harald, que había visto entrar a su propio hijo en una profesión que lo mantendría pobre durante toda su vida, se había encargado de pensar en sus nietos. Su legado había permitido que Arne y Harald pudieran ir a la Jansborg Skole. También cubriría el tiempo que Harald pasara en la universidad.

Entró en el gimnasio. Los muchachos más jóvenes habían dispuesto bancos en ordenadas hileras. Harald se sentó atrás, al lado de Josef Duchwitz. Josef era muy pequeño, y su apodo sonaba como la palabra que usaban los ingleses para referirse a los patos, *duck*, por lo que había sido apodado Anaticula, patito en latín. Con el paso de los años el apodo se había acortado hasta quedar reducido a Tik. Los dos muchachos tenían orígenes muy distintos —Tik procedía de una rica familia judía—, pero aun así habían sido muy amigos durante el tiempo que llevaban en la escuela.

Unos instantes después, Mads Kirke se sentó junto a Harald. Mads estaba en el mismo año, y provenía de una distinguida familia militar: su abuelo había sido general y su difunto padre fue ministro de Defensa en los años treinta. Su primo Poul era piloto junto con Arne en la escuela de vuelo.

Los tres amigos estudiaban ciencias. Normalmente siempre estaban juntos, y tenían un aspecto cómicamente diferente —Harald alto y rubio, Tik bajito y moreno, Mads pelirrojo pecoso—, por lo que a partir de que un agudo profesor inglés se dirigiera a ellos llamándolos los Tres Chalados, por lo mucho que se parecían a aquel trío de cómicos del cine, se les apodó así.

Heis, el jefe de profesores, entró con el visitante, y los muchachos se levantaron educadamente. Alto y delgado, Heis llevaba unas gafas suspendidas en precario equilibrio sobre el puente de su nariz en forma de pico. Había estado diez años en el ejército, pero enseguida saltaba a la vista por qué se había pasado a la enseñanza. Educado y un poco tímido, siempre parecía estar pidiendo disculpas por la autoridad que ostentaba. Era más apreciado que temido. Los muchachos lo obedecían porque no querían herir sus sentimientos.

Cuando hubieron vuelto a sentarse, Heis presentó al parlamentario, un hombrecillo tan poco impresionante que cualquiera hubiese pensado que él era el director de la escuela y Heis el distinguido invitado. Agger empezó a hablar de la ocupación alemana.

Harald se acordó del día en que había empezado esta, hacía catorce meses. Le despertó en plena noche el rugir de los aviones en las alturas. Los Tres Chalados habían subido al tejado del dormitorio para mirar pero, después de que hubieran pasado cosa de una docena de aviones, no ocurrió nada más, así que se volvieron a la cama.

Luego no se enteró de nada más hasta la mañana siguiente. Estaba cepillándose los dientes en el cuarto de baño comunal cuando un profesor entró corriendo y dijo: «¡Los alemanes han desembarcado!». Después del desayuno, cuando los muchachos se reunieron a las ocho en el gimnasio para los anuncios y el cántico matinal, el director de la escuela les comunicó la noticia. «Id a vuestras habitaciones y destruid todo lo que pueda indicar oposición a los nazis o simpatías con la Gran Bretaña», había dicho. Harald había descolgado de la pared su póster favorito, una fotografía de un biplano Tiger Moth con los emblemas circulares de la RAF en sus alas.

Más avanzado ese día —un martes—, a los mayores se les había ordenado que llenaran sacos con arena y los llevaran a la iglesia para cubrir con ellos las inapreciables tallas y sarcófagos antiguos. Detrás del altar estaba la tumba del fundador de la escuela; su efigie de piedra yacía en la cámara mortuoria ataviada con una armadura medieval cuyo protector genital era lo bastante grande como para atraer la mirada. Harald había provocado gran jolgorio cuando colocó un saco de arena en posición vertical justo encima de la protuberancia. Heis no supo apreciar la broma, y el castigo de Harald consistió en pasar toda la tarde llevando pinturas a la cripta para ponerlas a salvo.

Todas las precauciones habían resultado ser innecesarias. La escuela se hallaba situada en un pequeño pueblo de los alrededores de Copenhague, y transcurrió un año antes de que vieran a ningún alemán. Nunca hubo ningún bombardeo, ni siquiera disparos.

Dinamarca se había rendido en cuestión de veinticuatro horas. «Los acontecimientos subsiguientes han demostrado la sabiduría de esa decisión», dijo el orador con un irritante tono de satisfacción, y hubo un susurro de disentimiento cuando los muchachos se removieron incómodamente en sus asientos y murmuraron comentarios.

—Nuestro rey continúa sentado en su trono —siguió diciendo Agger.

Mads gruñó con disgusto al lado de Harald. El rey Cristián X pasaba la mayor parte de los días montando a caballo, exhibiéndose ante la gente en las calles de Copenhague, pero aquello parecía un gesto vacío.

—La presencia alemana ha sido en general benigna —prosiguió el orador—. Dinamarca ha demostrado que una pérdida parcial de independencia, debida a las exigencias de la guerra, no tiene por qué conducir necesariamente a penalidades y pruebas indebidas. La lección, para unos muchachos como vosotros, es que puede haber más honor en la sumisión y en la obediencia que en una imprudente rebelión. —Se sentó.

Heis aplaudió educadamente y los muchachos siguieron su ejemplo, aunque sin ningún entusiasmo. Si el director de la escuela hubiera sido mejor juez del estado de ánimo de una audiencia, habría puesto fin a la sesión en aquel momento; pero en vez de eso lo que hizo fue sonreír y dijo:

—Bueno, muchachos, ¿alguna pregunta para nuestro invitado?

Mads se levantó al instante.

—Señor, Noruega fue invadida el mismo día que Dinamarca, pero los noruegos estuvieron luchando durante dos meses. ¿No nos convierte eso en unos cobardes? —Su tono había sido escrupulosamente cortés, pero la pregunta retaba al invitado y hubo un murmullo de asentimiento entre los muchachos.

—Esa es una manera muy ingenua de ver las cosas —dijo Agger. Su tono despectivo irritó a Harald.

Heis intervino.

—Noruega es una tierra de montañas y fiordos, difícil de conquistar —dijo, haciendo entrar en acción su experiencia como militar—. Dinamarca es un país llano con un buen sistema de carreteras, por lo que resulta imposible de defender contra cualquier ejército motorizado.

Agger estuvo de acuerdo.

—Ofrecer resistencia hubiera causado un derramamiento de sangre innecesario, y el resultado final no habría variado.

—Con la única diferencia de que entonces habríamos podido ir por el mundo con la cabeza bien alta, en vez de bajarla en señal de vergüenza —dijo Mads secamente, y a Harald aquello le sonó como algo que podía haber oído de labios de una de sus relaciones militares.

Agger se sonrojó.

—Como escribió Shakespeare, la discreción es la mejor parte del valor.

—De hecho, señor, eso fue dicho por Falstaff, el cobarde más famoso de la literatura mundial —dijo Mads. Los muchachos rieron y aplaudieron.

—Vamos, vamos, Kirke —dijo Heis apaciblemente—. Ya sé que te tomas muy a pecho esas cosas, pero no hay ninguna necesidad de ser descortés. —Recorrió la sala con la mirada y señaló a uno de los muchachos más jóvenes—. Sí, Borr.

—Señor, ¿no cree que la filosofía del orgullo nacional y la pureza racial de Hitler podría resultar beneficiosa si fuera adoptada aquí en Dinamarca? —Woldemar Borr era el hijo de un prominente nazi danés.

—Ciertos elementos de ella tal vez lo serían —dijo Agger—. Pero Alemania y Dinamarca son países distintos.

Aquello era pura y simple prevaricación, pensó Harald irritadamente. ¿Es que aquel hombre no podía encontrar el valor suficiente para decir que la persecución racial estaba mal?

—¿A algún muchacho le gustaría preguntar al señor Agger acerca de su labor cotidiana como miembro del Rigsdag? —preguntó Heis con voz quejumbrosa.

Tik se puso de pie. El tono satisfecho consigo mismo de Agger también lo había irritado.

—¿No se siente como una marioneta? —preguntó—. Después de todo, quienes realmente nos gobiernan son los alemanes. Ustedes tan solo fingen hacerlo.

—Nuestra nación continúa siendo gobernada por el Parlamento danés —replicó Agger.

—Sí, para que ustedes no pierdan su empleo —musitó Tik. Los chicos que estaban sentados cerca de él lo oyeron y rieron.

—Los partidos políticos continúan existiendo, incluso los comunistas —siguió diciendo Agger—. Tenemos nuestra propia policía y nuestras fuerzas armadas.

—Pero en cuanto el Rigsdag haga algo que los alemanes desaprueben, será clausurado y la policía y los militares serán desarmados —arguyó Tik—. Eso significa que todos ustedes están siendo meros actores en una farsa.

Heis empezaba a parecer disgustado.

—Le ruego que no se olvide de sus modales, Duchwitz —dijo malhumoradamente.

—No se preocupe, Heis —dijo Agger—. Me gustan las discusiones animadas. Si Duchwitz piensa que nuestro Parlamento no sirve de nada, debería comparar nuestras circunstancias con las que prevalecen en Francia. Debido a nuestra política de cooperación con los alemanes, la vida es mucho mejor, para los daneses corrientes, de lo que podría serlo.

Harald ya había oído suficiente. Se levantó y habló sin esperar el permiso de Heis.

—¿Y si los nazis vienen a por Duchwitz? —dijo—. ¿Entonces también nos aconsejaría la cooperación amistosa?

—¿Y por qué deberían venir a por Duchwitz?

—Por la misma razón por la que fueron a por mi tío en Hamburgo: porque Duchwitz es judío.

Algunos de los muchachos se volvieron a mirar con interés. Probablemente no se habían dado cuenta de que Duchwitz era judío. La familia Duchwitz no era nada religiosa, y Tik asistía a los servicios en la antigua iglesia de ladrillos rojos tal como hacían todos los demás.

Agger mostró irritación por primera vez.

—Las fuerzas de ocupación han demostrado la más completa tolerancia hacia los judíos daneses.

—Hasta este momento —arguyó Harald—. Pero ¿y si cambian de parecer? Supongamos que deciden que Tik es tan judío como mi tío Joachim. ¿Qué nos aconsejaría usted entonces? ¿Debemos quedarnos cruzados de brazos mientras los alemanes vienen y se lo llevan? ¿O ya deberíamos estar organizando un movimiento de resistencia en preparación para ese día?

—El mejor plan que puede seguir es asegurarse de que nunca tendrá que hacer frente a semejante decisión, apoyando la política de cooperación con la potencia ocupante.

Lo evasivo de aquella respuesta sacó de quicio a Harald.

—Pero ¿y si eso no da resultado? —insistió—. ¿Por qué no responde usted a la pregunta? ¿Qué hacemos cuando los nazis vengan a por nuestros amigos?

Heis decidió intervenir.

—Usted está haciendo lo que se llama una pregunta hipotética, Olufsen —dijo—. Los hombres que nos movemos dentro de la vida pública preferimos no ir al encuentro de los problemas antes de que estos lleguen hasta nosotros.

—La pregunta es hasta dónde va a llegar esta política de cooperación —dijo Harald apasionadamente—. Y cuando los nazis llamen a su puerta en plena noche entonces no habrá tiempo para los debates, Heis.

Por un instante, Heis pareció disponerse a dar una reprimenda a Harald por su descortesía, pero finalmente respondió sin perder la calma.

—Su observación es muy interesante, y el señor Agger ha respondido ampliamente a ella —dijo—. Y ahora, creo que hemos tenido una buena discusión y ya va siendo hora de volver a nuestras lecciones. Pero primero, agradezcamos a nuestro invitado el que le haya robado un poco de tiempo a su ocupada vida para venir a visitarnos —concluyó, empezando a alzar las manos para encabezar una ronda de aplausos.

Harald lo detuvo.

—¡Haga que responda a la pregunta! —gritó—. ¿Deberíamos tener un movimiento de resistencia, o permitiremos que los nazis hagan lo que les venga en gana? Por el amor de Dios, ¿qué lecciones podrían ser más importantes que esto?

El silencio se adueñó de la sala. Discutir con el profesorado estaba permitido, dentro de unos límites razonables, pero Harald había ido más allá de lo aceptable en lo que representaba un auténtico acto de desafío.

—Creo que será mejor que nos deje —dijo Heis—. Salga de la sala, y ya lo veré después.

Aquello enfureció a Harald. Hirviendo de frustración, se puso de pie. La sala siguió sumida en el silencio mientras todos los muchachos lo veían ir hacia la puerta. Harald sabía que hubiese debido marcharse sin abrir la boca, pero se sentía incapaz de hacerlo. Cuando hubo llegado a la puerta, se volvió y señaló a Heis con un dedo acusador.

—¡A la Gestapo no podrá decirle que salga de la maldita sala! —dijo.

Luego se fue y cerró dando un portazo.

4

El despertador de Peter Flemming empezó a sonar a las cinco y media de la mañana. Peter lo paró, encendió la luz y se incorporó hasta quedar sentado en la cama. Inge estaba tendida sobre la espalda, mirando el techo con el rostro tan inexpresivo como el de un cadáver. Peter la contempló durante un instante y luego se levantó de la cama.

Entró en la pequeña cocina de su piso de Copenhague y puso la radio. Un reportero danés estaba leyendo una declaración llena de sentimiento de los alemanes acerca de la muerte del almirante Lutjens, quien se había hundido con el *Bismarck* hacía diez días. Peter puso al fuego un pequeño cazo con gachas de avena y luego cogió una bandeja. Untó con mantequilla una rebanada de pan de centeno y preparó café con sucedáneo.

Se sentía optimista, y pasados unos instantes recordó por qué. El día anterior había tenido ciertos progresos en el caso sobre el que estaba trabajando.

Peter era detective inspector en la unidad de seguridad, una sección del departamento de investigación criminal de Copenhague cuyo trabajo consistía en seguir los movimientos de los dirigentes sindicales, los comunistas, los extranjeros y otros potenciales creadores de problemas. Su jefe, el director del departamento, era el superintendente Frederik Juel, inteligente pero con muy pocas ganas de trabajar. Educado en la famosa Jansborg Skole, Juel era un fiel seguidor del proverbio latino *Quieta non movere*, «No despiertes a un perro que está durmiendo». Descendía de un héroe de la historia naval danesa, pero ya hacía mucho tiempo que la agresividad había sido eliminada de su estirpe.

Durante los últimos catorce meses, su trabajo se había ido expandiendo poco a poco conforme quienes se oponían al dominio alemán iban siendo añadidos a la lista de vigilancia del departamento.

Hasta el momento el único signo visible de resistencia había consistido en la aparición de periódicos clandestinos como *Realidad*, el que se le había caído al joven Olufsen. Juel creía que los periódicos ilegales eran inofensivos, si es que no realmente beneficiosos en tanto que válvula de escape, y se negaba a perseguir a quienes los publicaban. Aquella actitud enfurecía a Peter. Dejar que los criminales camparan a su antojo para que continuaran con sus delitos le parecía una locura.

En realidad a los alemanes no les gustaba nada la actitud de *laisser-faire* de Juel, pero por el momento todavía no se había llegado a ninguna confrontación abierta. El enlace de Juel con la potencia ocupante era el general Walter Braun, un militar de carrera que había perdido un pulmón en la batalla de Francia. El objetivo de Braun era mantener tranquila a Dinamarca costara lo que costara, y no invalidaría las órdenes de Juel a menos que se viera obligado a ello.

Recientemente Peter se había enterado de que ejemplares de *Realidad* estaban siendo introducidos clandestinamente en Suecia. Hasta el momento se había visto obligado a seguir la regla de no intervención dictada por su jefe, pero esperaba que la complacencia de Juel se vería sacudida por la noticia de que los periódicos clandestinos estaban consiguiendo salir del país. Un detective sueco que era amigo personal de Peter había telefoneado la noche anterior para decirle que creía que los periódicos estaban siendo transportados en un vuelo de Lufthansa que iba de Berlín a Estocolmo y hacía una escala en Copenhague. Aquel era el progreso que explicaba la sensación de excitación experimentada por Peter cuando despertó. Podía encontrarse a un paso del triunfo.

Cuando las gachas estuvieron listas, Peter les añadió leche y azúcar y después llevó la bandeja al dormitorio.

Ayudó a incorporarse a Inge. Probó las gachas para asegurarse de que no estaban demasiado calientes y luego empezó a dárselas con una cuchara.

Un año antes, justo antes de que llegaran las restricciones de gasolina, Peter e Inge estaban yendo a la playa en su coche cuando un joven que conducía un deportivo había chocado con ellos. Peter se fracturó ambas piernas y se había recuperado rápidamente. Inge se había roto el cráneo, y ya nunca volvería a ser la misma.

El otro conductor, Finn Jonk, el hijo de un conocido profesor universitario, había salido despedido de su coche para caer sobre un arbusto sin sufrir ningún daño.

No tenía permiso de conducir —los tribunales se lo habían retirado después de un accidente anterior— y estaba borracho. Pero la familia Jonk había contratado a un abogado de primera categoría que había conseguido retrasar el juicio durante un año, con lo que Finn todavía no había sido castigado por haber destruido la mente de Inge. La tragedia personal, para Inge y Peter, también era un ejemplo de cómo los más terribles crímenes de guerra podían no llegar a ser castigados dentro de una sociedad moderna. Por muchas cosas que pudieras decir contra los nazis, había que agradecerles su dureza con los criminales.

Cuando Inge hubo comido su desayuno, Peter la llevó al cuarto de baño y la bañó. Inge siempre había sido escrupulosamente limpia y aseada. Era una de las cosas que él había amado de ella. Su esposa era especialmente limpia en lo tocante al sexo y siempre se lavaba meticulosamente después de hacer el amor, algo que Peter apreciaba mucho. No todas las chicas eran así. Una mujer con la que se había acostado, una cantante de club nocturno a la que conoció durante una redada policial y con la que tuvo una breve aventura, protestó airadamente al ver que Peter se lavaba después del acto sexual, diciendo que aquello no era nada romántico.

Inge no mostró ninguna reacción mientras la bañaba. Peter había aprendido a permanecer igual de impasible, incluso cuando tocaba las partes más íntimas del cuerpo de Inge. Secó la suave piel de su esposa con una gran toalla y luego la vistió. La parte más difícil era ponerle las medias. Primero enrolló una media, dejando que solo sobresaliera el dedo gordo del pie. Luego la deslizó con mucho cuidado por el pie de Inge y fue subiéndola por la pantorrilla hasta llegar a su rodilla, para terminar sujetando el extremo superior de la media a los cierres de su liguero. Cuando empezó a hacer aquello llenaba de carreras la media en cada ocasión, pero Peter era un hombre muy persistente y podía llegar a tener muchísima paciencia cuando se le había metido en la cabeza salirse con la suya en algo; y ahora ya era todo un experto.

Ayudó a Inge a introducirse en su alegre vestido de algodón amarillo, y después le añadió un reloj de pulsera de oro y un brazalete. Inge no podía saber qué hora era, pero a veces a Peter le parecía que su esposa casi llegaba a sonreír cuando veía joyas reluciendo en sus muñecas.

Cuando le hubo cepillado el pelo, ambos contemplaron el reflejo de Inge en el espejo. Su esposa era una guapa rubia de tez muy clara, y antes del accidente tenía una sonrisa coqueta y una tímida manera de agitar las pestañas. Ahora su rostro se hallaba vacío de toda expresión.

Durante su visita de Pentecostés a Sande, el padre de Inge había intentado convencerlo de que ingresara a su esposa en una residencia privada. Peter no podía permitirse pagar lo que costaba, pero Axel estaba dispuesto a correr con los gastos. Dijo que quería que Peter fuese libre, aunque la verdad era que estaba desesperado por tener un nieto que llevara su apellido. No obstante, Peter sentía que tenía el deber de cuidar de su esposa. Para él, el deber era la más importante de las obligaciones de un hombre. Si lo rehuía, dejaría de respetarse a sí mismo.

Llevó a Inge a la sala de estar y la sentó junto a la ventana. Dejó la radio, en la que sonaba música, con el volumen bajo, y luego volvió al cuarto de baño.

El rostro que vio en su espejo de afeitarse era de facciones regulares y bien proporcionadas. Inge solía decir que parecía una estrella de cine. Desde el accidente Peter había visto aparecer unos cuantos pelos grises en su rojiza barba mañanera, y había líneas de cansancio alrededor de sus ojos de un castaño anaranjado. Pero también había un porte orgulloso en la postura de su cabeza, y una inamovible rectitud en la firme línea de sus labios.

Cuando se hubo afeitado, se anudó la corbata y se puso su pistolera con la Walther reglamentaria de 7,65 mm, la versión PPK de pistola de siete balas y dimensiones más reducidas diseñada como arma oculta para uso de los detectives. Después fue a la cocina y se comió de pie tres rebanadas de pan de centeno, reservando la escasa mantequilla para Inge.

Se suponía que la enfermera debía venir a las ocho.

Entre las ocho y las ocho y cinco minutos el humor de Peter cambió. Empezó a ir y venir por el pequeño pasillo del piso. Encendió un cigarrillo y luego lo aplastó impacientemente.

Entre las ocho y cinco y las ocho y diez minutos se fue poniendo furioso. ¿Es que no tenía bastantes cosas a las que hacer frente? Combinaba el cuidar de una esposa que no podía valerse por sí misma con un trabajo agotador y de mucha responsabilidad como detective de policía. La enfermera no tenía ningún derecho a fallarle.

Cuando la enfermera llamó al timbre a las ocho y cuarto, Peter abrió la puerta de un manotazo y gritó:

—¿Cómo te atreves a llegar tarde?

La enfermera era una joven regordeta de unos diecinueve años que vestía un uniforme cuidadosamente planchado y llevaba los cabellos pulcramente ordenados debajo de su gorra, con su redondo rostro ligeramente maquillado. La ira de Peter la dejó perpleja.

—Lo siento —dijo.

Peter se hizo a un lado para dejarla entrar. Sentía una fuerte tentación de abofetearla y la enfermera obviamente la percibió, porque pasó junto a él apretando el paso nerviosamente.

Peter la siguió a la sala de estar.

—Has tenido tiempo de arreglarte el pelo y maquillarte —dijo con irritación.

—Ya le he dicho que lo siento.

—¿No comprendes que mi trabajo exige mucho de mí? Tú no tienes en la cabeza nada más importante que pasear con chicos por los jardines del Tívoli, ¡y sin embargo ni siquiera eres capaz de llegar a la hora a tu trabajo!

Ella miró nerviosamente el arma en su funda pistolera, como si temiera que Peter fuese a pegarle un tiro.

—El autobús llevaba retraso —dijo con voz temblorosa.

—¡Pues haber cogido el anterior, vaca perezosa!

—¡Oh! —La enfermera parecía estar a punto de echarse a llorar.

Peter dio media vuelta, reprimiendo el impulso de abofetear su gorda cara. Si la enfermera dejaba el empleo, los problemas de Peter no harían sino empeorar. Se puso la chaqueta y fue hacia la puerta.

—¡No vuelvas a llegar tarde nunca más! —gritó. Luego salió del piso.

Una vez fuera del edificio, subió de un salto a un tranvía que iba hacia el centro de la ciudad. Encendió un cigarrillo y lo fumó con rápidas caladas, intentando tranquilizarse. Todavía estaba furioso cuando bajó del tranvía en el Politigaarden, los osadamente modernos cuarteles de policía, pero la visión del edificio lo calmó: su sólida estructura cuadrada transmitía una tranquilizadora impresión de fortaleza, su piedra de un blanco deslumbrante hablaba de pureza, y sus hileras de ventanas idénticas simbolizaban el orden y la seguridad de la justicia. Peter cruzó el oscuro vestíbulo. En el centro del edificio había un gran patio abierto, con un anillo de columnas dobles delimitando un espacio cubierto que recordaba el claustro de un monasterio. Peter cruzó el patio y entró en su sección.

Allí fue saludado por la agente de detectives Tilde Jespersen, una entre el puñado de mujeres de la fuerza policial de Copenhague. Viuda de un policía y todavía joven, Tilde era tan lista y dura como cualquier hombre del departamento. Peter solía utilizarla para sus trabajos de vigilancia, un papel en el que una mujer tenía menos probabilidades de despertar sospechas. Era bastante atractiva, con ojos azules, rizados cabellos rubios y la clase de figura pequeña y llena de curvas que las mujeres hubiesen calificado de demasiado gruesa, pero que a los hombres les parecía ideal.

—¿El autobús se retrasó? —preguntó Tilde mirándolo con simpatía.

—No. La enfermera de Inge llegó un cuarto de hora tarde. Esa boba tiene la cabeza llena de pájaros.

—Oh, vaya.

—¿Ha ocurrido algo?

—Me temo que sí. El general Braun está con Juel. Quieren verte tan pronto como llegues.

Aquello sí que era mala suerte: una visita de Braun justo el día en que él llegaba tarde al trabajo.

—Maldita enfermera —masculló Peter, y fue hacia el despacho de Juel.

El porte envarado de Juel y sus penetrantes ojos azules hubiesen hecho honor al antepasado naval cuyo apellido llevaba. Como gesto de cortesía hacia Braun, estaba hablando alemán. Todos los daneses que habían recibido una educación podían arreglárselas en alemán, así como también en inglés.

—¿Dónde se había metido, Flemming? —le preguntó a Peter—. Le hemos estado esperando.

—Pido disculpas —replicó Peter en la misma lengua. Excusarse no se consideraba digno, por lo que no dio la razón de su retraso.

El general Braun ya había cumplido los cuarenta. Probablemente hubo un tiempo en el que fue apuesto, pero la explosión que destruyó su pulmón también se había llevado consigo una parte de su mandíbula, y el lado derecho de su cara estaba deformado. Quizá debido a los daños sufridos por su aspecto, Braun siempre llevaba un inmaculado uniforme blanco de campaña, con botas de media caña y pistolera incluidas.

El general era cortés y razonable en la conversación, y hablaba en un tono de voz tan suave que rozaba el susurro.

—Eche un vistazo a esto si tiene la bondad, inspector Flemming —dijo.

Braun había colocado varios periódicos encima del escritorio de Peter, todos ellos abiertos de manera que mostrasen un determinado artículo. Peter vio que siempre se trataba de la misma historia en cada periódico: una descripción de la escasez de mantequilla en Dinamarca, culpando a los alemanes por llevársela toda. Los periódicos eran el *Toronto Globe*, el *Washington Post* y el *Los Angeles Times*. Encima de la mesa también había un periódico danés, *Realidad*, bastante mal impreso y con un aspecto de publicación de aficionados junto a los periódicos legales, pero conteniendo la historia original que habían copiado los demás. Era un pequeño triunfo de la propaganda.

—Conocemos a la mayoría de las personas que producen estos periódicos hechos en casa —dijo Juel, empleando un tono de lánguida seguridad en sí mismo que irritó a Peter. Oyéndolo cualquiera hubiese imaginado que había sido él, y no su famoso antepasado, quien derrotó a la armada sueca en la batalla de la bahía de Koge—. Podríamos detenerlos a todos, claro está. Pero prefiero dejarlos sueltos sin quitarles el ojo de encima. Entonces, si hacen algo serio como volar un puente, sabremos a quién arrestar.

Peter pensó que aquello era una estupidez. Hubiesen debido ser arrestados en aquel momento, para impedir que volaran puentes. Pero ya había tenido aquella misma discusión con Juel antes, por lo que apretó los dientes y no dijo nada.

—Eso habría podido ser aceptable cuando sus actividades quedaban limitadas a Dinamarca —dijo Braun—. ¡Pero esta historia ha circulado por todo el mundo! Berlín está furioso. Y lo último que nos hace falta ahora es que decidan cerrar esas publicaciones. Tendremos a la maldita Gestapo haciendo resonar sus botas por toda la ciudad, creando problemas y metiendo a la gente en la cárcel, y solo Dios sabe dónde terminará eso.

Peter se sintió muy complacido. La noticia estaba teniendo el efecto que él quería que tuviese.

—Ya estoy trabajando en ello —dijo—. Todos esos periódicos de Estados Unidos consiguieron la noticia del servicio cablegráfico de Reuter, el cual la obtuvo en Estocolmo. Creo que el periódico *Realidad* está siendo introducido clandestinamente en Suecia.

—¡Buen trabajo! —dijo Braun.

Peter le lanzó una rápida mirada de soslayo a Juel, quien parecía furioso. Era como para que lo estuviese, naturalmente. Peter era mejor detective que su jefe, e incidentes como aquel lo demostraban. Peter había solicitado el puesto de jefe de la unidad de seguridad cuando este quedó vacante hacía unos años, pero el nombramiento había ido a parar a Juel. Él era unos cuantos años más joven que Juel, pero tenía más casos resueltos con éxito en su historial. No obstante, Juel pertenecía a una élite metropolitana muy pagada de sí misma cuyos componentes habían ido todos a las mismas escuelas, y Peter estaba seguro de que sus integrantes conspiraban para reservarse los mejores puestos y mantener alejados de ellos a las personas de talento que no pertenecían al grupo.

—Pero ¿cómo han podido sacar el periódico de aquí? —preguntó Juel entonces—. Todos los paquetes son inspeccionados por los censores.

Peter titubeó. Había querido obtener confirmación antes de revelar lo que sospechaba. La información que le había llegado de Suecia podía estar equivocada. Pero ahora tenía delante a Braun, arañando el suelo con los pies y mordiendo impacientemente el bocado, y aquel no era el mejor momento para equivocarse.

—Me han dado un soplo. Anoche hablé con un amigo mío que es detective de la policía de Estocolmo y ha estado interrogando discretamente a su servicio cablegráfico. Mi amigo cree que los periódicos llegan en el vuelo de Lufthansa que va de Berlín a Estocolmo y hace escala aquí.

Braun asintió con excitación.

—Así que si registramos a cada uno de los pasajeros que suban al avión aquí en Copenhague, deberíamos dar con la última edición.

—Sí.

—¿El vuelo sale hoy?

Peter sintió que se le caía el alma a los pies. Aquella no era la manera en que trabajaba él. Prefería verificar la información antes de lanzarse a hacer una redada. Pero agradecía la actitud agresiva de Braun, que suponía un agradable contraste con la pereza y la cautela de Juel.

De todas maneras, tampoco podía contener la avalancha del impaciente entusiasmo de Braun.

—Sí, dentro de unas horas —dijo, ocultando sus dudas.

La prisa podía echarlo todo a perder. Peter no podía permitir que Braun asumiera el control de la operación.

—¿Se me permite hacer una sugerencia, general?

—Por supuesto.

—Debemos actuar discretamente, para evitar prevenir a nuestro culpable. Reunamos un equipo formado por detectives de la policía y oficiales alemanes, pero mantengámoslos aquí en los cuarteles generales hasta el último minuto. Permitamos que los pasajeros se reúnan para tomar el vuelo antes de entrar en acción. Yo iré al aeródromo de Kastrup sin que nadie me acompañe para hacer los preparativos de una manera discreta. Cuando los pasajeros hayan facturado su equipaje y el avión haya aterrizado y repostado, y estos se dispongan a subir a bordo, será demasiado tarde para que alguien pueda escabullirse sin ser visto... y entonces podremos caer sobre él.

Braun sonrió como si supiera muy bien de qué estaba hablando Peter.

—Teme que la presencia de un montón de alemanes dando vueltas por allí nos delatará.

—En absoluto, señor —dijo Peter, manteniéndose muy serio. Cuando los ocupantes se burlaban de sí mismos lo más prudente era no tomar parte en ello—. Será importante que usted y sus hombres nos acompañen, por si se da el caso de que haya alguna necesidad de interrogar a ciudadanos alemanes.

El rostro de Braun se envaró al ver rechazada de aquella manera la ocurrencia con la cual se había criticado a sí mismo.

—Desde luego —dijo, y fue hacia la puerta—. Llámenme a mi despacho cuando su equipo esté listo para partir. —Salió.

Peter se sintió muy aliviado. Al menos había recuperado el control. Su única preocupación había sido que el entusiasmo de Braun pudiera haberlo obligado a actuar demasiado pronto.

—Eso de detectar la ruta por la que llevaban los periódicos ha estado muy bien —dijo Juel condescendientemente—. Ha sido todo un auténtico trabajo de detective. Pero habría sido una muestra de tacto por su parte contármelo antes de que se lo dijera a Braun.

—Lo siento, señor —dijo Peter. De hecho, aquello no hubiese sido posible porque Juel ya se había ido de su despacho cuando el detective sueco telefoneó anoche. Pero Peter no presentó la excusa.

—Bien, reúna a un grupo y envíemelo para que les dé instrucciones —dijo Juel—. Luego vaya al aeródromo y telefonéeme desde allí cuando los pasajeros estén listos para embarcar.

Peter salió del despacho de Juel y volvió al escritorio de Tilde en la sección principal. La agente llevaba una chaqueta, una blusa y una falda de distintos tonos de azul claro, como una muchacha en un cuadro francés.

—¿Qué tal ha ido todo? —preguntó Tilde.

—Llegué con retraso, pero pude justificarlo.

—Estupendo.

—Esta mañana habrá una redada en el aeródromo —le explicó Peter, quien ya sabía a qué detectives quería tener con él—. Me llevaré a Bent Conrad, Peder Dresler y Knut Ellegard. —El sargento de detectives Conrad era entusiásticamente proalemán. Los agentes de detectives Dresler y Ellegard no tenían ningún fuerte sentimiento político o patriótico, pero eran unos policías muy concienzudos que sabían obedecer las órdenes y siempre hacían su trabajo a fondo—. Y me gustaría que tú también vinieras, si es posible, por si acaso hay alguna sospechosa a la cual cachear.

—Claro.

—Juel os informará a todos. Yo iré a Kastrup antes que vosotros. —Peter echó a andar hacia la puerta y luego se volvió—. ¿Qué tal está el pequeño Stig?

Tilde tenía un hijo de seis años de edad, que era cuidado por la abuela durante la jornada laboral de su madre.

La agente sonrió.

—Muy bien. Está aprendiendo a leer muy deprisa.

—Algún día será jefe de policía.

El rostro de Tilde se ensombreció.

—No quiero que Stig sea policía.

Peter asintió. El esposo de Tilde había muerto durante un tiroteo con una banda de contrabandistas.

—Comprendo.

—¿Tú querrías que tu hijo hiciera este trabajo? —añadió ella en un tono defensivo.

Peter se encogió de hombros.

—No tengo hijos, y no es probable que vaya a tenerlos.

Tilde le lanzó una mirada enigmática.

—No sabes qué te reserva el futuro.

—Cierto —dijo Peter, dando media vuelta. No quería iniciar aquella discusión en un día de mucho trabajo—. Ya llamaré.

—De acuerdo.

Peter cogió uno de los Buick negros sin identificaciones del departamento, que había sido equipado recientemente con una radio de doble sentido. Salió de la ciudad y cruzó un puente que llevaba a la isla de Amager, donde se hallaba ubicado el aeródromo de Kastrup. Hacía un día soleado, y desde la carretera podía ver a la gente en la playa.

Con su anticuado traje a rayas y su discreta corbata, Peter parecía un hombre de negocios o un abogado. No llevaba un maletín, pero en pro de la verosimilitud había llevado consigo una carpeta de expedientes que llenó con las hojas cogidas de una papelera.

Fue poniéndose nervioso conforme se acercaba al aeródromo. Si hubiera podido disponer de uno o dos días más, habría podido establecer si cada vuelo transportaba paquetes ilegales, o si solo lo hacían algunos. Existía la preocupante posibilidad de que ese día no consiguiera encontrar nada, pero que su registro alertara al grupo subversivo, y que optara por una ruta distinta. Entonces Peter tendría que volver a empezar desde cero.

El aeródromo estaba formado por un pequeño conjunto de edificios de escasa altura esparcidos a un lado de una sola pista. Se hallaba fuertemente vigilado por tropas alemanas, pero los vuelos civiles continuaban a cargo de la aerolínea danesa, la DDL, y la ABA sueca, así como por Lufthansa.

Peter aparcó delante del despacho del controlador del aeropuerto. Le dijo a la secretaria que trabajaba en el Departamento de Seguridad Aérea del gobierno y fue admitido de inmediato. El controlador, Christian Varde, era un hombrecillo con la sonrisa siempre a punto de un vendedor. Peter le enseñó su documentación de la policía.

—Hoy se efectuará una comprobación especial de seguridad en el vuelo de Lufthansa a Estocolmo —dijo—. Ha sido autorizada por el general Braun, quien no tardará en llegar. Debemos prepararlo todo.

Una expresión de miedo apareció en el rostro del controlador. Extendió la mano hacia su teléfono, pero Peter cubrió el instrumento con la suya.

—No —dijo—. Le ruego que no advierta a nadie. ¿Tiene una lista de los pasajeros que se espera que suban al avión aquí?

—Mi secretaria la tiene.

—Pídale que la traiga.

Varde llamó a su secretaria y esta trajo una hoja de papel que su jefe entregó a Peter.

—¿El vuelo procedente de Berlín viene con el horario previsto? —preguntó Peter.

—Sí. —Varde consultó su reloj—. Debería tomar tierra dentro de cuarenta y cinco minutos.

Era tiempo suficiente, por muy poco.

El que solo tuviera que registrar a los pasajeros que iban a tomar el avión en Dinamarca simplificaría la labor de Peter.

—Quiero que llame al piloto y le diga que hoy no se permitirá desembarcar a nadie en Kastrup. Eso incluye a los pasajeros y la tripulación.

—Muy bien.

Echó un vistazo a la lista que había traído la secretaria. Contenía cuatro nombres: dos daneses, una danesa y un alemán.

—¿Dónde se encuentran ahora los pasajeros?

—Deberían estar presentándose y haciendo su facturación.

—Recoja su equipaje, pero no lo suba a bordo del avión hasta que haya sido examinado por mis hombres.

—Muy bien.

—A los pasajeros también se los registrará antes de que suban al avión. ¿Hay algo más que se cargue aquí, aparte de los pasajeros y su equipaje?

—Café y bocadillos para el vuelo y una saca de correo. Y el combustible, claro está.

—La comida y la bebida tienen que ser examinadas, al igual que la saca de correo. Uno de mis hombres supervisará la operación de repostaje.

—Muy bien.

—Ahora vaya y envíe el mensaje al piloto. Cuando todos los pasajeros hayan terminado su facturación, venga a reunirse conmigo en la sala de partidas. Pero por favor, intente dar la impresión de que no está ocurriendo nada especial.

Varde salió del despacho.

Peter fue a la zona de partidas, exprimiéndose el cerebro mientras iba para asegurarse de que había pensado en todo. Se sentó en la sala y estudió discretamente a los pasajeros, preguntándose cuál de ellos terminaría en la cárcel en vez de a bordo de un avión. Aquella mañana había programados vuelos a Berlín, Hamburgo, la capital noruega de Oslo, la ciudad sueca de Malmoe en el sur del país, y la isla de recreo danesa de Bornholm, por lo que no podía estar seguro de cuál de los pasajeros tenía Estocolmo como destino.

Solo había dos mujeres en la sala: una joven madre con dos niños y una mujer ya mayor y de blancos cabellos que iba muy bien vestida. Peter pensó que la mujer mayor podía ser la que introdujera los periódicos, ya que por su apariencia bien podía alejar las sospechas.

Tres de los pasajeros vestían uniformes alemanes. Peter consultó su lista: su hombre era un tal coronel Von Schwarzkopf. Solo uno de los militares era coronel. Pero era tremendamente improbable que un oficial alemán introdujera secretamente periódicos clandestinos daneses.

Todos los demás eran hombres como Peter, que llevaban traje y corbata y mantenían su sombrero encima del regazo.

Intentando parecer aburrido pero paciente, como si estuviera esperando un vuelo, Peter observó con gran atención a todo el mundo, manteniéndose alerta en busca de signos de que alguien hubiera percibido la inminente comprobación de seguridad. Algunos pasajeros parecían estar nerviosos, pero eso podía ser solo miedo a volar. Peter se concentró en asegurarse de que nadie intentara tirar un paquete, o esconder periódicos en algún lugar de la sala.

Varde reapareció. Sonriendo de oreja a oreja como si estuviera encantado de volver a ver a Peter, dijo:

—Los cuatro pasajeros han facturado su equipaje.

—Perfecto. —Había llegado el momento de poner manos a la obra—. Dígales que a Lufthansa le gustaría ofrecerles alguna clase de hospitalidad especial, y luego llévelos a su despacho. Yo lo seguiré.

Varde asintió y fue al mostrador de Lufthansa. Mientras pedía a los pasajeros que iban a Estocolmo que se reunieran con él, Peter fue a un teléfono público, llamó a Tilde y le dijo que todo estaba preparado para la operación. Varde se llevó consigo al grupo de cuatro pasajeros, y Peter siguió al pequeño cortejo.

Cuando estuvieron reunidos en el despacho de Varde, Peter reveló su identidad. Enseñó su identificación policial al coronel alemán.

—Actúo siguiendo órdenes del general Braun —dijo para acallar posibles protestas—. Él ya viene hacia aquí y lo explicará todo.

El coronel parecía un poco disgustado, pero se sentó sin hacer ningún comentario, y los otros tres pasajeros —la dama de los cabellos blancos y dos hombres de negocios daneses— lo imitaron. Peter se apoyó en la pared, observándolos y manteniéndose alerta para detectar cualquier conducta que indicara culpabilidad. Cada uno llevaba consigo algún tipo de bolsa de viaje: la señora mayor un gran bolso, el oficial alemán una delgada cartera para documentos, los hombres de negocios maletines. Cualquiera de ellos podía estar transportando ejemplares de un periódico ilegal.

—¿Puedo ofrecerles café o té mientras esperan? —preguntó Varde afablemente.

Peter consultó su reloj. El vuelo procedente de Berlín ya tendría que estar llegando. Miró por la ventana de Varde y lo vio disponerse a tomar tierra. El aparato era un trimotor Junkers Ju-52, y Peter pensó que se trataba de una máquina bastante fea: toda su superficie se hallaba acanalada, igual que el techo de un cobertizo, y el tercer motor, que sobresalía de la proa del aparato, parecía el hocico de un cerdo. Pero se aproximaba a una velocidad notablemente reducida para un avión tan pesado, y el efecto era realmente majestuoso. El Junkers tomó tierra y rodó lentamente hacia la terminal. La puerta se abrió, y la tripulación dejó caer al suelo los calces que aseguraban las ruedas cuando el avión se encontraba estacionado.

Braun y Juel llegaron con los cuatro detectives que había escogido Peter, mientras los pasajeros que esperaban estaban bebiendo el sucedáneo de café del aeropuerto.

Peter observó con un agudo interés cómo los detectives vaciaban los maletines de los hombres y el bolso de la señora de los cabellos blancos. Era muy posible que el espía llevara los periódicos ilegales en su equipaje de mano, pensó. Entonces el traidor podría afirmar que los había traído para leerlos a bordo del avión. No es que aquello fuera a servirle de nada, por supuesto.

Pero los contenidos de los equipajes de mano eran totalmente inocentes.

Tilde llevó a la señora a otra habitación para cachearla, mientras los tres sospechosos se desnudaban hasta quedarse en ropa interior. Braun cacheó al coronel, y el sargento Conrad se encargó de los daneses. No se encontró nada.

Peter se sintió bastante decepcionado, pero se dijo que era mucho más probable que el contrabando estuviera en el equipaje facturado.

A los pasajeros se les permitió regresar a la sala, pero no subir a bordo del avión. Su equipaje fue alineado encima de la pista, fuera del edificio de la terminal: dos maletas de piel de cocodrilo con aspecto de nuevas que sin duda pertenecían a la señora mayor, una gran bolsa de viaje hecha en lona flexible que probablemente era del coronel, una maleta de cuero marrón y otra maleta barata de cartón.

Peter estaba seguro de que encontrarían un ejemplar de *Realidad* dentro de uno de aquellos equipajes.

Bent Conrad recogió las llaves de los pasajeros.

—Apuesto a que es la vieja —le murmuró a Peter—. Yo diría que tiene aspecto de judía.

—Limítate a abrir el equipaje —dijo Peter.

Conrad abrió todo el equipaje y Peter comenzó a registrarlo, con Juel y Braun observando por encima de sus hombros, y una pequeña multitud mirando por la ventana de la sala de partidas. Peter imaginó el momento en el que sacara triunfalmente el periódico y lo agitara delante de todo el mundo.

Las maletas de piel de cocodrilo estaban llenas de ropa cara confeccionada en un estilo ya anticuado, que Peter fue tirando al suelo. La bolsa de lona contenía un equipo de afeitar, una muda de ropa interior y una camisa de uniforme impecablemente planchada. El maletín de cuero del hombre de negocios contenía papeles, así como ropa, y Peter lo examinó todo cuidadosamente, pero no había ningún periódico ni nada sospechoso.

Había dejado la maleta de cartón para el final, pensando que el menos acomodado de los hombres de negocios era el que tenía más probabilidades entre los cuatro pasajeros de ser un espía.

La maleta estaba medio vacía. Contenía una camisa blanca y una corbata negra, lo cual confirmaba la historia contada por el hombre de que iba a un funeral. También había una Biblia negra ya bastante gastada por el uso. Pero no había ningún periódico.

Peter empezó a preguntarse con desesperación si sus temores no habrían estado fundados y aquel realmente era el día equivocado para la operación. Lo que más lo irritaba era haber permitido que lo impulsaran a actuar prematuramente. Controló su furia. Todavía no había terminado.

Sacó un cortaplumas de su bolsillo. Luego hundió la punta del cortaplumas en el forro del caro equipaje de la señora y abrió un largo tajo en la seda blanca. Oyó cómo Juel soltaba un gruñido de sorpresa ante la súbita violencia del gesto. Peter pasó la mano por debajo del forro que acababa de rasgar. Para su consternación, allí no había nada escondido.

Hizo lo mismo con el maletín de cuero del hombre de negocios, obteniendo los mismos resultados. La maleta de cartón del segundo hombre de negocios no tenía forro, y Peter no pudo ver nada en su estructura que pudiera servir como escondite.

Sintiendo cómo su cara enrojecía de embarazo y frustración, cortó las costuras de la base de cuero de la bolsa de lona del coronel y metió la mano dentro de ella en busca de papeles escondidos. No había nada.

Levantó los ojos para ver a Braun, Juel y los detectives mirándolo fijamente. Peter se dio cuenta de su conducta estaba empezando a parecer la de un loco.

Al diablo con eso.

—Su información quizá estaba equivocada, Flemming —dijo Juel lánguidamente.

«Y eso te complacería muchísimo», pensó Peter con resentimiento. Pero aún no había terminado.

Vio a Varde mirando desde la sala de partidas, y lo llamó con una seña. La sonrisa del hombre pareció volverse un poco más tensa mientras contemplaba los destrozos sufridos por el equipaje de sus clientes.

—¿Dónde está la saca del correo? —preguntó Peter.

—En el departamento de equipajes.

—Bueno, ¿a qué está esperando? ¡Tráigala aquí, idiota!

Varde se fue. Peter señaló el equipaje con un gesto de disgusto y dijo a sus detectives:

—Libraos de todo eso.

Dresler y Ellegard volvieron a meter las cosas en las maletas sin ningún miramiento. Un mozo de equipajes llegó para llevarlas al Junkers.

—Espere —dijo Peter mientras el hombre empezaba a coger las maletas—. Regístrelo, sargento. —Conrad registró al hombre y no encontró nada.

Varde llevó la saca del correo y Peter la vació, esparciendo las cartas por el suelo. Todas llevaban el sello del censor. Había dos sobres que eran lo bastante grandes para contener un periódico, uno de color blanco y el otro marrón. Peter rasgó el sobre blanco. Contenía seis copias de un documento legal, alguna clase de contrato. El sobre marrón contenía el catálogo de una cristalería de Copenhague. Peter maldijo en voz alta.

Trajeron un carrito encima del que había una bandeja de bocadillos y varias cafeteras para que Peter lo inspeccionara. Aquella era su última esperanza. Peter abrió cada cafetera y derramó el café sobre el suelo. Juel musitó algo acerca de que eso no era necesario, pero Peter estaba demasiado desesperado para que le importara lo que pudiese decir su jefe. Apartó las servilletas de lino que cubrían la bandeja y hurgó con un dedo entre los bocadillos. Para su inmenso horror, descubrió que no había nada. Lleno de rabia, cogió la bandeja y tiró los bocadillos al suelo con la esperanza de encontrar un periódico debajo de ellos, pero solo había otra servilleta de lino.

Peter comprendió que iba a verse completamente humillado: eso lo enfureció todavía más.

—Inicien la operación de repostaje —dijo—. Yo vigilaré cómo lo hacen.

Un camión cisterna se acercó al Junkers. Los detectives apagaron sus cigarrillos y contemplaron cómo el combustible para aviones era bombeado al interior de las alas del aparato. Peter sabía que aquello no servía de nada, pero perseveró tozudamente luciendo una expresión pétrea en el rostro porque no se le ocurría qué otra cosa podía hacer. Los pasajeros miraban con curiosidad por las ventanillas rectangulares del Junkers, preguntándose sin duda por qué un general alemán y seis civiles tenían que observar la operación de repostaje.

Pronto los depósitos estuvieron llenos y los casquetes cerrados. A Peter no se le ocurría ninguna manera de retrasar el despegue. Se había equivocado; estaba quedando como un imbécil.

—Deje subir a los pasajeros —dijo con furia contenida.

Volvió a la sala de partidas, con su humillación ya apurada. Quería estrangular a alguien. Lo había echado todo a perder delante tanto del general Braun como del superintendente Juel. La junta de nombramientos pensaría que lo ocurrido justificaba con creces su decisión de escoger a Juel en vez de a Peter para el puesto más alto. Juel incluso podía utilizar aquel fracaso como una excusa para que Peter fuera trasladado a algún departamento de escasa importancia, como por ejemplo Tráfico.

Se detuvo en la sala para presenciar el despegue. Juel, Braun y los detectives esperaron con él. Varde estaba por allí cerca, esforzándose por poner cara de que no había ocurrido nada que se saliera de lo corriente. Contemplaron cómo los cuatro enfadados pasajeros subían al avión. La dotación de tierra apartó los calces de las ruedas y los arrojó a bordo; luego la portezuela fue cerrada.

El aparato ya empezaba a alejarse de su plaza de estacionamiento cuando Peter tuvo un súbito arranque de inspiración.

—Detenga el avión —le dijo a Varde.

—Por el amor de Dios... —dijo Juel.

Varde puso una cara como si fuera a echarse a llorar de un momento a otro. Se volvió hacia el general Braun.

—Señor, mis pasajeros...

—¡Detenga el avión! —repitió Peter.

Varde siguió mirando a Braun con expresión suplicante. Pasados unos instantes, Braun asintió.

—Haga lo que dice.

Varde descolgó un auricular.

—Dios mío, Flemming, más vale que tenga una buena razón para hacer esto —dijo Juel.

El avión rodó sobre la pista, describió un círculo completo y regresó a su posición original. La puerta se abrió, y los calces fueron arrojados a la dotación de tierra. Peter se dirigió a uno de ellos.

—Deme ese calce.

El hombre parecía asustado, pero hizo lo que se le decía.

Peter tomó el calce de su mano. Era un sencillo bloque triangular de madera de unos treinta centímetros de altura, sucio, pesado y sólido.

—El otro —dijo Peter.

Agachándose por debajo del fuselaje, el mecánico cogió el otro calce y se lo alargó.

Tenía el mismo aspecto, pero pesaba menos. Haciéndolo girar entre sus dedos, Peter descubrió que una de las caras era una tapa que podía deslizarse hacia un lado. La abrió. Dentro había un paquete cuidadosamente envuelto en tela encerada.

Peter exhaló un suspiro de profunda satisfacción.

El mecánico giró sobre sus talones y echó a correr.

—¡Deténganlo! —gritó Peter, pero no había necesidad de que lo hiciera. El hombre se apartó de los detectives y trató de pasar corriendo junto a Tilde, sin duda imaginándose que no le costaría nada apartarla de un empujón. La agente giró como una bailarina, dejándolo pasar, y luego extendió un pie y le puso la zancadilla. El mecánico voló por los aires.

Dresler saltó sobre él, lo puso en pie tirándole de los hombros y le retorció el brazo detrás de la espalda.

Peter le hizo un gesto con la cabeza a Ellegard.

—Arreste al otro mecánico. Tiene que haber sabido lo que estaba ocurriendo.

Luego volvió a dirigir su atención hacia el paquete. Quitó la tela encerada. Dentro había dos ejemplares de *Realidad*. Peter se los tendió a Juel.

Juel los examinó y luego alzó la mirada hacia Peter.

Peter lo contempló con expresión expectante, sin decir nada, esperando.

—Bien hecho, Flemming —dijo Juel de mala gana.

Peter sonrió.

—Solo estaba haciendo mi trabajo, señor.

Juel dio media vuelta.

—Esposen a los dos mecánicos y llévenlos al cuartel general para que sean interrogados —les dijo Peter a sus detectives.

Había algo más en el paquete. Peter sacó de él un fajo de papeles unidos mediante un clip. Las hojas estaban llenas de caracteres mecanografiados en grupos de cinco que no tenían ningún sentido. Peter los contempló con perplejidad durante unos instantes. Entonces se hizo la luz dentro de su mente, y comprendió que aquello era un triunfo mucho más grande de lo que nunca hubiera podido llegar a soñar.

Los papeles que tenía en las manos contenían un mensaje en código.

Peter se los alargó a Braun.

—Me parece que hemos descubierto una red de espionaje, general.

Braun contempló los papeles y palideció.

—Dios mío, tiene usted razón.

—Los militares alemanes quizá tengan un departamento que está especializado en descifrar las claves enemigas, ¿no?

—Desde luego que sí.

—Estupendo —dijo Peter.

5

Un anticuado carruaje tirado por dos caballos recogió a Harald Olufsen y Tik Duchwitz en la estación de tren del pueblo de Kirstenslot, donde estaba la casa de Tik. Tik explicó que el carruaje había pasado años pudriéndose dentro de un granero, y que lo habían rehabilitado cuando los alemanes impusieron las restricciones de gasolina. Una capa de pintura reciente hacía que la madera reluciera, pero el tiro obviamente consistía en caballos de carro que habían sido tomados prestados de una granja. El cochero tenía el aspecto de alguien que se hubiera sentido más cómodo detrás de un arado.

Harald no estaba seguro de por qué lo había invitado Tik para el fin de semana. Ninguno de los Tres Chalados había visitado nunca las casas de los demás, a pesar de que llevaban siete años siendo grandes amigos en la escuela. La invitación quizá fuera una consecuencia del arranque antinazi de Harald en clase. Los padres de Tik tal vez tuvieran curiosidad por conocer a aquel hijo de un pastor que estaba tan preocupado por la persecución de los judíos.

Salieron de la estación y cruzaron un pueblecito con una iglesia y una taberna. Cuando llegaron al final del pueblecito, salieron del camino y pasaron por entre un par de enormes leones de piedra. Al final de un sendero de medio kilómetro de largo, Harald vio un castillo de cuento de hadas, con baluartes y torretas.

Había centenares de castillos en Dinamarca. A veces Harald encontraba cierto consuelo en aquel hecho. Aunque era un país pequeño, Dinamarca no siempre se había rendido abyectamente a sus beligerantes vecinos. Quizá todavía quedara algo del espíritu vikingo.

Algunos castillos eran monumentos históricos, mantenidos como museos y visitados por turistas. Muchos eran poco más que casas de campo ocupadas por prósperas familias de granjeros. A medio camino entre una cosa y otra existían unas cuantas mansiones espectaculares que eran propiedad de las personas más ricas del país. Kirstenslot —la casa tenía el mismo nombre que el pueblecito— era una de ellas.

Harald se sintió un poco intimidado. Ya sabía que la familia Duchwitz era rica —el padre y el tío de Tik eran banqueros—, pero no estaba preparado para aquello. Se preguntó nerviosamente si sabría comportarse como era debido. Nada en la vida de la rectoría lo había preparado para un lugar semejante.

La tarde de sábado ya se hallaba bastante avanzada cuando el carruaje los dejó en aquella entrada principal que parecía pertenecer a una catedral. Harald entró en la casa, llevando consigo su pequeña maleta. El vestíbulo de mármol estaba lleno de muebles antiguos, jarrones decorados, estatuillas y grandes cuadros al óleo. La familia de Harald se inclinaba a tomar al pie de la letra el Segundo Mandamiento, que prohibía hacer representaciones de cuanto hubiera en el cielo o en la tierra, por lo que en la rectoría no había ninguna clase de imágenes (aunque Harald sabía que él y Arne habían sido fotografiados secretamente cuando eran bebés, ya que había encontrado las fotos escondidas en el cajón donde su madre guardaba las medias). El tesoro artístico que había en la casa de los Duchwitz hizo que se sintiera levemente incómodo.

Tik lo precedió por una gran escalera y lo llevó a un dormitorio.

—Esta es mi habitación —dijo.

Allí no había antiguos maestros ni jarrones chinos, solo la clase de cosas que coleccionaba un joven de dieciocho años: un balón de fútbol, una foto de Marlene Dietrich con aspecto muy sensual, un clarinete, un anuncio enmarcado para un coche deportivo Lancia Aprilla diseñado por Pininfarina.

Harald cogió una foto enmarcada. Mostraba a Tik a los cuatro años con una niña que tendría su misma edad.

—¿Quién es la amiguita?

—Mi hermana gemela, Karen.

—Oh. —Harald sabía, vagamente, que Tik tenía una hermana. En la instantánea estaba más alta que él. La foto era en blanco y negro, pero Karen parecía tener la tez más clara—. Obviamente no una gemela idéntica, ya que es demasiado guapa.

—Los gemelos idénticos tienen que ser del mismo sexo, idiota.

—¿Dónde estudia?

—En el Ballet Real de Dinamarca.

—No sabía que tuvieran una escuela.

—Si quieres entrar en el cuerpo de danza, tienes que ir a la escuela. Algunas chicas empiezan a los cinco años. Toman todas las lecciones habituales, y también bailan.

—¿Le gusta?

Tik se encogió de hombros.

—Dice que hay que trabajar mucho. —Abrió una puerta y fue por un corto pasillo hasta un cuarto de baño y un segundo dormitorio, no tan grande como el anterior. Harald lo siguió—. Te alojarás aquí, si te parece bien —dijo Tik—. Compartiremos el cuarto de baño.

—Estupendo —dijo Harald, dejando caer su maleta encima de la cama.

—Podrías tener una habitación más grande, pero entonces estarías a kilómetros de distancia.

—Está mejor así.

—Ven a saludar a mi madre.

Harald siguió a Tik por el pasillo principal del primer piso. Tik llamó con los nudillos a una puerta, la abrió un poco y dijo:

—¿Recibes visitas de caballeros, madre?

—Entra, Josef —replicó una voz.

Harald siguió a Tik al interior del saloncito privado de la señora Duchwitz, una preciosa habitación con fotos enmarcadas en todas las superficies planas. La madre de Tik se parecía mucho a él. Era muy bajita, aunque regordeta, cuando Tik era delgado, y tenía los mismos ojos oscuros. Aparentaba unos cuarenta años, pero sus negros cabellos ya mostraban un poco de gris.

Tik presentó a Harald, quien estrechó la mano de la madre de su amigo con una pequeña reverencia. La señora Duchwitz los hizo sentarse y les preguntó por la escuela. Era muy afable y no costaba nada hablar con ella; Harald empezó a sentirse un poco menos aprensivo acerca del fin de semana.

Pasado un rato, la señora Duchwitz dijo:

—Bueno, ahora id a prepararos para la cena.

Los muchachos regresaron a la habitación de Tik.

—No os ponéis nada especial para la cena, ¿verdad? —preguntó Harald nerviosamente.

—Tu chaqueta y tu corbata ya irán bien.

Eran todo lo que tenía Harald. La chaqueta, los pantalones, el abrigo y la gorra que componían el uniforme de la escuela, más el equipo de deportes, representaban un gasto importante para la familia Olufsen, y tenían que ser reemplazados constantemente porque Harald iba creciendo un par de centímetros cada año. No tenía más ropa, aparte de suéteres para el invierno y pantalones cortos para el verano.

—¿Qué te vas a poner tú? —le preguntó a Tik.

—Una chaqueta negra y pantalones de franela gris.

Harald se alegró de haber traído una camisa blanca limpia.

—¿Quieres bañarte antes? —preguntó Tik.

—Claro.

La idea de que tuvieras que darte un baño antes de cenar le parecía un poco extraña a Harald, pero se dijo que estaba aprendiendo las maneras de los ricos.

Se lavó el pelo en el baño, y Tik se afeitó al mismo tiempo.

—Tú nunca te afeitas dos veces en un día cuando estamos en la escuela —dijo Harald.

—Madre se toma muy en serio esas cosas. Y mi barba es oscura. Dice que si no me afeito por la tarde, parece como si acabara de salir de la mina de carbón.

Harald se puso su camisa limpia y los pantalones de la escuela, y luego entró en el cuarto de baño para peinarse los cabellos mojados delante del espejo que había encima del tocador. Mientras lo estaba haciendo, una chica entró sin llamar.

—Hola —dijo—. Tú tienes que ser Harald.

Era la joven de la foto, pero la imagen monocroma no le había hecho justicia. Tenía la piel blanca y los ojos verdes, y su rizada cabellera era de un intenso color rojo cobre. Una alta figura ataviada con un largo vestido verde oscuro, flotó a través de la habitación como un fantasma. Cogió una pesada silla por el respaldo con la grácil fuerza de una atleta y le dio la vuelta para sentarse en ella. Luego cruzó sus largas piernas y dijo:

—¿Y bien? ¿Eres Harald?

—Sí, lo soy —consiguió decir Harald, sintiéndose muy consciente de sus pies descalzos—. Y tú eres la hermana de Tik.

—¿Tik?

—Así es como llamamos a Josef en la escuela.

—Bueno, pues yo soy Karen y no tengo ningún apodo. Ya me he enterado de tu estallido en la escuela. Creo que tienes toda la razón. Odio a los nazis. ¿Quiénes se piensan que son?

Tik salió del cuarto de baño envuelto en una toalla.

—¿Es que no sientes ningún respeto por la intimidad de un caballero? —preguntó.

—Pues no —replicó ella—. Quiero un cóctel, y no los sirven hasta que no haya al menos un varón en la habitación. Sabes, creo que los sirvientes van inventándose todas esas reglas por su cuenta.

—Bueno, pues entonces haz el favor de mirar en otra dirección durante unos momentos —dijo Tik, y para gran sorpresa de Harald dejó caer la toalla.

Karen no pareció sentirse afectada en lo más mínimo por la desnudez de su hermano y no se molestó en desviar la mirada.

—¿Y qué tal te encuentras, enano de negros ojos? —preguntó afablemente mientras su hermano se ponía unos calzoncillos blancos limpios.

—Muy bien, aunque me sentiré mejor cuando hayan terminado los exámenes.

—¿Qué harás si suspendes?

—Supongo que trabajaré en el banco. Padre probablemente me hará empezar por abajo de todo, llenando los tinteros de los auxiliares.

—No suspenderá los exámenes —le dijo Harald a Karen.

—Supongo que eres inteligente, como Josef —replicó ella.

—Mucho más que yo, de hecho —dijo Tik.

Harald no podía negarlo sin faltar a la verdad.

—¿Y qué se siente al estar en una escuela de ballet? —preguntó tímidamente.

—Es como un cruce entre servir en el ejército y estar en la cárcel.

Harald miró a Karen con fascinación. No sabía si debía considerarla como uno más de los muchachos o como uno de los dioses. Ella bromeaba con su hermano igual que si fuera una niña, pero aun así tenía una gracia realmente extraordinaria. Solo con sentarse en la silla, mover un brazo o señalar o apoyar la barbilla en la mano, ya parecía estar danzando. Todos sus movimientos eran armoniosos. Sin embargo su porte no suponía ninguna limitación para ella, y Harald contempló como si lo hubieran hipnotizado las expresiones que iban sucediéndose en su cara. Karen tenía los labios carnosos y una amplia sonrisa ligeramente inclinada hacia un lado. De hecho, toda su cara era un poco irregular —su nariz no era del todo recta y su barbilla era un tanto desigual—, pero el efecto general resultaba magnífico. De hecho, pensó Harald, era la chica más hermosa que hubiera visto jamás.

—Será mejor que te pongas unos zapatos —le dijo entonces Tik.

Harald se retiró a su habitación y terminó de vestirse. Cuando regresó, Tik estaba muy elegante con su chaqueta negra, su camisa blanca y su corbata oscura sin dibujos. Harald se sintió como un colegial con su chaqueta de la escuela.

Karen encabezó la marcha escalera abajo. Entraron en una habitación larga y bastante desordenada con varios sofás muy grandes, un piano de cola y un perro ya bastante mayor tendido encima de una alfombra delante de la chimenea. Lo relajado de la atmósfera contrastaba con la envarada formalidad del vestíbulo, aunque allí las paredes también estaban llenas de antiguos cuadros.

Una mujer joven vestida de negro y con un delantal blanco preguntó a Harald qué le gustaría beber.

—Lo que tome Josef —replicó él. En la rectoría no había alcohol. En la escuela, durante el último año, a los muchachos se les permitía beber un vaso de cerveza por cabeza en cada reunión de la noche del viernes. Harald nunca había bebido un cóctel y no estaba demasiado seguro de en qué consistía exactamente.

Para proporcionarse algo que hacer, se inclinó y le dio unas palmaditas al perro. Era un largo y esbelto setter rojo con un espolvoreo de gris en su rojizo pelaje. El perro abrió un ojo y meneó el rabo una vez en educado reconocimiento de las atenciones de Harald.

—Ese es Thor —dijo Karen.

—El dios del trueno —dijo Harald con una sonrisa.

—Muy poco apropiado, estoy de acuerdo, pero el nombre se lo puso Josef.

—¡Tú querías llamarlo Botón de Oro! —protestó Tik.

—Entonces yo solo tenía ocho años.

—Y yo. Además, Thor no es un nombre tan poco apropiado. Cuando se tira un pedo siempre suena igual que un trueno.

En ese momento entró el padre de Tik; se parecía tanto al perro que Harald casi se echó a reír. Alto y delgado, el señor Duchwitz iba elegantemente vestido con una chaqueta de terciopelo y una pajarita negra, y sus rizados cabellos rojizos estaban empezando a volverse grises. Harald se levantó y se dieron la mano.

El señor Duchwitz se dirigió a él con la misma lánguida cortesía que había mostrado el perro.

—Me alegro mucho de conocerte —dijo, pronunciando muy despacio cada palabra—. Josef siempre está hablando de ti.

—Ahora ya conoces a toda la familia —dijo Tik.

—¿Cómo están las cosas en la escuela, después de tu arranque? —le preguntó el señor Duchwitz a Harald.

—Curiosamente, no fui castigado —respondió él—. En el pasado, hubiese tenido que cortar la hierba con unas tijeras para las uñas solo por decir «Paparruchas» cuando un profesor había hecho una declaración estúpida. Fui mucho más descortés que eso con el señor Agger. Pero Heis, que es el director de la escuela, se limitó a soltarme un discurso acerca de lo mucho más efectivos que hubiesen resultado mis argumentos si no hubiera perdido los estribos.

—Él mismo te estaba dando un ejemplo de ello al no enfadarse contigo —dijo el señor Duchwitz con una sonrisa, y Harald cayó en la cuenta de que eso era exactamente lo que había estado haciendo el señor Heis.

—Yo creo que Heis se equivoca —dijo Karen—. A veces tienes que organizar un buen jaleo para que la gente escuche.

Harald pensó que aquello era muy cierto, y deseó que se le hubiera ocurrido decírselo a Heis. Karen era inteligente además de hermosa. Pero tenía una pregunta para el señor Duchwitz y había estado esperando que se le presentara la ocasión de formularla.

—Señor, ¿no le preocupa lo que podrían hacerles los nazis? Ya sabemos lo mal que se está tratando a los judíos en Alemania y Polonia.

—Me preocupa, sí. Pero Dinamarca no es Alemania, y los alemanes parecen considerarnos como daneses primero y como judíos en segundo lugar.

—Por lo menos de momento —intervino Tik.

—Cierto. Pero luego está la cuestión de qué otras opciones nos quedan. Supongo que podría hacer un viaje de negocios a Suecia y una vez allí solicitar un visado para Estados Unidos. Sacar a toda la familia sería más difícil. Y piensa en todo lo que estaríamos dejando atrás: un negocio que fue iniciado por mi bisabuelo, esta casa en la que nacieron mis hijos, una colección de cuadros que he tardado una vida entera en reunir... Cuando lo miras de esa manera, parece más simple quedarse donde estás y esperar que todo vaya lo mejor posible.

—Y de todas maneras tampoco es como si fuéramos unos tenderos, por el amor del cielo —dijo Karen frívolamente—. Odio a los nazis, pero ¿qué le van a hacer a la familia que es dueña del banco más grande del país?

Harald pensó que aquello era una idiotez.

—Los nazis pueden hacer lo que quieran, y a estas alturas ya deberías saberlo —dijo despectivamente.

—Oh, ¿debería? —replicó Karen con voz gélida, y Harald se dio cuenta de que la había ofendido.

Se disponía a explicar cómo había sido perseguido el tío Joachim pero, en ese momento, la señora Duchwitz se reunió con ellos y empezaron a hablar de la producción actual del Ballet Real Danés, que era *Las sílfides*.

—La música me encanta —dijo Harald. La había oído en la radio y podía tocar algunas partes de ella en el piano.

—¿Has visto el ballet? —le preguntó la señora Duchwitz.

—No. —Harald sintió el impulso de dar la impresión de que había visto muchos ballets, pero que casualmente se había perdido aquel. Entonces cayó en la cuenta de lo arriesgado que sería fingir delante de aquella familia tan entendida en esos asuntos—. Si quiere que le sea sincero, nunca he ido al teatro —confesó.

—Eso es terrible —dijo Karen con aire altanero.

La señora Duchwitz le lanzó una mirada de desaprobación.

—Entonces Karen tiene que llevarte —dijo.

—Madre, estoy terriblemente ocupada —protestó Karen—. ¡Me estoy aprendiendo un papel principal por si he de hacer de sustituta!

Harald se sintió herido por su rechazo, pero supuso que estaba siendo castigado por haberle tratado despectivamente cuando hablaban de los nazis.

Apuró su vaso. Había disfrutado con el sabor agridulce del cóctel, y este le había infundido una relajada sensación de bienestar, pero quizá también había hecho que no pensara demasiado en lo que decía. Harald lamentó haber ofendido a Karen. Ahora que la actitud de la chica hacia él se había vuelto tan fría de pronto, se daba cuenta de lo mucho que llegaba a gustarle.

La doncella que había estado sirviendo las bebidas anunció que la cena estaba preparada, y abrió un par de puertas que daban al comedor. Entraron por ellas y tomaron asiento a un extremo de una larga mesa. La doncella le ofreció vino, pero Harald declinó la oferta.

Durante la cena Karen no le dijo nada directamente, sino que dirigió su conversación hacia los presentes en general. Hasta cuando él le hizo una pregunta, ella miró a los demás mientras respondía. Harald estaba consternado. Karen era la chica más encantadora que hubiese conocido jamás, y un par de horas le habían bastado para caerle mal.

Después volvieron a la sala de estar y tomaron auténtico café. Harald se preguntó dónde lo habría comprado la señora Duchwitz. Ahora el café era como el polvo de oro, y ciertamente ella no lo había cultivado en un jardín danés.

Karen salió a la terraza para fumar un cigarrillo, y Tik explicó que a sus anticuados padres no les gustaba ver fumar a las chicas. Harald se sintió atónito ante la sofisticación de una joven que bebía combinados y fumaba.

Cuando Karen volvió a entrar, el señor Duchwitz se sentó al piano y empezó a pasar las páginas en el atril. La señora Duchwitz se había quedado de pie detrás de él.

—¿Beethoven? —preguntó su esposo, y ella asintió. El señor Duchwitz tocó unas cuantas notas, y ella empezó a cantar una canción en alemán. Harald quedó muy impresionado, y al final aplaudió.

—Canta otra, madre —dijo Tik.

—Muy bien —dijo ella—. Pero después tú tendrás que tocar algo.

Los padres interpretaron otra canción, y luego Tik cogió su clarinete y tocó una sencilla canción de cuna de Mozart. El señor Duchwitz regresó al piano y tocó un vals de Chopin, de *Las sílfides*, y Karen se quitó los zapatos de un par de puntapiés y les mostró una de las danzas que estaba aprendiendo por si tenía que hacer de sustituta.

Después todos miraron a Harald con expresión expectante.

Comprendió que se esperaba que tocara. No podía cantar, excepto para rugir canciones populares danesas, así que tendría que tocar.

—La música clásica no se me da muy bien —dijo.

—Tonterías —dijo Tik—. Me dijiste que tocas el piano en la iglesia de tu padre.

Harald tomó asiento ante el teclado, pensando que realmente no podía infligir himnos luteranos a una culta familia judía. Titubeó, y luego comenzó a tocar «Pine Top's Boogie-Woogie». Empezaba con un arpegio melódico tocado con la mano derecha. Luego la mano izquierda daba comienzo a una pauta insistentemente rítmica en unos compases más bajos, y la derecha tocaba las disonancias propias del blues que tan seductoras resultaban. Pasados unos instantes, Harald dejó de ser tan consciente de sí mismo y empezó a sentir la música. Tocó más fuerte y más enfáticamente, gritando en inglés durante los momentos álgidos: «¡Todo el mundo, boogie-woogie!», igual que hacía Pine-Top. La melodía llegó a su clímax y Harald dijo: «¡De eso es de lo que estoy hablando!».

Cuando terminó, hubo silencio en la sala. El señor Duchwitz lucía la expresión afligida de un hombre que se ha tragado accidentalmente algo podrido, e incluso Tik parecía sentirse un poco incómodo.

—Bueno, debo decir que no creo que nunca se haya oído nada semejante en esta sala —dijo la señora Duchwitz.

Harald comprendió que había cometido un error. La muy erudita familia Duchwitz desaprobaba el jazz tanto como sus propios padres. Eran personas cultivadas, pero eso no hacía que tuvieran una mente abierta.

—Oh, vaya —dijo—. Ya veo que no era apropiado.

—Desde luego que no —dijo el señor Duchwitz.

La mirada de Karen se encontró con la de Harald desde detrás del sofá. Él esperaba ver una sonrisa desdeñosamente altiva en su rostro pero, para su sorpresa y su deleite, Karen le guiñó un ojo.

Aquello hizo que hubiera valido la pena.

La mañana del domingo, Harald despertó pensando en Karen.

Esperaba que quizá entrara en la habitación de los muchachos para charlar, tal como había hecho el día anterior, pero no la vieron. Karen no apareció en el desayuno. Tratando de hablar en el tono más indiferente posible, Harald le preguntó a Tik dónde estaba su hermana. Sin mostrar ningún interés, Tik dijo que probablemente estaba haciendo sus ejercicios de danza.

Después del desayuno, Harald y Tik dedicaron dos horas a repasar para los exámenes. Ambos esperaban superarlos sin dificultad, pero estaban decididos a no correr ningún riesgo, ya que los resultados decidirían si podían ir a la universidad. A las once fueron a dar un paseo por la propiedad.

Casi al final del largo sendero y parcialmente oculto a la vista por un macizo de árboles, había un monasterio en ruinas.

—El rey se quedó con él después de la Reforma, y durante cien años fue utilizado como residencia —dijo Tik—. Luego construyeron Kirstenslot, y el viejo monasterio quedó en desuso.

Exploraron los claustros por donde habían caminado los monjes. Ahora las celdas eran almacenes para guardar el equipo del jardín.

—Algunas de estas cosas llevan décadas abandonadas —dijo Tik, tocando una oxidada rueda de hierro con la puntera de su zapato. Abrió una puerta que daba a una gran estancia llena de luz. En las estrechas ventanas no había cristales, pero el lugar estaba limpio y seco—. Esto solía ser el dormitorio —dijo Tik—. Todavía es utilizado en verano por los trabajadores temporeros de la granja.

Entraron en la iglesia en desuso, que había pasado a ser un gran trastero. Había un olor a rancio. Un delgado gato blanco y negro los miró tan fijamente como si se dispusiera a preguntarles qué derecho tenían a entrar allí de aquella manera, y luego escapó por una de las ventanas sin cristales.

Harald levantó una lona para revelar un reluciente sedán Rolls-Royce colocado encima de unos bloques.

—¿De tu padre? —preguntó.

—Sí. Ahora está guardado hasta que vuelvan a vender gasolina.

Había un banco de trabajo de madera llena de arañazos con un torno de ebanista, y una colección de herramientas que presumiblemente habían sido utilizadas para el mantenimiento del coche cuando este todavía corría. En el rincón había una pileta con un solo grifo para lavarse. Junto a la pared había pilas de cajas de madera que en tiempos pasados habían contenido jabón y naranjas. Harald miró dentro de una y encontró un montón de coches de juguete hechos de hojalata pintada. Sacó uno. En las ventanillas había pintado un conductor, de perfil sobre la ventanilla lateral y visto de frente en el parabrisas. Harald se acordó de cuando aquellos juguetes habían sido infinitamente deseables para él, y volvió a guardar el coche dentro de la caja con mucho cuidado.

En el rincón del fondo había un aeroplano monomotor que carecía de alas.

Harald lo contempló con interés.

—¿Qué es esto?

—Un Hornet Moth,* fabricado por De Havilland, la firma in-

---

* *Hornet* es en castellano «avispa». *(N. del T.)*

glesa. Padre lo compró hace cinco años, pero nunca aprendió a pilotarlo.

—¿Has volado en él?

—Oh, sí. Cuando era nuevo hicimos grandes viajes en él.

Harald acarició la gran hélice, que tenía casi dos metros de largo. Las curvas matemáticamente precisas hacían de ella una obra de arte a sus ojos. El avión estaba ligeramente inclinado hacia un lado, y Harald vio que la parte inferior del fuselaje estaba dañada y que tenía un neumático deshinchado.

Tocó el fuselaje y se sorprendió al descubrir que estaba hecho de alguna clase de tela, tensada encima de un armazón, con pequeños desgarrones y arrugas en algunos sitios. Estaba pintada de azul claro con una línea negra ribeteada de blanco para indicar la posición de los asientos, pero la pintura que antaño quizá hubiera sido alegremente intensa había perdido el brillo y estaba cubierta de polvo y manchada de aceite. Harald vio que el avión tenía alas —de biplano, pintadas de color plateado—, pero estas disponían de bisagras y las habían girado para dejarlas dirigidas hacia atrás.

Examinó la cabina a través de la ventanilla lateral. Recordaba mucho a la parte delantera de un coche. Había dos asientos el uno al lado del otro y un panel de instrumentos de madera barnizada con un surtido de diales. El tapizado de un asiento había reventado, y se le estaba saliendo el relleno. Parecía como si unos ratones se hubieran instalado en él.

Harald encontró la manija de la puerta y subió a la cabina, ignorando los leves ruidos de correteos que oyó. Se sentó en el asiento intacto. Los controles parecían muy simples. En el centro había una palanca de control en forma de Y que podía ser manejada desde cualquiera de los dos asientos. Harald puso la mano encima de ella y los pies en los pedales. Pensó que volar sería todavía más emocionante que conducir una motocicleta. Se imaginó surcando el cielo sobre el castillo como un pájaro gigante, con el rugido del motor en sus oídos.

—¿Llegaste a pilotarlo? —le preguntó a Tik.

—No. Pero Karen fue a clases de pilotaje.

—¿De veras?

—No era lo bastante mayor para poder sacarse la licencia, pero se le daba muy bien.

Harald experimentó con los controles. Vio un par de interruptores de «Encendido-Apagado» y los accionó, pero no ocurrió nada.

La palanca de control y los pedales parecían estar sueltos, como si no se encontraran conectados a nada. Viendo lo que estaba haciendo Harald, Tik dijo:

—Algunos de los cables los sacaron el año pasado cuando los necesitaron para reparar una de las máquinas de la granja. Venga, salgamos de aquí.

Harald hubiese podido pasar otra hora haciendo experimentos con el avión, pero Tik estaba impaciente, así que bajó de la cabina.

Salieron por la parte de atrás del monasterio y siguieron un sendero de carros que atravesaba el bosque. Unida a Kirstenslot había una granja de grandes dimensiones.

—Ha estado alquilada a la familia Nielsen desde antes de que yo naciera —dijo Tik—. Crían cerdos para sacar beicon, tienen un rebaño de vacas lecheras que siempre están ganando premios, y cultivan cereales en varios centenares de hectáreas.

Contornearon un gran campo de trigo, atravesaron un pastizal lleno de vacas blancas y negras, y olieron a los cerdos desde la lejanía. En el sendero de tierra que conducía a la alquería, se encontraron con un tractor y un remolque. Un hombre joven que vestía un mono de trabajo estaba examinando el motor. Tik le estrechó la mano y dijo:

—Hola, Frederik. ¿Cuál es el problema?

—El motor me dejó tirado en mitad del camino. Llevaba al señor Nielsen y su familia a la iglesia en el remolque. —Harald volvió a echarle una mirada al remolque y vio que contenía dos bancos—. Ahora los mayores van camino de la iglesia a pie y a los pequeños los han traído a casa.

—Pues aquí mi amigo Harald es un mago con todo tipo de motores.

—No me importaría que le echara un vistazo.

El tractor era un modelo muy moderno, con un motor diésel y neumáticos de goma en vez de ruedas de acero. Harald se inclinó sobre el motor para estudiar sus entrañas.

—¿Qué ocurre cuando lo pones en marcha?

—Te lo mostraré. —Frederik tiró de una palanca. El sistema de arranque gimió, pero el motor se negó a ponerse en marcha—. Me parece que necesita una nueva bomba de combustible. —Frederik sacudió la cabeza con desesperación—. No podemos conseguir piezas de repuesto para ninguna de nuestras máquinas.

Harald frunció el ceño escépticamente. Podía oler a combustible, lo cual le indicaba que la bomba funcionaba pero que el aceite diésel no llegaba a los cilindros.

—¿Podrías volver a probar con el arranque?

Frederik tiró de la palanca, y a Harald le pareció que veía moverse el conducto de salida del filtro de combustible. Examinándolo con más atención, vio que la válvula de alimentación estaba perdiendo aceite diésel. Metió la mano en el motor y sacudió la tuerca. Todo el montaje de la válvula se desprendió del filtro.

—Aquí está el problema —dijo—. El tornillo que pasa por esta tuerca se ha desgastado por alguna razón y está dejando que se escape el combustible. ¿Tienes algún trozo de alambre?

Frederik metió las manos en los bolsillos de sus pantalones de pana.

—Tengo un trozo de cordel grueso.

—Eso servirá por el momento. —Harald volvió a poner la válvula en su sitio y la ató al filtro con el cordel para que no oscilara—. Ahora prueba con el arranque.

Frederik tiró de la palanca y el motor se puso en marcha.

—Vaya, que me cuelguen —dijo—. Lo has arreglado.

—Cuando tengas ocasión, sustituye el cordel por un alambre. Entonces ya no necesitarás un repuesto.

—Supongo que no vas a pasar una o dos semanas aquí, ¿verdad? —preguntó Frederik—. Esta granja tiene maquinaria rota por todas partes.

—No, lo siento. He de regresar a la escuela.

—Bien, pues buena suerte. —Frederik subió a su tractor—. De todas maneras, gracias a ti ahora puedo llegar a la iglesia a tiempo de traer a los Nielsen de vuelta a casa.

Se fue. Harald y Tik siguieron andando hacia el castillo.

—Eso ha sido realmente impresionante —dijo Tik.

Harald se encogió de hombros. Hasta donde llegaba su memoria, siempre había sido capaz de reparar las máquinas.

—El viejo Nielsen se pirra por los últimos inventos —añadió Tik—. Tiene máquinas para sembrar, para cosechar, e incluso para ordeñar.

—¿Puede conseguir combustible para ellas?

—Sí. Siempre que sea para producir comida, puedes. Pero nadie puede encontrar piezas de repuesto para nada.

Harald consultó su reloj. Tenía muchas ganas de ver a Karen durante el almuerzo. Le preguntaría acerca de sus lecciones de vuelo.

Cuando llegaron al pueblo hicieron un alto en la taberna. Tik pidió dos vasos de cerveza y se sentaron fuera para disfrutar del sol. Al otro lado de la calle, la gente estaba saliendo de la pequeña iglesia de ladrillo rojo. Frederik pasó en el tractor y los saludó con la mano. Sentadas en el remolque detrás de él había cinco personas. Harald pensó que el hombretón de cabellos blancos y rostro curtido por la exposición a la intemperie debía de ser el granjero Nielsen.

Un hombre que vestía un uniforme negro de policía salió de la iglesia acompañado por una mujer de aspecto ratonil y dos niños pequeños, y le lanzó una mirada hostil a Tik mientras se aproximaba.

Uno de los pequeños, una niña que tendría unos siete años, dijo en voz alta:

—¿Por qué no van a la iglesia, papi?

—Porque son judíos —dijo el hombre—. No creen en Nuestro Señor.

Harald miró a Tik.

—El policía del pueblo, Per Hansen —dijo Tik sin levantar la voz—. Y el representante local del Partido Socialista de los Trabajadores danés.

Harald asintió. Los nazis daneses no tenían un gran partido. En las últimas elecciones generales, hacía dos años, solo consiguieron tres puestos en el Rigsdag. Pero la ocupación les había hecho concebir nuevas esperanzas y, naturalmente, los alemanes habían ejercido una fuerte presión sobre el gobierno danés para que otorgara un puesto ministerial al líder nazi, Fritz Clausen. El rey Cristián se había negado en redondo y los alemanes enseguida dieron marcha atrás. Miembros del partido como Hansen habían quedado muy defraudados, pero ahora daban la impresión de estar esperando que cambiaran las cosas. Parecían sentirse muy seguros de que su momento terminaría llegando. Harald temía que estuvieran en lo cierto.

Tik terminó su vaso.

—Hora de almorzar.

Regresaron al castillo. En el patio delantero Harald se sorprendió al ver a Poul Kirke, primo de su compañero de clase Mads y amigo de Arne, su hermano. Poul llevaba pantalones cortos, y había una bicicleta apoyada en el gran pórtico de ladrillo. Harald se había encontrado con él en varias ocasiones, y se detuvo a hablar con Poul mientras Tik entraba en el castillo.

—¿Trabajas aquí? —le preguntó Poul.

—No, estoy de visita. La escuela todavía no ha terminado.

—Sé que la granja contrata estudiantes para la cosecha. ¿Qué tienes planeado hacer este verano?

—No estoy seguro. El año pasado trabajé en un proyecto de construcción en Sande. —Torció el gesto—. Resultó ser una base alemana, aunque no lo dijeron hasta más tarde.

Poul pareció interesado.

—¿Oh? ¿Qué clase de base?

—Alguna clase de estación de radio, creo. Despidieron a todos los daneses antes de que instalaran el equipo. Este verano probablemente trabajaré en las barcas de pesca, y haré la lectura preliminar para mi curso en la universidad. Espero estudiar física con Niels Bohr.

—Bravo. Mads siempre dice que eres un genio.

Harald se disponía a preguntar qué estaba haciendo Poul en Kirstenslot, cuando la respuesta se hizo obvia. Karen apareció por una esquina de la casa empujando una bicicleta.

Estaba encantadora con sus pantalones cortos de color caqui que mostraban sus largas piernas.

—Buenos días, Harald —dijo. Fue hacia Poul y lo besó. Harald notó envidiosamente que había sido un beso en los labios, si bien breve—. Hola —dijo luego.

Harald estaba consternado. Había estado contando con pasar una hora junto a Karen en la mesa durante el almuerzo. Pero ella iba a pasear en bicicleta con Poul, quien obviamente era su novio, a pesar de que tenía diez años más que Karen. Harald vio entonces, por primera vez, que Poul era muy apuesto, con facciones regulares y una sonrisa de estrella de cine que dejaba ver unos dientes perfectos.

Poul tomó las manos a Karen y la miró de arriba abajo.

—Estás totalmente deliciosa —dijo—. Ojalá tuviera una foto tuya así.

Ella sonrió amablemente.

—Gracias.

—¿Lista para partir?

—Todo está preparado.

Subieron a sus bicicletas.

Harald no podía sentirse peor. Los vio alejarse el uno al lado del otro por el medio kilómetro de soleado sendero.

—¡Que tengáis una buena excursión! —dijo.

Karen agitó la mano sin volverse a mirar.

6

Hermia Mount estaba a punto de ver cómo la ponían de patitas en la calle.

Aquello nunca le había ocurrido antes. Hermia era inteligente y muy concienzuda en su trabajo, y sus jefes siempre la habían tenido por un tesoro, a pesar de su afilada lengua. Pero su jefe actual, Herbert Woodie, iba a decirle que estaba despedida tan pronto como hubiera reunido el valor necesario para hacerlo.

Dos daneses que trabajaban para el MI6 habían sido detenidos en el aeródromo de Kastrup. En este momento se encontraban entre rejas e indudablemente estaban siendo interrogados. Aquello suponía un duro golpe para la red de los Vigilantes Nocturnos. Woodie era un hombre del MI6 de los tiempos de paz, un burócrata que llevaba mucho tiempo en el servicio. Necesitaba alguien a quien culpar de lo ocurrido, y estaba claro que Hermia era una candidata muy apropiada.

Ella entendía aquello. Llevaba una década trabajando para la administración británica, y sabía cómo funcionaba. Si Woodie se veía obligado a aceptar que la responsabilidad de lo ocurrido recaía sobre su departamento, entonces haría cargar con el muerto a la persona de menor antigüedad disponible. De todas maneras su jefe nunca se había sentido cómodo trabajando con una mujer, y le encantaría reemplazarla por un hombre.

Al principio Hermia se había sentido inclinada a ofrecerse a sí misma como víctima sacrificial. No conocía a los dos mecánicos del aeródromo —habían sido reclutados por Poul Kirke—, pero la red de espionaje era creación suya y ella era responsable del destino de los detenidos. Se sentía tan afectada como si ya hubieran muerto, y no quería seguir adelante con todo aquello.

Después de todo, pensó, ¿cuánto había llegado a hacer realmente para contribuir al esfuerzo de guerra? Lo único que estaba haciendo era acumular información que no había sido utilizada jamás. Unos hombres arriesgaban sus vidas para enviarle fotografías del puerto de Copenhague sin que ocurriera gran cosa. Parecía una estupidez.

Pero de hecho Hermia conocía la importancia de aquel laborioso trabajo de rutina. En alguna fecha futura, un avión de reconocimiento fotografiaría el puerto lleno de barcos y los planificadores militares necesitarían saber si aquello representaba el tráfico normal o la súbita concentración de una fuerza invasora, y en ese momento las fotografías de Hermia se volverían cruciales.

Además, la visita de Digby Hoare había conferido una urgencia inmediata a su trabajo. El sistema alemán de detección de aviones podía ser el arma que permitiera ganar la guerra. Cuanto más pensaba Hermia en ello, más probable le parecía que la clave del problema pudiera residir en Dinamarca. La costa oeste danesa parecía la ubicación ideal para una estación de alerta concebida para detectar a los bombarderos que se aproximaran a Alemania.

Y en el MI6 no había nadie que conociera Dinamarca tan de primera mano como Hermia. Conocía personalmente a Poul Kirke y él confiaba en ella. El que un desconocido pasara a ocuparse de su trabajo podía ser desastroso. Hermia tenía que conservar su puesto. Y aquello significaba ser más lista que su jefe.

—Esto son malas noticias —dijo Woodie sentenciosamente mientras ella permanecía de pie delante de su escritorio.

Su despacho era un dormitorio en la vieja mansión de Bletchley Park. Papel de pared floreado y luces murales con pantallas de seda sugerían que antes de la guerra había sido ocupado por una dama. Ahora tenía archivadores en vez de armarios llenos de vestidos y una mesa de acero para mapas donde antes había habido un tocador con esbeltas patas y un espejo de tres lunas. Y en vez de por una hermosa mujer ataviada con una carísima combinación de seda, la habitación estaba ocupada por un hombrecillo muy pagado de sí mismo que llevaba gafas y vestía un traje gris.

Hermia fingió calma.

—Siempre hay peligro cuando un agente es interrogado, claro está —dijo—. No obstante... —Pensó en dos hombres valientes que

94

estaban siendo interrogados y torturados, y por un instante sintió que se le cortaba la respiración. Luego se recuperó—. No obstante, en este caso me parece que el riesgo no es muy grande.

Woodie gruñó escépticamente.

—Quizá tengamos que llevar a cabo una investigación oficial.

Hermia sintió que se le caía el alma a los pies. Aquello significaría un investigador procedente de fuera del departamento. Ese investigador tendría que dar con un chivo expiatorio y ella era la elección obvia. Hermia dio comienzo a la defensa que había preparado.

—Los dos hombres que han sido detenidos no tienen ningún secreto que traicionar —dijo—. Formaban parte del personal de tierra del aeródromo. Uno de los Vigilantes Nocturnos les entregaba periódicos para que los sacaran de contrabando del país, y ellos los escondían dentro de un calce de rueda hueco. —Aun así, Hermia sabía que aquellos hombres podían revelar detalles aparentemente inocentes acerca de cómo habían sido reclutados y utilizados, detalles que un cazador de espías lo bastante astuto podía utilizar para seguir la pista de otros agentes.

—¿Quién les entregaba los periódicos?

—Matthies Hertz, un teniente del ejército. Ha pasado a la clandestinidad. Y los mecánicos no conocen a nadie más en la red.

—Así que nuestras estrictas normas de seguridad han limitado los daños sufridos por la organización.

Hermia supuso que Woodie estaba ensayando una frase que podía pronunciar ante sus superiores, y se obligó a adularlo.

—Exactamente, señor. Esa es una buena manera de expresarlo.

—Pero ¿cómo consiguió llegar la policía danesa hasta su gente tan rápidamente?

Hermia ya había previsto aquella pregunta, y su respuesta estuvo cuidadosamente preparada.

—Creo que el problema radica en el extremo sueco.

—Ah. —El rostro de Woodie se iluminó de alegría. Suecia, siendo un país neutral, no se hallaba bajo su control. Woodie acogería encantado cualquier ocasión de trasladar la culpa a otro departamento—. Tome asiento, señorita Mount.

—Gracias. —Hermia se sintió un poco más animada al ver que Woodie estaba reaccionando tal como ella había esperado que lo hiciera. Cruzó las piernas y siguió hablando—: Creo que el intermediario sueco ha estado pasando ejemplares de los periódicos ilegales al servicio de Reuters en Estocolmo, y eso puede haber alertado a los alemanes. Usted siempre ha aplicado de manera muy estricta la regla de que nuestros agentes deben limitarse a recoger información, y evitar actividades auxiliares como el trabajo de propaganda.

Aquello era más adulación: Hermia nunca le había oído decir nada semejante a Woodie, aunque era una regla generalmente aplicada en todo lo que hacía referencia al espionaje.

Sin embargo, su jefe asintió solemnemente.

—Cierto.

—Les recordé su regla a los suecos tan pronto como descubrí lo que estaba ocurriendo, pero me temo que el daño ya estaba hecho.

Woodie adoptó una expresión pensativa. Se sentiría muy feliz si podía afirmar que sus consejos habían sido olvidados. En realidad no le gustaba nada que la gente hiciera lo que él sugería, porque cuando las cosas iban bien se limitaban a atribuirse el mérito. Prefería que hicieran caso omiso de sus consejos y que las cosas fueran mal, porque de esa manera entonces podía decir: «Ya os lo había dicho».

—¿Quiere que le redacte un memorando, mencionando su regla y citando la señal que le envié a la legación sueca? —preguntó Hermia.

—Buena idea.

Aquello era todavía más del agrado de Woodie. No estaría adjudicando la culpa personalmente, sino que se limitaría a citar a una subordinada que de paso le atribuiría el mérito de haber hecho sonar la alarma.

—Entonces necesitaremos una nueva manera de sacar información de Dinamarca. No podemos utilizar la radio para esa clase de material, porque tarda demasiado en emitir.

Woodie no tenía ni idea de cómo organizar una ruta de contrabando alternativa.

—Ah, eso sí que es un problema —dijo con una sombra de pánico en la voz.

—Afortunadamente disponemos de una opción de reserva, utilizando el transbordador de trenes que va de Elsinor en Dinamarca a Helsingborg en Suecia.

Woodie se mostró muy aliviado.

—Espléndido —dijo.

—Quizá debería decir en mi memorando que usted me autorizó a emprender tal acción.

—Perfecto.

Hermia titubeó.

—¿Y... la investigación oficial?

—Sabe, no estoy seguro de que eso vaya a ser necesario. Su memorando debería servir para responder a cualquier pregunta.

Hermia ocultó su alivio. Después de todo no iba a ser despedida. Sabía que hubiese debido dejarlo mientras llevaba ventaja. Pero había otro problema que ardía en deseos de sacar a relucir ante él, y aquella parecía la ocasión ideal.

—Hay una cosa que podríamos hacer y que mejoraría enormemente nuestro nivel de seguridad, señor.

—¿De veras? —La expresión de Woodie decía que si existiese semejante procedimiento ya se le habría ocurrido pensar en él.

—Podríamos utilizar códigos más avanzados.

—¿Qué tienen de malo nuestros poemas y nuestros libros de códigos? Los agentes del MI6 llevan años utilizándolos.

—Me temo que los alemanes pueden haber encontrado la manera de descifrarlos.

—No lo creo, querida —dijo Woodie, sonriendo como si supiera muy bien de qué estaba hablando.

Hermia decidió correr el riesgo de contradecirlo.

—¿Puedo mostrarle a qué me refiero? —preguntó, y luego siguió hablando sin esperar su respuesta—: Eche una mirada a este mensaje en código —dijo, y escribió rápidamente en su cuaderno:

gsff cffs jo uif dbouffo

—La letra que aparece más veces es la *f* —dijo.

—Obviamente.

—La letra que se utiliza con más frecuencia en el idioma inglés es la *e*, por lo que lo primero que haría un descifrador es dar por sentado que *f* representa *e*, lo cual le da esto.

gsEE cEEs jo uiE dbouEEo

—Seguiría pudiendo significar cualquier cosa —dijo Woodie.

—No del todo. ¿Cuántas palabras de cuatro letras hay en inglés que terminen con una doble *e*?

—Le aseguro que no tengo ni idea.

—Solo unas cuantas palabras de lo más corriente: *flee, free, glee, thee* y *tree* Ahora eche una mirada al segundo grupo.

—Señorita Mount, realmente no dispongo de tiempo para...

—Solo unos segundos más, señor. Hay muchas palabras de cuatro letras con una doble *e* en el centro. ¿Cuál podría ser la primera letra? No *a*, ciertamente, pero podría ser *b*. Así que piense en palabras empezando por *bee* que podrían venir a continuación de una manera lógica. *Flee been* no tiene ningún sentido, *free bees* suena bastante raro, aunque *tree bees* podría ser...*

Woodie la interrumpió.

—¡Cerveza gratis! —dijo triunfalmente.**

—Probemos con eso. El siguiente grupo es de dos letras, y no existen muchas palabras de dos letras: *an, at, in, if, it, on, of, or* y *up* son las más comunes. El cuarto grupo es una palabra de tres letras que termina con *e*, de las cuales hay muchas, pero la más común es *the*.

Woodie estaba empezando a sentirse interesado a pesar de sí mismo.

—Cerveza gratis dentro de algo.

—O en el algo. Y ese algo es una palabra de siete letras con una doble *e* en ella, lo cual quiere decir que termina con *eed, eef, eek, eel, eem, een, eep*...

—¡Cerveza gratis en la cantina! —volvió a exclamar Woodie triunfalmente.***

—Sí —dijo Hermia. Luego guardó silencio, mirando a Woodie y dejando que las implicaciones de lo que acababa de suceder fueran siendo asimiladas. Pasados unos momentos dijo—: Así de fácil resulta descifrar nuestros códigos, señor. —Consultó su reloj—. Usted ha necesitado tres minutos para hacerlo.

Woodie gruñó.

—Un buen truco de magia para animar las fiestas, señorita Mount, pero le aseguro que los veteranos del MI6 saben más acerca de este tipo de cosas que usted.

Era inútil, pensó Hermia con desesperación. Hoy no habría manera de hacerlo cambiar de parecer acerca de aquella cuestión. Ten-

---

* *Free bees*: «abejas libres». *Tree bees*: «abejas de los árboles».
** Es decir, *free beer*.
*** Es decir, *free beer in the canteen*

dría que volver a intentarlo más adelante, así que se obligó a ceder de la manera más elegante posible.

—Muy bien, señor.

—Concéntrese en sus propias responsabilidades. ¿A qué se están dedicando ahora el resto de sus Vigilantes Nocturnos?

—Me disponía a pedirles que mantuvieran los ojos bien abiertos en busca de cualquier indicación de que los alemanes han desarrollado un método de detectar aviones a larga distancia.

—¡Santo Dios, no haga eso!

—¿Por qué no?

—¡Si el enemigo descubre que estamos haciendo esa pregunta, entonces supondrá que disponemos de ese método!

—Pero, señor... ¿Y si el enemigo tiene ese método?

—No lo tiene. Puede estar segura de ello.

—El caballero que vino aquí la semana pasada desde Downing Street no parecía pensar lo mismo.

—Esto debe quedar entre nosotros, señorita Mount. Pero lo cierto es que un comité del MI6 examinó toda la cuestión del radar muy recientemente, y llegó a la conclusión de que transcurrirían dieciocho meses más antes de que el enemigo desarrollara semejante sistema.

Así que se llamaba radar, pensó Hermia. Sonrió.

—Eso es muy tranquilizador —mintió—. Y supongo que usted formó parte del comité, señor.

Woodie asintió.

—De hecho, yo lo presidía.

—Gracias por haberme tranquilizado al respecto. Iré a ocuparme de ese memorando.

—Estupendo.

Hermia salió del despacho. Le dolía la cara de tanto sonreír y estaba agotada por el esfuerzo de inclinarse continuamente ante todo lo que le decía Woodie. Había salvado su trabajo, y se permitió un momento de satisfacción mientras volvía a su despacho. Pero en lo tocante a los códigos había fracasado. Había descubierto el nombre del sistema de detección de aviones a larga distancia, pero estaba claro que Woodie no le permitiría investigar si los alemanes tenían un sistema de esas características en Dinamarca.

Anhelaba hacer algo que tuviera un valor inmediato para el esfuerzo bélico. Todo aquel trabajo de rutina la hacía sentirse impaciente y frustrada, y ver algunos resultados reales habría sido inmensamente satisfactorio. Incluso podía justificar lo que les había ocurrido a aquellos dos pobres mecánicos de aviación en Kastrup.

Hermia podía investigar el radar enemigo sin el permiso de Woodie, claro está. Su jefe podía llegar a descubrirlo, pero ella estaba dispuesta a correr aquel riesgo. Sin embargo, no sabía qué decirles a sus Vigilantes Nocturnos. ¿Qué deberían estar buscando, y dónde? Necesitaba más información antes de que pudiera transmitir sus instrucciones a Poul Kirke. Y Woodie no iba a proporcionársela.

Pero él no era su única esperanza.

Se sentó detrás de su escritorio, descolgó el auricular y dijo:

—Póngame con el número diez de Downing Street, por favor.

Quedó con Digby Hoare en Trafalgar Square. Se puso a esperarlo al pie de la Columna de Nelson, y lo vio cruzar la calzada viniendo desde Whitehall. Hermia sonrió ante la enérgica zancada torcida que ya le parecía característica de él. Se dieron la mano, y luego echaron a andar hacia el Soho.

Era un cálido anochecer de verano y el West End de Londres estaba muy concurrido, con sus aceras llenas de gente que se encaminaba hacia los teatros, los cines, los bares y los restaurantes. Aquella escena de alegre animación solo se veía enturbiada por los daños de las bombas, la ocasional ruina ennegrecida en una hilera de edificios, resaltando como un diente cariado en una sonrisa.

Hermia había pensado que irían a beber algo en un pub, pero Digby la llevó a un pequeño restaurante francés. Las mesas que había a cada lado de ellos estaban vacías, por lo que podían hablar sin ser oídos.

Digby llevaba el mismo traje gris oscuro, pero aquella noche se había puesto una camisa azul claro que resaltaba el intenso azul de sus ojos. Hermia se sintió complacida de que hubiera decidido llevar su joya favorita, un broche en forma de pantera con ojos de esmeralda.

Estaba impaciente por ir al grano. Se había negado a salir con Digby, y no quería que ahora a él se le metiera en la cabeza la idea de que podía haber cambiado de parecer. Tan pronto como hubieron pedido, dijo:

—Quiero utilizar a mis agentes en Dinamarca para averiguar si los alemanes disponen del radar.

Digby la miró a través de sus ojos entornados.

—La cuestión es más complicada que eso. Ahora ya no cabe duda de que ellos cuentan con el radar, al igual que nosotros. Pero el suyo es más efectivo que el nuestro..., devastadoramente más efectivo.

—Oh. —Hermia se había quedado perpleja—. Woodie me dijo... Da igual, olvídelo.

—Necesitamos descubrir por qué su sistema es tan bueno. O han inventado algo mejor que lo que tenemos nosotros, o se les ha ocurrido una manera más eficiente de utilizarlo... o ambas cosas.

—Muy bien —dijo Hermia, reajustando rápidamente sus ideas a la luz de aquella nueva información—. De todas maneras, parece probable que una parte de esa maquinaria se encuentre en Dinamarca.

—Sería un lugar lógico, y el nombre de código Freya sugiere Escandinavia.

—¿Y qué es lo que está buscando mi gente?

—Una pregunta a la que no es nada fácil responder —dijo Digby frunciendo el ceño—. No sabemos qué aspecto tiene la maquinaria alemana. Y ahí está el problema, ¿verdad?

—Supongo que emite ondas de radio.

—Sí, claro.

—Y presumiblemente la señal recorre una larga distancia, porque de otra manera la advertencia no llegaría lo bastante pronto.

—Sí. El sistema no serviría de nada a menos que la señal recorra un mínimo de, digamos, ochenta kilómetros. Probablemente más.

—¿Podríamos mantenernos a la escucha para captarla?

Él levantó las cejas en un gesto de sorpresa.

—Sí, con un receptor de radio. Una idea muy astuta... No sé por qué a nadie más se le ha ocurrido pensar en ella.

—¿Las señales pueden ser distinguidas de otras transmisiones, como las emisiones normales, las noticias y ese tipo de cosas?

Digby asintió.

—Lo que estarías haciendo sería mantenerte a la escucha de una serie de impulsos que probablemente serían muy rápidos, digamos unos mil por segundo. Lo oirías como una nota musical continua, de manera que sabrías que no era la BBC. Y sería muy distinta de los puntos y rayas del tráfico militar.

—Tú eres ingeniero. ¿Podrías montar un receptor de radio apropiado para captar semejantes señales?

—Tiene que ser portátil, presumiblemente —dijo Digby con expresión pensativa.

—Debería poder caber dentro de una maleta.

—Y funcionar a partir de una batería, de tal manera que pueda ser utilizado en cualquier sitio.

—Sí.

—Podría ser posible. En Welwyn hay un equipo de expertos que hacen esas cosas cada día. —Welwyn era un pueblecito situado entre Bletchley y Londres—. Coles que estallan, radiotransmisores escondidos en ladrillos y esa clase de cosas. Probablemente podrían montar algo.

Entonces llegó su comida. Hermia había pedido una ensalada de tomate. Venía acompañada por un poco de cebolla trinchada y una ramita de menta, y se preguntó por qué los cocineros británicos no podían producir comida que fuera tan simple y deliciosa como aquella, en vez de sardinas sacadas de una lata y repollo hervido.

—¿Qué te hizo organizar los Vigilantes Nocturnos? —le preguntó Digby.

Hermia no estuvo muy segura de a qué se refería.

—Parecía una buena idea.

—Aun así, no es la clase de idea que se le ocurriría a la mujer joven de la calle, si se me permite decirlo.

Los pensamientos de Hermia volvieron al pasado mientras recordaba cómo había tenido que luchar con otro jefe burocrático, y se preguntó por qué había persistido en ello.

—Quería hacer daño a los nazis donde más les doliera. Hay algo en ellos que encuentro absolutamente aborrecible.

—El fascismo culpa de los problemas a una falsa causa: las personas de otras razas.

—Lo sé, pero no se trata de eso. Son los uniformes, el pavonearse y lucir el tipo, la manera en que aúllan esos horribles discursos. Me ponen enferma.

—¿Cuándo experimentaste todo eso? No hay muchos nazis en Dinamarca.

—Pasé un año en Berlín durante la década de los treinta. Los veía desfilar, saludar, escupirle a la gente y romper las lunas de los tenderos judíos. Recuerdo haber pensado que había que detener a esas personas antes de que echaran a perder el mundo entero. Todavía lo pienso. No hay nada de lo que esté tan segura.

Él sonrió.

—Yo también.

De segundo plato Hermia tomó fricasé de pescado, y una vez más quedó impresionada por lo que un cocinero francés era capaz de hacer con los ingredientes más comunes, a pesar del racionamiento. El plato contenía anguila cortada en filetes, algunos de los caracoles marinos tan queridos por los londinenses y bacalao al que se le había quitado la piel, pero todo estaba fresco y bien sazonado, y Hermia empezó a comer con auténtico deleite.

De vez en cuando se daba cuenta de que Digby la estaba mirando y veía que en su rostro siempre había la misma expresión, una mezcla de adoración y deseo. Aquello la alarmó. Si Digby se enamoraba de ella, ese amor solo podría terminar en problemas y pena. Pero el que un hombre la deseara de una manera tan manifiesta resultaba agradable, aunque también embarazoso. En un momento dado Hermia sintió que se sonrojaba, y se llevó la mano al cuello para ocultar sus rubores.

Volvió deliberadamente sus pensamientos hacia Arne. La primera vez que habló con él, en el bar de un hotel para esquiadores en Noruega, supo que había encontrado lo que faltaba en su vida. «Ahora comprendo por qué nunca he tenido una relación satisfactoria con un hombre —le había escrito a su madre—. Es porque todavía no había conocido a Arne.» Y cuando él se le declaró, Hermia había dicho: «Si hubiera sabido que existían hombres como tú, hace años que me habría casado con uno».

Decía sí a todo lo que él le proponía. Normalmente Hermia estaba tan concentrada en salirse con la suya que nunca había sido capaz de compartir un piso con una amiga, pero con Arne perdió toda su fuerza de voluntad. Cada vez que Arne le pedía que saliera con él ella aceptaba; cuando la besaba, ella le devolvía el beso; cuando le acariciaba los pechos por debajo del suéter de esquiadora, ella se limitaba a suspirar con placer; y cuando él llamaba a la puerta de su habitación del hotel a medianoche, ella decía: «No sabes cómo me alegro de que estés aquí».

Pensar en Arne ayudó a enfriar sus sentimientos hacia Digby, y mientras terminaban de cenar Hermia fue dirigiendo la conversación hacia la guerra. Un ejército aliado formado por británicos, tropas de la Commonwealth y fuerzas de la Francia libre había invadido Siria. Solo se trataba de una escaramuza en las fronteras más alejadas, y tanto a ella como a él les costaba mucho atribuir alguna importancia a cómo terminara la operación. El conflicto en Europa era lo único que realmente contaba. Y lo que se estaba librando allí era una guerra de bombarderos.

Cuando salieron del restaurante ya estaba oscuro, pero había luna llena. Fueron en dirección sur hacia la casa de la madre de Hermia en Pimlico, donde iba a pasar la noche. La luna se escondió detrás de una nube cuando estaban cruzando St. James's Park, y Digby se volvió hacia ella y la besó.

Hermia no pudo evitar admirar la rápida seguridad de sus movimientos. Los labios de Digby estuvieron encima de los suyos antes de que ella pudiera volverse. Digby atrajo su cuerpo hacia el suyo con una robusta mano, y los senos de Hermia quedaron apretados contra su pecho. Sabía que hubiese debido sentirse indignada, mas para su consternación se encontró respondiendo. De pronto se acordó de lo que era sentir el duro cuerpo de un hombre y el calor de su piel, y abrió su boca a la de él en una súbita oleada de deseo.

Estuvieron besándose ávidamente durante un minuto; luego la mano de Digby fue hacia los pechos de Hermia y aquello rompió el hechizo. Ella tenía demasiados años y era demasiado respetable para que le metieran mano en un parque. Hermia puso fin al abrazo.

Se le pasó por la cabeza la idea de llevarlo a casa. Imaginó la apenada desaprobación de Mags y Bets, y la imagen la hizo reír.

—¿Qué pasa? —preguntó él.

Hermia vio que parecía herido. Probablemente imaginaba que la risa de ella tenía algo que ver con su incapacidad. He de recordar lo vulnerable que es a las burlas, pensó. Se apresuró a explicarse.

—Mi madre es una viuda que vive con una solterona de mediana edad —dijo—. Estaba pensando en cómo reaccionarían si les dijera que quería traer a un hombre a casa para pasar la noche con él.

La expresión dolida desapareció del rostro de Digby.

—Me gusta tu manera de pensar —dijo, y trató de volver a besarla.

Hermia se sintió tentada, pero pensó en Arne, y se resistió al beso poniendo una mano sobre el pecho de Digby.

—Ya está bien —dijo firmemente—. Acompáñame a casa.

Salieron del parque. La euforia momentánea que se había adueñado de Hermia se disipó, y empezó a sentirse nerviosa y preocupada. ¿Cómo podía gustarle besar a Digby cuando amaba a Arne?

Mientras pasaban por delante del Big Ben y la abadía de Westminster, una alarma de ataque aéreo apartó todos aquellos pensamientos de su mente.

—¿Quieres que busquemos un refugio? —le preguntó Digby.

Muchos londinenses ya no se ponían a cubierto durante los ataques aéreos. Hartos de noches en las que no se podía dormir, algunos habían decidido que valía la pena arriesgarse con las bombas. Otros se habían vuelto fatalistas, diciendo que una bomba o llevaba tu número escrito en ella o no lo llevaba, y que no había nada que pudieras hacer en ninguno de los dos casos. Hermia no era capaz de tomárselo tan a la ligera, pero por otra parte tampoco tenía ninguna intención de pasar la noche en un refugio antiaéreo con el amoroso Digby. Hizo girar nerviosamente el anillo de compromiso en su mano izquierda.

—Solo estamos a unos minutos de distancia —replicó—. ¿Te importa si seguimos hasta allí?

—Puede que me vea obligado a pasar la noche en casa de tu madre después de todo.

—Al menos dispondré de una carabina.

Cruzaron Westminster a toda prisa para entrar en Pimlico. Los haces de los reflectores sondeaban las nubes dispersas, y entonces oyeron el siniestro zumbido de los aviones pesados, como una gran bestia gruñendo hambrienta desde las profundidades de su garganta. Un cañón de la defensa contra aviones retumbó en alguna parte, y los proyectiles antiaéreos estallaron en el cielo como fuegos de artificio. Hermia se preguntó si su madre estaría conduciendo su ambulancia aquella noche.

Para su inmenso horror, las bombas empezaron a caer cerca, aunque normalmente era el East End industrial el que sufría el peor castigo. Un minuto después, un camión de bomberos pasó rugiendo junto a ellos. Hermia siguió andando lo más deprisa posible.

—Se te ve tan impasible... —dijo Digby—. ¿No estás asustada?

—Por supuesto que estoy asustada —dijo ella impacientemente—. Pero no me dejo llevar por el pánico.

Doblaron una esquina y vieron un edificio en llamas. El camión de bomberos se había detenido delante del edificio y los hombres estaban desenrollando las mangueras.

—¿Cuánto falta? —preguntó Digby.

—Es en la calle que viene —dijo Hermia, jadeando.

Cuando doblaron la esquina siguiente, vieron otro camión de bomberos detenido al final de la calle, cerca de la casa de Mags.

—Oh, Dios —dijo Hermia, y echó a correr. El corazón le palpitaba de miedo mientras corría por la acera. Vio que también había una ambulancia, y al menos una casa en la sección de su madre había sido alcanzada—. No, por favor... —dijo en voz alta.

Cuando estuvo un poco más cerca, se quedó perpleja al descubrir que no podía identificar la casa de su madre, a pesar de que veía con toda claridad que la casa de al lado estaba ardiendo. Se detuvo y miró, tratando de entender qué era lo que estaba mirando. Fue entonces cuando por fin se dio cuenta de que la casa de su madre había desaparecido. Lo único que quedaba de ella era un hueco en la terraza y un montón de escombros. Hermia gimió con desesperación.

—¿Esa es la casa? —preguntó Digby.

Hermia asintió, incapaz de hablar.

Digby llamó a un bombero con una voz llena de autoridad.

—¡Usted! —dijo—. ¿Hay alguna señal de los ocupantes de ese edificio?

—Sí, señor —dijo el bombero—. Una persona quedó hecha pedazos por la detonación. —Señaló el pequeño patio delantero de la casa intacta que había al otro lado. Un cuerpo yacía sobre una camilla encima del suelo. La cara estaba tapada.

Hermia sintió que Digby la cogía del brazo. Entraron juntos en el patio.

Hermia se arrodilló y Digby descubrió la cara.

—Es Bets —dijo Hermia, experimentando un alivio tan intenso que no pudo evitar sentirse culpable.

Digby estaba mirando en torno a él.

—¿Quién es esa que está sentada encima de la pared?

Hermia levantó la vista, y el corazón le dio un vuelco cuando reconoció la figura de su madre, con su uniforme de conductora de ambulancias y su sombrero metálico, encogida sobre el murete como si la vida hubiera huido de ella.

—¿Madre? —dijo.

Su madre alzó la mirada, y Hermia vio que las lágrimas corrían por su cara.

Hermia fue hacia ella y la rodeó con los brazos.

—Bets ha muerto —dijo su madre.

—Lo siento, madre.

—Me quería tanto... —sollozó su madre.

—Lo sé.

—¿De veras? ¿Lo sabes? Bets pasó toda su vida esperándome. ¿Te habías dado cuenta de eso? Toda su vida.

Hermia estrechó a su madre entre sus brazos.

—Lo siento muchísimo —dijo.

Cuando Hitler invadió Dinamarca la mañana del 9 de abril de 1940, había unos doscientos barcos daneses en el mar. Durante todo ese día, las emisiones en danés de la BBC pidieron a los marineros que pusieran rumbo hacia puertos aliados en vez de regresar a casa para encontrarse con un país conquistado. En total, unos cinco mil hombres aceptaron la oferta de refugio. La mayoría buscaron un puerto en la costa este de Inglaterra, izaron la Union Jack y continuaron surcando los mares bajo la bandera británica. Como consecuencia de ello, a mediados del año siguiente pequeñas comunidades de daneses ya se habían establecido en varios puertos ingleses.

Hermia decidió ir al pueblo pesquero de Stokeby. Ya lo había visitado dos veces anteriormente para hablar con los daneses que vivían allí. En aquella ocasión le dijo a su jefe, Herbert Woodie, que su misión era actualizar sus un tanto anticuados planos de los principales puertos daneses y efectuar las alteraciones necesarias.

Su jefe la creyó.

Hermia tenía una historia diferente para Digby Hoare.

Digby fue a Bletchley, dos días después de que la bomba hubiera destruido la casa de su madre, con un receptor de radio y un buscador direccional concienzudamente envueltos dentro de una maleta de cuero marrón de aspecto usado. Mientras él le enseñaba cómo utilizar el equipo, Hermia no pudo evitar sentirse muy culpable al pensar en el beso del parque y en lo mucho que le había gustado, y se preguntó nerviosamente cómo podría mirar a los ojos a Arne.

Su plan original había consistido en tratar de hacer llegar el receptor de radio a los Vigilantes Nocturnos, pero desde entonces había pensado en algo más simple. Las señales del aparato de radar probablemente podían ser captadas con tanta facilidad en alta mar como en tierra. Le dijo a Digby que iba a pasarle la maleta al capitán de un barco de pesca y que le enseñaría cómo utilizarla. Digby le dio su aprobación.

Era muy posible que aquel plan hubiese dado resultado, pero en realidad Hermia no quería confiar un trabajo tan importante a otra persona. Por eso tenía intención de ir ella misma.

En el mar del Norte, entre Inglaterra y Dinamarca, existe un gran banco de arena conocido con el nombre de Dogger Bank, donde el mar llega a tener solo unos quince metros de profundidad en algunos lugares y la pesca era muy abundante. Allí echaban sus redes barcos tanto británicos como daneses. Estrictamente hablando, las embarcaciones con base en Dinamarca tenían prohibido alejarse tanto de sus costas, pero Alemania necesitaba arenques, por lo que la prohibición no era aplicada de forma rígida y se saltaba constantemente. Hermia ya llevaba tiempo pensando que mensajes —o incluso personas— podían viajar entre los dos países a bordo de embarcaciones de pesca, transfiriéndose de los daneses a los británicos o viceversa en el medio del trayecto. Ahora, no obstante, se le había ocurrido una idea mejor. El extremo más alejado del Dogger Bank se encontraba a solo unos ciento sesenta kilómetros de la costa danesa. Si sus conjeturas demostraban estar en lo cierto, las señales de la máquina Freya deberían ser detectables desde los caladeros de pesca.

La tarde del viernes Hermia cogió un tren. Se había preparado para el mar poniéndose pantalones, botas y un holgado suéter, y llevaba los cabellos recogidos debajo de una gorra de hombre a cuadros. Mientras el tren rodaba por las llanuras del este de Inglaterra, Hermia empezó a preocuparse pensando en si funcionaría su plan. ¿Encontraría una embarcación que estuviera dispuesta a llevarla? ¿Captaría las señales que estaba esperando recibir? ¿O todo aquello solo era una pérdida de tiempo?

Pasado un rato sus pensamientos se volvieron hacia su madre. Mags ya había recuperado el control de sí misma el día anterior durante el funeral de Bets y parecía más serenamente apenada que destrozada por el dolor, aquel mismo día había ido a Cornualles para pasar una temporada con su hermana Bella, la tía de Hermia. Pero la noche del bombardeo su alma había quedado al desnudo.

Las dos mujeres habían sido íntimas amigas, pero estaba claro que se trataba de algo más que eso. Hermia no quería pensar en qué más habría, pero no podía evitar sentirse intrigada. Dejando aparte el embarazoso pensamiento de qué clase de relación física podía haber existido entre Mags y Bets, lo que realmente la asombraba era el que su madre hubiera llevado dentro de sí un apasionado vínculo que ha bía permanecido cuidadosamente oculto, durante todos aquellos años, a la misma Hermia y presumiblemente al esposo de Mags, el padre de Hermia.

Llegó a Stokeby a las ocho de un cálido atardecer de verano y fue directamente de la estación al pub Shipwright Arm's en los muelles. Unos minutos de preguntar bastaron para que se enterara de que Sten Munch, un capitán danés al que había conocido durante su última visita al pueblo, zarparía por la mañana en su embarcación la *Morganmand*, que quería decir «madrugadora». Hermia encontró a Sten en su casa de la ladera de la colina, recortando los setos de su jardín como si hubiera nacido en Inglaterra. La invitó a entrar.

Sten era viudo y vivía con su hijo, Lars, que se encontraba a bordo junto con su padre el 9 de abril de 1940. Luego Lars se había casado con una chica de allí, Carol. Cuando Hermia entró en la casa, Carol estaba dando de mamar a un diminuto bebé que solo tenía unos días de edad. Lars preparó té. Hablaron en inglés para que Carol pudiera enterarse de lo que decían.

Hermia explicó que necesitaba acercarse lo más posible a la costa danesa para tratar de escuchar una transmisión alemana, aunque no dijo de qué clase. Sten no cuestionó su historia.

—¡Por supuesto! —dijo expansivamente—. ¡Cualquier cosa para ayudar a derrotar a los nazis! Pero realmente mi embarcación no es apropiada.

—¿Por qué no?

—Es muy pequeña, solo diez metros de eslora, y estaríamos fuera durante unos tres días.

Hermia ya había esperado aquello. Le había dicho a Woodie que necesitaba dejar instalada a su madre en su nuevo alojamiento y que regresaría en algún momento de la semana siguiente.

—No importa —le dijo a Sten—. Dispongo de tiempo.

—Mi embarcación solo tiene tres literas. Dormimos por turnos. No la hicieron pensando en las señoras. Debería ir en una embarcación más grande.

—¿Hay alguna que parta por la mañana?

Sten miró a Lars, quien dijo:

—No. Hoy salieron tres, y no volverán hasta la semana que viene. Peter Gorning debería regresar mañana. Volverá a hacerse a la mar hacia el viernes.

Hermia sacudió la cabeza.

—Demasiado tarde.

Carol levantó la mirada de su bebé.

—Duermen vestidos, sabes —dijo—. Por eso apestan cuando vuelven a casa. Es peor que el olor del pescado.

A Hermia enseguida le cayó bien por su directa franqueza.

—Ya me las arreglaré —dijo—. Puedo dormir con la ropa puesta, en una cama que todavía está caliente de su anterior ocupante. Eso no me matará.

—Ya sé que quiere ayudar —dijo Sten—. Pero el mar no es para las mujeres. A ustedes se las hizo para las cosas buenas de la vida.

Carol resopló despectivamente.

—¿Como el dar a luz?

Hermia sonrió, agradeciendo tener a Carol como una aliada.

—Exactamente. Las mujeres podemos aguantar las incomodidades.

Carol asintió vigorosamente.

—Piensa en todo aquello por lo que está pasando Charlie en el desierto —dijo, y le explicó a Hermia—: Mi hermano Charlie está con el ejército en algún lugar del norte de África.

Sten parecía acorralado. No quería llevarse consigo a Hermia, pero no se atrevía a decirlo porque quería parecer patriótico y valiente.

—Salimos a las tres de la madrugada.

—Allí estaré.

—Claro que también podrías quedarte aquí —dijo Carol—. Disponemos de una habitación libre. —Miró a su suegro—. Si a ti no te importa, papá.

Al capitán se le habían agotado las excusas.

—¡Pues claro que no! —dijo.

—Gracias —dijo Hermia—. Es usted muy amable.

Se acostaron temprano. Hermia no se desvistió, sino que se quedó sentada en su habitación con la luz encendida. Temía que Sten fuera a irse sin ella en el caso de que se le pegaran las sábanas. Los Munch no eran grandes lectores y el único libro que pudo encontrar fue la Biblia en danés, pero la mantuvo despierta. A las dos de la madrugada fue al cuarto de baño y se lavó rápidamente, y luego bajó por la escalera andando de puntillas y puso la tetera al fuego. Sten apareció a las dos y media. Cuando vio a Hermia en la cocina, pareció sentirse tan sorprendido como decepcionado. Ella le sirvió té en una gran taza y Sten la cogió sin pensárselo dos veces.

Hermia, Sten y Lars bajaron por la colina y llegaron al muelle cuando faltaban unos minutos para las tres. Dos daneses más estaban esperando en el atracadero. La *Morganmand* era muy pequeña, con sus diez metros, más o menos lo que medía de largo un autobús londinense. La embarcación estaba hecha de madera, y tenía un mástil y un motor diésel. En la cubierta había una pequeña timonera y una serie de escotillas encima de la bodega. Desde la timonera, una escalera bajaba a los alojamientos. En la popa estaban las enormes vergas y el cabrestante para las redes.

El día estaba empezando a clarear cuando la pequeña embarcación se abrió camino a través del campo defensivo de minas que cubría la bocana del puerto. El tiempo era magnífico, pero pronto se encontraron con olas de metro y medio de altura en cuanto dejaron de estar resguardados por la línea de la costa. Afortunadamente, Hermia nunca se mareaba en el mar.

Durante el día intentó ser útil a bordo. No tenía ningún tipo de experiencia marinera, así que mantuvo limpia la cocina. Los hombres estaban acostumbrados a prepararse la comida, pero Hermia lavó los platos y la sartén en la que cocinaban casi todo lo que comían. Se aseguró de que charlaba con los dos tripulantes, hablándoles en danés y tratando de establecer una respetuosa amistad con cada uno de ellos. Cuando no tuvo nada más que hacer, se sentó en la cubierta y disfrutó del sol.

Durante la noche, el rugir volcánico de una formación de bombarderos que estaban pasando por encima de ellos la despertó unos instantes. Hermia se preguntó vagamente si era la RAF yendo hacia Alemania o la Luftwaffe yendo en dirección contraria, y luego volvió a quedarse dormida.

Lo siguiente que supo fue que Lars estaba sacudiéndola.

—Nos acercamos al punto en el que nos encontraremos más próximos a Dinamarca —le dijo—. Estamos a unos ciento noventa kilómetros de Morlunde.

Hermia subió a la cubierta la maleta de su receptor. Ya era de día. Los hombres estaban izando a bordo una red llena de peces que saltaban y se debatían, principalmente atunes y arenques, y los echaban a la bodega. A Hermia le pareció un espectáculo bastante horrible, y apartó la mirada.

Conectó la batería a la radio y se sintió muy aliviada al ver parpadear los diales. Sujetó la antena al mástil con un trozo de cable que

Digby había tenido la previsión de proporcionarle. Luego dejó que el aparato se calentara y se puso los auriculares.

Mientras la embarcación iba hacia el nordeste, Hermia fue recorriendo las frecuencias radiofónicas de un extremo a otro. Además de las transmisiones en inglés de la BBC, captó programas de radio franceses, holandeses, alemanes y daneses, junto con toda una serie de transmisiones en morse que supuso serían señales militares de ambos bandos. En el primer barrido, no oyó nada que pudiera haber sido radar.

Repitió el ejercicio más despacio, asegurándose de que no se le pasaba por alto nada. Disponía de mucho tiempo. Pero una vez más, no oyó lo que estaba esperando escuchar.

Siguió intentándolo.

Pasadas dos horas se dio cuenta de que los hombres habían dejado de pescar y la estaban observando. Su mirada se encontró con la de Lars, quien dijo:

—¿Ha habido suerte?

Hermia se quitó los auriculares.

—No estoy captando la señal que esperaba —respondió en danés.

Sten replicó en el mismo idioma.

—Los peces no han parado de pasar en toda la noche. Nos ha ido muy bien, y tenemos la bodega llena. Ya estamos listos para volver a casa.

—¿Podrían ir hacia el norte durante un rato? He de tratar de encontrar esta señal. Es realmente importante.

Sten no parecía nada convencido, pero su hijo dijo:

—Hemos tenido una buena noche, así que podemos permitírnoslo.

Sten seguía dudando.

—¿Y si un avión de reconocimiento alemán pasa por encima de nosotros?

—Podrían tirar las redes y fingir que están pescando —dijo Hermia.

—En el sitio al que usted quiere ir no hay caladeros de pesca.

—Eso los pilotos alemanes no lo saben.

Lars miró a su padre.

—Si es para ayudar a liberar a Dinamarca... —intervino uno de los tripulantes.

El otro asintió vigorosamente.

Una vez más, Hermia se vio salvada por el hecho de que Sten no quisiera pasar por un cobarde delante de otras personas.

—De acuerdo —dijo—. Iremos hacia el norte.

—Manténgase a ciento cincuenta kilómetros de la costa —dijo Hermia mientas volvía a ponerse los auriculares.

Siguió examinando las frecuencias. Conforme iba pasando el tiempo, Hermia empezó a perder las esperanzas. La ubicación más probable para una estación de radar era en el extremo sur de la costa de Dinamarca, cerca de la frontera con Alemania. Hermia había creído que no tardaría mucho en captar la transmisión. Pero sus esperanzas fueron disipándose a medida que la embarcación iba hacia el norte.

No quería alejarse del aparato durante más de un par de minutos, así que los pescadores fueron trayéndole té a intervalos, y un cuenco de estofado sacado de una lata cuando llegó la hora de cenar. Mientras escuchaba, Hermia miraba hacia el este. No podía ver Dinamarca, pero sabía que Arne estaba allí en algún lugar, y le gustaba sentirse más cerca de él.

Hacia el anochecer, Sten se arrodilló sobre la cubierta junto a ella para hablar, y Hermia se quitó los auriculares.

—Estamos delante del extremo norte de la península de Jutlandia —le dijo Sten—. Tenemos que virar.

—¿No podríamos acercarnos un poco más? —preguntó Hermia con desesperación—. Navegar a ciento sesenta kilómetros de la costa quizá signifique que me encuentro demasiado lejos para captar la señal.

—Tenemos que poner rumbo a casa.

—¿Podríamos seguir la costa en dirección sur, volviendo por el mismo curso pero yendo ochenta kilómetros más cerca de la costa?

—Demasiado peligroso.

—Ya casi ha oscurecido. Los aviones de reconocimiento no vuelan durante la noche.

—No me gusta.

—Por favor. Es muy importante.

Hermia le lanzó una mirada de súplica a Lars, que estaba escuchando cerca de ellos. Lars era más valiente que su padre, quizá porque veía su futuro en Inglaterra, con su esposa inglesa.

Tal como había esperado que ocurriera, Lars se puso de su parte.

—¿Qué tal a ciento veinte kilómetros de la costa?

—Eso sería magnífico.

—De todas maneras tenemos que ir en dirección sur. Eso no añadirá más de unas cuantas horas a nuestro viaje.

—¡Estaríamos poniendo en peligro a nuestra tripulación! —dijo Sten furiosamente.

—Piensa en el hermano de Carol en África. Él también se expone al peligro —replicó Lars sin inmutarse—. Esta es nuestra ocasión de hacer algo para ayudar.

—Está bien, coge el timón —dijo Sten de mala gana—. Me voy a dormir. —Entró en la timonera y bajó rápidamente por la escalera de la cabina.

Hermia sonrió a Lars.

—Gracias.

—Somos nosotros quienes deberíamos dártelas.

Lars hizo virar la embarcación y Hermia continuó examinando las ondas. Anocheció. Navegaban sin luces, pero el cielo estaba despejado y había una luna en tres cuartos, lo cual hacía que Hermia sintiese que la embarcación tenía que ser muy visible. Pero no vieron ningún avión y ninguna otra embarcación. Lars comprobaba periódicamente su posición con un sextante.

Los pensamientos de Hermia volvieron al ataque aéreo que ella y Digby habían vivido hacía unos días. Era la primera vez que un bombardeo la sorprendía en la calle. Hermia se las arregló para conservar la calma, pero había sido una escena aterradora: el zumbido de los aviones, los reflectores y el fuego antiaéreo, el estruendo de las bombas que caían y el resplandor infernal de las casas ardiendo. Y sin embargo ahora ella estaba haciendo cuanto podía para ayudar a la RAF a infligir los mismos horrores a las familias alemanas. Parecía una locura, pero la única alternativa era permitir que los nazis se adueñaran del mundo.

Era una corta noche de mediados del verano, y amaneció temprano. El mar se hallaba inusualmente tranquilo. Una neblina matinal se elevaba de la superficie, reduciendo la visibilidad y haciendo que Hermia se sintiera más a salvo. Pero conforme la embarcación seguía avanzando hacia el sur, empezó a ponerse cada vez más nerviosa. Tendría que captar la señal pronto..., a menos que ella y Digby estuvieran equivocados, y Herbert Woodie tuviera razón.

Sten salió a la cubierta con un tazón de té en una mano y un bocadillo de beicon en la otra.

—¿Y bien? —preguntó—. ¿Ya tiene lo que quería?

—Lo más probable es que provenga del sur de Dinamarca —dijo.

—O de ningún sitio.

Hermia asintió con abatimiento.

—Empiezo a pensar que tiene razón. —Entonces oyó algo—. ¡Espere! —Había estado buscando hacia arriba a través de las frecuencias, y de pronto creyó haber oído una nota musical. Hizo girar el dial en sentido contrario y empezó a bajar, buscando el punto. Encontró un montón de estática, y luego nuevamente la nota: un tono tan puro como el de una máquina a cosa de una octava por encima del *do* medio—. ¡Me parece que podría ser esto! —exclamó alegremente. La longitud de onda era 2,4 metros.

Ahora tenía que determinar la dirección. Incorporado al receptor había un dial graduado de 1 a 360 con una aguja que señalaba hacia la fuente de la señal. Digby había insistido en que el dial tenía que estar alineado exactamente con la línea central de la embarcación. Entonces se podría calcular la dirección de la señal a partir del curso que estuviera siguiendo la embarcación y de la aguja del dial.

—¡Lars! —lo llamó—. ¿Qué curso estamos siguiendo?

—Este sudeste —dijo él.

—No, exactamente.

—Bueno...

Aunque hacía un tiempo magnífico y el mar estaba tranquilo, aun así la embarcación siempre se estaba moviendo y la aguja de la brújula nunca permanecía quieta.

—Lo más aproximadamente que puedas —dijo Hermia.

—Ciento veinte grados.

La aguja del dial de Hermia señalaba hacia 340, y añadir 120 a eso llevó la dirección alrededor del 100. Hermia tomó nota de ello.

—¿Y cuál es nuestra posición?

—Espera un momento. Cuando marqué las estrellas, estábamos cruzando el paralelo cincuenta y seis. —Consultó el cuaderno de bitácora, echó un vistazo a su reloj de pulsera y luego anunció su latitud y su longitud. Hermia anotó los números, sabiendo que solo eran una estimación.

—¿Ya está satisfecha? —preguntó Sten—. ¿Podemos ir a casa?

—Necesito otra lectura para así poder triangular la fuente de la transmisión.

Sten soltó un gruñido de disgusto y se fue.

Lars guiñó el ojo a Hermia.

Hermia mantuvo el receptor sintonizado en la nota musical mientras continuaban yendo hacia el sur. La aguja del indicador direccional se movía imperceptiblemente. Pasada media hora volvió a preguntarle a Lars cuál era el curso de la embarcación.

—Seguimos en el ciento veinte.

Ahora la aguja del dial de Hermia marcaba 335, por lo que la dirección de la señal era 095. Pidió a Lars que volviera a estimar su posición, y anotó los números.

—¿A casa? —preguntó Lars.

—Sí. Y gracias.

Lars hizo girar el timón.

Hermia estaba que no cabía en sí de alegría, pero no pudo esperar ni un segundo para averiguar de dónde estaba procediendo la señal. Entró en la timonera y encontró una carta a gran escala. Con la ayuda de Lars, marcó las dos posiciones que había anotado y trazó líneas para la localización de la señal desde cada posición, corrigiéndolas para tomar en cuenta el norte magnético. Las líneas se cruzaban delante de la costa, cerca de la isla de Sande.

—Dios mío —dijo—. Mi prometido es de allí.

—¿Sande? La conozco. Hace unos años fui a ver las pruebas de velocidad de los coches de carreras.

Hermia estaba exultante. Su hipótesis había sido correcta y su método había funcionado. La señal que había estado esperando captar procedía del sitio más lógico.

Ahora necesitaba enviar a Poul Kirke, o a alguien de su equipo, a Sande para que echara un vistazo. Tan pronto como regresara a Bletchley mandaría un mensaje en código.

Unos minutos después tomó otra lectura. Ahora la señal era débil, pero la tercera línea que trazó sobre el mapa formó un triángulo con las otras dos, y la mayor parte de la isla de Sande quedaba dentro de aquel triángulo. Todos los cálculos eran aproximados, pero la conclusión parecía clara. La señal de radio procedía de la isla.

Hermia estaba impaciente por contárselo a Digby.

7

Harald pensó que el Tiger Moth era la máquina más hermosa que hubiera visto jamás. Parecía una mariposa lista para emprender el vuelo, con sus alas superiores e inferiores desplegadas, sus ruedas de coche de juguete descansando suavemente sobre la hierba y su larga cola prolongándose detrás. Hacía un día magnífico, con suaves brisas, y el pequeño avión temblaba bajo el viento como si estuviera impaciente por despegar. Su único motor delantero impulsaba la gran hélice pintada de color crema. Detrás del motor había dos carlingas abiertas, una delante de la otra.

El Tiger era primo del Hornet Moth medio destrozado que Harald había visto en el monasterio en ruinas de Kirstenslot; los dos aviones eran mecánicamente similares, con la única excepción de que el Hornet Moth tenía una cabina cerrada con asientos contiguos. Sin embargo el Hornet Moth parecía estar compadeciéndose de sí mismo, inclinado hacia un lado con la parte inferior de su fuselaje medio rota, la tela desgarrada y manchada de aceite y la tapicería reventada. En cambio el Tiger Moth tenía un aspecto alegre y seguro de sí mismo, con la pintura nueva brillando encima de su fuselaje y el sol arrancando destellos a su parabrisas. Su cola se apoyaba en el suelo y su morro apuntaba hacia arriba, como si estuviera husmeando el aire.

—Como verás, las alas son planas por abajo, pero curvadas por arriba —dijo Arne Olufsen, el hermano de Harald—. Cuando el avión se está moviendo, el aire que corre por encima de la parte superior del ala se ve obligado a moverse más deprisa que el aire que pasa por debajo de ella. —Dirigió a su hermano aquella sonrisa irresistible que hacía que la gente le perdonara cualquier cosa—. Por razones que nunca he entendido, eso levanta al aparato del suelo.

—Crea una diferencia de presión —dijo Harald.

—Cierto —replicó Arne secamente.

La clase superior de la Jansborg Skole estaba pasando el día en la Escuela de Aviación del Ejército en Vodal. Arne y su amigo Poul Kirke les estaban enseñando las instalaciones. La visita era un ejercicio de reclutamiento llevado a cabo por el ejército, el cual estaba teniendo serios problemas para persuadir a los jóvenes más brillantes de que se unieran a una fuerza militar que no tenía nada que hacer. A Heis, con su pasado en el ejército, le gustaba que la Jansborg enviara uno o dos alumnos a los militares cada año. Para los muchachos, una visita representaba una pausa muy bienvenida en el repaso con vistas a los exámenes.

—A las superficies con bisagras de las alas inferiores se las llama alerones —le contó Arne—. Están conectadas mediante cables a la columna de control o palanca de mando, a la que a veces se conoce como el palo de la alegría, por razones que eres demasiado joven para entender. —Volvió a sonreír—. Cuando la palanca es desplazada hacia la izquierda, el alerón izquierdo sube y el derecho baja. Eso hace que el avión se incline lateralmente y vire hacia la izquierda. Lo llamamos ladear.

Harald estaba fascinado, pero quería subir al Tiger Moth y volar.

—Observarás que la mitad posterior de la cola también tiene bisagras —dijo—. A esto se lo llama el timón de profundidad, y desplaza el avión hacia arriba o hacia abajo. Tira de la palanca y entonces el timón de profundidad se inclina hacia arriba, deprimiendo la cola de tal manera que el avión asciende.

Harald se dio cuenta de que la parte de la cola dirigida hacia arriba también tenía un alerón.

—¿Para qué es eso? —preguntó, señalándolo.

—Eso es el timón de dirección, controlado por un par de pedales en el pozo de la carlinga. Funciona de la misma manera que el timón de una embarcación.

—¿Por qué necesitáis un timón de dirección? —intervino Mads—. Utilizáis los alerones para cambiar de dirección.

—¡Una observación excelente! —dijo Arne—. Demuestra que estás escuchando. Pero ¿no se os ocurre cuál puede ser la respuesta? ¿Por qué íbamos a necesitar un timón, al igual que unos alerones, para orientar el avión?

Harald trató de adivinarlo.

—Cuando estáis en la pista no podéis utilizar los alerones.

—¿Porque...?

—Las alas chocarían con el suelo.

—Correcto. Utilizamos el timón de dirección mientras estamos rodando por la pista, que es cuando no podemos alterar la inclinación de las alas porque estas chocarían con el suelo. También lo utilizamos en el aire, para controlar los movimientos laterales no deseados del avión, a los que llamamos guiñadas.

Los quince muchachos habían recorrido la base aérea, asistido a una conferencia —sobre las oportunidades, la paga y el adiestramiento en el ejército—, y almorzado con un grupo de jóvenes pilotos que estaban aprendiendo a volar. Ahora esperaban impacientemente la lección individual de vuelo que se le había prometido a cada uno de ellos como punto álgido del día. Cinco Tiger Moth se encontraban alineados sobre la hierba. Oficialmente los aviones militares daneses habían permanecido estacionados en tierra desde el comienzo de la ocupación, pero había excepciones. A la escuela de vuelo se le permitía impartir lecciones a bordo de planeadores, y se había otorgado un permiso especial para el ejercicio de hoy en los Tiger Moth. Por si acaso a alguien se le ocurría la idea de volar hasta Suecia en un Tiger Moth, dos cazas Messerschmitt Me-109 se hallaban estacionados en la pista, listos para perseguir y derribar a quienquiera que intentase escapar.

Poul Kirke siguió con el comentario allí donde lo había dejado Arne.

—Quiero que miréis dentro de la carlinga, uno por uno —dijo—. Poneos encima de la franja negra del ala inferior. No piséis en ningún otro sitio o vuestro pie atravesará la tela y no podréis volar.

Tik Duchwitz fue primero.

—En el lado izquierdo ves una palanca plateada para la válvula —dijo Poul—. Esa palanca controla la velocidad del motor, y más abajo hay una palanca verde que aplica un resorte al control del timón de profundidad. Si el dispositivo está ajustado correctamente mientras vuelas, entonces el avión debería mantenerse nivelado cuando apartes la mano de la palanca.

Harald fue en último lugar. No podía evitar sentirse interesado, a pesar del resentimiento que había suscitado en él la arrogante tranquilidad con la que Poul se había llevado a Karen Duchwitz encima de su bicicleta.

—Bueno, Harald, ¿qué opinas? —le preguntó Poul mientras bajaba de la carlinga.

Harald se encogió de hombros.

—No parece demasiado complicado.

—Entonces puedes ir primero —dijo Poul con una sonrisa.

Los demás rieron, pero Harald se sintió muy complacido.

—Vayamos a prepararnos —dijo Poul.

Volvieron al hangar y se pusieron los trajes de vuelo, unos monos de cuerpo entero que se abotonaban por delante. También les entregaron cascos y anteojos. Para disgusto de Harald, Poul insistió en ayudarlo.

—La última vez que nos vimos fue en Kirstenslot —dijo Poul mientras le ajustaba los anteojos.

Harald asintió secamente, no deseando que se le recordara. Aun así, no pudo evitar preguntarse cuál era exactamente el tipo de relación que había entre Poul y Karen. ¿Solo estaban saliendo, o había algo más? ¿Lo besaba ella apasionadamente y permitía que tocara su cuerpo? ¿Hablaban de casarse? ¿Habían mantenido relaciones sexuales? Harald no quería pensar en aquellas cosas, pero no podía evitar hacerlo.

Cuando estuvieron listos, los primeros cinco estudiantes volvieron al campo, cada uno con un piloto. A Harald le hubiese gustado ir con su hermano, pero una vez más Poul escogió a Harald. Era casi como si quisiese llegar a conocerlo mejor.

Un auxiliar de vuelo vestido con un mono manchado de aceite estaba llenando el depósito del avión, encaramado a él con un pie puesto en un estribo del fuselaje. El depósito se hallaba en el centro del ala superior donde esta pasaba por encima del asiento delantero, en lo que a Harald le pareció era una posición bastante inquietante. ¿Sería capaz de olvidarse de los litros de líquido inflamable que habría encima de su cabeza?

—Primero, la inspección previa antes del despegue —dijo Poul, inclinándose sobre la carlinga—. Comprobamos que los interruptores de los imanes estén desconectados y que la válvula de estrangulación esté cerrada. —Echó una mirada a las ruedas—. Calces en su sitio. —Dio un puntapié a cada neumático y movió los alerones hacia arriba y hacia abajo—. Mencionaste que habías trabajado en la nueva base alemana que hay en Sande —dijo de pronto, como si acabara de acordarse de ello.

—Sí.

—¿Qué clase de trabajo hiciste allí?

—Solo labores de naturaleza general: cavar agujeros, mezclar cemento, llevar ladrillos.

Poul pasó a la parte de atrás del avión y comprobó el movimiento de los planos del timón de profundidad.

—¿Llegaste a averiguar para qué es ese sitio?

—No entonces, no. Despidieron a los trabajadores daneses tan pronto como hubieron terminado el trabajo de construcción, y los alemanes pasaron a ocuparse de todo. Pero estoy casi seguro de que es alguna clase de estación de radio.

—Creo que mencionaste eso la última vez. Pero ¿cómo lo sabes?

—He visto el equipo.

Poul lo miró fijamente, y Harald se dio cuenta de que no le estaba preguntando todo aquello porque sí.

—¿Es visible desde fuera?

—No. El lugar está vigilado y rodeado por una valla; el equipo de radio queda escondido por los árboles, excepto en el lado que da al mar, y está prohibido acceder a esa parte de la playa.

—¿Y entonces cómo es que lo viste?

—Tenía mucha prisa por llegar a casa, así que tomé por un atajo a través de la base.

Poul se acuclilló detrás del timón de dirección y comprobó el patín de la cola.

—¿Y qué fue lo que viste?

—Una gran antena, la mayor con la que me he encontrado jamás. Tendría unos treinta metros cuadrados y estaba colocada encima de una base rotatoria.

El auxiliar de vuelo que había estado llenando el depósito del avión interrumpió la conversación.

—Listos cuando usted lo esté, señor.

—¿Listo para volar? —le preguntó Poul a Harald.

—¿Delante o detrás?

—El alumno siempre se sienta detrás.

Harald subió a la carlinga. Tuvo que ponerse de pie en el cubo del asiento para luego deslizarse hacia abajo dentro de él. La carlinga era muy estrecha y Harald se preguntó cuántos pilotos gordos conseguirían introducirse en ella; entonces cayó en la cuenta de que no había pilotos gordos.

Debido al ángulo elevado con que el avión descansaba sobre la hierba, no podía ver nada ante él aparte del despejado cielo azul. Harald tuvo que inclinarse hacia un lado para poder ver el suelo.

Puso los pies encima de los pedales del timón de dirección y la mano derecha sobre la palanca de control. Movió experimentalmente la palanca de un lado a otro y vio cómo los alerones subían y bajaban al compás de su orden. Luego tocó con la mano izquierda las palancas de la válvula de estrangulación y el timón de dirección.

Justo enfrente de su carlinga había dos pequeñas protuberancias en el fuselaje que supuso serían los interruptores de los imanes gemelos.

Poul se inclinó sobre Harald para ajustarle el arnés de seguridad.

—Estos aviones fueron diseñados para el adiestramiento, por lo que tienen controles dobles —dijo—. Mientras yo esté pilotando, mantén las manos y los pies encima de los controles sin ejercer ninguna clase de presión y siente cómo los voy moviendo. Ya te avisaré cuando tengas que tomar el mando.

—¿Cómo hablaremos?

Poul señaló un tubo de goma en forma de Y que recordaba el estetoscopio de un médico.

—Esto funciona igual que el tubo para hablar de una embarcación.

Enseñó a Harald cómo había que colocar los extremos del tubo en las sujeciones para los oídos en su casco de vuelo. El pie de la Y desaparecía dentro de una cañería de aluminio que indudablemente llevaba a la carlinga delantera. Otro tubo con una boquilla se utilizaba para hablar.

Poul subió al asiento delantero. Un instante después Harald oyó su voz a través del tubo de comunicación.

—¿Puedes oírme?

—Alto y claro.

El auxiliar de vuelo se colocó junto a la parte delantera izquierda del avión y acto seguido hubo un diálogo a gritos, con el auxiliar haciendo preguntas y Poul respondiendo a ellas.

—¿Listo para empezar, señor?

—Listo para empezar.

—¿Combustible abierto, interruptores desconectados, válvula de estrangulación cerrada?

—El combustible está abierto, los interruptores están desconectados, la válvula está cerrada.

Harald esperaba que llegados a ese punto el auxiliar de vuelo hiciera girar la hélice, pero lo que hizo fue ir al lado izquierdo del avión, abrir la capota del fuselaje y hurgar en el motor, Harald supuso que terminando de ajustarlo. Luego cerró el panel y volvió a la proa del avión.

—Aspirando, señor —dijo, y luego alzó los brazos y tiró de la pala de la hélice hacia abajo. Repitió la acción tres veces, y Harald supuso que aquel procedimiento introducía combustible en los cilindros.

Acto seguido el auxiliar pasó por debajo del ala inferior y accionó los dos pequeños interruptores que había enfrente de la carlinga de Harald.

—¿Válvula lista?

Harald sintió cómo la palanca del control de dirección se movía cosa de un centímetro hacia delante bajo su mano, y luego oyó que Poul decía:

—Válvula lista.

—Contacto.

Poul se inclinó hacia delante y accionó los interruptores que había delante de su carlinga.

El auxiliar de vuelo volvió a hacer girar la hélice, esta vez apresurándose a retroceder inmediatamente después de haberlo hecho. El motor se encendió y la hélice giró. Hubo un rugido, y el pequeño avión tembló. Harald tuvo una súbita y vívida sensación de lo ligero y frágil que era, y recordó con una especie de conmoción de qué estaba hecho: no de metal, sino de madera y tela. La vibración no era como la de un coche o una motocicleta, que en comparación uno notaba sólida y firmemente unida al suelo. Aquello se parecía más a trepar por un árbol joven y sentir cómo el viento sacudía sus delgadas ramas.

Harald oyó la voz de Poul hablando por el tubo.

—Tenemos que dejar que se caliente el motor. Tarda unos cuantos minutos.

Harald pensó en las preguntas que le había hecho Poul acerca de la base en Sande. Estaba seguro de que aquello no era mera curiosidad. Poul tenía un propósito. Quería conocer la importancia estratégica de la base. ¿Por qué? ¿Formaba parte Poul de algún movimiento de resistencia secreto? ¿De qué otra cosa podía tratarse?

El sonido del motor subió de tono, y Poul extendió la mano y volvió a apagar y encender los interruptores de los imanes, llevando a cabo lo que Harald supuso era otra comprobación de seguridad. Entonces el tono del motor bajó hasta convertirse en un tranquilo zumbido, y finalmente Poul indicó al auxiliar que ya podía quitar los calces de las ruedas. Harald sintió una sacudida, y el avión empezó a avanzar.

Los pedales se movieron debajo de los pies de Harald cuando Poul utilizó el timón de dirección para ir guiando el avión por encima de la hierba. Rodaron a lo largo de la pista, que estaba marcada con banderitas, viraron hacia el viento y se detuvieron y Poul dijo:

—Unas cuantas comprobaciones más antes de que despeguemos.

Por primera vez, a Harald se le ocurrió pensar que lo que se disponía a hacer era peligroso. Su hermano llevaba años volando sin tener ningún accidente, pero otros pilotos se habían estrellado, y algunos habían muerto. Se dijo que las personas morían dentro de coches, encima de motocicletas y a bordo de embarcaciones, pero de algún modo aquello era diferente. Harald se obligó a dejar de pensar en los peligros. No iba a dejarse arrastrar por el pánico y hacer el ridículo delante de la clase.

De pronto la palanca de la válvula de estrangulación se deslizó rápidamente hacia delante debajo de su mano, el motor rugió más fuerte, y el Tiger Moth echó a rodar impacientemente por la pista. Pasados solo unos segundos, la palanca de control se apartó de las rodillas de Harald, y sintió cómo su cuerpo se inclinaba ligeramente hacia delante cuando la cola se elevó por detrás de él. El pequeño avión adquirió velocidad, estremeciéndose y traqueteando sobre la hierba. La sangre de Harald parecía vibrar de pura excitación. Entonces la palanca volvió a retroceder bajo su mano, el avión pareció salir despedido del suelo y se encontraron en el aire.

Era muy emocionante. Siguieron subiendo. Harald pudo ver un pueblecito a un lado. En la atestada Dinamarca, no había muchos sitios desde los que no se pudiera ver un pueblecito. Poul ladeó el avión hacia la derecha. Sintiéndose bruscamente inclinado hacia un lado, Harald luchó con la aterradora idea de que iba a caerse de la carlinga.

Para tranquilizarse, miró los instrumentos. El contador de revoluciones por minuto mostraba 2.000 rpm, y su velocidad era de 95 kilómetros por hora. Ya estaban a 300 metros de altitud. La aguja del indicador de posición señalaba directamente hacia arriba.

El avión se niveló. La palanca de la válvula retrocedió, la nota del motor bajó de tono, y las revoluciones descendieron a 1.900.

—¿Estás sosteniendo la palanca? —preguntó Poul.

—Sí.

—Comprueba la línea del horizonte. Probablemente pasa a través de mi cabeza.

—Entra por una oreja y sale por la otra.

—Cuando suelte los controles, quiero que te limites a mantener niveladas las alas y el horizonte en el mismo sitio con relación a mis orejas.

—De acuerdo —dijo Harald, sintiéndose muy nervioso.

—Tienes el control.

Harald sintió que el avión cobraba vida en sus manos, conforme cada leve movimiento que hacía afectaba a su vuelo. La línea del horizonte cayó hacia los hombros de Poul, indicando con ello que el morro se había elevado, y Harald se dio cuenta de que un miedo a precipitarse hacia el suelo del que apenas si era consciente estaba haciendo que tirase de la palanca. La desplazó infinitesimalmente hacia delante, y tuvo la satisfacción de ver cómo la línea del horizonte subía lentamente hasta quedar situada en las orejas de Poul.

Entonces el avión se bamboleó y se inclinó súbitamente hacia un lado. Harald tuvo la sensación de que había perdido el control y estaban a punto de caer del cielo.

—¿Qué ha sido eso? —gritó.

—Solo una ráfaga de viento. Corrige para compensarla, pero no demasiado.

Reprimiendo el pánico, Harald volvió a empujar la palanca hacia la dirección del ladeo. El avión se bamboleó inclinándose bruscamente en la dirección opuesta, pero al menos ahora Harald sentía que lo estaba controlando, y volvió a corregir la inclinación con otro pequeño movimiento. Entonces vio que estaba volviendo a ascender y bajó el morro. Descubrió que tenía que concentrarse al máximo en responder al más ligero movimiento del avión solo para mantener un rumbo. Tenía la sensación de que un error podía enviarlo a estrellarse contra el suelo.

Cuando Poul habló, Harald se sintió bastante molesto por aquella interrupción.

—Eso ha estado muy bien —dijo Poul—. Le estás cogiendo el truco.

Harald pensó que solo necesitaba seguir practicando durante un par de años.

—Ahora presiona ligeramente los pedales del timón de dirección con ambos pies —dijo Poul.

Harald llevaba un rato sin pensar en sus pies.

—De acuerdo —dijo bruscamente.

—Mira el indicador de virajes e inclinación.

Por el amor de Dios, quería decirle Harald, ¿cómo puedo hacer eso y pilotar el avión al mismo tiempo? Se obligó a apartar por un segundo los ojos del horizonte y mirar el panel de instrumentos. La aguja continuaba estando en la posición de las doce del mediodía. Harald miró nuevamente el horizonte y descubrió que había vuelto a levantar el morro del aparato. Lo corrigió.

—Cuando yo aparte el pie del timón de dirección —dijo Poul—, descubrirás que el morro del aparato girará hacia la izquierda y hacia la derecha debido a la turbulencia. En caso de que no estés seguro, comprueba el indicador. Cuando el avión se desvíe hacia la izquierda, la aguja se moverá hacia la derecha, diciéndote que ejerzas presión con el pie derecho para corregir la desviación.

—De acuerdo.

Harald no sintió ningún movimiento hacia un lado, pero cuando por fin consiguió echarle una mirada al dial unos instantes después vio que estaba girando hacia la izquierda. Presionó el pedal correspondiente del timón de dirección con el pie derecho. La aguja no se movió. Harald pisó el pedal con más fuerza. Lentamente, la aguja fue retrocediendo hacia la posición central. Harald miró hacia arriba y vio que estaba descendiendo un poco. Tiró de la palanca hacia atrás. Volvió a comprobar el indicador de virajes e inclinación. La aguja se mantenía inmóvil.

Todo habría parecido muy fácil si no se hubiera encontrado a cuatrocientos metros por encima del suelo.

—Ahora probemos con un viraje —dijo Poul.

—Oh, mierda —dijo Harald.

—En primer lugar, mira a la izquierda para ver si hay algún obstáculo.

Harald miró a la izquierda. En la lejanía pudo ver a otro Tiger Moth, presumiblemente con uno de sus compañeros de clase a bordo, haciendo lo mismo que él. Aquello era tranquilizador.

—No hay nada cerca —dijo.

—Mueve la palanca hacia la izquierda.

Harald así lo hizo. El avión se inclinó hacia la izquierda y Harald volvió a experimentar la vertiginosa sensación de que iba a caerse de él. Pero entonces el avión empezó a virar hacia la izquierda, y Harald sintió una oleada de excitación cuando comprendió que estaba orientando el Tiger Moth.

—En un viraje, el morro tiende a bajar —dijo Poul.

Harald vio que el avión realmente estaba descendiendo, y tiró de la palanca.

—Echa una mirada a ese indicador de virajes e inclinación —dijo Poul—. Estás haciendo el equivalente a un patinazo.

Harald comprobó el dial y vio que la aguja se había movido hacia la derecha. Presionó el pedal del timón de dirección con el pie derecho. Una vez más, este respondió muy lentamente.

El avión había virado a través de noventa grados, y Harald ardía en deseos de nivelarlo y volver a sentirse a salvo, pero Poul pareció leerle la mente —o quizá fuese que todos los alumnos sentían lo mismo una vez llegados a ese punto— y dijo:

—Continúa virando, lo estás haciendo muy bien.

A Harald el ángulo de la inclinación le parecía peligrosamente pronunciado, pero mantuvo el viraje, comprobando cada pocos segundos el indicador de inclinación y manteniendo el morro del aparato dirigido hacia arriba. Mirando por el rabillo del ojo vio un autobús que corría por la carretera debajo de ellos, como si en el cielo no estuviera sucediendo nada dramático y no hubiera absolutamente ningún peligro de que un estudiante de la Jansborg Skole se precipitara de las alturas en cualquier momento para encontrar la muerte al chocar con su techo.

Harald ya había virado tres cuartas partes de un círculo antes de que Poul finalmente dijera:

—Endereza.

Harald movió la palanca hacia la derecha con un suspiro de alivio, y el avión se niveló.

—Echa un vistazo a ese indicador.

La aguja se había movido hacia la izquierda. Harald presionó el pedal del timón de dirección con su pie izquierdo.

—¿Puedes ver la pista?

Al principio Harald no pudo verla. La campiña que se extendía por debajo de él era una confusión carente de sentido de campos puntuados por edificios. No tenía ni idea de qué aspecto tendría una base aérea vista desde lo alto.

Poul le echó una mano.

—Una hilera de largos edificios blancos al lado de un campo muy verde. Mira a la izquierda de la hélice.

—Lo veo.

—Sigue ese curso, manteniendo el campo a la izquierda de nuestra hélice.

Hasta aquel momento, Harald no había pensado en el curso que estaban siguiendo. Ya tenía bastante con mantener nivelado el avión. Ahora tenía que hacer todo lo que había aprendido previamente y, al mismo tiempo, poner rumbo hacia casa. Siempre había una cosa de más en la cual pensar.

—Estás subiendo —dijo Poul—. Reduce un poco la velocidad y bájanos hasta unos trescientos metros conforme nos aproximamos a los edificios.

Harald comprobó el altímetro y vio que el avión estaba volando a seiscientos metros por encima del suelo. La última vez que había mirado estaban a cuatrocientos cincuenta metros. Redujo la velocidad y movió la palanca hacia delante.

—Baja el morro un poco más —dijo Poul.

Harald tenía la sensación de que el avión corría peligro de precipitarse hacia el suelo en una repentina caída vertical, pero se obligó a seguir empujando la palanca hacia delante.

—Bien —dijo Poul.

Cuando estaban a trescientos metros de altitud, la base apareció debajo de ellos.

—Vira a la izquierda cuando lleguemos al final de ese lago y alinéanos con la pista —ordenó Poul.

Harald niveló el avión y comprobó el indicador de inclinación.

Cuando se encontró yendo en paralelo al final del lago, movió la palanca hacia la izquierda. Esta vez, la sensación de que iba a caerse del avión no fue tan grave.

—Vigila ese indicador de inclinación.

Harald se había olvidado de hacerlo. Corrigiendo con el pie, hizo virar el avión.

—Reduce un poco la velocidad.

Harald tiró de la palanca, y la nota del motor cayó bruscamente.

—Demasiado.

Harald volvió a aumentar un poco más la velocidad.

—Baja el morro.

Harald movió hacia delante la palanca de control.

—Eso es. Pero intenta mantener el curso hacia la pista.

Harald vio que se había salido del curso y que estaba yendo hacia los hangares. Hizo que el avión describiera un brusco viraje, corrigiendo con el timón de dirección, y luego volvió a alinearlo con la pista. Pero ahora podía ver que estaba demasiado alto.

—Yo tomaré los mandos a partir de aquí —dijo Poul.

Harald había pensado que Poul quizá intentaría convencerlo de que efectuara un aterrizaje, pero estaba claro que no había adquirido el control suficiente para eso. Se sintió muy decepcionado.

Poul cerró la válvula. La nota del motor volvió a caer bruscamente, con lo que Harald tuvo la inquietante sensación de que ya no había nada para impedir que el avión se precipitara al suelo, pero de hecho el Tiger Moth fue descendiendo gradualmente hacia la pista. Poul tiró de la palanca unos segundos antes de que tocaran tierra. El avión pareció flotar a escasos centímetros del suelo. Harald sentía moverse constantemente los pedales del pozo, y comprendió que ahora Poul estaba pilotando con el timón de dirección porque se encontraban demasiado cerca del suelo para que se pudiera inclinar un ala. Finalmente hubo una sacudida cuando las ruedas y el patín de cola tocaron tierra.

Poul salió de la pista haciendo girar el avión y rodó hacia su espacio de estacionamiento. Harald estaba muy emocionado. Había sido todavía más excitante de lo que se había imaginado. También estaba agotado por el esfuerzo de concentrarse tan profundamente. No había durado mucho rato, pensó, y entonces consultó su reloj y se asombró al ver que habían pasado cuarenta y cinco minutos en el aire. Le habían parecido cinco.

Poul apagó el motor y salió de la carlinga. Harald se echó los anteojos hacia atrás, se quitó el casco, luchó con su arnés de seguridad y logró salir de su asiento con una contorsión. Puso los pies encima de la tira reforzada del ala y saltó al suelo.

—Lo has hecho muy bien —dijo Poul—. De hecho demostraste tener un auténtico talento para ello, igual que tu hermano.

—Siento no haber podido llevarlo a la pista.

—Dudo que a cualquiera de los otros muchachos se le permita intentarlo siquiera. Vamos a cambiarnos.

Cuando Harald hubo logrado salir de su traje de vuelo, Poul dijo:

—Ven un momento a mi despacho.

Harald fue con él hasta una puerta marcada INSTRUCTOR JEFE DE VUELO y entró en una pequeña habitación amueblada con un archivador, un escritorio y un par de sillas.

—¿Te importaría hacerme un dibujo de ese equipo de radio que me estuviste describiendo antes?

Poul había hablado en un tono lleno de indiferencia, pero su cuerpo estaba rígido a causa de la tensión.

Harald ya se había estado preguntando cuándo volvería a salir a relucir el tema.

—Claro que no.

—Es muy importante. No entraré en las razones del porqué lo es.

—No te preocupes.

—Utiliza el escritorio. Dentro del cajón hay una caja de lápices y algo de papel. Tómate tu tiempo, y repásalo hasta que te sientas satisfecho de cómo ha quedado.

—De acuerdo.

—¿Cuánto tiempo crees que puedes necesitar?

—Puede que un cuarto de hora. Estaba muy oscuro, así que no puedo dibujar los detalles. Pero tengo una imagen general bastante clara dentro de mi cabeza.

—Te dejaré solo para que no te sientas presionado. Regresaré dentro de quince minutos.

Poul se fue y Harald empezó a dibujar. Hizo que su mente regresara a aquella noche de sábado bajo la lluvia torrencial. Recordaba que había habido un muro circular de cemento, el cual tendría cosa de un metro ochenta de altura. La antena consistía en una parrilla de cables que hacían pensar en los muelles de una cama. Su base rotatoria se hallaba situada dentro del muro circular, y unos cables salían de la parte de atrás de la antena para desaparecer en el interior de un conducto.

Primero dibujó el muro con la antena encima. Recordaba vagamente que había habido una o dos estructuras similares cerca, así que las esbozó ligeramente. Luego dibujó la maquinaria como si el muro no estuviera allí, mostrando su base y los cables. No era ningún artista, pero aun así podía reproducir la maquinaria con bastante precisión, probablemente porque le gustaban todos los aparatos.

Cuando hubo terminado, dio la vuelta a la hoja de papel y dibujó un plano de la isla de Sande, mostrando la posición de la base y el área de la playa a la cual estaba prohibido acceder.

Poul volvió pasados quince minutos. Estudió el dibujo con mucha atención y luego dijo:

—Esto es excelente. Gracias.

—De nada.

Poul señaló las estructuras auxiliares que había esbozado Harald.

—¿Qué son estas cosas?

—La verdad es que no lo sé. No me fijé mucho en ellas. Pero me pareció que debía incluirlas.

—Hiciste bien. Una pregunta más. Esa parrilla de cables, que presumiblemente es una antena... ¿Es plana, o tiene forma de plato?

Harald se estrujó el cerebro, pero no pudo acordarse.

—No estoy seguro —dijo—. Lo siento.

—No te preocupes.

Poul abrió el archivador. Todos los expedientes estaban etiquetados con nombres, presumiblemente de alumnos de la escuela tanto anteriores como del momento actual. Seleccionó uno marcado «Andersen, H.C.». El nombre era relativamente frecuente, pero Hans Christian Andersen había sido el escritor más famoso de Dinamarca, y Harald supuso que aquel expediente podía ser un escondite. Como había pensado, Poul metió los dibujos dentro del expediente y lo devolvió a su sitio.

—Regresemos con los demás —dijo. Fue hacia la puerta y, deteniéndose con la mano encima del pomo, dijo—: Técnicamente hablando, hacer dibujos de instalaciones militares alemanas es un crimen. Sería mejor que no le mencionaras esto a nadie, ni siquiera a Arne.

Harald se sintió un poco consternado. Su hermano no se hallaba involucrado en aquello. Hasta su mejor amigo pensaba que Arne carecía del valor necesario para ese tipo de cosas.

Harald asintió.

—Accederé a eso... con una condición.

Poul se sorprendió.

—¿Una condición? ¿Cuál?

—Que me respondas sinceramente a una pregunta.

Poul se encogió de hombros.

—De acuerdo, lo intentaré.

—Existe un movimiento de resistencia, ¿verdad?

—Sí —dijo Poul, poniéndose muy serio. Después de unos instantes de silencio, añadió—: Y ahora formas parte de él.

8

Tilde Jespersen llevaba un delicado perfume floral cuyas emanaciones flotaban a través de la mesa de la acera y jugaban con la nariz de Peter Flemming, sin que nunca llegaran a ser lo bastante intensas para que él pudiera identificarlo, como un recuerdo que se negara a acudir a la memoria. Peter imaginó cómo se elevaría la fragancia de su cálida piel mientras él le quitaba la falda, la blusa y la ropa interior.

—¿En qué estás pensando? —preguntó ella.

Se sintió tentado de decírselo. Tilde fingiría escandalizarse, pero se sentiría secretamente complacida. Peter sabía cuándo una mujer estaba lista para aquella clase de conversación, y sabía cuál era la manera en que había que mantenerla: como sin darle importancia, con una sonrisa avergonzada, pero también con un tono subyacente de sinceridad.

Entonces pensó en su esposa, y se contuvo. Peter se tomaba muy en serio sus votos matrimoniales. Otras personas quizá pudieran pensar que tenía una buena excusa para quebrantarlos, pero Peter se había fijado unas pautas de conducta más elevadas y por consiguiente lo que dijo fue:

—Estaba pensando en cómo le pusiste la zancadilla al mecánico en el aeródromo cuando intentaba huir. Demostraste una gran presencia de ánimo.

—Ni siquiera pensé en ello. Simplemente extendí el pie.

—Tienes buenos instintos. Nunca he estado a favor de las mujeres policías, y para serte sincero, todavía tengo mis dudas acerca de ellas. Pero nadie puede negar que eres una agente de primera clase.

Tilde se encogió de hombros.

—Yo misma tengo mis dudas. Las mujeres tal vez deberían quedarse en casa y cuidar de los niños. Pero después de que murió Oskar... —Oskar había sido su marido, un detective de Copenhague amigo de Peter—. Tenía que trabajar, y la del policía es la única clase de vida acerca de la que sé alguna cosa. Mi padre era agente de aduanas, mi hermano mayor es oficial en la Academia de Policía, y mi hermano pequeño es policía de uniforme en Aarhus.

—Te diré qué es lo mejor de ti, Tilde: nunca intentas conseguir que los hombres hagan tu trabajo jugando a ser la hembra indefensa.

Peter había pretendido que su observación fuera un elogio, pero ella no pareció sentirse tan complacida como él había esperado.

—Nunca pido ninguna clase de ayuda —dijo secamente.

—Probablemente eso sea una buena política.

Tilde le lanzó una mirada que Peter no fue capaz de interpretar. Sorprendido ante el repentino enfriamiento de la atmósfera, se preguntó si no podía tener miedo de pedir ayuda por si se diera el caso de que eso hiciese que la clasificasen inmediatamente como una hembra indefensa. No necesitaba esforzarse demasiado para imaginar hasta qué punto la molestaría eso. Después de todo, los hombres siempre se estaban pidiendo ayuda los unos a los otros.

—Pero ¿por qué eres policía? —preguntó ella—. Tu padre tenía un negocio que iba muy bien. ¿No pasarás a encargarte de él algún día?

Peter sacudió la cabeza con abatimiento.

—Solía trabajar en el hotel durante las vacaciones escolares. Odiaba a los huéspedes, con sus demandas y sus quejas: este buey está demasiado hecho, mi colchón está lleno de bultos, llevo veinte minutos esperando que me traigan una taza de café. No podía soportarlo.

El camarero llegó en ese momento. Peter resistió la tentación de pedir arenques y cebollas en su *smørrebrod*, pensando, vagamente, que podía llegar a acercarse lo suficiente a Tilde para que ella le oliera el aliento, así que en vez de eso pidió queso blando y pepinos. Dieron sus tarjetas de raciones al camarero.

—¿Ha habido algún progreso en el caso del espía?

—La verdad es que no. Los dos hombres a los que arrestamos en el aeródromo no nos dijeron nada. Fueron enviados a Hamburgo para que se los sometiera a lo que la Gestapo llama un «interrogatorio en profundidad», y dieron el nombre de su contacto: Matthies Hertz, un oficial del ejército. Pero Hertz ha desaparecido.

—Un callejón sin salida, entonces.

—Sí. —La frase hizo pensar a Peter en otro callejón sin salida con el que se había tropezado—. ¿Conoces a algún judío?

Tilde pareció sorprenderse.

—A uno o dos, diría yo. Ninguno está en la policía. ¿Por qué?

—Estoy haciendo una lista.

—¿Una lista de judíos?

—Sí.

—¿De dónde, de Copenhague?

—De Dinamarca.

—¿Por qué?

—Por la razón habitual. Mi trabajo consiste en mantener vigiladas a las personas que crean problemas.

—¿Y los judíos crean problemas?

—Los alemanes así lo piensan.

—Es fácil ver por qué ellos podrían tener problemas con los judíos. Pero ¿acaso podemos tenerlos nosotros?

Peter se quedó bastante sorprendido. Había esperado que Tilde viera aquello desde su mismo punto de vista.

—Siempre es mejor estar preparados. Tenemos listas de organizadores sindicales, comunistas, extranjeros y miembros del partido nazi danés.

—¿Y piensas que eso es lo mismo?

—Todo es información. Identificar a los nuevos inmigrantes judíos que han venido aquí durante los últimos cincuenta años resulta fácil. Visten raro, hablan con un acento peculiar, y la mayoría de ellos viven en las mismas calles de Copenhague. Pero también hay judíos cuyas familias llevan siglos siendo danesas. Esos judíos tienen el mismo aspecto y hablan igual que cualquier otra persona. La mayoría de ellos comen cerdo asado y van a trabajar la mañana del sábado. Si alguna vez necesitamos dar con ellos, podríamos tener serios problemas. Por eso estoy haciendo una lista.

—¿Cómo? No puedes limitarte a ir por ahí preguntándole a la gente si conocen algún judío.

—Es un problema, desde luego. Tengo a dos detectives repasando la guía de teléfonos, y una o dos listas más, y tomando nota de los apellidos que suenen a judío.

—No es un método muy fiable. Hay montones de personas apellidadas Isaksen que no son judías.

—Y montones de judíos con nombres como Jan Christiansen. Lo que realmente me gustaría hacer es registrar la sinagoga. Probablemente tienen una lista de miembros.

Para su sorpresa, Tilde estaba poniendo cara de desaprobación, pero dijo:

—¿Y por qué no lo haces?

—Juel no lo permitiría.

—Creo que en eso tiene razón.

—¿De veras? ¿Por qué?

—¿Es que no lo ves, Peter? ¿Qué clase de uso se le podría llegar a dar a tu lista en el futuro?

—¿Acaso no resulta obvio? —replicó él con irritación—. Si grupos judíos empiezan a organizar la resistencia contra los alemanes, entonces sabremos dónde buscar a los sospechosos.

—¿Y si los nazis deciden detener a todos los judíos y enviarlos a esos campos de concentración que tienen en Alemania? ¡Entonces utilizarían tu lista!

—Pero ¿por qué iban a enviar a los judíos a los campos de concentración?

—Porque los nazis odian a los judíos. Pero nosotros no somos nazis, somos agentes de policía. Arrestamos a las personas porque han cometido crímenes, no porque las odiemos.

—Eso ya lo sé —dijo Peter con irritación, asombrándose de que se lo estuviera atacando desde aquel ángulo. Tilde hubiese tenido que saber que su motivo era defender la ley, no subvertirla—. Siempre existe un riesgo de que la información no sea utilizada como es debido.

—¿Y entonces no crees que sería mejor no hacer esa maldita lista?

¿Cómo podía ser tan estúpida? A Peter lo sacaba de quicio encontrarse con toda aquella oposición por parte de alguien a quien consideraba una camarada en la guerra contra quienes infringían la ley.

—¡No! —gritó, y luego bajó la voz con un esfuerzo—. ¡Si pensáramos de esa manera, no tendríamos ningún departamento de seguridad!

Tilde sacudió la cabeza.

—Mira, Peter, los nazis han hecho un montón de cosas buenas y eso ambos lo sabemos. Básicamente, están del lado de la policía. Han acabado con la subversión, mantienen la ley y el orden, han reduci do el desempleo y etcétera, etcétera. Pero en el tema de los judíos, están locos.

—Quizá, pero ahora son los que están dictando las reglas.

—Fíjate en los judíos daneses: respetan la ley, trabajan duro, envían a sus hijos a la escuela... Hacer una lista con sus nombres y sus direcciones como si todos formaran parte de alguna conspiración comunista es sencillamente ridículo.

Peter se recostó en su asiento y dijo acusadoramente:

—¿Así que te niegas a trabajar conmigo en esto?

Esta vez le tocó el turno a ella de ofenderse.

—¿Cómo puedes decir eso? Soy una agente de policía profesional, y tú eres mi jefe. Haré lo que tú digas. Eso ya deberías saberlo.

—¿Hablas en serio?

—Oye, si quisieras hacer una lista completa de todas las brujas que hay en Dinamarca, te diría que no creo que las brujas sean unas criminales o unas subversivas... pero te ayudaría a hacer la lista.

Entonces llegó su comida. Hubo un incómodo silencio mientras empezaban a comer. Pasados unos minutos, Tilde dijo:

—¿Qué tal van las cosas en casa?

A la memoria de Peter acudió un súbito recuerdo de él e Inge, unos días antes del accidente, yendo a la iglesia la mañana del domingo, dos personas sanas, felices y jóvenes vestidas con sus mejores ropas. Con toda la escoria que había en el mundo, ¿por qué había tenido que ser su esposa la persona cuya mente fue destruida por aquel joven borracho que iba en su coche deportivo?

—Inge está igual —dijo.

—¿No ha habido ninguna mejora?

—Cuando el cerebro se encuentra tan dañado, ya no se recupera. Nunca habrá ninguna mejora.

—Tiene que ser duro para ti.

—Tengo la suerte de contar con un padre generoso. Con lo que se gana en la policía no podría permitirme pagar a una enfermera, y entonces Inge tendría que ingresar en un asilo.

Tilde volvió a lanzarle una mirada que resultaba difícil de interpretar. Casi parecía como si pensara que el asilo no sería una mala solución.

—¿Y qué se sabe del conductor de ese coche deportivo?

—Finn Jonk. Su juicio se inició ayer, y dentro de uno o dos días debería haber terminado.

—¡Por fin! ¿Qué crees que ocurrirá?

—Jonk se ha declarado culpable. Supongo que pasará cinco o diez años en la cárcel.

—No parece suficiente.

—¿Por destruir la mente de alguien? ¿Qué sería suficiente?

Después del almuerzo, cuando volvían andando al Politigaarden, Tilde rodeó el brazo de Peter con el suyo. Era un gesto afectuoso, y él sintió que Tilde le estaba diciendo que le gustaba a pesar de su desacuerdo. Cuando estaban llegando al ultramoderno edificio de los cuarteles generales de la policía, Peter dijo:

—Siento que desapruebes mi lista de judíos.

Tilde se detuvo y se volvió hacia él.

—No eres un mal hombre, Peter. —Para sorpresa de él, parecía hallarse al borde del llanto—. Tu gran virtud es tu sentido del deber. Pero cumplir con tu deber no es la única ley.

—No entiendo qué quieres decir.

—Lo sé. —Dio media vuelta y entró en el edificio de la policía.

Mientras iba hacia su despacho, Peter intentó ver la cuestión desde el punto de vista de Tilde. Si los nazis encarcelaban a judíos respetuosos de la ley, eso sería un crimen, y la lista de Peter ayudaría a los criminales. Pero eso también podías decirlo acerca de una pistola, o incluso de un coche: el hecho de que algo pudiera ser utilizado por los criminales no significaba que estuviera mal disponer de ello.

Cuando estaba cruzando el patio abierto central, fue llamado por su jefe, Frederik Juel.

—Venga conmigo —dijo Juel secamente—. El general Braun quiere vernos. —Echó a andar delante de él, con su porte militar transmitiendo una impresión de eficiencia y determinación que Peter sabía era totalmente falsa.

Solo había una corta distancia desde el Politigaarden hasta la plaza de la alcaldía, donde los alemanes habían ocupado un edificio llamado el Dagmarhus. Estaba rodeado por alambre de espino, y había cañones y ametralladoras antiaéreas encima de su tejado plano. Fueron llevados al despacho de Walter Braun, una habitación en el ángulo del edificio desde la cual se dominaba la plaza y que se hallaba confortablemente amueblada con un escritorio antiguo y un sofá de cuero. En la pared había un retrato bastante pequeño del Führer y una foto enmarcada de dos niños con uniforme escolar encima del escritorio. Peter se fijó en que Braun llevaba su pistola incluso allí, como para decir que aunque tenía un despacho muy acogedor, se tomaba en serio su trabajo.

Braun parecía sentirse bastante complacido de sí mismo.

—Nuestra gente ha descifrado el mensaje que usted encontró dentro del calce hueco —dijo con su habitual casi susurro.

Peter se puso muy contento.

—Muy impresionante —murmuró Juel.

—Al parecer no resultó demasiado difícil —siguió diciendo Braun—. Los británicos utilizan códigos sencillos, a menudo basados en un poema o algún famoso pasaje en prosa. En cuanto nuestros criptoanalistas han descifrado unas cuantas palabras, lo habitual es que un profesor de literatura inglesa pueda completar el resto. Antes de esto nunca había sabido que el estudio de la literatura inglesa pudiera servir para algún propósito útil —concluyó el general, riéndose de su propio ingenio.

—¿Qué había en el mensaje? —preguntó Peter impacientemente.

Braun abrió un expediente que tenía encima de su escritorio.

—Proviene de un grupo cuyos miembros se hacen llamar los Vigilantes Nocturnos. —Aunque estaban hablando alemán, usó la palabra danesa *natvaegterne*—. ¿Significa eso algo para usted?

La pregunta pilló desprevenido a Peter.

—Comprobaré los archivos, claro está, pero estoy casi seguro de que no nos hemos encontrado con este nombre antes. —Frunció el ceño mientras reflexionaba—. Los vigilantes nocturnos de la vida real normalmente son policías o soldados, ¿verdad?

Juel se encrespó.

—Me cuesta pensar que unos policías daneses...

—No he dicho que fueran daneses —lo interrumpió Peter—. Los espías podrían ser traidores alemanes. —Se encogió de hombros—. O quizá solo aspiran a alcanzar el estatus militar. —Miró a Braun—. ¿Cuál es el contenido del mensaje, general?

—Contiene detalles sobre nuestros preparativos militares en Dinamarca. Eche un vistazo. —Pasó un fajo de papeles por encima del escritorio—. Ubicación de las baterías antiaéreas en Copenhague y sus alrededores. Buques de guerra alemanes presentes en el puerto durante el último mes. Regimientos estacionados en Aarhus, Odense y Morlunde.

—¿Y la información es correcta?

Braun titubeó durante un instante antes de responder.

—No exactamente. Se aproxima a la verdad, pero no es exacta.

Peter asintió.

—Entonces los espías probablemente no son alemanes que disponen de información interna, ya que esas personas serían capaces de obtener detalles correctos de los archivos. Lo más probable es que sean daneses que lo observan todo con mucha atención y luego hacen estimaciones basándose en lo que han visto.

Braun asintió.

—Una deducción muy astuta. Pero ¿puede usted dar con esas personas?

—Espero que sí.

La atención de Braun había pasado a quedar completamente centrada en Peter, como si Juel no se encontrara allí, o solo fuese un subordinado que asistía a la reunión en vez de ser el que mandaba.

—¿Piensa que esas mismas personas están publicando los periódicos ilegales?

A Peter lo complacía que Braun reconociera su capacidad, pero le frustraba que Juel siguiera siendo el jefe a pesar de ello. Esperaba que el mismo Braun hubiera percibido aquella ironía. Sacudió la cabeza.

—Conocemos a los editores de la prensa clandestina y nos mantenemos al corriente de sus actividades. Si hubieran estado haciendo meticulosas observaciones de los preparativos militares alemanes, nos habríamos dado cuenta de ello. No, creo que se trata de una nueva organización que todavía no habíamos descubierto.

—¿Y cómo los atrapará entonces?

—Existe un grupo de subversivos en potencia a los que nunca hemos investigado apropiadamente: los judíos.

Peter oyó cómo Juel tragaba aire con una brusca inspiración.

—Será mejor que empiece a fijarse en ellos —dijo Braun.

—En este país no siempre resulta fácil saber quiénes son los judíos.

—¡Entonces vaya a la sinagoga!

—Buena idea —dijo Peter—. Puede que tengan una lista de miembros. Eso sería un comienzo.

Juel lanzó una mirada amenazadora a Peter, pero no dijo nada.

—Mis superiores en Berlín están muy impresionados por la lealtad y la eficiencia de que ha dado muestra la policía danesa al interceptar ese mensaje dirigido a la inteligencia británica —dijo Braun—.

Aun así, querían enviar inmediatamente a un equipo de investigadores de la Gestapo. Los he disuadido de hacerlo, prometiéndoles que ustedes investigarán vigorosamente la red de espías y que harán comparecer a los traidores ante la justicia. —Era un discurso muy largo para un hombre que solo tenía un pulmón, y dejó sin respiración al general. Braun se calló y su mirada fue de Peter a Juel para volver a posarse nuevamente en Peter. Cuando hubo recuperado el aliento, concluyó—: Por su propio bien, y por el bien de todos en Dinamarca, más vale que tengan éxito.

Juel y Peter se levantaron y Juel, hablando en un tono bastante seco, dijo:

—Haremos todo lo posible.

Salieron del despacho. En cuanto estuvieron fuera del edificio, Juel se volvió hacia Peter para fulminarlo con sus ojos azules.

—Usted sabe perfectamente que esto no tiene nada que ver con la sinagoga, maldito sea.

—No sé nada de eso.

—Se está comportando como un sucio lacayo que solo piensa en lamerles las botas a los nazis.

—¿Qué razón hay para que no debamos ayudarlos? Ahora ellos representan la ley.

—Usted cree que ellos lo ayudarán a hacer carrera.

—¿Y por qué no iban a hacerlo? —dijo Peter, ardiendo en deseos de pasar al ataque—. La élite de Copenhague tiene muchos prejuicios contra los hombres que vienen de las provincias, pero los alemanes son más abiertos de miras.

Juel reaccionó con incredulidad.

—¿Es eso lo que usted cree?

—Por lo menos no están ciegos a las capacidades de los chicos que no fueron a la Jansborg Skole.

—¿Así que piensa que no se lo ha tomado en consideración debido a su procedencia? ¡Idiota, si usted no consiguió el puesto fue porque siempre va demasiado lejos! No tiene absolutamente ningún sentido de la proporción. ¡Acabaría con el crimen arrestando a todas las personas que le parecieran sospechosas! —Soltó un bufido de disgusto—. A poco que dependa de mí, nunca se le concederá otro ascenso. Ahora quítese de mi vista —dijo, y se fue.

Peter ardía de resentimiento. ¿Quién se pensaba que era Juel? Tener un antepasado famoso no lo hacía mejor que los demás.

Juel era un policía, igual que Peter, y no tenía ningún derecho a hablarle como si perteneciera a una forma de vida superior.

Pero Peter se había salido con la suya. Había derrotado a Juel. Tenía permiso para entrar en la sinagoga.

Juel lo odiaría para siempre por eso. Pero ¿importaba? Ahora quien tenía el poder era Braun, no Juel. Más valía ser el favorito de Braun y el enemigo de Juel que al revés.

Una vez en los cuarteles generales, Peter reunió rápidamente a su equipo, escogiendo a los mismos detectives que había utilizado en Kastrup: Conrad, Dresler y Ellegard.

—Me gustaría llevarte con nosotros, si no tienes ninguna objeción —le dijo a Tilde Jespersen.

—¿Por qué iba a tenerla? —replicó ella con voz malhumorada.

—Después de la conversación que mantuvimos durante el almuerzo...

—¡Por favor! Ya te he dicho que soy una profesional.

—Me basta con eso —dijo él.

Fueron en coche a una calle llamada Krystalgade. La sinagoga de ladrillos amarillos se alzaba junto a la calle, como encogiendo un hombro contra un mundo hostil. Peter dejó a Ellegard junto a la puerta para asegurarse de que nadie podría huir por ella.

Un hombre ya bastante mayor ataviado con un yarmulke salió del hogar de ancianos judío que había al lado de la sinagoga.

—¿Puedo ayudarles en algo? —preguntó cortésmente.

—Somos policías —dijo Peter—. ¿Quién es usted?

El rostro del hombre adquirió una expresión de miedo tan abyecto que Peter casi sintió pena por él.

—Me llamo Gorm Rasmussen y soy el encargado de día del hogar —dijo con voz temblorosa.

—¿Tiene llaves de la sinagoga?

—Sí.

—Entremos en ella.

El hombre sacó un manojo de llaves de su bolsillo y abrió una puerta.

La mayor parte del edificio estaba ocupada por la sala principal, una estancia suntuosamente decorada con columnas egipcias doradas que sostenían galerías encima de los pasillos laterales.

—Estos judíos tienen montones de dinero —musitó Conrad.

—Enséñeme su lista de miembros —le dijo Peter a Rasmussen.

—¿Lista de miembros? ¿Qué quiere decir?

—Ustedes han de tener los nombres y las direcciones de las personas que forman su congregación.

—No, no... Todos los judíos son bienvenidos.

El instinto de Peter le dijo que el hombre estaba diciendo la verdad, pero registraría el lugar de todas maneras.

—¿Hay algún despacho?

—No. Solo disponemos de pequeños cuartos para que el rabino y otros dignatarios puedan vestirse, y un guardarropa para que la congregación deje sus chaquetas y abrigos en él.

Peter hizo una seña con la cabeza a Dresler y Conrad.

—Examínenlos. —Fue por el centro de la sala hasta llegar al púlpito y subió un corto tramo de escalones que llevaba a un estrado. Detrás de una cortina encontró una hornacina oculta—. ¿Qué tenemos aquí?

—Los rollos de la Torá —dijo Rasmussen.

Había seis grandes rollos de aspecto muy pesado cuidadosamente envueltos en paños de terciopelo que proporcionarían unos escondites perfectos para documentos secretos.

—Desenvuélvalos todos —dijo Peter—. Extiéndalos encima del suelo para que yo pueda ver que no hay nada dentro.

—Sí, enseguida.

Mientras Rasmussen estaba haciendo lo que le había ordenado, Peter se alejó unos metros con Tilde, y le habló mientras seguía mirando con suspicacia al encargado.

—¿Te encuentras bien?

—Ya te lo había dicho.

—Si encontramos algo, ¿admitirás que yo tenía razón?

Tilde sonrió.

—¿Y si no encontramos nada, admitirás tú que estabas equivocado?

Peter asintió, sintiéndose complacido al ver que Tilde no estaba enfadada con él.

Rasmussen extendió los rollos, que estaban cubiertos de escritura hebrea. Peter no vio nada sospechoso. Supuso que era posible que no tuvieran ningún registro de miembros. Lo más probable era que antes sí tuviesen uno, pero lo hubieran destruido como precaución el día en que los alemanes invadieron Dinamarca. Peter se sintió muy frustrado. Había tenido que esforzarse mucho para poder llevar a cabo aquel registro, y había conseguido hacerse todavía más impopular ante su jefe. Sería lamentable que todo terminara quedando en nada.

Dresler y Conrad volvieron de extremos opuestos del edificio. Dresler venía con las manos vacías, pero Conrad traía consigo un ejemplar del periódico *Realidad*.

Peter cogió el periódico y se lo enseñó a Rasmussen.

—Esto es ilegal.

—Lo lamento —dijo el hombre. Parecía como si pudiera echarse a llorar en cualquier momento—. Los meten por el buzón.

Las personas que imprimían el periódico no estaban siendo buscadas por la policía, con lo que quienes se limitaban a leerlo no corrían absolutamente ningún peligro. Pero Rasmussen no lo sabía, y Peter explotó su ventaja moral.

—Tienen que escribirle a su gente de vez en cuando —dijo.

—Bueno, naturalmente, a los dirigentes de la comunidad judía. Pero no tenemos ninguna lista. Sabemos quiénes son. —Intentó esbozar una débil sonrisa—. Igual que usted, me imagino.

Así era. Peter conocía los nombres de más de una docena de judíos prominentes: un par de banqueros, un juez, varios profesores de universidad, algunas figuras políticas, un pintor. No era detrás de ellos de quienes andaba, porque eran demasiado conocidos para ser espías. Aquella clase de personas no podían estar de pie en el muelle contando barcos sin que se fijaran en ellas.

—¿No envían cartas a personas corrientes, pidiéndoles que hagan donativos benéficos o hablándoles de acontecimientos que ustedes están organizando, celebraciones, salidas al campo, conciertos?

—No —dijo el hombre—. Nos limitamos a poner un aviso en el centro de la comunidad.

—Ah —dijo Peter con una sonrisa de satisfacción—. El centro de la comunidad. ¿Y dónde está eso?

—Cerca de Christiansborg, en Ny Kongensgade.

Aquello quedaba a cosa de un kilómetro y medio de distancia.

—Dresler, mantén a este tipo aquí durante quince minutos y asegúrate de que no advierte a nadie —dijo Peter.

Fueron a la calle llamada Ny Kongensgade. El centro de la comunidad judía era un gran edificio del siglo XVIII con un patio interno y una elegante escalinata, aunque necesitaba que lo redecorasen. La cafetería estaba cerrada, y no había nadie jugando al ping-pong en el sótano. Un hombre joven, bien vestido y de aire desdeñoso, tenía a su cargo la administración del centro. Dijo que no disponían de ninguna lista de nombres y direcciones, pero los detectives registraron el lugar de todas maneras.

El joven se llamaba Ingemar Gammel, y algo en él dio que pensar a Peter. ¿Qué era? A diferencia de Rasmussen, Gammel no estaba asustado; pero si antes Peter había sentido que Rasmussen estaba asustado pero era inocente, Gammel le producía la impresión opuesta.

Gammel se sentó detrás de un escritorio, luciendo un chaleco con un reloj de cadena, y contempló con expresión impasible cómo era saqueado su despacho. Sus ropas parecían caras. ¿Por qué un joven acomodado estaba actuando allí como secretario? Normalmente aquella clase de trabajo era desempeñado por chicas que cobraban un sueldo muy bajo, o por amas de casa de clase media cuyos hijos habían volado del nido.

—Me parece que esto es lo que estamos buscando, jefe —dijo Conrad, entregando a Peter un bloc de notas negro en espiral—. Una lista de agujeros de ratas.

Peter lo abrió y vio página tras página de nombres y direcciones, varios centenares de ellas.

—Hemos dado en el blanco —dijo—. Bien hecho. —Pero el instinto le decía que había más cosas que encontrar—. Que todo el mundo siga buscando por si aparece algo más.

Pasó las páginas, buscando algo extraño, familiar, o... lo que fuese. Estaba experimentando aquella vieja sensación de insatisfacción, pero nada atrajo su mirada.

La chaqueta de Gammel colgaba de un gancho detrás de la puerta. Peter leyó la etiqueta del sastre. El traje había sido confeccionado por Anderson & Sheppard de Savile Row, Londres, en 1938. Peter sintió una punzada de celos. Él compraba su ropa en las mejores tiendas de Copenhague, pero nunca había podido permitirse tener un traje inglés. En el bolsillo delantero de la chaqueta había un pañuelo de seda. Peter encontró un clip para billetes abundantemente provisto dentro del bolsillo lateral izquierdo. En el bolsillo derecho había un billete de tren para Aarhus, de ida y vuelta, con un agujero limpiamente perforado por la taladradora de un inspector de billetes.

—¿Por qué fue a Aarhus?

—Para visitar a unos amigos.

Peter recordó que el mensaje descifrado había incluido el nombre del regimiento alemán estacionado en Aarhus. No obstante, Aarhus era la ciudad más grande después de Copenhague, y centenares de personas iban y venían entre las dos ciudades cada día.

Dentro del bolsillo interior de la chaqueta había un delgado diario. Peter lo abrió.

—¿Disfruta con su trabajo? —preguntó Gammel.

Peter levantó la vista hacia él con una sonrisa en los labios. Disfrutaba haciendo enfurecer a los ricos de modales ampulosos que se creían superiores a las personas corrientes. Pero lo que dijo fue:

—Igual que un fontanero, veo un montón de mierda. —Luego volvió a dirigir su mirada hacia el diario de Gammel.

La letra de Gammel era elegante, al igual que su traje, con grandes mayúsculas y aparatosas curvas. Todas las entradas que había en el diario parecían normales: fechas para almorzar, teatros, el cumpleaños de mamá, telefonear a Jorgen acerca de Wilder.

—¿Quién es Jorgen? —preguntó Peter.

—Mi primo, Jorgen Lumpe. Nos intercambiamos libros.

—¿Y Wilder?

—Thornton Wilder.

—¿Y él es...?

—El escritor norteamericano. *El puente de San Luis Rey.* Tiene que haberla leído.

Aquellas últimas palabras contenían un escarnio, la implicación de que los policías no eran lo suficientemente cultos para leer novelas extranjeras. Pero Peter no hizo caso y pasó a las últimas páginas del diario. Tal como había esperado, encontró una lista de nombres y direcciones, algunas con números de teléfono. Alzó la mirada hacia Gammel, y creyó ver el atisbo de un rubor en sus mejillas pulcramente afeitadas. Aquello era prometedor. Examinó la lista con mucha atención.

Escogió un nombre al azar.

—Hilde Bjergager. ¿Quién es?

—Una amiga —respondió Gammel fríamente.

Peter probó con otro nombre.

—¿Bertil Bruun?

Gammel no se inmutó.

—Jugamos al tenis.

—Fred Eskildsen.

—El gerente de mi banco.

Los otros detectives habían dejado de buscar y guardaban silencio, percibiendo la tensión.

—¿Poul Kirke?

—Un viejo amigo.

—Preben Klausen.

—Un marchante de cuadros.

Gammel mostró una sombra de emoción por primera vez, pero esta consistió más en alivio que en culpabilidad. ¿Por qué? ¿Pensaba que había conseguido ocultar algo? ¿Cuál era el significado del marchante de cuadros Klausen? ¿O el nombre importante era el anterior? ¿Habría mostrado alivio Gammel porque Peter había *pasado* a preguntar por Klausen?

—¿Poul Kirke es un viejo amigo?

—Estuvimos juntos en la universidad. —La voz de Gammel no había perdido su firmeza, pero ahora había una leve sugerencia de miedo en sus ojos.

Peter miró a Tilde, y esta inclinó ligeramente la cabeza. Ella también había notado algo en la reacción de Gammel.

Peter volvió a mirar el diario. No había ninguna dirección para Kirke, pero al lado del número de teléfono había una «N», escrita con una letra bastante más pequeña de lo que era habitual en las mayúsculas de Gammel.

—¿Qué significa esta N? —preguntó Peter.

—Naestved. Es su número de teléfono en Naestved.

—¿Cuál es su otro número?

—No tiene ningún otro número.

—¿Y entonces por qué necesita usted la anotación?

—Pues si quiere que le diga la verdad, no me acuerdo —respondió Gammel, mostrando irritación.

Podía ser verdad. Por otra parte, «N» también podía ser una abreviatura de «Vigilantes Nocturnos».

—¿Qué hace su amigo para ganarse la vida? —preguntó Peter.

—Es piloto.

—¿Dónde?

—En el ejército.

—Ah. —Peter había especulado con la posibilidad de que los Vigilantes Nocturnos pudieran estar en el ejército, debido a su nombre y a la precisión con que sabían observar los detalles militares—. ¿En qué base está?

—Vodal.

—Creía que había dicho que vivía en Naestved.

—Está cerca.

—Queda a casi cuarenta kilómetros de distancia.

—Bueno, así es como lo recuerdo yo.

Peter asintió pensativamente, y luego le dijo a Conrad:

—Arreste a este capullo embustero.

El registro del apartamento de Ingemar Gammel resultó decepcionante. Peter no encontró nada de interés: ningún libro de códigos, ninguna literatura subversiva, ningún arma. Llegó a la conclusión de que Gammel tenía que ser una figura menor dentro de la red de espionaje, una cuyo papel consistía simplemente en hacer observaciones y comunicárselas a un contacto central. Ese hombre clave compilaría los mensajes y los enviaría a Inglaterra. Pero ¿quién era la figura alrededor de la cual giraba todo? Peter abrigaba la esperanza de que pudiera ser Poul Kirke.

Antes de conducir los ochenta kilómetros hasta la escuela de vuelo de Vodal en la que se encontraba estacionado Poul Kirke, Peter pasó una hora en casa con su esposa Inge. Mientras iba dándole de comer sus bocadillos de manzana y miel cortados en diminutos cuadrados, se encontró soñando despierto en una vida doméstica con Tilde Jespersen. Se imaginó contemplando a Tilde mientras esta se preparaba para salir por la noche: lavándose el pelo y secándoselo vigorosamente con una toalla, sentándose al tocador vestida con su ropa interior para pintarse las uñas, observándose en el espejo mientras ataba un pañuelo de seda alrededor de su cuello. Entonces se dio cuenta de que anhelaba estar con una mujer que pudiera hacer las cosas por sí misma.

Tenía que dejar de pensar de aquella manera. Era un hombre casado. El hecho de que la esposa de un hombre estuviera enferma no proporcionaba una excusa para el adulterio. Tilde era una colega y una amiga, y nunca debería llegar a ser nada más que eso para él.

Sintiéndose nervioso y descontento, encendió la radio y escuchó las noticias mientras esperaba a que llegara la enfermera de la noche. Los británicos habían lanzado un nuevo ataque en África del Norte, atravesando la frontera egipcia para entrar en Libia con una división de tanques en un intento de aliviar el asedio que estaba sufriendo Tobruk. Sonaba como una gran operación, aunque la emisora dancsa censurada naturalmente predecía que los cañones antitanque alemanes diezmarían a las fuerzas británicas.

El teléfono sonó, y Peter cruzó la habitación para descolgarlo.

—Aquí Allan Forslund, División de Tráfico. —Forslund era el agente que se ocupaba de Finn Jonk, el conductor borracho que había chocado con el coche de Peter—. El juicio acaba de terminar.

—¿Qué ha sucedido?

—A Jonk le han caído seis meses.

—¿Seis meses?

—Lo siento...

Peter lo vio todo borroso. Sintió que se iba a caer, y puso una mano encima de la pared para apoyarse en ella.

—¿Por destruir la mente de mi esposa y arruinar mi vida? ¿Seis meses?

—El juez dijo que Jonk ya había padecido un auténtico tormento y que tendría que vivir con la culpa durante el resto de su vida.

—¡Eso no son más que chorradas!

—Lo sé.

—Creía que la acusación iba a pedir una sentencia severa.

—Lo hicimos. Pero el abogado de Jonk era muy persuasivo. Dijo que el muchacho había dejado de beber, que ahora siempre se desplaza en bicicleta, que está estudiando para ser arquitecto...

—Eso puede decirlo cualquiera.

—Lo sé.

—¡No lo acepto! ¡Me niego a aceptarlo!

—No hay nada que podamos hacer para...

—Desde luego que lo hay.

—No cometas ninguna locura, Peter.

Peter trató de calmarse.

—Pues claro que no.

—¿Estás solo?

—Volveré al trabajo dentro de unos minutos.

—Mientras tengas a alguien con quien hablar...

—Sí. Gracias por llamar, Allan.

—Siento mucho que no hayamos sabido hacerlo mejor.

—No es culpa tuya. Un abogado que conoce su oficio y un juez estúpido. Ya hemos visto eso antes.

Peter colgó. Se había obligado a hablar en un tono tranquilo y razonable, pero por dentro estaba hirviendo de furia. Si Jonk hubiera estado en libertad, podría haber ido en su busca y haberlo matado. Pero el chico se hallaba a salvo en la cárcel, aunque solo fuera por unos meses. Pensó en encontrar al abogado, arrestarlo con cualquier pretexto, y darle una buena paliza; pero sabía que no haría eso. El abogado no había quebrantado ninguna ley.

Miró a Inge. Estaba sentada allí donde él la había dejado, contemplándolo con el rostro vacío de toda expresión mientras esperaba a que siguiera alimentándola. Vio que un poco de manzana masticada había caído de su boca para esparcirse sobre el corpiño de su vestido. Normalmente su esposa nunca se ensuciaba al comer, a pesar de su estado. Antes del accidente, Inge siempre había sido extraordinariamente meticulosa acerca de su apariencia. Verla con comida en la barbilla y manchas en la ropa hizo que de pronto le entraran ganas de llorar.

Fue salvado por el timbre de la puerta. Peter se dominó con un rápido esfuerzo y respondió a la llamada. La enfermera había llegado al mismo tiempo que Bent Conrad, quien venía a recogerlo para el viaje hasta Vodal. Peter se puso la chaqueta y dejó que la enfermera se encargara de limpiar a Inge.

Fueron en dos coches, un par de los Buick de color negro habituales en la policía. Peter había pensado que el ejército podía ponerles obstáculos, por lo que pidió al general Braun que enviara con ellos a un oficial alemán para imponer la autoridad en el caso de que fuese necesario y el mayor Schwarz, que formaba parte de la plana mayor de Braun, iba en el primer coche.

El trayecto duró una hora y media. Schwarz fumaba un gran puro, que llenó el coche con sus humos. Peter intentó no pensar en la sentencia indignantemente ligera que le habían impuesto a Finn Jonk. Una vez que estuvieran en la base aérea podía llegar a necesitar tener la mente lo más clara posible, y no quería que la rabia oscureciera su juicio. Intentó extinguir la furia que llameaba dentro de él, pero esta continuó ardiendo bajo una manta de falsa calma, irritándole los ojos con su humo al igual que estaba haciendo el puro de Schwarz.

Vodal era un campo de pistas de hierba con unos cuantos edificios bajos esparcidos en un lado. La seguridad no era muy estricta —solo era una escuela de adiestramiento, por lo que allí no tenía lugar nada que fuese ni remotamente secreto—, y el único guardia que había en la puerta los invitó a pasar con un gesto de la mano sin preguntarles qué venían a hacer. Media docena de Tiger Moth estaban estacionados en una hilera, como pájaros posados encima de una valla. También había algunos planeadores, y dos Messerschmitt Me-109. Cuando salía del coche, Peter vio a Arne Olufsen, su rival adolescente de Sande, cruzar el aparcamiento con paso rápido y decidido luciendo su elegante uniforme marrón del ejército. El amargo sabor del resentimiento llenó la boca de Peter.

Peter y Arne habían sido amigos a lo largo de toda su infancia, hasta el enfrentamiento surgido entre sus familias hacía doce años. Todo empezó cuando Axel Flemming, el padre de Peter, fue acusado de fraude fiscal. Axel encontró indignante que se lo persiguiese de aquella manera: él solo había hecho lo que hacían todos los demás, reduciendo sus beneficios a través de hinchar sus gastos. Se le consideró culpable y tuvo que pagar una considerable multa además de todos los impuestos atrasados.

Había persuadido a sus amigos y vecinos de que vieran el caso como una discusión acerca de un tecnicismo contable, más que como una acusación de falta de honradez. Entonces había intervenido el pastor Olufsen.

Existía una regla de la iglesia según la cual cualquier miembro que cometiera un crimen debía ser «leído fuera», o expulsado de la congregación. El transgresor podía regresar el domingo siguiente, si así lo deseaba, pero durante una semana era un extraño. El procedimiento no era invocado para delitos triviales como el exceso de velocidad, y Axel había argumentado que su transgresión entraba dentro de esa categoría. El pastor Olufsen era de otra opinión.

Aquella humillación había sido mucho peor para Axel que la multa con la cual lo había castigado el tribunal. Su nombre había sido leído a la congregación, se lo había obligado a abandonar su sitio y sentarse al fondo de la iglesia durante todo el servicio, y para completar su mortificación el pastor había predicado un sermón sobre el texto: «Dad al César lo que es del César».

Peter torcía el gesto cada vez que lo recordaba. Axel se sentía muy orgulloso de su posición como hombre de negocios que había triunfado y líder de la comunidad, y para él no podía haber castigo mayor que perder el respeto de sus vecinos. Para Peter había sido una auténtica tortura ver cómo su padre era objeto de una reprimenda pública por parte de un santurrón pagado de sí mismo como Olufsen. Creía que su padre se había merecido la multa, pero no la humillación en la iglesia. Entonces había jurado que si cualquier miembro de la familia Olufsen llegaba a cometer alguna clase de transgresión, no habría ninguna piedad para él.

Casi no se atrevía a abrigar la esperanza de que Arne estuviera implicado en la red de espionaje. Aquello sería una venganza muy dulce.

Arne se dio cuenta de que estaba siendo observado.

—¡Peter! —Parecía sorprendido, pero no asustado.

—¿Es aquí donde trabajas? —preguntó Peter.

—Cuando hay algún trabajo que hacer.

Arne estaba tan relajado y seguro de sí mismo como siempre. Si tenía algo de lo cual sentirse culpable, lo estaba ocultando muy bien.

—Eres piloto, claro está.

—Esto es una escuela de adiestramiento, pero no tenemos muchos alumnos. Pero lo que realmente me gustaría saber es qué estás haciendo aquí. —Miró al mayor con uniforme alemán que esperaba detrás de Peter—. ¿Alguien ha estado sacando la basura cuando no debía? ¿O quizá ha ido en bicicleta sin luces después de que hubiera oscurecido?

Peter no encontró nada graciosa la jocosa réplica de Arne.

—Es una investigación de rutina —replicó secamente—. ¿Dónde encontraré a tu oficial superior?

Arne señaló uno de aquellos edificios de escasa altura.

—En el cuartel general de la base. Tienes que hablar con el jefe de escuadrón Renthe.

Peter lo dejó y entró en el edificio. Renthe era un hombre larguirucho con un bigote erizado y una expresión hosca. Peter se presentó y dijo:

—He venido a hacerle unas cuantas preguntas a uno de sus hombres, un teniente de vuelo llamado Poul Kirke.

El jefe de escuadrón miró con suspicacia al mayor Schwarz y dijo:

—¿Cuál es el problema?

La réplica «Ninguno que sea de su incumbencia» acudió a los labios de Peter, pero estaba decidido a no perder la calma, así que recurrió a una mentira cortés.

—Ha estado traficando con propiedad robada.

—Cuando se sospecha que un militar puede haber cometido algún crimen, preferimos investigar el asunto nosotros mismos.

—Por supuesto. No obstante... —Movió una mano señalando a Schwarz—. Nuestros amigos alemanes quieren que la policía se ocupe de esto, así que las preferencias que pueda tener usted son irrelevantes. ¿Se encuentra Kirke en la base en este momento?

—Da la casualidad de que está volando.

Peter arqueó las cejas.

—Creía que todos sus aviones tenían que permanecer en tierra.

—Como regla general sí, pero hay excepciones. Mañana esperamos la visita de un grupo de la Luftwaffe y quieren que se los lleve a bordo de nuestros aparatos de adiestramiento, así que hoy tenemos permiso para hacer unos cuantos vuelos de prueba a fin de cerciorarnos de que los aviones están listos para volar. Kirke debería tomar tierra dentro de unos minutos.

—Mientras tanto registraré su alojamiento. ¿Dónde duerme?

Renthe titubeó, y luego respondió de mala gana:

—En el dormitorio A, al final de la pista.

—¿Dispone de un despacho, una taquilla o algún otro sitio en el que pueda guardar cosas?

—Tiene un pequeño despacho tres puertas más abajo en este pasillo.

—Empezaré por allí. Tilde, ven conmigo. Conrad, ve a la pista para recibir a Kirke cuando regrese: no quiero que se nos escurra de entre los dedos. Dresler y Ellegard, registrad el dormitorio A. Gracias por su ayuda, jefe de escuadrón... —Peter vio cómo los ojos del oficial iban hacia el teléfono que había encima del escritorio, y añadió—: No haga ninguna llamada telefónica durante los próximos minutos. Si llegara a advertir a alguien de que vamos para allá, eso constituiría una obstrucción a la justicia. Entonces yo tendría que meterlo en la cárcel, y eso no haría ningún bien a la reputación del ejército, ¿verdad?

Renthe no dijo nada.

Peter, Tilde y Schwarz fueron por el pasillo hasta llegar a una puerta sobre la que se leía INSTRUCTOR JEFE DE VUELO. Un escritorio y un archivador habían sido introducidos a duras penas en una pequeña habitación desprovista de ventanas. Peter y Tilde dieron comienzo al registro y Schwarz encendió otro puro. El archivador contenía historiales de alumnos. Peter y Tilde examinaron pacientemente cada hoja de papel. La pequeña habitación carecía de ventilación, y el escurridizo perfume de Tilde se perdía entre el humo del puro de Schwarz.

Quince minutos después, Tilde soltó una exclamación de sorpresa y dijo:

—Esto es muy extraño.

Peter levantó la vista de los resultados obtenidos en los exámenes por un estudiante llamado Keld Hansen que no había conseguido superar su prueba de navegación.

Tilde le tendió una hoja de papel. Peter la estudió con el ceño fruncido. Contenía un minucioso esbozo de un aparato que Peter no reconoció: una gran antena cuadrada colocada encima de una plataforma, rodeada por un muro. Un segundo dibujo del mismo aparato sin el muro mostraba más detalles de la plataforma, que tenía el aspecto de poder girar.

Tilde miró por encima de su hombro.

—¿Qué piensas que puede ser?

Peter era intensamente consciente de lo cerca que se encontraba ella.

—Nunca había visto nada parecido, pero sea lo que sea me jugaría la granja a que es secreto. ¿Hay alguna cosa más en el expediente?

—No —dijo Tilde, enseñándole un expediente marcado como «Andersen, H. C.».

Peter soltó un gruñido.

—Hans Christian Andersen... Bueno, en sí mismo eso ya es sospechoso. —Dio la vuelta a la hoja, y vio que en el reverso habían dibujado un mapa de una isla cuya larga y delgada forma le era tan familiar como el mapa de la misma Dinamarca—. ¡Eso es Sande, donde vive mi padre! —dijo.

Examinándolo con más atención, vio que el mapa mostraba la nueva base alemana y la parte de la playa a la cual estaba prohibido acceder.

—Justo en el blanco —murmuró.

Los ojos azules de Tilde brillaban de excitación.

—Hemos atrapado a un espía, ¿verdad?

—Todavía no —dijo Peter—. Pero estamos a punto de hacerlo.

Salieron del edificio, seguidos por el silencioso Schwarz. El sol ya se había puesto, pero podían ver claramente bajo el suave crepúsculo del largo anochecer del verano escandinavo.

Fueron hasta la pista y se detuvieron junto a Conrad, cerca de donde se encontraban estacionados los aviones. Ya habían empezado a guardarlos para la noche. Un avión era llevado al hangar, con dos auxiliares empujando sus alas y un tercero sosteniendo su cola para mantenerla alejada del suelo.

Conrad señaló un aparato que se estaba aproximando al campo con el viento de cola y dijo:

—Creo que ese debe de ser nuestro hombre.

El avión era otro Tiger Moth. Mientras descendía describiendo una trayectoria de libro de texto y viraba hacia el viento para tomar tierra, Peter pensó que no cabía duda de que Poul Kirke era un espía. La evidencia encontrada en el archivador bastaría para que fuera ahorcado. Pero antes de que eso ocurriera, Peter tenía muchas preguntas que hacerle. ¿Era simplemente un informador, como Ingemar Gammel? ¿Había ido Kirke a Sande para inspeccionar la base aérea y esbozar aquel misterioso aparato? ¿O desempeñaba el mucho más importante papel de coordinador, reuniendo información y transmitiéndola a Inglaterra en mensajes cifrados? Si Kirke era el contacto central, ¿quién había ido a Sande y dibujado el esbozo? ¿Podría haber sido Arne Olufsen? Era posible, pero Arne no había mostrado ninguna señal de culpabilidad hacía una hora cuando Peter llegó inesperadamente a la base. Aun así, quizá valiera la pena ponerlo bajo vigilancia.

Mientras el avión tomaba tierra y rodaba sobre la hierba con un ruidoso traqueteo, uno de los Buick de la policía llegó a toda prisa desde el otro extremo de la pista. Se detuvo con un chirrido de frenos, y Dresler saltó de él llevando algo de un intenso color amarillo.

Peter le lanzó una mirada llena de nerviosismo. No quería ninguna agitación de última hora que pudiera prevenir a Poul Kirke. Mirando a su alrededor, vio que había bajado la guardia por un instante, y debido a ello no se había dado cuenta de que el grupo inmóvil junto a la pista parecía estar un tanto fuera de lugar allí: él vestido con un traje oscuro, Schwarz con uniforme alemán fumando un puro, una mujer, y ahora un hombre que acababa de salir de un coche con una obvia prisa. Parecían un comité de recepción, y la escena podía hacer sonar timbres de alarma dentro de la mente de Kirke.

Dresler fue hacia Peter agitando excitadamente el objeto amarillo, un libro con una sobrecubierta de vivos colores.

—¡Este es su libro de códigos! —dijo.

Aquello significaba que Kirke era el hombre clave. Peter contempló el pequeño avión, que había salido de la pista antes de dirigirse hacia el grupo que esperaba, y ahora estaba dejándolos atrás para dirigirse al área de estacionamiento.

—Métete el libro debajo de la chaqueta, maldito idiota —dijo Peter—. ¡Si te ve agitarlo de esa manera, sabrá que vamos a por él!

Volvió nuevamente la mirada hacia el Tiger Moth. Podía ver a Kirke en la carlinga abierta, pero no podía distinguir su expresión detrás de las gafas, el pañuelo y el casco.

Sin embargo, lo que ocurrió a continuación solo podía ser interpretado de una manera.

De pronto el motor rugió más fuerte cuando la válvula de estrangulación fue abierta al máximo. El avión viró bruscamente, volviéndose hacia el viento pero también dirigiéndose en línea recta hacia el pequeño grupo que rodeaba a Peter.

—¡Maldición, va a tratar de huir! —gritó Peter.

El avión adquirió velocidad y vino directamente hacia ellos.

Peter desenfundó su pistola.

Quería coger a Kirke con vida, e interrogarlo, pero prefería verlo muerto a dejar que escapara. Empuñando el arma con ambas manos, la dirigió hacia el avión que se aproximaba. Derribar un avión con una pistola era prácticamente imposible, pero quizá podría darle al piloto con un tiro de suerte.

La cola del Tiger Moth se elevó del suelo, nivelando el fuselaje y haciendo visibles la cabeza y los hombros de Kirke. Peter apuntó el arma tomando como blanco el casco de vuelo y apretó el gatillo. El avión despegó del suelo y Peter elevó su punto de mira, vaciando el cargador de siete balas de la Walther PPK. Vio con amarga decepción que había disparado demasiado alto, porque una serie de pequeños agujeros como manchones de tinta había aparecido en el depósito de combustible encima de la cabeza del piloto, y la gasolina se estaba derramando dentro de la carlinga en pequeños chorros. El avión siguió adelante.

Los demás se tiraron al suelo.

Una rabia suicida se apoderó de Peter cuando la hélice que giraba fue hacia él moviéndose a cien kilómetros por hora. Sentados a los controles con Poul Kirke estaban todos los criminales que habían llegado a escapar de la justicia, incluido Finn Jonk, el conductor que había lesionado a Inge. Peter iba a impedir que Kirke huyera aunque el hacerlo le costara la vida.

Mirando por el rabillo del ojo, vio el puro del mayor Schwarz reluciendo sobre la hierba, y tuvo un súbito arranque de inspiración.

Mientras el biplano venía letalmente hacia él, Peter se agachó, cogió el puro que todavía ardía y se lo lanzó al piloto.

Después saltó hacia un lado.

Sintió el impacto del viento mientras el ala inferior pasaba a escasos centímetros de su cabeza.

Chocó con el suelo, rodó sobre sí mismo y levantó la vista.

El Tiger Moth estaba subiendo. Las balas y el puro encendido no parecían haber tenido ningún efecto. Peter había fracasado.

¿Lograría escapar Kirke? La Luftwaffe haría despegar a los dos Messerschmitt para que lo persiguieran, pero eso requeriría unos cuantos minutos y para entonces el Tiger Moth ya se habría perdido de vista. El depósito de combustible de Kirke estaba dañado, pero los agujeros podían no hallarse en el punto más bajo de este, en cuyo caso quizá conseguiría conservar la gasolina suficiente para llevarlo a través de las aguas hasta Suecia, que se encontraba a solo unos cuarenta kilómetros de distancia. Y estaba oscureciendo.

Peter concluyó con amargura que Kirke tenía una posibilidad.

Entonces se oyó el rugir de un súbito inflamarse, y una gran llama solitaria se elevó de la carlinga.

Se extendió con terrible rapidez por encima de toda la cabeza y los hombros visibles del piloto, cuyas ropas tenían que haber quedado empapadas de gasolina. Las llamas se deslizaron hacia atrás para lamer el fuselaje, consumiendo rápidamente la tela de lino.

El avión siguió ascendiendo durante unos segundos, aunque la cabeza del piloto ya se había convertido en un tocón calcinado. Entonces el cuerpo de Kirke se desplomó hacia delante, aparentemente empujando la palanca de control al hacerlo, y el Tiger Moth inclinó su morro para caer en picado la corta distancia que lo separaba del suelo y hundirse en este igual que una flecha. El fuselaje se arrugó como un acordeón.

Hubo un silencio horrorizado. Las llamas continuaron lamiendo el fuselaje alrededor de las alas y la cola del avión, consumiendo la tela para abrirse paso hacia los largueros de madera de las alas y revelar los tubos cuadrados de acero del fuselaje como el esqueleto de un mártir quemado.

—Oh, Dios mío, qué horrible... Ese pobre hombre —dijo Tilde. Estaba temblando.

Peter la rodeó con los brazos.

—Sí —dijo—. Y lo peor de todo es que ahora no puede responder a ninguna pregunta.

SEGUNDA PARTE

9

En el letrero que había delante del edificio se leía INSTITUTO DANÉS DE CANCIÓN POPULAR Y DANZA CAMPESINA, pero eso solo era para engañar a las autoridades. Bajando por los escalones, una vez atravesada la doble cortina que servía para atrapar la luz y dentro del sótano carente de ventanas, había un club de jazz.

La sala era pequeña y oscura. El húmedo suelo de cemento estaba lleno de colillas de cigarrillo, y pegajoso a causa de la cerveza derramada. Había algunas mesas desvencijadas y unas cuantas sillas de madera, pero la mayor parte de la audiencia estaba de pie. Marineros y estibadores se codeaban con jóvenes bien vestidos y unos cuantos soldados alemanes.

En el diminuto escenario, una mujer joven sentada al piano cantaba suavemente baladas en un micrófono. Aquello tal vez fuese jazz, pero no era la música que apasionaba a Harald. Él estaba esperando a Memphis Johnny Madison, quien era de color, a pesar de que había pasado la mayor parte de su vida en Copenhague y probablemente nunca había visto Memphis.

Eran las dos de la madrugada. A primera hora de la noche, después de que se hubieran apagado las luces en la escuela, los Tres Chalados —Harald, Mads y Tik— habían vuelto a vestirse, salido sigilosamente del edificio del dormitorio y cogido el último tren a la ciudad. Aquello era arriesgado —si los descubrían se verían metidos en un buen lío—, pero valía la pena con tal de ver a Memphis Johnny.

El aquavit que estaba bebiendo Harald, acompañándolo con cervezas de barril para hacerlo bajar, lo iba poniendo todavía más eufórico.

Una parte de su mente seguía dándole vueltas al emocionante recuerdo de su conversación con Poul Kirke, y al aterrador hecho de que ahora estaba en la resistencia. Apenas se atrevía a pensar en ello, porque se trataba de algo que no podía compartir ni siquiera con Mads y Tik. Harald le había pasado información militar secreta a un espía.

Después de que Poul hubiera admitido que existía una organización secreta, Harald había dicho que haría cualquier otra cosa que pudiera con tal de ayudar. Poul había prometido utilizarlo como uno de sus observadores. La tarea de Harald consistiría en recoger información sobre las fuerzas de ocupación y pasársela a Poul para que fuera transmitida a Inglaterra. Harald se sentía muy orgulloso de sí mismo, y ardía en deseos de dar comienzo a su primera misión. También estaba asustado, pero intentaba no pensar en lo que podía ocurrir si lo capturaban.

Todavía odiaba a Poul por estar saliendo con Karen Duchwitz. Cada vez que pensaba en ello sentía el agrio sabor de los celos en el estómago, pero reprimía aquel sentimiento por el bien de la resistencia.

Deseó que Karen hubiera estado allí ahora. Ella habría apreciado la música.

Estaba pensando que faltaba compañía femenina cuando se fijó en una recién llegada, una mujer de oscuros cabellos rizados que llevaba un vestido rojo y estaba sentada en un taburete en la barra. Harald no podía verla con demasiada claridad —había mucho humo en el aire, o quizá le ocurriese algo a su vista—, pero parecía estar sola.

—Eh, mirad —les dijo a los demás.

—No está mal, si te gustan las mujeres mayores —dijo Mads.

Harald siguió observándola, tratando de enfocar mejor su mirada.

—¿Por qué dices eso? ¿Qué edad tiene?

—Por lo menos tiene treinta años.

Harald se encogió de hombros.

—Eso no es ser realmente mayor. Me pregunto si le gustaría tener a alguien con quien hablar.

Tik, que no estaba tan borracho como los otros dos, dijo:

—Te hablará.

Harald no estuvo muy seguro de por qué Tik estaba sonriendo como un bobo. Ignorando a su amigo, se levantó y fue hacia la barra. A medida que se aproximaba, vio que la mujer era bastante regordeta y que su redondo rostro estaba abundantemente maquillado.

—Hola, colegial —le dijo la mujer, pero su sonrisa era afable.

—Me he fijado en que estabas sola.

—Por el momento.

—Pensé que quizá querrías tener a alguien con quien hablar.

—Bueno, en realidad no estoy aquí para eso.

—Ah... Prefieres escuchar la música. Yo soy un gran aficionado al jazz, y llevo años siéndolo. ¿Qué opinas de la cantante? No es norteamericana, claro, pero...

—Odio la música.

Harald se quedó bastante perplejo.

—¿Entonces por qué...?

—Soy una chica trabajadora.

La mujer parecía pensar que eso lo explicaba todo, pero Harald no entendía nada. Ella continuaba sonriéndole cálidamente, pero Harald estaba empezando a tener la sensación de que hablaban idiomas distintos.

—Una chica trabajadora —repitió.

—Sí. ¿Qué te habías pensado que era?

—A mí me pareces una princesa —le dijo Harald, que se sentía inclinado a ser lo más galante posible con ella.

La mujer se rió.

—¿Cómo te llamas? —le preguntó Harald.

—Betsy.

Era un nombre improbable para una chica danesa de la clase trabajadora, y Harald supuso que sería adoptado.

Un hombre apareció de pronto junto a su codo. Su apariencia dejó bastante desconcertado a Harald: el hombre iba sin afeitar, tenía los dientes medio podridos, y uno de sus ojos se hallaba medio cerrado por un gran moretón. Llevaba un esmoquin lleno de manchas y una camisa sin cuello. A pesar de ser bajo y flaco, su aspecto intimidaba.

—Venga, hijito, decídete de una vez —dijo el hombre.

—Este es Luther —le dijo Betsy a Harald—. Deja en paz al chico, Lou. No está haciendo nada malo.

—Mantiene alejados a los otros clientes.

Harald se dio cuenta de que no tenía ni idea de lo que estaba sucediendo, y decidió que debía de estar más borracho de lo que había imaginado.

—Bueno, ¿quieres follártela o no? —preguntó Luther.

Harald se quedó atónito.

—¡Ni siquiera la conozco!

Betsy se echó a reír.

—Son diez coronas, puedes pagarme —dijo Luther.

Entonces se hizo la luz. Harald se volvió hacia la mujer y dijo, hablando en un tono de voz que el asombro volvió más fuerte de lo que él había pretendido:

—¿Eres una prostituta?

—Eh, no hace falta que lo grites —dijo ella con disgusto.

Luther agarró a Harald por la pechera de su camisa y tiró de él. Su presa era fuerte, y Harald se tambaleó.

—Ya sé cómo sois los que habéis recibido una educación —escupió Luther—. Os creéis que este tipo de cosas tienen gracia.

Harald olió el mal aliento del hombre.

—No se enfade —dijo—. Yo solo quería hablar con ella.

Un barman con un trapo alrededor de la cabeza se inclinó sobre la barra y dijo:

—Nada de problemas, Lou, por favor. El chico lo ha hecho sin mala intención.

—¿Seguro? Pues a mí me parece que se está riendo de mí.

Harald estaba empezando a preguntarse nerviosamente si Luther tendría un cuchillo, cuando el encargado del club cogió el micrófono y anunció a Memphis Johnny Madison, y hubo un estallido de aplausos.

Luther apartó a Harald de un empujón.

—Fuera de mi vista antes de que te raje esa garganta de imbécil que tienes —dijo.

Harald volvió con los demás. Sabía que había sido humillado, pero estaba demasiado borracho para que eso pudiera importarle.

—Cometí un error de etiqueta —dijo.

Memphis Johnny entró en el escenario, y Harald se olvidó instantáneamente de Luther.

Johnny se sentó al piano y se inclinó hacia el micrófono. Hablando un danés perfecto sin ninguna sombra de acento, dijo:

—Gracias. Me gustaría empezar con una composición del mayor pianista de boogie woogie que haya existido jamás, Clarence Pine Top Smith.

Hubo un renovado aplauso, y Harald gritó en inglés:

—¡Tócala, Johnny!

Entonces hubo una súbita conmoción cerca de la puerta, pero Harald no le prestó atención. Johnny llevaba cuatro compases de la introducción cuando de pronto dejó de tocar y dijo por el micrófono:

—Heil Hitler, pequeño.

Un oficial alemán salió al escenario.

Harald miró en torno a él, perplejo. Un grupo de policías militares acababa de entrar en el club. Estaban arrestando a los soldados alemanes, pero no a los civiles daneses.

El oficial le quitó el micrófono a Johnny y dijo en danés:

—Los artistas de variedades de raza inferior no están permitidos. Este club queda cerrado.

—¡No! —gritó Harald con consternación—. ¡No puedes hacer eso, campesino nazi!

Afortunadamente, su voz quedó ahogada por el clamor general de protesta.

—Salgamos de aquí antes de que cometas más errores de etiqueta, Harald —dijo Tik, cogiéndolo del brazo.

Harald se resistió.

—¡Venga! —chilló—. ¡Dejad tocar a Johnny!

El oficial esposó a Johnny y se lo llevó del escenario.

Harald estaba destrozado. Aquella había sido su primera ocasión de escuchar a un auténtico pianista de boogie, y los nazis habían interrumpido la actuación después de unos cuantos compases.

—¡No tienen ningún derecho! —gritó.

Los tres jóvenes subieron por los escalones hasta llegar a la calle. Era mediados de verano, y la corta noche escandinava ya había terminado. El amanecer había llegado. El club quedaba en el muelle, y el ancho canal relucía bajo la media luz. Barcos dormidos flotaban inmóviles al final de sus amarras. Una fría brisa salada soplaba del mar. Harald respiró profundamente y luego se sintió mareado durante unos instantes.

—Ya puestos, podríamos ir a la estación y esperar el primer tren que vaya a casa —dijo Tik. Su plan era estar acostados en sus camas, fingiendo dormir, antes de que nadie se levantara en la escuela.

Echaron a andar hacia el centro de la ciudad. En los cruces principales, los alemanes habían erigido puestos de guardia de cemento, forma octogonal y cosa de un metro veinte de altura, con espacio en el centro para que un soldado permaneciera de pie allí, visible desde el pecho para arriba. De noche los puestos no estaban ocupados.

Harald todavía estaba furioso por el cierre del club, y aquellos feos símbolos de la dominación nazi lo pusieron todavía más rabioso. Al pasar junto a uno, le dio una fútil patada.

—Aseguran que los centinelas de esos puestos llevan pantalones cortos de cuero, porque nadie puede ver sus piernas —dijo Mads. Harald y Tik rieron.

Un instante después, pasaron ante un montón de cascotes apilados delante de una tienda que acababa de ser remodelada, y la casualidad quiso que Harald se fijara en las latas de pintura que había encima del montón. Entonces se le ocurrió una idea. Inclinándose sobre los cascotes, cogió una lata de pintura.

—¿Qué demonios estás haciendo? —preguntó Tik.

En el fondo de la lata quedaba un poquito de pintura negra, todavía líquida. De entre los restos de madera que había encima del montón, Harald seleccionó un trozo de tabla de unos cuantos centímetros de anchura que serviría como pincel.

Sin prestar atención a las perplejas preguntas de Mads y Tik, volvió al puesto de guardia. Se arrodilló ante él con la pintura y el trozo de madera. Oyó que Tik decía algo en un tono de advertencia, pero no le hizo ningún caso. Con mucho cuidado, Harald fue escribiendo con pintura negra encima del muro de cemento:

ESTE NAZI

NO LLEVA

PANTALONES

Luego retrocedió para admirar su obra. Las letras eran grandes y las palabras podían ser leídas desde lejos. Cuando la mañana estuviera más avanzada, miles de habitantes de Copenhague verían el chiste mientras iban de camino al trabajo y sonreirían.

—¿Qué os parece eso? —preguntó. Miró a su alrededor. Tik y Mads habían desaparecido, pero dos policías daneses uniformados estaban inmóviles inmediatamente detrás de él.

—Muy gracioso —dijo uno de ellos—. Quedas arrestado.

Harald pasó el resto de la noche en el Politigaarden, en la celda de los borrachos junto con un viejo que se había orinado en los pantalones y un chico de su edad que vomitó en el suelo. Estaba demasiado asqueado con ellos y consigo mismo para que pudiera dormir. Conforme iban pasando las horas, le entró dolor de cabeza y una sed espantosa.

Pero la resaca y la suciedad no eran sus peores preocupaciones. Harald estaba más preocupado por la posibilidad de que lo interrogaran acerca de la resistencia. ¿Y si lo entregaban a la Gestapo y era torturado? No sabía cuánto dolor podría llegar a soportar. Podía terminar traicionando a Poul Kirke. ¡Y todo por una estúpida broma! No podía creer lo infantil que había sido capaz de ser. Se sentía terriblemente avergonzado.

A las ocho de la mañana, un policía de uniforme trajo una bandeja con tres tazones de sucedáneo de té y un plato de rebanadas de pan negro, sobre las que habían untado una delgada capa de un sustituto de la mantequilla. Harald desdeñó el pan —no podía comer en un sitio que era como un lavabo público—, pero bebió ávidamente el té.

Poco después, fue sacado de la celda y llevado a una sala de interrogatorios. Esperó unos minutos, y luego entró un sargento que traía una carpeta y una hoja de papel escrita a máquina.

—¡De pie! —ladró el sargento, y Harald se levantó de un salto.

El sargento se sentó a la mesa y leyó el informe.

—Un alumno de la Jansborg Skole, ¿eh? —dijo.

—Sí, señor.

—Ya deberías saber que esas cosas no se hacen, muchacho.

—Sí, señor.

—¿Dónde estuviste bebiendo?

—En un club de jazz.

El sargento levantó la vista de la hoja mecanografiada.

—¿El Instituto Danés?

—Sí.

—Estabas allí cuando los boches lo cerraron.

—Sí —dijo Harald, sintiéndose un poco confuso por el levemente insultante uso del término de argot «boches» para referirse a los alemanes. Aquello desentonaba bastante con lo formal de su tono.

—¿Sueles emborracharte?

—No, señor. Es la primera vez.

—Y entonces viste el puesto de guardia, y dio la casualidad de que te tropezaste con una lata de pintura...

—Lo siento mucho.

De pronto el sargento sonrió.

—Bueno, no lo sientas demasiado. A mí me pareció que tenía bastante gracia. ¡No lleva pantalones! —dijo, y se echó a reír.

Harald estaba atónito. Al principio el sargento había parecido hostil, pero ahora estaba disfrutando del chiste.

—¿Qué me va a ocurrir? —preguntó.

—Nada. Somos la policía, no la patrulla de los chistes —dijo el sargento, rasgando el informe por la mitad y echando los trozos dentro de la papelera.

Harald apenas podía creer en su buena suerte. ¿Realmente lo iban a dejar marchar?

—¿Qué... qué debería hacer?

—Regresar a la Jansborg Skole.

—¡Gracias!

Harald se preguntó si podría entrar en la escuela sin que se dieran cuenta de que había estado fuera, a pesar de lo tardío de la hora. En el tren dispondría de un poco de tiempo para pensar una historia. Quizá nadie tendría por qué llegar a enterarse jamás de aquello.

El sargento se levantó.

—Pero no olvides este consejo: mantente alejado de la bebida.

—Lo haré —dijo Harald fervientemente. Si conseguía salir de aquel lío, nunca volvería a probar el alcohol.

El sargento abrió la puerta, y entonces Harald se llevó una terrible sorpresa.

Esperando fuera estaba Peter Flemming.

Harald y Peter se contemplaron el uno al otro durante un momento interminable.

—¿Puedo ayudarle en algo, inspector? —preguntó el sargento.

Peter no le hizo ningún caso y se dirigió a Harald.

—Bien, bien —dijo, hablando con el tono de satisfacción del hombre que al fin ha visto demostrado que tenía razón—. Cuando vi el nombre en la lista de arrestos de anoche, al principio tuve mis dudas. ¿Podía Harald Olufsen, borracho y escritor de pintadas, ser Harald Olufsen, hijo del pastor de Sande? Y hete aquí que son la misma persona.

Harald estaba consternado. Justo cuando había empezado a abrigar la esperanza de que aquel espantoso incidente pudiera mantenerse en secreto, la verdad había sido descubierta por alguien que tenía una cuenta pendiente con su familia.

—Bien, yo me ocuparé de esto —dijo Peter, volviéndose hacia el sargento y despidiéndolo con la mirada.

El sargento pareció sentirse un poco ofendido.

—El superintendente ha decidido que no se presentarán cargos, señor.

—Eso ya lo veremos.

Harald no se echó a llorar por poco. Había estado a punto de salir bien librado. Todo aquello le parecía terriblemente injusto.

El sargento titubeó; parecía disponerse a protestar, pero entonces Peter dijo firmemente:

—Eso es todo.

—Muy bien, señor —dijo el sargento, y se fue.

Peter miró fijamente a Harald sin decir nada, hasta que Harald dijo:

—¿Qué vas a hacer?

Peter sonrió, y luego dijo:

—Me parece que te llevaré de vuelta a la escuela.

Entraron en el recinto de la Jansborg Skole en un Buick de la policía conducido por un agente de uniforme, con Harald en el asiento de atrás como si fuera un prisionero.

El sol brillaba sobre el césped y los viejos edificios de ladrillo rojo, y Harald sintió una punzada de nostalgia por la existencia simple y protegida que había vivido allí durante los últimos siete años. Cualquier cosa que le ocurriese ahora, aquel lugar tranquilizadoramente familiar no iba a seguir siendo un hogar para él durante mucho tiempo más.

La visión suscitó sentimientos distintos en Peter Flemming, quien le murmuró hoscamente al conductor:

—Aquí es donde educan a nuestros futuros gobernantes.

—Sí, señor —dijo el conductor en un tono cuidadosamente neutral.

Era la hora del bocadillo, a media mañana, y los muchachos estaban comiendo fuera, por lo que la mayor parte de la escuela se encontraba allí mirando cuando el coche fue hacia la oficina principal y Harald bajó de él.

Peter mostró su placa de la policía a la secretaria de la escuela, y él y Harald fueron llevados inmediatamente al estudio de Heis.

Harald no sabía qué pensar. Parecía que Peter no iba a entregarlo a la Gestapo, su peor temor. No se atrevía a concebir nuevas esperanzas demasiado pronto, pero todo parecía indicar que Peter veía en él a un escolar travieso y no a un miembro de la resistencia danesa. Por una vez agradeció estar siendo tratado más como un niño que como un hombre.

Pero en ese caso, ¿qué estaba tramando Peter?

Cuando entraron en el estudio, Heis incorporó su flaco y largo cuerpo detrás del escritorio y los contempló, con una vaga preocupación, a través de las gafas suspendidas sobre su picuda nariz. Su voz fue amable, pero un leve temblor delató el nerviosismo que sentía.

—¿Olufsen? ¿Qué es esto?

Peter no dio a Harald la ocasión de responder a la pregunta. Señalándolo con un pulgar, preguntó a Heis en un tono rechinante:

—¿Es uno de los suyos?

El afable y siempre educado Heis se encogió sobre sí mismo como si lo hubieran golpeado.

—Olufsen es uno de los alumnos que estudian aquí, sí.

—Anoche fue arrestado por haber causado daños en una instalación militar alemana.

Harald se dio cuenta de que Peter estaba disfrutando con la humillación de Heis, y que estaba decidido a explotarla al máximo.

Heis parecía sentirse muy mortificado.

—Lamento mucho oír eso.

—También estaba borracho.

—Oh, cielos.

—La policía debe decidir qué hacer al respecto.

—No estoy seguro de que yo...

—Francamente, preferiríamos no tener que llevar ante el juez a un escolar por una travesura infantil.

—Bueno, me alegro de saberlo...

—Por otra parte, no puede escapar al castigo.

—Desde luego que no.

—Aparte de todo lo demás, nuestros amigos alemanes querrán saber que el autor ha sido tratado con la debida firmeza.

—Por supuesto, por supuesto.

Harald sintió pena por Heis, pero al mismo tiempo deseó que no fuera tan débil. Hasta el momento, lo único que había hecho era mostrarse de acuerdo con un Peter, que no paraba de intimidarlo.

—Así que lo que vaya a suceder ahora depende de usted —siguió diciendo Peter.

—¿Oh? ¿De qué manera?

—Si dejamos en paz a Olufsen, ¿lo expulsará de la escuela?

Harald enseguida comprendió adónde pretendía llegar Peter. Solo quería asegurarse de que la transgresión de Harald llegaría a ser del dominio público. Lo único que le interesaba era poner en la situación más embarazosa posible a la familia Olufsen.

El arresto de un escolar de la Jansborg Skole aparecería en muchos titulares de periódico. La vergüenza de Heis solo se vería superada por la de los padres de Harald. Su padre estallaría y su madre se pondría al borde del suicidio.

Pero entonces Harald se dio cuenta de que la enemistad que Peter sentía hacia la familia Olufsen había embotado sus instintos de policía. Estaba tan contento de haber pillado borracho a un Olufsen que se le había pasado por alto un delito bastante más grande. Ni siquiera se le había ocurrido tomar en consideración la posibilidad de que el desagrado que los nazis inspiraban a Harald fuese más allá del pintar eslóganes para llegar al espionaje. La malicia de Peter había salvado la piel a Harald.

Heis mostró la primera señal de oposición.

—La expulsión parece una medida un poco dura...

—No tan dura como un juicio y una posible sentencia de cárcel.

—No, desde luego.

Harald no tomó parte en la discusión porque no veía una manera de salir de aquel lío que le permitiera mantener el incidente en secreto. Se consoló con el pensamiento de que había escapado de la Gestapo. Cualquier otro castigo parecería menor en comparación.

—El año académico ya casi ha terminado —dijo Heis—. Si fuera expulsado ahora, Olufsen no se perdería muchas clases.

—Entonces la expulsión no le permitirá librarse de mucho trabajo.

—Eso más bien es un tecnicismo, teniendo en cuenta que solo le faltan un par de semanas para irse.

—Pero satisfará a los alemanes.

—¿Los satisfará? Eso es importante, claro está.

—Si usted puede asegurarme que Olufsen será expulsado, podría dejarlo en libertad. De otro modo, tendré que llevármelo de vuelta al Politigaarden.

Heis dirigió una mirada llena de culpabilidad a Harald.

—Parece que la escuela no tiene elección en este asunto, ¿verdad?

—No, señor.

Heis miró a Peter.

—Muy bien. Expulsaré a Olufsen.

Peter sonrió con satisfacción.

—Me alegro de que hayamos resuelto la cuestión de una manera tan sensata. —Se levantó—. Y en el futuro intenta no meterte en líos, joven Harald —dijo pomposamente.

Harald apartó la mirada.

Peter estrechó la mano de Heis.

—Bueno, inspector, gracias —dijo Heis.

—Encantado de poder ayudar —dijo Peter, y salió del estudio.

Harald sintió cómo todos sus músculos se relajaban. Lo había conseguido. Cuando volviera a casa iba a pagarlo muy caro, naturalmente, pero lo importante era que su insensatez no había puesto en peligro a Poul Kirke y la resistencia.

—Ha sucedido una cosa terrible, Olufsen —dijo Heis.

—Ya sé que hice mal al...

—No, no me refiero a eso. Creo que conoces al primo de Mads Kirke.

—Poul, sí. —Harald volvió a ponerse tenso. ¿Y ahora qué? ¿Se habría enterado Heis de alguna manera de que Harald iba a colaborar con la resistencia?—. ¿Qué pasa con Poul?

—El avión en el que iba se estrelló.

—¡Dios mío! ¡Hace unos días estuve volando con él!

—Ocurrió anoche en la escuela de vuelo, y... —comenzó a decir Heis, y luego titubeó.

—¿Qué?

—Lamento tener que decirte que Poul Kirke ha muerto.

10

—¿Muerto? —preguntó Herbert Woodie con un hilo de voz—.
¿Cómo puede estar muerto?

—Están diciendo que estrelló su Tiger Moth —replicó Hermia.
Estaba furiosa y preocupada.

—Maldito imbécil —dijo Woodie sin demostrar ninguna clase
de sensibilidad—. Esto podría echarlo a perder todo.

Hermia lo miró con disgusto. Le hubiese gustado poder abofetear su estúpida cara.

Estaban con Digby Hoare en el despacho de Woodie en Bletchley Park. Hermia había enviado un mensaje a Poul Kirke, dándole
instrucciones de que obtuviera una descripción ocular de la instalación de radar de la isla de Sande.

—La respuesta fue enviada por Jens Toksvig, uno de los hombres que colaboraban con Poul —dijo, haciendo un esfuerzo para
recuperar la calma y atenerse a los hechos—. Fue enviada a través de
la legación británica de Estocolmo, como de costumbre, pero ni siquiera estaba cifrada: obviamente Jens no conoce el código. Decía que lo habían hecho pasar por un accidente, pero que de hecho
Poul estaba intentando escapar de la policía y que dispararon contra
su avión.

—Pobre hombre —dijo Digby.

—El mensaje llegó esta mañana —añadió Hermia—. Me disponía a venir a decírselo, señor Woodie, cuando usted me mandó
llamar.

De hecho había estado llorando. Hermia no lloraba a menudo,
pero se había sentido muy conmovida por la muerte de Poul, tan jo-

ven, guapo y lleno de energía. También sabía que ella era la responsable de que lo hubieran matado. Había sido ella la que le pidió que espiara por Inglaterra, y el que Poul accediera valientemente a hacerlo había conducido directamente a su muerte. Pensó en sus padres y en su primo Mads, y también lloró por ellos. Ahora lo único que quería era concluir el trabajo que había iniciado Poul, para que sus asesinos no terminaran saliéndose con la suya.

—Lo siento mucho —dijo Digby, y rodeó los hombros de Hermia con el brazo para apretárselos afectuosamente—. Ahora están muriendo muchos hombres, pero cuando se trata de alguien a quien conocías siempre te duele.

Hermia asintió. Las palabras de Digby no podían ser más sencillas y obvias, pero le agradecía que pensara así. Era un hombre muy bueno. Sintió una súbita oleada de afecto por él, y entonces se acordó de su prometido y se sintió culpable. Deseó poder volver a ver a Arne. Hablar con él y tocarlo hubiesen fortalecido el amor que sentía por Arne, y la hubiesen vuelto inmune al atractivo de Digby.

—Pero ¿en qué situación nos deja eso? —preguntó Woodie.

Hermia se apresuró a poner un poco de orden en sus pensamientos.

—Según Jens, los Vigilantes Nocturnos han decidido reducir al mínimo sus actividades, por lo menos durante un tiempo, y ver hasta dónde llega la investigación de la policía. Para responder a su pregunta, eso nos deja sin ninguna fuente de información en Dinamarca.

—Lo cual hará que parezcamos unos malditos incompetentes —dijo Woodie.

—Olvídese de eso —dijo Digby secamente—. Los nazis han encontrado un arma que puede permitirles ganar la guerra. Creíamos llevarles años de delantera con el radar, ¡y ahora nos hemos enterado de que ellos también lo tienen y de que el suyo es mejor que el nuestro! Me importa una mierda cómo vaya a quedar usted. La única pregunta que importa ahora es cómo podemos averiguar más cosas al respecto.

Woodie pareció ofenderse, pero no dijo nada.

—¿Y qué pasa con las otras fuentes de inteligencia? —preguntó Hermia.

—Estamos probando con todas, naturalmente. Y hemos descubierto una pista más: la palabra *himmelbett* ha aparecido en algunos desciframientos de las transmisiones de la Luftwaffe.

—¿*Himmelbett?* —dijo Woodie—. Eso significa cama en el cielo. ¿Qué puede querer decir?

—Es la palabra alemana para referirse a una cama de cuatro postes —le explicó Hermia.

—No tiene ningún sentido —dijo Woodie con voz malhumorada, como si ella tuviera la culpa.

—¿Algún contexto? —le preguntó Hermia a Digby.

—En realidad no. Parecería como si su radar operara en un *himmelbett*. No conseguimos entender qué puede significar eso.

Hermia llegó a una decisión.

—Tendré que ir a Dinamarca —dijo.

—No sea ridícula —dijo Woodie.

—No disponemos de agentes en el país, así que hay que infiltrar a alguien —dijo ella—. Yo conozco el terreno mejor que nadie en el MI6, por eso estoy al frente de la sección danesa. Y hablo el idioma igual que si hubiera nacido allí. He de ir.

—No enviamos a mujeres en misiones semejantes —dijo Woodie, rechazando la idea.

—Sí que lo hacemos —dijo Digby, volviéndose hacia Hermia—. Esta noche saldrá para Estocolmo. Yo iré con usted.

—¿Por qué dijiste eso? —le preguntó Hermia a Digby al día siguiente mientras cruzaban la sala Dorada del Stadhuset, el famoso edificio del ayuntamiento de Estocolmo.

Digby se detuvo a estudiar un mosaico de la pared.

—Sabía que el primer ministro querría que vigilara lo más de cerca posible el desarrollo de una misión tan importante.

—Ya veo.

—Y quería tener la oportunidad de tenerte toda para mí. Esto es lo más próximo a hacer un largo viaje contigo que se me ocurrió.

—Pero ya sabes que he de ponerme en contacto con mi prometido. Él es la única persona en la que puedo confiar para que nos ayude.

—Sí.

—Y en consecuencia probablemente tardaré todavía menos en verlo.

—Por mí estupendo. No puedo competir con un hombre que se encuentra atrapado en un país a centenares de kilómetros de distancia, heroicamente invisible y callado mientras te mantiene atada a su afecto mediante lazos invisibles de lealtad y culpa. Prefiero tener a un rival de carne y hueso con defectos humanos, alguien que se rasque el trasero, tenga caspa en el cuello de la camisa y pueda llegar a ponerse desagradable contigo.

—Esto no es ninguna competición —dijo ella con exasperación—. Amo a Arne. Voy a casarme con él.

—Pero todavía no estáis casados.

Hermia sacudió la cabeza como si quisiera alejarse de aquella conversación carente de relevancia. Antes había disfrutado del interés romántico que Digby mostraba por ella —aunque eso la hubiera hecho sentirse un poco culpable—, pero ahora solo representaba una distracción. Estaba allí para una cita. Ella y Digby solo estaban fingiendo ser viajeros con mucho tiempo libre.

Salieron de la sala Dorada y bajaron por la gran escalinata de mármol hasta llegar al patio adoquinado. Cruzaron una arcada de pilares de granito rosado y se encontraron en un jardín desde el que se divisaban las grises aguas del lago Malaren. Volviéndose para contemplar la torre de noventa metros de altura que se alzaba sobre el edificio de ladrillo rojo del ayuntamiento, Hermia comprobó que su sombra estaba con ellos.

Un hombre de aspecto aburrido con un traje gris y zapatos bastante gastados, apenas si se esforzaba por ocultar su presencia. Cuando Digby y Hermia se alejaron de la legación británica en una limusina Volvo con chófer que había sido modificada para que quemara carbón de leña, habían sido seguidos por dos hombres en un Mercedes 230 negro. Cuando se detuvieron delante del Stadhuset, el hombre del traje gris los había seguido al interior del edificio.

Según el enlace aéreo británico, un grupo de agentes alemanes mantenía bajo constante vigilancia a todos los ciudadanos británicos en Suecia. Era posible quitárselos de encima, pero no resultaba demasiado aconsejable hacerlo. Despistar al hombre que te seguía era considerado como una prueba de culpabilidad. Los hombres que habían logrado evadir la vigilancia, habían sido arrestados y acusados de espionaje, y los alemanes ejercían una considerable presión sobre las autoridades suecas para que los expulsaran.

Por consiguiente, Hermia tenía que escapar sin que la sombra se diera cuenta de ello.

Siguiendo un plan acordado de antemano, Hermia y Digby pasearon por el jardín y doblaron la esquina del edificio para contemplar el cenotafio de Birger Jarl, el fundador de la ciudad. El sarcófago dorado descansaba dentro de una tumba abovedada con pilares de piedra en cada esquina.

—Es como un *himmelbett* —dijo Hermia.

Escondida a la vista en el otro lado del cenotafio había una sueca de la misma estatura y constitución que Hermia, con cabello oscuro similar al suyo.

Hermia interrogó con la mirada a la mujer, la cual asintió resueltamente.

Hermia sufrió un súbito ramalazo de miedo. Hasta ahora no había hecho nada ilegal. Su visita a Suecia había sido tan inocente como aparentaba ser. A partir de aquel momento y por primera vez en su vida, estaría moviéndose fuera de la ley.

—Deprisa —dijo la mujer en inglés.

Hermia se quitó la gabardina de verano y la boina roja que llevaba, y la otra mujer se las puso. Después Hermia sacó de su bolsillo un pañuelo de cabeza marrón oscuro y se lo ató, tapando su inconfundible cabellera y ocultando parte de su rostro.

La sueca cogió del brazo a Digby, y los dos se alejaron del cenotafio para volver a entrar en el jardín donde podrían ser vistos.

Hermia esperó unos momentos, fingiendo estudiar la elaborada barandilla de hierro forjado que rodeaba el monumento, temiendo que el hombre que los seguía sospechara y viniera a echar un vistazo. Pero no ocurrió nada.

Salió de detrás del cenotafio, medio esperando que él estuviera acechando allí, pero no había nadie cerca. Tapándose un poco más la cara con el pañuelo, dobló la esquina y entró en el jardín.

Vio a Digby y a la señuelo yendo hacia la puerta del otro extremo. La sombra los seguía. El plan estaba funcionando.

Hermia fue en la misma dirección, tras el seguidor. Tal como se había acordado, Digby y la mujer se encaminaron directamente hacia el coche, que estaba esperando en la plaza. Hermia los vio subir al Volvo y alejarse. El que los seguía fue tras ellos en el Mercedes. Digby y la mujer lo llevarían de regreso a la legación, y entonces él informaría de que los dos visitantes de Inglaterra habían pasado la tarde como un par de inocentes turistas.

Hermia quedó libre.

Cruzó el puente de Stadhusbron y se dirigió andando rápidamente hacia la plaza Gustavo Adolfo, el centro de la ciudad, impaciente por dar inicio a su labor.

Durante las últimas veinticuatro horas todo había ocurrido con una asombrosa rapidez. A Hermia solo se le habían concedido unos minutos para echar unas cuantas ropas dentro de una maleta; luego ella y Digby habían sido llevados en un coche muy veloz hasta Dundee, en Escocia, donde se registraron en un hotel unos minutos después de la medianoche. Aquella mañana al amanecer los habían llevado al aeródromo de Leuchars, en la costa del Fife, y una tripulación de la RAF que vestía los uniformes civiles de la British Overseas Airways Corporation los había llevado en un avión hasta Estocolmo, un vuelo de tres horas. Habían almorzado en la legación británica y luego habían puesto en marcha el plan que concibieron dentro del coche entre Bletchley y Dundee.

El hecho de que Suecia fuese neutral hacía que fuera posible telefonear o escribir desde allí a personas que vivían en Dinamarca. Hermia iba a tratar de llamar a su prometido, Arne. En el territorio danés, los censores escuchaban las llamadas y abrían las cartas, por lo que Hermia tendría que ser extraordinariamente cuidadosa con todo lo que decía. Tenía que organizar un engaño que le sonara inocente a quien estuviera escuchando y que sin embargo llevara a Arne a entrar en la resistencia.

Cuando creó los Vigilantes Nocturnos en 1939, Hermia había excluido deliberadamente a Arne. Eso no fue debido a sus convicciones: Arne era tan antinazi como ella, si bien de una manera menos apasionada porque pensaba que los nazis eran unos payasos estúpidos con uniformes ridículos decididos a hacer que la gente dejara de divertirse. No, el problema radicaba en su naturaleza inconsciente y despreocupada. Arne era demasiado abierto y afable para el trabajo clandestino. Hermia quizá tampoco había querido exponerlo al peligro, aunque Poul estuvo de acuerdo con ella acerca de que Arne no era un hombre apropiado para aquel trabajo. Pero ahora Hermia estaba desesperada. Arne seguía siendo tan despreocupado e inconsciente como siempre, pero ella no tenía a nadie más.

Además, en la actualidad todo el mundo veía el peligro de otra manera que cuando estalló la guerra. Miles de magníficos jóvenes ya habían dado sus vidas. Arne era militar, y se suponía que debía correr riesgos por su país.

De todas maneras, Hermia sentía que se le helaba el corazón cuando pensaba en lo que iba a pedirle que hiciera.

Entró en la Vasagatan, una calle muy concurrida en la que había varios hoteles, la estación central y la oficina principal de correos. Allí en Suecia había locutorios especiales de teléfonos públicos. Hermia fue al de la estación.

Hubiese podido telefonear desde la legación británica, pero aquello casi inevitablemente hubiese suscitado sospechas. En el locutorio telefónico, no habría nada de insólito en el hecho de que una mujer que hablaba un sueco titubeante con acento danés entrara en una cabina.

Ella y Digby habían considerado la posibilidad de que la llamada telefónica fuera escuchada por las autoridades. En cada conversación telefónica que tenía lugar en Dinamarca, había al menos una joven alemana de uniforme escuchando. Los alemanes no podían escuchar todas las llamadas telefónicas, claro está. Sin embargo, era más probable que prestaran atención a las llamadas internacionales y a las dirigidas a las bases militares, por lo que había una fuerte posibilidad de que la conversación que Hermia mantuviese con Arne fuese controlada. Tendría que comunicarse mediante indirectas y palabras de doble sentido. Pero eso debería ser posible. Ella y Arne habían sido amantes, por lo que Hermia debería ser capaz de hacerle entender lo que quería sin necesidad de mostrarse demasiado explícita.

La estación había sido construida imitando a un castillo francés. El gran vestíbulo de la entrada tenía arañas de cristal y el techo encofrado. Hermia localizó el locutorio y se puso en la cola.

Cuando llegó al mostrador, le dijo a la empleada que quería hacer una llamada de persona a persona a Arne Olufsen, y dio el número de la escuela de vuelo. Esperó impacientemente, llena de aprensión, mientras la operadora trataba de comunicar con Arne. Hermia ni siquiera sabía si su prometido se encontraba en Vodal. Podía estar volando, o lejos de la base durante la tarde, o de permiso. Podía haber sido transferido a otra base o haber dejado el ejército.

Pero ella intentaría seguirle la pista, dondequiera que estuviese. Podía hablar con su superior y preguntar adónde había ido, podía telefonear a sus padres en Sande, y tenía los números de algunos de sus amigos en Copenhague. Disponía de toda la tarde, y de montones de dinero para las llamadas telefónicas.

Sería extraño hablar con él después de más de un año. Hermia estaba emocionada, pero también nerviosa. La misión era lo importante, pero no podía evitar preocuparse cuando pensaba en cuáles serían los sentimientos de Arne acerca de ella. Quizá ya no la quería. ¿Y si se mostraba frío con ella? Eso rompería el corazón a Hermia. Arne podía haber conocido a otra mujer. Después de todo, ella había disfrutado de un pequeño flirteo con Digby. ¿Hasta qué punto le resultaría más fácil a un hombre encontrarse con que su corazón había cambiado de parecer?

Recordó cómo había esquiado con Arne, bajando rápidamente por una soleada ladera con los dos inclinándose primero hacia un lado y luego hacia el otro en un ritmo perfecto, transpirando en aquel aire helado y riendo por la pura alegría de estar vivos. ¿Volverían aquellos días alguna vez?

La llamaron a una cabina.

Hermia descolgó el auricular y dijo:

—¿Oiga?

—¿Quién es? —preguntó Arne.

Hermia se había olvidado de su voz. Era suave y cálida, y sonaba como si pudiera echarse a reír en cualquier momento. Arne hablaba el danés de quien ha recibido una buena educación, con una dicción precisa que había aprendido en el ejército y una sombra de acento de Jutlandia que era un vestigio de su infancia.

Ya había planeado su primera frase. Hermia tenía intención de emplear los nombres cariñosos que se daban el uno al otro, con la esperanza de que aquello advertiría a Arne de la necesidad de hablar discretamente.

Pero por un instante fue incapaz de hablar.

—¿Oiga? —dijo él—. ¿Hay alguien ahí?

Hermia tragó saliva y encontró su voz.

—Hola, Cepillo de Dientes, aquí tu Gata Negra.

Lo llamaba Cepillo de Dientes porque eso era lo que le hacía sentir su bigote cuando la besaba. El apodo de ella provenía del color de sus cabellos.

Esta vez le tocó el turno a él de enmudecer. Hubo un silencio.

—¿Cómo estás? —preguntó Hermia.

—Bien, bien —dijo Arne pasados unos instantes—. Dios mío, ¿realmente eres tú?

—Sí.

—¿Te encuentras bien?

—Sí. —De pronto Hermia se sintió incapaz de seguir hablando de tonterías, y le preguntó abruptamente—: ¿Todavía me quieres?

Él no respondió inmediatamente y eso hizo que Hermia pensara que sus sentimientos habían cambiado. Arne no se lo diría directamente, pensó; encontraría alguna excusa, y diría que necesitaban volver a repensar su relación después de todo aquel tiempo, pero ella sabría...

—Te quiero —dijo él.

—¿De veras me quieres?

—Más que nunca. Te he echado terriblemente de menos.

Hermia cerró los ojos. Sintiéndose un poco mareada, se apoyó en la pared.

—No sabes cómo me alegro de que todavía estés viva —dijo él—. Estar hablando contigo hace que me sienta muy feliz.

—Yo también te quiero —dijo ella.

—¿Qué pasa? ¿Cómo estás? ¿Desde dónde llamas?

Hermia hizo un esfuerzo para dominarse.

—No estoy muy lejos.

Él se dio cuenta de la cautela con que se expresaba y respondió en un tono similar.

—De acuerdo, entiendo.

Hermia ya tenía preparada la próxima parte.

—¿Te acuerdas del castillo?

En Dinamarca había muchos castillos, pero uno era especial para ellos.

—¿Te refieres a las ruinas? ¿Cómo iba a poder olvidarlas?

—¿Podrías reunirte conmigo allí?

—¿Y cómo vas a poder llegar a...? Olvídalo. ¿Lo dices en serio?

—Sí.

—Queda muy lejos.

—Es realmente muy importante.

—Yo iría mucho más lejos para verte. Solo estoy intentando pensar en cómo hacerlo. Pediría un permiso, pero si se trata de algún problema entonces me escaparé de la base y...

—No hagas eso. —Hermia no quería que la policía militar empezara a buscarlo—. ¿Cuándo tienes tu próximo día libre?

—El sábado.

La operadora entró en la línea para decirles que les quedaban diez segundos.

—Estaré allí el sábado..., espero —se apresuró a decir Hermia—. Si no puedes ir, volveré allí cada día durante todo el tiempo que pueda.

—Yo haré lo mismo.

—Ten cuidado. Te quiero.

—Y yo a ti...

La línea se cortó.

Hermia mantuvo el auricular apretado contra su oreja, como si de esa manera pudiese retener un poquito más a Arne. Entonces la operadora le preguntó si quería hacer otra llamada, y ella dijo que no y colgó.

Pagó en el mostrador y luego salió del locutorio, sintiéndose mareada de felicidad. Se detuvo en el vestíbulo de la estación, debajo del gran techo curvo, con personas que pasaban apresuradamente junto a ella en todas direcciones. Arne todavía la amaba. Dentro de dos días lo vería. Alguien chocó con ella, y Hermia salió de la multitud para entrar en un café donde se dejó caer encima de un asiento. Dos días.

El castillo en ruinas al que ambos se habían referido enigmáticamente era Hammershus, que inducía a muchos turistas a visitar la isla danesa de Bornholm, en el mar Báltico. Ella y Arne habían pasado una semana allí en 1939, fingiendo que eran marido y mujer, y un cálido anochecer de verano habían hecho el amor entre las ruinas. Arne tomaría el transbordador a Copenhague, una travesía de siete u ocho horas, o volaría desde Kastrup, con lo que tardaría una hora. La isla quedaba a unos ciento sesenta kilómetros de la península danesa, pero a solo cuarenta kilómetros de la costa sur de Suecia. Hermia tendría que encontrar alguna embarcación de pesca que la llevara ilegalmente a través de aquella corta extensión de agua.

Pero lo que volvía una y otra vez a su mente no era el peligro que iba a correr ella, sino el que correría Arne. Él iba a encontrarse secretamente con una agente del servicio secreto británico. Hermia le pediría que se convirtiera en un espía.

Si Arne era capturado, el castigo sería la muerte.

11

Dos días después de su detención, Harald regresó a casa.

Heis le había permitido quedarse en la escuela dos días más para que se presentara al último de sus exámenes. Se le permitiría graduarse, aunque no asistir a la ceremonia, para la cual todavía faltaba una semana. Pero lo importante era que su plaza en la universidad no corría peligro. Estudiaría física bajo la tutela de Niels Bohr..., si llegaba a vivir lo suficiente para ello.

Durante aquellos dos días había sabido, a través de Mads Kirke, que la muerte de Poul no había sido causada por un mero estrellarse de su avión. El ejército se negaba a revelar detalles, diciendo que todavía lo estaban investigando, pero otros pilotos le habían contado a la familia que la policía se encontraba en la base en aquellos momentos y que se habían efectuado disparos. Harald estaba seguro, aunque no podía decirle aquello a Mads, de que a Poul lo habían matado debido a su trabajo en la resistencia.

Aun así, cuando iba a casa le tenía más miedo a su padre que a la policía. Era un viaje tediosamente familiar a través de toda Dinamarca desde Jansborg, en el este, hasta Sande, a poca distancia de la costa oeste. Harald conocía cada pequeña estación de pueblo y cada atracadero que olía a pescado y todo el llano paisaje verde que había entre uno y otro lugar. El trayecto requería el día entero, debido a los múltiples retrasos en los trenes, pero Harald deseó que hubiese durado más.

Pasó todo aquel tiempo imaginándose la ira de su padre. Compuso discursos llenos de indignación con los que pretendía justificarse, que incluso él encontró poco convincentes. Probó con toda una serie de disculpas más o menos humildes, sin poder encontrar una fórmula que fuese sincera pero no abyecta. Se preguntó si debía decirles a sus padres que agradecieran el que su hijo aún estuviese vivo, cuando podía haberse encontrado con el mismo destino que Poul Kirke; pero aquello significaba usar de una forma muy vulgar una muerte heroica.

Cuando llegó a Sande, pospuso un poco más su llegada andando hacia su casa a lo largo de la playa. La marea se había retirado y el mar apenas era visible a un kilómetro y medio de distancia, una angosta tira de azul oscuro salpicada por inconstantes pinceladas de espuma blanca que quedaban atrapadas entre el intenso azul del cielo y la arena de un color marrón oscuro. Unas cuantas personas disfrutaban de la festividad andando por las dunas, y un grupo de muchachos que tendrían doce o trece años estaba jugando al fútbol. Habría sido una alegre escena de no ser por los nuevos búnkers de cemento gris situados a intervalos de un kilómetro a lo largo de la línea de la marea alta, erizados de artillería y ocupados por soldados con cascos de acero.

Harald llegó a la nueva base militar y salió de la playa para seguir el largo rodeo impuesto alrededor de ella, agradeciendo el retraso adicional. Se preguntó si Poul habría conseguido enviar a los británicos su esbozo del equipo de radio. En caso contrario, la policía tenía que haberlo encontrado. ¿Se estarían preguntando quién lo había dibujado? Afortunadamente no había nada que pudiera relacionarlo con él. Aun así, daba miedo pensarlo. La policía seguía sin saber que él era un criminal, pero ahora sabían algo acerca de su crimen.

Finalmente divisó su casa. Al igual que la iglesia, la rectoría había sido construida al estilo local, con ladrillos pintados de rojo y una techumbre de cañizo que descendía por encima de las ventanas, como un sombrero que hubiera sido calado sobre los ojos para mantener alejada la lluvia. El dintel de la puerta principal estaba pintado con franjas inclinadas de negro, blanco y verde, una tradición local.

Harald fue a la parte de atrás y miró por el cristal en forma de diamante incrustado en la puerta de la cocina. Su madre estaba sola. La observó durante unos instantes, preguntándose cómo habría sido cuando tenía la edad de él. Hasta donde llegaba su memoria ella siempre había tenido aspecto de cansada, pero en algún momento tuvo que haber sido hermosa.

Según la leyenda familiar, el padre de Harald, Bruno, estaba considerado por todo el mundo como un eterno soltero a la edad de treinta y siete años, completamente dedicado a la labor de su pequeña secta. Entonces había conocido a Lisbeth, diez años más joven que él, y le había entregado su corazón. Tan locamente enamorado estaba que fue a la iglesia luciendo una corbata de colores en un intento de parecer romántico, y los diáconos se vieron obligados a reñirle severamente por llevar un atuendo inadecuado.

Mientras contemplaba a su madre inclinada sobre el fregadero, frotando un cazo, Harald intentó imaginarse aquellos cabellos grises tal como habían sido en el pasado, relucientes y negros como el azabache, y los ojos color almendra brillando con destellos de humor; sin las arrugas de la cara, con el cansado cuerpo lleno de energía. Tenía que haber sido irresistiblemente atractiva, supuso Harald, para haber desviado los implacablemente santos pensamientos de su padre hacia los deseos de la carne. Costaba de imaginar.

Entró, dejó su maleta en el suelo y besó a su madre.

—Tu padre está fuera —dijo ella.

—¿Adónde ha ido?

—Ove Borking está enfermo.

Ove era un viejo pescador y un fiel miembro de la congregación, y Harald se sintió aliviado. Cualquier aplazamiento de la confrontación suponía un respiro.

Su madre tenía un aspecto solemne y triste. Su expresión conmovió el corazón de Harald.

—Siento haberos dado este disgusto, madre —dijo.

—Tu padre está destrozado —dijo ella—. Axel Flemming ha convocado una reunión de emergencia de la junta de diáconos para discutir el asunto.

Harald asintió. Ya se había imaginado que los Flemming iban a sacar el máximo provecho posible de aquello.

—Pero ¿por qué lo hiciste? —preguntó su madre con voz quejumbrosa.

Harald no tenía ninguna respuesta que dar a aquella pregunta.

Su madre le preparó un bocadillo para la cena.

—¿Se sabe algo del tío Joachim? —preguntó él.

—Nada. No recibimos respuesta a nuestras cartas.

Los problemas de Harald parecieron quedar reducidos a nada cuando pensó en su prima Monika, sin dinero y perseguida, sin ni siquiera saber si su padre estaba muerto o aún vivía. Mientras Harald estaba creciendo, la visita anual de los primos Goldstein había supuesto el punto culminante del año. La atmósfera monástica de la rectoría quedaba transformada durante dos semanas, y el lugar se llenaba de gente y ruido. El pastor sentía por su hermana y su familia una indulgente ternura que no mostraba a ninguna otra persona, ciertamente no a sus propios hijos, y les sonreía benignamente mientras cometían transgresiones, como comprar helado en domingo, por las que hubiese castigado a Harald y Arne. Para Harald, el sonido de la lengua alemana significaba risas, bromas y diversión. Ahora se preguntaba si los Goldstein volverían a reír alguna vez.

Encendió la radio para escuchar las noticias sobre la guerra. Eran malas. La ofensiva británica en África del Norte había sido abandonada después de que hubiera sufrido un terrible fracaso. La mitad de sus tanques se perdieron, inmovilizados en el desierto por fallos mecánicos o destruidos por los experimentados artilleros antitanque alemanes. El Eje seguía dominando toda el África del Norte. La radio danesa y la BBC contaban esencialmente la misma historia.

A medianoche una formación de bombarderos pasó por el cielo. Harald miró fuera y vio que iban hacia el este. Aquello quería decir que eran británicos. Ahora los bombarderos eran todo lo que les quedaba a los británicos.

Harald permaneció despierto durante mucho rato. Se preguntó por qué estaba tan asustado. Era demasiado mayor para que le pegaran. La ira de su padre era formidable, pero ¿cuán terrible podía llegar a ser una reprimenda verbal? Harald no se dejaba intimidar fácilmente. Más bien lo contrario: la autoridad siempre lo llenaba de disgusto, y tendía a desafiarla por un puro impulso de rebelión.

La corta noche llegó a su fin, y un rectángulo de la grisácea luz del alba apareció alrededor de la cortina de su ventana como el marco de un cuadro. Harald se quedó dormido. Su último pensamiento fue que quizá lo que realmente temía no era que le ocurriese algo a él, sino el sufrimiento de su padre.

Una hora después fue bruscamente despertado.

La puerta se abrió de pronto, la luz se encendió y el pastor se detuvo junto a la cama de Harald, totalmente vestido, con las manos apoyadas en las caderas y el mentón sobresaliendo hacia delante.

—¿Cómo has podido hacerlo? —gritó.

Harald se sentó en la cama parpadeando y contempló a su padre, alto, calvo y vestido de negro, quien lo estaba observando fijamente con aquella mirada de ojos azules que aterraba a su congregación.

—¿En qué estabas pensando? —preguntó su padre con voz enfurecida—. ¿Qué pudo impulsarte a hacer tal cosa?

Harald no quería esconderse en su cama igual que un niño. Echó la sábana a un lado y se levantó. Como hacía calor, había dormido llevando únicamente sus calzoncillos.

—Cúbrete, muchacho —dijo su padre—. Estás prácticamente desnudo.

Lo irrazonable de aquella crítica dejó lo bastante indignado a Harald para que replicara a ella.

—Si la ropa interior te ofende, entonces no entres en los dormitorios sin llamar.

—¿Llamar? ¡No me digas que he de llamar a las puertas en mi propia casa!

Harald padeció la familiar sensación de que su padre tenía una respuesta para todo.

—Muy bien —dijo de mala gana.

—¿Qué demonio se apoderó de ti? ¿Cómo pudiste hacer caer semejante deshonra sobre ti mismo, tu familia, tu escuela y tu iglesia?

Harald se puso los pantalones y se volvió para encararse con su padre.

—¿Y bien? —chilló el pastor—. ¿Vas a responderme?

—Lo siento, pensaba que estabas haciendo preguntas retóricas —dijo Harald, sorprendiéndose ante la frialdad de su propio sarcasmo.

Su padre se enfureció.

—No intentes emplear tu educación para hacer esgrima conmigo. Yo también fui a la Jansborg Skole.

—No estoy haciendo esgrima verbal. Estoy preguntando si hay alguna posibilidad de que vayas a escuchar algo que yo diga.

El pastor levantó la mano como disponiéndose a golpear. Hubiese sido un alivio, pensó Harald mientras su padre vacilaba. Tanto si aceptaba el golpe pasivamente como si respondía a él, la violencia habría sido alguna clase de resolución.

Pero su padre no iba a ponérselo tan fácil. Bajó la mano y dijo:

—Bien, estoy escuchando. ¿Qué tienes que decir en tu defensa?

Harald trató de poner algo de orden en sus pensamientos. Había ensayado muchas versiones de aquel discurso cuando iba en el tren, pero llegado el momento de hablar olvidó todas sus florituras oratorias.

—Siento haber pintado el puesto de guardia porque el hacerlo no fue más que un gesto carente de sentido, un acto infantil de desafío.

—¡Eso como mínimo!

Por un momento Harald pensó en hablar a su padre de su conexión con la resistencia, pero enseguida decidió no correr el riesgo de verse todavía más ridiculizado. Además, ahora que Poul estaba muerto, la resistencia quizá ya no existiera.

En vez de eso, se concentró en lo personal.

—Siento haber deshonrado a la escuela, porque Heis es un buen hombre. Siento haberme emborrachado, porque eso hizo que me sintiera fatal a la mañana siguiente. Por encima de todo, siento haber dado ese disgusto a mi madre.

—¿Y qué me dices de tu padre?

Harald sacudió la cabeza.

—Estás enfadado porque Axel Flemming está al corriente de todo esto y te lo va a restregar por las narices. Tu orgullo ha sido herido, pero estoy seguro de que no sientes absolutamente ninguna preocupación por mí.

—¿Orgullo? —rugió su padre—. ¿Qué tiene que ver el orgullo con todo esto? He intentado educar a mis hijos para que fueran hombres decentes, sobrios, temerosos de Dios... y tú me has decepcionado.

Harald empezaba a exasperarse.

—Oye, lo que hice no es ningún gran deshonor. La mayoría de los hombres se emborrachan...

—¡Mis hijos no!

—... una vez en la vida, por lo menos.

—Pero fuiste detenido.

—Eso fue mala suerte.

—Eso fue mala conducta.

—Y no se presentaron cargos contra mí. De hecho, el sargento de policía pensaba que lo que hice había sido gracioso. «No somos la patrulla de los chistes», dijo. Ni siquiera me habrían expulsado de la escuela si Peter Flemming no hubiera amenazado a Heis.

—No te atrevas a quitarle importancia a esto. Ningún miembro de tu familia ha estado nunca en la cárcel por ninguna razón. Nos has sumido en la ignominia. —El rostro del pastor cambió súbitamente. Por primera vez, mostró más tristeza que ira—. Y seguiría siendo escandaloso y trágico aunque no lo supiera nadie en el mundo aparte de mí.

Harald vio que su padre creía sinceramente en lo que estaba diciendo, y de pronto no supo qué pensar. Era cierto que el orgullo del anciano acababa de ser herido, pero había algo más que eso. El pastor realmente temía por el bienestar espiritual de su hijo. Harald lamentó haber sido tan sarcástico.

Pero su padre no le dio ocasión de mostrarse conciliador.

—Todavía queda la cuestión de qué es lo que hay que hacer contigo.

Harald no estuvo muy seguro de qué significaba aquello.

—Solo he perdido unos cuantos días de escuela —dijo—. Puedo hacer las lecturas preliminares para mi curso de universidad aquí en casa.

—No —dijo su padre—. No te librarás de tu responsabilidad tan fácilmente.

Harald tuvo un horrible presentimiento.

—¿Qué quieres decir? ¿Qué estás planeando hacer?

—No vas a ir a la universidad.

—¿Se puede saber de qué estás hablando? Pues claro que voy a ir a la universidad —dijo Harald, sintiéndose súbitamente muy asustado.

—No voy a enviarte a Copenhague para que ensucies tu alma con los licores y la música de jazz. Has demostrado que no eres lo bastante maduro para la ciudad. Te quedarás aquí, donde puedo supervisar tu desarrollo espiritual.

—Pero no puedes telefonear a la universidad y decir: «No le den clases a ese chico». Me han concedido una plaza.

—Pero no te han dado ningún dinero.

Harald no podía creerlo.

—Mi abuelo me legó dinero para mi educación.

—Pero lo dejó en mis manos para que te lo entregara. Y no voy a dártelo para que te lo gastes en los clubes nocturnos.

—Ese dinero no es tuyo. ¡No tienes ningún derecho a hacer eso!

—Desde luego que lo tengo. Soy tu padre.

Harald estaba atónito. Ni en sueños hubiera podido llegar a pensar que le ocurriría aquello, porque se trataba del único castigo que realmente podía hacerle daño. Todavía perplejo, dijo:

—Pero tú siempre me has dicho que la educación era tan importante...

—La educación no es lo mismo que la devoción.

—Aun así...

Su padre vio que Harald realmente estaba muy afectado, y su actitud se suavizó un poco.

—Ove Borking murió hace una hora —dijo—. No había recibido ninguna clase de educación, y apenas si podía escribir su nombre. Pasó toda su vida trabajando en las embarcaciones de otros hombres, y nunca ganó lo suficiente para comprar una alfombra que su esposa pudiera poner en el suelo de la sala. Pero crió a tres hijos temerosos de Dios, y cada semana entregaba una décima parte de sus míseras ganancias a la iglesia. Eso es lo que Dios considera una buena vida.

Harald conocía a Ove; siempre le había caído bien, y sintió que hubiera muerto.

—Era un hombre sencillo.

—La sencillez no tiene nada de malo.

—Pero si todos los hombres fueran como Ove, ahora aún estaríamos yendo a pescar en canoas talladas de un tronco.

—Quizá. Pero tú aprenderás a emular a Ove antes de que hagas ninguna otra cosa.

—¿Y eso qué quiere decir?

—Vístete. Ponte tus ropas de la escuela y una camisa limpia. Vas a ir a trabajar —dijo su padre, y salió de la habitación.

Harald contempló la puerta cerrada. ¿Qué sería lo próximo?

Se lavó y se afeitó, sin enterarse de lo que hacía y sin poder creer en lo que le estaba sucediendo.

Podía ir a la universidad sin la ayuda de su padre, claro está. Tendría que conseguir un trabajo para mantenerse, y no podría permitirse recibir las lecciones privadas que la mayoría de las personas consideraban esenciales para complementar las clases gratuitas. Pero en aquellas circunstancias ¿podría alcanzar todas las metas que se había planteado? Harald no quería limitarse a pasar sus exámenes. Quería ser un gran físico, el sucesor de Niels Bohr. ¿Cómo iba a poder hacer eso si no disponía del dinero para comprar libros?

Necesitaba tiempo para pensar. Y mientras pensaba, tendría que hacer cualquier cosa que su padre estuviera planeando.

Fue al piso de abajo y comió sin saborearlas las gachas que le había preparado su madre.

Su padre había ensillado el caballo, Alcalde, un castrado irlandés de anchas espaldas que era lo bastante robusto para llevarlos a ambos. El pastor montó, y Harald subió a la grupa detrás de él.

Cabalgaron a lo largo de toda la isla. Alcalde tardó más de una hora en recorrer la distancia. Cuando llegaron al muelle, abrevaron al caballo en la artesa del embarcadero y esperaron el transbordador. El pastor todavía no le había dicho a Harald adónde iban.

Cuando el transbordador atracó en el muelle, el barquero saludó al pastor llevándose la mano a la gorra.

—Ove Borking nos dejó a primera hora de esta mañana.

—Ya me lo esperaba —dijo el barquero.

—Era un buen hombre.

—Descanse en paz.

—Amén.

Fueron al continente y cabalgaron colina arriba hasta llegar a la plaza mayor del pueblo. Las tiendas todavía no estaban abiertas, pero el pastor llamó a la puerta de la mercería. Esta fue abierta por el dueño, Otto Sejr, un diácono de la iglesia de Sande. Parecía estar esperándolos.

Entraron en la tienda y Harald miró en torno a él. Vitrinas de cristal exhibían ovillos de lana de colores. Los estantes estaban llenos de distintas telas, paños de lana, algodones estampados y unas cuantas sedas. Debajo de ellos había cajones, cada uno pulcramente marcado.

Cinta — blanca
Cinta — de fantasía
Cinta elástica
Botones — de camisa
Botones — de asta
Alfileres
Agujas de hacer punto

Había un polvoriento olor a lavanda y bolas de naftalina, como el del guardarropa de una anciana señora. El olor trajo a la mente de Harald un recuerdo de infancia, súbitamente vívido: él había estado esperando allí cuando era pequeño mientras su madre compraba satén negro para las camisas de clérigo de su padre.

Ahora la tienda tenía un aspecto bastante menos próspero, probablemente debido a la austeridad de los tiempos de guerra. Los estantes de la parte superior estaban vacíos, y a Harald le pareció que ya no había la asombrosa variedad de lana para tejer que recordaba de su infancia.

Pero ¿qué estaba haciendo él allí en esos momentos?

Su padre no tardó en responder a la pregunta.

—El hermano Sejr ha tenido la amabilidad de acceder a darte trabajo —dijo—. Ayudarás en la tienda, sirviendo a la clientela y haciendo cualquier otra cosa que puedas para ser útil.

Harald, que se había quedado sin habla, miró a su padre.

—La señora Sejr no tiene muy buena salud y ya no puede seguir trabajando, y su hija se casó hace poco y se fue a vivir a Odense, así que el hermano Sejr necesita un ayudante —siguió diciendo el pastor, como si aquello fuera todo lo que necesitaba ser explicado.

Sejr era un hombrecillo calvo y con un pequeño bigote. Harald lo había conocido toda su vida. Era pomposo, taimado y tacaño. Sejr agitó un dedo regordete y dijo:

—Trabaja duro, presta atención y sé obediente, y puede que aprendas una profesión muy valiosa, joven Harald.

Harald estaba atónito. Llevaba dos días pensando en cómo respondería su padre a su crimen, pero nada de lo que le pasó por la cabeza había llegado a aproximarse a aquello. Era una sentencia de por vida.

Su padre estrechó la mano a Sejr y le dio las gracias, y luego se despidió de Harald diciendo:

—Almorzarás aquí con la familia, y luego irás directamente a casa en cuanto hayas terminado de trabajar. Te veré esta noche. —Esperó un instante como si aguardara una respuesta, pero cuando Harald no dijo nada salió de la tienda.

—Bueno, queda el tiempo justo para barrer el suelo antes de que abramos —dijo Sejr—. Encontrarás una escoba en el armario. Empieza por la parte de atrás, ve barriendo hacia delante y echa el polvo por la puerta.

Harald dio comienzo a su labor.

—¡Pon las dos manos encima de esa escoba, muchacho! —ordenó secamente Sejr en cuanto lo vio barrer con una sola mano.

Harald obedeció.

A las nueve en punto, Sejr puso el letrero de ABIERTO en la puerta.

—Cuando quiera que te ocupes de una clienta, diré «Adelante» y tú darás un paso adelante —dijo—. Dirás: «Buenos días, ¿en qué puedo servirle?». Pero antes mira cómo atiendo a una o dos clientas.

Harald contempló cómo Sejr vendía seis agujas clavadas en un cartoncito a una anciana que contó sus monedas con tanto cuidado como si fueran piezas de oro. Después vino una mujer elegantemente vestida que tendría unos cuarenta años y compró dos metros de trencilla negra. A Harald le tocó el turno de servir. La tercera clienta fue una mujer de labios delgados que le pareció familiar. Pidió un carrete de hilo de algodón blanco.

—A tu izquierda, el cajón de arriba de todo —dijo secamente Sejr.

Harald encontró el hilo de algodón. El precio estaba marcado con lápiz en el extremo de madera del carrete. Cogió el dinero y dio el cambio.

Entonces la mujer dijo:

—Bien, Olufsen, he oído decir que has estado en los lupanares de Babilonia.

Harald se ruborizó. No se había preparado a sí mismo para aquello. ¿Acaso todo el pueblo sabía lo que había hecho? No pensaba defenderse de las cotillas, así que no dijo nada.

—Aquí el joven Harald se verá sometido a una influencia más serena, señora Jensen —dijo Sejr.

—Estoy segura de que eso le hará mucho bien.

Harald se dio cuenta de que ambos estaban disfrutando enormemente con aquella humillación.

—Bien, ¿deseará alguna cosa más? —preguntó.

—Oh, no, gracias —dijo la señora Jensen, pero no dio ninguna señal de que quisiera irse—. Así que no irás a la universidad, ¿eh?

Harald se volvió y dijo:

—¿Dónde está el lavabo, señor Sejr?

—Saliendo por atrás y en el piso de arriba.

Mientras se iba, le oyó decir a Sejr en un tono de disculpa:

—Se siente un poco avergonzado, claro está.

—Y no me extraña —replicó la mujer.

Harald subió los escalones que conducían al piso de encima de la tienda. La señora Sejr estaba en la cocina, vestida con una bata acolchada de color rosa, lavando las tazas del desayuno en el fregadero.

—Solo tengo unos cuantos arenques para el almuerzo —dijo—. Espero que no comas mucho.

Harald se quedó un rato en el cuarto de baño, y cuando regresó a la tienda se sintió muy aliviado al ver que la señora Jensen ya se había ido.

—La gente no podrá evitar sentir curiosidad —dijo Sejr—. Tienes que ser cortés con ellos, digan lo que digan.

—Mi vida no es asunto de la señora Jensen —replicó Harald con irritación.

—Pero es una clienta, y las clientas siempre tienen razón.

La mañana transcurrió con una terrible lentitud. Sejr examinaba sus existencias, escribía pedidos, se ocupaba de sus libros de contabilidad y atendía las llamadas telefónicas, pero lo que se esperaba de Harald era que estuviera esperando allí, listo para atender a la siguiente persona que entrase por la puerta. Eso le dio mucho tiempo para reflexionar. ¿Realmente iba a pasarse la vida vendiendo rollos de algodón a las amas de casa? Aquello era impensable.

A media mañana, cuando la señora Sejr les trajo una taza de té a él y a Sejr, Harald ya había decidido que ni siquiera podía pasar el resto del verano trabajando allí.

A la hora de almorzar ya sabía que no iba a aguantar allí todo el día.

Mientras Sejr daba la vuelta al letrero para dejarlo del lado en el que ponía CERRADO, Harald dijo:

—Voy a dar un paseo.

Sejr pareció sorprenderse.

—Pero la señora Sejr ha preparado el almuerzo.

—Me dijo que no tenía suficiente comida —replicó Harald abriendo la puerta.

—Solo dispones de una hora —le dijo Sejr a Harald mientras este se iba—. ¡No te retrases!

Harald bajó por la colina y subió al transbordador.

Cruzó el mar hasta llegar a Sande y echó a andar por la playa en dirección a la rectoría. Sentía una extraña opresión en el pecho cuando contemplaba las dunas, los kilómetros de arena mojada, y la interminable extensión del mar. Aquel paisaje le era tan familiar como su propio rostro visto en el espejo, y sin embargo ahora hacía que experimentase una dolorosa sensación de pérdida. Casi tenía ganas de llorar, y pasado un rato entendió por qué.

Ese día iba a irse de aquel lugar.

La razón llegó a su mente después de que Harald hubiese reparado en lo que se disponía a hacer. No tenía por qué hacer el trabajo que su padre había escogido para él, pero tampoco podía seguir viviendo en la casa después de haberle desafiado. Tendría que irse.

Mientras andaba por la arena, Harald se dio cuenta de que el pensamiento de desobedecer a su padre ya no resultaba aterrador. Todo su dramatismo anterior se había esfumado. ¿Cuándo había tenido lugar aquel cambio? Harald decidió que había sido cuando el pastor dijo que no le entregaría el dinero que le había legado su abuelo. Aquello había supuesto una traición tan tremenda que no podía dejar de afectar a su relación. En ese momento, Harald había comprendido que ya no podía seguir confiando en que los intereses de su hijo siempre fueran lo primero para su padre. Ahora tenía que cuidar de sí mismo.

La conclusión traía consigo una especie de extraño anticlímax. Por supuesto que tenía que asumir la responsabilidad de su propia vida. Era como darse cuenta de que la Biblia no era infalible. Ahora a Harald le costaba imaginar cómo había podido ser tan confiado.

Cuando llegó a la rectoría, el caballo no estaba en la cuadra. Harald supuso que su padre habría vuelto a la casa de los Borking para hacer los arreglos del funeral de Ove. Entró en la rectoría por la puerta de la cocina. Su madre estaba sentada a la mesa pelando patatas, y pareció asustarse un poco cuando lo vio. Harald la besó, pero no dio explicaciones.

Fue a su habitación e hizo la maleta como si fuera a ir a la escuela. Su madre fue a la puerta del dormitorio y se quedó contemplándolo desde allí mientras se limpiaba las manos en una toalla. Harald vio su rostro, arrugado y triste, y apartó rápidamente la mirada. Pasados unos momentos, su madre dijo:

—¿Adónde irás?

—No lo sé.

Entonces pensó en su hermano. Entró en el estudio de su padre, descolgó el auricular y llamó a la escuela de vuelo. Pasados unos minutos, Arne se puso al aparato. Harald le contó lo que había sucedido.

—Al viejo se le ha ido la mano —comentó Arne—. Si te hubiese puesto a trabajar en algo realmente duro, como limpiar pescado en la envasadora, entonces lo habrías aguantado solo para demostrar tu hombría.

—Sí, supongo que hubiese podido hacerlo.

—Pero tú nunca pasarás mucho tiempo trabajando en una maldita tienda. A veces nuestro padre parece tonto. ¿Adónde irás ahora?

Hasta aquel momento Harald todavía no lo había decidido, pero de pronto tuvo un destello de inspiración.

—A Kirstenslot, el pueblo de Tik Duchwitz —dijo—. Pero no se lo digas a nuestro padre. No quiero que venga a por mí.

—El viejo Duchwitz podría decírselo.

Harald se dijo que en eso tenía razón. El respetable padre de Tik no sentiría mucha simpatía por un fugitivo que tocaba boogie y pintaba eslóganes. Pero el monasterio en ruinas era utilizado como dormitorio por los trabajadores estacionales de la granja.

—Dormiré en el antiguo monasterio —dijo—. El padre de Tik ni siquiera sabrá que estoy allí.

—¿Cómo vas a comer?

—Puede que consiga encontrar un trabajo en la granja. Durante el verano dan empleo a estudiantes.

—Tik todavía está en la escuela, supongo.

—Pero su hermana podría ayudarme.

—La conozco, salió un par de veces con Poul. Karen.

—¿Solo un par de veces?

—Sí. ¿Por qué lo preguntas? ¿Estás interesado en ella?

—Karen está más allá de mi alcance.

—Sí, supongo que lo está.

—¿Qué le ocurrió a Poul..., exactamente?

—Fue Peter Flemming.

—¡Peter! —Mads Kirke no había conocido aquel detalle.

—Vino con un coche lleno de policías, buscando a Poul. Poul intentó escapar en su Tiger Moth, y Peter le disparó. El avión se estrelló y ardió.

—¡Santo Dios! ¿Lo viste?

—No, pero uno de mis auxiliares de vuelo sí que lo vio.

—Mads me contó una parte de lo que había ocurrido, pero no lo sabía todo. Así que Peter Flemming mató a Poul... Eso es terrible.

—No hables demasiado de ello o podrías meterte en líos. Están intentando hacerlo pasar como un accidente.

—De acuerdo.

Harald ya se había dado cuenta de que Arne no le estaba diciendo por qué la policía había ido en busca de Poul, y Arne tenía que haberse dado cuenta de que Harald no le había preguntado por ello.

—Hazme saber qué tal te van las cosas en Kirstenslot. Telefonéame si necesitas algo.

—Gracias.

—Buena suerte, chico.

Su padre entró cuando Harald estaba colgando el auricular.

—¿Y qué te crees que estás haciendo?

Harald se levantó.

—Si quieres dinero por la llamada telefónica, pídele a Sejr que te dé lo que me he ganado esta mañana.

—No quiero dinero. Quiero saber por qué no estás en la tienda.

—Mi destino no es ser un mercero.

—No sabes cuál es tu destino.

—Puede que no —dijo Harald, y salió de la habitación.

Fue al taller y encendió la caldera de su motocicleta. Mientras esperaba a que esta acumulara vapor, fue amontonando turba dentro del sidecar. No sabía cuánta necesitaría para llegar hasta Kirstenslot, así que la cogió toda. Después regresó a la casa y cogió su maleta.

Su padre lo detuvo en la cocina.

—¿Adónde te piensas que vas?

—Preferiría no decirlo.

—Te prohíbo que te vayas.

—La verdad es que ahora ya no puedes prohibir las cosas, padre —dijo Harald sin levantar la voz—. Ya no estás dispuesto a mantenerme. Estás haciendo cuanto puedes para sabotear mi educación. Me temo que has renunciado al derecho de decirme lo que he de hacer.

El pastor puso cara de asombro.

—Tienes que decirme adónde vas a ir.

—No.

—¿Por qué no?

—Si no sabes dónde estoy, no podrás inmiscuirte en mis planes.

El pastor pareció sentirse mortalmente herido, y Harald experimentó su pena como un súbito dolor. No deseaba vengarse, y no le producía ninguna satisfacción ver la preocupación de su padre; pero temía que si mostraba remordimiento su resolución flaquearía, y terminaría permitiendo que lo obligaran a quedarse. Por eso volvió la cara y salió de la rectoría.

Sujetó su maleta a la trasera de la motocicleta y la sacó del taller.

Su madre vino corriendo a través del patio y le puso un paquete en las manos.

—Comida —dijo. Estaba llorando.

Harald guardó el paquete en el sidecar junto con la turba.

Su madre lo estrechó entre sus brazos mientras se sentaba en la motocicleta.

—Tu padre te quiere, Harald. ¿Entiendes eso?

—Sí, madre, creo que sí.

Ella lo besó.

—Hazme saber que te encuentras bien. Telefonea, o manda una postal.

—De acuerdo.

—Promételo.

—Lo prometo.

12

Peter Flemming estaba desvistiendo a su esposa. Ella permanecía pasivamente inmóvil delante del espejo, la estatua de sangre caliente de una hermosa y pálida mujer. Peter le quitó el reloj de pulsera y luego abrió pacientemente los ganchos y los ojales de su vestido, con sus dedos romos, expertos después de horas de práctica. Vio con un fruncimiento de desaprobación que había una mancha en el costado, como si Inge hubiera tocado algo pegajoso y luego se hubiese limpiado la mano en la cadera. Normalmente su esposa no estaba sucia. Le quitó el vestido pasándoselo por la cabeza, con mucho cuidado de no despeinarla.

Inge seguía siendo tan hermosa como la primera vez que él la había visto en ropa interior. Pero entonces sonreía, decía palabras llenas de ternura mientras su expresión mostraba anhelo y una sombra de aprensión. Hoy su rostro se hallaba vacío.

Peter colgó el vestido de Inge en el armario y luego le quitó el sujetador. Sus pechos eran opulentos y redondos, con los pezones de un color tan claro que casi resultaban invisibles. Peter tragó saliva con un penoso esfuerzo e intentó no mirarlos. La hizo sentarse enfrente del tocador y luego le quitó los zapatos, le soltó las medias y se las bajó enrollándolas poco a poco, y le quitó el liguero. Volvió a ponerla de pie para bajarle las bragas. El deseo creció dentro de él cuando dejó al descubierto los rubios rizos que había entre las piernas de Inge. Se sintió asqueado de sí mismo.

Sabía que si lo deseaba podía tener relaciones sexuales con ella. Inge permanecería inmóvil y lo aceptaría con vacua impasibilidad, como aceptaba todo lo que le ocurría. Pero Peter no era capaz de decidirse a hacerlo. Lo había intentado, en una ocasión, poco después de que ella regresara del hospital, diciéndose que aquello quizá volvería a prender la chispa de la consciencia dentro de ella. Pero enseguida lo que estaba haciendo lo asqueó hasta tal punto que se detuvo pasados unos segundos. Ahora el deseo estaba volviendo a aparecer y Peter tuvo que combatirlo, sabiendo que el ceder a él no traería consigo ningún alivio.

Dejó caer la ropa interior de su esposa dentro del cesto de la colada con un gesto de irritación. Ella no se movió mientras Peter abría un cajón y sacaba de él un camisón de algodón blanco bordado con florecitas, un regalo que su madre le había hecho a Inge. Su esposa era inocente en su desnudez, y desearla parecía estar tan mal como desear a una niña. Pasándole el camisón por la cabeza, Peter le metió los brazos en las mangas y se lo alisó sobre el cuerpo. Miró en el espejo por encima del hombro de Inge. El motivo de florecitas le sentaba bien, y se la veía guapa. Le pareció ver cómo una tenue sonrisa rozaba sus labios, pero probablemente fuesen imaginaciones suyas.

La llevó al cuarto de baño y luego la acostó. Mientras se desvestía, Peter contempló su cuerpo en el espejo. Una larga cicatriz atravesaba su estómago, recuerdo de la pelea callejera de una noche de sábado a la que había puesto fin cuando era un joven policía. Ahora ya no tenía el físico atlético de su juventud, pero todavía estaba en forma. Se preguntó cuánto tiempo transcurriría antes de que una mujer tocara su piel con manos ávidas.

Se puso el pijama, pero no tenía sueño. Decidió volver a la sala de estar y fumar otro cigarrillo. Miró a Inge. Su esposa yacía inmóvil con los ojos abiertos. Peter la oiría si se movía. Generalmente siempre sabía cuándo ella necesitaba algo. Inge se levantaba y esperaba, como si no pudiera decidir qué era lo que había que hacer a continuación; y entonces él tenía que adivinar que quería un vaso de agua, ir al lavabo, un chal para que le diera calor, o algo más complicado. A veces ella se paseaba por el apartamento, moviéndose aparentemente al azar, pero entonces no tardaría en detenerse, quizá delante de una ventana, o para contemplar impotentemente una puerta abierta, o en el centro de la habitación.

Peter salió del dormitorio y cruzó el pequeño vestíbulo para entrar en la sala de estar, dejando abiertas ambas puertas. Encontró sus cigarrillos y luego, siguiendo un impulso, cogió de una alacena una botella de aquavit medio vacía y echó un poco dentro de un vaso. Fumando y tomando sorbos de su bebida, pensó en la semana pasada.

Había empezado bien y luego terminó mal. Peter empezó capturando a dos espías, Ingemar Gammel y Poul Kirke. Mejor todavía, aquellos hombres no eran como sus blancos habituales, dirigentes sindicales que intimidaban a quienes no respetaban la huelga o comunistas que enviaban cartas en código a Moscú diciendo que Jutlandia estaba madura para la revolución. No, Gammel y Kirke eran auténticos espías, y los esbozos que Tilde Jespersen había encontrado en el despacho de Kirke constituían un importante secreto militar.

La estrella de Peter parecía estar subiendo en el cielo. Algunos de su colegas habían empezado a mostrarse muy fríos con él, desaprobando su entusiástica cooperación con los ocupantes alemanes, pero lo que pudieran hacer ellos carecía de importancia. El general Braun lo había hecho acudir a su despacho para decirle que pensaba que Peter debería estar al frente del departamento de seguridad. Braun no dijo lo que le ocurriría a Frederik Juel. Pero había dejado muy claro que el puesto sería de Peter si conseguía resolver aquel caso.

Era una lástima que Poul Kirke hubiera muerto. Vivo, habría podido revelar quiénes eran sus colaboradores, de dónde procedían sus órdenes, y cómo enviaba información a los británicos. Gammel aún vivía, y había sido entregado a la Gestapo para que fuese sometido a un «interrogatorio en profundidad», pero no había revelado nada más, probablemente porque no sabía nada más.

Peter había proseguido la investigación con su energía y su determinación habituales. Interrogó al superior de Poul, el arrogante jefe de escuadrón Renthe. Habló con los padres de Poul, con sus amigos e incluso con su primo Mads, y no sacó nada de ninguno de ellos. Tenía a detectives siguiendo a la novia de Poul, Karen Duchwitz, pero de momento la joven no parecía ser nada más que una estudiante que se tomaba muy en serio sus clases en la escuela de ballet. Peter también mantenía bajo vigilancia al mejor amigo de Poul, Arne Olufsen. Arne era el candidato más prometedor, ya que no le hubiese costado mucho dibujar los esbozos de la base militar de Sande. Pero Arne había pasado la semana cumpliendo inocentemente con sus obligaciones. La noche de aquel día, viernes, había cogido el tren para ir a Copenhague, pero no había nada de insólito en eso.

Después de un brillante comienzo, el caso parecía haber entrado en un callejón sin salida.

El pequeño triunfo de la semana había sido la humillación del hermano de Arne, Harald. No obstante, Peter estaba seguro de que Harald no se hallaba involucrado en ninguna labor de espionaje. Un hombre que estaba arriesgando su vida haciendo de espía no se dedicaba a pintar eslóganes ridículos.

Peter estaba preguntándose hacia dónde debía dirigir la investigación cuando llamaron a la puerta.

Volvió la mirada hacia el reloj que había encima de la chimenea. Eran las diez y media, no escandalosamente tarde pero aun así una hora poco habitual para una visita inesperada. La persona que venía a verlo no se sorprendería de encontrarlo en pijama. Peter fue al vestíbulo y abrió la puerta. Tilde Jespersen estaba esperando ante ella, con una boina azul celeste inclinada sobre sus rubios cabellos.

—Ha habido una novedad —le dijo—. He pensado que deberíamos comentarla.

—Claro. Entra. Tendrás que disculpar mi aspecto.

Tilde contempló el dibujo de su pijama con una sonrisa.

—Elefantes —dijo mientras entraba en la sala de estar—. Nunca lo hubiese adivinado.

Peter se sintió un poco incómodo y deseó haberse puesto un albornoz, aunque hacía demasiado calor para ello.

Tilde se sentó.

—¿Dónde está Inge?

—En la cama. ¿Te apetece un poco de aquavit?

—Gracias.

Peter cogió un vaso limpio y sirvió aquavit para los dos.

Tilde cruzó las piernas. Sus rodillas eran redondas y sus pantorrillas regordetas, muy distintas de las esbeltas piernas de Inge.

—Arne Olufsen compró un billete para el transbordador a Bornholm de mañana.

Peter se quedó inmóvil con el vaso a medio camino de sus labios.

—Bornholm —murmuró.

La isla de veraneo danesa quedaba tentadoramente próxima a la costa sueca. ¿Podría ser aquello el progreso en la investigación que él había estado esperando?

Tilde cogió un cigarrillo y Peter se lo encendió. Soplando el humo, ella dijo:

—Naturalmente, podría ser que le debieran algún permiso y solo haya decidido tomarse unas pequeñas vacaciones...

—Desde luego. Por otra parte, podría estar planeando huir a Suecia.

—Eso es lo que pensaba yo.

Peter terminó su bebida con un satisfactorio trago.

—¿Quién está con él ahora?

—Dresler. Me relevó hace quince minutos, y vine directamente aquí.

Peter se obligó a ser escéptico. En una investigación siempre resultaba demasiado fácil dejarse engañar por los deseos.

—¿Por qué iba a querer Olufsen marcharse del país?

—Podría estar asustado por lo que le ha ocurrido a Poul Kirke.

—No se ha estado comportando como si estuviera asustado. Hasta el día de hoy ha estado haciendo su trabajo, aparentemente sin ningún temor.

—Quizá se ha dado cuenta de que lo estaban vigilando.

Peter asintió.

—Tarde o temprano siempre lo hacen.

—También podría ir a Bornholm para espiar. Los británicos podrían haberle ordenado que fuese allí.

Peter puso cara de duda.

—¿Qué hay en Bornholm?

Tilde se encogió de hombros.

—Puede que esa sea la cuestión a la que quieren encontrar respuesta los británicos. O quizá se trate de una cita. Recuerda que si Olufsen puede ir desde Bornholm hasta Suecia, el viaje en el otro sentido probablemente resulte igual de fácil.

—Sí, en eso tienes razón. —Tilde sabía pensar con mucha claridad, reflexionó Peter. Nunca perdía de vista ninguna de las distintas posibilidades. Contempló su inteligente rostro y sus límpidos ojos azules. Observó su boca mientras hablaba.

Ella no pareció darse cuenta del escrutinio al que la estaba sometiendo Peter.

—La muerte de Kirke probablemente rompió su línea normal de comunicación. Esto podría ser un plan de reserva para las situaciones de emergencia.

—No estoy del todo convencido..., pero solo hay una manera de averiguarlo.

—¿Continuar siguiendo a Olufsen?

—Sí. Dile a Dresler que suba al transbordador con él.

—Olufsen tiene una bicicleta. ¿Le digo a Dresler que coja una?

—Sí. Luego compra dos billetes para el vuelo de mañana a Bornholm. Llegaremos allí antes que él.

Tilde apagó su cigarrillo y se levantó.

—De acuerdo.

Peter no quería que se fuera. El aquavit le calentaba el estómago, se sentía relajado y estaba disfrutando del hecho de tener a una mujer atractiva con la que hablar. Pero no se le ocurría ninguna excusa con la que retenerla.

La siguió al vestíbulo.

—Te veré en el aeropuerto —dijo ella.

—Sí. —Peter puso la mano en el pomo de la puerta, pero no la abrió—. Tilde...

Ella lo miró con una tranquila indiferencia.

—¿Sí?

—Gracias por todo esto. Buen trabajo.

Tilde le rozó la mejilla con los dedos.

—Que duermas bien —dijo, pero no se fue.

Peter la miró. La sombra de una sonrisa rozaba las comisuras de los labios de Tilde, pero Peter no supo si era invitadora o burlona. Se inclinó hacia adelante, y de pronto se encontró besándola.

Ella le devolvió el beso con una intensa pasión. Peter fue cogido por sorpresa. Tilde atrajo su cabeza hacia la de ella y le metió la lengua en la boca. Pasado un momento de perplejidad, Peter respondió al beso. Puso la mano encima de su suave pecho y se lo apretó apasionadamente. Tilde dejó escapar un sonido ahogado, y pegó las caderas a su cuerpo.

Entonces Peter vio un movimiento por el rabillo del ojo. Interrumpió el beso y volvió la cabeza.

Inge estaba de pie en la puerta del dormitorio, como un fantasma, con su blanco camisón. Su rostro lucía su perpetua expresión vacía, pero los estaba mirando directamente. Peter se oyó emitir un ruido que sonaba como un sollozo.

Tilde se liberó de su abrazo. Peter se volvió para hablarle, pero las palabras no acudieron a sus labios. Tilde abrió la puerta del apartamento y salió fuera. En un abrir y cerrar de ojos había desaparecido.

La puerta se cerró con un golpe seco.

El vuelo diario de Copenhague a Bornholm era llevado a cabo por la aerolínea danesa, la DDL. Despegaba a las nueve de la mañana y duraba una hora. El avión tomaba tierra en una pista a cosa de un kilómetro y medio de la principal población de Bornholm, Ronne. Peter y Tilde fueron recibidos por el jefe de policía local, quien les dejó prestado un coche tan solemnemente como si estuviera confiándoles las joyas reales.

Fueron hasta Ronne en el coche. Era una población tranquila y apacible, con más caballos que vehículos de motor. Las casas, la mitad de ellas de madera, estaban pintadas con colores sorprendentemente intensos: mostaza oscura, rosa terracota, verde bosque y rojo óxido. Dos soldados alemanes estaban fumando y charlando con los transeúntes en la plaza central. Desde la plaza, una calle adoquinada bajaba hacia el puerto. Había una torpedera de la Kriegsmarine atracada en él, con un grupo de muchachos contemplándola desde la dársena. Peter enseguida localizó la estación del transbordador que, ubicada justo enfrente de la aduana de ladrillos, era el edificio más grande de toda la población.

Peter y Tilde dieron una vuelta por Ronne en el coche para familiarizarse con las calles; por la tarde regresaron al puerto para esperar la llegada del transbordador. Ninguno de los dos mencionó el beso de la noche anterior, pero Peter era intensamente consciente de la presencia física de Tilde: aquel escurridizo perfume floral, sus ojos azules siempre alerta, la boca que lo había besado con tan apremiante pasión. Al mismo tiempo, no paraba de recordar a Inge inmóvil en la puerta de su dormitorio, con su blanco rostro carente de expresión constituyendo un reproche más terrible que cualquier acusación explícita.

—Espero que estemos en lo cierto y Arne sea un espía —dijo Tilde mientras el transbordador entraba en el puerto.

—¿No has perdido el entusiasmo por este trabajo?

La réplica de ella fue bastante seca.

—¿Qué te hace decir eso?

—La discusión que mantuvimos acerca de los judíos.

—Oh, eso. —Tilde le quitó importancia con un encogimiento de hombros—. Tenías razón, ¿no? Lo demostraste. Registramos la sinagoga y eso nos condujo hasta Gammel.

—En ese caso, me preguntaba si la muerte de Kirke no podía haber sido demasiado horrible...

—Mi marido murió —replicó ella—. No me importa ver morir criminales.

Tilde era todavía más dura de lo que él había pensado. Peter ocultó una sonrisa de satisfacción.

—Así que seguirás en la policía.

—No veo ningún otro futuro. Además, podría ser la primera mujer que fuera ascendida a sargento.

Peter dudaba que eso llegara a ocurrir jamás. Dicho ascenso supondría que los hombres recibirían órdenes de una mujer, y aquello parecía totalmente imposible. Pero no lo dijo.

—Braun prácticamente me prometió el ascenso si consigo atrapar a esa red de espionaje.

—¿El ascenso a qué?

—A jefe del departamento. El trabajo que hace Juel.

Y un hombre que fuera jefe del departamento a los treinta muy bien podía terminar siendo jefe de toda la policía de Copenhague, pensó Peter. Su corazón empezó a latir más deprisa mientras imaginaba las estrictas normas que impondría con el respaldo de los nazis.

Tilde le sonrió cálidamente. Poniéndole una mano en el brazo, dijo:

—Entonces más valdrá que nos aseguremos de que los cogemos a todos.

El transbordador atracó y los pasajeros empezaron a desembarcar.

—Conoces a Arne desde la infancia —dijo Tilde mientras los veían bajar de la embarcación—. ¿Es el tipo de hombre apropiado para el espionaje?

—Tendría que decir que no —replicó Peter con voz pensativa—. Arne es demasiado inconsciente.

—Oh —dijo Tilde, y su expresión se volvió un poco sombría.

—De hecho, podría haberlo descartado como sospechoso de no ser por su prometida inglesa.

El rostro de Tilde se iluminó.

—Eso lo coloca justo en el centro de la imagen.

—No sé si todavía están comprometidos. Ella salió huyendo para Inglaterra en cuanto vinieron los alemanes. Pero la mera posibilidad es suficiente.

Unos cien pasajeros bajaron del transbordador, algunos a pie, un puñado en coches y muchos con bicicletas. La isla solo medía unos cuarenta kilómetros de un extremo a otro, y la bicicleta era la manera más cómoda de desplazarse por ella.

—Allí —dijo Tilde, señalando con el dedo.

Peter vio desembarcar a Arne Olufsen, vistiendo su uniforme del ejército y empujando su bicicleta.

—Pero ¿dónde está Dresler?

—Cuatro personas más atrás.

—Ya lo veo. —Peter se puso unas gafas de sol y se caló el sombrero, luego puso en marcha el motor. Arne subió pedaleando por la calle adoquinada hacia el centro de la población, y Dresler hizo lo mismo. Peter y Tilde los siguieron lentamente en el coche.

Arne salió de Ronne en dirección al norte. Peter empezó a sentirse demasiado visible. Había muy pocos coches más en las carreteras, y tenía que conducir despacio para no adelantar a las bicicletas. No tardó en verse obligado a quedarse rezagado hasta perderse de vista por miedo a que se fijaran en él. Pasados unos minutos, aceleró hasta divisar a Dresler, y luego volvió a reducir la velocidad. Dos soldados alemanes los adelantaron en una motocicleta con sidecar, y Peter deseó haber tomado prestada una moto en vez de un coche.

Cuando se encontraron a unos cuantos kilómetros de la población, ya eran las únicas personas que había en la carretera.

—Esto es imposible —dijo Tilde con nerviosa preocupación—. Tendrá que vernos.

Peter asintió. Tilde tenía razón, pero entonces un nuevo pensamiento le pasó por la cabeza.

—Y cuando lo haga, su reacción será altamente reveladora.

Tilde le lanzó una mirada interrogativa, pero Peter no le explicó lo que había querido decir con eso.

Aumentó la velocidad. Al doblar una curva, vio a Dresler agazapado entre los matorrales junto a la carretera y, cien metros más adelante, a Arne fumando un cigarrillo sentado en lo alto de un pequeño muro. Peter no tuvo más opción que pasar de largo. Siguió conduciendo otro kilómetro y luego se metió en el sendero de una granja.

—¿Estaba comprobando si lo seguíamos, o solo descansaba un rato? —dijo Tilde.

Peter se encogió de hombros.

Unos minutos después Arne pasó en su bicicleta, seguido por Dresler. Peter volvió a la carretera.

La luz del día se estaba desvaneciendo. Cinco kilómetros más adelante, llegaron a una encrucijada. Dresler se había detenido allí y estaba poniendo cara de perplejidad.

No había ni rastro de Arne.

Dresler fue a la ventanilla del coche con signos de estar muy preocupado.

—Lo siento, jefe. De pronto empezó a pedalear como un loco y me dejó atrás. Lo perdí de vista, y no sé qué dirección tomó en la encrucijada.

—Oh, maldición —dijo Tilde—. Tiene que haberlo planeado. Es obvio que conoce los caminos.

—Lo siento —volvió a decir Dresler.

—Ya podemos decir adiós a tu ascenso... y al mío —murmuró Tilde.

—No estés tan segura —dijo Peter—. Esto es una buena noticia.

Tilde se quedó atónita.

—¿Qué quieres decir?

—Si un hombre inocente piensa que lo están siguiendo, ¿qué hace? Se detiene, da media vuelta y dice: «¿Qué diablos se cree que está haciendo usted, siguiéndome a todas partes?». Solo un culpable se quita de encima deliberadamente a un equipo de vigilancia. ¿Es que no lo ves? Esto quiere decir que estábamos en lo cierto: Arne Olufsen es un espía.

—Pero lo hemos perdido.

—Oh, no te preocupes. Volveremos a dar con él.

Pasaron la noche en un hotel de la costa con un cuarto de baño al final de cada pasillo. A medianoche, Peter se puso un albornoz encima de su pijama y llamó a la puerta de la habitación de Tilde.

—Entra —dijo ella.

Peter entró. Tilde estaba sentada en la cama individual, vestida con un camisón de seda azul claro y leyendo una novela norteamericana titulada *Lo que el viento se llevó*.

—No preguntaste quién estaba en la puerta —dijo Peter.

—Ya sabía quién era.

La mente de detective de Peter reparó en que Tilde llevaba lápiz de labios, se había cepillado cuidadosamente los cabellos y el perfume a flores flotaba en el aire, como si se hubiera arreglado para una cita. Le besó los labios, y ella le acarició la nuca. Pasados unos instantes Peter volvió la mirada hacia la puerta, para asegurarse de que la había cerrado.

—No está aquí —dijo Tilde.

—¿Quién?

—Inge.

Peter volvió a besarla, pero pasados unos momentos se dio cuenta de que no se estaba excitando. Poniendo punto final al beso, se sentó en el borde de la cama.

—A mí me ocurre igual —dijo Tilde.

—¿A qué te refieres?

—No paro de pensar en Oskar.

—Está muerto.

—Inge bien podría estarlo.

Peter torció el gesto.

—Lo siento —dijo Tilde—. Pero es cierto. Estoy pensando en mi marido, tú estás pensando en tu esposa, y a ellos les da absolutamente igual.

—No fue así anoche, en mi apartamento.

—Entonces no nos dimos tiempo para pensar.

Peter pensó que aquello era ridículo. En su juventud había sido un seductor confiado y seguro de sí mismo, capaz de persuadir a muchas mujeres de que se entregaran a él, y de dejar bien satisfechas a la mayoría de ellas. ¿Sería simplemente que había perdido la práctica?

Se quitó el albornoz y se metió en la cama junto a ella. Tilde era una presencia cálida acogedora, y las redondeces de su cuerpo estaban suaves al tacto debajo de su camisón. Ella apagó la luz y Peter la besó, pero no fue capaz de reavivar la pasión de la noche anterior.

Yacieron el uno al lado del otro en la oscuridad.

—No importa —dijo Tilde—. Tienes que dejar atrás el pasado, y te cuesta mucho hacerlo.

Peter volvió a besarla, brevemente, y luego se levantó y regresó a su habitación.

13

La vida de Harald estaba destrozada. Se habían esfumado todos sus proyectos y no tenía futuro. Pero, en vez de torturarse pensando en su destino, estaba impaciente por encontrarse de nuevo con Karen Duchwitz. Recordaba su blanca piel y sus cabellos intensamente rojos, su manera de andar por la habitación, como si estuviera bailando. Nada le parecía más importante que volver a verla.

Dinamarca es un país pequeño y hermoso, pero yendo a cuarenta kilómetros por hora parecía el interminable desierto. La motocicleta que quemaba turba de Harald tardó un día y medio en ir desde su casa en Sande hasta Kirstenslot, cruzando todo el país.

El progreso de la motocicleta por aquel paisaje que se ondulaba monótonamente se volvió todavía más lento debido a las averías. Harald sufrió un pinchazo cuando se encontraba a unos ochenta kilómetros de su casa. Luego, en el largo puente que unía la península de Jutlandia con la isla central de Fionia, se le rompió la cadena. Originalmente la motocicleta Nimbus había tenido un eje de impulsión, pero como conectarlo a un motor de vapor resultaba muy difícil, Harald había cogido una cadena y unas cuantas ruedas dentadas de una vieja cortadora de césped. Entonces tuvo que empujar la motocicleta durante varios kilómetros hasta un garaje y hacer que le pusieran una nueva conexión. Cuando hubo terminado de atravesar Fionia, ya había partido el último transbordador que iba a la isla de Selandia. Aparcó la motocicleta, dio cuenta de la comida que le había dado su madre —tres gruesas lonchas de jamón y una rebanada de pastel— y pasó una fría noche en el muelle esperando. Cuando volvió a encender la caldera a la mañana siguiente, la válvula de seguridad había producido una filtración, pero Harald consiguió taponarla con goma de mascar y un poco de masilla.

Llegó a Kirstenslot a última hora de la tarde del sábado. Aunque estaba impaciente por ver a Karen, no fue inmediatamente al castillo. Pasó por delante del monasterio en ruinas y la entrada al castillo, cruzó el pueblecito con su iglesia, su taberna y su estación de tren, y encontró la granja que había visitado yendo con Tik. Estaba seguro de que allí podría conseguir un trabajo. Era el momento apropiado del año, y él era joven y fuerte.

Una gran alquería se alzaba en el centro de un patio muy limpio. Mientras aparcaba la motocicleta, Harald se vio observado por dos niñas, que imaginó serían nietas del granjero Nielsen, el hombre de cabellos blancos al que había visto volviendo de la iglesia.

Encontró al granjero en la parte de atrás de la casa, vestido con una camisa sin cuello y unos embarrados pantalones de pana, apoyado en una valla y fumando una pipa.

—Buenas tardes, señor Nielsen —dijo.

—Hola, muchacho —dijo Nielsen cautelosamente—. ¿Qué puedo hacer por ti?

—Me llamo Harald Olufsen. Necesito un trabajo, y Josef Duchwitz me dijo que usted contrata gente durante el verano.

—Este año no, hijo.

Harald quedó consternado. Ni siquiera se le había ocurrido tomar en consideración la posibilidad de que su oferta fuera rechazada.

—Soy muy trabajador...

—No lo dudo, y pareces lo bastante fuerte, pero no estoy contratando a nadie.

—¿Por qué no?

Nielsen arqueó una ceja.

—Podría decirte que eso no es asunto tuyo, muchacho, pero yo también fui un joven impetuoso, así que te diré que los tiempos se han puesto muy duros, los alemanes compran la mayor parte de lo que produzco a un precio decidido por ellos, y no hay dinero para pagar a los trabajadores estacionales.

—Trabajaré a cambio de comida —dijo Harald desesperadamente. No podía volver a Sande.

Nielsen le lanzó una mirada penetrante.

—Se diría que te has metido en alguna clase de lío, ¿verdad?

Pero no puedo contratarte en esos términos. Tendría problemas con el sindicato.

No parecía haber ninguna manera de solucionarlo. Harald buscó alguna alternativa. Quizá pudiera encontrar trabajo en Copenhague, pero ¿dónde viviría entonces? Ni siquiera podía acudir a su hermano, que vivía en una base militar donde no estaba permitido que las visitas se quedaran a dormir.

—Lo siento, hijo —dijo Nielsen al ver lo preocupado que se había quedado Harald, y vació su pipa golpeándola contra el tablón de arriba de la valla—. Ven, te acompañaré hasta fuera.

El granjero probablemente pensaba que Harald se encontraba lo bastante desesperado para robar. Los dos fueron alrededor de la casa hasta llegar al patio delantero.

—¿Qué demonios es eso? —dijo Nielsen en cuanto vio la motocicleta, con su caldera exhalando vapor suavemente.

—No es más que una motocicleta normal y corriente, pero la he modificado para que funcione con turba.

—¿Qué distancia has recorrido en ella?

—He venido desde Morlunde.

—¡Santo Dios! Parece a punto de estallar en cualquier momento.

Harald se sintió ofendido.

—No hay ningún peligro —dijo con indignación—. Entiendo de motores. De hecho, hace unas semanas reparé uno de sus tractores. —Por un instante Harald se preguntó si Nielsen no podría contratarlo impulsado por la gratitud, pero luego se dijo que no debía ser tan idiota. La gratitud no pagaría salarios—. Tenía una filtración en la bomba de inyección.

Nielsen frunció el ceño.

—Lo que tú digas.

Harald echó otro trozo de turba dentro de la caja de fuego.

—Estaba pasando el fin de semana en Kirstenslot. Josef y yo nos encontramos con uno de sus hombres, Frederik, cuando él estaba intentando poner en marcha un tractor.

—Ya me acuerdo. Así que tú eres aquel muchacho, ¿eh?

—Sí —dijo Harald, subiéndose a la motocicleta.

—Espera un momento. Quizá pueda contratarte.

Harald lo miró, sin atreverse a concebir esperanzas.

—No puedo permitirme tener trabajadores, pero un mecánico

ya es otra cosa —dijo Nielsen—. ¿Entiendes de toda clase de maquinaria?

Harald decidió que no era el momento de ser modesto.

—Normalmente puedo reparar cualquier cosa que tenga un motor.

—Yo tengo media docena de máquinas que ahora no están haciendo nada debido a la falta de recambios. ¿Crees que podrías hacerlas funcionar?

—Sí.

Nielsen miró la motocicleta.

—Si eres capaz de hacer eso, quizá podrías reparar mi sembradora.

—No veo por qué no.

—De acuerdo —dijo el granjero con súbita decisión—. Te pondré a prueba.

—¡Gracias, señor Nielsen!

—Mañana es domingo, así que preséntate aquí a las seis de la mañana del lunes. Nosotros los granjeros empezamos a trabajar temprano.

—Aquí estaré.

—No llegues tarde.

Harald abrió el regulador para dejar que el vapor entrara en el cilindro y se fue antes de que Nielsen pudiera cambiar de parecer.

En cuanto estuvo lo bastante lejos para que no lo pudieran oír, Harald dejó escapar un grito de triunfo. Tenía un trabajo —uno mucho más interesante que servir a la clientela en una mercería—, y lo había conseguido él solo. Se sintió lleno de confianza en sí mismo. Tendría que arreglárselas por su cuenta, pero era joven, fuerte e inteligente. Todo iba a salir bien.

Ya estaba oscureciendo cuando entró en el pueblo, y estuvo a punto de no ver al hombre con un uniforme de policía que entró en el camino y le hizo señas de que se detuviera. Harald frenó en el último instante, y la caldera exhaló una nube de vapor a través de la válvula de seguridad. Harald reconoció al policía como Per Hansen, el nazi local.

—¿Qué demonios es eso? —preguntó Hansen, señalando la motocicleta.

—Es una motocicleta Nimbus reconvertida para que funcione con vapor —le dijo Harald.

—Pues a mí me parece bastante peligrosa.

Harald enseguida perdía la paciencia con aquella clase de entrometidos, pero se obligó a responder educadamente.

—Le aseguro que es totalmente inofensiva, agente. ¿Está llevando a cabo alguna clase de investigación oficial, o solo quería satisfacer su curiosidad?

—No seas tan descarado conmigo, muchacho. Te he visto antes, ¿verdad?

Harald se dijo que no debía enemistarse con la ley. Aquella semana ya había pasado una noche en la cárcel.

—Me llamo Harald Olufsen.

—Eres un amigo de los judíos que hay en el castillo.

Harald perdió los estribos.

—Quienes sean mis amistades no es asunto suyo.

—¡Vaya! ¿No lo es? —Hansen puso cara de satisfacción, como si hubiera obtenido el resultado que deseaba—. Ya te he tomado la medida, joven —dijo maliciosamente—. No te quitaré el ojo de encima. Y ahora vete.

Harald se fue, maldiciendo por lo poco que le costaba enfadarse. Ahora había convertido en un enemigo al policía local solo por una observación acerca de los judíos. ¿Cuándo aprendería a no meterse en líos?

Detuvo la motocicleta en la fachada oeste de la iglesia abandonada; luego fue andando por el claustro y entró en la iglesia por una puerta lateral. Al principio solo pudo distinguir formas fantasmales a la tenue luz del anochecer que entraba por los ventanales. Cuando sus ojos se adaptaron a la penumbra, distinguió el largo Rolls-Royce debajo de su lona, las cajas llenas de viejos juguetes, y el biplano Hornet Moth con sus alas plegadas. Harald tuvo la sensación de que nadie había entrado en la iglesia desde la última vez que él estuvo allí.

Abrió la gran puerta principal, metió la motocicleta por ella y la cerró.

Luego se permitió un instante de satisfacción mientras apagaba el motor de vapor. Había cruzado todo el país en su motocicleta improvisada, había conseguido un trabajo y había encontrado un sitio en el cual quedarse. A menos que tuviera muy mala suerte, su padre no podría averiguar dónde estaba; pero en el caso de que hubiera alguna noticia familiar importante, su hermano sabía cómo ponerse en contacto con él. Y lo mejor de todo era que había una buena probabilidad de que viera a Karen Duchwitz. Se acordó de que a ella le gustaba fumar un cigarrillo en la terraza después de cenar, y decidió ir allí y ver si la encontraba. Era arriesgado —podía ser visto por el señor Duchwitz—, pero aquel día se sentía muy afortunado.

En una esquina de la iglesia, junto al banco de trabajo y el estante de las herramientas, había una pileta con un grifo de agua fría. Harald llevaba dos días sin lavarse. Se quitó la camisa y se aseó lo mejor que pudo hacerlo sin jabón. Luego lavó la camisa con agua, la colgó a secar en un clavo, y se puso la camisa limpia que llevaba en la bolsa.

Un camino recto como una flecha que tendría unos ochocientos metros de largo iba desde las puertas principales de la propiedad hasta el castillo, pero quedaba demasiado al descubierto, y Harald siguió una ruta más alejada para aproximarse al lugar a través del bosque. Pasó por delante de los establos, cruzó el huerto que abastecía a la cocina y estudió la parte de atrás de la casa desde el cobijo que le ofrecía un cedro. Pudo identificar la sala de estar por sus puertaventanas, que se hallaban abiertas a la terraza. Se acordaba de que el comedor estaba justo al lado. Las cortinas del oscurecimiento todavía no se encontraban corridas, porque las luces eléctricas aún no habían sido encendidas, aunque Harald vio el parpadeo de una vela.

Supuso que la familia estaba cenando. Tik estaría en la escuela —a los muchachos de la Jansborg Skole se les permitía ir a casa una vez cada quince días, y aquel era un fin de semana escolar— por lo que los comensales se limitarían a Karen y sus padres, a menos que hubiera invitados. Harald decidió arriesgarse a echar un vistazo más de cerca.

Cruzó la extensión de césped y subió sigilosamente hacia la casa. Oyó la voz de un locutor de la BBC diciendo que las fuerzas francesas de Vichy habían abandonado Damasco dejándolo en manos de un ejército compuesto por británicos, soldados de la Commonwealth y franceses libres. Oír hablar de una victoria británica representaba un cambio muy agradable, pero a Harald le costaba ver de qué manera unas buenas noticias llegadas de Siria iban a ayudar a su prima Monika en Hamburgo. Atisbando a través de la puertaventana del comedor, vio que la cena ya había terminado y una doncella estaba recogiendo la mesa.

Un instante después, una voz habló detrás de él diciendo:

—¿Qué te crees que estás haciendo?

Harald se volvió en redondo.

Karen venía hacia él por la terraza. Su pálida piel parecía relucir con luz propia bajo la penumbra del anochecer. Llevaba un vestido de seda de un azul verdoso suavemente aguado. Su porte de bailarina creaba la impresión de que estaba deslizándose sobre el suelo. Parecía un fantasma.

—¡Calla! —dijo Harald.

Ya apenas si había luz, y Karen no lo reconoció.

—¿Callarme? —exclamó con indignación. No había nada de fantasmal en su tono desafiante—. ¿Encuentro a un intruso mirando dentro de mi casa por una ventana y me dice que me calle? —Se oyó un ladrido procedente del interior.

Harald no fue capaz de decidir si Karen estaba genuinamente escandalizada o solo divertida.

—¡No quiero que tu padre sepa que estoy aquí! —murmuró con voz apremiante.

Thor, el viejo setter rojizo, llegó corriendo dispuesto a hacer pedazos a un ladrón, pero reconoció a Harald y le lamió la mano.

—Soy Harald Olufsen. Estuve aquí hace dos semanas.

—¡Oh, el chico del boogie woogie! ¿Qué estás haciendo acechando en la terraza? ¿Has vuelto para desvalijarnos?

Para consternación de Harald, el señor Duchwitz vino a la puertaventana y miró hacia fuera.

—¿Karen? —dijo—. ¿Hay alguien ahí?

Harald contuvo la respiración. Si Karen lo traicionaba ahora, podía echarlo a perder todo.

El señor Duchwitz miró fijamente a Harald en la penumbra, pero no pareció reconocerlo, y pasados unos instantes soltó un gruñido y volvió a entrar.

—Gracias —jadeó Harald.

Karen se sentó encima de un murete y encendió un cigarrillo.

—Eres bienvenido, pero tendrás que contarme a qué viene todo esto. —El vestido hacía juego con el verde de sus ojos, los cuales brillaban en su cara como si estuvieran iluminados desde dentro.

Harald se sentó encima del murete y se volvió hacia ella.

—Discutí con mi padre y me fui de casa.

—¿Por qué has venido aquí?

La misma Karen ya era la mitad de la razón por la cual había venido, pero Harald decidió no decírselo.

—Tengo un trabajo con el granjero Nielsen, reparando sus tractores y sus máquinas.

—Qué emprendedor eres. ¿Dónde estás viviendo?

—Hum... en el viejo monasterio.

—Y además eres presuntuoso.

—Lo sé.

—Supongo que te habrás traído mantas y todas esas cosas.

—Pues la verdad es que no.

—De noche puede llegar a hacer bastante fresco.

—Sobreviviré.

—Hum... —Karen fumó en silencio durante un rato, contemplando cómo la oscuridad iba descendiendo sobre el jardín igual que una neblina. Harald la estudió, fascinado por el crepúsculo de las formas de su rostro, la ancha boca y la nariz ligeramente torcida y la masa de aquellos finos cabellos que lograban combinarse de alguna manera para ser embrujadoramente hermosos. Observó sus carnosos labios mientras expulsaba el humo. Finalmente Karen tiró su cigarrillo dentro de un arriate de flores, se levantó y dijo—: Bien, pues buena suerte. —Luego entró en la casa y cerró la puertaventana tras ella.

Harald pensó que aquella despedida había sido más bien abrupta. Se sentía un poco abatido, y se quedó un par de minutos allí donde estaba. Le habría encantado poder estar hablando con ella durante toda la noche, pero Karen se había aburrido de él en cinco minutos. Se acordó de cómo lo había hecho sentirse alternativamente bienvenido y rechazado durante la visita de su fin de semana. Quizá era un juego o quizá reflejaba lo vacilante de sus propios sentimientos. A Harald le hizo ilusión pensar que Karen podía experimentar alguna clase de sentimientos hacia él, aunque fueran inestables.

Volvió andando al monasterio. El aire nocturno ya se estaba enfriando. Karen tenía razón, haría bastante fresco. La iglesia tenía un suelo de baldosas que tenía aspecto de ser muy frío. Harald se lamentó de que no se le hubiera ocurrido traerse una manta de casa.

Miró alrededor en busca de una cama. La luz de las estrellas que entraba por las ventanas iluminaba tenuemente el interior de la iglesia. El extremo este tenía un muro curvado que en el pasado había circundado el altar. En uno de sus lados había una repisa muy ancha incorporada a la pared. Un reborde embaldosado sobresalía por encima de ella, y Harald supuso que en el pasado habría enmarcado algún objeto de veneración: una reliquia sagrada, un cáliz adornado con joyas, un cuadro de la Virgen. Ahora, sin embargo, se parecía a una cama más que ninguna otra cosa que pudiera ver, y se acostó sobre la repisa.

Por una ventana sin cristal podía ver las copas de los árboles y un espolvoreo de estrellas en un cielo azul medianoche. Pensó en Karen. La imaginó tocándole los cabellos con un gesto lleno de ternura, rozando sus labios con los suyos, rodeándolo con sus brazos y estrechándolo contra ella. Aquellas imágenes eran distintas de las escenas que había imaginado antes con Birgit Claussen, la chica de Morlunde con la que estuvo saliendo durante la Pascua. Cuando era Birgit la que protagonizaba sus fantasías, siempre estaba quitándose el sujetador, rodando sobre una cama o arrancándole la camisa a Harald en su prisa por poder tocarlo. Karen interpretaba un papel más sutil, más relacionado con el amor que con el deseo, aunque en las profundidades de sus ojos siempre estaba la promesa del sexo.

Harald tenía frío. Se levantó. Quizá podría dormir dentro del aeroplano. Buscando a tientas en la oscuridad, encontró la manecilla de la puerta. Pero cuando la abrió oyó un ruido de correteos, y recordó que los ratones se habían instalado en el tapizado. Harald no temía a las criaturas que correteaban de un lado a otro, pero tampoco se sentía capaz de acostarse junto a ellas.

Pensó en el Rolls-Royce. Podía hacerse un ovillo en el asiento trasero. Sería más cómodo que el Hornet Moth. Quitar la lona que lo cubría podía requerir algo de tiempo en la oscuridad, pero quizá valdría la pena. Harald se preguntó si las puertas del coche estarían cerradas.

Harald había empezado a debatirse con la lona en busca de cualquier clase de sujeción que pudiera haber, cuando oyó un suave rumor de pasos. Se quedó helado. Un instante después, el haz de una linterna eléctrica barrió la ventana. ¿Tendrían los Duchwitz una patrulla de seguridad durante la noche?

Harald miró por la puerta que llevaba al claustro. La linterna se estaba aproximando. Se quedó inmóvil con la espalda pegada a la pared, tratando de no respirar. Entonces oyó una voz.

—¿Harald?

El corazón de Harald saltó de placer.

—Karen.

—¿Dónde estás?

—En la iglesia.

El haz de la linterna encontró a Harald, y luego Karen lo dirigió hacia arriba para que derramara una claridad general. Harald vio que Karen cargaba con un fardo.

—Te he traído unas cuantas mantas.

Harald sonrió. Agradecería el calor, pero lo que realmente lo hacía feliz era el hecho de que su persona le importara un poco a Karen.

—Estaba pensando dormir dentro del coche.

—Eres demasiado alto.

Cuando desdobló las mantas, Harald encontró algo dentro.

—Pensé que podías tener hambre —explicó Karen.

A la luz de la linterna de Karen, Harald vio media hogaza de pan, una cestita de fresas y un trozo de salchicha. También había una cantimplora. Desenroscó el tapón y olió café fresco.

Se dio cuenta de que estaba famélico y se lanzó sobre la comida, intentando no devorarla como un chacal muerto de hambre. Entonces oyó un maullido, y un gato entró en el círculo de luz. Era el flaco felino blanco y negro que había visto la primera vez que entró en la iglesia. Harald dejó caer al suelo un trozo de salchicha. El gato lo husmeó, le dio la vuelta con una pata y luego empezó a comérselo delicadamente.

—¿Cómo se llama? —le preguntó Harald a Karen.

—No creo que tenga nombre. Vive por ahí.

En la parte de atrás de su cabeza el gato tenía una cresta de pelo que se elevaba como una pirámide.

—Me parece que lo llamaré Pinetop —dijo Harald—. Por mi pianista favorito.

—Buen nombre.

Harald se lo comió todo.

—Chica, estaba magnífico. Gracias.

—Hubiese debido traer más. ¿Cuándo fue la última vez que comiste?

—Ayer.

—¿Cómo llegaste hasta aquí?

—En mi motocicleta. —Señaló a través de la iglesia el sitio donde había aparcado la motocicleta—. Pero va muy despacio porque funciona con turba, así que tardé dos días en llegar hasta aquí desde Sande.

—Cuando has decidido hacer algo, vas y lo haces. Eres todo un carácter, Harald Olufsen.

—¿Lo soy? —preguntó Harald, no estando muy seguro de si aquello era un cumplido.

—Sí. De hecho, nunca había conocido a alguien como tú.

Después de pensárselo bien, Harald se dijo que aquello se aproximaba bastante a ser un cumplido.

—Bueno, si he de decirte la verdad, el caso es que yo siento lo mismo acerca de ti.

—Oh, vamos. El mundo está lleno de niñas ricas demasiado mimadas que quieren ser bailarinas de ballet, pero ¿cuántas personas han cruzado Dinamarca en una motocicleta que quema turba?

Harald rió, complacido. Luego guardaron silencio durante unos momentos.

—Sentí mucho lo de Poul —dijo Harald finalmente—. Tiene que haber sido un golpe terrible para ti.

—Fue realmente devastador. Me pasé el día entero llorando.

—¿Estabais muy unidos?

—Solo habíamos salido tres veces y no estaba enamorada de él, pero aun así fue horrible —dijo Karen. Las lágrimas acudieron a sus ojos, y sorbió aire por la nariz y tragó saliva.

Harald quedó vergonzosamente complacido al enterarse de que no había estado enamorada de Poul.

—Es muy triste —dijo, y se sintió bastante hipócrita.

—Cuando mi abuela murió quedé destrozada, pero de algún modo esto fue peor. La abuela era vieja y estaba enferma, pero Poul estaba tan lleno de energía, era tan divertido, se lo veía tan apuesto y en tan buena forma...

—¿Sabes cómo ocurrió? —se atrevió a preguntar Harald.

—No, porque el ejército se ha estado mostrando ridículamente reservado —dijo ella, y una sombra de irritación apareció en su voz—. Lo único que dicen es que Poul se estrelló con su avión y que los detalles no pueden ser divulgados.

—Quizá están ocultando algo.

—¿Como qué? —preguntó ella secamente.

Harald se dio cuenta de que no podía contarle lo que pensaba sin revelar su propia conexión con la resistencia.

—¿Su propia incompetencia? —improvisó—. Quizá el avión no había sido revisado adecuadamente.

—No utilizarían la excusa del secreto militar para ocultar algo así.

—Por supuesto que podrían hacerlo. ¿Quién iba a saberlo?

—No creo que nuestros oficiales tengan tan poco sentido del honor —dijo ella rígidamente.

Harald se dio cuenta de que la había ofendido, como cuando la vio por primera vez y de la misma manera, mostrándose despectivo acerca de su credulidad.

—Supongo que tienes razón —se apresuró a decir. Sus palabras realmente no eran sinceras, porque estaba seguro de que Karen se equivocaba. Pero no quería discutir con ella.

Karen se levantó.

—He de volver antes de que lo cierren todo —dijo, y su voz sonó muy fría.

—Gracias por la comida y las mantas. Eres un ángel de la misericordia.

—No es mi papel habitual —dijo ella, suavizando un poco su tono.

—¿Quizá te veré mañana?

—Quizá. Buenas noches.

—Buenas noches.

Un instante después se había ido.

14

Hermia durmió mal. Tuvo un sueño en el que estaba hablando con un policía danés. La conversación era amigable, aunque Hermia solo estaba pendiente de no delatarse; pero pasado un rato, se dio cuenta de que estaban hablando en inglés. El hombre siguió hablando como si no hubiera ocurrido nada, mientras ella temblaba y esperaba que la detuviera en cualquier momento.

Despertó y se encontró en una estrecha cama de una pensión en la isla de Bornholm. Sintió un gran alivio al descubrir que la conversación con el policía había sido un sueño, pero no había nada de irreal en el peligro al que se enfrentaba ahora que había despertado. Se encontraba en territorio ocupado, con documentos falsos y fingiendo ser una secretaria de vacaciones; si la descubrían, sería ahorcada como espía.

Allá en Estocolmo, ella y Digby habían vuelto a engañar con unos sustitutos a los alemanes que los seguían y, tras quitárselos de encima, cogieron un tren que iba a la costa sur. En el diminuto pueblecito pesquero de Kalvsby habían encontrado al dueño de una embarcación que estaba dispuesto a llevarlos hasta Bornholm a través de los cuarenta kilómetros de mar. Hermia se había despedido de Digby —quien no podía pasar por danés— y había subido a bordo. Digby iría a Londres durante un día para informar a Churchill, pero volvería inmediatamente en avión y la estaría esperando en el atracadero de Kalvsby cuando Hermia regresara..., si regresaba.

El pescador la había desembarcado, junto con su bicicleta, en una playa solitaria al amanecer del día anterior. Había prometido volver al mismo sitio cuatro días después a la misma hora. Para poder estar segura de él, Hermia le había prometido el doble de dinero por el trayecto de vuelta.

Fue en bicicleta hasta Hammershus, el castillo en ruinas que era su punto de cita con Arne, y lo esperó allí durante todo el día. Arne no había venido.

Hermia se dijo que no debía sentirse sorprendida. El día anterior Arne había estado trabajando, y supuso que no habría podido marcharse de la base lo bastante temprano para coger el transbordador de la tarde. Probablemente había cogido la embarcación de la mañana del sábado y llegado a Bornholm demasiado tarde para que le fuera posible llegar a Hammershus antes de que oscureciese. En aquellas circunstancias, habría encontrado algún sitio donde pasar la noche, y lo primero que haría por la mañana sería acudir a la cita.

Aquello era lo que creía en sus momentos de mayor animación. Pero el pensamiento de que Arne podía haber sido detenido estaba presente en su mente. Preguntarse por qué podían haberlo arrestado, o argumentar que Arne todavía no había cometido ningún delito, no servía de nada porque eso solo la llevaba a imaginar situaciones en las que Arne le confiaba lo que iba a hacer a un amigo traicionero, o lo escribía todo en un diario, o se confesaba a un sacerdote.

Cuando faltaba poco para que anocheciera, Hermia dejó de esperar a Arne y fue en su bicicleta hasta el pueblo más próximo. Durante el verano muchos isleños ofrecían cama y desayuno a los turistas, y no le costó nada encontrar un sitio en el cual alojarse. Se dejó caer sobre la cama sintiéndose hambrienta y preocupada, y tuvo malos sueños.

Mientras se vestía, recordó las vacaciones que ella y Arne habían pasado en la isla, cuando se registraron en su hotel como el señor y la señora Olufsen. Aquellos fueron los días en que se sintió más íntimamente unida a Arne. A él le encantaban los juegos de azar, y hacía apuestas con ella por favores sexuales. «Si la embarcación roja llega primero al puerto, mañana tendrás que ir sin bragas durante todo el día, y si la embarcación azul gana, esta noche podrás ponerte encima.» Podrás tener todo lo que quieras, amor mío, pensó Hermia, solo con que aparezcas hoy.

Decidió desayunar aquella mañana antes de regresar pedaleando a Hammershus. Podía pasar el día entero esperando, y no quería desmayarse debido al hambre. Se vistió con la ropa nueva barata que había comprado en Estocolmo —las prendas inglesas podrían haberla delatado—, y bajó por la escalera.

Hermia se sintió un poco nerviosa mientras entraba en el comedor de la familia. Había pasado más de un año desde que hablaba danés cada día. Después de desembarcar el día anterior, solo había mantenido unos breves intercambios de palabras. Ahora tendría que conversar.

Había otro huésped en la habitación, un hombre de mediana edad con una afable sonrisa que le dijo:

—Buenos días. Soy Sven Fromer.

Hermia se obligó a relajarse.

—Agnes Ricks —dijo, utilizando el nombre que había en sus documentos falsos—. Hace un día precioso. —Se dijo que no tenía nada que temer. Hablaba danés con el acento de la burguesía metropolitana, y los daneses nunca se daban cuenta de que era inglesa hasta que ella se lo decía. Se sirvió gachas, les echó leche fría por encima, y empezó a comer. La tensión que sentía hizo que le resultara difícil tragar.

Sven le sonrió y dijo:

—El estilo inglés.

Hermia lo miró, atónita. ¿Cómo la había descubierto tan deprisa?

—¿Qué quiere decir?

—La manera en que come las gachas.

Sven se había servido la leche en un vaso, e iba tomando sorbos de ella entre bocado y bocado de gachas. Hermia sabía muy bien que así era como los daneses comían las gachas. Maldijo su descuido y trató de salir del paso.

—Las prefiero así —dijo en el tono más despreocupado de que fue capaz—. La leche enfría las gachas, y de esa manera puedes comértelas más rápido.

—Una chica que tiene prisa. ¿De dónde es?

—De Copenhague.

—Yo también.

Hermia no quería entrar en una conversación acerca de en qué parte de Copenhague vivía cada uno de ellos. Aquello podía inducirla demasiado fácilmente a cometer más errores. El plan menos arriesgado sería formularle preguntas a Sven. Hermia nunca había conocido un hombre al que no le gustara hablar de sí mismo.

—¿Está de vacaciones?

—Desgraciadamente no. Soy topógrafo y trabajo para el gobierno. Pero el trabajo ya está hecho, y no he de estar en casa hasta mañana, así que voy a pasar el día conduciendo por la isla y luego cogeré el transbordador esta tarde.

—¿Dispone de un coche?

—Necesito uno para mi trabajo.

La señora de la casa trajo beicon y pan negro. Cuando hubo salido de la habitación, Sven dijo:

—Si no está con nadie, me encantaría enseñarle la isla.

—Estoy prometida y no tardaré en casarme —dijo Hermia firmemente.

Sven sonrió melancólicamente.

—Su prometido es un hombre afortunado. Aun así me alegraría poder contar con su compañía.

—Le ruego que no se ofenda, pero quiero estar sola.

—Lo entiendo. Espero que no le importará que se lo haya preguntado.

Hermia lo obsequió con su sonrisa más encantadora.

—Al contrario, me siento halagada.

Sven se sirvió otra taza de sucedáneo de café, como inclinado a quedarse un rato en el comedor. Hermia empezó a tranquilizarse. De momento no había despertado ninguna sospecha.

Entonces entró otro huésped, un hombre que tendría aproximadamente la edad de Hermia Se inclinó envaradamente ante ellos y luego habló danés con acento alemán.

—Buenos días —dijo—. Soy Helmut Mueller.

El corazón de Hermia empezó a latir más deprisa.

—Buenos días —dijo—. Agnes Ricks.

Mueller se volvió con expresión expectante hacia Sven, quien se levantó, desdeñando deliberadamente al recién llegado, y salió de la habitación.

Mueller se sentó, aparentemente herido.

—Gracias por su cortesía —le dijo a Hermia.

Hermia intentó comportarse normalmente y cruzó las manos para detener su temblor.

—¿De dónde es usted, herr Mueller?

—Nací en Lübeck.

Hermia se preguntó qué podría decirle un danés afable a un alemán para mantener una pequeña conversación.

—Habla usted muy bien nuestra lengua.

—Cuando era un muchacho, mi familia solía venir aquí, a Bornholm, de vacaciones.

Hermia vio que Mueller no sospechaba nada, y eso le dio valor para hacer una pregunta menos superficial.

—Dígame una cosa. ¿Son muchas las personas que se niegan a hablarle?

—El tipo de descortesía que acaba de mostrar nuestro compañero de pensión es poco habitual. En las circunstancias actuales, los alemanes y los daneses tenemos que vivir juntos, y la mayoría de los daneses son corteses. —Le lanzó una mirada llena de curiosidad—. Pero usted ya tiene que haberlo observado..., a menos que haya llegado recientemente de otro país.

Hermia se dio cuenta de que había cometido otro desliz.

—No, no —se apresuró a decir, tratando de ocultarlo—. Soy de Copenhague donde, como dice usted, vivimos juntos lo mejor que podemos. Solo me estaba preguntando si las cosas eran diferentes aquí en Bornholm.

—No, todo es más o menos igual.

Entonces Hermia comprendió que toda conversación era peligrosa. Se levantó.

—Bueno, espero que disfrute de su desayuno.

—Gracias.

—Y que tenga un día agradable aquí en nuestro país.

—Le deseo lo mismo.

Hermia salió de la habitación, preguntándose si no se habría mostrado demasiado amable. El exceso de afabilidad podía llegar a despertar sospechas con tanta facilidad como la hostilidad. Pero Mueller no había dado ninguna señal de que desconfiara de ella.

Mientras se iba en su bicicleta, vio a Sven metiendo su equipaje en el coche. Era un Volvo PV444, un coche sueco con la parte de atrás suavemente curvada, que había llegado a ser muy popular y solía verse en Dinamarca. Hermia vio que Sven había quitado el asiento trasero para hacer sitio a su equipo: trípodes y un teodolito y demás instrumentos, algunos guardados en un surtido de maletas de cuero y otros envueltos en mantas para protegerlos.

—Le pido disculpas por haber organizado una escena —dijo Sven—. No deseaba mostrarme grosero con usted.

—No se preocupe. —Hermia pudo ver que todavía estaba furioso—. Obviamente es algo que lo afecta mucho.

—Provengo de una familia de militares, y me resulta muy difícil aceptar que nos rindiéramos tan deprisa. Creo que hubiésemos debido luchar. ¡Deberíamos estar luchando ahora! —Hizo un gesto de frustración, como si arrojara lejos algo—. No debería hablar de esta manera. La estoy poniendo en una situación muy incómoda.

—No hay nada por lo que tenga que disculparse —dijo tocándole el brazo.

—Gracias.

Hermia se fue.

Churchill iba y venía por el campo de críquet de Chequers, la residencia de campo oficial del primer ministro británico. Digby conocía los signos, y sabía que Churchill estaba redactando mentalmente un discurso. Sus invitados del fin de semana eran John Winant, el embajador estadounidense, y Anthony Eden, el secretario de Asuntos Exteriores, junto con sus esposas; pero no se veía a ninguno de ellos. Digby notaba que había alguna clase de crisis, pero nadie le había explicado en qué consistía. El secretario privado de Churchill, el señor Colville, le señaló al meditabundo primer ministro. Digby fue hacia él andando sobre la suave hierba.

El primer ministro levantó la cabeza que había mantenido baja.

—Ah, Hoare —dijo, y dejó de andar—. Hitler ha invadido la Unión Soviética.

—¡Cristo! —exclamó Digby Hoare. Quiso sentarse, pero no había sillas—. ¡Cristo! —repitió. En el pasado, Hitler y Stalin habían sido aliados, con su amistad cimentada por el pacto nazi-soviético de 1939. En la actualidad se hallaban en guerra—. ¿Cuándo ocurrió eso?

—Esta mañana —dijo Churchill sombríamente—. El general Dill acaba de estar aquí para comunicarme los detalles. —Sir John Dill era el jefe del Estado Mayor Imperial, lo que lo convertía en el hombre más poderoso del estamento militar—. Las primeras estimaciones del servicio de inteligencia sitúan las dimensiones del ejército invasor en tres millones de hombres.

—¿Tres millones?

—Han atacado a lo largo de un frente de más de tres mil kilómetros de largo. Un grupo avanza hacia Leningrado por el norte, otro grupo central se dirige hacia Moscú, y una fuerza meridional va hacia Ucrania.

Digby estaba atónito.

—Oh, Dios mío. ¿Esto es el fin, señor?

Churchill dio una calada a su puro.

—Podría serlo. La mayoría de la gente cree que los rusos no pueden ganar. Tardarán mucho en movilizarse. Con un fuerte apoyo aéreo por parte de la Luftwaffe, los tanques de Hitler podrían barrer al Ejército Rojo en unas cuantas semanas.

Digby nunca había visto a su jefe con un aspecto tan vencido. Cuando tenía que hacer frente a las malas noticias, normalmente Churchill se volvía todavía más testarudo y dispuesto a luchar, y siempre quería responder a la derrota pasando al ataque. Pero en aquel momento se le veía agotado y sin fuerzas.

—¿Hay alguna esperanza? —preguntó Digby.

—Sí. En el caso de que los rojos consigan sobrevivir hasta el verano, la historia quizá será muy distinta. El invierno ruso derrotó a Napoleón y todavía podría acabar con Hitler. Los próximos tres o cuatro meses serán decisivos.

—¿Qué va a hacer?

—Esta noche hablaré por la BBC a las nueve.

—¿Y dirá...?

—Que debemos prestar toda la ayuda posible a Rusia y al pueblo ruso.

Digby levantó las cejas.

—Una propuesta bastante dura para un apasionado anticomunista.

—Mi querido Hoare, si Hitler invadiera el infierno, como mínimo yo haría una referencia favorable al diablo en la Cámara de los Comunes.

Digby sonrió, preguntándose si estaba considerando aquella frase para incluirla en el discurso de la noche.

—Pero ¿existe alguna ayuda que podamos prestar?

—Stalin me ha pedido que incremente la campaña de bombardeos contra Alemania. Espera que eso obligará a Hitler a llevar aviones a casa para defender la Madre Patria. De esa manera el ejército invasor quedaría debilitado, y eso podría dar a los rusos una oportunidad de combatir en unas condiciones más igualadas.

—¿Va a hacerlo?

—No tengo elección. He ordenado una incursión para la próxima luna llena. Será la mayor operación aérea de la guerra hasta el momento, lo cual significa la mayor en toda la historia de la humanidad. Habrá más de quinientos bombarderos, más de la mitad de todos nuestros efectivos.

Digby se preguntó si su hermano tomaría parte en la incursión.

—Pero si sufren las pérdidas que hemos estado experimentando...

—Quedaríamos totalmente incapacitados. Por eso le he hecho venir. ¿Tiene una respuesta para mí?

—Ayer infiltré a una agente en Dinamarca. Ha recibido órdenes de obtener fotografías de la instalación de radar que hay en Sande. Eso responderá a la pregunta.

—Más vale. El bombardeo ha sido fijado para dentro de dieciséis días. ¿Cuándo espera tener las fotografías en sus manos?

—Dentro de una semana.

—Bien —dijo Churchill, indicándole con su tono que ya podía irse.

—Gracias, primer ministro —dijo Digby dando media vuelta.

—No me falle —dijo Churchill.

Hammershus se encuentra en el extremo norte de Bornholm. El castillo se alza sobre una colina que mira hacia Suecia a través del mar, y en el pasado había protegido a la isla de que fuese invadida por su vecino. Hermia pedaleaba por el sendero que serpenteaba subiendo por las rocosas laderas, preguntándose si el día iba a ser tan infructuoso como el anterior. El sol brillaba, y el esfuerzo de ir en bicicleta la hacía sudar.

El castillo había sido edificado mezclando ladrillos con piedra. Todavía perduraban de él los muros solitarios, con sus contornos que patéticamente sugerían una vida de familia: grandes hogares para encender el fuego, que el hollín había ido ennegreciendo, expuestos al cielo, fríos sótanos de piedra para guardar manzanas y cerveza, escaleras derruidas que no llevaban a ninguna parte, estrechos ventanales a través de los que niños pensativos debían de haber contemplado el mar en tiempos lejanos.

Hermia había llegado temprano y el lugar estaba desierto. A juzgar por la experiencia del día anterior, todavía lo tendría todo para ella durante una hora o más. Mientras empujaba su bicicleta a través de arcadas medio en ruinas y a través de suelos cubiertos de hierba, Hermia se preguntó cómo sería su encuentro si Arne aparecía ese día. En Copenhague, antes de la invasión, ella y Arne habían sido una pareja muy atractiva, el centro de un pequeño grupo formado por jóvenes oficiales y guapas muchachas con conexiones en el gobierno, siempre invitados a fiestas y meriendas campestres, a bailar y hacer deporte, nadar, montar a caballo e ir a la playa en coche. Ahora que aquellos días habían terminado, ¿le parecería a Arne que Hermia era una parte más de su pasado? Cuando hablaron por teléfono él le había dicho que todavía la quería, pero llevaba más de un año sin verla. ¿La encontraría igual o cambiada? ¿Seguiría gustándole el olor de sus cabellos y el sabor de su boca? Hermia empezó a sentirse nerviosa.

El día anterior había pasado el día entero contemplando las ruinas, y ya no encerraban ningún interés para ella. Fue hacia el lado que daba al mar, apoyó su bicicleta en un murete de piedra y contempló la playa que había muy por debajo de ella.

—Hola, Hermia —dijo una voz familiar.

Hermia se volvió en redondo y vio a Arne yendo hacia ella, sonriente y con los brazos abiertos de par en par. Había estado esperándola detrás de una torre. El nerviosismo de Hermia se desvaneció. Se arrojó a sus brazos y lo abrazó lo bastante fuerte para hacerle daño.

—¿Qué ocurre? —preguntó Arne—. ¿Por qué estás llorando?

Hermia se dio cuenta de que estaba llorando, con las lágrimas rodando por su cara y su pecho subiendo y bajando entre sollozos.

—Soy tan feliz... —dijo.

Arne besó sus mejillas mojadas. Hermia le tomó el rostro entre las manos, palpándole los huesos con las yemas de sus dedos para demostrarse a sí misma que Arne era real, que aquella no era una de las escenas imaginarias de encuentros que tan a menudo había soñado. Le rozó el cuello con los labios, aspirando el olor de Arne, jabón del ejército y brillantina, y combustible para aviones. En sus sueños no había olores.

Hermia se sintió abrumada por la emoción, pero la sensación fue cambiando lentamente para pasar de la excitación y la felicidad a otra cosa. Sus tiernos besos se volvieron inquisitivos y hambrientos, y sus suaves caricias se hicieron apremiantemente exigentes. Cuando sintió que empezaban a fallarle las rodillas, Hermia se dejó caer sobre la hierba arrastrando a Arne con ella. Le lamió el cuello, chupó su labio y le mordisqueó el lóbulo de la oreja. La erección de Arne le presionaba el muslo. Hermia luchó con los botones de los pantalones de su uniforme, abriendo la bragueta para poder tocarlo como era debido. Arne le subió la falda del vestido y deslizó su mano bajo la tirilla elástica de sus bragas. Hermia sufrió un fugaz momento de púdica vergüenza por lo mojada que estaba, pero pronto se le ahogó en una oleada de placer. Impacientemente, interrumpió el abrazo el tiempo suficiente para quitarse las bragas y arrojarlas a un lado, y luego tiró de Arne poniéndolo encima de ella. Se le ocurrió que estaban completamente expuestos a los ojos de cualquier turista madrugador que viniese a ver las ruinas, pero le daba igual. Sabía que luego, cuando la locura la hubiese abandonado, se estremecería de horror ante el riesgo que habían corrido, pero no podía contenerse. Jadeó cuando Arne entró en ella y luego se aferró a él con sus brazos y sus piernas, pegando su estómago al de él, su pecho a sus senos, su cara a su cuello, insaciablemente ávida de sentir el contacto de su cuerpo. Entonces también aquello quedó atrás cuando Hermia concentró toda su atención en un nódulo de intenso placer que empezó siendo pequeño y caliente, como una estrella lejana, y después fue creciendo implacable tomando posesión de una parte cada vez más grande de su cuerpo hasta que hizo explosión.

Luego se quedaron inmóviles un rato. Hermia disfrutaba sintiendo el peso del cuerpo de Arne encima de ella, con aquella sensación de que le faltaba la respiración que iba dándole su lenta desentumescencia. Entonces una sombra cayó sobre ellos. Solo era una nube que estaba pasando por delante del sol, pero le recordó a Hermia que las ruinas se hallaban abiertas al público, y que alguien podía llegar en cualquier momento.

—¿Todavía estamos solos? —murmuró.

Arne alzó la cabeza y miró alrededor.

—Sí.

—Será mejor que nos levantemos antes de que lleguen los turistas.

—De acuerdo.

Hermia tiró de él cuando Arne empezaba a apartarse.

—Un beso más.

Él la besó suavemente y luego se levantó.

Hermia encontró sus bragas y se las puso rápidamente; luego se levantó y se sacudió la hierba del vestido. La sensación apremiante anterior la abandonó ahora que estaba presentable, y todos los músculos de su cuerpo experimentaron una agradable lasitud, como les ocurría a veces cuando estaba en la cama la mañana del domingo, todavía adormilada y escuchando las campanas de las iglesias.

Se apoyó en la pared, mirando hacia el mar, y Arne la rodeó con el brazo. Hermia tuvo que hacer un gran esfuerzo de voluntad para conseguir que sus pensamientos volvieran a centrarse en la guerra, el engaño y el secreto.

—Estoy trabajando para la inteligencia británica —dijo abruptamente.

Arne asintió.

—Ya me lo temía.

—¿Te lo temías? ¿Por qué?

—Porque eso significa que corres un peligro todavía más grande que si hubieras venido aquí solo para verme.

A Hermia la complació que lo primero en lo que había pensado Arne fuese el peligro que corría ella. Realmente la amaba. Y ella traía problemas.

—Ahora tú también corres peligro, por el mero hecho de estar conmigo —dijo.

—Será mejor que te expliques.

Hermia se sentó encima del murete y trató de poner un poco de orden en sus pensamientos. No había conseguido pensar en una versión censurada de la historia que solo incluyera lo que era absolutamente necesario que supiera Arne. La mitad de la verdad no tendría ningún sentido por muchas cosas que eliminara, así que tendría que contárselo todo. Iba a pedirle que arriesgara su vida, y Arne necesitaba saber por qué.

Le habló de los Vigilantes Nocturnos, las detenciones en el aeródromo de Kastrup, el devastador índice de pérdidas sufridas por los bombarderos, la instalación de radar en su isla natal de Sande, la pista *himmelbett*, y el papel que había desempeñado Poul Kirke en todo aquello. El rostro de Arne iba cambiando a medida que hablaba Hermia. La alegría desapareció de sus ojos, y su perenne sonrisa fue sustituida por una mueca de ansiedad. Hermia se preguntó si aceptaría la misión.

Si Arne fuese un cobarde, seguramente no habría elegido pilotar las frágiles máquinas de madera y lino de las fuerzas aéreas del ejército. Por otra parte, el ser piloto era algo que formaba parte de su imagen atrevida y temeraria. Y Arne solía poner el placer por encima del trabajo. Esa era una de las razones por las que Hermia lo amaba: ella era demasiado seria, y él la hacía disfrutar y pasarlo bien. ¿Cuál era el verdadero Arne, el hedonista o el aviador? Su amado nunca había sido sometido a la prueba hasta ahora.

—He venido a pedirte que hagas lo que habría hecho Poul, si hubiera vivido: ir a Sande, entrar en la base y examinar la instalación de radar.

Arne asintió con expresión solemne.

—Necesitamos fotografías, y tienen que ser buenas. —Hermia se inclinó sobre su bicicleta, abrió la bolsa de atrás y sacó de ella una pequeña cámara de 35 mm, una Leica IIIa hecha en Alemania. Había pensado en coger una Minox Riga en miniatura, que era más fácil de ocultar, pero al final había preferido la precisión del objetivo de la Leica—. Probablemente sea el trabajo más importante que se te pedirá hacer jamás. Cuando entendamos su sistema de radar, podremos encontrar maneras de vencerlo, y eso salvará las vidas de millares de aviadores.

—Sí, ya lo entiendo.

—Pero si te atrapan, te ejecutarán, fusilándote o ahorcándote, por espionaje —dijo Hermia, y le tendió la cámara.

Una parte de ella quería que Arne rechazara la misión, porque no podía soportar pensar en el peligro que iba a correr si aceptaba. Pero, si se negaba, ¿podría volver a respetarlo alguna vez?

Arne no cogió la cámara.

—Poul dirigía a tus Vigilantes Nocturnos —dijo.

Hermia asintió.

—Supongo que la mayoría de nuestros amigos estaban metidos en ello.

—Más vale que no sepas...

—Prácticamente todo el mundo estaba metido en ello excepto yo.

Hermia asintió. Temía lo que iba a venir a continuación.

—Piensas que soy un cobarde —dijo Arne.

—No parecía el tipo de cosa que tú...

—Porque me gustan las fiestas, cuente chistes, y flirtee con chicas, pensaste que no tenía agallas para el trabajo secreto. —Ella no dijo nada, pero él insistió—. Respóndeme.

Ella asintió compungida.

—En ese caso, tendré que demostrarte que estabas equivocada —dijo Arne, y cogió la cámara.

Hermia no supo si alegrarse o ponerse triste.

—Gracias —dijo, conteniendo las lágrimas—. Tendrás cuidado, ¿verdad?

—Sí. Pero hay un problema. Me han seguido a Bornholm.

—Oh, mierda. —Aquello era algo que Hermia no había previsto—. ¿Estás seguro?

—Sí. Me fijé en un par de personas que estaban rondando alrededor de la base, un hombre y una mujer joven. Ella estuvo conmigo en el tren a Copenhague, y luego él estaba en el transbordador. Cuando llegué allí, el hombre me siguió en una bicicleta, y había un coche más atrás. Me los quité de encima cuando faltaban unos cuantos kilómetros para llegar a Ronne.

Hermia asintió con abatimiento.

—Deben de sospechar que trabajabas con Poul.

—Irónicamente, dado que no lo estaba haciendo.

—¿Quiénes crees que son?

—Policías daneses que siguen órdenes de los alemanes.

—Ahora que les has dado esquinazo, estarán seguros de que eres culpable. Todavía deben de estar buscándote.

—No pueden registrar cada una de las casas de Bornholm.

—No, pero tendrán a gente vigilando el atracadero del transbordador y el aeródromo.

—No había pensado en eso. Bien, ¿cómo voy a regresar a Copenhague?

Hermia reparó en que Arne todavía no estaba pensando como un espía.

—Tendremos que encontrar alguna manera de sacarte de aquí en el transbordador sin que te vean.

—Y entonces, ¿adónde iré? No puedo volver a la escuela de vuelo, porque es el primer sitio donde buscarán.

—Tendrás que alojarte con Jens Toksvig.

El rostro de Arne se ensombreció.

—Así que él es uno de los Vigilantes Nocturnos.

—Sí. Su dirección...

—Sé dónde vive —dijo Arne secamente—. Jens era amigo mío antes de ser un Vigilante Nocturno.

—Puede que esté un poco nervioso, debido a lo que le ocurrió a Poul...

—No me volverá la espalda.

Hermia fingió no darse cuenta de la ira de Arne.

—Bien, supongamos que subes al transbordador de esta noche. ¿Cuánto tardarías en llegar a Sande?

—Primero hablaré con mi hermano Harald. Trabajó en la construcción de la base cuando la estaban edificando, así que podrá explicarme la disposición general. Entonces tendrás que darme un día entero para llegar hasta Jutlandia, porque los trenes siempre tienen retrasos. Podría llegar allí a última hora del martes, entrar en la base sin que me vean el miércoles, y regresar a Copenhague el jueves. ¿Cómo me pongo en contacto contigo entonces?

—Regresa aquí el viernes que viene. Si la policía sigue vigilando el transbordador, tendrás que encontrar alguna manera de disfrazarte. Me reuniré contigo aquí mismo. Cruzaremos a Suecia con el pescador que me trajo. Entonces te conseguiremos unos documentos falsos en la legación británica y te llevaremos a Inglaterra en avión.

Arne asintió sombríamente.

—Si esto sale bien, podríamos volver a estar juntos, y libres, dentro de una semana —dijo Hermia.

Arne sonrió.

—Parece demasiado esperar.

Hermia decidió que la quería, a pesar de que todavía se sentía herido porque se lo hubiera excluido de los Vigilantes Nocturnos. Y con todo, en lo más profundo de su corazón, todavía no estaba segura de si Arne tenía el valor necesario para hacer aquel trabajo. Pero sin duda ahora iba a averiguarlo.

Los primeros turistas habían estado llegando mientras Arne y Hermia hablaban; ahora un puñado de personas paseaban por las ruinas, mirando dentro de los sótanos y tocando las antiguas piedras.

—Salgamos de aquí —dijo Hermia—. ¿Has venido en una bicicleta?

—Está detrás de esa torre.

Arne fue a buscar su bicicleta y se fueron del castillo. Este llevaba gafas de sol y una gorra para que fuese más difícil reconocerlo. El disfraz no superaría un cuidadoso examen de los pasajeros que subían a un transbordador, pero podía protegerlo si el azar hacía que se encontrara con sus perseguidores en el camino.

Hermia fue reflexionando sobre el problema de la huida mientras dejaban que sus bicicletas bajaran por la ladera de la colina aprovechando la pendiente. ¿Podía inventar un disfraz mejor para Arne? No disponía de pelucas o trajes, ni de ningún maquillaje aparte del lápiz de labios y los polvos que ella utilizaba. Arne tendría que parecer una persona distinta, y para eso necesitaba ayuda profesional. En Copenhague sin duda podría encontrarla, pero no allí.

Al pie de la colina vio a su compañero de alojamiento en la pensión, Sven Fromer, saliendo de su Volvo. No quería que él viera a Arne, y esperó que pudieran pasar de largo sin que Sven se fijara en ella, pero no tuvo suerte. Sven la vio, saludó agitando la mano y se detuvo junto al camino con expresión expectante. Ignorarlo hubiese sido una patente falta de educación, por lo que Hermia se sintió obligada a detenerse.

—Volvemos a encontrarnos —dijo—. Este tiene que ser su prometido.

Hermia se dijo que Sven no representaba ningún peligro para ella. No había nada sospechoso en lo que estaba haciendo, y de todas maneras Sven era antialemán.

—Este es Oluf Arnesen —dijo, invirtiendo el nombre y el apellido de Arne—. Oluf, te presento a Sven Fromer. Anoche se alojó en el mismo sitio que yo.

Los dos hombres se dieron la mano.

—¿Lleva mucho tiempo aquí? —preguntó Arne en un afable tono de conversación.

—Una semana. Me voy esta noche.

Entonces a Hermia se le ocurrió una idea.

—Sven, esta mañana me dijo que tendríamos que estar haciendo algo contra los alemanes —dijo.

—Hablo demasiado. Debería tener un poco más de cuidado con lo que digo.

—Si le diera una ocasión de ayudar a los británicos, ¿correría ese riesgo?

Él la miró fijamente.

—¿Usted? —dijo—. Pero ¿cómo...? ¿Me está diciendo que es una...?

—¿Estaría dispuesto a hacerlo? —insistió ella.

—Esto no será alguna clase de truco, ¿verdad?

—Tendrá que confiar en mí. ¿Sí o no?

—Sí —dijo él—. ¿Qué quiere que haga?

—¿Se podría ocultar un hombre dentro de su coche?

—Claro. Podría esconderlo detrás de mi equipo. No estaría muy cómodo, pero hay espacio suficiente.

—¿Estaría dispuesto a sacar a alguien en el trasbordador esta noche sin que lo vieran?

Sven miró su coche y luego a Arne.

—¿Usted?

Arne asintió.

Sven sonrió.

—Sí, qué diablos —dijo.

15

El primer día de trabajo de Harald en la granja de los Nielsen terminó con más éxito de lo que se había atrevido a esperar. El viejo Nielsen disponía de un pequeño taller con equipo suficiente para que Harald pudiera reparar prácticamente cualquier cosa. Había reparado la bomba de agua de un arado a vapor, soldado una bisagra en la oruga de un vehículo, y localizado el cortocircuito que hacía que las luces de la alquería se apagaran cada noche. Comió un generoso almuerzo de arenques y patatas con los trabajadores de la granja.

Por la tarde había pasado un par de horas en la taberna del pueblo con Karl, el hijo menor del granjero, aunque solo había bebido un par de vasos de cerveza porque se acordaba de la estupidez que el alcohol lo había impulsado a cometer hacía una semana. Todos estaban hablando de la invasión de la Unión Soviética iniciada por Hitler. Las noticias eran malas. La Luftwaffe aseguraba haber destruido mil ochocientos aviones soviéticos en tierra durante una serie de ataques relámpago. En la taberna, todo el mundo pensaba que Moscú caería antes del invierno con la única excepción del comunista local, e incluso él parecía preocupado.

Harald se fue temprano porque Karen había dicho que quizá iría a verlo antes de la cena. Mientras caminaba hacia el viejo monasterio, se sentía cansado pero muy satisfecho de sí mismo. Cuando entró en el edificio en ruinas, se quedó asombrado al encontrar a su hermano dentro de la iglesia, contemplando el avión que habían dejado tirado allí.

—Un Hornet Moth —dijo Arne—. El carruaje aéreo del caballero.

—Está hecho un desastre —dijo Harald.

—Oh, en realidad no. El tren de aterrizaje se encuentra un poco doblado.

—¿Cómo crees que ocurrió?

—Sería al tomar tierra. El extremo trasero de un Hornet tiende a bambolearse de un lado a otro fuera de control, porque las ruedas principales quedan demasiado hacia delante. Pero los tubos del eje no han sido diseñados para soportar la presión lateral, con lo que pueden terminar doblándose cuando te bamboleas lo bastante violentamente.

Harald vio que Arne tenía un aspecto terrible. En vez de su uniforme del ejército, llevaba lo que parecían las ropas viejas de otra persona, una gastada chaqueta de tweed y unos pantalones de pana que habían perdido el color. Se había afeitado el bigote, y una gorra grasienta cubría sus rizados cabellos. Sus manos sostenían una pequeña cámara de 35 mm. En su rostro había una expresión tensa en vez de su habitual sonrisa despreocupada.

—¿Qué te ha sucedido? —preguntó Harald con preocupación.

—Me he metido en un lío. ¿Tienes algo que comer?

—Nada. Podemos ir a la taberna...

—No puedo mostrar mi cara. Soy un hombre buscado. —Arne trató de sonreír, pero lo que terminó saliéndole fue una mueca—. Cada policía de Dinamarca tiene mi descripción, y hay carteles con mi foto por toda Copenhague. Un policía me persiguió a lo largo de todo el Stroget y conseguí escapar por los pelos.

—¿Estás en la resistencia?

Arne titubeó, se encogió de hombros y dijo:

—Sí.

Harald estaba muy emocionado. Se sentó en la repisa que utilizaba como cama y Arne se sentó junto a él. Pinetop, el gato, apareció y restregó la cabeza contra la pierna de Harald.

—¿Así que ya estabas trabajando con ellos cuando te lo pregunté, en casa, hace tres semanas?

—No, entonces no. Al principio no quisieron contar conmigo. Aparentemente pensaban que yo no era un hombre adecuado para el trabajo secreto. ¡Y tenían razón, por Dios! Pero ahora están desesperados, así que estoy metido en el asunto. He de tomar fotos de una maquinaria que hay en la base militar de Sande.

Harald asintió.

—Dibujé un esbozo de ella para Poul.

—Hasta tú estabas metido en el asunto antes que yo —dijo Arne con amargura—. Bueno, bueno.

—Poul me dijo que no te hablara de ello.

—Al parecer todo el mundo pensaba que yo era un cobarde.

—Podría volver a hacer mis esbozos..., aunque los dibujé todos contando únicamente con mi memoria.

Arne sacudió la cabeza.

—Necesitan fotografías que sean lo más claras posible. He venido a preguntarte si hay alguna manera de entrar allí sin ser visto.

Harald encontraba muy emocionante todo aquel hablar sobre el espionaje, pero le preocupaba que Arne no pareciera tener un plan bien estudiado.

—Existe un sitio en el que la valla queda escondida por los árboles, sí. Pero ¿cómo vas a llegar a Sande si la policía te está buscando?

—He cambiado mi apariencia.

—No mucho. ¿Qué documentos llevas encima?

—Solo los míos. ¿Cómo iba a arreglármelas para conseguir otros?

—De manera que si la policía te para por la razón que sea, solo tardarán unos diez segundos en descubrir que eres el hombre al que todos los agentes andan buscando.

—Así es como están las cosas.

Harald sacudió la cabeza.

—Es una locura.

—Hay que hacerlo. Ese equipo permite a los alemanes detectar bombarderos cuando todavía se encuentran a kilómetros de distancia, con tiempo más que suficiente para reunir a sus cazas.

—Tiene que utilizar las ondas de radio —dijo Harald con una nerviosa excitación.

—Los británicos disponen de un sistema similar, pero los alemanes parecen haberlo refinado y están derribando a la mitad de los aparatos que toman parte en cada incursión. La RAF necesita descubrir cómo lo están haciendo. Es algo por lo que vale la pena arriesgar mi vida.

—No si el hacerlo no va a servir de nada. Si te cogen, no podrás pasarles la información a los británicos.

—He de intentarlo.

Harald respiró hondo.

—¿Por qué no voy yo?

—Sabía que ibas a decir eso.

—A mí nadie me está buscando. Conozco el lugar. Ya he saltado la valla: una noche volví a casa yendo por un atajo. Y sé más de radio que tú, así que tendré una idea más clara de qué es lo que hay que fotografiar —dijo Harald, encontrando irresistible el argumento de su lógica.

—Si te cogen, te fusilarán por espía.

—Igual que harían contigo, con la única diferencia de que tú puedes estar prácticamente seguro de que te cogerán mientras que yo probablemente conseguiría salir de allí.

—La policía puede haber encontrado tus esbozos cuando vinieron a por Poul. De ser así, los alemanes tienen que saber que alguien está interesado en la base de Sande, y como resultado probablemente habrán mejorado sus medidas de seguridad. Saltar la valla quizá ya no sea tan fácil como antes.

—Sigo teniendo mejores probabilidades que tú.

—No puedo enviarte al peligro. ¿Y si te cogen? ¿Qué le diré a nuestra madre?

—Dirás que morí luchando por la libertad. Tengo tanto derecho como tú a correr riesgos. Dame esa maldita cámara.

Entonces Karen entró en la iglesia antes de que Arne pudiera replicar.

La joven andaba sin hacer ruido y apareció sin ningún aviso previo, por lo que Arne no tuvo ocasión de esconderse, aunque empezó a levantarse en un acto reflejo para luego quedarse inmóvil.

—¿Quién eres? —preguntó Karen, tan directa como de costumbre—. ¡Oh! Hola, Arne. Te has afeitado el bigote. Supongo que eso será debido a todos esos letreros que hoy vi en Copenhague, ¿verdad? ¿Por qué te has convertido en un fuera de la ley? —Se sentó encima del capó tapado con la lona del Rolls-Royce, cruzando las piernas como si fuera una modelo de alta costura.

Arne titubeó y luego dijo:

—No te lo puedo decir.

La ágil mente de Karen ya le llevaba mucha delantera y pasó a extraer las inferencias con una asombrosa celeridad.

—¡Dios mío, estás con la resistencia! ¿Poul también estaba metido en esto? ¿Esa es la razón por la que murió?

Arne asintió.

—Su avión no se estrelló. Estaba intentando escapar de la policía, y le dispararon.

—Pobre Poul... —Karen apartó la mirada por unos instantes—. Así que tú vas a seguir con el trabajo donde lo dejó él. Pero ahora la policía anda tras de ti. Alguien tiene que estar escondiéndote..., probablemente Jens Toksvig, que era el mejor amigo de Poul después de ti.

Arne se encogió de hombros y asintió.

—Pero no puedes moverte sin correr el riesgo de que te arresten, así que... —Miró a Harald, y cuando volvió a hablar lo hizo en voz muy baja—. Ahora eres tú el que está metido en ello, Harald.

Harald quedó bastante sorprendido al ver que Karen parecía preocupada, como si temiera por él. Le complació que le importase lo que fuera a ser de él.

Miró a Arne.

—¿Y bien? ¿Voy a tomar parte en esto sí o no?

Arne suspiró y le dio la cámara.

Harald llegó a Morlunde a última hora del día siguiente. Dejó la motocicleta de vapor en un aparcamiento para coches que había en el atracadero del transbordador, pensando que en Sande llamaría demasiado la atención. No tenía nada con lo que taparla, y ninguna manera de dejarla inmovilizada, pero confiaba en que un ladrón que pasara por allí no sabría cómo ponerla en marcha.

Había llegado a tiempo para coger el último transbordador del día. Mientras esperaba en el muelle, el atardecer fue oscureciéndose lentamente y las estrellas aparecieron como luces de barcos lejanos en un oscuro mar. Un isleño borracho llegó dando traspiés por el embarcadero, miró con grosera fijeza a Harald, musitó: «Ah, el joven Olufsen», y luego se sentó encima de un cabrestante a unos cuantos metros de allí y trató de encender una pipa.

El transbordador atracó y un puñado de personas bajó de él. Harald se sorprendió al ver a un policía danés y un soldado alemán esperando al principio de la pasarela. Cuando el borracho subió a bordo, el policía y el soldado examinaron su tarjeta de identidad. El corazón de Harald pareció dejar de latir durante unos instantes. Titubeó, asustado y no muy seguro de si debía subir a bordo. ¿Significaba únicamente un aumento de las medidas de seguridad después de haber encontrado sus esbozos, tal como había pronosticado Arne? ¿O estaban buscando al mismo Arne? ¿Sabrían que Harald era hermano del hombre al que buscaban? Olufsen era un apellido muy común, pero podían haberse informado sobre la familia. Harald llevaba una cámara bastante cara dentro de su bolsa de viaje. Era de una marca alemana muy popular, pero aun así podía despertar sospechas.

Trató de calmarse y considerar sus opciones. Había otras maneras de llegar a Sande. Harald no estaba seguro de poder nadar tres kilómetros por mar abierto, pero quizá podría tomar prestada o robar una pequeña embarcación. No obstante, si lo veían atracando el bote en Sande podía tener la seguridad de que lo interrogarían. Quizá sería mejor que se comportara de una manera lo más inocente posible.

Subió al transbordador.

—¿Cuál es su razón para querer ir a Sande? —le preguntó el policía.

Harald reprimió la indignación que le produjo el que alguien se atreviera a formular semejante pregunta.

—Vivo allí —dijo—. Con mis padres.

El policía lo miró a la cara.

—No recuerdo haberlo visto antes, y llevo cuatro días haciendo esto.

—He estado en la escuela.

—El martes es un día bastante extraño para volver a casa.

—El curso ha terminado.

El policía gruñó, aparentemente satisfecho. Comprobó la dirección en la tarjeta de Harald y se la enseñó al soldado, quien asintió y lo dejó subir a bordo.

Harald se puso al final de la embarcación y se quedó allí de pie contemplando el mar, esperando a que su corazón dejara de latir desbocadamente. Haber superado el control era un alivio, pero lo enfurecía el que hubiera tenido que justificarse ante un policía cuando se estaba moviendo dentro de su propio país. Cuando pensaba en ello de una manera lógica la reacción parecía ridícula, pero aun así Harald no podía evitar sentirse indignado.

A medianoche el transbordador zarpó del muelle.

No había luna; a la luz de las estrellas, la llana isla de Sande era una protuberancia oscura como cualquier otra ola en el horizonte. Harald no había esperado regresar tan pronto. De hecho, cuando se fue el viernes anterior se había preguntado si volvería a ver Sande alguna vez. Ahora regresaba como un espía, con una cámara dentro de la bolsa de viaje y una misión de fotografiar el arma secreta de los nazis. Recordaba vagamente haber pensado con una punzada de excitación que llegaría a formar parte de la resistencia. En realidad, aquello no tenía nada de divertido. Todo lo contrario, porque Harald estaba muerto de miedo.

Se sintió peor cuando desembarcó en el familiar atracadero y volvió la mirada hacia la estafeta de correos y el colmado de ultramarinos que no habían cambiado desde que tenía uso de razón. Durante los primeros dieciocho años su vida había sido segura y estable, pero ahora tenía la sensación de que nunca volvería a sentirse a salvo.

Fue hasta la playa y echó a andar hacia el sur. La arena mojada relucía con destellos plateados bajo la claridad de las estrellas. Oyó una risa de muchacha procedente de una fuente invisible en las dunas, y sintió una punzada de celos. ¿Conseguiría hacer reír así a Karen alguna vez?

Ya casi había amanecido cuando divisó la base. Podía distinguir los postes de la valla. Los árboles y matorrales que había dentro del recinto aparecían como retazos oscuros sobre las dunas. Harald cayó en la cuenta de que si él podía ver, también podían hacerlo los guardias. Poniéndose de rodillas, empezó a avanzar a rastras.

Un minuto después se alegró de su cautela. Vio a dos guardias patrullando detrás de la valla, el uno al lado del otro, con un perro.

Aquello era nuevo. Antes no habían patrullado en parejas y no había perros.

Se pegó al suelo. Los dos hombres no parecían estar especialmente alerta. No marcaban el paso, sino que andaban como si estuvieran dando un paseo. El que sujetaba al perro hablaba animadamente mientras el otro fumaba. A medida que iban aproximándose, Harald pudo oír la voz del que hablaba por encima del ruido de las olas que rompían en la playa. Él había aprendido alemán en la escuela, al igual que todos los niños daneses. El hombre estaba contando una historia bastante jactanciosa acerca de una mujer llamada Margareta.

Harald se encontraba a unos cincuenta metros de la valla. Cuando los guardias llegaron al punto más próximo a él, el perro husmeó el aire. Probablemente podía oler a Harald, pero no sabía dónde estaba. Ladró vacilantemente. El guardia que sujetaba la correa no había sido tan bien entrenado como el perro, y le dijo al animal que se callara y luego continuó explicando cómo había conseguido que Margareta se encontrara con él en el cobertizo del bosque. Harald se había quedado completamente inmóvil. El perro volvió a ladrar, y uno de los guardias encendió una potente linterna. Harald escondió la cara en la arena. El haz de la linterna se deslizó sobre las dunas, pero pasó por encima de él sin detenerse.

—Y entonces ella dijo que de acuerdo, pero que tendría que sacarla en el último momento —dijo el guardia. Siguieron andando y el perro no volvió a ladrar.

Harald no se movió de donde estaba hasta que los guardias y el perro se hubieron perdido de vista. Luego echó a andar hacia el interior de la isla y fue a la sección de la valla que quedaba oculta por la vegetación. Temía que los soldados pudieran haber cortado los árboles, pero el bosquecillo seguía allí. Se arrastró entre los matorrales, llegó a la valla y se incorporó.

Entonces titubeó. Podía echarse atrás llegado a aquel punto, y no habría quebrantado ninguna ley. Volvería a Kirstenslot y se concentraría en su nuevo trabajo, pasando sus tardes en la taberna y sus noches soñando con Karen. Podía tomar la actitud de que la guerra y la política no eran asunto suyo, tal como hacían muchos daneses. Pero Harald se sintió asqueado nada más empezar a considerar aquel curso de acción. Se imaginó a sí mismo explicándoles su decisión a Arne y Karen, o al tío Joachim y la prima Monika, y se avergonzó solo de haberlo pensado.

La valla no había cambiado, un metro ochenta de alambre para gallineros coronado por dos tiras de alambre de espino. Harald se colgó la bolsa de viaje a la espalda para que no le estorbara y luego escaló la valla, pasando cautelosamente por encima del alambre de espino, y saltó al otro lado.

Ahora estaba comprometido. Se encontraba dentro de una base militar con una cámara. Si lo cogían, lo matarían.

Echó a andar rápidamente, procurando no hacer ningún ruido y manteniéndose cerca de los matorrales y los árboles mientras miraba alrededor en todo momento. Dejó atrás la torre del reflector, y pensó con nerviosa ansiedad en lo completamente expuesto que se vería si alguien decidía encender los potentes focos. Pasados unos minutos bajó por la suave pendiente de una pequeña ladera y entró en un grupo de coníferas que le proporcionaron una buena cobertura. Se preguntó por un instante por qué a los soldados no se les había ocurrido cortar los árboles, para mejorar la seguridad, y entonces comprendió que los troncos servían para ocultar el equipo de radio a miradas inquisitivas.

Un instante después llegó a su destino. Ahora que sabía lo que estaba buscando, pudo ver con toda claridad el muro circular y la gran parrilla rectangular elevándose de su núcleo hueco, con la antena girando lentamente como un ojo mecánico que escrutara el oscuro horizonte. Volvió a oír el suave zumbido del motor eléctrico. Flanqueando la estructura pudo distinguir las dos formas más pequeñas, y la claridad de las estrellas le permitió ver que eran versiones en miniatura de la gran antena rotatoria.

Así que había tres máquinas. Harald se preguntó por qué. ¿Podría explicar eso de algún modo la notable superioridad del radar alemán? Al examinar con más atención las antenas pequeñas, le pareció que estaban construidas de una manera distinta. Tendría que volver a mirarlas con la luz del día, pero le pareció que podían inclinarse además de girar. ¿Para qué podía ser eso? Tenía que asegurarse de obtener buenas fotos de los tres aparatos.

La primera vez que estuvo allí, había saltado el muro circular en un ataque de pánico después de que hubiese oído toser a un guardia cerca. Ahora que disponía de tiempo para pensar, Harald estuvo seguro de que tenía que haber una manera más fácil de entrar. Los muros eran necesarios para proteger el equipo de daños accidentales, pero los ingenieros sin duda necesitarían entrar en el recinto para ocuparse del mantenimiento. Anduvo alrededor del círculo, examinando la obra de mampostería bajo la tenue luz, y terminó llegando a una puerta de madera. No estaba cerrada, y Harald entró por ella cerrándola sin hacer ruido detrás de él.

Se sintió un poco más a salvo. Ahora nadie podía verlo desde fuera. Los ingenieros no llevarían a cabo trabajos de mantenimiento a aquellas horas de la noche salvo en el caso de que hubiera una emergencia. Si venía alguien, Harald quizá tuviese tiempo de saltar el muro antes de que llegara a ser descubierto.

Alzó la mirada hacia la gran parrilla que giraba. Supuso que tenía que captar haces de señales de radio que se reflejaban en los aviones. La antena tenía que actuar como una lente, enfocando las señales recibidas. El cable que sobresalía de su base llevaba los datos hasta los nuevos edificios que Harald había ayudado a edificar durante el verano pasado. Allí, presumiblemente, unos monitores mostraban los resultados, y los operadores permanecían a la espera listos para alertar a la Luftwaffe.

En la penumbra, con la maquinaria zumbando por encima de él y el olor a ozono de la electricidad en sus fosas nasales, Harald tuvo la sensación de estar dentro del corazón palpitante de la máquina de guerra. La contienda que se estaba librando entre los científicos y los ingenieros de ambos bandos podía ser tan importante como el enfrentarse de los tanques y las ametralladoras en el campo de batalla. Y Harald había pasado a formar parte de él.

Oyó el ruido de un avión. No había luna, así que probablemente no sería un bombardero. Podía ser un caza alemán que estaba llevando a cabo un vuelo local, o un transporte civil que se había perdido. Harald se preguntó si la gran antena habría detectado su aproximación hacía una hora. Luego se preguntó si las antenas más pequeñas estarían dirigidas hacia aquel avión. Decidió salir fuera y echar una mirada.

Una de las antenas pequeñas estaba vuelta hacia el mar, en la dirección por la que se aproximaba el avión. La otra estaba vuelta hacia el interior, y a Harald le pareció que ahora ambas se hallaban inclinadas en ángulos distintos a los que habían tenido anteriormente. Conforme el rugido del avión iba aproximándose, vio que la primera antena se inclinaba todavía más, como si estuviera siguiéndolo. La otra continuó moviéndose, aunque a Harald no se le ocurría en respuesta a qué.

El avión terminó de cruzar Sande y se dirigió hacia el continente, con el plato de la antena aérea siguiéndolo hasta que el ruido que hacía se hubo disipado por completo. Harald volvió a su escondite dentro del muro circular, meditando sobre lo que había visto.

El cielo estaba pasando del negro al gris. En aquella época del año, amanecía antes de las tres. Dentro de otra hora saldría el sol.

Sacó la cámara de su bolsa de viaje. Arne le había enseñado cómo utilizarla. Mientras la claridad del día iba aumentando, Harald fue moviéndose sin hacer ruido por el interior del muro, determinando cuáles serían los mejores ángulos para tomar unas fotografías que revelaran hasta el último detalle de la maquinaria.

Él y Arne habían acordado que tomaría las fotografías a las cinco menos cuarto. Entonces el sol ya habría asomado desde detrás del horizonte, pero sus rayos todavía no pasarían por encima del muro para caer sobre la instalación. La claridad solar no era necesaria, ya que la película que había dentro de la cámara era lo bastante sensible para que pudiese registrar detalles sin ella.

Conforme iba pasando el tiempo, los pensamientos de Harald se centraron nerviosamente en la huida. Había llegado durante la noche, y entrado en la base al amparo de la oscuridad, pero no podía esperar hasta la noche siguiente para irse. Era casi seguro que un ingeniero inspeccionaría rutinariamente el equipo al menos una vez en el curso de un día, aun suponiendo que no hubiera ninguna clase de problemas. Eso significaba que Harald tenía que irse de allí tan pronto como hubiera tomado las fotografías, cuando ya sería totalmente de día. Su marcha sería mucho más peligrosa que su llegada.

Pensó en qué dirección debía tomar. Al sur de donde se encontraba ahora, yendo hacia la casa de sus padres, la valla solo quedaba a unos cien metros de distancia, pero el camino atravesaba unas dunas en las que no había árboles ni matorrales. Ir hacia el norte, volviendo por donde había venido aprovechando el cobijo que le ofrecería la vegetación durante una gran parte del camino, exigiría más tiempo pero sería menos arriesgado.

Se preguntó cómo se enfrentaría a un pelotón de fusilamiento. ¿Se mantendría calmado y orgulloso, controlando su terror, o se derrumbaría y se convertiría en un idiota balbuceante que suplicaba clemencia y se orinaba encima?

Se obligó a esperar sin ponerse nervioso. La luz se intensificaba; podía ver el minutero moviéndose en la esfera de su reloj. No oyó nuevos sonidos procedentes del exterior. El día de un soldado empezaba temprano, pero Harald esperaba que no hubiese mucha actividad antes de las seis, cuando él ya se hubiera ido.

Por fin llegó el momento de tomar las fotografías. El cielo estaba despejado y había una clara luz matinal. Harald podía ver cada remache y cada terminal de la compleja maquinaria que había delante de él. Enfocando cuidadosamente el objetivo, fotografió la base giratoria del aparato, los cables y la parrilla de la antena. Luego extendió una regla plegable de un metro de longitud que había cogido del soporte de herramientas del monasterio y la incluyó en algunas de las fotografías para indicar la escala, aplicando una brillante idea de cosecha propia.

Lo siguiente que tenía que hacer era salir fuera del muro.

Harald titubeó. Allí dentro se sentía a salvo. Pero tenía que obtener fotos de las dos antenas más pequeñas.

Entreabrió la puerta una rendija. Todo estaba silencioso e inmóvil. El sonido del oleaje le indicó que la marea estaba subiendo. La luz acuosa de un amanecer junto al mar bañaba la base. No había ni el menor rastro de vida. Era la hora en la que los hombres duermen pesadamente, y hasta los perros tienen sueños.

Harald fue tomando cuidadosas instantáneas de las dos antenas más pequeñas, las cuales solo se hallaban protegidas por muros bajos. Pensando en su función, de pronto cayó en la cuenta de que una de ellas había estado siguiendo a un avión que se encontraba dentro del alcance visual de cualquier observador. Aquel aparato tenía como objetivo detectar a los bombarderos antes de que se hicieran visibles, había pensado. Presumiblemente la segunda antena pequeña estaba siguiendo a otro avión.

Harald fue dando vueltas al rompecabezas dentro de su mente mientras continuaba haciendo fotografías. ¿Cómo podían trabajar en conjunción tres aparatos para incrementar el índice de presas abatidas por los cazas de la Luftwaffe? Quizá la antena grande advertía por anticipado de la aproximación de un bombardero y luego la más pequeña iba siguiéndolo cuando este se encontraba dentro del espacio aéreo alemán. Pero ¿entonces qué hacía la segunda antena pequeña?

Fue en ese momento cuando se le ocurrió que además habría otro avión en el cielo: el caza que había despegado para atacar al bombardero. ¿Podía estar siendo utilizada la segunda antena por la Luftwaffe para seguir a su propio avión? Aquello parecía una locura, pero mientras retrocedía un poco para fotografiar las tres antenas juntas, mostrando el emplazamiento de cada una con relación a las demás, a Harald de pronto le pareció que era lo más lógico. Si un controlador de la Luftwaffe conocía las posiciones del bombardero y del caza, podría dirigir al caza por radio hasta que este llegara a establecer contacto con el bombardero.

Harald empezó a ver cómo podía estar operando la Luftwaffe. La antena grande advertía por anticipado de una incursión, de tal manera que los cazas podían ser desplegados a tiempo. Una de las antenas pequeñas captaba a un bombardero cuando este iba aproximándose. La otra seguía a un caza, permitiendo al controlador que guiara al piloto con la máxima precisión hacia la posición del bombardero. Después de aquello, sería como matar peces dentro de un barril utilizando una escopeta.

Pensar aquello hizo que se diera cuenta de lo expuesta que era su situación: estaba de pie, a plena luz del día, en medio de una base militar y fotografiando equipo de alto secreto. El pánico corrió por sus venas como un torrente de veneno. Intentó calmarse y tomar las últimas fotografías que había planeado hacer, mostrando las tres antenas desde distintos ángulos, pero estaba demasiado asustado para ello. Había tomado al menos veinte fotografías. Tienen que bastar, se dijo a sí mismo.

Guardó la cámara dentro de la bolsa de viaje y empezó a alejarse andando rápidamente. Olvidando su resolución de tomar la ruta más larga pero más segura que iba hacia el norte, fue en dirección sur, a través de las dunas descubiertas. La valla era visible en aquella dirección, elevándose justo detrás del viejo cobertizo para embarcaciones con el que había tropezado la última vez. Ahora pasaría junto al cobertizo por el lado este que daba al mar, y la estructura lo ocultaría durante unos cuantos pasos.

Ya estaba llegando a ella cuando un perro ladró.

Harald miró frenéticamente en torno a él, pero no vio ningún soldado y ningún perro. Entonces comprendió que el sonido había venido del cobertizo. Los soldados debían de estar utilizando aquel edificio abandonado como perrera. Un segundo perro se unió a los ladridos del primero.

Harald echó a correr.

Los primeros dos perros fueron incitándose el uno al otro, más animales se unieron al coro de ladridos, y el ruido alcanzó una intensidad histérica. Harald llegó a la estructura de madera y torció hacia el mar, intentando mantener el cobertizo entre él y los edificios principales mientras corría hacia la valla. El miedo le dio velocidad. Esperaba oír sonar un disparo a cada segundo que pasaba.

Llegó a la valla, sin saber si había sido visto o no. Trepó por ella con la agilidad de un mono y saltó por encima del alambre de espino que la coronaba. Tomó tierra con un fuerte impacto al otro lado, produciendo un aparatoso chapoteo en las poco profundas aguas. Luego se apresuró a incorporarse y miró hacia atrás a través de la valla. Más allá del cobertizo para embarcaciones, parcialmente oscurecidos por los árboles y los matorrales, pudo ver los edificios principales, pero no había soldados a la vista. Harald dio media vuelta y echó a correr. Se mantuvo en las aguas menos profundas durante unos cien metros, de tal manera que los perros no pudieran seguir su olor, y luego fue hacia el interior. Dejó huellas no muy marcadas en la dura arena, pero sabía que el rápido avance de la próxima marea las cubriría en uno o dos minutos. Finalmente llegó a las dunas, donde no dejó ningún rastro visible.

Unos minutos después ya había llegado al sendero de tierra. Miró atrás y no vio a nadie siguiéndolo. Respirando entrecortadamente, se encaminó hacia la rectoría. Pasó corriendo ante la iglesia y fue a la puerta de la cocina.

Estaba abierta. Sus padres siempre se levantaban temprano.

Entró. Su madre estaba en el hornillo, vestida con una bata y haciendo el té. Cuando lo vio, dejó escapar un grito de sorpresa y la tetera de barro cocido se le cayó de la mano. La tetera chocó con las baldosas del suelo y se le desprendió el pitorro. Harald recogió las dos piezas.

—Siento haberte asustado —dijo.

—¡Harald!

Harald le dio un beso en la mejilla y la abrazó.

—¿Mi padre está en casa?

—Está en la iglesia. Anoche no hubo tiempo de dejarlo todo arreglado, así que ha ido a poner bien las sillas.

—¿Qué ocurrió anoche? —El anochecer de los lunes no había servicio.

—La junta de diáconos se reunió para discutir tu caso. El próximo domingo te echarán de la iglesia durante una semana.

—La venganza de los Flemming —dijo Harald, encontrando extraño que hubiera habido un tiempo en el que aquel tipo de cosas le habían parecido importantes.

A esas alturas, los guardias ya habrían descubierto qué era lo que había puesto nerviosos a los perros. Si eran realmente concienzudos, podían registrar las casas más próximas y buscar a un fugitivo en los cobertizos y los graneros.

—Madre, si los soldados vienen aquí ¿les dirás que he estado toda la noche en la cama?

—¿Qué ha pasado? —preguntó su madre con voz temerosa.

—Ya te lo explicaré luego —dijo, pensando que lo más natural sería que estuviera en la cama—. Diles que todavía estoy dormido. ¿Lo harás?

—Sí, claro.

Harald salió de la cocina y subió por la escalera. Colgó su bolsa de viaje del respaldo de la silla, y luego sacó la cámara y la guardó en un cajón. Pensó en esconderla, pero no había tiempo, y una cámara escondida probaba que eras culpable. Se desnudó rápidamente, se puso el pijama y se acostó.

Oyó la voz de su padre en la cocina. Se levantó de la cama y fue al final de la escalera para escuchar.

—¿Qué está haciendo aquí? —preguntó el pastor.

—Esconderse de los soldados —replicó su madre.

—¡Oh, por el amor de Dios! ¿En qué lío se ha metido ahora el muchacho?

—No lo sé, pero...

Su madre fue interrumpida por una enérgica llamada a la puerta. La voz de un hombre joven dijo en alemán:

—Buenos días. Estamos buscando a alguien. ¿Han visto a algún desconocido en cualquier momento durante las últimas horas?

—No, a nadie en absoluto.

El nerviosismo que había en la voz de la madre de Harald era tan evidente que el soldado tuvo que haberlo percibido, pero quizá estaba acostumbrado a que la gente se asustara ante él.

—¿Y usted, señor?

—No —dijo con firmeza el padre de Harald.

—¿Hay alguien más aquí?

—Mi hijo —replicó la madre de Harald—. Todavía está durmiendo.

—Necesito registrar la casa. —La voz era afable y educada, pero estaba declarando lo que iba a hacer a continuación, no pidiendo permiso.

—Le indicaré el camino —dijo el pastor.

Harald volvió a su cama, con el corazón retumbándole dentro del pecho. Oyó los pasos de unos pies calzados con botas que se movían sobre el suelo embaldosado del piso de abajo, y puertas abriéndose y cerrándose. Luego las botas subieron por la escalera de madera. Entraron en el dormitorio de los padres de Harald, luego en la antigua habitación de Arne, y finalmente fueron aproximándose a la de Harald. Oyó girar el pomo de la puerta.

Cerró los ojos fingiendo dormir, y trató de hacer que su respiración se volviera lo más lenta y regular posible.

—Su hijo —dijo la voz alemana, hablando en un tono bastante más bajo.

—Sí.

Hubo una pausa.

—¿Ha estado aquí toda la noche?

Harald contuvo la respiración. Que él supiera, su padre nunca había dicho ni la más inocente de las mentiras.

Un instante después le oyó decir:

—Sí. Toda la noche.

Harald se quedó atónito. Su padre había mentido por él. El viejo tirano de corazón endurecido y rígido sentido de la moral que siempre tenía razón en todo había quebrantado sus propias reglas. El viejo era humano después de todo. Harald sintió lágrimas detrás de sus párpados cerrados.

Las botas se alejaron por el pasillo y escalera abajo, y Harald oyó despedirse al soldado. Se levantó de la cama y fue al inicio de la escalera.

—Ahora ya puedes bajar —dijo su padre—. Se ha ido.

Harald bajó. Su padre estaba muy serio.

—Gracias por lo que has hecho, padre —le dijo Harald.

—Cometí un pecado —dijo su padre. Por un momento, Harald pensó que se iba a enfadar. Entonces la expresión de su anciano rostro se suavizó—. Sin embargo, creo en un Dios que sabe perdonar.

Harald comprendía la agonía del conflicto interior por la que había pasado su padre durante los últimos minutos, pero no sabía cómo decirle que lo entendía. Lo único que se le ocurrió fue estrecharle la mano. Se la tendió.

Su padre la miró y luego la tomó entre sus dedos. Atrajo a Harald hacia él y le rodeó los hombros con el brazo izquierdo. Harald cerró los ojos, luchando por contener una profunda emoción. Cuando su padre habló, el trueno resonante del predicador había desaparecido de su voz, y las palabras salieron de sus labios en un murmullo de angustia.

—Pensaba que te matarían —dijo—. Mi hijo querido, pensaba que te matarían...

16

Arne Olufsen se había escurrido entre los dedos de Peter Flemming. Peter reflexionaba sobre aquello mientras hervía un huevo para el desayuno de Inge. Después de que Arne se hubiera quitado de encima a la vigilancia en Bornholm, Peter había asegurado inocentemente que no tardarían en volver a dar con él. Su confianza no había podido ser más infundada. Creía que Arne no era lo bastante listo para que pudiera salir de la isla sin ser observado..., y había estado equivocado. Todavía no sabía cómo se las había ingeniado Arne, pero no cabía duda de que había regresado a Copenhague, porque un agente de uniforme lo había visto en el centro de la ciudad. El patrullero lo había seguido, pero Arne corrió más que él... y volvió a esfumarse.

Era evidente que seguía habiendo alguna clase de espionaje en marcha, como había señalado el jefe de Peter, Frederik Juel, con gélido desprecio.

—Aparentemente Olufsen está llevando a cabo maniobras evasivas —había dicho.

El general Braun no se había andado con tantos rodeos.

—Está claro que la muerte de Poul Kirke no ha bastado para desmantelar la red de espionaje. —No se había vuelto a hablar de ascender a Peter al puesto de jefe del departamento—. Llamaré a la Gestapo para que intervenga en esto.

Todo aquello era terriblemente injusto, pensó Peter con irritación. Él había descubierto aquella red de espionaje: encontrado el mensaje secreto en el calce del avión y detenido a los mecánicos; después dirigió la incursión en la sinagoga donde detuvo a Ingemar Gammel; organizó la operación en la escuela de vuelo, donde acabó con Poul Kirke, y obligó a desenmascararse a Arne Olufsen. Pero aun así, personas como Juel, que no habían hecho nada, podían denigrar sus logros e impedir que estos fueran reconocidos como era debido.

Pero Peter todavía no había terminado.

—Puedo encontrar a Arne Olufsen —le había dicho al general Braun la noche anterior. Juel había abierto la boca para protestar, pero Peter se le adelantó—. Deme veinticuatro horas. Si Arne Olufsen no está en nuestro poder mañana por la noche, puede hacer venir a la Gestapo.

Braun había accedido.

Arne no había vuelto al cuartel y tampoco estaba en Sande con sus padres, así que tenía que estar escondiéndose en la casa de otro espía. Pero ahora todos estarían procurando pasar lo más inadvertidos posible. No obstante, una persona que probablemente conocía a la mayor parte de los espías era Karen Duchwitz. Había salido con Poul y su hermano estudiaba en la misma escuela que el primo de Poul. Peter estaba seguro de que la joven Duchwitz no era una espía, así que no tenía ninguna razón para evitar atraer la atención. Podía conducirlo hasta Arne.

Era una probabilidad entre mil, pero Peter no tenía otra cosa.

Trituró el huevo duro mezclándolo con sal y un poco de mantequilla, y luego llevó la bandeja al dormitorio. Incorporó a Inge en la cama dejándola sentada y le dio una cucharada de huevo. Le pareció que a su esposa no le gustaba demasiado. Peter lo probó y estaba delicioso, así que le dio otra cucharada. Pasados unos instantes Inge la echó de la boca, igual que hubiese hecho un bebé. El huevo bajó por su barbilla y cayó sobre el corpiño de su camisón.

Peter la miró con desesperación. Inge se había puesto perdida en varias ocasiones durante las últimas dos semanas. Aquello era algo totalmente nuevo, ya que su esposa siempre había estado muy pendiente de su aspecto.

—Inge nunca hubiese hecho eso —dijo Peter.

Puso la bandeja en el suelo, dejó a Inge y fue al teléfono. Marcó el número del hotel de Sande y preguntó por su padre, quien siempre iba a trabajar muy temprano. Cuando su padre se puso al teléfono, Peter dijo:

—Tenías razón. Va siendo hora de ingresar a Inge en un asilo.

Peter estudió el Teatro Real, un edificio de piedra amarilla rematado por una cúpula que había sido construido en el siglo XIX. Su fachada estaba esculpida con columnas, pilastras, capiteles, ménsulas, guirnaldas, escudos, liras, máscaras, querubines, sirenas y ángeles. En el tejado había urnas, soportes para antorchas y criaturas de cuatro patas con alas y senos humanos.

—Un poco recargado —dijo—. Incluso para un teatro.

Tilde Jespersen rió.

Estaban sentados en la galería del hotel d'Angleterre. Tenían una buena vista a través del Kongens Nytorv, la plaza más grande de Copenhague. Dentro del teatro, los estudiantes de la escuela de ballet estaban asistiendo a un ensayo con vestuario de *Las sílfides*, el montaje actual. Peter y Tilde esperaban a que Karen Duchwitz saliera del teatro.

Tilde estaba fingiendo leer el periódico del día. El titular de la primera plana rezaba: LENINGRADO EN LLAMAS. Hasta los nazis se mostraban sorprendidos ante lo bien que estaba yendo la campaña rusa, diciendo que su éxito «asombraba a la imaginación».

Peter estaba hablando para liberar la tensión contenida. Hasta el momento, su plan había sido un completo fracaso. Karen había estado bajo vigilancia durante todo el día y no había hecho nada aparte de ir a la escuela de ballet. Pero la ansiedad infructuosa debilitaba e inducía a cometer errores, por lo que Peter estaba intentando relajarse un poco.

—¿Piensas que los arquitectos hacen deliberadamente que las óperas y los teatros te intimiden con su aspecto, para así disuadir a las personas corrientes de entrar en ellos?

—¿Te consideras una persona corriente?

—Por supuesto que sí. —La entrada se hallaba flanqueada por dos estatuas verdes de figuras sentadas, esculpidas en un tamaño más grande que el natural—. ¿Quiénes son esos dos?

—Holberg y Oehlenschläger.

Peter reconoció los nombres. Ambos eran grandes dramaturgos daneses.

—No me gusta mucho el drama: demasiados discursos —dijo—. Prefiero ir a ver una película, algo que me haga reír, Buster Keaton o Laurel y Hardy. ¿Viste aquella en la que los dos están encalando una habitación, y entra alguien llevando un tablón encima del hombro? —El recuerdo hizo que soltara una risita—. Casi me caigo al dichoso suelo de tanto que reí.

Tilde le lanzó una de sus miradas enigmáticas.

—Ahora sí que me has dejado sorprendida. Nunca te hubiese rebajado a la categoría de un amante de las comedias baratas.

—¿Qué te imaginabas que me gustaría?

—Las películas del Oeste, donde el manejo de las armas asegura que triunfe la justicia.

—Tienes razón, esas también me gustan. ¿Y qué me dices de ti? ¿Te gusta el teatro? En teoría los habitantes de Copenhague aprueban la cultura, pero la mayoría de ellos nunca han puesto los pies dentro de ese edificio.

—Me gusta la ópera. ¿Y a ti?

—Bueno... Las melodías están bien, pero las historias son una estupidez.

Ella sonrió.

—Nunca se me había ocurrido pensar en ello desde esa perspectiva, pero tienes razón. ¿Qué me dices del ballet?

—Realmente no le veo el sentido. Y los trajes son muy raros. Para decirte la verdad, las mallas de los hombres me resultan un poco embarazosas.

Tilde volvió a reír.

—Oh, Peter, eres muy gracioso. Pero me gustas de todas maneras.

Él no había tenido intención de ser divertido, pero aceptó el cumplido alegremente. Miró la foto que tenía en la mano. La había cogido del dormitorio de Poul Kirke. Mostraba a Poul sentado en una bicicleta con Karen acomodada encima del tubo horizontal. Ambos llevaban pantalones cortos. Karen tenía unas piernas maravillosamente largas. Parecían una pareja tan feliz, llenos de energía y diversión, que por un momento a Peter lo entristeció que Poul hubiera muerto. Tuvo que recordarse severamente a sí mismo que Poul había elegido ser un espía y burlar la ley.

El propósito de la foto era ayudarlo a identificar a Karen. La joven era atractiva, con una gran sonrisa y un montón de cabellos rizados, y parecía tener mucha personalidad y relacionarse fácilmente con los demás. Era la antítesis de Tilde, no muy alta y con sus facciones regulares en una cara redonda. Algunos de los hombres decían que Tilde era frígida, porque rechazaba sus avances. Pero yo sé que no tiene nada de frígida, pensó Peter.

No habían hablado del fiasco en el hotel de Bornholm. Peter se había sentido demasiado avergonzado para dejarlo traslucir. No iba a disculparse, porque con eso solo conseguiría añadir otra humillación a la que ya había sufrido. Pero un plan estaba cobrando forma dentro de su mente, algo tan espectacular y melodramático que prefería pensar en ello solo de una manera muy vaga.

—Ahí viene —dijo Tilde.

Peter miró a través de la plaza y vio salir del teatro a un grupo de jóvenes. Enseguida distinguió a Karen. Llevaba un sombrero de paja inclinado en un atrevido ángulo y un vestido de verano color amarillo mostaza con una falda plisada que danzaba sugerentemente alrededor de sus rodillas. La foto en blanco y negro no había mostrado que tenía la piel muy blanca y los cabellos rojos como el fuego, y tampoco había hecho justicia a ese aire jovial y animoso que a Peter le resultaba evidente incluso desde lejos. Karen Duchwitz parecía estar haciendo una entrada en el escenario del teatro, más que meramente estar bajando los escalones para salir.

Cruzó la plaza y se metió por la calle principal, la Stroget.

Peter y Tilde se levantaron.

—Antes de que nos vayamos... —dijo Peter.

—¿Qué?

—¿Vendrás a mi piso esta noche?

—¿Alguna razón en especial?

—Sí, pero preferiría no explicártela.

—Está bien.

—Gracias.

Sin decir nada más, Peter se apresuró a seguir a Karen. Tilde lo siguió a cierta distancia, tal como habían acordado previamente.

La Stroget era una calle no muy ancha atestada de gente que iba de compras y con la calzada llena de autobuses, cuyo paso cerraban con frecuencia coches aparcados incorrectamente. Peter estaba seguro de que bastaría con doblar las multas y ponerle una a cada coche para que el problema desapareciese. No perdía de vista el sombrero de paja de Karen, y rezó para que no se estuviera limitando a regresar a su casa.

Al final de la Stroget estaba la plaza del ayuntamiento. Allí el grupo de estudiantes se dispersó. Karen siguió andando con una de las chicas, charlando animadamente. Peter se les acercó un poco más. Pasaron ante los jardines del Tívoli y se detuvieron, como disponiéndose a separarse, pero luego continuaron con su conversación. Karen y su amiga ofrecían una imagen hermosa y despreocupada bajo el sol de la tarde. Peter se preguntó impacientemente qué más podían tener que decirse dos chicas después de haber pasado todo el día juntas.

Finalmente la amiga de Karen echó a andar hacia la estación central y Karen fue en dirección opuesta. Peter empezó a sentirse un poco más esperanzado. ¿Tendría una cita con alguien del círculo de espías? La siguió, pero para su consternación Karen fue a Vesterport, una estación del ferrocarril suburbano desde la cual podría coger un tren para regresar a su casa en el pueblo de Kirstenslot.

Aquello no serviría de nada. A Peter ya solo le quedaban unas horas, y estaba claro que Karen Duchwitz no iba a conducirlo hasta ningún miembro del círculo. Tendría que forzar la situación.

La alcanzó en la entrada de la estación.

—Disculpe —dijo—. Tengo que hablar con usted.

Ella lo miró sin inmutarse y continuó andando.

—¿De qué se trata? —preguntó con fría cortesía.

—¿No podríamos hablar un momento?

Ella pasó por la entrada y empezó a bajar los escalones que llevaban al andén.

—Ya estamos hablando.

Peter fingió estar muy nervioso.

—Estoy corriendo un riesgo terrible solo por hablar con usted.

Aquello logró atraer su atención. La joven se detuvo en el centro del andén y miró nerviosamente a su alrededor.

—¿De qué va todo esto?

Peter se fijó en que tenía unos ojos maravillosos, de un impresionante color verde claro.

—Es sobre Arne Olufsen. —Entonces vio miedo en aquellos ojos, y se sintió gratificado. Su instinto estaba en lo cierto. Karen Duchwitz sabía algo.

—¿Qué pasa con él? —preguntó ella, consiguiendo hablar en un tono muy firme sin llegar a levantar la voz.

—¿No es usted amiga suya?

—No. Lo he visto un par de veces, y solía salir con un amigo suyo. Pero en realidad no lo conozco. ¿Por qué me lo pregunta?

—¿Sabe dónde está?

—No.

Habló con firmeza, y Peter pensó con súbita consternación que tenía aspecto de estar diciendo la verdad.

Pero todavía no estaba dispuesto a darse por vencido.

—¿Podría hacerle llegar un mensaje?

Ella titubeó, y el corazón de Peter enseguida se estremeció de esperanza. Supuso que se estaba preguntando si mentir o no.

—Posiblemente —dijo pasados unos momentos—. No puedo estar segura. ¿Qué clase de mensaje?

—Soy de la policía.

Ella dio un temeroso paso atrás.

—No se preocupe, estoy de su parte —dijo Peter, dándose cuenta de que ella no sabía si creerlo—. No tengo nada que ver con el departamento de seguridad. Pero nuestra sección está justo al lado de la suya, y a veces oigo lo que está ocurriendo.

—¿Qué es lo que ha oído?

—Arne corre un gran peligro. El departamento de seguridad sabe dónde se está escondiendo.

—Dios mío.

Peter reparó en que ella no preguntaba qué era el departamento de seguridad, ni qué crimen se suponía que había cometido Arne; tampoco mostraba ninguna sorpresa ante el hecho de que se estuviera escondiendo. Por consiguiente tenía que saber lo que estaba tramando Arne, concluyó con una sensación de triunfo.

Por sí solo, eso ya era un motivo más que suficiente para arrestarla e interrogarla. Pero Peter tenía un plan mejor.

—Van a detenerlo esta noche —dijo, introduciendo una nota de dramática urgencia en su voz.

—¡Oh, no!

—Si sabe cómo ponerse en contacto con Arne, le ruego por el amor de Dios que intente hacerle llegar un aviso durante la próxima hora.

—No creo que...

—No puedo correr el riesgo de ser visto con usted. He de irme. Lo siento. Haga lo que pueda.

Dio media vuelta y se alejó andando rápidamente. Al llegar al final de la escalera pasó junto a Tilde, que fingía estar leyendo un horario de trenes. Ella no lo miró, pero Peter sabía que lo había visto y que ahora seguiría a Karen.

Al otro lado de la calle, un hombre con un delantal de cuero estaba descargando cajas de cerveza de un carro tirado por dos robustos caballos. Peter pasó por detrás del carro. Quitándose el sombrero de paño, se lo guardó dentro de la chaqueta y lo sustituyó por una gorra de pico. Sabía por experiencia que ese simple cambio operaba una notable transformación en su apariencia. No soportaría un cuidadoso escrutinio, pero a una mirada poco atenta le parecería estar viendo una persona distinta.

Medio escondido por el carro, se dedicó a vigilar la entrada de la estación. Pasados unos momentos, Karen salió por ella.

Tilde iba a unos cuantos pasos de distancia de la joven.

Peter siguió a Tilde. Doblaron una esquina y fueron por la calle que discurría entre el Tívoli y la estación. Al llegar a la manzana siguiente, Karen entró en la central de correos, un majestuoso edificio clásico de ladrillo rojo y piedra gris. Tilde la siguió al interior del edificio.

Iba a hacer una llamada telefónica, pensó Peter con alborozo. Corrió hacia la entrada de personal. Le enseñó su placa de policía a la primera persona con la que se encontró, una mujer joven, y dijo:

—Haga venir al encargado, rápido.

Unos instantes después, apareció un hombre encorvado con un traje negro ya bastante gastado.

—¿En qué puedo ayudarle?

—Una mujer joven que lleva un vestido amarillo acaba de entrar en la sala principal —le explicó Peter—. No quiero que me vea, pero necesito saber qué hace.

El encargado se estremeció de emoción. Peter pensó que aquello probablemente fuese la cosa más excitante que había ocurrido nunca en la central de correos.

—¡Santo cielo! —dijo—. Será mejor que venga conmigo.

Fue a toda prisa por un pasillo y abrió una puerta. Peter pudo ver un mostrador con una hilera de taburetes colocados delante de unas ventanillas. El encargado pasó por la puerta.

—Me parece que la veo —dijo—. ¿Pelo rojo rizado y un sombrero de paja?

—Esa es.

—Nunca hubiese adivinado que fuera una delincuente.

—¿Qué está haciendo?

—Está consultando la guía de teléfonos. Es asombroso que una joven tan hermosa...

—Si hace una llamada, necesito poder escuchar lo que dice.

El encargado titubeó.

Peter no tenía ningún derecho a escuchar conversaciones privadas sin una orden judicial, pero esperaba que el encargado no lo supiera.

—Es muy importante —dijo.

—No estoy seguro de si puedo...

—No se preocupe, yo asumiré la responsabilidad.

—Ahora está dejando la guía de teléfonos.

Peter no iba a permitir que Karen telefonease a Arne sin escuchar la conversación. Si llegaba a ser necesario, decidió que desenfundaría su arma y amenazaría a aquel estúpido funcionario de correos con ella.

—He de insistir.

—Aquí tenemos reglas.

—Aun así...

—¡Ah! —dijo el encargado—. Ha dejado la guía, pero no se dirige hacia el mostrador. —El alivio iluminó su rostro—. ¡Se va!

Peter masculló un juramento de frustración y corrió hacia la salida.

Entreabrió la puerta unos centímetros y miró por ella. Vio a Karen cruzando la calle. Esperó hasta que Tilde salió del edificio, siguiendo a Karen. Luego fue tras ellas.

Se sentía desilusionado, pero no derrotado. Karen conocía el nombre de alguien que podía ponerse en contacto con Arne. Había buscado ese nombre en la guía de teléfonos. ¿Por qué demonios no había telefoneado a aquella persona? Quizá temía —correctamente— que la conversación pudiese ser escuchada por la policía, o por personal de seguridad alemán que estuviera llevando a cabo una vigilancia rutinaria.

Con todo, si no había querido telefonear, tenía que haber estado buscando la dirección. Y ahora, si la suerte de Peter no lo había abandonado, estaba yendo hacia esa dirección.

Dejó que Karen se perdiera de vista, pero no le quitó los ojos de encima a Tilde. Ir detrás de ella siempre era un placer, y era agradable contar con una excusa para contemplar su redondo trasero. ¿Sabía Tilde que Peter la estaba mirando? ¿Estaba exagerando deliberadamente el contoneo de sus caderas? Peter no tenía ni idea. ¿Quién podía saber lo que pasaba por la mente de una mujer?

Atravesaron la pequeña isla de Christiansborg y siguieron el muelle, con la bahía a su derecha y los antiguos edificios del gobierno de la isla a su izquierda. Allí el aire de la ciudad calentado por el sol quedaba refrescado por una brisa salada procedente del mar Báltico. Mercantes, embarcaciones de pesca, transbordadores y buques de las armadas danesa y alemana se alineaban a lo largo de la gran extensión del canal. Dos jóvenes marineros echaron a andar detrás de Tilde e hicieron un alegre intento de entablar conversación con ella, pero Tilde respondió secamente a sus avances y los marineros lo dejaron correr de inmediato.

Karen llegó hasta el palacio de Amalienborg y luego torció hacia el interior. Siguiendo a Tilde, Peter cruzó la gran plaza formada por las cuatro mansiones estilo rococó en las que vivía la familia real. Desde allí fueron hacia Nyboder, un barrio de pequeñas casas que originalmente eran alojamientos baratos para los marineros.

Entraron en una calle llamada St Paul's Gade. Peter pudo ver a Karen calle abajo mientras la joven examinaba una hilera de casas amarillas con tejados rojos, aparentemente en busca de un número. Tuvo una intensa y emocionante sensación de estar cerca de su presa.

Karen se detuvo y miró a uno y otro extremo de la calle, como si estuviera comprobando si era observada. Ya era demasiado tarde para eso, claro está, pero Karen era una aficionada. En cualquier caso, no pareció ver a Tilde, y Peter se encontraba demasiado lejos para que pudiera reconocerlo.

Karen llamó a una puerta.

La puerta se abrió cuando Peter se reunía con Tilde. No pudo ver quién había allí. Karen dijo algo y entró, y la puerta se cerró. Peter reparó en que era el número cincuenta y tres.

—¿Crees que Arne está ahí dentro? —preguntó Tilde.

—O él o alguien que sabe dónde está.

—¿Qué quieres hacer?

—Esperar. —Miró a uno y otro extremo de la calle. Enfrente de ellos había una tienda en la esquina—. Allí. —Cruzaron la calle y se quedaron delante del escaparate mirando lo que contenía. Peter encendió un cigarrillo.

—Esta tienda probablemente dispone de un teléfono —dijo Tilde—. ¿Crees que deberíamos llamar a la central? Quizá sería mejor que entráramos con efectivos suficientes. No sabemos cuántos espías puede haber ahí dentro.

Peter consideró la posibilidad de pedir refuerzos.

—Todavía no —dijo finalmente—. No estamos seguros de qué es lo que está ocurriendo. Veamos qué curso siguen los acontecimientos.

Tilde asintió. Se quitó su boina azul celeste y se cubrió la cabeza con un pañuelo estampado. Peter la contempló mientras ella recogía sus rubios rizos debajo del pañuelo. Ahora tendría un aspecto un tanto distinto cuando Karen saliera de la casa, con lo que habría menos probabilidades de que esta la reconociese.

Tilde cogió el cigarrillo de entre los dedos de Peter, se lo llevó a la boca, aspiró una bocanada de humo y se lo devolvió. Era un gesto muy íntimo, y Peter sintió como si casi lo hubiera besado. Notó que se estaba ruborizando y apartó la mirada, dirigiéndola hacia el número cincuenta y tres de la calle.

La puerta se abrió y Karen salió por ella.

—Mira —dijo Peter, y Tilde siguió la dirección de su mirada.

La puerta se cerró detrás de Karen y la vieron alejarse sin que nadie la acompañara.

—Maldición —dijo Peter.

—¿Qué hacemos ahora? —preguntó Tilde.

Peter pensó a toda velocidad. Suponiendo que Arne estuviera dentro de aquella casita amarilla, entonces necesitaría pedir refuerzos, irrumpir en la casa y detener tanto a Arne como a quienquiera que se encontrase con él. Por otra parte, Arne podía estar en algún otro sitio y Karen podía estar dirigiéndose hacia allí, en cuyo caso Peter necesitaba seguirla.

O podía haber fracasado en su empresa y decidido darse por vencida y volver a casa.

Tomó una decisión.

—Nos separaremos —le dijo a Tilde—. Tú sigue a Karen; yo llamaré a la central y entraremos en la casa.

—De acuerdo —dijo Tilde, y se apresuró a ir detrás de Karen.

Peter entró en la tienda. Era un colmado que vendía verduras, pan y artículos caseros como jabón y cerillas. Había latas de comida en los estantes, y apenas si se podía andar debido a los haces de leña para el fuego y los sacos de patatas amontonados en el suelo. El local estaba bastante sucio, pero tenía aspecto de que a sus dueños les iban bien las cosas. Peter enseñó su placa de la policía a una mujer de cabellos grises que llevaba un delantal manchado.

—¿Tiene teléfono?

—Tendré que cobrarle.

Peter hurgó dentro de su bolsillo en busca de cambio.

—¿Dónde está el teléfono? —preguntó impacientemente.

La mujer señaló con un gesto de la cabeza una cortina que había en la parte de atrás.

—Entrando por allí.

Peter arrojó unas cuantas monedas encima del mostrador y pasó a una salita que olía a gatos. Descolgó el auricular, llamó al Politigaarden y habló con Conrad.

—Creo que puedo haber encontrado el escondite de Arne. Número cincuenta y tres en St Paul's Gade. Coge a Dresler y Ellegard y venid aquí en un coche lo más deprisa que podáis.

—Enseguida —dijo Conrad.

Peter colgó y se apresuró a salir de la tienda. Había tardado menos de un minuto. Si alguien había salido de la casa durante ese tiempo, todavía debería ser visible en la calle. Peter miró en ambas direcciones. Vio a un viejo con una camisa sin cuello que paseaba a un perro artrítico, ambos moviéndose con penosa lentitud. Un brioso poni tiraba de una pequeña carreta en la que había un sofá con agujeros en el tapizado de cuero. Un grupo de muchachos estaba jugando al fútbol en la calle, utilizando una vieja pelota de tenis pelada con el uso. No había ni rastro de Arne. Peter cruzó la calle.

Mientras andaba, se permitió pensar por unos instantes en lo satisfactorio que sería arrestar al hijo mayor de la familia Olufsen. ¡Qué gran venganza supondría eso por la humillación que Axel Flemming había sufrido hacía ya tantos años! Al ser inmediatamente después de que el hijo menor hubiera sido expulsado de la escuela, el desenmascaramiento de Arne como un espía seguramente significaría el fin del prestigio del pastor Olufsen. ¿Cómo podría seguir predicando y pavoneándose cuando sus dos hijos habían tomado el mal camino? Tendría que renunciar a su cargo.

El padre de Peter se sentiría muy complacido.

La puerta del número cincuenta y tres se abrió. Peter deslizó la mano por debajo de la chaqueta y acarició la empuñadura del arma que llevaba en la pistolera mientras Arne salía de la casa.

Una oleada de exaltación se adueñó de Peter. Arne se había afeitado el bigote y cubierto sus negros cabellos con una gorra de obrero, pero Peter lo había conocido desde pequeño y lo reconoció inmediatamente.

Pasado un instante, el entusiasmo fue sustituido por la cautela. Cuando un policía intentaba hacer una detención en solitario solía haber problemas. La posibilidad de escapar resultaba muy tentadora al sospechoso que se enfrentaba a un solo agente. Ser un detective de paisano que carecía de la autoridad de un uniforme lo empeoraba todavía más. Si había una pelea, quienes pasaran por allí no tenían ninguna manera de saber que uno de los dos era policía, y podían llegar a intervenir poniéndose del bando equivocado.

Peter y Arne se habían peleado en una ocasión, hacía doce años, cuando sus familias se convirtieron en enemigas. Peter era más corpulento, pero Arne había llegado a ser muy ágil y fuerte gracias a todos los deportes que practicaba. No hubo ningún resultado claro. Habían intercambiado varios golpes y luego dejaron de pelear. En esos momentos Peter tenía una pistola. Pero Arne quizá también tuviera una.

Arne cerró la puerta de la casa dando un portazo y salió a la calle, echando a andar hacia Peter.

Cuando estuvieron un poco más cerca el uno del otro, Arne evitó mirarlo a los ojos y echó a andar por la parte interior de la acera, manteniéndose cerca de las paredes de las casas a la manera de un fugitivo. Peter iba por el lado del bordillo, observando furtivamente el rostro de Arne.

En cuanto estuvieron a unos diez metros de distancia, Arne lanzó un rápido vistazo de soslayo al rostro de Peter. Peter le sostuvo la mirada, vigilando atentamente su expresión. Vio un fruncimiento de perplejidad, y luego un destello de reconocimiento que fue seguido muy rápidamente por la conmoción, el miedo y el pánico.

Arne se detuvo, momentáneamente paralizado.

—Estás detenido —dijo Peter.

Arne recobró parte de su compostura, y la familiar sonrisa despreocupada cruzó velozmente su rostro por un instante.

—Gengibre Pete —dijo, utilizando un apodo de la infancia.

Peter vio que Arne se disponía a tratar de salir corriendo. Desenfundó su arma.

—Túmbate bocabajo con las manos detrás de la espalda.

Arne parecía sentirse más preocupado que asustado. En un momento de súbita intuición, Peter comprendió que Arne no tenía miedo del arma, sino de alguna otra cosa.

—¿Vas a disparar contra mí? —preguntó Arne en un tono desafiante.

—Si es necesario, lo haré —dijo Peter. Alzó el arma amenazadoramente, pero en realidad lo único que quería era capturar a Arne con vida. La muerte de Poul Kirke había puesto punto final a la investigación. Quería interrogar a Arne, no matarlo.

Arne sonrió enigmáticamente, y luego dio media vuelta y echó a correr.

Peter extendió el brazo que empuñaba el arma y tomó puntería a lo largo del cañón. Escogió como blanco las piernas de Arne, pero era imposible disparar de manera realmente precisa con una pistola y Peter sabía que podía darle a cualquier parte del cuerpo de Arne, o a ninguna. Pero Arne ya se estaba alejando, y las probabilidades de detenerlo que tenía Peter iban disminuyendo rápidamente con cada fracción de segundo que transcurría.

Peter apretó el gatillo.

Arne siguió corriendo.

Peter volvió a disparar repetidamente. Después del cuarto disparo, Arne pareció tambalearse. Peter volvió a disparar y Arne cayó, desplomándose en el suelo con el sordo estruendo de un peso muerto para quedar inmóvil sobre la espalda.

—Oh, Cristo, no, otra vez no —dijo Peter.

Echó a correr, todavía apuntando a Arne con el arma.

La figura yacía inmóvil sobre el suelo.

Peter se arrodilló junto a ella.

Arne abrió los ojos. Su rostro estaba blanco por el dolor.

—Cerdo estúpido... Hubieses debido matarme —dijo.

Aquella tarde Tilde fue al apartamento de Peter. Llevaba una blusa nueva de color rosado con flores bordadas en los puños. Peter pensó que el rosa le sentaba bien. Realzaba su feminidad. Hacía calor, y Tilde no parecía llevar nada debajo de la blusa.

La acompañó a la sala de estar. La luz del atardecer entraba en ella, iluminando la sala con un extraño resplandor bajo el que los muebles y los cuadros de las paredes parecían volverse levemente borrosos. Inge estaba sentada junto a la chimenea, contemplando la sala con su expresión vacía de costumbre.

Peter atrajo a Tilde hacia él y la besó. Ella se quedó paralizada por un instante, cogida por sorpresa, y luego le devolvió el beso. Peter le acarició los hombros y las caderas.

Entonces Tilde retrocedió y lo miró a la cara. Peter pudo ver deseo en sus ojos, pero había algo que la preocupaba. Tilde miró a Inge.

—¿Crees que esto está bien? —preguntó.

Peter le acarició los cabellos.

—No hables.

Volvió a besarla, ávidamente. Un nuevo apasionamiento se adueñó de ambos. Sin interrumpir el beso, Peter le desabotonó la blusa, poniendo al descubierto sus suaves pechos. Acarició la cálida piel.

Tilde volvió a apartarse de él, respirando entrecortadamente. Sus pechos subieron y bajaron mientras jadeaba.

—¿Y ella qué? —preguntó—. ¿Qué pasa con Inge?

Peter miró a su esposa. Inge los estaba mirando con ojos vacíos de toda expresión y sin mostrar la más mínima emoción, como siempre.

—Ahí no hay nadie —le dijo a Tilde—. No hay absolutamente nadie.

Ella lo miró a los ojos. Su rostro mostraba compasión y comprensión mezclada con curiosidad y deseo.

—Está bien —dijo—. Está bien.

Peter inclinó la cabeza sobre sus pechos desnudos.

TERCERA PARTE

17

El tranquilo pueblecito de Jansborg adquiría un aspecto fantasmagórico con la llegada del crepúsculo. Sus habitantes parecían acostarse muy temprano, con lo que las calles quedaban desiertas y las casas oscuras y silenciosas. Harald se sentía como si estuviera pasando por un sitio en el que había ocurrido algo espantoso, y él fuese la única persona que no sabía de qué se trataba.

Estacionó la motocicleta enfrente de la estación. La Nimbus no llamaba la atención tanto como él había temido, porque junto a ella había un Opel Olympia descapotable que quemaba gas, con una estructura de madera parecida a un cobertizo extendiéndose sobre la parte de atrás del techo para alojar el gigantesco depósito de combustible.

Harald dejó allí la motocicleta y echó a andar hacia la escuela entre la creciente oscuridad.

Después de eludir a los guardias en Sande, Harald había vuelto a su antigua cama y caído en un pesado sueño hasta mediodía. Su madre lo despertó, le sirvió un buen almuerzo consistente en tocino frío y patatas, metió dinero en su bolsillo y le suplicó que le dijera dónde estaba viviendo. Ablandado por su afecto y la inesperada dulzura de su padre, Harald le había dicho que se alojaba en Kirstenslot. Pero no había mencionado la iglesia en desuso, porque temía que a su madre le preocupara que durmiese en unas condiciones tan precarias, y la había dejado con la impresión de que estaba invitado en alguna gran casa.

Luego había partido para volver a atravesar Dinamarca de oeste a este. Ahora, al anochecer del día siguiente, se estaba acercando a su antigua escuela.

Había decidido revelar la película antes de ir a Copenhague y entregársela a Arne, que se escondía en la casa de Jens Toksvig en el distrito de Nyboder. Necesitaba estar seguro de que había tomado bien las fotografías y el carrete contenía imágenes nítidas. Las cámaras podían fallar, y los fotógrafos cometían errores. No quería que Arne arriesgara la vida yendo a Inglaterra con una película en blanco. La escuela disponía de su propio cuarto oscuro, con todos los productos químicos necesarios para el procesado de los carretes. Tik Duchwitz era secretario del Club de la Cámara, y tenía una llave.

Harald evitó las puertas principales y pasó por la granja vecina para entrar en la escuela a través de los establos. Eran las diez de la noche. Los más jóvenes ya estaban acostados, y los muchachos de mediana edad se estaban desvistiendo. Solo los mayores continuaban levantados, y la mayoría de ellos se encontraban en sus estudios dormitorios. El siguiente era el día de la graduación, y todos estarían haciendo el equipaje para volver a casa.

Mientras avanzaba por entre el familiar grupo de edificios, Harald reprimió la tentación de pegarse furtivamente a las paredes y cruzar corriendo los espacios abiertos. Si caminaba con paso natural y decidido, quienes lo viesen seguramente lo tomarían por uno de los veteranos que se estaba dirigiendo a su habitación. Harald se sorprendió ante lo difícil que le resultaba fingir una identidad que solo diez días antes había sido realmente suya.

No vio a nadie mientras iba hacia la Casa Roja, el edificio en el que tenían sus habitaciones Tik y Mads. No había forma de pasar inadvertido mientras subía por la escalera: si se encontraba con alguien, le reconocería al instante. Pero la suerte no le volvió la espalda. El pasillo del piso superior estaba desierto. Harald pasó rápidamente ante las habitaciones del encargado de la casa, el señor Moller. Abrió la puerta de Tik sin hacer ningún ruido y entró.

Tik estaba sentado encima de la tapa de su maleta, tratando de cerrarla.

—¡Tú! —exclamó—. ¡Santo Dios!

Harald se sentó junto a él y lo ayudó a cerrar los pestillos.

—¿Impaciente por volver a casa?

—No he tenido tanta suerte —dijo Tik—. He sido exiliado a Aarhus. Voy a pasar el verano trabajando en una sucursal del banco familiar. Es el castigo que me han impuesto por ir contigo a aquel club de jazz.

—Oh.

A Harald le habría gustado disfrutar de la compañía de Tik en Kirstenslot, pero en ese momento decidió que no había ninguna necesidad de mencionar que estaba viviendo allí.

—¿Qué estás haciendo aquí? —preguntó Tik cuando hubieron cerrado la maleta.

—Necesito tu ayuda.

Tik sonrió.

—¿Y ahora qué pasa?

Harald sacó del bolsillo de sus pantalones el pequeño rollo de película de treinta y cinco milímetros.

—Quiero revelar esto.

—¿Por qué no puedes llevarlo a un laboratorio?

—Porque me detendrían.

La sonrisa de Tik se desvaneció y se puso muy serio.

—Estás tomando parte en una conspiración contra los nazis.

—Algo así.

—Corres peligro.

—Sí.

Entonces llamaron suavemente a la puerta.

Harald se tiró al suelo y se metió debajo de la cama.

—¿Sí? —dijo Tik.

Harald oyó abrirse la puerta, y luego la voz de Moller diciendo:

—Haga el favor de apagar las luces, Duchwitz.

—Sí, señor.

—Buenas noches.

—Buenas noches, señor.

La puerta se cerró, y Harald salió de debajo de la cama.

Los dos escucharon en silencio mientras Moller iba por el pasillo, dándole las buenas noches a cada chico. Oyeron cómo sus pasos regresaban a sus habitaciones, y luego el ruido de su puerta al cerrarse. Sabían que a menos que hubiera una emergencia, el encargado no volvería a aparecer hasta la mañana del día siguiente.

—¿Todavía tienes la llave del cuarto oscuro? —le preguntó Harald a Tik, hablando en voz baja.

—Sí, pero primero tendremos que entrar en los laboratorios —dijo Tik. El edificio de ciencias estaba cerrado durante la noche.

—Podemos romper una ventana en la parte de atrás.

—Cuando vean que el cristal está roto, sabrán que alguien ha entrado allí.

—¿Y a ti qué más te da? ¡Mañana te irás de aquí!

—Está bien.

Se quitaron los zapatos y salieron al pasillo. Bajaron silenciosamente por la escalera y volvieron a ponerse los zapatos cuando llegaron a la puerta. Después salieron del edificio.

Ya eran más de las once, y había anochecido. A aquellas horas, normalmente no habría nadie moviéndose por el recinto de la escuela y lo único que tenían que hacer era asegurarse de que no los vieran desde alguna ventana. Afortunadamente no había luna. Se apresuraron a alejarse de la Casa Roja; sus pasos eran ahogados por la hierba. Cuando estaban llegando a la iglesia, Harald miró atrás y vio una luz en una de las habitaciones de los mayores. Una figura pasó por delante de la ventana y se detuvo. Una fracción de segundo después, Harald y Tik ya habían doblado la esquina de la iglesia.

—Me parece que pueden habernos visto —susurró Harald—. Hay una luz encendida en la Casa Roja.

—Todos los dormitorios de la administración dan a la parte de atrás —señaló Tik—. Si hemos sido vistos por alguien, tiene que haber sido algún chico. No es nada de lo que debamos preocuparnos.

Harald esperó que su amigo estuviera en lo cierto.

Dieron un rodeo alrededor de la biblioteca y se dirigieron hacia la parte de atrás del edificio de ciencias. Aunque nuevo, había sido diseñado para que hiciera juego con la estructuras más antiguas que lo rodeaban, por lo que tenía muros de ladrillo rojo y ventanas de batientes con seis paneles de cristal en cada una.

Harald se quitó un zapato y golpeó suavemente una ventana con el tacón. El cristal parecía bastante resistente.

—Con lo frágil que es el cristal cuando estás jugando al fútbol... —murmuró.

Metió la mano dentro del zapato y golpeó el panel con fuerza. El cristal se rompió con un ruido como el de la trompeta del Juicio Final. Los dos muchachos se quedaron inmóviles, horrorizados ante el estrépito que se había organizado, pero el silencio descendió sobre ellos como si nada hubiera ocurrido. No había nadie en los edificios cercanos —la iglesia, la biblioteca y el gimnasio—, y cuando el corazón de Harald volvió a latir con normalidad, comprendió que el ruido no había sido escuchado por nadie.

Utilizó el zapato para hacer saltar los fragmentos cortantes de cristal que habían quedado en el marco y estos cayeron encima de un banco de laboratorio. Harald metió el brazo y descorrió el pestillo de la ventana. Todavía utilizando el zapato para protegerse la mano de posibles cortes, volvió a meter el brazo y barrió los trozos de cristal hacia un lado. Luego se metió por el hueco.

Tik lo siguió, y cerraron la ventana detrás de ellos.

Estaban dentro del laboratorio de química. Los olores astringentes de los ácidos y el amoníaco hicieron que a Harald le empezara a escocer la nariz. Apenas podía ver nada, pero la sala le era muy familiar y fue hasta la puerta sin chocar con nada. Salió al pasillo y localizó la puerta del cuarto oscuro.

Una vez que ambos estuvieron dentro, Tik cerró la puerta y encendió la luz. Harald reparó en que como ninguna luz podía entrar en el cuarto oscuro, tampoco ninguna luz podía escapar de él.

Tik se subió las mangas y empezó a trabajar. Llenó un fregadero con agua caliente y fue cogiendo productos químicos de una hilera de recipientes. Luego tomó la temperatura del agua en el fregadero y añadió más agua caliente hasta que se quedó satisfecho. Harald entendía los principios, pero nunca había intentado hacer aquello él mismo, por lo cual tenía que confiar en su amigo.

¿Y si algo había salido mal? ¿Y si el obturador no había funcionado apropiadamente, o la película se había velado, o la imagen estaba borrosa? Entonces las fotografías no servirían de nada. ¿Tendría el valor necesario para volver a intentarlo? Tendría que regresar a Sande, escalar aquella valla en la oscuridad, introducirse en la instalación, esperar a que saliera el sol, tomar más fotos y luego tratar de huir bajo la luz del día, todo por segunda vez. Harald no estaba seguro de poder reunir la fuerza de voluntad necesaria para ello.

Cuando todo estuvo listo, Tik ajustó un cronógrafo y apagó la luz. Harald esperó pacientemente sentado en la oscuridad mientras Tik desenrollaba la película y daba inicio al proceso que revelaría las fotografías, suponiendo que hubiera alguna. Tik le explicó a Harald que primero estaba sumergiendo la película en pirogallol, el cual reaccionaría con las sales de plata para formar una imagen visible. Luego los dos esperaron hasta que el cronógrafo hizo sonar la campanilla de su reloj, y entonces Tik sumergió la película en ácido acético para detener la reacción. Finalmente la sumergió en hiposulfito de sodio para fijar la imagen.

—Bueno, eso debería bastar —dijo por último.

Harald contuvo la respiración.

Tik encendió la luz. Durante unos momentos Harald quedó deslumbrado y no pudo ver nada. Cuando se le aclaró la vista, contempló la tira de película grisácea que había en las manos de Tik y por la cual había arriesgado su vida. Tik la levantó hacia la luz. Al principio Harald no pudo distinguir ninguna imagen, y pensó que tendría que volver a hacerlo todo. Entonces se acordó de que estaba contemplando un negativo, encima del cual el negro aparecía como blanco y viceversa; y empezó a distinguir las formas. Vio una imagen invertida de la gran antena rectangular que tanto lo había intrigado cuando la contempló por primera vez hacía cuatro semanas.

Lo había conseguido.

Fue siguiendo con la mirada la hilera de imágenes y reconoció cada una de ellas: la base que giraba, el amasijo de cables, la parrilla tomada desde varios ángulos, las máquinas más pequeñas con sus antenas inclinadas y finalmente la última fotografía, la visión general de las tres estructuras, tomada cuando Harald se encontraba al borde del pánico.

—¡Han salido! —exclamó triunfalmente—. ¡Son magníficas!

Tik había palidecido.

—¿De qué son estas fotografías? —preguntó con voz asustada.

—Es una nueva maquinaria que han inventado los alemanes para detectar a los aviones cuando se están aproximando.

—Ojalá no te lo hubiera preguntado. ¿Eres consciente de cuál es el castigo por lo que estamos haciendo?

—Yo tomé las fotografías.

—Y yo revelé la película. Santo Dios, podrían ahorcarme.

—Ya te dije que se trataba de ese tipo de cosas.

—Lo sé, pero no llegué a pensar en lo que estaba haciendo.

—Lo siento.

Tik enrolló la película y la metió dentro de su recipiente cilíndrico.

—Toma, cógela —dijo—. Voy a volver a la cama para olvidar que esto ha sucedido.

Harald se guardó el recipiente en el bolsillo de los pantalones.

Entonces oyeron voces.

Tik gimió.

Harald se quedó totalmente inmóvil y escuchó. Al principio no pudo distinguir las palabras, pero enseguida estuvo seguro de que los sonidos procedían del interior del edificio y no de fuera de él. Entonces oyó cómo la inconfundible voz de Heis decía:

—Aquí no parece haber nadie.

La voz que habló a continuación pertenecía a un muchacho.

—No cabe duda de que vinieron hacia aquí, señor.

—¿Quién...? —empezó a preguntar Harald, mirando a Tik con el ceño fruncido.

—Suena como Woldemar Borr —murmuró su amigo.

—Por supuesto —dijo Harald, gimiendo suavemente.

Borr era el nazi de la escuela. Tenía que haber sido él quien los vio desde la ventana. ¡Qué mala suerte! Cualquier otro chico hubiera mantenido la boca cerrada.

Entonces habló una tercera voz.

—Miren, hay un panel roto en esta ventana. —Era el señor Moller—. Así es como entraron, quienes quiera que sean.

—Estoy seguro de que uno de ellos era Harald Olufsen, señor —dijo Borr, que sonaba muy satisfecho de sí mismo.

—Salgamos de este cuarto oscuro —le dijo Harald a Tik—. Quizá podamos evitar que descubran que hemos estado revelando fotografías. —Apagó la luz, hizo girar la llave en la cerradura y abrió la puerta.

Todas las luces se hallaban encendidas, y Heis estaba de pie justo delante de la puerta.

—Oh, mierda —dijo Harald.

Heis llevaba una camisa sin cuello, y era evidente que había estado disponiéndose para ir a la cama. Miró a Harald desde lo alto de su larga nariz.

—Así que eres tú, Olufsen.

—Sí, señor.

Borr y el señor Moller aparecieron detrás de Heis.

—Ya no eres alumno de esta escuela, ¿sabes? —prosiguió Heis—. Tengo la obligación de llamar a la policía y hacerte detener por robo.

Harald sufrió una punzada de pánico. Si la policía encontraba la película en su bolsillo, estaría acabado.

—Y Duchwitz está contigo. Tendría que habérmelo imaginado —añadió Heis en cuanto vio a Tik detrás de Harald—. Pero ¿se puede saber qué demonios estáis haciendo aquí?

Harald tenía que convencer a Heis de que no llamara a la policía, pero no podía explicarse delante de Borr.

—Señor, si pudiera hablar con usted a solas... —dijo.

Heis titubeó.

Harald decidió que si Heis se negaba, y llamaba a la policía, no se entregaría así como así. Intentaría huir. Pero ¿hasta dónde conseguiría llegar?

—Muy bien —dijo finalmente Heis de mala gana—. Borr, vuelva a la cama. Y usted también, Duchwitz. Señor Moller, quizá será mejor que los acompañe hasta sus habitaciones.

Todos se fueron y Heis entró en el laboratorio de química, se sentó en un taburete y sacó su pipa.

—Bien, Olufsen —dijo—. ¿De qué se trata esta vez?

Harald se preguntó qué iba a decir. No se le ocurría ninguna mentira plausible, pero temía que la verdad resultara más increíble que cualquier cosa que él pudiera llegar a inventar. Al final se limitó a sacar de su bolsillo el pequeño cilindro y se lo tendió a Heis.

Heis sacó el rollo de película y lo sostuvo debajo de la luz.

—Esto parece alguna clase de instalación de radio recién inventada —dijo—. ¿Es un aparato militar?

—Sí, señor.

—¿Sabes qué es lo que hace?

—Creo que sigue a los aviones mediante haces de ondas radiofónicas.

—Conque así es como lo están haciendo. La Luftwaffe asegura que ha estado abatiendo a los bombarderos de la RAF como si fueran moscas. Esto lo explica.

—Creo que esas máquinas siguen al bombardero y al caza que ha sido enviado a interceptarlo, de tal manera que el controlador puede dar instrucciones muy precisas al caza acerca de qué trayectoria ha de seguir.

Heis lo miró por encima de sus gafas.

—Dios mío... ¿Te das cuenta de lo importante que es esto?

—Creo que sí.

—Solo hay una forma de que los británicos puedan ayudar a los rusos, y es obligando a Hitler a sacar aviones del frente ruso para que defiendan Alemania de los ataques aéreos.

Heis había estado en el ejército, y pensar de la manera en que lo hacían los militares era algo natural para él.

—No estoy seguro de comprender adónde quiere ir a parar usted.

—Bueno, mientras los alemanes puedan derribar bombarderos con tanta facilidad, esa estrategia no dará ningún resultado. Pero si los británicos averiguan cómo lo hacen, entonces pueden diseñar contramedidas. —Heis miró en torno a él—. Por aquí tiene que haber un almanaque en alguna parte.

Harald no veía por qué podía necesitar un almanaque, pero sabía dónde estaba.

—En el despacho de física.

—Ve a buscarlo. —Heis dejó la película encima del banco de laboratorio y encendió su pipa mientras Harald iba a la habitación de al lado, encontraba el almanaque encima de un estante y regresaba con él. Heis fue pasando las páginas—. La próxima luna llena es el ocho de julio, y apostaría a que esa noche habrá una gran incursión. Faltan doce días. ¿Puedes conseguir que esa película llegue a Inglaterra para esa fecha?

—Eso es trabajo de otra persona.

—Pues le deseo buena suerte. Olufsen, ¿sabes el peligro que corres?

—Sí.

—La pena por espionaje es la muerte.

—Lo sé.

—Siempre has tenido agallas, eso tengo que admitirlo. —Le devolvió la película—. ¿Hay algo que necesites? ¿Comida, dinero, gasolina?

—No, gracias.

Heis se levantó.

—Te acompañaré hasta fuera del recinto.

Salieron por la puerta principal. El aire nocturno enfrió la transpiración que se había acumulado sobre la frente de Harald. Fueron andando el uno junto al otro por el camino que llevaba a la puerta.

—No sé qué le voy a decir a Moller —murmuró Heis.

—Si se me permite hacer una sugerencia...

—Desde luego que sí.

—Podría decir que estábamos revelando unas fotos obscenas.

—Buena idea. Eso todos lo creerán.

Llegaron a la puerta, y Heis estrechó la mano a Harald.

—Ten cuidado, muchacho, por el amor de Dios —dijo el director de la escuela.

—Lo tendré.

—Buena suerte.

—Adiós.

Harald echó a andar en dirección al pueblo.

Cuando llegó a la curva del sendero, miró atrás. Heis todavía estaba en la puerta, mirándolo. Harald lo saludó agitando la mano, y Heis le devolvió el saludo. Después Harald siguió su camino.

Harald se metió debajo de un arbusto y durmió hasta que salió el sol, después de lo cual fue a recuperar su motocicleta y entró en Copenhague.

Se sintió muy bien mientras cruzaba los aledaños de la ciudad bajo el sol de la mañana. Había escapado por los pelos en más de una ocasión, pero al final había hecho lo que prometió que haría. Iba a disfrutar entregando la película. Arne se sentiría muy impresionado. Entonces el trabajo de Harald estaría hecho, y a partir de ahí ya sería cosa de Arne el conseguir que las fotografías llegaran a Inglaterra.

Después de ver a Arne, regresaría a Kirstenslot en su motocicleta. Tendría que suplicar al granjero Nielsen que le permitiera recuperar su trabajo. Harald solo había trabajado un día antes de desaparecer durante el resto de la semana. Nielsen estaría furioso, pero quizá se hallara lo bastante necesitado de los servicios de Harald como para volver a contratarlo.

Estar en Kirstenslot significaría ver a Karen. Harald tenía muchas ganas de que llegara ese momento. Karen no sentía ninguna clase de interés romántico por él, y nunca lo sentiría, pero parecía caerle bien. Por su parte, Harald se conformaba con hablar con ella. La idea de besarla era demasiado remota para ser algo que se pudiese ni siquiera desear.

Fue hasta Nyboder. Arne le había dado la dirección de Jens Toksvig. St Paul's Gade era una estrecha calle de pequeñas casas con terrazas. No había jardines delanteros, y las puertas daban directamente a la acera. Harald aparcó la motocicleta delante del cincuenta y tres y llamó a la puerta.

Un agente de uniforme respondió a su llamada.

Harald se quedó tan aturdido que por un instante fue incapaz de hablar. ¿Dónde estaba Arne? Tenían que haberlo arrestado...

—¿Qué ocurre, muchacho? —preguntó el policía impacientemente. Era un hombre de mediana edad con un bigote gris y los galones de sargento en la manga.

Harald tuvo un súbito arranque de inspiración. Exhibiendo un pánico que no podía ser más real, dijo:

—¡Dónde está el doctor, tiene que venir inmediatamente, ella ya está teniendo el bebé!

El policía sonrió. El futuro padre aterrorizado era una figura que nunca desaparecería de la comedia.

—Aquí no hay ningún médico, muchacho.

—¡Pero tiene que haberlo!

—Cálmate, hijo. Los bebés ya venían al mundo antes de que hubiera doctores. Bien, ¿qué dirección tienes?

—Doctor Thorsen, cincuenta y tres de Fischer's Gade. ¡Tiene que estar aquí!

—Número correcto, calle equivocada. Esto es St Paul's Gade. Fischer's Gade queda a una manzana yendo hacia el sur.

—¡Oh, Dios mío, la calle equivocada! —Harald dio media vuelta y saltó al sillín de la motocicleta—. ¡Gracias! —gritó. Abrió el regulador de vapor y empezó a alejarse.

—Forma parte del trabajo —dijo el policía.

Harald fue hasta el final de la calle y dobló la esquina.

Muy astuto, pensó, pero ¿qué diablos hago ahora?

18

Hermia pasó toda la mañana del viernes en las hermosas ruinas del castillo de Hammershus, esperando a que llegara Arne con la vital película.

Ahora era todavía más importante de lo que lo había sido hacía cinco días, cuando lo envió en aquella misión. Mientras tanto, el mundo había cambiado. Los nazis estaban decididos a conquistar la Unión Soviética. Ya habían tomado la fortaleza clave de Brest. Su absoluta superioridad aérea estaba causando estragos en el Ejército Rojo.

Digby le había contado, en unas cuantas y sombrías frases, la conversación que mantuvo con Churchill. El Mando de Bombarderos comprometería hasta el último avión que pudiera hacer despegar del suelo en la mayor incursión aérea de la guerra, un desesperado intento de apartar a los efectivos de la Luftwaffe del frente ruso y dar una ocasión de combatir a los soldados soviéticos. Ahora faltaban once días para aquella incursión.

Digby también había hablado con su hermano, Bartlett, quien ya se había recuperado, volvía a estar en el servicio activo y sin duda pilotaría uno de los bombarderos.

La incursión sería una misión suicida y el Mando de Bombarderos quedaría irremediablemente debilitado, a menos que durante los próximos días pudieran desarrollar tácticas para burlar al radar alemán. Y aquello dependía de Arne.

Hermia había convencido a su pescador sueco de que volviera a llevarla a través de las aguas, aunque el hombre le había advertido de que aquella sería la última vez porque le parecía que sería demasiado peligroso adoptar una pauta. Al amanecer Hermia había chapoteado a través de los bajíos, llevando su bicicleta, hasta la playa que había debajo de Hammershus. Había subido la empinada colina que llevaba al castillo, donde se quedó en los baluartes, igual que una reina medieval, para contemplar cómo el sol se alzaba sobre un mundo que cada vez estaba más dominado por aquellos nazis llenos de odio, gritones y presuntuosos a los cuales tanto aborrecía.

Pasó el día yendo, cosa de cada media hora, de una parte de las ruinas a otra o paseando por los bosques, o bajando a la playa, de tal manera que a los turistas no les resultara evidente que estaba esperando allí para reunirse con alguien. Sufría una combinación de terrible tensión y aburrimiento capaz de hacerla bostezar que encontró extrañamente agotadora.

Se distrajo rememorando su último encuentro con Arne. El recuerdo no podía ser más dulce. Hermia se había asombrado a sí misma haciendo el amor con él encima de la hierba a plena luz del día, pero no lo lamentaba. Recordaría aquello durante toda su vida.

Había esperado que Arne llegaría en el transbordador de la noche. La distancia que había entre el puerto de Ronne y el castillo de Hammershus solo era de veinticuatro kilómetros. Arne podía recorrerlos en una hora pedaleando sobre su bicicleta, o en tres si iba andando. Pero no apareció durante la mañana.

Aquello la puso bastante nerviosa, pero se dijo que no debía preocuparse. La última vez había sucedido lo mismo: Arne perdió el transbordador de la noche y tomó el que zarpaba por la mañana. Hermia dio por sentado que llegaría aquella tarde.

La última vez se había quedado allí sentada a esperarlo, y él no apareció hasta la mañana siguiente. Ahora se sentía demasiado impaciente para ello. Cuando tuvo la seguridad de que Arne no podía haber llegado en el transbordador de la noche, decidió ir a Ronne en su bicicleta.

Luego fue poniéndose cada vez más nerviosa conforme pasaba de los solitarios caminos del campo a las concurridas calles del pequeño pueblo. Se dijo que aquello era más seguro —su presencia llamaba más la atención en el campo, y en el pueblo podía perderse entre la gente—, pero la sensación era justo la opuesta. Hermia veía sospecha en los ojos de todo el mundo, no solo en los policías y los soldados, sino en los tenderos en la entrada de sus comercios, en los carteros que guiaban a sus caballos, en los viejos que fumaban sentados en los bancos y en los estibadores que tomaban té en el muelle. Estuvo un rato dando vueltas por el pueblo, tratando de evitar que su mirada se encontrase con la de nadie, y luego fue a un hotel del puerto y se comió un bocadillo. Cuando atracó el transbordador, se unió a un grupito de personas que estaban esperando para dar la bienvenida a los pasajeros. Hermia fue examinando el rostro de cada uno mientras desembarcaban, esperando que Arne llevara alguna clase de disfraz.

Tardaron unos cuantos minutos en bajar todos. Cuando la afluencia se detuvo y los pasajeros empezaron a subir a bordo para el viaje de vuelta, Hermia comprendió que Arne no estaba en el transbordador.

Se preguntó qué debía hacer a continuación. Había cien explicaciones posibles para el hecho de que Arne no hubiese aparecido, que iban desde lo trivial hasta lo trágico. ¿Se había asustado y había abandonado la misión? Hermia se sintió un poco avergonzada al ver que era capaz de sospechar algo semejante de él, pero siempre había tenido sus dudas acerca de que Arne tuviese madera de héroe. Pero lo más probable era que se hubiese visto retrasado por algo tan estúpido como un tren que no llegaba a la hora prevista. Desgraciadamente, Arne no tenía ninguna manera de hacérselo saber.

Pero entonces reparó en que ella quizá pudiera entrar en contacto con él.

Le había dicho que se escondiera en la casa de Jens Toksvig, en el distrito Nyboder de Copenhague. Jens tenía teléfono, y Hermia conocía el número.

Titubeó. Si por la razón que fuese la policía estaba escuchando todo lo que se dijera por el teléfono de Jens, podían seguir el rastro de la llamada y entonces sabrían... ¿qué? Que podía estar ocurriendo algo en Bornholm. Eso sería grave, pero no fatal. La alternativa era buscar algún sitio donde pasar la noche y esperar hasta ver si Arne llegaba en el próximo transbordador. Hermia no tenía la paciencia necesaria para eso.

Volvió al hotel e hizo la llamada.

Mientras la operadora establecía la conexión, Hermia deseó haber dedicado un poco más de tiempo a pensar en lo que diría. ¿Debería preguntar por Arne? Si alguien estaba escuchando la conversación, eso revelaría su paradero. No, tendría que hablar en acertijos y adivinanzas, como había hecho cuando llamaba desde Estocolmo.

Probablemente sería Jens quien respondiera al teléfono. Hermia pensó que él reconocería su voz. Si no, diría: «Soy tu amiga de Bredgade, ¿te acuerdas de mí?». Bredgade era la calle en la que se encontraba la embajada británica cuando Hermia trabajaba allí. Eso debería ser suficiente para él..., aunque también podía ser suficiente para alertar a un detective.

Entonces descolgaron el auricular al otro lado antes de que Hermia tuviera tiempo de terminar de pensar en lo que estaba haciendo, y una voz masculina dijo:

—¿Diga?

Desde luego no era Arne. Hubiese podido ser Jens, pero Hermia llevaba más de un año sin oír su voz.

—Hola —dijo.

—¿Quién habla?

Jens tenía veintinueve años, y aquella voz pertenecía a un hombre bastante mayor.

—Querría hablar con Jens Toksvig, por favor.

—¿Quién llama?

¿Con quién demonios estaba hablando? Jens vivía solo. Quizá su padre había ido a pasar unos días con él. Pero Hermia no iba a dar su verdadero nombre.

—Soy Hilde.

—¿Hilde qué?

—Él ya sabrá quién soy.

—¿Podría decirme cuál es su apellido, por favor?

Aquello era bastante ominoso. Hermia decidió que intentaría salirse con la suya fingiendo que se enfadaba.

—¡Oiga, no sé quién diablos es usted! Pero le aseguro que no he llamado para perder el tiempo con jueguecitos estúpidos, así que haga el favor de decirle a Jens que se ponga al maldito teléfono.

No funcionó.

—Necesito saber cuál es su apellido.

Hermia decidió que aquello no era alguien que se estuviese entreteniendo con juegos.

—¿Quién es usted?

Hubo una larga pausa, y luego el hombre replicó:

—Soy el sargento Egill de la policía de Copenhague.

—¿Jens se ha metido en algún lío?

—¿Cuál es su nombre completo, por favor?

Hermia colgó.

Se sentía perpleja y asustada. Las cosas no podían estar peor. Arne había buscado refugio en la casa de Jens, y ahora la casa estaba vigilada por la policía. Aquello solo podía significar que habían descubierto que Arne se estaba escondiendo allí. Tenían que haber detenido a Jens, y quizá también a Arne. Trató de no echarse a llorar. ¿Volvería a ver alguna vez a su amado?

Salió del hotel y miró a través de la bahía hacia donde quedaba Copenhague, a ciento cincuenta kilómetros de distancia en la dirección del sol poniente. Arne probablemente estaba encerrado en una cárcel de allí.

Hermia no estaba dispuesta a reunirse con su pescador y regresar a Suecia con las manos vacías. Si lo hacía, estaría dejando abandonados a su suerte a Digby Hoare, Winston Churchill y miles de aviadores ingleses.

La sirena del transbordador hizo sonar la llamada del «todos a bordo» con un estrépito como el de un gigante perdido. Hermia subió de un salto a su bicicleta y pedaleó furiosamente hacia el muelle. Tenía un juego completo de papeles falsificados, incluyendo tarjeta de identidad y libreta de racionamiento, por lo que podía superar cualquier control. Compró un billete y se apresuró a subir a bordo. Tenía que ir a Copenhague. Tenía que averiguar qué le había sucedido a Arne. Tenía que conseguir su película, si es que él había llegado a tomar alguna fotografía. Cuando hubiera hecho todo aquello, ya se preocuparía de cómo iba a salir de Dinamarca y llevar la película hasta Inglaterra.

La sirena volvió a sonar quejumbrosamente y el transbordador fue alejándose lentamente del muelle.

19

Harald iba en su motocicleta por el muelle de Copenhague a la hora del crepúsculo. Cuando había luz de día las sucias aguas eran de un gris aceitoso, pero ahora relucían con los reflejos del ocaso, un cielo rojo y amarillo que las pequeñas olas disgregaban en retazos de color como los trazos dejados por el pincel de un artista.

Detuvo la motocicleta cerca de una fila de camiones Daimler-Benz a medio cargar con la madera procedente de un mercante noruego. Entonces vio a dos soldados alemanes que estaban vigilando la mercancía. El rollo de película que llevaba en el bolsillo pareció de pronto arder junto a su pierna. Harald metió la mano en el bolsillo y se dijo que no debía dejarse llevar por el pánico. Nadie sospechaba que hubiese cometido ningún delito, y la motocicleta estaría segura cerca de los soldados. Aparcó junto a los camiones.

La última vez que Harald había estado allí se encontraba borracho, y ahora tuvo que hacer un esfuerzo para recordar exactamente dónde quedaba el club de jazz. Fue siguiendo la hilera de almacenes y tabernas. El romántico resplandor del sol poniente transformaba los mugrientos edificios al igual que las sucias aguas del puerto. Al cabo Harald divisó el letrero que rezaba: INSTITUTO DANÉS DE CANCIÓN POPULAR Y DANZA CAMPESINA. Bajó los escalones que llevaban al sótano y empujó la puerta. Estaba abierta.

Eran las diez de la noche, una hora bastante temprana para los clubes nocturnos, y el local se hallaba medio vacío. Nadie estaba tocando el piano manchado de cerveza que había sobre el pequeño escenario. Harald cruzó la sala en dirección a la barra, examinando las caras mientras andaba. Para su desilusión, no reconoció a nadie.

El barman llevaba un trapo atado alrededor de la cabeza como un gitano. Dirigió un cauteloso asentimiento a Harald, quien no parecía el tipo de cliente habitual.

—¿Has visto hoy a Betsy? —preguntó Harald.

El barman se relajó, aparentemente convencido de que Harald solo era otro hombre joven que andaba en busca de una prostituta.

—Anda por ahí —dijo.

Harald tomó asiento en un taburete.

—Esperaré.

—Trude está allí —dijo el barman, queriendo ayudar.

Harald miró en la dirección que le señalaba y vio a una rubia que estaba bebiendo de un vaso manchado con lápiz de labios. Sacudió la cabeza.

—Quiero a Betsy.

—Esas cosas son muy personales —dijo el barman sensatamente.

Harald reprimió una sonrisa ante lo evidente de aquella observación. ¿Qué podía ser más personal que el acto sexual?

—Muy cierto —dijo, preguntándose si las conversaciones de taberna siempre eran tan estúpidas.

—¿Una copa mientras la esperas?

—Cerveza, por favor.

—¿Algo para acompañarla?

—No, gracias —dijo Harald, al que le bastó con pensar en el aquavit para que le entraran náuseas.

Fue bebiendo su cerveza con sorbos pensativos. Llevaba todo el día reflexionando en su apuro. La presencia de la policía en el escondite de Arne significaba casi con toda certeza que Arne había sido descubierto. Si por algún milagro había logrado escapar al arresto, el único lugar en el que podía estar escondiéndose era el monasterio en ruinas de Kirstenslot, por lo que Harald fue hasta allí en su motocicleta y echó un vistazo. Encontró el lugar vacío.

Había pasado varias horas sentado en el suelo de la iglesia, alternando el lamentar el destino sufrido por su hermano con el tratar de pensar en qué debía hacer a continuación.

Si iba a terminar el trabajo que había iniciado Arne, tenía que llevar la película a Londres durante los once días siguientes. Arne tenía que haber contado con un plan para ello, pero Harald no sabía en qué consistía, y no se le ocurrió ninguna manera de averiguarlo. Aquello quería decir que tendría que idear su propio plan.

Primero pensó en limitarse a meter los negativos dentro de un sobre y enviarlos por correo a la legación británica en Estocolmo. No obstante, estaba seguro de que todo el correo remitido a esa dirección era abierto de manera rutinaria por los censores.

No tenía la suerte de conocer a nadie del pequeño grupo de personas que viajaban legalmente entre Dinamarca y Suecia. Podía limitarse a ir al atracadero del transbordador en Copenhague, o a la estación del barco ferroviario en Elsinor y pedir a un pasajero que llevara el sobre, pero aquello parecía casi tan arriesgado como echarlo al correo.

Después de un día entero de estrujarse el cerebro, Harald había llegado a la conclusión de que tendría que ir él mismo.

No podía hacer eso abiertamente. Ahora que se sabía que su hermano era un espía, no le concederían un permiso para viajar. Tendría que encontrar una ruta clandestina. Embarcaciones danesas iban a Suecia y regresaban de allí cada día. Tenía que haber una manera de subir a bordo de una y pasar al otro lado sin ser detectado. Harald no podía conseguir un trabajo a bordo de una embarcación, ya que los marineros tenían documentos de identidad especiales. Pero siempre había una actividad clandestina alrededor de los muelles: contrabando, robo, prostitución, drogas. Eso significaba que Harald tenía que establecer contacto con los criminales y encontrar a alguien que estuviera dispuesto a introducirlo en Suecia.

No tuvo que esperar a Betsy durante mucho rato. Solo se había bebido la mitad de su cerveza cuando la vio llegar. Betsy bajó por la escalera de atrás acompañada por un hombre al que, supuso Harald, acababa de prestar sus servicios en un dormitorio del piso de arriba. El cliente tenía la piel pálida y de un aspecto enfermizo, iba casi rapado por un corte de pelo brutal y lucía una pequeña llaga a medio curar junto al agujero izquierdo de su nariz. Tendría unos diecisiete años. Harald supuso que era un marinero. Cruzó rápidamente la sala y salió por la puerta, mirando en todas direcciones como si temiera ser visto.

Betsy fue a la barra, vio a Harald y dio un respingo.

—Hola, colegial —le dijo afablemente.

—Hola, princesa.

Betsy ladeó la cabeza coquetamente, haciendo oscilar sus oscuros rizos.

—¿Has cambiado de parecer? ¿Quieres pasar un buen rato?

La mera idea de mantener una relación sexual con ella escasos minutos después del marinero resultaba de lo más vil, pero Harald respondió con una broma.

—No antes de que estemos casados.

Ella se echó a reír.

—¿Qué diría tu madre?

Harald contempló su regordeta figura.

—Que necesitas comer más.

Betsy sonrió.

—Adulador. Andas detrás de algo, ¿verdad? No has vuelto por la cerveza aguada.

—Pues la verdad es que necesito hablar con tu Luther.

—¿Con Lou? —replicó ella, mirándolo con desaprobación—. ¿Qué es lo que quieres de él?

—Tengo un pequeño problema con el que quizá podría ayudarme.

—¿Qué clase de problema?

—Probablemente no debería decírtelo...

—No seas idiota. ¿Te has metido en algún lío?

—No exactamente.

Entonces Betsy volvió la mirada hacia la puerta y dijo:

—Oh, mierda.

Harald siguió la dirección de su mirada y vio entrar a Luther. Aquella noche llevaba una chaqueta deportiva de seda, muy sucia, encima de una camisa. Con él iba un hombre de unos treinta años tan borracho que apenas si podía tenerse en pie. Cogiéndolo del brazo, Luther lo llevó hacia Betsy. El hombre se detuvo delante de ella para contemplarla con mirada lujuriosa.

—¿Cuánto le has sacado? —le preguntó Betsy a Luther.

—Diez.

—Eres un mentiroso de mierda.

Luther le entregó un billete de cinco coronas.

—Aquí tienes tu mitad.

Ella se encogió de hombros, se guardó el dinero y luego se llevó al hombre al piso de arriba.

—¿Te apetecería tomar una copa, Lou? —preguntó Harald.

—Aquavit. —Sus modales no habían mejorado—. Bien, ¿detrás de qué andas?

—Tú eres un hombre que tiene muchos contactos en el muelle, y...

—No te molestes en hacerme la pelota, hijo —lo interrumpió Luther—. ¿Qué es lo que quieres? ¿Un muchachito con un hermoso trasero? ¿Cigarrillos baratos? ¿Droga?

El barman llenó un vasito con aquavit. Luther lo vació de un trago. Harald pagó y esperó hasta que el barman se hubo alejado. Bajando la voz, dijo:

—Quiero ir a Suecia.

Luther entornó los ojos.

—¿Por qué?

—¿Importa?

—Podría importar.

—Tengo una novia en Estocolmo. Queremos casarnos. —Harald empezó a improvisar—. Puedo conseguir trabajo en la fábrica de su padre. Hace cueros de buena calidad, carteras y bolsos de mano y...

—Pues pide a las autoridades que te concedan un permiso para salir del país.

—Ya lo hice. Me lo negaron.

—¿Por qué?

—No quisieron decírmelo.

Luther puso cara de estárselo pensando, y pasados unos momentos dijo:

—Sí, es lo que suelen hacer.

—¿Puedes subirme a bordo de un barco?

—Todo es posible. ¿Cuánto dinero tienes?

Harald recordó la desconfianza que Betsy había mostrado hacia Luther hacía un minuto.

—Ahora no tengo nada —dijo—. Pero puedo conseguir un poco. Bien, ¿puedes encontrarme algo?

—Conozco a un hombre al que se lo puedo preguntar.

—¡Estupendo! ¿Esta noche?

—Dame diez coronas.

—¿Para qué?

—Para ir a ver a ese hombre. ¿Piensas que soy un servicio público gratuito, igual que la biblioteca?

—Ya te he dicho que no tengo dinero.

Luther sonrió, enseñando sus dientes podridos.

—Pagaste esa cerveza con un billete de veinte, y te han dado uno de diez de cambio. Dámelo.

Harald odiaba tener que ceder ante un matón como él, pero no parecía haber otra elección. Le entregó el billete.

—Espera aquí —dijo Luther, y salió.

Harald esperó, bebiendo lentos sorbos de su cerveza para hacerla durar. Se preguntó dónde estaría Arne ahora. Probablemente en una celda dentro del Politigaarden, siendo interrogado. El interrogatorio quizá correría a cargo de Peter Flemming, ya que el espionaje era su departamento. ¿Hablaría Arne? Harald estaba seguro de que al principio no lo haría. Arne no se desmoronaría inmediatamente. Pero ¿tendría la fortaleza suficiente para poder aguantar? Harald siempre había tenido la sensación de que existía una parte de su hermano que él no conocía del todo. ¿Y si era torturado? ¿Cuánto tiempo transcurriría antes de que Arne traicionase a Harald?

Entonces hubo una súbita conmoción en la escalera de atrás y el último cliente de Betsy, el borracho, rodó escalera abajo. Betsy lo siguió, lo levantó del suelo y, acompañándolo hasta la puerta, lo ayudó a subir los escalones.

Luego volvió con otro cliente, este un hombre de mediana edad y aspecto respetable vestido con un traje gris viejo pero pulcramente planchado. Tenía aspecto de haberse pasado toda la vida trabajando en un banco sin que lo hubieran ascendido nunca. Mientras cruzaban la sala, Betsy le dijo a Harald:

—¿Dónde está Lou?

—Ha ido a ver a un hombre por mí.

Betsy se detuvo y fue hacia la barra, dejando plantado en el centro de la sala al empleado de banca con cara de sentirse muy incómodo.

—No te mezcles con Lou. Es un bastardo.

—No tengo elección.

—Entonces acepta un consejo —dijo Betsy, y bajó la voz—: No confíes ni un pelo en él. —Sacudió el dedo ante el rostro de Harald como una maestra de escuela—. Vigila tu espalda, por el amor de Dios. —Luego subió por la escalera con el hombre del traje gastado.

Al principio Harald se sintió un poco furioso con ella por estar tan segura de que él no podía cuidar de sí mismo. Después se dijo que no debía ser tan estúpido. Betsy tenía razón: todo aquello le venía demasiado grande. Nunca había tratado con personas como Luther, y no tenía ni idea de cómo protegerse de ellas.

«No confíes ni un pelo en él», le había dicho Betsy. Bueno, Harald solo le había dado diez coronas. No veía cómo podía llegar a estafarlo Luther en aquella fase del asunto, aunque más adelante podía embolsarse una suma más grande a cambio de la que luego no le daría nada. «Vigila tu espalda.» Aquello quería decir que debía prepararse para ser traicionado. A Harald no se le ocurría cómo podía traicionarlo Luther, pero ¿había alguna precaución que pudiera adoptar? Entonces pensó que se encontraba atrapado en aquel bar, sin ninguna puerta trasera. Quizá debiera irse y vigilar la entrada desde una prudente distancia. Comportarse de una manera impredecible podía ser más seguro.

Apuró su cerveza y salió del club despidiéndose del barman con un gesto de la mano.

Anduvo por el muelle, bajo la luz del crepúsculo, hasta llegar a un gran mercante de grano que estaba amarrado con unos cables tan gruesos como el brazo de Harald. Tomando asiento sobre la cúpula que remataba un cabrestante de acero, se volvió hacia el club. Podía ver claramente la entrada, y pensó que probablemente reconocería a Luther. ¿Podría ver Luther que estaba sentado allí? Harald pensó que no, ya que su silueta resultaría difícil de distinguir delante de la oscura mole del barco. Eso era bueno, porque le daba el control de la situación. Cuando Luther regresara, si todo parecía estar bien, Harald volvería a entrar en el club. Si se olía alguna clase de trampa, entonces desaparecería. Se dispuso a esperar.

Pasados diez minutos, apareció un coche de la policía.

Llegó por el muelle muy deprisa, pero sin hacer sonar la sirena. Harald se levantó. Su instinto le decía que echara a correr, pero comprendió que eso atraería la atención hacia él, y se obligó a volver a sentarse y permanecer muy quieto.

El coche se detuvo delante del club de jazz con un chirriar de frenos.

Dos hombres bajaron de él. Uno, el conductor, vestía el uniforme de la policía. El otro llevaba un traje de color claro. Harald lo observó bajo la penumbra, reconoció la cara y dejó escapar una exclamación ahogada. Era Peter Flemming.

Los dos policías entraron en el club.

Harald se disponía a largarse de allí cuando apareció otra figura, encorvada y que andaba sobre los adoquines con un paso familiar. Era Luther. Se detuvo a unos metros del coche de la policía y se apoyó en la pared, como un espectador que no tuviera nada mejor que hacer que esperar a ver lo que sucedía.

Presumiblemente le había dicho a la policía que Harald estaba planeando huir a Suecia. Sin duda esperaba que su delación fuera recompensada con algo de dinero. Betsy era muy lista, y por suerte Harald había seguido su consejo.

Unos minutos después los policías salieron del club y Peter Flemming fue a hablar con Luther. Harald pudo oír las voces, porque los dos estaban hablando en un tono bastante irritado, pero se encontraba demasiado lejos para que pudiera distinguir las palabras. No obstante, parecía que Peter le estaba soltando una reprimenda a Luther, quien no paraba de levantar las manos hacia el cielo en un gesto de impotente frustración.

Pasado un rato los dos policías se fueron en su coche, y Luther entró en el club.

Harald se apresuró a irse, temblando ante lo cerca que había estado de que lo cogieran. Fue a buscar su motocicleta y se alejó bajo los últimos resplandores del crepúsculo. Pasaría la noche en el monasterio en ruinas de Kirstenslot.

¿Y qué haría después?

La tarde siguiente Harald le contó toda la historia a Karen.

Se sentaron en el suelo de la iglesia abandonada, mientras fuera el atardecer iba volviéndose más oscuro y las formas tapadas y las cajas que había alrededor de ellos se convertían en fantasmas bajo el crepúsculo. Karen se sentó con las piernas cruzadas, igual que una colegiala y se subió la falda de su vestido de seda, dejándosela por encima de las rodillas para estar más cómoda. Harald fue encendiéndole cigarrillos, y tuvo la sensación de que por fin estaba empezando a intimar con ella.

Le contó cómo había entrado en la base de Sande, y luego había fingido estar durmiendo mientras el soldado registraba la casa de sus padres. «¡Eso sí que es tener valor!», exclamó ella. Harald se sintió muy complacido por su admiración, y se alegró de que Karen no pudiese ver cómo se le humedecían los ojos mientras le explicaba que su padre había dicho una mentira para salvarlo.

Luego le explicó la deducción de Heis de que habría una gran incursión aérea la próxima luna llena, y sus razones para pensar que la película tenía que llegar a Londres antes de esa fecha.

Cuando le contó que un sargento de policía había abierto la puerta de la casa de Jens Toksvig después de que llamara a ella, Karen lo interrumpió.

—Recibí una advertencia —dijo.

—¿Qué quieres decir?

—Un desconocido se me acercó en la estación y me dijo que la policía sabía dónde estaba Arne. Ese hombre era policía y estaba en el departamento de tráfico, pero había oído algo por casualidad, y quería que lo supiéramos porque deseaba ayudarnos.

—¿No advertiste a Arne?

—¡Sí, lo hice! Sabía que estaba con Jens, así que busqué la dirección de Jens en la guía de teléfonos y luego fui a su casa. Vi a Arne y le conté lo que había sucedido.

A Harald todo aquello le sonó un poco raro.

—¿Qué fue lo que dijo Arne?

—Me dijo que me fuera primero, y que él se iría inmediatamente después que yo. Pero obviamente tardó demasiado en irse.

—O tu advertencia no era más que un ardid —dijo Harald con voz pensativa.

—¿Qué quieres decir? —se apresuró a preguntar ella.

—Que tu policía quizá estaba mintiendo. Supón que no tenía ninguna intención de ayudaros. Podría haberte seguido hasta la casa de Jens y haber arrestado a Arne en cuanto te fuiste.

—Qué idea tan ridícula... ¡Los policías no hacen esas cosas!

Harald vio que había vuelto a chocar con la fe que tenía Karen en la integridad y la buena voluntad de quienes la rodeaban. O era muy crédula o él estaba siendo excesivamente cínico, y Harald no estaba muy seguro de si se trataba de lo primero o de lo segundo. Eso le recordó lo convencido que estaba su padre de que los nazis no harían ningún daño a los judíos daneses, y deseó poder pensar que tanto su padre como Karen estaban en lo cierto.

—¿Qué aspecto tenía ese hombre?

—Alto, apuesto, corpulento, pelirrojo y con un bonito traje.

—¿Una variedad de tweed del color de la avena?

—Sí.

Aquello lo aclaraba todo.

—Era Peter Flemming —dijo Harald, sin que se le pasara por la cabeza reprocharle a Karen lo que había hecho porque sabía que ella había creído estar salvando a Arne. La joven había sido víctima de una hábil treta—. Peter tiene bastante más de espía que de policía. Conozco a su familia, de allá, de Sande.

—¡No te creo! —dijo Karen apasionadamente—. Tienes demasiada imaginación.

Harald no quería discutir con ella. El saber que su hermano se hallaba detenido lo llenó de pena. Arne nunca hubiese debido involucrarse en un engaño, porque el ser taimado y rastrero era algo que sencillamente no formaba parte de su naturaleza. Harald se preguntó con tristeza si volvería a ver a su hermano alguna vez.

Pero había más vidas en juego que la de su hermano.

—Arne no va a poder llevar esta película a Inglaterra.

—¿Qué vas a hacer con ella?

—No lo sé. Me gustaría llevarla yo mismo, pero no se me ocurre cómo. —Le contó lo del club de jazz, Betsy y Luther—. Y quizá haya sido mejor que yo no pueda llegar hasta Suecia. Probablemente me encarcelarían por no disponer de los documentos apropiados. —Una parte del acuerdo de neutralidad que el gobierno sueco tenía con Hitler consistía en que los daneses que llegaran a Suecia de manera ilegal serían arrestados—. No me importa correr un riesgo, pero necesito contar con una buena probabilidad de que lo que haga vaya a salir bien.

—Tiene que haber una manera... ¿Cómo iba a hacerlo Arne?

—No lo sé, no me lo dijo.

—Lo cual fue una estupidez por su parte.

—Viendo cómo han ido las cosas, quizá sí que lo fue. Pero probablemente pensó que cuantas menos personas lo supieran, más seguro estaría él.

—Alguien tiene que saberlo.

—Bueno, Poul tiene que haber dispuesto de un medio de comunicarse con los británicos. Pero mantenerlas en secreto es algo que forma parte de la naturaleza de esas cosas.

Estuvieron callados durante un rato. Harald se sentía muy deprimido. ¿Habría arriesgado su vida por nada?

—¿Has oído las noticias últimamente? —preguntó finalmente Harald, que echaba de menos su radio.

—Finlandia declaró la guerra a la Unión Soviética, y Hungría hizo lo mismo.

—Buitres que huelen la muerte —dijo Harald amargamente.

—Estar sentados aquí impotentes mientras los asquerosos nazis están conquistando el mundo resulta tan frustrante... Ojalá hubiera algo que pudiéramos hacer.

Harald acarició el recipiente de película que había dentro del bolsillo de su pantalón.

—Si pudiera llevarlo a Londres dentro de los próximos diez días esto ayudaría a cambiar un poco las cosas. Entonces quizá todo fuera distinto.

Karen volvió la mirada hacia el Hornet Moth.

—Es una lástima que esa cosa no pueda volar.

Harald contempló la tela desgarrada y la parte inferior del fuselaje.

—Yo quizá podría repararlo. Pero solo recibí una lección de vuelo, y no podría pilotarlo.

Karen lo miró con expresión pensativa.

—No —dijo finalmente—. Pero yo sí que podría hacerlo.

20

Arne Olufsen demostró ser sorprendentemente resistente al interrogatorio.

Peter Flemming lo interrogó el día de su arresto, y luego volvió a interrogarlo al día siguiente, pero Arne fingió ser inocente y no reveló ningún secreto. Peter quedó muy desilusionado. Había esperado que aquel amante de la diversión se rompería con tanta facilidad como una copa de champán.

No tuvo más suerte con Jens Toksvig.

Pensó en arrestar a Karen Duchwitz, pero estaba seguro de que ella solo ocupaba una posición periférica con respecto al caso. Además, la joven le era de más utilidad moviéndose libremente. Ya lo había conducido hasta dos espías.

Arne era el principal sospechoso. Contaba con todas las conexiones: había conocido a Poul Kirke, estaba familiarizado con la isla de Sande, tenía una prometida inglesa, había ido a Bornholm que se encontraba tan cerca de Suecia, y se había quitado de encima a la policía cuando lo estaban siguiendo.

El arresto de Arne y Jens había hecho que Peter volviera a gozar del favor del general Braun. Pero ahora Braun quería saber más: cómo funcionaba la red de espionaje, quién más formaba parte de ella, qué medios utilizaban para comunicarse con Inglaterra. Peter había arrestado a un total de seis espías, pero ninguno de ellos había hablado. El caso no quedaría resuelto hasta que uno de ellos cediera y lo revelase todo. Peter tenía que hacer hablar a Arne.

Planeó minuciosamente el tercer interrogatorio.

A las cuatro de la madrugada del domingo, irrumpió en la celda de Arne acompañado por dos policías de uniforme. Lo despertaron iluminándole los ojos con una linterna y chillando, y luego lo sacaron de la cama y lo llevaron pasillo abajo hasta la sala de interrogatorios.

Peter se sentó en el único asiento, detrás de una mesa barata, y encendió un cigarrillo. Arne tenía un aspecto pálido y asustado en su pijama de la cárcel. Su pierna izquierda estaba vendada y rígidamente comprimida desde la mitad del muslo hasta la pantorrilla, pero podía mantenerse en pie: las dos balas de Peter habían dañado los músculos, pero no habían roto ningún hueso.

—Tu amigo Poul Kirke era un espía —le dijo Peter.

—Yo no sabía eso —replicó Arne.

—¿Por qué fuiste a Bornholm?

—Para disfrutar de unas pequeñas vacaciones.

—¿Y por qué un hombre inocente que estaba de vacaciones iba a evadir la vigilancia policial?

—Puede que le disgustara verse seguido de un lado a otro por un montón de pies planos que andaban fisgoneándolo todo. —Arne estaba demostrando tener más presencia de ánimo de lo que había esperado Peter, a pesar de lo temprano de la hora y la brusquedad con que lo habían despertado—. Pero lo cierto es que no me di cuenta de que estuvieran siguiéndome. Si, como dices, evadí la vigilancia, no lo hice de manera intencionada. Quizá tu gente simplemente no sabe hacer bien su trabajo.

—Tonterías. Te quitaste de encima deliberadamente a los policías que te estaban siguiendo. Lo sé, porque yo formaba parte del equipo de vigilancia.

Arne se encogió de hombros.

—Eso no me sorprende mucho, Peter. De chico nunca fuiste demasiado brillante. Fuimos a la escuela juntos, ¿recuerdas? De hecho, éramos grandes amigos.

—Hasta que te enviaron a la Jansborg Skole, donde aprendiste a infringir la ley.

—No. Fuimos amigos hasta que nuestras familias se pelearon.

—Debido a la malicia de tu padre.

—Yo creía que fue debido a los malabarismos que tu padre había hecho con los impuestos.

Aquello no estaba yendo de la manera en que lo había planeado Peter.

—¿A quién viste en Bornholm?

—A nadie.

—¿Estuviste días enteros dando vueltas por allí y nunca hablaste con nadie?

—Hice amistad con una chica.

Arne no había mencionado aquello en interrogatorios anteriores. Peter estaba seguro de que no era verdad. Quizá todavía podría atrapar a Arne.

—¿Cómo se llamaba esa chica?

—Annika.

—¿Un apodo?

—No se lo pregunté.

—Cuando volviste a Copenhague, te escondiste.

—¿Esconderme? Estaba en casa de un amigo.

—Jens Toksvig..., otro espía.

—Él no me dijo que fuera un espía. Parece que todos esos espías son muy amantes del secreto, ¿verdad? —añadió sarcásticamente.

Peter estaba consternado al ver lo poco que había debilitado a Arne el tiempo que llevaba dentro de las celdas. Continuaba aferrándose a su historia, la cual era improbable pero no imposible. Empezó a temer que Arne nunca llegaría a hablar. Luego se dijo que aquello no era más que una escaramuza preliminar, y siguió insistiendo.

—¿Así que no tenías ni idea de que la policía te andaba buscando?

—No.

—¿Ni siquiera cuando un policía te persiguió en los jardines del Tívoli?

—Eso tiene que haberle ocurrido a otra persona. Yo nunca he sido perseguido por un policía.

Peter permitió que el sarcasmo impregnara su voz.

—¿No viste ni uno solo de los mil carteles con tu cara que han sido repartidos por la ciudad?

—Deben de habérseme pasado por alto.

—¿Y entonces por qué cambiaste tu apariencia?

—¿Cambié mi apariencia?

—Te afeitaste el bigote.

—Alguien me dijo que con ese bigote parecía Hitler.

—¿Quién?

—La chica a la que conocí en Bornholm, Anne.

—Dijiste que se llamaba Annika.

—Yo la llamaba Anne para abreviar.

Tilde Jespersen entró con una bandeja. El olor a tostada caliente hizo que a Peter se le hiciera la boca agua, y confió en que estuviera teniendo el mismo efecto sobre Arne. Tilde sirvió té. Sonrió a Arne y dijo:

—¿Queréis un poco de té?

Arne asintió.

—No —dijo Peter.

Tilde se encogió de hombros.

Aquel pequeño intercambio era una farsa. Tilde estaba fingiendo ser amable con la esperanza de lograr que Arne se mostrara más abierto con ella.

Tilde trajo otra silla y se sentó a beber su té. Peter comió un poco de tostada con mantequilla, tomándose su tiempo para hacerlo. Arne tuvo que seguir de pie y mirarlos.

Cuando hubo terminado de comer, Peter reanudó el interrogatorio.

—En el despacho de Poul Kirke encontré un esbozo de una instalación militar que hay en la isla de Sande.

—Me dejas asombrado —dijo Arne.

—Si no hubiera muerto, Poul Kirke habría enviado esos esbozos a los británicos.

—Y si un idiota al que le gusta demasiado apretar el gatillo no lo hubiese matado, Poul quizá habría tenido una explicación perfectamente inocente para ellos.

—¿Hiciste tú esos dibujos?

—Desde luego que no.

—Sande es tu hogar. Tu padre es pastor de una iglesia allí.

—También es el tuyo. Tu padre dirige un hotel en el que los nazis se emborrachan bebiendo aquavit cuando están libres de servicio.

Peter hizo como que no había oído lo que acababa de decir Arne.

—Cuando me encontré contigo en St Paul's Gade, echaste a correr. ¿Por qué?

—Tú tenías un arma. Si no hubiera sido por eso, te habría partido tu fea cara, tal como hice detrás de la estafeta de correos hace doce años.

—Yo te dejé tirado en el suelo detrás de la estafeta de correos.

—Pero volví a levantarme. —Arne se volvió hacia Tilde con una sonrisa en los labios—. La familia de Peter y la mía llevan años odiándose a muerte. Esa es la verdadera razón por la que me arrestó.

Peter volvió a fingir que no había oído aquello.

—Hace cuatro noches hubo una alerta de seguridad en la base. Algo puso nerviosos a los perros guardianes. Los centinelas vieron a alguien corriendo a través de las dunas en dirección a la iglesia de tu padre. —Mientras hablaba, Peter observaba el rostro de Arne. Hasta el momento este no parecía sorprendido—. ¿Eras tú quien corría a través de las dunas?

—No.

Peter tuvo la sensación de que Arne le estaba diciendo la verdad.

—La casa de tus padres fue registrada —siguió diciendo. Entonces vio brillar un destello de miedo en los ojos de Arne: él no había sabido nada acerca de aquello—. Los guardias estaban buscando a alguien de fuera de la isla. Encontraron a un joven durmiendo en su cama, pero el pastor dijo que era su hijo. ¿Eras tú?

—No. No he estado en casa desde Pentecostés.

Una vez más, Peter pensó que Arne le estaba diciendo la verdad.

—Hace dos noches, tu hermano Harald volvió a la Jansborg Skole.

—De la cual había sido expulsado a causa de tu malicia.

—¡Fue expulsado porque deshonró a la escuela!

—¿Cómo, pintando un chiste en una pared? —Arne se volvió una vez más hacia Tilde—. El superintendente de la policía había decidido poner en libertad a mi hermano sin cargos, pero Peter fue a su escuela e insistió en que lo expulsaran. ¿Ves hasta qué punto odia a mi familia?

—Tu hermano entró en el laboratorio de química forzando una ventana y utilizó el cuarto oscuro para revelar una película —dijo Peter.

Los ojos de Arne se abrieron visiblemente. Estaba claro que aquello era una novedad para él. Como mínimo, lo había alarmado.

—Afortunadamente, fue descubierto por otro muchacho. Me enteré de todo esto gracias al padre del chico, quien da la casualidad de que es un ciudadano leal y un creyente en la ley y el orden.

—¿Es un nazi?

—¿Esa película era tuya, Arne?

—No.

—El director de la escuela dice que la película consistía en fotografías de mujeres desnudas, y asegura que la confiscó y la quemó. Está mintiendo, ¿verdad?

—No tengo ni idea.

—Creo que eran fotografías de la instalación militar que hay en Sande.

—¿Eso crees?

—Esas fotografías eran tuyas, ¿verdad?

—No.

Peter tuvo la sensación de que por fin estaba empezando a intimidar a Arne, y decidió sacar el máximo provecho posible de su ventaja.

—A la mañana siguiente, un hombre bastante joven llamó a la puerta de la casa de Jens Toksvig. Uno de nuestros agentes, un sargento de mediana edad que no es precisamente uno de los gigantes intelectuales del cuerpo, respondió a la llamada. El muchacho fingió haber acudido a la dirección equivocada, buscando un médico, y nuestro sargento fue lo bastante ingenuo para creerlo. Pero eso era una mentira. Aquel joven era tu hermano, ¿verdad?

—Estoy completamente seguro de que no lo era —dijo Arne, pero parecía asustado.

—Harald te traía la película revelada.

—No.

—Esa noche, una mujer que se hacía llamar Hilde telefoneó a la casa de Jens Toksvig desde Bornholm. ¿No dijiste que habías hecho amistad con una chica llamada Hilde?

—No, Anne.

—¿Quién es Hilde?

—Nunca he oído hablar de ella.

—Quizá era un nombre falso. ¿Podría haber sido tu prometida, Hermia Mount?

—Hermia está en Inglaterra.

—En eso te equivocas. He estado hablando con las autoridades de inmigración suecas. —Obligarlas a cooperar había costado mucho, pero al final Peter consiguió la información que quería—. Hermia Mount llegó a Estocolmo en avión hace diez días, y todavía no se ha ido de allí.

Arne fingió sorpresa, pero la representación no le salió muy convincente.

—No sé nada de eso —dijo, hablando en un tono demasiado suave—. No he tenido noticias de ella desde hace más de un año.

Si eso hubiera sido cierto, entonces Arne se habría mostrado asombrado y furioso al enterarse de que no cabía duda de que Hermia había estado en Suecia y posiblemente en Dinamarca. Era evidente que ahora sí que estaba mintiendo. Peter siguió hablando.

—Esa misma noche, y estoy hablando de anteayer, un joven apodado Colegial fue a un club de jazz que hay en el muelle, estuvo hablando con un pequeño delincuente llamado Luther Gregor y le pidió que lo ayudara a huir a Suecia.

Arne puso cara de horror.

—Ese joven era Harald, ¿verdad? —dijo Peter.

Arne no dijo nada.

Peter se recostó en su asiento. Ahora Arne se hallaba visiblemente afectado, pero en conjunto había planteado una defensa muy ingeniosa. Tenía explicaciones para todo lo que Peter le iba tirando a la cara. Peor aún, estaba explotando hábilmente la hostilidad personal que existía entre ellos en beneficio suyo, asegurando que su arresto había sido un acto de malicia por parte de Peter. Frederik Juel podía ser lo bastante ingenuo para llegar a creérselo. Peter empezó a preocuparse.

Tilde echó té dentro de un tazón y se lo dio a Arne sin consultar antes con Peter. Peter no dijo nada: todo aquello formaba parte del guión que habían preparado antes. Arne cogió el tazón con una mano temblorosa y bebió ávidamente.

—Te has metido en un buen lío, Arne —le dijo Tilde con voz bondadosa—. Ahora este asunto ya no te afecta solo a ti. Has involucrado a tus padres, tu prometida y tu hermano menor. Harald también se ha metido en un buen lío. Si esto continúa, terminarán ahorcándolo como espía... y tú habrás tenido la culpa.

Arne sostuvo el tazón con las dos manos, sin decir nada, parecía atónito y asustado. Peter pensó que quizá se estuviera debilitando.

—Podemos hacer un trato contigo —siguió diciendo Tilde—. Cuéntanoslo todo, y tanto tú como Harald os libraréis de la pena de muerte. No hará falta que aceptes mi palabra en cuanto a eso: el general Braun estará aquí dentro de unos minutos, y te garantizará que viviréis. Pero primero tendrás que decirnos dónde se encuentra Harald. Si no lo haces, morirás, y tu hermano también morirá.

La duda y el miedo cruzaron rápidamente por el rostro de Arne. Hubo un largo silencio, y luego Arne por fin pareció llegar a una decisión. Extendió el brazo y puso el tazón encima de la bandeja. Miró a Tilde, y luego volvió la mirada hacia Peter.

—Iros al infierno —murmuró.

Peter se levantó de un salto, furioso.

—¡Tú eres el que irá al infierno! —gritó, haciendo que su silla cayera al suelo de una patada—. ¿Es que no entiendes lo que te está sucediendo?

Tilde se levantó y salió de la habitación sin decir nada.

—Si no hablas con nosotros, serás entregado a la Gestapo —siguió diciendo Peter airadamente—. Ellos no te darán té ni te formularán preguntas corteses. Te arrancarán las uñas, y encenderán cerillas debajo de las plantas de tus pies. Te pondrán electrodos en los labios, y te irán echando encima agua fría para que las descargas resulten todavía más dolorosas. Te dejarán desnudo y te golpearán con martillos. Te romperán las rótulas y los huesos de los tobillos dejándotelos tan hechos pedazos que nunca más volverás a caminar, y luego seguirán golpeándote, manteniéndote con vida y consciente, gritando todo el rato. Tú les suplicarás y les rogarás que te dejen morir, pero ellos se negarán a hacer tal cosa... hasta que hables. Y hablarás. Métete eso en la cabeza. Al final, todo el mundo habla.

—Lo sé —murmuró Arne, que tenía el rostro blanco como el papel.

Peter se quedó atónito ante la tranquila resignación que había detrás del miedo. ¿Qué podía significar?

La puerta se abrió y el general Braun entró en la habitación. Ya eran las seis, y Peter estaba esperando verlo llegar: su llegada formaba parte del guión que habían preparado. Con su uniforme pulcramente almidonado y la pistola enfundada, Braun era el vivo retrato de la eficiencia impasible. Como siempre, el daño que habían sufrido sus pulmones convirtió su voz en una especie de suave susurro.

—¿Este es el hombre al que hay que enviar a Alemania?

Arne se movió muy deprisa, a pesar de su herida.

Peter estaba mirando en la dirección opuesta, hacia allí donde estaba Braun, y solo vio un rápido borrón de movimiento cuando Arne extendió la mano hacia la bandeja del té. La pesada tetera de barro cocido voló a través de los aires y chocó con la sien de Peter, derramando té sobre su cara. Cuando se hubo apartado el líquido de los ojos, Peter vio cómo Arne se abalanzaba sobre Braun. Su pierna herida hacía que se moviera con torpeza, pero el general se desplomó bajo su acometida. Peter se apresuró a levantarse, pero fue demasiado lento. En el segundo durante el que Braun yació inmóvil en el suelo, jadeando, Arne desabotonó su pistolera y sacó el arma de ella.

Luego volvió el arma hacia Peter, sosteniéndola con las dos manos.

Peter se quedó totalmente inmóvil. El arma era una Luger de 9 milímetros. La recámara de la culata contenía ocho proyectiles, pero ¿estaba cargada el arma? ¿O Braun solo la llevaba encima como una parte más de su imagen?

Arne permaneció en posición sentada, pero luego fue echándose lentamente hacia atrás hasta que terminó quedando de pie apoyado en la pared.

La puerta seguía estando abierta. Tilde entró en la habitación, diciendo:

—¿Qué...?

—¡No te muevas! —ladró Arne.

Peter se preguntó apremiantemente a sí mismo hasta qué punto estaba familiarizado Arne con las armas. Era un oficial, pero quizá no hubiera tenido ocasión de practicar mucho con ellas en la fuerza aérea.

Como para responder a la pregunta que no había llegado a formular, Arne quitó el seguro en el lado izquierdo de la pistola con un movimiento deliberadamente calculado para que todos pudieran verlo.

Detrás de Tilde, Peter podía ver a los dos policías uniformados que habían escoltado a Arne desde su celda.

Ninguno de los cuatro policías llevaba un arma. No entraban armados en la zona de las celdas. Era una regla muy estricta que había sido puesta en vigor para impedir que los prisioneros hicieran exactamente lo que acababa de hacer Arne. Pero Braun no se consideraba sometido a las reglas, y nadie había tenido el valor de pedirle que entregara su arma.

Ahora Arne los tenía a todos a su merced.

—Ya sabes que no podrás huir, ¿verdad? Esta es la comisaría de policía más grande que hay en toda Dinamarca. Ahora puedes acabar con nosotros, pero fuera hay docenas de policías armados. No podrás abrirte paso a través de todos ellos.

—Lo sé —dijo Arne.

Allí estaba de nuevo aquella ominosa nota de resignación.

—¿Y querrías matar a tantos inocentes policías daneses? —preguntó Tilde.

—No, no querría hacerlo.

Todo empezaba a cobrar sentido. Peter se acordó de las palabras que había dicho Arne cuando él le disparó: «Cerdo estúpido... Hubieses debido matarme». Aquello encajaba con la actitud fatalista que había estado exhibiendo Arne desde su arresto. Temía que terminaría traicionando a sus amigos, tal vez incluso a su hermano.

De pronto Peter supo lo que iba a ocurrir a continuación. Arne había comprendido que la única manera de estar completamente a salvo era muerto. Pero Peter quería que Arne fuera torturado por la Gestapo y revelara sus secretos. No podía permitir que Arne muriese.

Pese al arma que lo apuntaba, Peter se lanzó sobre Arne.

Arne no le disparó. En vez de eso, lo que hizo fue echar el arma hacia atrás y hundir su cañón en la suave piel de debajo de su barbilla.

Peter ya estaba saltando sobre él.

La pistola ladró una sola vez.

Peter la arrancó de la mano de Arne, pero llegaba demasiado tarde. Un chorro de sangre y sesos brotó de la coronilla de la cabeza de Arne, dibujando una mancha en forma de abanico sobre la pared por detrás de él. Peter cayó sobre Arne, y una parte del chorro de restos se esparció sobre su cara. Luego rodó sobre sí mismo alejándose de Arne y se incorporó.

El rostro de Arne permaneció extrañamente inalterado. Todos los daños se encontraban detrás, y aún seguía mostrando la sonrisa irónica que había lucido cuando se puso el arma en el cuello. Un instante después se desplomó de costado, con la destrozada parte posterior de su cráneo dejando un borrón rojizo encima de la pared. Su cuerpo golpeó el suelo con un sordo estruendo falto de vida, y ya no volvió a moverse.

Peter se limpió la cara con la manga.

El general Braun se levantó, luchando por recuperar el aliento.

Tilde se inclinó y recogió la pistola.

Todos contemplaron el cadáver.

—Un hombre valiente —dijo el general Braun.

21

Cuando despertó, Harald supo que algo maravilloso había sucedido, pero por un instante no pudo recordar de qué se trataba. Estaba tumbado sobre la repisa en el ábside de la iglesia, con la manta de Karen alrededor de él y Pinetop el gato hecho un ovillo junto a su pecho, y esperó a que su memoria empezara a trabajar. Tenía la impresión de que aquel maravilloso acontecimiento se hallaba estrechamente relacionado con algo preocupante, pero estaba tan emocionado que le daba igual el peligro.

Entonces todo volvió de golpe a su mente: Karen había accedido a volar con él a Inglaterra en el Hornet Moth.

Harald se incorporó tan bruscamente que echó de su sitio a Pinetop, quien saltó al suelo con un maullido de indignación.

El peligro era que ambos podían ser capturados, arrestados y muertos. Lo que lo hacía feliz, a pesar de eso, era el hecho de que iba a pasar muchas horas a solas con Karen. No se trataba de que Harald pensase que iba a ocurrir nada romántico. Sabía que Karen se hallaba fuera de su alcance, pero no podía evitar sentir lo que sentía por ella. Incluso si nunca iba a besarla, lo emocionaba pensar en el tiempo que iban a pasar juntos. No era solo el viaje, aunque aquello sería el punto culminante. Antes de que pudieran despegar tendrían que pasar días trabajando en el avión.

Pero todo el plan dependía de si Harald podía reparar el Hornet Moth. La noche anterior, con una linterna por toda iluminación, no había podido inspeccionarlo a fondo. Ahora, con el sol naciente resplandeciendo a través de los ventanales que se alzaban por encima del ábside, pudo evaluar la magnitud de la labor.

Se lavó en el grifo de agua fría del rincón, se vistió y dio comienzo a su examen.

Lo primero en que se fijó fue en un largo trozo de gruesa cuerda que habían atado a la parte inferior del fuselaje. ¿Para qué era aquello? Después de unos instantes de reflexión, comprendió que era para llevar el avión de un lado a otro cuando el motor estaba apagado. Con las alas plegadas, resultaría difícil encontrar un punto por el cual empujar la máquina, pero la cuerda permitiría que alguien tirase de ella igual que si fuese una carreta.

Karen llegó en ese preciso instante.

Calzaba sandalias y llevaba unos pantalones cortos que mostraban sus largas y fuertes piernas. Su pelo rizado estaba recién lavado y se extendía alrededor de su cabeza en una nube color cobre. Harald pensó que los ángeles debían de tener aquel aspecto. ¡Qué inmensa tragedia sería que Karen muriese en la aventura que los aguardaba!

Era demasiado temprano para hablar de morir, se dijo a sí mismo. Ni siquiera había empezado a reparar el avión. Y bajo la claridad de la mañana, aquello parecía una tarea más abrumadora.

Al igual que Harald, aquella mañana Karen estaba pesimista. El día anterior se había sentido muy emocionada por la perspectiva de la aventura, pero hoy tendía a ver las cosas de una manera más sombría.

—He estado pensando en lo de reparar esta cosa —dijo—. No estoy segura de que pueda hacerse, especialmente en diez días..., nueve, ahora.

Harald sintió nacer en su interior el inicio de aquella tozudez que siempre se adueñaba de él cuando alguien le decía que no podía hacer algo.

—Ya veremos —dijo.

—Tienes esa expresión... —observó ella.

—¿Cuál?

—La que dice que no quieres oír lo que se está diciendo.

—No tengo ninguna expresión —dijo Harald obstinadamente.

Karen se echó a reír.

—Tus dientes están apretados, las comisuras de tu boca apuntan hacia abajo, y estás frunciendo el ceño.

Harald se vio obligado a sonreír, y en realidad lo complació mucho que Karen se hubiera fijado en su expresión.

—Eso ya está mejor —dijo ella.

Harald empezó a estudiar el Hornet Moth con ojos de ingeniero. Cuando lo vio por primera vez, había pensado que sus alas estaban rotas, pero Arne le había explicado que se doblaban hacia atrás para que resultara más fácil guardarlo. Harald contempló las bisagras mediante las que se hallaban unidas al fuselaje.

—Creo que podría volver a poner bien las alas —dijo.

—Eso no es nada complicado. Nuestro instructor, Thomas, lo hacía cada vez que guardaba el avión. Solo se tardan unos minutos. —Tocó el ala más próxima—. Pero la tela se encuentra en bastante mal estado.

Las alas y el fuselaje estaban hechos de madera recubierta por una tela que había sido tratada con alguna clase de pintura. En la superficie de arriba, Harald pudo ver las puntadas allí donde la tela quedaba sujeta a las costillas del armazón mediante un grueso hilo. La pintura se había agrietado, y había algunos sitios en los que la tela estaba desgarrada.

—Solo son daños superficiales —dijo—. ¿Importan?

—Sí. Los desgarrones en la tela podrían interferir con el flujo del aire por encima de las alas.

—Pues entonces tendremos que remendarlos. A mí me preocupa más la parte inferior del fuselaje.

El avión había sufrido alguna clase de accidente, probablemente una toma de tierra torpe como la que había descrito Arne. Harald se arrodilló para poder examinar más de cerca el tren de aterrizaje dañado. El sólido tubo de acero que formaba el eje parecía tener dos salientes que encajaban en un bastidor con forma de V. El bastidor estaba hecho de tubo de acero ovalado, y los dos brazos de la V se habían arrugado y doblado en su punto más débil, presumiblemente justo más allá de los extremos del tubo que servía como eje. Tenían aspecto de que podían romperse con facilidad. Un tercer bastidor, que a Harald le pareció tenía el aspecto de ser un amortiguador de impactos, no parecía haber sufrido daños. Aun así, saltaba a la vista que el tren de aterrizaje había quedado demasiado debilitado para que el Hornet Moth pudiera tomar tierra.

—Eso lo hice yo —dijo Karen.

—¿Te estrellaste?

—Tomé tierra cuando había viento cruzado y el avión se desvió hacia un lado. La punta del ala chocó con el suelo.

Sonaba aterrador.

—¿Pasaste mucho miedo?

—No. Me sentía como una estúpida, pero Tom dijo que no es raro que eso ocurra en un Hornet Moth. De hecho me confesó que él mismo lo había hecho en una ocasión.

Harald asintió. Aquello encajaba con lo que había dicho Arne. Pero había algo en la manera en que Karen hablaba de Thomas, el instructor, que lo hizo sentirse celoso.

—¿Por qué nunca la reparasteis?

—Aquí no disponemos de los medios necesarios —dijo Karen, señalando el banco de trabajo y el soporte para las herramientas—. Tom podía hacer unas cuantas reparaciones menores y era bueno con el motor, pero esto no es una fundición y no tenemos ningún equipo de soldadura. Luego papá tuvo un pequeño ataque al corazón. Ya se ha recuperado, pero eso significó que nunca le darían la licencia de piloto, y perdió el interés por aprender a volar. El resultado fue que el trabajo nunca llegó a hacerse.

Harald pensó que aquello no sonaba nada prometedor. ¿Cómo se las iba a arreglar para trabajar el metal? Fue hasta la cola y examinó el ala que había chocado con el suelo.

—No parece haberse partido —dijo—. No me costaría mucho reparar la punta.

—Nunca se sabe —dijo Karen lúgubremente—. Una de las traviesas de madera del interior podría haberse sobrecargado. Eso no es algo que se pueda determinar con solo examinarlo por fuera. Y si un ala ha quedado debilitada, entonces el avión se estrellará.

Harald estudió el plano de cola. La mitad posterior estaba montada sobre bisagras y subía y bajaba, y recordó que aquello era el timón de profundidad. El timón de dirección superior se desplazaba hacia la izquierda y hacia la derecha. Examinándolo más de cerca, Harald vio que todo estaba controlado mediante unos cables que salían del fuselaje. Pero los cables habían sido cortados y extraídos.

—¿Qué les ocurrió a los cables? —preguntó.

—Creo que los sacaron del fuselaje para reparar alguna otra máquina.

—Eso va a ser un problema.

—Solo faltan los últimos tres metros de cada cable, porque fueron quitando cable hasta llegar al tensor que hay detrás del panel de acceso debajo del fuselaje. El resto todavía sigue ahí porque costaba demasiado acceder a él.

—Aun así, eso son unos doce metros, y no puedes comprar cables: ahora nadie puede conseguir repuestos para nada. Sin duda esa fue la razón por la que aprovecharon el cable del avión para reparar otra máquina. —Harald estaba empezando a sentirse abrumado por los malos presentimientos, pero habló en un tono deliberadamente jovial—. Bueno, vamos a ver qué otros problemas hay. —Fue a la proa del aparato. Encontró dos cierres en el lado derecho del fuselaje, los hizo girar y abrió la cubierta del motor, la cual estaba hecha de un metal muy delgado que parecía latón pero probablemente fuese aluminio. Estudió el motor.

—Es un cuatro cilindros en línea —dijo Karen.

—Sí, pero parece como si estuviera puesto al revés.

—Comparado con un motor de coche, sí. El eje de la manivela se encuentra arriba. Sirve para elevar el nivel de la hélice cuando quieres mantenerla alejada del suelo.

Harald se sorprendió al ver lo mucho que Karen entendía de aquello. Nunca había conocido a una chica que supiese lo que era una manivela de motor.

—¿Y qué tal era ese Tom? —preguntó.

—Era un gran profesor. Tenía mucha paciencia, y siempre sabía cómo darte ánimos.

—¿Tuviste una aventura con él?

—¡Por favor! Yo tenía catorce años.

—Apuesto a que estabas loca por él.

Karen se enfadó un poco.

—Supongo que piensas que esa es la única razón por la que una chica va a aprender de motores, ¿verdad?

Harald pensaba precisamente eso, pero no lo dijo.

—No, no. Es que me he dado cuenta de que hablabas de él con mucho cariño. Claro que eso no es asunto mío. Veo que el motor se enfría por aire. —No había radiador, pero los cilindros contaban con pequeños ventiladores de refrigeración.

—Creo que todos los motores de avión lo hacen, para ahorrar peso.

Harald fue al otro lado del fuselaje y abrió la cubierta derecha. Todos los conductos del combustible y el aceite parecían estar firmemente conectados, y no había ninguna señal exterior de daños. Desenroscó el tapón del aceite y usó el medidor para comprobar el contenido. Todavía había un poco de aceite dentro del depósito.

—Todo parece estar bien —dijo—. Vamos a ver si se pone en marcha.

—Resulta más fácil entre dos personas. Tú puedes sentarte dentro de la cabina mientras yo hago girar la hélice.

—¿La batería no se habrá descargado después de todos estos años?

—No hay ninguna batería. La electricidad proviene de dos imanes que son accionados por el mismo motor. Subamos a la cabina y te enseñaré qué es lo que has de hacer.

Karen abrió la puerta y entonces soltó un chillido y se apresuró a retroceder... para caer en los brazos de Harald. Era la primera vez que él tocaba su cuerpo, y fue como recibir una súbita descarga de electricidad. Karen apenas pareció darse cuenta de que se estaban abrazando, y Harald se sintió un poco culpable por estar disfrutando de un abrazo fortuito. Se apresuró a enderezar a Karen y luego se apartó de ella.

—¿Te encuentras bien? —preguntó—. ¿Qué ha pasado?

—Ratones.

Harald volvió a abrir la puerta. Dos ratones saltaron por el hueco y bajaron corriendo por sus pantalones hasta llegar al suelo. Karen soltó un bufido de disgusto.

Había agujeros en la tela que tapizaba uno de los asientos, y Harald supuso que los ratones se habrían instalado dentro del relleno.

—Ese problema puede solucionarse rápidamente —dijo. Hizo un ruido de beso con los labios y Pinetop apareció inmediatamente, con la esperanza de recibir algo de comida. Harald cogió al gato y lo metió dentro de la cabina.

Un súbito estallido de energía se adueñó de Pinetop. Corrió de un lado de la pequeña cabina al otro, y Harald creyó ver cómo una cola de ratón deaparecía dentro del agujero que había debajo del asiento de la izquierda por el que pasaba un conducto de cobre. Pinetop se subió al asiento y luego saltó al estante del equipaje que había detrás de él, sin atrapar ningún ratón. Acto seguido investigó los agujeros en el tapizado. Allí encontró una cría de ratón, y empezó a comérsela con gran delicadeza.

Harald vio que había dos libritos encima del estante del equipaje. Se inclinó dentro de la cabina y los cogió. Eran un par de manuales, uno para el Hornet Moth y otro para el motor Gypsy Major que lo impulsaba. Encantado con su descubrimiento, se los enseñó a Karen.

—Pero ¿qué pasa con los ratones? —preguntó ella—. No los soporto.

—Pinetop los ha hecho huir. En el futuro, dejaré abiertas las puertas de la cabina para que Pinetop pueda entrar y salir de ella. Él los mantendrá alejados —dijo Harald, abriendo el manual del Hornet Moth.

—¿Qué está haciendo ahora?

—¿Quién, Pinetop? Oh, se está comiendo a las crías. ¡Fíjate en estos diagramas, es magnífico!

—¡Harald! —chilló Karen—. ¡Eso es repugnante! ¡Detenlo!

Harald se quedó atónito.

—¡Es asqueroso!

—Es natural.

—Me da igual que lo sea.

—¿Cuál es la alternativa? —preguntó Harald impacientemente—. Tenemos que librarnos del nido. Podría sacar a las crías con mis manos y tirarlas entre los arbustos, pero Pinetop seguiría comiéndoselas, a menos que los pájaros llegaran hasta ellas primero.

—Es tan cruel...

—¡Son ratones, por el amor de Dios!

—¿Cómo es posible que no lo entiendas? ¿Es que no ves que no lo soporto?

—Lo comprendo, es que me parece una tontería que...

—Oh, no eres más que un estúpido ingeniero que solo piensa en cómo funcionan las cosas y nunca sabe pensar en los sentimientos de las personas.

Harald se sintió muy herido.

—Eso no es cierto.

—Lo es —dijo Karen, y se fue hecha una furia.

Harald estaba asombrado.

—¿A qué demonios ha venido todo eso? —dijo en voz alta.

¿Realmente creía Karen que él era un estúpido ingeniero que nunca pensaba en los sentimientos de las personas? Aquello era muy injusto.

Se subió a una caja para mirar por uno de los ventanales. Vio a Karen alejándose sendero arriba hacia el castillo. De pronto pareció cambiar de parecer y se internó en el bosque. Harald pensó seguirla, y luego decidió no hacerlo.

El primer día de su gran colaboración se habían peleado. ¿Qué posibilidades había de que pudieran volar a Inglaterra?

Volvió al avión. Ya puestos, siempre podía tratar de poner en marcha el motor. Se dijo que si Karen se echaba atrás, ya encontraría otro piloto.

Las instrucciones estaban en el manual.

Calzar las ruedas y poner el freno de mano.

Harald no pudo encontrar los calces, pero arrastró por el suelo dos cajas llenas de trastos viejos y las empujó contra las ruedas. Localizó la palanca del freno de mano en la puerta izquierda y comprobó que estuviera puesta. Pinetop estaba sentado en el asiento, lamiéndose las patas con una expresión saciada.

—La dama opina que eres repugnante —le dijo Harald. El gato le lanzó una mirada desdeñosa y salió de la cabina con un ágil salto.

Abrir entrada de combustible (control en cabina).

Harald abrió la puerta y se inclinó hacia el interior de la cabina, la cual era lo bastante pequeña para que pudiera llegar a los controles sin necesidad de meterse dentro de ella. El indicador del combustible quedaba parcialmente escondido entre los dos asientos traseros, y junto a él había un tirador metido en una ranura. Harald lo movió de la posición de apagado a la de encendido.

Inyectar combustible en el carburador accionando la palanca que hay a cada lado de las bombas del motor. La entrada de combustible a través del conducto se produce al activar el arranque del carburador.

La cubierta izquierda del motor todavía estaba abierta y Harald enseguida localizó las dos bombas de combustible, cada una con una pequeña palanca sobresaliendo de ella. El arranque del carburador resultó más difícil de identificar, pero Harald terminó decidiendo que sería un anillo con un mecanismo de resorte. Tiró del anillo y subió y bajó una de las palancas. No tenía ninguna manera de saber si lo que estaba haciendo surtía algún efecto. Por lo que él sabía, el depósito muy bien podía estar seco.

Se sentía muy desanimado ahora que Karen se había ido. ¿Por qué siempre terminaba haciéndolo todo tan mal con ella? Lo único que quería era mostrarse afable y encantador y hacer lo que fuese necesario para complacerla, pero no conseguía saber qué era lo que ella quería. ¿Por qué las chicas no podían ser más como los motores?

Ajustar la válvula en la posición «Apagado», o prácticamente en ella.

Harald odiaba los manuales que no sabían decidir qué era lo que querían exactamente. ¿Cómo tenía que estar la válvula, cerrada o ligeramente abierta? Localizó el control, una palanca situada justo delante de la puerta izquierda de la cabina. Pensando en su vuelo a bordo de un Tiger Moth hacía dos semanas, recordó que Poul Kirke había ajustado la válvula a cosa de un centímetro y medio del extremo «Apagado». El Hornet Moth debería de ser similar. Tenía una escala grabada graduada del uno al diez, mientras que el Tiger Moth no la tenía. Guiándose por aquella conjetura, Harald ajustó la válvula en el uno.

Poner los interruptores en la posición «Encendido».

En el salpicadero había un par de interruptores marcados con «Encendido» y «Apagado». Harald supuso que debían de activar los imanes gemelos. Los encendió.

Hacer girar la hélice.

Harald se puso delante del avión y agarró una de las palas de la hélice. La empujó hacia abajo. La hélice estaba muy rígida, y tuvo que recurrir a toda su fuerza para que pudiera moverla. Cuando finalmente empezó a girar, la hélice produjo un seco chasquido y luego se detuvo.

Volvió a hacerla girar. Esta vez la hélice se movió con más facilidad. Volvió a producir un chasquido.

La tercera vez, Harald le dio un vigoroso empujón con la esperanza de que se encendería el motor.

No ocurrió nada.

Volvió a intentarlo. La hélice se movía sin ninguna dificultad y producía el chasquido cada vez que lo hacía, pero el motor permanecía silencioso e inmóvil.

Karen entró.

—¿No arranca? —preguntó.

Harald la miró con sorpresa. No había esperado volver a verla. Se puso muy contento, pero cuando replicó lo hizo en un tono distante.

—Es demasiado pronto para decirlo. Solo acabo de empezar.

Karen parecía contrita.

—Siento haberme ido de esa manera.

Hasta aquel momento Harald la había creído demasiado orgullosa para pedir disculpas, y aquello era un nuevo aspecto de ella.

—No importa —dijo.

—Es que cuando pensé en el gato comiéndose a las crías de ratón... Bueno, no podía soportarlo. Ya sé que es una tontería preocuparse por los ratones cuando hombres como Poul están perdiendo la vida.

Así era como lo veía Harald, pero no lo dijo.

—De todas maneras, ahora Pinetop se ha ido.

—No me sorprende que el motor no arranque —dijo Karen, volviendo a las cuestiones prácticas. Que era justo lo que hacía cuando se sentía avergonzada por algo, pensó Harald—. Hace lo menos tres años que no ha sido puesto en marcha.

—Podría ser un problema de combustible. Después de más de dos inviernos, el agua tiene que haberse condensado dentro del depósito. Pero el combustible flota, así que se habrá acumulado encima. Quizá podamos sacar el agua. —Volvió a consultar el manual.

—Deberíamos desconectar los interruptores, para no correr riesgos —dijo Karen—. Yo lo haré.

Harald había averiguado gracias al manual que en la parte inferior del fuselaje había un panel que daba acceso al drenaje del combustible. Cogió un destornillador del soporte de las herramientas, se acostó en el suelo y se deslizó debajo del avión para destornillar el panel. Karen se tumbó junto a él y Harald le fue pasando los tornillos. La joven olía muy bien, a una mezcla de champú y cálida piel.

Cuando el panel quedó suelto, Karen le pasó una llave inglesa ajustable. El tapón del drenaje había sido colocado de una manera muy incómoda, ligeramente a un lado del orificio de acceso. Era justo la clase de defecto que hacía anhelar a Harald un puesto de mando, para poder obligar a los diseñadores perezosos a hacer las cosas como era debido. Cuando tenía la mano metida en el hueco ya no podía ver el tapón del drenaje, cosa que lo obligaba a trabajar a ciegas.

Fue haciendo girar el tapón con mucha lentitud pero, cuando este por fin quedó suelto, Harald se sobresaltó al sentir el súbito chorro de líquido helado que le roció la mano. Se apresuró a retirarla, golpeándose los dedos entumecidos con el borde del agujero de acceso; para su irritación, entonces se le cayó el tapón.

Lleno de consternación, Harald lo oyó rodar fuselaje abajo. El combustible manaba del drenaje y los dos se apresuraron a apartarse de aquel pequeño torrente. Luego no hubo nada más que pudieran hacer aparte de mirar hasta que el sistema estuvo vacío y toda la iglesia apestó a combustible.

Harald maldijo al capitán De Havilland y a todos aquellos ingenieros británicos que habían diseñado el avión sin pensar demasiado en lo que estaban haciendo.

—Ahora no tenemos combustible —dijo amargamente.

—Podríamos sacar un poco del depósito del Rolls-Royce con una manguera —sugirió Karen.

—Eso no es combustible para aeroplanos.

—El Hornet Moth funciona con gasolina de coche.

—¿De veras? No había caído en eso. —Harald volvió a animarse—. Claro. Bien, pues vamos a ver si podemos recuperar ese tapón.

Supuso que había rodado hacia atrás hasta que fue detenido por una de las traviesas. Metió el brazo dentro del agujero, pero no podía llegar lo bastante lejos. Karen cogió un cepillo de púas de alambre del banco de trabajo y recuperó el tapón con él. Harald volvió a meterlo en el drenaje.

Ahora tenían que coger gasolina del coche. Harald encontró un embudo y un cubo limpio mientras Karen usaba unas gruesas tenazas para cortar un buen trozo de una manguera de jardín. Quitaron la lona que cubría al Rolls-Royce. Karen desenroscó el tapón del depósito y metió el trozo de manguera dentro de él.

—¿Quieres que lo haga yo? —preguntó Harald.

—No —dijo ella—. Ahora me toca a mí.

Harald supuso que quería demostrar que era capaz de hacer el trabajo sucio, especialmente después del incidente con los ratones, así que dio un paso atrás y se dedicó a mirar.

Karen se metió el extremo de la manguera entre los labios y aspiró por él. Cuando la gasolina llegó a su boca, dirigió rápidamente la manguera hacia el interior del cubo al mismo tiempo que torcía el gesto y escupía. Harald contempló las grotescas expresiones que iban sucediéndose en su rostro. Milagrosamente, Karen estaba igual de hermosa cuando fruncía los labios y apretaba los párpados. Ella se dio cuenta de que la estaba observando y dijo:

—¿Qué estás mirando?

Harald se rió y dijo:

—A ti, naturalmente. Te pones muy guapa cuando escupes.

No había pretendido revelar sus sentimientos hasta ese punto y esperó oír una réplica cortante por parte de ella, pero Karen se limitó a reír.

Harald solo le había dicho que era bonita, naturalmente. Aquello no era ninguna novedad para ella. Pero se lo había dicho con afecto, y las chicas siempre perciben los tonos de voz, especialmente cuando se quiere que lo hagan. Si Karen se hubiese enfadado, habría mostrado su irritación con una mirada desaprobadora o sacudiendo la cabeza impacientemente. Pero, al contrario, había parecido sentirse complacida: casi, pensó Harald, como si se alegrara de inspirar esos sentimientos en él.

Sintió que había cruzado un puente.

El cubo se llenó y la manguera dejó de manar. Habían vaciado el depósito del coche. Harald supuso que habría cosa de cuatro litros y medio de gasolina dentro del cubo, pero con eso era más que suficiente para poder probar el motor. No tenía ni idea de dónde iban a conseguir suficiente combustible para atravesar el mar del Norte.

Llevó el cubo hasta el Hornet Moth, levantó la tapa del acceso y tiró del tapón de la gasolina. Tenía un gancho para fijarlo al reborde del cuello de llenado. Karen sujetó el embudo mientras Harald echaba el combustible dentro del depósito.

—No sé de dónde vamos a sacar más —dijo Karen—. Desde luego no podemos comprarlo.

—¿Cuánto combustible necesitamos?

—En el depósito caben casi ciento sesenta litros. Pero eso es otro problema. El Hornet Moth tiene un radio de vuelo de novecientos cincuenta kilómetros..., en condiciones ideales.

—Y hasta Inglaterra hay aproximadamente esa distancia.

—Así que si las condiciones no son perfectas, por ejemplo si tenemos vientos de cara, lo cual no es improbable...

—Caeremos al mar.

—Exactamente.

—Cada cosa a su tiempo —dijo Harald—. Todavía no hemos puesto en marcha el motor.

Karen sabía qué era lo que había que hacer.

—Llenaré el carburador —dijo.

Harald abrió la válvula del combustible.

Karen fue accionando el mecanismo de cebado hasta que el combustible goteó sobre el suelo; entonces dijo:

—Enciende los imanes.

Harald conectó los imanes y comprobó que la válvula estuviera en la posición de «Encendido».

Karen agarró la hélice y la empujó hacia abajo. Volvió a haber un seco chasquido.

—¿Has oído eso? —dijo.

—Sí.

—Es el arranque de impulsión. Así es como sabes que está funcionando, por el chasquido.

Hizo girar la hélice una segunda vez, y luego una tercera. Finalmente le dio un enérgico empujón y se apresuró a retroceder.

El motor emitió una especie de ladrido ahogado cuyos ecos resonaron por toda la iglesia, y luego dejó de funcionar.

Harald prorrumpió en vítores.

—¿A qué viene tanta alegría? —preguntó Karen.

—¡Se encendió! No puede ser muy grave.

—Pero no se puso en marcha.

—Lo hará, lo hará. Vuelve a probar.

Karen volvió a hacer girar la hélice, pero obtuvo el mismo resultado que antes. El único cambio fue que sus mejillas quedaron atractivamente sonrojadas por el esfuerzo.

Después de un tercer intento, Harald desconectó los interruptores.

—Ahora el combustible está fluyendo libremente —dijo—. A mí me suena como si el problema estuviera en el encendido. Necesitamos unas cuantas herramientas.

—Ahí dentro hay un equipo de herrramientas —dijo Karen, metiendo la mano dentro de la cabina y levantando un cojín para revelar un gran compartimiento que había debajo del asiento. Sacó de él una bolsa de lona con tiras de cuero.

Harald abrió la bolsa y sacó de ella una llave inglesa de cabeza cilíndrica con montura giratoria, del tipo diseñado para trabajar por detrás de un reborde.

—Una llave universal para bujías —dijo—. El capitán De Havilland hizo algo bien después de todo.

Había cuatro bujías en el lado derecho del motor. Harald sacó una y la examinó. Había aceite en las puntas. Karen sacó un pañuelo ribeteado de encaje del bolsillo de sus pantalones cortos y frotó la bujía con él hasta dejarla limpia. Luego rebuscó dentro de la bolsa de las herramientas hasta encontrar un calibrador y comprobó el hueco. Harald volvió a poner la bujía en su sitio. Repitieron el proceso con las otras tres.

—Al otro lado hay cuatro más —dijo Karen.

Aunque el motor solo tenía cuatro cilindros, había dos imanes, cada uno de los cuales accionaba su propio juego de bujías en lo que Harald supuso sería una medida de seguridad. Las bujías del lado izquierdo eran de más difícil acceso, ya que se encontraban detrás de dos rejillas de ventilación que tuvieron que ser quitadas antes.

Cuando hubieron examinado todas las bujías, Harald quitó las tapas de baquelita que cubrían los contactos y comprobó las puntas. Finalmente, quitó el distribuidor de cada imán y limpió el interior con el pañuelo de Karen, que a aquellas alturas ya se había convertido en un trapo sucio.

—Hemos hecho todas las cosas evidentes —dijo—. Si no se pone en marcha ahora, tenemos un problema realmente serio.

Karen volvió al motor y luego hizo girar lentamente la hélice tres veces. Harald abrió la puerta de la cabina y accionó los interruptores de los imanes. Karen dio un último empujón a la hélice y retrocedió.

El motor se encendió, ladró y titubeó. Harald, que permanecía de pie junto a la puerta con la cabeza metida dentro de la cabina, movió hacia delante la palanca de control. El motor cobró vida con un rugido.

Harald soltó un alarido de triunfo mientras la hélice giraba, pero apenas podía oír su propia voz por encima del estruendo. El ruido que hacía el motor rebotaba en las paredes de la iglesia y producía un estrépito infernal. Harald vio cómo el rabo de Pinetop desaparecía por una ventana.

Karen fue hacia él, con los cabellos ondulando violentamente de un lado a otro por el vendaval producido por la hélice. Harald estaba tan contento que se dejó llevar por su exuberancia y la abrazó. «¡Lo hemos conseguido!», gritó. Ella le devolvió el abrazo, para su inmenso placer, y luego dijo algo. Harald sacudió la cabeza para indicar que no podía oírla. Karen se puso deliciosamente cerca de él y le habló al oído. Harald sintió cómo sus labios le rozaban la mejilla. Su mente parecía incapaz de pensar en nada que no fuese lo fácil que resultaría besarla ahora.

—¡Deberíamos apagarlo antes de que alguien lo oiga! —gritó Karen.

Harald se acordó de que aquello no era un juego, y que el propósito de reparar el avión era volar en él para llevar a cabo una peligrosa misión secreta. Metió la cabeza dentro de la cabina, tiró de la palanca de control hasta dejarla en la posición de cierre y desconectó los imanes. El motor se detuvo.

Cuando el ruido murió, el interior de la iglesia hubiese debido quedar sumido en el silencio, pero no ocurrió así. Un extraño sonido llegaba desde el exterior. Al principio, Harald pensó que sus oídos todavía estaban percibiendo el estruendo del motor, pero poco a poco se fue dando cuenta de que se trataba de otra cosa. Aun así no podía dar crédito a lo que estaba oyendo, ya que sonaba como un ruido de pies que estuvieran marchando al unísono.

Karen lo miró, con la perplejidad y el miedo claramente visibles en su rostro.

Ambos dieron media vuelta y corrieron a los ventanales. Harald subió de un salto a la caja que había utilizado para mirar por encima de los alféizares. Le dio la mano a Karen y esta se subió a la caja junto a él. Luego miraron hacia fuera juntos.

Un destacamento de unos treinta soldados con uniforme alemán estaba subiendo por el sendero.

Al principio Harald estuvo seguro de que venían a por él, pero enseguida vio que los soldados no se encontraban preparados para una caza del hombre. La mayoría de ellos parecían ir desarmados. Traían consigo un pesado carro del cual tiraban cuatro cansados caballos y que iba cargado con lo que parecía equipo de acampada. Los soldados pasaron por delante del monasterio y siguieron sendero arriba.

—¿Qué demonios es esto? —preguntó Harald.

—¡No deben entrar aquí! —dijo Karen.

Los dos recorrieron el interior de la iglesia con la mirada. La entrada principal, en el extremo oeste, consistía en dos enormes puertas de madera. Aquel era el camino por el que debía de haber entrado el Hornet Moth, con las alas dobladas hacia atrás. Harald también había metido su motocicleta por allí. Por dentro la entrada tenía una enorme cerradura antigua con una llave gigante, además de una barra de madera que descansaba sobre unas gruesas horquillas.

Solo había una entrada más, la pequeña puerta lateral por la cual se accedía al interior de la iglesia desde los claustros, y que era la que Harald utilizaba normalmente. Tenía una cerradura, pero Harald nunca había visto una llave. No había ninguna barra con la que asegurarla.

—Podríamos clavar la puerta pequeña dejándola cerrada, y luego entrar y salir por las ventanas igual que hace Pinetop —dijo Karen.

—Tenemos un martillo y clavos... Necesitamos un trozo de madera.

Estando dentro de un recinto lleno de trastos viejos hubiese tenido que ser fácil encontrar una gruesa tabla pero, para disgusto de Harald, no había nada apropiado. Al final arrancó uno de los estantes de la pared de encima del banco de trabajo. La colocó sobre la puerta cruzándola en diagonal y la clavó firmemente al marco.

—Un par de hombres podrían tirarla abajo sin mucho esfuerzo —dijo—. Pero al menos ahora nadie puede entrar por casualidad y tropezarse con nuestro secreto.

—Pero podrían mirar por las ventanas —dijo Karen—. Solo tendrían que encontrar algo a lo que subirse.

—Ocultemos la hélice —dijo Harald.

Fue a coger la lona que habían quitado del Rolls-Royce y juntos la extendieron encima del morro del Hornet Moth. La lona llegaba lo bastante lejos para cubrir la cabina.

Retrocedieron un poco y contemplaron su obra.

—Sigue pareciendo un avión con el morro tapado y las alas plegadas hacia atrás —dijo Karen.

—A ti, sí. Pero tú ya sabes lo que es. Alguien que mire por la ventana solo verá un trastero lleno de cosas viejas.

—A menos que dé la casualidad de que sea un aviador.

—Eso de ahí fuera no era la Luftwaffe, ¿verdad?

—No lo sé —dijo ella—. Será mejor que vaya a averiguarlo.

22

Hermia había vivido más años en Dinamarca que en Inglaterra, pero de pronto Dinamarca se había convertido en un país extranjero. Las familiares calles de Copenhague tenían un aire hostil, y le parecía que cuando andaba por ellas todo el mundo la miraba. Fue a toda prisa por calles que había recorrido de niña, cogida de la mano de su padre, inocente y sin ningún motivo de preocupación. No eran solo los puntos de control, los uniformes alemanes y los Mercedes de un color gris verdoso. Hasta la policía danesa la hacía sobresaltarse.

Tenía amigos allí, pero no se puso en contacto con ellos. Temía poner en peligro a más personas. Poul había muerto, Jens presumiblemente había sido arrestado, y no sabía lo que le había ocurrido a Arne. Se sentía como si estuviera maldita.

Estaba agotada y tenía todo el cuerpo envarado a causa del viaje nocturno en transbordador, y la desgarraba la preocupación por Arne. Penosamente consciente de las horas que iban transcurriendo hacia la luna llena, se obligó a moverse con la máxima cautela.

La casa de Jens Toksvig en St Paul's Gade formaba parte de una hilera de edificios de un solo piso, con puertas principales que daban directamente a la acera. El número. cincuenta y tres parecía encontrarse desierto. Nadie iba a la puerta excepto el cartero. El día anterior, cuando Hermia telefoneó desde Bornholm, había estado ocupado por al menos un policía, pero el guardia debía de haber sido retirado de su puesto.

Hermia también observó a los vecinos. A un lado había una casa de aspecto ruinoso ocupada por una pareja joven con un niño, la clase de personas que podían estar demasiado absortas en su propia vida para interesarse por sus vecinos. Pero en la casa recién pintada y con cortinas nuevas del otro lado había una mujer ya bastante mayor que miraba frecuentemente por la ventana.

Después de haber estado observando durante tres horas, Hermia fue a la casa elegante y llamó a la puerta.

Una mujer regordeta que tendría unos sesenta años y llevaba delantal le abrió la puerta.

—Nunca compro nada en la puerta —dijo, lanzando una rápida mirada a la pequeña maleta que llevaba Hermia. Luego sonrió con superioridad, como si su negativa fuera una seña de distinción social.

Hermia le devolvió la sonrisa.

—Me han dicho que el número cincuenta y tres podía estar disponible para ser alquilado.

La actitud de la vecina cambió.

—¿Oh? —dijo con interés—. Así que está buscando un sitio donde vivir, ¿verdad?

—Sí. —Aquella mujer era todo lo entrometida que Hermia había abrigado la esperanza de que fuese—. Me voy a casar —dijo, siguiéndole la corriente.

La mirada de la mujer fue automáticamente hacia la mano izquierda de Hermia, y esta le enseñó su anillo de compromiso.

—Muy bonito. Bueno, he de decir que sería un alivio tener a una familia respetable en la casa de al lado, después de todo lo que lo que ha estado ocurriendo en ella.

—¿A qué se refiere?

—Era un nido de espías comunistas —dijo la mujer bajando la voz.

—¡No me diga! ¿De veras?

La mujer cruzó los brazos encima de su seno encorsetado.

—El miércoles pasado los arrestaron a todos.

Hermia sintió un ramalazo de miedo, pero se obligó a mantener la apariencia de que solo quería cotillear un poco.

—¡Madre de Dios! ¿Cuántos eran?

—No sabría decírselo exactamente. Estaba el inquilino, el joven señor Toksvig, al que yo nunca hubiese tomado por un malhechor, aunque no siempre se mostraba todo lo respetuoso con sus mayores que habría podido ser. Luego últimamente también se veía a un aviador que parecía estar viviendo allí, un muchacho de aspecto muy agradable, aunque nunca decía gran cosa. Pero había toda clase de entradas y salidas, y la mayoría eran hombres con aspecto de militares.

—¿Y el miércoles los arrestaron?

—En esa misma acera, allí donde ve al spaniel del señor Schmidt levantando la pata junto al farol, hubo un tiroteo.

Hermia dejó escapar una exclamación ahogada y se llevó la mano a la boca.

—¡Oh, no!

La anciana asintió, complacida ante la reacción de Hermia a la historia que le estaba contando y sin sospechar que podía estar hablándole del hombre al cual amaba.

—Un policía de paisano le disparó a uno de los comunistas —dijo—. Con una pistola —añadió luego superfluamente.

Hermia tenía tanto miedo de lo que podía llegar a saber que apenas podía hablar. Se obligó a articular cuatro palabras.

—¿A quién le dispararon?

—Bueno, la verdad es que yo no llegué a verlo —dijo la mujer con infinito pesar—. Estaba en la casa de mi hermana en Fischer's Gade, cogiendo prestado un patrón para tejer un jersey de lana. No fue al señor Toksvig, eso sí que se lo puedo asegurar, porque la señora Eriksen de la tienda lo vio todo, y dijo que era un hombre al cual no conocía.

—¿Lo... mataron?

—Oh, no. La señora Eriksen pensaba que podían haberlo herido en la pierna. En fin, el caso es que se puso a gritar de dolor cuando los hombres de la ambulancia lo subieron a la camilla.

Hermia estaba segura de que había sido Arne el que había recibido el disparo, y le pareció sentir el dolor de una herida de bala. Le faltaba el aliento y se sintió súbitamente mareada. Necesitaba alejarse de aquella vieja metomentodo que contaba la historia con semejante deleite.

—He de irme. Qué cosa tan horrible... —murmuró, empezando a dar media vuelta.

—De todas maneras, creo que la casa no tardará mucho en estar en alquiler —le dijo la mujer a su espalda.

Hermia se alejó sin prestarle ninguna atención.

Fue doblando esquinas al azar hasta que llegó a una cafetería, donde se sentó para poner un poco de orden en sus pensamientos.

Una taza caliente de sucedáneo de té la ayudó a recuperarse de la conmoción. Tenía que averiguar sin lugar a dudas qué le había ocurrido a Arne y dónde estaba ahora. Pero primero necesitaba algún sitio en el cual pasar la noche.

Encontró una habitación en un hotel barato cerca del muelle. Todo tenía un aspecto bastante miserable, pero la puerta de su dormitorio contaba con una buena cerradura. A eso de medianoche, una voz pastosa preguntó desde fuera si le gustaría tomar una copa, y Hermia se levantó de la cama para asegurar la puerta metiendo una silla inclinada debajo del pomo.

Pasó la mayor parte de la noche despierta, preguntándose si Arne había sido el hombre al que dispararon en St Paul's Gade. Si había sido él, ¿sería muy grave su herida? Si no, ¿había sido detenido con los demás, o todavía se hallaba en libertad? ¿A quién podía preguntar? Podía contactar con la familia de Arne, pero ellos probablemente no lo sabrían, y el que se les preguntara si Arne había recibido un disparo les daría un susto de muerte. Hermia conocía a muchos de sus amigos, pero los que era más probable que supieran lo que había ocurrido, estaban muertos, bajo custodia policial o escondiéndose.

Cuando faltaba poco para que amaneciera, se le ocurrió que había una persona que sabría casi con toda certeza si Arne había sido detenido: su oficial superior.

Hermia fue a la estación con las primeras luces del alba y cogió un tren que iba a Vodal.

Mientras el tren avanzaba lentamente hacia el sur deteniéndose en cada pueblecito adormilado, Hermia pensó en Digby. Ya habría vuelto a Suecia, y estaría esperando impacientemente en el muelle de Kalvsby a que ella llegara con Arne y la película. El pescador regresaría solo, y le diría a Digby que Hermia no había acudido a su cita. Digby no sabría si había sido capturada o meramente se había retrasado por algo. Empezaría a estar tan preocupado por Hermia como ella por Arne.

La escuela de vuelo tenía un aspecto desolado. No había ni un solo avión en la pista y ninguno en el cielo. Unos cuantos aparatos estaban siendo revisados y, en uno de los hangares, les estaban enseñando las entrañas de un motor a varios alumnos. Hermia fue enviada al edificio del cuartel general.

Tuvo que dar su verdadero nombre, porque allí había personas que la conocían. Solicitó ver al comandante de la base, añadiendo:

—Dígale que soy amiga de Arne Olufsen.

Hermia sabía que estaba corriendo un riesgo. Conocía al jefe de escuadrón Renthe, y lo recordaba como un hombre alto y delgado, con bigote. No tenía ni idea de cuáles eran sus opiniones políticas. Si daba la casualidad de que simpatizaba con los nazis, entonces Hermia podía encontrarse en un buen lío. Renthe podía telefonear a la policía e informar de que una inglesa le había estado haciendo preguntas. Pero Renthe apreciaba mucho a Arne, como les ocurría a tantas personas, por lo que Hermia tenía la esperanza de que el pensar en él haría que no la traicionara. De todas maneras, iba a arriesgarse. Tenía que averiguar qué había sucedido.

Fue admitida inmediatamente, y Renthe la reconoció.

—Dios mío... ¡Usted es la prometida de Arne! —dijo—. Creía que había regresado a Inglaterra. —Se apresuró a cerrar la puerta y Hermia pensó que eso era una buena señal, porque si quería que no les oyeran aquello sugería que no iba a alertar a la policía, al menos inmediatamente.

Decidió no dar ninguna explicación de por qué se encontraba en Dinamarca. Que Renthe sacara sus propias conclusiones.

—Estoy tratando de averiguar dónde se encuentra Arne —dijo—. Temo que pueda haberse metido en algún lío.

—Es algo peor que eso —dijo Renthe—. Será mejor que se siente.

Hermia siguió de pie.

—¿Por qué? —exclamó—. ¿Por qué he de sentarme? ¿Qué ha ocurrido?

—Lo arrestaron el miércoles pasado.

—¿Eso es todo?

—Fue herido de bala cuando intentaba escapar de la policía.

—Así que era él.

—¿Cómo dice?

—Una vecina me contó que le habían disparado a uno de ellos. ¿Cómo se encuentra?

—Le ruego que se siente, querida.

Hermia se sentó.

—Es grave, ¿verdad?

—Sí. —Renthe titubeó y luego, hablando en voz muy baja, dijo—: Lamento muchísimo tener que decirle que me temo que Arne ha muerto.

Hermia dejó escapar un grito de angustia. Una parte de ella ya había sabido que Arne podía estar muerto, pero la posibilidad de perderlo era demasiado horrible para que se permitiera pensar en ella. Ahora que se había hecho realidad, se sintió como si hubiera sido embestida por un tren.

—No —dijo—. No es cierto...

—Murió estando bajo custodia policial.

—¿Qué? —Haciendo un terrible esfuerzo de voluntad, Hermia se obligó a escuchar.

—Murió en la central de policía.

Una terrible posibilidad pasó por la mente de Hermia.

—¿Lo torturaron?

—No lo creo. Parece ser que, para evitar tener que revelar información bajo tortura, Arne se quitó la vida.

—¡Oh, Dios!

—Supongo que se sacrificó para proteger a sus amigos.

Renthe se había vuelto extrañamente borroso, y Hermia comprendió que estaba viéndolo a través de las lágrimas que corrían por su cara. Buscó un pañuelo, y Renthe le pasó el suyo. Hermia se limpió la cara, pero las lágrimas seguían manando.

—Acabo de enterarme —dijo Renthe—. He de telefonear a los padres de Arne y decírselo.

Hermia los conocía bien. El pastor era un hombre terriblemente dominante al que nunca le resultó fácil tratar: parecía como si solo pudiera relacionarse con las personas dominándolas, y Hermia siempre había encontrado muy difícil someterse. El pastor quería a sus hijos, pero expresaba su cariño dictando reglas. Lo que Hermia recordaba más vívidamente de la madre de Arne era que siempre tenía las manos cuarteadas de tenerlas demasiado tiempo metidas en agua, lavando ropas, preparando verduras y fregando suelos. Pensar en ellos alejó los pensamientos de Hermia de su propia pérdida, y sintió una gran compasión. Los padres de Arne quedarían terriblemente afectados.

—Ser el portador de tales noticias va a ser muy duro para usted —le dijo a Renthe.

—Desde luego. Su primogénito...

Aquello la hizo pensar en el otro hijo, Harald. Era rubio como Arne era moreno, y también eran distintos en otros aspectos: Harald era más serio, un tanto intelectual y sin nada del fácil encanto de

Arne, pero era agradable a su manera. Arne había dicho que hablaría con Harald acerca de cómo entrar en la base de Sande sin ser visto. ¿Cuánto sabía Harald? ¿Había llegado a implicarse en el asunto?

Su mente empezaba a centrarse en las cuestiones prácticas, pero Hermia se sentía vacía por dentro. El estado de conmoción en el que se encontraba le permitiría seguir adelante con su vida, pero le parecía que ya nunca volvería a sentirse entera del todo.

—¿Qué más le dijo la policía? —le preguntó a Renthe.

—Oficialmente, se limitan a decir que había muerto mientras proporcionaba información y que «No se cree que haya habido ninguna otra persona involucrada», lo cual es su eufemismo para el suicidio. Pero un amigo que tengo en el Politigaarden me contó que Arne lo hizo para evitar ser entregado a la Gestapo.

—¿Encontraron algo en su poder?

—¿A qué se refiere?

—¿Algo como fotografías?

Renthe se envaró.

—Mi amigo no me dijo que hubieran encontrado nada, y el mero hecho de discutir semejante posibilidad es peligroso para usted y para mí. Yo apreciaba mucho a Arne, señorita Mount, y me gustaría hacer todo lo que pueda por usted en memoria suya. Pero le ruego que recuerde que como oficial he jurado lealtad al rey, y que el rey me ha ordenado cooperar con la potencia ocupante. Cualesquiera que puedan ser mis opiniones personales, no puedo tolerar el espionaje..., y si pensara que alguien estaba involucrado en semejante actividad, tendría el deber de comunicar los hechos.

Hermia asintió. Era una clara advertencia.

—Le agradezco su franqueza, jefe de escuadrón. —Se levantó, secándose la cara. Entonces se acordó de que el pañuelo no era suyo, y dijo—: Lo lavaré y haré que se lo envíen.

—Ni se le ocurra pensar en ello. —El jefe de escuadrón rodeó su escritorio y le puso las manos en los hombros—. Lo siento muchísimo, de veras. Le ruego que acepte mis más sinceras condolencias.

—Gracias —dijo Hermia, y se fue.

Las lágrimas volvieron a fluir tan pronto como hubo salido del edificio. El pañuelo de Renthe había quedado convertido en un trapo empapado, y Hermia nunca hubiese podido imaginar que tenía tanto líquido dentro de ella. Viéndolo todo a través de una pantalla acuosa, logró llegar de alguna manera a la estación.

La calma vacía volvió a adueñarse de ella mientras pensaba en qué hacer a continuación. La misión que había matado a Poul y Arne no se había llevado a cabo. Hermia todavía tenía que conseguir fotografías del equipo de radar instalado en Sande antes de la próxima luna llena. Pero ahora contaba con un motivo adicional: la venganza. Llevar a término aquella labor sería el castigo más terrible que podía infligir a los hombres que habían empujado a Arne a su muerte. Y ahora había encontrado un nuevo recurso para que la ayudara, porque ya no le importaba lo que pudiera llegar a ser de ella y estaba dispuesta a correr cualquier riesgo. Iría por las calles de Copenhague con la cabeza bien alta, y ay de quien intentara detenerla.

Pero ¿qué haría exactamente?

El hermano de Arne podía ser la clave. Harald probablemente sabría si Arne había vuelto a Sande antes de que la policía lo detuviera, e incluso podía saber si Arne tenía fotografías en su poder cuando fue arrestado. Además, Hermia creía saber dónde encontrar a Harald.

Cogió un tren para regresar a Copenhague. El tren iba tan despacio que cuando Hermia llegó a la ciudad ya era demasiado tarde para emprender otro viaje. Fue a acostarse en su miserable hotel, con la puerta cerrada contra los borrachos enamoradizos, y lloró hasta quedarse dormida. A la mañana siguiente cogió el primer tren al pueblecito suburbano de Jansborg.

El periódico que compró en la estación tenía como titular A MEDIO CAMINO DE MOSCÚ. Los nazis habían hecho unos avances realmente asombrosos. En solo una semana habían tomado Minsk y ya divisaban Smolensk, casi cuatrocientos kilómetros en el interior del territorio soviético.

Faltaban ocho días para la luna llena.

Le dijo a la secretaria de la escuela que era la prometida de Arne Olufsen, y fue acompañada inmediatamente al despacho de Heis. El hombre que había sido responsable de la educación de Arne y Harald hizo pensar a Hermia en una jirafa con gafas que contemplara el mundo situado debajo de ella desde lo alto de una larga nariz.

—Así que usted es la futura esposa de Arne —le dijo afablemente—. Es un placer conocerla.

Parecía no estar al corriente de la tragedia. Sin más preámbulos, Hermia dijo:

—¿No ha oído las noticias?

—¿Noticias? Pues no estoy seguro de si...

—Arne ha muerto.

—¡Oh, cielos! —dijo Heis, y se sentó pesadamente.

—Pensaba que podía haberse enterado.

—No. ¿Cuándo ocurrió?

—A primera hora de ayer, en la central de policía de Copenhague. Se quitó la vida para no ser interrogado por la Gestapo.

—Qué horror.

—¿Eso significa que su hermano todavía no lo sabe?

—No tengo ni idea. Harald ya no está aquí.

Hermia quedó muy sorprendida.

—¿Por qué no?

—Fue expulsado.

—¡Creía que era un alumno modelo!

—Sí, pero se portó mal.

Hermia no tenía tiempo para hablar de las transgresiones de un escolar.

—¿Dónde está ahora?

—Supongo que habrá vuelto a casa de sus padres —dijo Heis frunciendo el ceño—. ¿Por qué lo pregunta?

—Me gustaría hablar con él.

Heis se puso pensativo.

—¿Acerca de algo en particular?

Hermia titubeó. La cautela dictaba que no le dijera nada a Heis acerca de su misión, pero sus últimas dos preguntas le sugerían que aquel hombre sabía algo.

—Arne puede haber tenido en su poder algo mío cuando fue arrestado.

Heis estaba fingiendo que sus preguntas obedecían a una mera curiosidad, pero se aferraba al borde de su escritorio con la fuerza suficiente para que los nudillos se le volvieran blancos.

—¿Puedo preguntar el qué?

Hermia volvió a titubear, y luego decidió arriesgarse.

—Unas fotografías.

—Ah.

—¿Eso significa algo para usted?

—Sí.

Hermia se preguntó si Heis confiaría en ella. Por lo que sabía el director de la escuela, ella podía ser una detective que se estaba haciendo pasar por la prometida de Arne.

—Arne murió por esas fotos —dijo—. Estaba intentando entregármelas.

Heis asintió, y pareció llegar a una decisión.

—Después de que Harald hubiera sido expulsado, regresó a la escuela durante la noche y rompió una ventana para poder entrar en el cuarto oscuro de fotografía del laboratorio de química.

Hermia exhaló un suspiro de satisfacción. Harald había revelado la película.

—¿Vio las fotografías?

—Sí. Le he estado diciendo a la gente que eran fotografías de jóvenes damas en posturas atrevidas, pero eso es un cuento. En realidad eran fotografías de una instalación militar.

Las fotografías habían sido tomadas. La misión había salido bien, al menos en cierta medida. Pero ¿dónde estaba la película ahora? ¿Había habido tiempo para que Harald se la entregara a Arne? En ese caso, ahora se hallaban en poder de la policía y Arne se había sacrificado por nada.

—¿Cuándo hizo eso Harald?

—El martes pasado.

—Arne fue detenido el miércoles.

—Lo cual quiere decir que Harald todavía tiene esas fotografías suyas.

—Sí —dijo Hermia, sintiéndose mucho más animada. La muerte de Arne no había sido inútil. La película crucial todavía estaba circulando, en algún sitio. Se levantó—. Gracias por su ayuda.

—¿Va a ir a Sande?

—Sí. Para encontrar a Harald.

—Buena suerte —dijo Heis.

23

El ejército alemán contaba con un millón de caballos. La mayoría de las divisiones incluían una compañía veterinaria, dedicada a curar a los animales enfermos y heridos, encontrar forraje y capturar a los caballos que habían huido. Una de esas compañías había sido enviada a Kirstenslot.

Aquello era el peor golpe de mala suerte posible para Harald. Los oficiales estaban viviendo en el castillo, y cosa de un centenar de hombres dormían dentro del monasterio en ruinas. Los viejos claustros adyacentes a la iglesia en la que Harald tenía su escondite habían sido convertidos en un hospital para caballos.

El padre de Karen había persuadido a la unidad para que no utilizara la iglesia propiamente dicha. Karen le había suplicado que negociara aquel punto, diciendo que no quería que los soldados dañaran los tesoros infantiles que había guardados allí. El señor Duchwitz le había hecho ver al oficial, el capitán Kleiss, que de todas maneras los trastos viejos almacenados dentro de la iglesia dejaban muy poco espacio utilizable. Después de echar una mirada a través de una ventana —con Harald ausente después de que le avisara Karen—, Kleiss había accedido a que la iglesia permaneciera cerrada. A cambio de ello, había pedido que se le cedieran tres habitaciones en el castillo para usarlas como oficinas, y el trato quedó cerrado.

Los alemanes eran educados, amables... y sentían curiosidad por todo. Además de todas las dificultades a las que se enfrentaba Harald para reparar el Hornet Moth, ahora tenía que hacerlo bajo las narices de los soldados.

Estaba desenroscando las tuercas que fijaban el eje doblado en forma de espoleta. Su plan consistía en soltar la sección dañada y luego pasar junto a los soldados sin ser visto e ir al taller del granjero Nielsen. Si Nielsen se lo permitía, lo repararía allí. Entretanto, la tercera pata intacta, con el amortiguador, sostendría el peso del avión mientras este permaneciera en tierra.

La rueda de frenado probablemente había quedado dañada, pero Harald no iba a preocuparse por los frenos. Estos se utilizaban principalmente cuando se rodaba por la pista, y Karen le había dicho que podía arreglárselas sin ellos.

Mientras trabajaba, Harald iba lanzando miradas a las ventanas, esperando ver en cualquier momento el rostro del capitán Kleiss mirando por ellas. Kleiss tenía una nariz muy grande y una barbilla bastante prominente, que le daban un aspecto belicoso. Pero no se acercó nadie, y pasados unos minutos Harald ya tenía en su mano el bastidor en forma de V.

Se subió a una caja para mirar por una ventana. El extremo este de la iglesia quedaba parcialmente tapado por un castaño que ahora se encontraba lleno de hojas. No parecía haber nadie en los alrededores. Harald pasó el bastidor por la ventana y lo dejó caer al suelo; luego saltó tras él.

Más allá del árbol podía divisar la gran extensión de césped que había delante del castillo. Los soldados habían levantado cuatro grandes tiendas y aparcado sus vehículos allí, jeeps y cajones para caballos y un camión cisterna lleno de combustible. Se veían unos cuantos hombres yendo de una tienda a otra, pero estaba atardeciendo y la mayor parte de la compañía se encontraba lejos en una misión u otra, llevando caballos a la estación o trayéndolos de ella, negociando con granjeros para obtener heno o tratando a caballos enfermos en Copenhague y otras ciudades.

Harald cogió el bastidor y se adentró rápidamente en el bosque.

Cuando doblaba la esquina de la iglesia, vio al capitán Kleiss.

El capitán era un hombretón con un aire agresivo, y permanecía inmóvil con los brazos cruzados y las piernas separadas mientras hablaba con un sargento. De pronto ambos se volvieron y miraron directamente a Harald.

Harald experimentó la súbita náusea del miedo. ¿Iba a ser atrapado tan pronto? Se detuvo, queriendo volver por donde había venido, y entonces comprendió que salir corriendo sería muy sospechoso. Titubeó y luego echó a andar hacia delante, consciente de que su conducta parecía culpable y de que llevaba consigo una parte del tren de aterrizaje de un aeroplano. Lo habían pillado con las manos en la masa, y lo único que podía hacer era salir del paso contando alguna mentira. Trató de sostener el bastidor de una manera lo más casual posible, de la misma manera en que hubiera podido llevar una raqueta de tenis o un libro.

Kleiss se dirigió a él en alemán.

—¿Quién eres?

Harald tragó saliva, intentando mantener la calma.

—Harald Olufsen.

—¿Y qué es eso que tienes ahí?

—¿Esto? —Harald podía oír los latidos de su propio corazón. Trató de pensar en alguna mentira plausible—. Es, hum... —Sintió que empezaba a sonrojarse, y en ese momento le salvó la inspiración—. Es parte del mecanismo de segado de una cosechadora.

Entonces se le ocurrió pensar que un muchacho de granja danés carente de educación no hablaría tan bien el alemán, y se preguntó nerviosamente si Kleiss era lo bastante sutil para detectar la anomalía.

—¿Qué le ocurre a la máquina? —preguntó Kleiss.

—Eh... Pues pasó por encima de una roca y se le dobló la estructura.

Kleiss le quitó el bastidor de entre los dedos. Harald esperó que no supiera qué era lo que estaba viendo. Aquel hombre se ocupaba de los caballos, y no había razón por la que debiera ser capaz de reconocer una parte del tren de aterrizaje de un avión. Harald dejó de respirar, aguardando el veredicto de Kleiss. Finalmente el capitán le devolvió el bastidor.

—Muy bien, sigue tu camino.

Harald entró en el bosque.

Cuando estuvo lo bastante lejos para que no pudieran verlo, se detuvo y se apoyó en un árbol. Había sido un momento horrible. Pensó que iba a vomitar, pero consiguió reprimir la reacción.

Se serenó. Podía haber más momentos como aquel. Tendría que acostumbrarse a ello.

Siguió andando. Hacía calor pero estaba nublado, una combinación veraniega lamentablemente familiar en Dinamarca, donde no había ningún sitio que estuviera lejos del mar. Cuando se aproximaba a la granja, Harald se preguntó hasta qué punto estaría enfadado el viejo Nielsen porque él se hubiera ido sin avisar después de haber trabajado solo un día.

Encontró a Nielsen en el patio de la alquería contemplando con expresión truculenta un tractor de cuyo motor estaba saliendo vapor.

Nielsen le lanzó una mirada hostil.

—¿Qué es lo que quieres, fugitivo?

Era un mal comienzo.

—Siento haberme marchado sin dar ninguna explicación —dijo Harald—. Me dijeron que tenía que regresar a la casa de mis padres, y no tuve tiempo de poder hablar con usted antes de que me fuera.

Nielsen no preguntó en qué había consistido la emergencia.

—No puedo permitirme pagar a trabajadores en los que no se puede confiar.

Sus palabras dieron un poco de esperanza a Harald. Si lo que preocupaba al temible viejo granjero era el dinero, podía quedárselo.

—No le estoy pidiendo que me pague.

Nielsen se limitó a soltar un gruñido, pero su expresión pareció volverse un poco menos malévola.

—¿Y qué es lo que quieres entonces?

Harald titubeó. Aquella era la parte más difícil. No quería contarle demasiado a Nielsen.

—Un favor —dijo.

—¿De qué clase?

Harald le enseñó el bastidor.

—Me gustaría utilizar su taller para reparar una parte de mi motocicleta.

Nielsen lo miró.

—Por Jesucristo que tienes mucha cara, muchacho.

Eso ya lo sé, pensó Harald.

—Es realmente muy importante —suplicó—. Quizá usted podría hacer eso en vez de pagarme el día que trabajé.

—Quizá podría. —Nielsen titubeó, obviamente reacio a ayudar en nada, pero su tacañería terminó pudiendo más que él—. Bueno, de acuerdo.

Harald ocultó su júbilo.

—Si antes arreglas este maldito tractor —añadió Nielsen.

Harald musitó una maldición. No quería desperdiciar ni un solo instante con el tractor de Nielsen cuando disponía de tan poco tiempo para reparar el Hornet Moth, pero después de todo solo se trataba de un radiador que hervía.

—De acuerdo.

Nielsen se fue en busca de alguna otra cosa de la cual pudiera quejarse.

El radiador no tardó en expulsar todo el vapor y Harald pudo examinar el motor. Enseguida vio que un manguito de goma se había agujereado justo donde se conectaba a un tubo, por lo que el agua salía del sistema de refrigeración. No había ninguna posibilidad de obtener un manguito nuevo para sustituirlo, naturalmente, pero por suerte el existente era lo bastante largo para que Harald pudiera cortar el extremo podrido y volver a conectarlo. Fue a buscar un cubo de agua caliente a la cocina de la alquería y volvió a llenar el radiador, sabiendo que pasar agua fría por un motor recalentado podía causarle graves averías. Finalmente puso en marcha el tractor para asegurarse de que la nueva conexión aguantaría. Lo hizo.

Luego pudo entrar por fin en el taller.

Necesitaba un poco de chapa de acero delgada para reforzar la parte del eje que se había roto. Ya sabía dónde obtenerla. En la pared había cuatro estantes metálicos, y lo que hizo Harald fue sacar todo lo que había en el estante de arriba y repartir las cosas en los tres estantes inferiores. Luego bajó al suelo el estante de arriba. Empleando la cizalla de Nielsen, recortó los bordes doblados del estante y luego cortó cuatro tiras.

Las utilizaría como si estuviese entablillando una fractura.

Metió una tira en un torno y fue dándole martillazos hasta convertirla en una curva que encajara con el tubo ovalado del bastidor. Hizo lo mismo con las otras tres tiras. Luego las soldó encima de las melladuras del bastidor.

Retrocedió para contemplar su obra.

—Feo, pero efectivo —dijo en voz alta.

Mientras regresaba al castillo por el bosque, pudo oír los sonidos del campamento: hombres llamándose los unos a los otros, motores poniéndose en marcha, caballos relinchando. Ya no faltaba mucho para que anocheciera, y los soldados volvían de sus deberes del día. Harald se preguntó si tendría problemas para volver a entrar en la iglesia sin ser visto.

Fue hacia el monasterio yendo por la parte de atrás. En el lado norte de la iglesia, un joven soldado estaba apoyado en la pared fumando un cigarrillo. Harald lo saludó con un gesto de la cabeza, y el soldado dijo en danés:

—Buenos días. Me llamo Leo.

Harald trató de sonreír.

—Yo soy Harald. Encantado de conocerte.

—¿Te apetece un cigarrillo?

—En otra ocasión, gracias. Ahora tengo mucha prisa.

Harald fue por aquel lado de la iglesia. Había encontrado un tronco que hizo rodar por el suelo hasta dejarlo debajo de una de las ventanas. Cuando llegó allí, se subió al tronco y miró dentro de la iglesia. Pasó el bastidor en forma de espoleta por aquella ventana que no tenía cristal y lo dejó caer encima de la caja que había debajo de la ventana en el interior. El bastidor rebotó en la caja y cayó al suelo. Luego Harald se metió por el hueco de la ventana.

—¡Hola! —dijo una voz.

El corazón de Harald dejó de latir, y entonces vio a Karen. Estaba junto a la cola, parcialmente oculta por el avión mientras trabajaba en el ala que tenía la punta dañada. Harald recogió el eje y fue a enseñárselo.

—¡Creía que este sitio estaba desierto! —dijo entonces una voz en alemán.

Leo se metió por la ventana y saltó al suelo. Harald lanzó una rápida mirada a la cola del avión. Karen había desaparecido. Leo miró en torno a él, con más curiosidad que sospecha.

El Hornet Moth estaba cubierto desde la hélice hasta la cabina y las alas se encontraban dobladas hacia atrás, pero el fuselaje era visible, y la aleta de la cola podía ser divisada en el otro extremo de la iglesia. ¿Hasta qué punto era observador Leo?

Afortunadamente, el soldado parecía más interesado en el Rolls-Royce.

—Bonito coche —dijo—. ¿Es tuyo?

—Por desgracia no —dijo Harald—. La motocicleta sí que es mía. —Alzó el eje del Hornet Moth—. Esto es para mi sidecar. Estoy tratando de arreglarlo.

—¡Ah! —Leo no mostró ninguna señal de escepticismo—. Me gustaría ayudarte, pero no sé nada de maquinaria. Mi especialidad es la carne de caballo.

—Claro.

Él y Leo eran de la misma edad, y Harald sintió una súbita sim-

344

patía por aquel joven que se encontraba solo tan lejos del hogar. Pero aun así deseaba que Leo se marchara antes de que viese demasiado.

Entonces sonó un estridente silbato.

—Hora de cenar —dijo Leo.

Gracias a Dios, pensó Harald.

—Ha sido un placer hablar contigo, Harald. Espero que volvamos a vernos.

—Yo también.

Leo se subió a la caja y salió por el hueco de la ventana.

—Jesús —dijo Harald en voz alta.

Karen salió de detrás de la cola del Hornet Moth, visiblemente nerviosa.

—Ha sido un momento bastante desagradable, desde luego.

—No es que sospechase nada. Solo quería hablar.

—Dios nos guarde de los alemanes que quieren hacer amistades —dijo Karen con una sonrisa.

—Amén —dijo Harald. Le encantaba Karen cuando sonreía. Era igual que ver salir el sol. Contempló su cara durante tanto tiempo como se atrevió a hacerlo.

Luego se volvió hacia el ala en la que había estado trabajando Karen, y entonces vio que estaba reparando los desgarrones. Se acercó un poco más y se detuvo junto a ella. Karen llevaba los viejos pantalones de pana que parecían haber sido usados para trabajar en el jardín, y una camisa de hombre con las mangas enrolladas.

Estoy pegando trozos de lino encima de las zonas dañadas —le explicó—. Cuando la cola esté seca, pintaré los remiendos para que el aire no pueda pasar por ellos.

—¿De dónde has sacado la tela, y la cola, y la pintura?

—Del teatro. Moví mis pestañas delante de uno de los que hacen los decorados.

—Bravo. —Obviamente a Karen siempre le resultaba muy fácil conseguir de los hombres cualquier cosa que ella quisiera, y Harald sintió celos de aquel hombre que hacía decorados—. ¿Y se puede saber qué es lo que haces en el teatro todo el día? —preguntó.

—Soy la suplente de la protagonista en *Las sílfides*.

—¿Llegarás a bailar en el escenario?

—No. Hay dos suplentes, así que las otras bailarinas también tendrían que caer enfermas.

—Qué pena. Me encantaría verte.

—Si lo imposible llega a suceder, tendrás una entrada. —Volvió a centrar su atención en el ala—. Debemos asegurarnos de que no hay roturas internas.

—Eso significa que tenemos que examinar los travesaños de madera que hay debajo de la tela.

—Sí.

—Bueno, ahora que disponemos del material necesario para reparar los desgarrones, supongo que podríamos cortar un panel de inspección en la tela y echar un vistazo dentro.

Karen no parecía muy convencida.

—De acuerdo...

Harald no creía que un cuchillo pudiera cortar con facilidad aquel lino tratado, pero encontró un formón bastante afilado en el estante de las herramientas.

—¿Dónde deberíamos cortar?

—Cerca de los travesaños.

Harald hundió el formón en la superficie. En cuanto la brecha inicial quedó hecha, el formón cortó la tela con relativa facilidad. Harald hizo una incisión en forma de L y luego dobló el faldón, tensándolo hacia atrás hasta obtener una abertura del tamaño apropiado.

Karen iluminó el agujero con una linterna, y luego se inclinó encima de él y miró dentro. Se tomó su tiempo, mirando de un lado a otro hasta que terminó sacando la cabeza y metió el brazo. Agarró algo y lo sacudió vigorosamente.

—Me parece que estamos de suerte —dijo—. No hay nada que se mueva.

Retrocedió y Harald ocupó su lugar. Metió la mano dentro del agujero, sujetó un travesaño y tiró de él. El ala entera se movió, pero Harald no percibió ninguna debilidad.

Karen se mostró muy complacida.

—Estamos haciendo progresos —dijo—. Si mañana puedo terminar con la tela, y tú puedes volver a poner el eje, la estructura estará completa salvo los cables que faltan. Y todavía disponemos de ocho días.

—En realidad no —dijo Harald—. Para que nuestra información surta algún efecto, probablemente necesitaremos llegar a Inglaterra como mínimo veinticuatro horas antes del bombardeo. Eso reduce el tiempo a siete días. Para llegar el séptimo día, tendremos que despegar la tarde anterior y volar durante la noche. Así que en realidad disponemos de un máximo de seis días.

—Bueno, entonces tendré que terminar con la tela esta noche —dijo Karen, consultando su reloj—. Será mejor que vaya a cenar a casa, pero volveré lo más pronto que pueda.

Guardó la cola y se lavó las manos en el fregadero, utilizando el jabón que había traído de la casa para Harald. Él la miró. Siempre lamentaba verla marchar. Pensó que le gustaría estar con ella durante todo el día, cada día. Supuso que esa era la sensación que hacía que la gente quisiera casarse. ¿Quería él casarse con Karen? Parecía una pregunta ridícula. Por supuesto que quería casarse con Karen. No le cabía la menor duda de ello. A veces intentaba imaginarse a los dos juntos después de muchos años, aburridos y hartos el uno del otro, pero le resultaba imposible. Karen nunca sería aburrida.

—¿Por qué te has puesto tan pensativo? —le preguntó ella mientras se secaba las manos con una toalla.

Harald sintió que se sonrojaba.

—Me preguntaba qué nos reserva el futuro.

Karen le lanzó una mirada sorprendentemente directa, y por un instante Harald tuvo la sensación de que podía leerle la mente. Luego miró hacia otro lado.

—Un largo vuelo a través del mar del Norte —dijo—. Novecientos cincuenta kilómetros sin tomar tierra, así que más vale que nos aseguremos de que esta vieja cometa es capaz de hacerlo.

Fue a la ventana y se subió a la caja.

—No mires. Esta maniobra no es nada digna de una dama.

—No lo haré, lo juro —dijo él con una carcajada.

Karen se encaramó al hueco de la ventana. Faltando alegremente a su promesa, Harald contempló su trasero mientras ella pasaba por el hueco. Luego desapareció.

Concentró su atención en el Hornet Moth, pensando que no debería tardar demasiado en volver a colocar el eje reforzado. Encontró las tuercas donde las había dejado, encima del banco de trabajo. Se arrodilló junto a la rueda, encajó el eje en su sitio y empezó a asegurar las tuercas que lo mantenían unido al fuselaje y la montura de la rueda.

Estaba terminando cuando Karen volvió a aparecer, mucho antes de lo que él había esperado.

Sonrió, complacido por lo temprano de su regreso, y entonces vio que Karen parecía estar muy afectada por algo.

—¿Qué ha pasado? —preguntó.

—Tu madre telefoneó

Harald se enfadó mucho.

—¡Maldición! No hubiese debido decirle adónde iba. ¿Con quién habló?

—Con mi padre. Pero él le dijo que no estabas aquí, y ella parece haberle creído.

—Gracias a Dios —dijo Harald, alegrándose de que hubiera decidido no contarle a su madre que estaba viviendo en una iglesia abandonada—. ¿Y qué quería?

—Hay malas noticias.

—¿Cuáles?

—Es acerca de Arne.

Entonces Harald cayó en la cuenta, sintiéndose un poco culpable por ello, de que durante los últimos días apenas si había pensado en su hermano, que estaba languideciendo dentro de una celda.

—¿Qué ha ocurrido?

—Arne está... Ha muerto.

Al principio Harald no pudo aceptarlo.

—¿Muerto? —exclamó, como si no entendiera el significado de aquella palabra—. ¿Cómo es posible?

—La policía dice que se quitó la vida.

—¿Suicidio? —Harald tuvo la sensación de que el mundo se estaba derrumbando a su alrededor, con los muros de la iglesia cayendo y los árboles del parque desplomándose mientras el castillo de Kirstenslot era barrido por un terrible vendaval—. ¿Por qué iba a hacer eso?

—El superior de Arne le dijo que para evitar ser interrogado por la Gestapo.

—Para evitar... —Harald comprendió inmediatamente lo que quería decir aquello—. Arne temía no ser capaz de soportar la tortura.

Karen asintió.

—Eso fue lo que dio a entender.

—Si hubiera hablado, me habría traicionado.

Karen guardó silencio, ni mostrándose de acuerdo con él ni diciendo otra cosa.

—Se mató para protegerme. —Harald sintió una súbita necesidad de que Karen confirmara su deducción y la agarró por los hombros—. Estoy en lo cierto, ¿verdad? —gritó—. ¡Sí, tiene que ser eso! ¡Arne lo hizo por mí! Di algo, por el amor de Dios.

Finalmente Karen habló.

—Creo que tienes razón —susurró.

En un instante la ira de Harald se transformó en una pena que se adueñó de todo su ser y perdió el control. Las lágrimas inundaron sus ojos, y los sollozos hicieron temblar su cuerpo.

—Oh, Dios —dijo, y se cubrió con las manos el rostro mojado—. Oh, Dios, esto es horrible...

Sintió que los brazos de Karen lo rodeaban. Su mano fue haciéndole bajar la cabeza hasta dejársela delicadamente apoyada en el hombro. Las lágrimas de Harald empaparon sus cabellos y bajaron por su garganta. Karen le acarició el cuello y le besó la cara.

—Pobre Arne —dijo Harald, con su voz enronquecida por la pena—. Pobre Arne...

—Lo siento —murmuró Karen—. Mi querido Harald, lo siento tanto...

24

En el centro del Politigaarden, sede central de la policía de Copenhague, había un espacioso patio circular abierto a la luz del sol. Se hallaba circundado por una arcada con dobles pilares clásicos a trechos impecablemente repetidos. Para Peter Flemming, aquel diseño representaba la manera en que la ley y la regularidad permitían que la luz de la verdad resplandeciese sobre la perversidad humana. Solía preguntarse si el arquitecto había tenido esa intención, o si solo había pensado que un patio quedaría bonito.

Él y Tilde Jespersen estaban de pie en la arcada, apoyados en un par de columnas mientras fumaban cigarrillos. Tilde llevaba una blusa sin mangas que mostraba la lisa piel de sus brazos. Tenía un fino vello rubio en los antebrazos.

—La Gestapo ya ha terminado con Jens Toksvig —le dijo Peter.

—¿Y?

—Nada. —Peter estaba exasperado, y sacudió los hombros como si quisiera quitarse de encima aquella sensación de frustración—. Toksvig ha contado todo lo que sabe, claro está. Forma parte de los Vigilantes Nocturnos, pasó información a Poul Kirke, y accedió a esconder a Arne Olufsen cuando Arne estaba huyendo. También dijo que todo este proyecto había sido organizado por la prometida de Arne, Hermia Mount, que trabaja en el MI6 en Inglaterra.

—Interesante. Pero eso no nos lleva a ninguna parte.

—Exacto. Desgraciadamente para nosotros, Jens no sabe quién entró en la base de Sande, y tampoco sabe absolutamente nada sobre la película que reveló Harald.

Tilde dio una profunda calada. Peter le miró la boca. Parecía estar besando al cigarrillo. Tilde inhaló y luego expulsó el humo por las fosas nasales.

—Arne se mató para proteger a alguien —dijo después—. Supongo que esa persona tiene la película.

—Su hermano Harald. La tiene en su poder o se la ha pasado a alguien más. En cualquiera de los dos casos, tenemos que hablar con él.

—¿Dónde está Harald?

—En la rectoría de Sande, supongo. Es el único hogar que tiene —dijo Peter, y consultó su reloj—. Dentro de una hora cogeré un tren.

—¿Por qué no telefoneas?

—No quiero darle ocasión de huir.

Tilde parecía un poco preocupada.

—¿Qué les dirás a los padres? ¿No piensas que pueden culparte por lo que le ocurrió a Arne?

—No saben que yo estaba allí cuando Arne se pegó un tiro. Ni siquiera saben que yo lo detuve.

—Supongo que no —dijo Tilde, no muy convencida.

—Y de todas maneras, me importa una mierda lo que piensen —dijo Peter impacientemente—. Al general Braun casi le dio un ataque cuando le dije que los espías pueden tener fotografías de la base de Sande. Solo Dios sabe qué es lo que los alemanes tienen allí, pero es altísimo secreto. Y el general Braun me culpa de ello. Si esa película llega a salir de Dinamarca, no sé qué me hará.

—¡Pero fuiste tú quien descubrió la existencia de la red de espionaje!

—Y ahora casi deseo no haberlo hecho. —Tiró la colilla y la pisoteó, aplastándola bajo la suela de su zapato—. Me gustaría que vinieras a Sande conmigo.

Los límpidos ojos azules de Tilde lo evaluaron con una rápida mirada.

—Claro, si quieres contar con mi ayuda.

—Y me gustaría que conocieras a mis padres.

—¿Dónde me alojaría?

—Conozco un pequeño hotel en Morlunde, tranquilo y limpio, que creo que te gustaría.

Su padre tenía un hotel, naturalmente, pero aquello quedaba demasiado cerca de casa. Si Tilde se alojaba allí, la población entera de Sande sabría lo que estaba haciendo a cada minuto del día.

Peter y Tilde no habían hablado de lo que había sucedido en el piso de él, a pesar de que ya hacía seis días de eso. Peter no estaba demasiado seguro de qué podía decir. Se había sentido impulsado a hacerlo, a mantener una relación sexual con Tilde delante de Inge, y Tilde se había dejado llevar, compartiendo su pasión y pareciendo comprender su necesidad. Luego había parecido quedarse bastante preocupada, y Peter la había llevado a su casa y se había despedido de ella con un beso de buenas noches.

No habían vuelto a repetirlo. Una vez había bastado para demostrar lo que fuera que Peter tuviese que demostrar. La tarde siguiente había ido al piso de Tilde, pero su hijo estaba despierto, pidiendo vasos de agua y quejándose de haber tenido malos sueños, y Peter no tardó en irse. Ahora veía el viaje a Sande como una ocasión para poder estar con Tilde a solas.

Pero ella, que parecía vacilar, le hizo otra pregunta de carácter práctico.

—¿Y qué pasa con Inge?

—Haré que la agencia de enfermeras la tenga atendida durante las veinticuatro horas del día, tal como hice cuando fuimos a Bornholm.

—Ya veo.

Tilde contempló el patio con expresión pensativa, y Peter estudió su perfil: la pequeña nariz, la boca en forma de arco, la barbilla resuelta. Recordó la abrumadora emoción que había sentido al poseerla. Sin duda ella no podía haber olvidado eso.

—¿No quieres que pasemos una noche juntos?

Tilde se volvió hacia él con una sonrisa.

—Pues claro que sí —dijo—. Bueno, será mejor que me vaya a casa y haga la maleta.

A la mañana siguiente, Peter despertó en el hotel Oesterport de Morlunde. El Oesterport era un establecimiento respetable pero su propietario, Erland Berten, no estaba casado con la mujer que se hacía llamar señora Berten. Erland tenía una esposa en Copenhague que nunca le daría el divorcio. Nadie en Morlunde sabía aquello excepto Peter Flemming, quien lo había descubierto por casualidad mientras estaba investigando el asesinato de un tal Jacob Berten, que no era pariente del dueño del hotel. Peter hizo saber a Erland que había descubierto la existencia de la verdadera señora Berten, pero por lo demás se había guardado la noticia para sí mismo, sabiendo que el secreto le proporcionaba poder sobre Erland. Ahora podía confiar en su discreción. Ocurriera lo que ocurriera entre Peter y Tilde en el hotel Oesterport, Erland no se lo contaría a nadie.

Sin embargo, al final Peter y Tilde no habían dormido juntos. Su tren se había retrasado y terminaron llegando en plena noche, mucho después de que hubiera zarpado el último transbordador hacia Sande. Cansados y de mal humor después de aquel viaje tan frustrante, se habían registrado en habitaciones individuales separadas y dormido un par de horas. Ahora iban a coger el primer transbordador de la mañana.

Peter se vistió rápidamente y luego fue a llamar a la puerta de Tilde. Ella se estaba poniendo un sombrero de paja, mirándose en el espejo que había encima de la chimenea mientras se lo ajustaba. Peter le besó la mejilla, no queriendo echar a perder su maquillaje.

Fueron andando al puerto. Un policía local y un soldado alemán les pidieron sus documentos de identidad mientras subían al transbordador. Aquel control era nuevo. Peter supuso que sería una precaución adicional introducida por los alemanes debido al interés que los espías estaban demostrando por Sande. Pero también podía resultarle útil a él. Enseñó su placa de policía y les pidió que tomaran nota de los nombres de todas las personas que visitaran la isla durante los próximos días. Sería interesante ver quién acudía al funeral de Arne.

El taxi tirado por caballos de que disponía el hotel los estaba esperando al otro lado del canal. Peter le dijo al conductor que los llevara a la rectoría.

El sol estaba asomando por encima del horizonte, haciendo brillar las pequeñas ventanas de las casitas. Durante la noche había llovido, y la áspera hierba de las dunas relucía con el resplandor de las gotitas. Una suave brisa ondulaba la superficie del mar. La isla parecía haberse puesto sus mejores prendas para la visita de Tilde.

—Qué lugar tan bonito —dijo ella.

Peter se alegró de que le gustara. Fue señalándole lo más interesante mientras iban en el carruaje: el hotel, la casa de su padre —la más grande que había en toda la isla—, y la base militar que era el objetivo de la red de espionaje.

Cuando se acercaban a la rectoría, Peter reparó en que la puerta de la pequeña iglesia estaba abierta, y oyó un piano.

—Ese podría ser Harald —dijo. Oyó la excitación que había en su propia voz, y se preguntó si las cosas podían ser tan fáciles después de todo. Tosió, y se obligó a hablar en un tono más grave y tranquilo—. Ya lo veremos, ¿verdad?

Bajaron del pequeño carruaje.

—¿A qué hora tendré que volver, señor Flemming? —preguntó el conductor.

—Espere aquí, por favor —dijo Peter

El conductor masculló algo en voz baja.

—Si no está aquí cuando salgamos, ya puede darse por despedido —dijo Peter.

El conductor puso bastante mala cara, pero no dijo nada.

Peter y Tilde entraron en la iglesia. Al fondo de la estancia, una figura muy alta estaba sentada al piano. Le daba la espalda a la puerta, pero Peter conocía aquellos hombros tan anchos y la cabeza en forma de cúpula. Era Bruno Olufsen, el padre de Harald.

El pastor estaba tocando un himno muy lento en una clave menor. Peter miró a Tilde y vio que parecía sentirse un poco apenada.

—No te dejes engañar —murmuró—. El viejo tirano es más duro que el acero.

El versículo terminó y Olufsen dio comienzo a otro. Peter no estaba dispuesto a esperar.

—¡Pastor! —dijo, levantando la voz.

El pastor no dejó de tocar inmediatamente, sino que terminó la línea, y luego permitió que la música flotara en el aire durante unos instantes. Finalmente se volvió.

—El joven Peter —dijo con voz átona.

Peter no pudo evitar sentirse un poco impresionado al ver que el pastor parecía haber envejecido. Su rostro mostraba las arrugas del cansancio y sus ojos azules habían perdido su gélido destello. Después de un instante de sorpresa, Peter dijo:

—Estoy buscando a Harald.

—Ya me imaginaba que no habías venido a darnos el pésame —dijo el pastor fríamente.

—¿Se encuentra aquí?

—¿Esto es una investigación oficial?

—¿Por qué lo pregunta? ¿Está involucrado Harald en alguna actividad ilegal?

—Desde luego que no.

355

—Me alegra saberlo. ¿Está en la casa?

—No. No está en la isla. No sé adónde ha ido.

Peter miró a Tilde. Aquello era una mala noticia, pero por otra parte sugería que Harald era culpable. ¿Por qué otra razón iba a desaparecer si no?

—¿Dónde cree que puede estar?

—Vete de aquí.

Arrogante como siempre..., pero esta vez el pastor no iba a salirse con la suya, pensó Peter con deleite.

—Su hijo mayor se quitó la vida porque fue sorprendido espiando —dijo ásperamente.

El pastor se encogió sobre sí mismo como si Peter lo hubiera golpeado.

Peter oyó la exclamación ahogada que Tilde soltó junto a él y comprendió que la había ofendido con su crueldad, pero siguió insistiendo.

—Su hijo menor puede ser culpable de crímenes similares. Usted no está en situación de presumir de santidad delante de la policía.

El rostro normalmente orgulloso del pastor adquirió un aspecto herido y vulnerable.

—Ya te he dicho que no sé dónde está Harald —replicó con voz apagada—. ¿Tienes alguna otra pregunta?

—¿Qué está ocultando?

El pastor suspiró.

—Formas parte de mi rebaño, y si acudes a mí en busca de auxilio espiritual no te diré que te vayas. Pero no hablaré contigo por ninguna otra razón. Eres arrogante y cruel, y todo lo vil que puede llegar a ser una de las criaturas de Dios. Fuera de mi vista.

—No puede expulsar a la gente de la iglesia. La iglesia no es de su propiedad.

—Si quieres rezar, eres bienvenido aquí. De lo contrario, vete.

Peter titubeó. No quería someterse a que lo expulsaran, pero sabía que había sido derrotado. Pasados unos momentos cogió del brazo a Tilde y la llevó fuera.

—Ya te dije que era un hombre muy duro —murmuró.

Tilde parecía estar muy afectada.

—Creo que ese hombre está sufriendo mucho.

—Sin duda. Pero ¿estaba diciendo la verdad?

—Es evidente que Harald se ha escondido en algún sitio, lo cual significa que podemos estar prácticamente seguros de que tiene la película.

—Así que tenemos que encontrarlo. —Peter reflexionó sobre la conversación que acababa de mantener con el pastor—. Me pregunto si su padre realmente no sabe dónde está.

—¿Has sabido que el pastor mintiera alguna vez?

—No..., pero podría hacer una excepción para proteger a su hijo.

Tilde descartó aquella idea con un gesto de la mano.

—De todas maneras, tampoco conseguiremos sacarle nada.

—Estoy de acuerdo. Pero vamos por el buen camino, y eso es lo que importa. Probemos con la madre. Al menos ella está hecha de carne y hueso.

Fueron a la casa. Peter llevó a Tilde hacia la parte de atrás. Llamó a la puerta de la cocina y entró sin esperar una respuesta, como era habitual en la isla.

Lisbeth Olufsen estaba sentada a la mesa de la cocina, sin hacer nada. Peter nunca la había visto ociosa, porque la esposa del pastor siempre estaba cocinando o limpiando. Incluso en la iglesia se mantenía ocupada, poniendo bien las hileras de sillas, repartiendo los libros de himnos o recogiéndolos, llenando la estufa de turba que mantenía caliente la gran sala en invierno. Ahora estaba sentada mirándose las manos. La piel estaba cuarteada y tenía partes en carne viva, como un pescador.

—¿Señora Olufsen?

La mujer volvió la cara hacia él. Sus ojos estaban enrojecidos y tenía las mejillas tensas. Pasado un instante lo reconoció.

—Hola, Peter —dijo con voz carente de toda entonación.

Peter decidió ser un poco más suave con ella.

—Siento lo de Arne.

Ella asintió vagamente.

—Esta es mi amiga Tilde. Trabajamos juntos.

—Encantada de conocerla.

Peter se sentó a la mesa y le indicó a Tilde que hiciera lo mismo, pensando que una simple pregunta práctica quizá conseguiría sacar de su estupor a la señora Olufsen.

—¿Cuándo es el funeral?

La señora Olufsen reflexionó durante unos momentos, y luego respondió:

—Mañana.

Aquello ya estaba mejor.

—He hablado con el pastor —dijo Peter—. Lo vimos en la iglesia.

—Tiene el corazón destrozado. Pero no se lo deja ver al mundo.

—Comprendo. Harald también tiene que estar terriblemente afectado.

Ella lo miró y luego volvió a bajar rápidamente la vista hacia sus manos. La mirada no había podido ser más breve, pero Peter leyó miedo y engaño en ella.

—No hemos hablado con Harald —musitó la señora Olufsen pasados unos instantes.

—¿Por qué?

—No sabemos dónde está.

Peter no podía saber cuándo mentía y cuándo decía la verdad, pero estaba seguro de que su intención era engañarlo. Le enfureció ver que el pastor y su esposa, quienes pretendían ser moralmente superiores a los demás, fueran capaces de ocultarle deliberadamente la verdad a la policía.

—¡Le aconsejo que coopere con nosotros! —dijo, levantando la voz.

Tilde le puso una mano en el brazo pidiéndole que se calmara y le lanzó una mirada interrogativa. Peter asintió para indicarle que podía hablar, y Tilde dijo:

—Señora Olufsen, lamento tener que decirle que Harald puede haber estado implicado en las mismas actividades ilegales que Arne.

La señora Olufsen pareció asustarse, y Tilde siguió hablando:

—Cuanto más tiempo permanezca escondido, peor lo va a pasar cuando terminemos dando con él.

La anciana sacudió la cabeza en una lenta negativa, como muy preocupada, pero no dijo nada.

—Si nos ayudara a encontrar a su hijo, estaría haciendo lo que es mejor para él.

—No sé dónde está —repitió ella, pero con menos firmeza que antes.

Peter percibió debilidad. Se levantó y se inclinó sobre la mesa de la cocina, acercando su rostro al de ella.

—Vi morir a Arne —dijo con voz rechinante.

La señora Olufsen abrió mucho los ojos, visiblemente horrorizada.

—Vi cómo su hijo se ponía la pistola en su propia garganta y apretaba el gatillo —siguió diciendo Peter.

—Peter, no... —empezó a decir Tilde.

Él no le hizo caso.

—Vi cómo su sangre y sus sesos se desparramaban sobre la pared detrás de él.

La señora Olufsen dejó escapar un grito de horror y pena.

Peter vio con satisfacción que estaba a punto de desmoronarse. y siguió insistiendo.

—Su hijo mayor era un criminal y un espía, y tuvo un final violento. Quienes viven por la espada perecerán por la espada, eso es lo que dice la Biblia. ¿Quiere que le suceda lo mismo a su otro hijo?

—No —murmuró ella—. No.

—¡Entonces dígame dónde está!

La puerta se abrió de pronto y el pastor entró en la cocina.

—Escoria... —dijo.

Peter se levantó, sorprendido pero desafiante.

—Tengo derecho a preguntar...

—Sal de mi casa.

—Vámonos, Peter —dijo Tilde.

—Sigo queriendo saber...

—¡Ahora! ¡Sal de aquí ahora mismo! —rugió el pastor, avanzando alrededor de la mesa.

Peter retrocedió. Sabía que no hubiese debido permitir que lo hicieran callar a base de gritos. Estaba llevando a cabo una investigación policial y tenía todo el derecho del mundo a hacer preguntas. Pero la imponente presencia del pastor lo llenaba de miedo, a pesar del arma que había debajo de su chaqueta, y se encontró iniciando una lenta retirada hacia la puerta.

Tilde la abrió y salió de la casa.

—Todavía no he terminado con ustedes dos —dijo Peter con un hilo de voz mientras retrocedía hacia la puerta.

El pastor se la cerró en las narices apenas hubo cruzado el umbral.

Peter dio media vuelta.

—Condenados hipócritas... —dijo—. Eso es lo que son, unos hipócritas.

El carruaje los estaba esperando.

—A la casa de mi padre —dijo Peter, y subieron a él.

Mientras se alejaban, Peter intentó borrar de su mente aquella humillante escena y concentrarse en sus próximos pasos.

—Harald tiene que estar viviendo en alguna parte —dijo.

—Obviamente.

Tilde había hablado en un tono bastante seco, y Peter supuso que se encontraba afectada por lo que acababa de presenciar.

—Harald no está en la escuela, no está en casa y no tiene parientes, aparte de algunos primos en Hamburgo.

—Podríamos hacer circular una foto suya.

—Nos costará bastante encontrar una. El pastor no cree en las fotos: son un signo de vanidad. No viste ninguna imagen en esa cocina, ¿verdad?

—¿Y una foto escolar?

—Eso no forma parte de las tradiciones de la Jansborg Skole. La única foto de Arne que pudimos encontrar fue la que había en su expediente del ejército. Dudo que haya una foto de Harald en ninguna parte.

—¿Y cuál va a ser nuestro próximo paso?

—Creo que Harald está viviendo con unos amigos. ¿No opinas lo mismo?

—Tiene sentido.

Tilde no lo miraba. Peter suspiró. Estaba enfadada con él, y tendría que resignarse a que lo estuviera.

—Esto es lo que vas a hacer —dijo, adoptando un seco tono de dar órdenes—. Llama al Politigaarden y envía a Conrad a la Jansborg Skole. Consigue una lista de las direcciones de todos los chicos que había en la clase de Harald. Luego haz que alguien vaya a cada casa, formule unas cuantas preguntas e investigue un poco por allí.

—Tienen que estar repartidos por toda Dinamarca. Se tardaría un mes en llegar a visitarlos a todos. ¿De cuánto tiempo disponemos?

—Muy poco. No sé cuánto va a tardar Harald en dar con una manera de hacer llegar la película a Londres, pero es un joven villano muy astuto. Utiliza a la policía local cuando sea necesario.

—Muy bien.

—Si no está con unos amigos, entonces tiene que estar escondiéndose con algún otro miembro de la red de espionaje. Nos quedaremos aquí hasta que se celebre el funeral y veremos quién acude a él. Interrogaremos a cada una de las personas que asistan. Una de ellas tiene que saber dónde está Harald.

El carruaje empezó a ir más despacio conforme se aproximaba a la entrada de la casa de Axel Flemming.

—¿Te importa que vuelva al hotel? —preguntó Tilde.

Sus padres los estaban esperando para almorzar, pero Peter podía ver que Tilde no se encontraba de humor para aquello.

—Está bien —dijo, tocando al conductor en el hombro—. Vaya al muelle del transbordador.

Continuaron en silencio durante un rato. Cuando estaban llegando al muelle, Peter dijo:

—¿Qué vas a hacer en el hotel?

—De hecho, creo que debería regresar a Copenhague.

Aquello llenó de furia a Peter. Mientras el caballo se detenía junto al muelle, dijo:

—¿Qué demonios te ocurre?

—Lo que acaba de suceder no me gustó nada.

—¡Teníamos que hacerlo!

—No estoy tan segura.

—Teníamos el deber de tratar de obligar a esas personas a que contaran lo que saben.

—El deber no lo es todo.

Peter se acordó de que Tilde ya había dicho eso mismo durante la discusión que mantuvieron acerca de los judíos.

—Estás jugando con las palabras. El deber es lo que tienes que hacer. No puedes hacer excepciones. Eso es lo que anda mal en el mundo.

El transbordador ya estaba en el atracadero. Tilde bajó del carruaje.

—La vida simplemente es así, Peter.

—¡Por eso tenemos crímenes! ¿No preferirías vivir en un mundo donde todos cumplieran con su deber? ¡Imagínatelo! Personas educadas que visten uniformes elegantes y hacen las cosas como es debido, sin escurrir el bulto, sin olvidos. ¡Si todos los crímenes fueran castigados y no se aceptara ninguna excusa, la policía tendría mucho menos trabajo!

—¿Realmente es eso lo que quieres?

—Sí... ¡y si alguna vez llego a ser jefe de policía, y los nazis continúan mandando, así es como será todo! ¿Qué tiene de malo eso?

Tilde asintió, pero no respondió a sus preguntas.

—Adiós, Peter —dijo.

Mientras se iba, Peter le gritó:

—¿Y bien? ¿Qué tiene de malo?

Pero Tilde subió al transbordador sin volverse.

CUARTA PARTE

25

Harald sabía que la policía lo estaba buscando.

Su madre había vuelto a telefonear a Kirstenslot, ostensiblemente para informar a Karen del día y la hora del funeral de Arne. Durante la conversación, dijo que había sido interrogada por la policía acerca del paradero de Harald. «Pero no sé dónde está, así que no pude decírselo», había añadido luego. Era una advertencia, y Harald admiró a su madre por haber tenido el valor de enviarla y la astucia de ocurrírsele pensar que Karen probablemente podría transmitirla.

A pesar de la advertencia, tenía que ir a la escuela de vuelo.

Karen cogió prestadas unas cuantas ropas viejas de su padre, para que Harald no tuviera que llevar su inconfundible chaqueta de la escuela. Se puso una chaqueta deportiva maravillosamente ligera traída de América y una gorra de lino, y llevó gafas de sol. Cuando subió al tren en Kirstenslot, Harald parecía más un playboy multimillonario que un espía fugitivo. Aun así se encontraba bastante nervioso. Estar en un vagón de tren hacía que se sintiera atrapado. Si un policía venía hacia él, no podría salir corriendo.

En Copenhague recorrió andando la corta distancia que había desde la estación suburbana de Vesterport hasta la estación de la línea principal sin ver un solo uniforme de la policía. Unos minutos después estaba en otro tren que iba a Vodal.

Durante el viaje, pensó en su hermano. Todo el mundo había pensado que Arne no era el hombre apropiado para el trabajo de la resistencia: demasiado descuidado, demasiado amante de la diversión, quizá no lo bastante valiente. Y al final había resultado ser el mayor héroe de todos. Pensarlo hizo que las lágrimas acudieran a los ojos de Harald ocultos tras las gafas de sol.

El jefe de escuadrón Renthe, comandante de la escuela de vuelo, le recordó a su antiguo director de escuela, Heis. Ambos eran altos y delgados, y tenían la nariz muy larga. El parecido hizo que Harald encontrara difícil mentirle a Renthe.

—He venido a, esto, recoger los efectos de mi hermano —dijo—. Las cosas personales. Si usted no tiene nada que objetar, claro.

Renthe no pareció notar su incomodidad.

—Claro que no —dijo—. Uno de los colegas de Arne, Hendrik Janz, ya lo ha recogido todo. Solo hay una maleta y una bolsa de viaje de lona.

—Gracias —dijo Harald.

En realidad no quería los efectos personales de Harald, pero necesitaba una excusa para ir allí. Lo que realmente buscaba era quince metros de cable de acero para sustituir los cables de control que faltaban en el Hornet Moth, y aquel era el único sitio en el que se le había ocurrido que podía conseguirlos.

Ahora que estaba allí, la tarea parecía más abrumadora que cuando estaba contemplándola desde lejos. Harald se sintió invadido por una tenue oleada de pánico. Sin el cable, el Hornet Moth no podría volar. Entonces volvió a pensar en el sacrificio que había hecho su hermano, y se dijo que debía mantener la calma. Si no perdía la cabeza, quizá pudiera encontrar una manera.

—Iba a enviárselas a tus padres —añadió Renthe.

—Yo lo haré —dijo Harald, preguntándose si podía confiar en Renthe.

—Claro que tenía mis dudas, porque también pensé que quizá deberían ser enviadas a su prometida.

—¿A Hermia? —exclamó Harald, muy sorprendido—. ¿En Inglaterra?

—¿Está en Inglaterra? Hace tres días estuvo aquí.

Harald se quedó asombrado.

—¿Qué estaba haciendo aquí?

—Supuse que había adquirido la ciudadanía danesa y estaba viviendo aquí. De otra manera, su presencia en Dinamarca habría sido ilegal y me hubiese visto obligado a comunicar su visita a la policía. Pero obviamente ella no habría venido aquí si ese hubiera sido el caso. Porque ya habría sabido que en tanto que oficial del ejército, yo estoy obligado a comunicarle a la policía cualquier actividad ilegal, ¿verdad? —Miró fijamente a Harald y añadió—: ¿Ves a qué me refiero?

—Creo que sí. —Harald comprendió que se le estaba enviando un mensaje. Renthe sospechaba que él y Hermia habían estado involucrados en alguna actividad de espionaje con Arne, y le advertía de que no le dijera nada al respecto. Obviamente simpatizaba con ellos, pero no estaba dispuesto a infringir ninguna regla. Harald se levantó—. Me lo ha dejado todo muy claro. Gracias.

—Haré que alguien te acompañe a los alojamientos de Arne.

—No es necesario. Conozco el camino.

Harald había visto la habiación de Arne hacía dos semanas, cuando estuvo allí para hacer un vuelo a bordo de un Tiger Moth.

Renthe sacudió la cabeza.

—Mi más sincero pésame.

—Gracias.

Harald salió del edificio de los cuarteles generales y echó a andar por el camino que unía todos los edificios de escasa altura que componían la base. Fue lo más despacio posible, echando una buena mirada dentro de los hangares. No se veía mucha actividad. ¿Qué había por hacer en una base área donde los aviones no podían volar?

Se sintió frustrado. El cable que necesitaba tenía que estar allí, en alguna parte. Lo único que tenía que hacer era descubrir dónde, y hacerse con él. Pero no era tan sencillo.

Dentro de un hangar vio un Tiger Moth completamente desmantelado. Habían quitado las alas, el fuselaje estaba colocado encima de unos caballetes y el motor se hallaba sobre una plataforma. Aquello le dio nuevas esperanzas. Harald entró por la gigantesca puerta. Un mecánico vestido con un mono estaba sentado encima de una lata de aceite, bebiendo té de un gran tazón.

—Asombroso —le dijo Harald—. Nunca había visto uno desmontado de esa manera.

—Tiene que hacerse —replicó el hombre—. Las partes se van gastando, y no puedes permitir que se desprendan en pleno vuelo. En un avión, todo tiene que ser perfecto. De lo contrario te caes del cielo.

Harald se dijo que aquello era algo digno de ser recordado. Él estaba planeando cruzar el mar del Norte a bordo de un avión que llevaba años sin ser examinado por un mecánico.

—Así que lo sustituyen todo, ¿eh?

—Todo lo que se mueve, sí.

Harald pensó de forma optimista que aquel hombre quizá podría proporcionarle lo que quería.

—Tienen que utilizar un montón de repuestos.

—Exacto.

—Porque solo de cables de control, en cada avión habrá... ¿Cuánto, treinta metros?

—Un Tiger Moth necesita cuarenta y siete metros con setenta centímetros de cable del calibre mil.

Eso es lo que necesito yo, pensó Harald con una creciente excitación. Pero una vez más no se atrevió a pedirlo, por miedo a delatarse ante alguien que no compartiera sus opiniones. Miró en torno a él. Había imaginado vagamente que los componentes de un avión se encontrarían esparcidos a su alrededor esperando ser recogidos por cualquiera que pasara.

—¿Y dónde lo guardan todo?

—En los almacenes, naturalmente. Esto es el ejército. Todo tiene que estar en su sitio.

Harald soltó un gruñido de exasperación. Si pudiera haber visto un buen trozo de cable para cogerlo como si tal cosa... Pero desear soluciones fáciles no servía de nada.

—¿Dónde está el almacén?

—En el edificio siguiente. —El mecánico frunció el ceño—. ¿A qué vienen todas esas preguntas?

—Mera curiosidad. —Harald supuso que ya había llegado lo bastante lejos con aquel hombre, y que ahora debería irse antes de despertar serias sospechas. Agitó la mano en una vaga despedida y dio media vuelta—. Ha sido un placer hablar con usted.

Fue al edificio siguiente y entró en él. Un sargento estaba sentado detrás de un mostrador, fumando y leyendo un periódico. Harald vio una foto de soldados rusos rindiéndose, y el titular: STALIN ASUME EL CONTROL DEL MINISTERIO DE DEFENSA SOVIÉTICO.

Estudió las hileras de estantes de acero que se prolongaban al otro lado del mostrador. Se sentía como un niño en una tienda de caramelos. Allí estaba todo lo que quería, desde lavadoras hasta motores enteros. Podía construir un avión entero a partir de aquellas piezas.

Y había toda una sección asignada a kilómetros de cable de distintas clases, todas ellas pulcramente enrolladas en cilindros de madera como rollos de algodón.

Harald estaba encantado. Había averiguado dónde se encontraba el cable. Ahora tenía que pensar en una manera de hacerse con él. Pasados unos instantes, el sargento levantó la vista del periódico.

—¿Sí?

¿Podría ser sobornado? Una vez más, Harald vaciló. Tenía un bolsillo lleno de dinero, que le había sido entregado por Karen precisamente con aquel propósito. Pero no sabía cómo expresar una oferta. Incluso un encargado de almacén corrupto podía sentirse ofendido si se le proponía directamente que aceptara dinero. Harald deseó haber pensado un poco más en aquella manera de resolver su problema. Pero tenía que hacerlo.

—¿Podría preguntarle una cosa? —dijo—. Verá, todos esos recambios y piezas de repuesto... ¿Hay alguna manera de que alguien, un civil quiero decir, pueda comprar, o...?

—No —dijo el sargento abruptamente.

—Aunque el precio no fuese, ya sabe, un factor a tomar en consideración...

—Absolutamente no.

Harald no sabía qué más decir.

—Si le he ofendido...

—Olvídalo.

Al menos el hombre no había llamado a la policía. Harald dio media vuelta y se fue.

Cuando salía, se fijó en que la puerta tenía tres cerraduras y estaba hecha de una madera muy sólida. Entrar por la fuerza en aquel almacén no iba a resultar nada fácil. Harald quizá no fuese el primer civil que se percataba de cuán pocos componentes podían llegar a encontrarse en los almacenes militares.

Sintiéndose derrotado, fue a los alojamientos de los oficiales y localizó la habitación de Arne. Tal como había prometido Renthe, una maleta y una bolsa de viaje estaban depositadas a los pies de la cama. Por lo demás, la habitación se hallaba totalmente vacía.

Harald encontró un poco patético que la vida de su hermano pudiera ser metida en aquel parco equipaje y que después de que se hubiera hecho aquello, su habitación ya no mostrara ninguna huella de su existencia. Pensarlo hizo que las lágrimas volvieran a acudir a sus ojos. Pero lo importante era lo que un hombre dejaba en las mentes de los demás, se dijo. Arne viviría por siempre en el recuerdo de Harald: enseñándolo a silbar, haciendo reír como una colegiala a su madre, peinándose sus relucientes cabellos delante de un espejo. Pensó en la última vez que había visto a su hermano, sentado en el suelo de baldosas de la iglesia abandonada de Kirstenslot, cansado y asustado pero resuelto a cumplir su misión. Y, una vez más, vio que la única manera de honrar la memoria de Arne era terminar el trabajo que él había empezado.

Un cabo asomó la cabeza por el hueco de la puerta y dijo:

—¿Eres pariente de Arne Olufsen?

—Soy su hermano. Me llamo Harald.

—Yo soy Benedikt Vessell. Llámame Ben. —El cabo tendría unos treinta y tantos años, y una afable sonrisa que mostraba dientes manchados por el tabaco—. Esperaba poder encontrarme con alguien de la familia. —Rebuscó dentro de su bolsillo y sacó un poco de dinero—. Le debo cuarenta coronas a Harald.

—¿De qué?

El cabo lo miró taimadamente.

—Bueno, no digas ni una palabra de esto, pero tengo un pequeño negocio privado con las apuestas en las carreras de caballos, y Arne eligió a un ganador.

Harald aceptó el dinero, no sabiendo qué otra cosa podía hacer.

—Gracias.

—Entonces todo queda arreglado, ¿verdad?

Harald realmente no entendió la pregunta.

—Claro.

—Bien —dijo Ben, adoptando una expresión furtiva.

Entonces a Harald se le ocurrió pensar que la suma adeudada podía haber excedido las cuarenta coronas. Pero no iba a discutir.

—Se lo daré a mi madre —dijo.

—Mi más sincero pésame, muchacho. Tu hermano era un buen tipo.

Estaba claro que el cabo no era de los que siguen las reglas. Parecía la clase de hombre que murmura «No digas ni una palabra» con bastante frecuencia. Su edad sugería que era un soldado de carrera, pero su grado era bastante bajo. Tal vez invirtiese todas sus energías en las actividades ilegales. Probablemente vendía libros pornográficos y cigarrillos robados. Quizá pudiese resolver el problema de Harald.

—¿Puedo preguntarte una cosa, Ben?

—Lo que tú quieras —dijo Ben, sacando una bolsita de tabaco de su bolsillo y empezando a liarse un cigarrillo.

—Si un hombre quisiera, por propósitos privados, hacerse con quince metros de cable de control para un Tiger Moth, ¿sabes de alguna manera en que pudiera conseguirlos?

Ben lo miró con los ojos entornados.

—No —replicó.

—Digamos que la persona tuviera un par de centenares de coronas para pagar ese cable.

Ben encendió su cigarrillo.

—Esto tiene que ver con el asunto por el que arrestaron a Arne, ¿verdad?

—Sí.

Ben sacudió la cabeza.

—No, muchacho, no puede hacerse. Lo siento.

—No te preocupes —dijo Harald en un tono muy jovial, aunque se sentía amargamente decepcionado—. ¿Dónde puedo encontrar a Hendrik Janz?

—Dos puertas más abajo. Si no está en su habitación, prueba en la cantina.

Harald encontró a Hendrik sentado detrás de un pequeño escritorio, estudiando un libro sobre meteorología. Los pilotos tenían que entender el tiempo, para saber cuándo era seguro volar y si se aproximaba una tormenta.

—Soy Harald Olufsen.

Hendrik le estrechó la mano.

—Lo de Arne fue una auténtica desgracia.

—Gracias por haber recogido sus cosas.

—Me alegré de poder hacer algo.

¿Aprobaba Hendrik lo que había hecho Arne? Harald necesitaba obtener alguna clase de indicación antes de decidirse a arriesgar el cuello.

—Arne hizo lo que creía era mejor para su país —dijo.

Hendrik enseguida se puso en guardia.

—Yo no sé nada de eso —dijo—. Para mí era un buen amigo y un colega en el que podías confiar.

Harald quedó consternado. Era evidente que Hendrik no iba a ayudarlo a robar el cable. ¿Qué iba a hacer?

—Otra vez gracias —dijo—. Adiós.

Regresó a la habitación de Arne y cogió la maleta y la bolsa de viaje. No sabía qué más podía hacer. No podía irse de allí sin el cable que necesitaba, pero ¿cómo podía cogerlo? Ya lo había intentado todo.

Quizá había algún otro sitio en el que podía conseguir cable, pero no se le ocurría dónde. Y además se le estaba acabando el tiempo. Faltaban seis días para que fuese luna llena, lo cual quería decir que ya solo disponía de cuatro días más para trabajar en el avión.

Salió del edificio y echó a andar hacia la puerta, cargado con el equipaje. Iba a volver a Kirstenslot, pero ¿con qué propósito? Sin el cable, el Hornet Moth no volaría. Harald se preguntó cómo iba a explicarle a Karen que había fracasado.

Estaba pasando por delante del edificio de los almacenes cuando oyó que alguien pronunciaba su nombre.

—¡Harald!

Había un camión estacionado al lado del almacén y Ben esperaba junto a él, medio escondido por el vehículo y haciéndole señas de que se acercara. Harald se apresuró a ir hacia allí.

—Toma —dijo Ben, y le tendió un grueso rollo de cable de acero—. Quince metros, y un poquito más.

Harald se estremeció de emoción.

—¡Gracias!

—Cógelo, por el amor de Dios, que pesa mucho.

Harald cogió el cable y se volvió para irse.

—¡No, no! —dijo Ben—. ¡No puedes pasar por la puerta con eso en la mano, por el amor de Cristo! Mételo dentro de la maleta.

Harald abrió la maleta de Arne. Estaba llena.

—Dame ese uniforme, deprisa —dijo Ben.

Harald sacó de la maleta el uniforme de Arne y lo sustituyó por el cable.

Ben cogió el uniforme.

—Me libraré de esto, no te preocupes. ¡Y ahora vete de aquí!

Harald cerró la maleta y se metió la mano en el bolsillo.

—Te prometí doscientas coronas...

—Quédate con el dinero —dijo Ben—. Y buena suerte, hijo.

—¡Gracias!

—¡Y ahora piérdete! No quiero volver a verte nunca más.

—Claro —dijo Harald, y se apresuró a irse.

A la mañana siguiente, Harald estaba esperando enfrente del castillo bajo la claridad grisácea del alba. Eran las tres y media. De su mano colgaba una lata de dieciocho litros, vacía y limpia. No había ninguna manera legítima de obtener combustible, así que Harald iba a robárselo a los alemanes.

Ya disponía de todas las otras cosas que necesitaba. El Hornet Moth solo requeriría unas cuantas horas más de trabajo antes de que estuviese listo para despegar. Pero su depósito de combustible se hallaba vacío.

La puerta de la cocina se abrió sin hacer ningún ruido y Karen salió por ella. Iba acompañada de Thor, el viejo setter rojo que hacía sonreír a Harald debido a lo mucho que se parecía al señor Duchwitz. Karen se detuvo en el escalón y miró cautelosamente en torno a ella, como hace un gato cuando hay desconocidos en la casa. Llevaba un grueso suéter verde que ocultaba su figura, y los viejos pantalones de pana marrón que Harald llamaba sus pantalones de jardinería. Pero tenía un aspecto maravilloso. Me llamó querido, se dijo Harald, acariciando aquel recuerdo. Me llamó querido.

Karen le sonrió con una alegre sonrisa que dejó deslumbrado a Harald.

—¡Buenos días!

Su voz pareció sonar peligrosamente alta. Harald se llevó un dedo a los labios para pedirle que no hablara, pensando que sería más prudente que guardaran silencio. No había nada que discutir: la noche anterior habían trazado su plan sentados en el suelo de la iglesia abandonada mientras comían pastel de chocolate sacado de la despensa de Kirstenslot.

Harald encabezó la marcha por el interior del bosque. Protegidos por la espesura, recorrieron la mitad de la longitud del parque. Cuando estuvieron a la altura de las tiendas de los soldados, atisbaron cautelosamente por entre los arbustos. Tal como había esperado Harald, vieron a un solo hombre montando guardia, inmóvil ante la tienda que servía como cantina mientras bostezaba. A aquellas horas, todos los demás estaban durmiendo. Harald se sintió muy aliviado al ver satisfechas sus expectativas.

El suministro de combustible de la compañía veterinaria provenía de un pequeño camión cisterna que se hallaba estacionado a unos cien metros de las tiendas, sin duda como una medida de seguridad. La separación ayudaría a Harald, aunque él habría deseado que fuera más grande. Ya había observado que el camión cisterna contaba con una bomba de mano, y que no había ningún mecanismo de cierre. El camión se encontraba aparcado junto al camino que conducía a la puerta del castillo, para que los vehículos pudieran ir hacia él rodando por una superficie dura. La manguera estaba en el lado del conductor, para que fuese más cómodo repostar. Como consecuencia de ello, la mole del camión impedía que quienquiera que lo utilizase pudiera ser visto desde el campamento.

Todo estaba tal como esperaban, pero Harald titubeó. Robar gasolina delante de las narices de los soldados parecía una locura. Pero pensar demasiado era peligroso, porque el miedo podía llegar a paralizarte. El antídoto contra eso era la acción. Harald salió de la espesura sin pensárselo dos veces, dejando atrás a Karen y el perro, y anduvo rápidamente sobre la hierba húmeda yendo hacia el camión cisterna.

Descolgó la manguera de su gancho y la metió dentro de la lata, y luego extendió la mano hacia la palanca de la bomba. Cuando la hizo bajar, un gorgoteo resonó dentro de la cisterna y fue seguido por el sonido de la gasolina cayendo dentro de la lata. El bombeo parecía estar haciendo mucho ruido, pero quizá no el suficiente para que fuese oído por el centinela que se encontraba a cien metros de distancia.

Harald miró nerviosamente a Karen. Tal como habían acordado, ella estaba vigilando desde la pantalla de vegetación, lista para alertar a Harald si se aproximaba alguien.

La lata se llenó rápidamente. Harald enroscó el tapón y la levantó. Pesaba mucho. Volvió a colgar la manguera de su gancho y luego se apresuró a regresar a los árboles. Una vez que estuvo a cubierto, se detuvo para dirigir una sonrisa triunfal a Karen. Había robado dieciocho litros de petróleo y había logrado huir con ellos. ¡El plan estaba funcionando!

Dejando a Karen allí, Harald cogió un atajo por el bosque para ir al monasterio. Ya había dejado abierta la gran puerta de la iglesia para poder entrar y salir por ella. Pasar la pesada lata por el ventanal habría sido demasiado complicado y hubiese requerido demasiado tiempo. Harald entró en la iglesia y dejó la lata en el suelo con un suspiro de alivio. Luego abrió el panel de acceso y quitó el tapón del depósito de combustible del Hornet Moth. Estuvo luchando torpemente con él durante unos momentos porque tenía los dedos entumecidos de haber cargado con la pesada lata, pero finalmente consiguió abrirlo. Vació la lata dentro del depósito del avión, volvió a poner en su sitio los dos tapones para reducir al mínimo el olor del combustible, y salió de la iglesia.

Mientras estaba llenando la lata por segunda vez, el centinela decidió efectuar una patrulla.

Harald no podía verlo venir, pero supo que algo iba mal en cuanto Karen silbó. Levantó los ojos para verla salir del bosque seguida por Thor. Harald soltó la palanca de la bomba y se puso de rodillas para mirar por debajo del camión cisterna y a través del césped, y vio aproximarse las botas del soldado.

Ya habían previsto aquel problema y estaban preparados para hacerle frente. Todavía de rodillas, Harald vio cómo Karen echaba a andar por la hierba. Se encontró con el centinela mientras este todavía estaba a unos cincuenta metros del camión cisterna. El perro olisqueó amistosamente la ingle del hombre. Karen sacó sus cigarrillos. ¿Se mostraría simpático el centinela, y fumaría un cigarrillo con una chica muy guapa? ¿O sería un fanático de la rutina, y le pediría a Karen que paseara a su perro por algún otro sitio mientras él continuaba con su patrulla? Harald contuvo la respiración. El centinela cogió un cigarrillo, y los dos encendieron sus pitillos.

El soldado era un hombre bajito de piel cetrina. Harald no podía oír sus palabras, pero sabía lo que estaba diciendo Karen: no podía dormir, se sentía sola, quería alguien con quien hablar. Mientras discutían aquel plan la noche anterior, Karen le había preguntado a Harald si no creía que el centinela podía sospechar. Harald le había asegurado que la víctima estaría demasiado encantada de poder flirtear con ella para dudar de sus motivos. En realidad no se sentía tan seguro como había pretendido, pero para su alivio el centinela estaba cumpliendo con sus predicciones.

Vio cómo Karen señalaba un tocón y luego llevaba al soldado hacia él. Luego se sentó, colocándose de tal manera que el centinela le daría la espalda al camión cisterna si quería sentarse junto a ella. Harald sabía que ahora Karen estaría diciendo que los chicos de por allí eran muy aburridos, y que a ella le gustaba hablar con hombres que hubieran viajado un poco y visto algo de mundo, porque le parecían más maduros. Karen palmeó suavemente la superficie del tocón para animar al soldado a que se sentara junto a ella. Como era de esperar, el soldado se sentó.

Harald reanudó el bombeo.

Llenó la lata y se apresuró a volver al bosque. ¡Dieciocho litros!

Cuando regresó, Karen y el centinela continuaban en las mismas posiciones. Mientras volvía a llenar la lata, Harald calculó cuánto tiempo necesitaba. Llenar la lata requería cosa de un minuto, el trayecto hasta la iglesia unos dos, echar el combustible dentro del depósito del Hornet Moth otro minuto, y el trayecto de vuelta otros dos. Seis minutos para cada viaje daban un total de cincuenta y cuatro minutos para nueve latas. Dando por sentado que iría cansándose hacia el final, podía calcular un total de una hora.

¿Se podía mantener charlando al centinela durante tanto tiempo? Aquel hombre no tenía nada más que hacer. Los soldados se levantaban a las cinco y media, y empezaban a cumplir con sus obligaciones a las seis. Suponiendo que los británicos no invadieran Dinamarca durante la próxima hora, el centinela no tenía ninguna razón para dejar de hablar con una chica bonita. Pero era un soldado, sometido a la disciplina militar, y podía parecerle que tenía el deber de patrullar.

Lo único que podía hacer Harald era esperar que las cosas fueran lo mejor posible, y darse prisa.

Llevó la tercera lata a la iglesia. Ya van cincuenta y cuatro litros, pensó con optimismo, más de trescientos veinte kilómetros..., una tercera parte de la distancia a Inglaterra.

Siguió con sus viajes. Según el manual que había encontrado en la cabina, el DH87B Hornet Moth debería poder volar un poco más de mil kilómetros con un depósito lleno. Esa cifra presuponía que no hubiese viento. La distancia hasta la costa inglesa, en la medida en que podía calcularla Harald basándose en el atlas, era de unos novecientos sesenta kilómetros. Aquello quería decir que el margen de seguridad distaba mucho de ser suficiente. Un viento de cara reduciría la velocidad y haría que terminaran cayendo al mar. Harald decidió que llevaría una lata de gasolina llena dentro de la cabina. Eso añadiría unos ciento diez kilómetros al radio de vuelo del Hornet Moth, siempre suponiendo que se le ocurriese alguna manera de llenar el tanque al máximo estando en el aire.

Harald bombeaba con la mano derecha y llevaba la lata con la izquierda, y en cuanto hubo vaciado la cuarta lata dentro del depósito del avión ya tenía doloridos ambos brazos. Cuando volvió a por la quinta lata, vio que el centinela estaba de pie, como preparándose para irse, pero Karen todavía lo mantenía hablando. Entonces rió de algo que había dicho el hombre, y le dio una juguetona palmada en el hombro. Era un gesto de coquetería que no resultaba nada propio de ella, pero aun así Harald sintió una punzada de celos. Karen nunca le había palmeado juguetonamente el hombro.

Pero lo había llamado querido.

Harald llevó a la iglesia la quinta y la sexta lata, y sintió que ya había recorrido dos terceras partes de la distancia hasta la costa inglesa.

Cada vez que se sentía asustado, pensaba en su hermano. Descubrió que le costaba mucho aceptar que Arne estuviera muerto. No paraba de pensar en si su hermano aprobaría lo que estaba haciendo, lo que diría cuando Harald le contara algún aspecto de sus planes, cómo se mostraría escéptico o divertido o impresionado. En ese sentido, Arne seguía formando parte de la vida de Harald.

Harald no creía en el fundamentalismo obstinadamente irracional de su padre. Todo aquel hablar del cielo y el infierno le parecía mera superstición. Pero ahora veía que en cierta manera los muertos vivían dentro de las mentes de aquellos que los habían querido, y que eso era una especie de otra vida. Cada vez que su resolución empezaba a flaquear, se acordaba de que Arne lo había dado todo por aquella misión, y entonces sentía un súbito impulso de lealtad que le confería nuevas fuerzas a pesar de que el hermano al cual le debía aquella lealtad ya no existiera.

Harald estaba regresando a la iglesia con la séptima lata cuando fue visto.

Mientras iba hacia la puerta, un soldado vestido con ropa interior salió de los claustros. Harald se quedó paralizado, con la lata de petróleo que llevaba en la mano, tan incriminatoria como un arma que todavía estuviera caliente después de haber sido disparada. El soldado, medio dormido, fue hasta un arbusto y empezó a orinar y bostezar al mismo tiempo. Harald vio que era Leo, el joven que se había mostrado tan entrometidamente amistoso con él hacía tres días.

Leo se dio cuenta de que lo estaban mirando, se sobresaltó al encontrarse observado y puso cara de culpabilidad.

—Lo siento —farfulló.

Harald supuso que iba contra las reglas orinar en los arbustos. Habían cavado una letrina detrás del monasterio, pero quedaba bastante lejos y Leo estaba siendo perezoso. Harald trató de sonreír tranquilizadoramente.

—No te preocupes —dijo en alemán. Pero pudo oír el temblor del miedo en su propia voz.

Leo no pareció percibirlo. Poniéndose bien la ropa, frunció el ceño.

—¿Qué hay en la lata?

—Agua, para mi motocicleta.

—Oh. —Leo bostezó, y luego señaló el arbusto con un pulgar—. Se supone que no debemos...

—Olvídalo.

Leo asintió y se fue trastabillando.

Harald entró en la iglesia. Se detuvo un instante, cerrando los ojos mientras esperaba a que se disipara la tensión que se había adueñado de él. Luego echó el combustible dentro del depósito del Hornet Moth.

Cuando se aproximaba al camión cisterna por octava vez, vio que su plan estaba empezando a desmoronarse. Karen se alejaba del tocón, dirigiéndose nuevamente hacia el bosque. Se despidió del soldado con un afable gesto de la mano, así que debían de haberse separado en buenos términos, pero Harald supuso que el hombre tenía algún deber que estaba obligado a cumplir. Aun así, se estaba alejando del camión cisterna para ir hacia la tienda que servía como cantina, por lo que a Harald le pareció que podía seguir adelante con lo suyo, y volvió a llenar la lata.

Mientras la llevaba al bosque, Karen se reunió con él y murmuró:

—Tiene que encender la estufa de la cocina.

Harald asintió y apretó el paso. Vació la octava lata dentro del depósito del avión y regresó para la novena. El centinela no era visible por parte alguna, y Karen le hizo el signo del pulgar hacia arriba para indicarle que podía seguir adelante. Harald llenó la lata por novena vez y regresó a la iglesia. Tal como había calculado, aquello llevó el nivel del combustible al borde del tapón, con un poco que sobró y se derramó fuera. Pero Harald necesitaba una lata extra para llevarla dentro de la cabina. Regresó por última vez.

Karen lo detuvo en el límite del bosque y señaló hacia adelante. El centinela se había detenido junto al camión cisterna del combustible. Harald vio con horror que, en su prisa, se había olvidado de devolver la manguera a su gancho, y el conducto del combustible colgaba descuidadamente. El soldado miró a uno y otro lado del parque con un fruncimiento de perplejidad en el ceño, y luego devolvió la manguera al sitio en el que debía estar. Después se quedó allí durante un rato. Sacó cigarrillos, se puso uno en la boca, abrió una caja de fósforos; y luego se alejó del camión cisterna antes de encender su fósforo.

—¿Todavía no tienes suficiente gasolina? —le susurró Karen a Harald.

—Necesito una lata más.

El centinela se estaba alejando con la espalda dirigida hacia el camión cisterna, fumando, y Harald decidió correr el riesgo. Cruzó rápidamente la extensión de hierba. Para su consternación, descubrió que el camión cisterna no lo ocultaba del todo desde el ángulo de visión del soldado. Aun así metió el extremo de la manguera en la lata y empezó a bombear, sabiendo que sería visto si al hombre se le ocurría volverse. Llenó la lata, volvió a poner la manguera en su sitio, enroscó el tapón de la lata y empezó a alejarse.

Ya casi había llegado al bosque cuando oyó un grito.

Harald fingió estar sordo y siguió andando sin volverse o apretar el paso.

El centinela volvió a gritar, y Harald oyó un ruido de botas que corrían.

Entró en la arboleda. Karen apareció ante él.

—¡Escóndete donde no puedan verte! —susurró—. Yo lo alejaré de aquí.

Harald se apresuró a esconderse entre unos matorrales. Tumbándose bocabajo en el suelo, se arrastró por debajo de un arbusto, llevando la lata consigo. Thor intentó seguirlo, pensando que aquello era un juego. Harald le dio un cachete en el hocico y el perro se retiró, sintiéndose muy ofendido.

—¿Dónde está ese hombre? —oyó decir Harald al centinela.

—¿Te refieres a Christian? —preguntó Karen.

—¿Quién es Christian?

—Uno de los jardineros. Estás terriblemente guapo cuando te enfadas por algo, Ludie.

—Olvídate de eso. ¿Qué estaba haciendo aquí?

—Tratar árboles enfermos con lo que lleva dentro de esa lata, algo que mata a esos horribles hongos que ves crecer encima de los troncos de los árboles.

Harald pensó que aquello era una buena muestra de inventiva por parte de Karen, incluso si se le había olvidado la palabra alemana para decir fungicida.

—¿Tan temprano? —dijo Ludie escépticamente.

—Me dijo que el tratamiento siempre surte más efecto cuando hace frío.

—Lo vi alejarse del camión cisterna del combustible.

—¿Combustible? ¿Qué iba a hacer Christian con el combustible? No tiene coche. Supongo que estaba tomando por un atajo a través del césped.

—Hum. —Ludie todavía no se había quedado del todo tranquilo—. Yo no he visto que haya ningún árbol enfermo.

—Bueno, fíjate en este. —Harald los oyó alejarse unos cuantos pasos—. ¿Ves esa especie de enorme verruga que está saliendo del árbol? Pues si Christian no le aplicase su tratamiento, eso terminaría matándolo.

—Sí, supongo que lo haría. Bueno, haz el favor de decirles a tus sirvientes que se mantengan alejados del campamento.

—Lo haré, y te pido disculpas. Estoy seguro de que Christian no pretendía causar ningún daño.

—Muy bien.

—Adiós, Ludie. Puede que te vea mañana por la mañana.

—Aquí estaré.

—Adiós.

Harald esperó unos minutos, y luego oyó decir a Karen:

—Ya no hay peligro.

Harald salió de debajo del arbusto.

—¡Estuviste brillante!

—Estoy aprendiendo a mentir tan bien que empiezo a preocuparme.

Echaron a andar hacia el monasterio.., y se llevaron otra desagradable sorpresa.

Cuando estaban a punto de salir del amparo del bosque, Harald vio a Per Hansen, el policía del pueblo y nazi local, esperando delante de la iglesia.

Soltó una maldición. ¿Qué demonios estaba haciendo Hansen allí? ¿Y a aquella hora de la madrugada?

Hansen permanecía muy inmóvil con las piernas separadas y los brazos cruzados, contemplando el campamento militar al otro lado del parque. Harald puso la mano sobre el brazo de Karen advirtiéndole de que no debían moverse, pero no reaccionó lo bastante deprisa para detener a Thor, quien percibió al instante la hostilidad que estaba sintiendo Karen. El perro salió del bosque como una exhalación, corrió hacia Hansen, se detuvo a una distancia prudencial de él y volvió a ladrar. Hansen pareció asustarse y enfadarse al mismo tiempo, y su mano fue hacia la pistolera de su cinturón.

—Yo me ocuparé de él —murmuró Karen. Sin esperar a que Harald pudiera replicar, echó a andar hacia delante y llamó al perro con un silbido—. ¡Ven aquí, Thor!

Harald dejó en el suelo su lata de gasolina, se agazapó y miró por entre las hojas.

—Debería mantener controlado a ese perro —dijo Hansen a Karen.

—¿Por qué? Vive aquí.

—Es muy agresivo.

—Ladra a los intrusos. Es su trabajo.

—Si ataca a un miembro de la fuerza policial, podrían pegarle un tiro.

—No sea ridículo —dijo Karen, y Harald no pudo evitar darse cuenta de que estaba exhibiendo toda la arrogancia de su riqueza y su posición social—. ¿Qué está haciendo, husmeando por mi jardín al romper el alba?

—Estoy aquí por un asunto oficial, señorita, así que tenga un poco más de cuidado con sus modales.

—¿Un asunto oficial? —dijo ella escépticamente. Harald supuso que estaba fingiendo incredulidad para poder sonsacarle más información a Hansen—. ¿Qué clase de asunto oficial?

—Estoy buscando a alguien llamado Harald Olufsen.

—Oh, mierda —murmuró Harald, que no se esperaba aquello.

Karen se sobresaltó un poco, pero consiguió ocultarlo.

—Nunca he oído hablar de él —dijo.

—Es un amigo de la escuela de su hermano, y la policía lo está buscando.

—Bueno, no se puede esperar de mí que conozca a todos los compañeros de escuela de mi hermano.

—Ha estado en el castillo.

—¿Oh? ¿Qué aspecto tiene?

—Varón, dieciocho años de edad, un metro ochenta y dos de estatura, cabello rubio y ojos azules, probablemente con una chaqueta escolar azul con una franja en la manga —dijo Hansen, hablando como si estuviera recitando algo que se había aprendido de memoria de un informe policial.

—Suena terriblemente atractivo, aparte de la chaqueta, pero no me acuerdo de él.

Karen estaba manteniendo su aire de despreocupado desdén, pero Harald pudo percibir tensión y preocupación en su rostro.

—Ha estado aquí dos veces como mínimo —dijo Hansen—. Yo mismo lo he visto.

—Será que no habré coincidido con él. ¿Cuál es su crimen? ¿No devolvió un libro que había cogido prestado de la biblioteca?

—No tengo ni... Verá, el caso es que no puedo hablar de ello. Quiero decir que se trata de una investigación de rutina.

Hansen obviamente no sabía cuál era el delito, pensó Harald. Tenía que estar haciendo todas aquellas preguntas porque algún otro policía, presumiblemente Peter Flemming, se lo había ordenado.

—Bueno —estaba diciendo Karen—, mi hermano ha ido a Aarhus y ahora no tenemos a nadie por aquí..., aparte de cien soldados, claro está.

—La última vez que vi a Olufsen, llevaba una motocicleta que parecía muy peligrosa.

—Oh, ese chico... —dijo Karen, fingiendo acordarse—. Le expulsaron de la escuela. Papá no le permitiría volver nunca más.

—¿No? Bueno, creo que hablaré con su padre de todas maneras.

—Todavía está durmiendo.

—Esperaré.

—Como quiera. ¡Vamos, Thor!

Karen se alejó, y Hansen se quedó en el camino.

Harald esperó. Karen fue hacia la iglesia, se volvió para asegurarse de que Hansen no la estaba mirando y luego entró por la puerta. Hansen echó a andar por el camino que subía hacia el castillo. Harald esperó que no se detuviera a hablar con Ludie, y descubriese que el centinela había visto a un hombre alto y rubio sospechosamente cerca del camión cisterna. Afortunadamente, Hansen pasó de largo por el campamento y terminó desapareciendo detrás del castillo, presumiblemente para dirigirse hacia la puerta de la cocina.

Harald fue corriendo a la iglesia y entró en ella. Dejó la última lata de petróleo encima del suelo embaldosado.

Karen cerró la gran puerta, hizo girar la llave en la cerradura y puso la barra en su sitio. Luego se volvió hacia Harald.

—Tienes que estar agotado.

Lo estaba. Le dolían los brazos, y tenía las piernas doloridas de tanto correr por el bosque cargando con un gran peso. Tan pronto como se relajó, Harald se sintió ligeramente mareado por los vapores de la gasolina. Pero también se sentía inmensamente feliz.

—¡Estuviste maravillosa! —dijo—. Flirteaste con Ludie como si fuera el soltero más apetecible de Dinamarca.

—¡Es cinco centímetros más bajo que yo!

—Y engañaste por completo a Hansen.

—Cosa que no resultó muy difícil.

Harald volvió a coger la lata y la dejó dentro de la cabina del Hornet Moth, colocándola encima de la repisa para el equipaje que había detrás de los asientos. Luego cerró la puerta y se volvió para ver a Karen inmóvil justo detrás de él, sonriendo de oreja a oreja.

—Lo hicimos —dijo ella.

—Dios mío, lo hicimos.

Karen lo rodeó con los brazos y alzó la mirada hacia él con una expresión expectante. Era casi como si quisiese que la besara. Harald pensó en preguntárselo, y luego decidió actuar de una manera más resuelta. Cerró los ojos y se inclinó hacia delante. Los labios de Karen eran cálidos y suaves. Harald hubiese podido quedarse así, inmóvil y disfrutando del contacto de los labios de ella, durante mucho tiempo, pero Karen tenía otras ideas. Primero puso fin al contacto, y después volvió a besarlo. Besó el labio superior de Harald, luego el inferior, luego su barbilla, y luego volvió a besar sus labios. La boca de Karen estaba muy ocupada jugando y explorando. Harald nunca había sido besado de aquella manera anteriormente. Abrió los ojos y se sorprendió al ver que ella lo estaba mirando con un brillo de diversión en los ojos.

—¿En qué estás pensando? —le preguntó Karen.

—¿Realmente te gusto?

—Por supuesto que me gustas, idiota.

—Tú también me gustas.

—Qué bien.

Harald titubeó y luego dijo:

—De hecho, te quiero.

—Lo sé —dijo ella, y volvió a besarlo.

26

Mientras iba por el centro de Morlunde bajo la intensa luz de una mañana de verano, Hermia Mount corría más peligro del que había corrido en Copenhague. La gente de aquella pequeña población la conocía.

Hacía dos años, antes de que ella y Arne se prometieran, él la había llevado a la casa de sus padres en Sande. Hermia había acudido a la iglesia, asistido a un partido de fútbol, visitado el bar favorito de Arne, e ido de compras con la madre de este. Recordar aquel tiempo tan feliz le rompía el corazón.

Aquella mañana llevaba un sombrero y gafas de sol, pero todavía se sentía peligrosamente reconocible. Aun así, tenía que correr el riesgo.

Había pasado la noche anterior recorriendo el centro del pueblo, con la esperanza de tropezarse con Harald. Sabiendo lo mucho que le gustaba el jazz, primero había ido al club Hot, pero estaba cerrado. No lo había encontrado en ninguno de los bares y cafés donde se reunía la gente joven. Había sido una noche desperdiciada.

Aquella mañana estaba yendo a su casa.

Había estado pensando en telefonear, pero era arriesgado. Si daba su verdadero nombre, corría el peligro de que la oyeran y la traicionaran. Si daba un nombre falso, o llamaba anónimamente, podía asustar a Harald y hacerlo huir. Tenía que ir allí en persona.

Eso sería todavía más arriesgado. Morlunde era un pueblo, pero en la pequeña isla de Sande cada residente conocía a todos los demás. Hermia tenía que aferrarse a la esperanza de que los isleños pensaran que había ido allí a pasar unos días de vacaciones y que no se fijaran demasiado en ella. No tenía ninguna opción mejor. Faltaban cinco días para la luna llena.

Fue hasta el puerto, cargando con su pequeña maleta, y subió al transbordador. Al final de la pasarela esperaban un soldado alemán y un policía danés. Hermia enseñó sus papeles a nombre de Agnes Ricks. Los documentos ya habían superado tres inspecciones, pero aun así Hermia sufrió un estremecimiento de temor mientras ofrecía las falsificaciones a los dos hombres de uniforme.

El policía examinó su tarjeta de identidad.

—Está usted muy lejos de su casa, señorita Ricks.

Hermia ya había preparado la historia que utilizaría como tapadera.

—Vengo por el funeral de un pariente.

Era un buen pretexto para un largo viaje. Hermia no estaba segura de cuándo iba a tener lugar el entierro de Arne, pero no había nada de sospechoso en el hecho de que un miembro de la familia llegara con uno o dos días de antelación, especialmente teniendo en cuenta los imprevistos de los viajes en tiempos de guerra.

—Supongo que habrá venido por el funeral de los Olufsen.

—Sí. —Lágrimas abrasadoras acudieron a sus ojos—. Soy prima segunda, pero mi madre estaba muy unida a Lisbeth Olufsen.

El policía percibió su pena a pesar de las gafas de sol, y dijo amablemente:

—Mis condolencias. —Le devolvió sus documentos—. Llega con tiempo de sobras.

—¿Sí? —Aquello sugería que el funeral se celebraría hoy—. No estaba segura, porque no pude telefonear para que me lo confirmaran.

—Creo que el servicio es a las tres de esta tarde.

—Gracias.

Hermia siguió andando y se apoyó en la barandilla. Mientras el transbordador iba saliendo del puerto, contempló la isla, llana y desprovista de accidentes geográficos, y se acordó de su primera visita a Sande. Se había quedado bastante sorprendida al ver las habitaciones, frías y carentes de adornos, en las que había crecido Arne y conocer a sus adustos padres. El cómo aquella solemne familia había producido a alguien tan divertido como Arne era un auténtico misterio.

Ella también era una persona un tanto severa, o eso parecían pensar sus colegas. En ese sentido, su presencia había desempeñado un papel similar al de la madre de Arne en la vida de este. Hermia había hecho que Arne se volviera puntual y lo había convencido de que no se emborrachara, mientras que él le enseñaba a relajarse y pasarlo bien. En una ocasión Hermia le había dicho: «Hay un tiempo y un lugar para la espontaneidad», y Arne había pasado el día entero riéndose de sus palabras.

Luego había vuelto a Sande una vez más, para las fiestas navideñas. Allí se parecían más bien a la Cuaresma. La Navidad era un acontecimiento religioso, no una bacanal. Aun así Hermia había encontrado la festividad agradable a su manera silenciosa y tranquila, haciendo rompecabezas de palabras con Arne, empezando a conocer a Harald, comiendo los sencillos platos de la señora Olufsen y paseando por la fría playa envuelta en un abrigo de piel, cogida de la mano de su amante.

Nunca había imaginado que regresaría allí para su funeral.

Anhelaba ir al servicio fúnebre, pero sabía que eso era imposible. Demasiadas personas la verían y la reconocerían. Incluso podía haber presente un detective de la policía, estudiando las caras. Después de todo, si Hermia podía adivinar que ahora la misión de Arne estaba siendo llevada a cabo por otra persona, la policía también podía llegar a la misma conclusión.

De hecho, Hermia cayó en la cuenta de que el funeral iba a retrasarla unas cuantas horas. Tendría que esperar a que hubiera terminado el servicio antes de ir a la casa. Antes habría vecinas en la cocina preparando comida, feligreses en la iglesia poniendo bien las flores, un agente de pompas fúnebres preocupándose por los horarios y decidiendo quiénes cargarían con el féretro. Sería casi tan terrible como el mismo servicio. Pero después, en cuanto quienes habían ido a dar el pésame hubieran tomado su té con *smorrebrod*, todos se irían, dejando que la familia más próxima se lamentara a solas.

Eso quería decir que ahora tendría que matar el tiempo, pero la cautela lo era todo. Si podía conseguir la película de manos de Harald aquella noche, luego podría tomar el primer tren a Copenhague por la mañana; partir hacia Bornholm por mar por la noche, cruzar hasta Suecia el día siguiente, y estar en Londres doce horas después, con dos días de tiempo antes de la luna llena. Valía la pena perder unas cuantas horas.

Desembarcó en el atracadero de Sande y fue andando al hotel. No podía entrar en el edificio, por miedo a encontrarse con alguien que se acordara de ella, así que fue a la playa. El tiempo no estaba para tomar baños de sol —había unas cuantas nubes, y una brisa fría llegaba del mar—, pero las casetas de rayas para bañistas al viejo estilo habían sido llevadas hasta allí sobre sus ruedas, y unas cuantas personas chapoteaban entre las olas o hacían un picnic sobre la arena. Hermia pudo encontrar una pequeña hondonada resguardada del viento entre las dunas y desaparecer de la escena vacacional.

Esperó allí mientras subía la marea y un caballo del hotel tiraba de las casetas con ruedas llevándoselas por la playa. Hermia había pasado una gran parte de las dos últimas semanas sentándose y esperando.

Vio a los padres de Arne una tercera vez, en el viaje que hacían a Copenhague cada década. Arne los había llevado a todos a los jardines del Tívoli y había mostrado su faceta más indolente y divertida, que dejó encantadas a las camareras, hizo reír a su madre, y consiguió que incluso su hosco padre recordara los días en la Jansborg Skole. Unas semanas después llegaron los nazis y Hermia abandonó el país de una manera que a ella le pareció bastante ignominiosa, en un tren cerrado junto con una multitud de diplomáticos de países hostiles a Alemania.

Y ahora había regresado en busca de un secreto letal, arriesgando su vida y las de otros.

Dejó su posición a las cuatro y media. La rectoría quedaba a unos quince kilómetros del hotel, una caminata de dos horas y media yendo a buen paso, con lo que llegaría sobre las siete. Estaba segura de que para aquel entonces todo el mundo se habría marchado y encontraría a Harald y sus padres sentados en la cocina sin abrir la boca.

La playa no se hallaba desierta. Hermia se cruzó con gente en varias ocasiones durante su largo paseo. Se mantuvo lo más alejada posible de ellos, dejando que la tomaran por una persona que no quería relacionarse, y nadie la reconoció.

Finalmente divisó los contornos de la iglesia y la rectoría. Pensar que aquel había sido el hogar de Arne la llenó de tristeza. No se veía a nadie. Cuando estuvo un poco más cerca, vio la tumba reciente en el pequeño cementerio.

Con el corazón lleno de pena, Hermia cruzó el patio de la iglesia y se detuvo junto a la tumba de su prometido. Se quitó las gafas de sol. Vio que había montones de flores: la gente siempre se sentía muy conmovida por la muerte de un hombre joven. El dolor se apoderó de ella, y empezó a temblar con violentos sollozos. Las lágrimas corrieron por su rostro. Cayó de rodillas y cogió un puñado de la tierra amontonada sobre la tumba, pensando en el cuerpo de Arne yaciendo debajo de ella. Yo dudaba de ti, pensó, pero eras el más valiente de todos nosotros.

Al cabo cesó el llanto y pudo ponerse en pie. Se secó la cara con la manga. Tenía trabajo que hacer.

Cuando se volvió, vio la alta figura y la cabeza en forma de cúpula del padre de Arne, inmóvil a unos metros de ella. Debía de haberse acercado silenciosamente, y esperado a que ella se pusiera en pie.

—Vaya, pero si es Hermia... —dijo—. Que Dios te bendiga.

—Gracias, pastor. —Quería abrazarlo, pero el pastor no era el tipo de hombre que da abrazos y por eso se limitó a estrecharle la mano.

—Llegaste demasiado tarde para el funeral.

—Eso fue intencionado. No podía permitir que me vieran.

—Más vale que entres en la casa.

Hermia lo siguió a través de la extensión de áspera hierba. La señora Olufsen estaba en la cocina, pero por una vez no se hallaba delante del fregadero. Hermia supuso que las vecinas se habrían encargado de poner un poco de orden después del velatorio y que habrían lavado los platos. La señora Olufsen estaba sentada a la mesa de la cocina con un sombrero y un vestido negro. Cuando vio a Hermia, se echó a llorar.

Hermia la abrazó, pero su compasión fue un poco distraída y distante. La persona a la que quería ver no se encontraba en la habitación. Tan pronto como pudo hacerlo decentemente, preguntó:

—Esperaba poder ver a Harald.

—No está aquí —dijo la señora Olufsen.

Hermia tuvo la horrible sensación de que aquel largo y peligroso viaje era en vano.

—¿No asistió al funeral?

La señora Olufsen sacudió la cabeza con los ojos llorosos.

Conteniendo su exasperación lo mejor que pudo, Hermia dijo:

—¿Y dónde está?

—Será mejor que te sientes —dijo el pastor.

Hermia se obligó a ser paciente. El pastor estaba acostumbrado a que lo obedecieran, y ella no llegaría a ninguna parte desafiando su voluntad.

—¿Tomarás una taza de té? —preguntó la señora Olufsen—. No es de verdad, claro.

—Sí, por favor.

—¿Y un bocadillo? Han sobrado muchos.

—No, gracias. —Hermia no había comido nada en todo el día, pero estaba demasiado tensa para comer—. ¿Dónde está Harald? —preguntó impacientemente.

—No lo sabemos —dijo el pastor.

—¿Cómo es eso?

El pastor pareció avergonzado, una expresión rara en su cara.

—Harald y yo nos dijimos cosas bastante duras. Yo estuve tan terco como él. Desde entonces, el Señor me ha recordado cuán precioso es el tiempo que un hombre pasa con sus hijos. —Una lágrima rodó por su rostro lleno de arrugas—. Harald se fue hecho una furia, negándose a decir adónde iba. Cinco días después regresó, solo por unas horas, y tuvimos algo parecido a una reconciliación. En esa ocasión le dijo a su madre que iba a alojarse en la casa de un compañero de la escuela, pero cuando telefoneamos, nos dijeron que no estaba allí.

—¿Cree que todavía está enfadado con usted?

—No —dijo el pastor—. Bueno, quizá lo esté, pero esa no es la razón por la que ha desaparecido.

—¿Qué quiere decir?

—Mi vecino, Axel Flemming, tiene un hijo que está en la policía de Copenhague.

—Me acuerdo de él —dijo Hermia—. Peter Flemming.

—Tuvo la desvergüenza de acudir al funeral —intervino la señora Olufsen, hablando en un tono lleno de amargura que no era nada propio de ella.

El pastor siguió hablando.

—Peter afirma que Arne espiaba para los británicos, y que Harald está continuando con su trabajo.

—Ah.

—No pareces sorprendida.

—No le mentiré —dijo Hermia—. Peter está en lo cierto. Le pedí a Arne que sacara fotografías de la base militar que hay en esta isla. Harald tiene la película.

—¿Cómo pudo hacer algo semejante? —exclamó la señora Olufsen—. ¡Arne está muerto a causa de eso! ¡Perdimos a nuestro hijo y tú has perdido a tu prometido! ¿Cómo pudo hacerlo?

—Lo siento —murmuró Hermia.

—Hay una guerra, Lisbeth —dijo el pastor—. Muchos hombres

jóvenes han muerto combatiendo a los nazis. Hermia no tiene la culpa de lo que ocurrió.

—He de conseguir la película que Harald tiene en su poder —dijo Hermia—. Tengo que dar con él. ¿Me ayudarán?

—¡No quiero perder a mi otro hijo! —dijo la señora Olufsen—. ¡No podría soportarlo!

El pastor le cogió la mano.

—Arne estaba haciendo algo contra los nazis. Si Hermia y Harald pueden terminar el trabajo que empezó, entonces su muerte tendrá algún significado. Debemos ayudar.

La señora Olufsen asintió.

—Lo sé —dijo—. Lo sé, pero es que estoy muy asustada...

—¿Adónde dijo Harald que iba a ir? —preguntó Hermia.

—A Kirstenslot —respondió la señora Olufsen—. Es un castillo, el hogar de la familia Duchwitz. El hijo, Josef, estaba en la escuela con Harald.

—Pero ellos dicen que ahora no está allí.

La señora Olufsen volvió a asentir.

—Pero no anda muy lejos. Hablé con Karen, la hermana gemela de Josef. Está enamorada de Harald.

—¿Cómo lo sabes? —preguntó el pastor incrédulamente.

—Por la voz que ponía cuando hablaba de él.

—No me lo mencionaste.

—Habrías dicho que eso era algo que yo no podía notar.

El pastor sonrió con abatimiento.

—Sí, eso es lo que hubiese dicho.

—Así que usted piensa que Harald está en los alrededores de Kirstenslot, y que Karen sabe dónde se encuentra —dijo Hermia.

—Sí.

—Entonces tendré que ir allí.

El pastor sacó un reloj del bolsillo de su chaleco.

—Has perdido el último tren. Será mejor que pases la noche aquí. Mañana te llevaré al transbordador en cuanto amanezca.

La voz de Hermia se convirtió en un suspiro.

—¿Cómo puede ser tan bueno conmigo? Arne murió a causa de mí.

—El Señor da y el Señor quita —dijo el pastor—. Bendito sea el nombre del Señor.

27

El Hornet Moth estaba listo para volar.

Harald ya había instalado los nuevos cables procedentes de Vodal. El neumático pinchado había sido su última tarea. Harald había utilizado el gato del Rolls-Royce para levantar el avión y luego había llevado la rueda al garaje más próximo y pagado a un mecánico para que reparase el neumático. También se le había ocurrido un método para poder repostar en vuelo, quitando una de las ventanas de la cabina y pasando una manguera a través del hueco hasta introducirla en el conducto del llenador de combustible. Finalmente había desplegado las alas, dejándolas fijadas en posición de vuelo mediante las clavijas de acero que acompañaban al Hornet Moth. Ahora el avión llenaba todo el ancho de la iglesia.

Miró fuera. Hacía un día muy tranquilo, con un poco de viento y unas cuantas nubes bajas que servirían para ocultar el Hornet Moth a la Luftwaffe. Aquella noche partirían.

La ansiedad le ponía un nudo en el estómago cuando pensó en ello. El simple hecho de volar alrededor de la escuela de adiestramiento de Vodal a bordo de un Tiger Moth le había parecido una aventura espeluznante. Ahora Harald planeaba volar centenares de kilómetros por encima del mar abierto.

Un avión como el Hornet Moth siempre debería mantenerse junto a la costa, para que de esa manera pudiese tomar tierra planeando en el caso de que tuviera problemas. Volando hasta Inglaterra desde allí, teóricamente era posible seguir las líneas costeras de Dinamarca, Alemania, Holanda, Bélgica y Francia. Pero Harald y Karen estarían muchos kilómetros mar adentro, muy lejos de las tierras ocupadas por los alemanes. Si algo iba mal, no tendrían ningún lugar al que ir.

Harald todavía estaba preocupándose por ello cuando Karen entró por la ventana, llevando consigo una cesta como la Caperucita Roja. El corazón de Harald dio un vuelco de placer al verla. Mientras trabajaba en el avión, había pasado el día entero pensando en cómo se habían besado aquel amanecer, después de que hubieran robado el combustible. De vez en cuando se rozaba los labios con las yemas de los dedos para que el recuerdo volviese a su memoria.

Karen contempló el Hornet Moth y dijo:

—Uf.

Harald se sintió muy complacido al ver que la había impresionado.

—Bonito, ¿verdad?

—Pero no puedes sacarlo por la puerta mientras esté así.

—Ya lo sé. Tendré que volver a plegar las alas, y luego volveré a extenderlas una vez que el avión esté fuera.

—¿Y entonces por qué las has desplegado ahora?

—Para practicar. La segunda vez podré hacerlo más deprisa.

—¿Como cuánto de deprisa?

—No estoy seguro.

—¿Y los soldados? Si nos ven...

—Estarán durmiendo.

Karen se había puesto muy solemne.

—Estamos listos, ¿verdad?

—Estamos listos.

—¿Cuándo nos iremos?

—Esta noche, naturalmente.

—Oh, Dios mío.

—Esperar solo sirve para incrementar las probabilidades de que nos descubran antes de que nos hayamos ido.

—Lo sé, pero...

—¿Qué?

—Supongo que no había pensado que el momento llegaría tan deprisa. —Sacó un paquete de su bolsa y se lo tendió distraídamente—. Te he traído un poco de buey frío. —Cada noche le llevaba algo para que cenara.

—Gracias. —Harald la observó con mucha atención—. No habrás cambiado de parecer, ¿verdad?

Ella sacudió la cabeza resueltamente.

—No. Solo me estaba acordando de que han pasado tres años desde la última vez que me senté en un asiento de piloto.

Harald fue hacia el banco de trabajo, seleccionó una hachuela y un ovillo de grueso cordel y lo guardó todo en el pequeño compartimiento que había debajo del salpicadero del avión.

—¿Para qué es eso? —preguntó Karen.

—Si caemos al mar, me imagino que el avión se hundirá debido al peso del motor. Pero por sí solas las alas flotarían. Así que si podemos cortar las alas, entonces podríamos unirlas con ese cordel para hacer una balsa improvisada.

—¿En el mar del Norte? Creo que no tardaríamos mucho en morir de frío.

—Eso siempre es mejor que ahogarse.

Karen se estremeció.

—Si tú lo dices...

—Deberíamos coger unas cuantas galletas y un par de botellas de agua.

—Traeré unas cuantas de la cocina. Y hablando del agua... vamos a pasar más de seis horas en el aire.

—¿Y?

—¿Cómo hacemos pipí?

—Abriendo la puerta y esperando que todo vaya lo mejor posible.

—Eso será una solución para ti.

Harald sonrió.

—Lo siento.

Karen miró en torno a ella y cogió un puñado de periódicos viejos.

—Guárdalos en la cabina.

—¿Para qué?

—Por si se da el caso de que yo tenga que hacer pipí.

Él frunció el ceño.

—No veo cómo...

—Reza para que nunca tengas que llegar a averiguarlo.

Harald puso los periódicos encima del asiento.

—¿Tenemos algún mapa? —preguntó Karen.

—No. Pensé que nos limitaríamos a volar hacia el oeste hasta que viéramos tierra, y que lo que viéramos entonces sería Inglaterra.

Karen sacudió la cabeza.

—Cuando estás en el aire siempre resulta bastante difícil saber dónde te encuentras exactamente. Yo solía perderme solo volando por aquí. ¿Y si el viento nos desvía de nuestro curso? Podríamos tomar tierra en Francia por error.

—Dios mío, no había pensado en eso.

—La única manera de comprobar tu posición es comparar las características del terreno que hay por debajo de ti con un mapa. Veré qué tenemos en casa.

—De acuerdo.

—Será mejor que vaya a coger todas las cosas que necesitamos —dijo Karen, y volvió a salir por la ventana llevándose consigo la cesta vacía.

Harald estaba demasiado tenso para comerse la carne de buey fría que le había traído Karen. Empezó a plegar las alas. El proceso era rápido, porque así se había pretendido que fuese: la intención era que el caballero dueño del avión hiciera aquello cada noche, y luego lo dejara estacionado junto al coche de la familia.

Para evitar que el ala superior dañara el techo de la cabina cuando las alas estuvieran plegadas, la sección interior del borde disponía de unas bisagras que permitían elevarla apartándola del techo. Por eso el primer paso de Harald fue soltar las secciones provistas de bisagras y empujarlas hacia arriba.

En la parte de abajo de cada ala superior había un travesaño, llamado puntal, que Harald soltó y luego dejó fijado entre los extremos interiores de las alas superior e inferior, para evitar que pudieran desplomarse el uno sobre el otro.

Las alas eran mantenidas en la posición de vuelo por clavijas deslizantes en forma de L situadas en los largueros delanteros de las cuatro alas. En las alas superiores, la clavija quedaba mantenida en su sitio por el puntal, que Harald ahora había quitado, por lo que lo único que tuvo que hacer fue hacer girar la clavija noventa grados y desplazarla hacia delante cosa de unos diez centímetros.

Las clavijas de las alas inferiores eran mantenidas en su sitio por tiras de cuero. Harald desató la tira del ala izquierda, y luego hizo girar la clavija y tiró de ella.

Tan pronto como quedó libre, el ala empezó a moverse.

Harald comprendió que hubiese debido esperárselo. En su posición estacionada y con la cola apoyada en el suelo, el avión se encontraba inclinado con el morro apuntando hacia el aire; y ahora la pesada ala doble estaba siendo impulsada hacia atrás por la fuerza de la gravedad. Harald se apresuró a agarrarla, temiendo que se golpeara contra el fuselaje y causara daños. Intentó aferrar el borde de escape del ala inferior, pero era demasiado grueso para que consiguiera hacer presa en él. «¡Mierda!», exclamó. Dio un paso adelante en pos del ala, y logró coger los cables de acero que corrían entre las alas superior e inferior. Agarrándolos con más fuerza, consiguió ir frenando el movimiento hasta que de pronto el cable se hundió en la piel de su mano. Harald gritó y lo soltó automáticamente. El ala giró hacia atrás y terminó deteniéndose encima del fuselaje con un sordo estampido.

Maldiciendo su descuido, Harald fue a la cola, agarró la punta del ala inferior con ambas manos y la hizo girar en sentido contrario para poder comprobar si se había producido algún daño. Para su inmenso alivio no parecía haber ninguno. Los bordes de escape de las alas superior e inferior se hallaban intactos, y el fuselaje no mostraba ninguna señal. Lo único que se había roto era la piel de la mano derecha de Harald.

Lamiéndose la sangre de la mano, Harald fue al lado derecho del fuselaje. Esta vez bloqueó el ala inferior con un arcón para el té lleno de revistas viejas, de manera que no pudiese moverse. Sacó las clavijas y luego fue alrededor del ala, apartó el arcón y sostuvo el ala, permitiendo que esta fuera retrocediendo lentamente hasta que terminó en la posición doblada.

Karen regresó.

—¿Lo has traído todo? —preguntó Harald ansiosamente.

Karen dejó caer su cesta sobre el suelo.

—No podemos partir esta noche.

—¿Qué? —exclamó Harald, sintiéndose estafado. Se había asustado por nada—. ¿Por qué no? —preguntó con irritación.

—Mañana voy a bailar.

—¿Bailar? —Harald estaba indignado—. ¿Cómo puedes poner eso por encima de nuestra misión?

—Es realmente especial. Ya te había dicho que era suplente de la bailarina principal, ¿verdad? Pues la mitad de la compañía ha quedado fuera de combate debido a no sé qué enfermedad gástrica. Hay dos repartos, pero las primeras bailarinas de ambos están enfermas, así que me han llamado. ¡Es un auténtico golpe de suerte!

—A mí me parece que es una condenada mala suerte.

—Estaré en el escenario principal del Teatro Real, ¿y sabes una cosa? ¡El rey estará allí!

Harald se pasó nerviosamente las manos por el pelo.

—No puedo creer que me estés diciendo esto.

—He reservado una entrada para ti. Puedes recogerla en la taquilla.

—No voy a ir.

—¡No seas tan cascarrabias! Podemos volar mañana por la noche, después de que yo haya bailado. Después de eso el ballet no se volverá a representar hasta dentro de otra semana, y seguro que para entonces una de las otras dos bailarinas ya se encontrará mejor.

—Me da igual lo que le ocurra al maldito ballet. ¿Qué pasa con la guerra? Heis estaba convencido de que la RAF tiene que estar planeando un gran ataque aéreo. ¡Necesitan nuestras fotografías antes de que despeguen los aviones! ¡Piensa en todas las vidas que hay en juego!

Karen suspiró, y cuando volvió a hablar lo hizo en un tono más suave que antes.

—Sabía que ibas a reaccionar así y pensé renunciar a la oportunidad, pero me es sencillamente imposible. Y de todas maneras, si volamos mañana estaremos en Inglaterra tres días antes de la luna llena.

—¡Pero correremos un peligro mortal aquí durante veinticuatro horas extra!

—Mira, nadie conoce la existencia de este avión. ¿Por qué iban a descubrirlo mañana?

—Es posible.

—Oh, no seas tan infantil. Todo es posible.

—¿Infantil? La policía me está buscando, eso ya lo sabes. Soy un fugitivo, y quiero salir de este país lo más pronto que pueda.

Karen estaba empezando a enfadarse.

—Realmente deberías entender los sentimientos que me inspira esta representación.

—Bueno, pues no los entiendo.

—Mira, yo podría morir a bordo de este maldito avión.

—Yo también.

—Mientras me estoy ahogando en el mar del Norte, o muriendo congelada encima de tu balsa improvisada, me gustaría poder pensar que antes de morir conseguí hacer realidad la gran ambición de mi vida, y que bailé maravillosamente delante del rey en el escenario del Teatro Real de Dinamarca. ¿Es que no puedes entender eso?

—¡No, no puedo entenderlo!

—Pues entonces ya puedes irte al infierno —dijo ella, y salió por la ventana.

Harald siguió mirando la ventana durante unos momentos después de que Karen se hubiera ido. Se había quedado estupefacto. Transcurrió un minuto antes de que se moviera. Luego miró dentro de la cesta que había traído Karen. Contenía dos botellas de agua mineral, un paquete de galletas, una linterna, una pila de repuesto y dos bombillas. No había mapas, pero Karen había añadido un viejo atlas escolar. Harald cogió el libro y lo abrió. En la guarda estaba escrito, con letra de muchacha: «Karen Duchwitz, Clase 3».

—Oh, demonios —dijo.

28

Peter Flemming estaba en el muelle de Morlunde, viendo cómo el último transbordador llegaba de Sande mientras él esperaba a una mujer misteriosa.

Se había sentido bastante decepcionado, aunque no realmente sorprendido, cuando Harald no hizo acto de presencia en el funeral de su hermano el día anterior. Peter había observado minuciosamente a todos los asistentes. La mayoría eran isleños a los cuales conocía desde la infancia. Después del servicio, había hablado con todos los forasteros mientras tomaba el té en la rectoría. Había un par de viejos compañeros de la escuela, algunos conocidos del ejército, amigos de Copenhague y el director de la Jansborg Skole. Peter había ido marcando sus nombres en la lista que le había proporcionado el policía del transbordador. Y al final se fijó en un nombre que no estaba marcado: la señorita Agnes Ricks.

Volviendo al muelle del transbordador, le había preguntado al policía si Agnes Ricks había regresado al continente.

—Todavía no —dijo el hombre—. Me acordaría de ella. No está nada mal —añadió, sonriendo y curvando las manos encima de la pechera de su uniforme para indicar que Agnes Ricks tenía los senos bastante grandes.

Peter fue al hotel de su padre y descubrió que ninguna Agnes Ricks se había registrado en él.

Se sintió intrigado. ¿Quién era la señorita Ricks y qué estaba haciendo allí? El instinto le dijo que tenía alguna clase de conexión con Arne Olufsen. Peter quizá se estuviera dejando llevar por el deseo de que así fuera, pero no disponía de ninguna otra pista.

Su presencia en el muelle de Sande atraía demasiado la atención, por lo que fue al continente para pasar inadvertido en el gran centro comercial que había en el puerto de allí. Pero la señorita Ricks no apareció. Mientras el transbordador atracaba por última vez aquella mañana, Peter se retiró al hotel Oesterport.

En el vestíbulo del hotel había un teléfono dentro de una pequeña cabina, y Peter lo utilizó para llamar a Tilde Jespersen a su casa de Copenhague.

—¿Estuvo Harald en el funeral? —preguntó ella inmediatamente.

—No.

—Maldición.

—Hablé con todos los asistentes y no hubo suerte. Pero hay una pista más que estoy siguiendo, una tal señorita Agnes Ricks. ¿Qué tal te ha ido a ti?

—Me he pasado el día entero telefoneando a las comisarías locales de todo el país. Tengo hombres ocupándose de cada uno de los compañeros de clase de Harald. Mañana debería saber si han descubierto algo.

—Te fuiste sin hacer tu trabajo —dijo Peter, cambiando bruscamente de tema.

—Pero no era un trabajo normal, ¿verdad? —dijo Tilde, que obviamente ya estaba preparada para aquello.

—¿Por qué no?

—Me llevaste allí porque querías acostarte conmigo.

Peter apretó los dientes hasta hacerlos rechinar. Había ido en contra de su propio sentido de la profesionalidad manteniendo una relación sexual con ella, y ahora no podía sermonearla.

—¿Y esa es tu excusa? —preguntó con irritación.

—No es ninguna excusa.

—Dijiste que no te había gustado nada la manera en que interrogué a los Olufsen. Eso no es una razón para que una agente de policía salga huyendo porque no quiere hacer su trabajo.

—No salí huyendo. Simplemente no quería dormir con un hombre que era capaz de hacer eso.

—¡Yo solo estaba cumpliendo con mi deber!

—No del todo —dijo Tilde, hablando con una voz que había cambiado de pronto.

—¿Qué quieres decir?

—No me habría importado que te hubieras estado haciendo el duro porque se trataba de un trabajo y había que llevarlo a cabo. Pero a ti te gustaba lo que estabas haciendo. Torturaste al pastor y asustaste todo lo que pudiste a su esposa, y disfrutaste con ello. Su pena te hacía sentir una gran satisfacción. No puedo meterme en la cama con un hombre semejante.

Peter colgó.

Pasó una gran parte de la noche despierto, pensando en Tilde. Acostado en la cama y furioso con ella, se imaginó abofeteándola. Le hubiese gustado ir a su apartamento, sacarla de la cama en camisón y castigarla. En su fantasía Tilde rogaba clemencia, pero él hacía oídos sordos a sus gritos. El camisón se rompía mientras ella se debatía, y entonces Peter se excitaba y la violaba. Tilde gritaba e intentaba quitárselo de encima, pero Peter la inmovilizaba. Luego, ella le rogaba perdón con lágrimas en los ojos, pero él la dejaba sin decir palabra.

Finalmente se quedó dormido.

Por la mañana fue al muelle para ver llegar al primer transbordador procedente de Sande. Contempló esperanzadamente el vapor con su casco incrustado de sal mientras este iba avanzando hacia el atracadero. Agnes Ricks era su única esperanza. Si resultaba ser inocente, Peter no estaba muy seguro de qué haría a continuación.

Un puñado de pasajeros desembarcó del transbordador. El plan de Peter había consistido en preguntar al policía si uno de ellos era la señorita Ricks, pero no hubo necesidad de hacerlo. Peter enseguida vio, entre los hombres con ropas de trabajo que iban al primer turno de la envasadora de pescado, a una mujer alta con gafas de sol y un pañuelo en la cabeza. Cuando la tuvo un poco más cerca, se dio cuenta de que la conocía. Vio negros cabellos que asomaban desde debajo del pañuelo, pero fue la nariz larga y curvada lo que realmente la delató. Peter observó que caminaba con un paso seguro de sí mismo y un poco varonil, y recordó haberse fijado en aquellos andares la primera vez que la vio, hacía dos años.

Era Hermia Mount.

Se la veía más delgada y un poco mayor que la mujer que le había sido presentada como la prometida de Arne Olufsen allá en 1939, pero a Peter no le cupo ninguna duda.

—Ya te tengo, zorra traicionera —dijo con una profunda satisfacción.

Temiendo que ella pudiera reconocerlo, se puso unas gafas de gruesa montura y se echó el sombrero hacia delante para ocultar el rojo inconfundible de su pelo. Después la siguió hasta la estación, donde Hermia Mount compró un billete a Copenhague.

Después de una larga espera subieron a un viejo y lento tren que quemaba carbón y que fue serpenteando por toda Dinamarca yendo del oeste hacia el este, deteniéndose en los apeaderos de madera de puertos que olían a algas marinas y de tranquilas poblaciones del campo. Sentado en un vagón de primera clase, Peter se removía con nerviosa impaciencia. Hermia iba en el siguiente vagón, en un asiento de tercera clase. Mientras estuvieran en el tren no podría huir de él, pero por otra parte él tampoco podía hacer ningún progreso hasta que ella bajara del vagón.

Ya era media tarde cuando el tren entró en Nyborg, en la isla central de Fionia. Desde allí tuvieron que pasar a un transbordador que cruzaría el Gran Belt hasta Selandia, la mayor de las islas, donde subirían a otro tren para ir a Copenhague.

Peter había oído hablar de un ambicioso plan para sustituir el transbordador por un enorme puente de diecinueve kilómetros de longitud. A los tradicionalistas les encantaban los numerosos transbordadores daneses, diciendo que la lentitud con que se movían formaba parte de la actitud relajada ante la vida propia del país, pero a Peter le hubiese gustado convertirlos en chatarra a todos. Él tenía muchas cosas que hacer, y prefería los puentes.

Mientras esperaba el transbordador, encontró un teléfono y llamó a Tilde al Politigaarden.

Ella se mostró fríamente profesional.

—No he encontrado a Harald, pero tengo una pista.

—¡Bien!

—Durante el último mes visitó en dos ocasiones Kirstenslot, el hogar de la familia Duchwitz.

—¿Judíos?

—Sí. El policía local recuerda haberse encontrado con él. Dice que Harald tiene una motocicleta a vapor. Pero jura que ahora Harald no está allí.

—Asegúrate de ello. Ve allí personalmente.

—Estaba planeando hacerlo.

Peter quería hablarle de lo que ella le había dicho el día anterior. ¿Realmente iba en serio aquello de que no podía volver a acostarse con él? Pero no se le ocurrió ninguna manera de sacar a relucir el tema, así que siguió hablando del caso.

—He encontrado a la señorita Ricks. Es Hermia Mount, la prometida de Arne Olufsen.

—¿La chica inglesa?

—Sí.

—¡Buenas noticias!

—Lo son. —Peter se alegró de que Tilde no hubiera perdido su entusiasmo por el caso—. Ahora va a Copenhague, y la estoy siguiendo.

—¿No hay una posibilidad de que te reconozca?

—Sí.

—¿Qué te parece si voy a esperar el tren? Lo digo por si se da el caso de que ella intente despistarte.

—Preferiría que fueras a Kirstenslot.

—Quizá pueda hacer ambas cosas. ¿Dónde os encontráis ahora?

—En Nyborg.

—Estás a dos horas de distancia como mínimo.

—Más. Este tren va más despacio que un caracol.

—Puedo ir a Kirstenslot en coche, echar una mirada por allí durante una hora y aun así llegar a tiempo de que nos encontremos en la estación.

—Perfecto —dijo él—. Hazlo.

29

Cuando se hubo calmado un poco, Harald vio que la decisión de Karen de posponer el vuelo un día no era totalmente insensata. Se puso en el lugar de la joven, imaginándose que a él le hubieran ofrecido la ocasión de llevar a cabo un importante experimento con el físico Niels Bohr. Harald hubiese podido retrasar la huida a Inglaterra con tal de poder aprovechar semejante oportunidad. Juntos, él y Bohr quizá podrían cambiar la comprensión de la humanidad de cómo funcionaba el universo. Si tenía que morir, a Harald le hubiese gustado saber que había hecho algo así.

A pesar de ello pasó un día muy tenso. Lo comprobó todo dos veces en el Hornet Moth. Estudió el panel de instrumentos, familiarizándose con los indicadores para así poder serle de alguna ayuda a Karen. El panel no estaba iluminado, porque el avión no había sido diseñado para utilizarlo durante la noche; por lo que tendrían que iluminar los diales con la linterna para poder leer los instrumentos. Practicó el plegado y la extensión de las alas, mejorando el tiempo que tardaba en llevarlos a cabo. Probó su sistema para repostar en vuelo, echando un poco de gasolina por la manguera que salía de la cabina, a través de la ventana que había desprendido del marco, para introducirse en el depósito. Se dedicó a vigilar el tiempo, que era magnífico, con unas cuantas nubes y una ligera brisa. Una luna en tres cuartos asomó en el cielo a finales de la tarde. Harald se puso ropa limpia.

Estaba acostado en su cama de la cornisa, acariciando a Pinetop el gato, cuando alguien sacudió la gran puerta de la iglesia.

Harald se incorporó, puso en el suelo a Pinetop y escuchó.

Oyó la voz de Peter Hansen.

—Ya le dije que estaba cerrada.

—Razón de más para echar un vistazo dentro —replicó una mujer.

Harald reparó temerosamente en que aquella voz sonaba llena de autoridad. Se imaginó a una mujer de treinta y pocos años, atractiva pero acostumbrada a dar órdenes. Era evidente que estaba con la policía. Presumiblemente ayer habría enviado a Hansen a que buscara a Harald en el castillo. Estaba claro que no había quedado satisfecha con las indagaciones de Hansen, y hoy había decidido venir personalmente.

Harald maldijo en voz baja. Probablemente sería más concienzuda que Hansen, y no necesitaría mucho tiempo para encontrar una manera de entrar en la iglesia. No había ningún sitio donde pudiera esconderse de ella aparte del maletero del Rolls-Royce, y cualquier persona decidida a hacer un registro mínimamente serio sin duda lo abriría.

Harald temía que ya pudiera ser demasiado tarde para salir por su ventana habitual, la cual quedaba justo detrás de la esquina con relación a la puerta principal. Pero había ventanas a lo largo de toda la curva del presbiterio, y se apresuró a huir por una de ellas.

Cuando estuvo en el suelo, miró cautelosamente a su alrededor. Aquel extremo de la iglesia solo quedaba parcialmente ocultado por los árboles, y Harald podía haber sido visto por un soldado. Pero tuvo suerte y no había nadie cerca.

Titubeó. Quería irse, pero necesitaba saber qué ocurría a continuación. Se pegó al muro de la iglesia y escuchó.

—¿Señora Jespersen? Si nos subimos a ese tronco podríamos entrar por la ventana —oyó que decía la voz de Hansen.

—Sin duda esa es la razón por la que el tronco se encuentra allí —replicó secamente la mujer. Estaba claro que era mucho más inteligente que Hansen, y Harald tuvo la horrible sensación de que iba a descubrirlo todo.

Oyó un roce de pies en el muro, un gruñido de Hansen cuando, presumiblemente, se metía por el hueco de la ventana y luego un golpe sordo cuando saltó al suelo embaldosado de la iglesia. Un ruido no tan fuerte siguió al primero unos segundos después.

Harald fue sigilosamente junto a la iglesia, se subió al tronco y miró por la ventana.

La señora Jespersen era una mujer bastante guapa que tendría treinta y tantos años, no gorda pero sí con buenas curvas, que iba elegantemente vestida con ropa práctica, una blusa y una falda, con zapatos planos y una boina color azul celeste encima de sus rizos rubios. Como no iba de uniforme, Harald dedujo que tenía que ser una detective. De su hombro colgaba un bolso que presumiblemente contenía un arma.

A Hansen se le había puesto la cara roja debido al esfuerzo de pasar por la ventana, y parecía sentirse un poco agobiado. Harald supuso que al policía del pueblo le estaba resultando bastante difícil tratar con aquella detective de mente tan rápida.

Lo primero que hizo la señora Jespersen fue examinar la motocicleta.

—Bien, aquí está la motocicleta de la que me habló. Ya veo el motor a vapor. Muy ingenioso.

—Tiene que haberla dejado aquí —dijo Hansen adoptando un tono defensivo. Obviamente le había dicho a la detective que Harald se había ido.

Pero ella no estaba nada convencida.

—Quizá. —Fue hacia el coche—. Muy bonito.

—Pertenece al judío.

Ella pasó un dedo por la curva de un guardabarros y miró el polvo.

—Lleva tiempo sin sacarlo de aquí.

—Claro: le han quitado las ruedas —dijo Hansen, pensando que allí la había pillado y pareciendo sentirse muy complacido.

—Eso no significa gran cosa, porque las ruedas pueden volver a ponerse rápidamente. Pero es muy difícil falsificar una capa de polvo.

La detective cruzó la habitación y recogió la camisa sucia que Harald había dejado en el suelo. Este gimió para sus adentros. ¿Por qué no la había guardado en algún sitio? La señora Jespersen olió la camisa.

Pinetop salió de algún sitio y restregó su cabeza contra la pierna de la señora Jespersen.

—¿Qué andas buscando? —dijo ella al gato—. ¿Alguien te ha estado dando de comer?

Harald vio con consternación que a aquella mujer no se le podía ocultar nada. Era demasiado concienzuda. La señora Jespersen fue a la repisa encima de la que había estado durmiendo Harald. Cogió su manta pulcramente doblada, y luego volvió a dejarla.

—Aquí está viviendo alguien —dijo.

—Quizá algún vagabundo...

—O quizá el puto Harald Olufsen.

Hansen puso cara de sentirse escandalizado.

La detective se volvió hacia el Hornet Moth.

—¿Qué tenemos aquí? —Harald vio con desesperación cómo quitaba la cubierta—. Creo que es un aeroplano.

Esto es el fin, pensó Harald. Ahora todo ha terminado.

—Sí, ahora me acuerdo de que Duchwitz tenía un avión —dijo Hansen—. Pero hace años que no vuela en él.

—No se encuentra en muy mal estado.

—¡No tiene alas!

—Las alas están plegadas hacia atrás. Así es como lo hacen pasar por la puerta. —Abrió la puerta de la cabina. Metiendo la cabeza dentro de ella, accionó la palanca de control al mismo tiempo que contemplaba el plano de cola, viendo moverse el timón de profundidad—. Los controles parecen funcionar. —Echó un vistazo al indicador del combustible—. El depósito está lleno. —Recorriendo la pequeña cabina con la mirada, añadió—: Y hay una lata de dieciocho litros detrás del asiento. Y el compartimiento contiene dos botellas de agua y un paquete de galletas. Más un hacha, un ovillo de cordel resistente y de buena calidad, una linterna, y un atlas..., sin nada de polvo encima de ninguna de esas cosas.

Sacó la cabeza de la cabina y miró a Hansen.

—Harald planea volar.

—Bueno, que me cuelguen si... —dijo Hansen.

Entonces a Harald se le ocurrió la descabellada idea de matarlos a ambos. No estaba seguro de que pudiera matar a otro ser humano cualesquiera que fuesen las circunstancias, pero enseguida comprendió que no podría vencer con las manos desnudas a dos agentes de policía armados, y descartó la idea.

La señora Jespersen entró rápidamente en acción.

—He de ir a Copenhague. El inspector Flemming, que tiene a su cargo este caso, va a venir aquí en tren. Teniendo en cuenta cómo funcionan los ferrocarriles hoy en día, el inspector podría llegar en cualquier momento dentro de las próximas doce horas. Cuando lo haga, regresaremos a este lugar. Arrestaremos a Harald, si se encuentra aquí, y le tenderemos una trampa en el caso de que no esté.

—¿Qué quiere que haga yo?

—No se mueva de aquí. Encuentre un buen punto de observación en el bosque, y vigile la iglesia. Si Harald aparece, no hable con él y limítese a telefonear al Politigaarden.

—¿No va a enviar a alguien para que me ayude?

—No. No debemos hacer nada que pueda asustar a Harald haciéndolo huir. Verlo a usted no hará que le entre el pánico, ya que usted no es más que el policía del pueblo. Pero un par de policías a los que no conoce sí que podrían darle un buen susto. No quiero que salga huyendo para esconderse en alguna parte. Ahora que hemos dado con él, no debemos volver a perderlo. ¿Ha quedado claro?

—Sí.

—Por otra parte, si intenta hacer volar ese avión, deténgalo.

—¿Lo arresto?

—Dispárele, si tiene que hacerlo..., pero por el amor de Dios, no le permita despegar.

Harald encontró aterrador su tono de despreocupada tranquilidad. Si hubiera hablado de una manera demasiado melodramática, quizá no se hubiese sentido tan asustado. Pero la señora Jespersen era una mujer atractiva que estaba hablando calmosamente de las cuestiones prácticas..., y acababa de decirle a Hansen que disparara contra él en el caso de que fuera necesario hacerlo. Hasta aquel momento, Harald no había hecho frente a la posibilidad de que la policía pudiera limitarse a matarlo. La implacable calma de la señora Jespersen hizo que se estremeciera.

—Puede abrir esta puerta para ahorrarme el tener que volver a pasar por la ventana —dijo—. Cierre con llave en cuanto yo me haya ido para que Harald no sospeche nada.

Hansen hizo girar la llave dentro de la cerradura y quitó la barra, y los dos salieron de la iglesia.

Harald saltó al suelo y retrocedió rápidamente alrededor del extremo de la iglesia. Alejándose del edificio, se detuvo detrás de un árbol y contempló desde allí cómo la señora Jespersen iba hacia su coche, un Buick negro. La vio examinar su reflejo en la ventanilla del coche y ponerse bien la boina azul celeste en un gesto muy femenino. Luego volvió a convertirse en una detective de la policía, estrechó la mano a Hansen y se alejó conduciendo a bastante velocidad.

Hansen regresó y desapareció del campo de visión de Harald, quedando oculto por los árboles.

Harald se apoyó un momento en el tronco del árbol y empezó a pensar. Karen había prometido ir a la iglesia tan pronto como hubiera vuelto a casa después del ballet. Si hacía eso, podía encontrarse con la policía esperándola. ¿Y cómo explicaría entonces Karen lo que estaba haciendo allí? Su culpabilidad sería obvia.

Harald tenía que mantenerla alejada de la iglesia. Pensando en cuál sería la mejor manera de interceptarla y advertirla, decidió que lo más sencillo sería ir al teatro. De ese modo podía estar seguro de que se encontraría con ella.

Sintió un momento de ira hacia Karen. Si hubieran despegado la noche anterior, ahora quizá podrían estar en Inglaterra. Harald la había advertido de que estaba poniéndolos en peligro a ambos, y los acontecimientos habían demostrado que estaba en lo cierto. Pero las recriminaciones no servirían de nada. Ya estaba hecho, y ahora Harald tenía que vérselas con las consecuencias.

Inesperadamente, Hansen apareció desde detrás de la esquina de la iglesia. Vio a Harald y se detuvo en seco.

Los dos se quedaron asombrados. Harald creía que Hansen había vuelto a entrar en la iglesia para cerrar la puerta. Hansen, por su parte, no podía haber imaginado que su presa se hallaba tan cerca. Ambos se miraron fijamente el uno al otro durante un momento de parálisis.

Harald reaccionó instintivamente. Sin pensar en las consecuencias, se abalanzó sobre Hansen. Mientras este sacaba el arma de su pistolera, Harald lo embistió con la fuerza de una bala de cañón. Hansen se vio lanzado hacia atrás y chocó ruidosamente con el muro de la iglesia, pero no dejó de empuñar el arma.

La alzó para apuntarla. Harald sabía que solo disponía de una fracción de segundo para salvarse. Echó el puño hacia atrás y golpeó a Hansen en la punta de la barbilla. El puñetazo llevaba tras de sí toda la energía de la desesperación. La cabeza de Hansen fue bruscamente impulsada hacia atrás y se estrelló contra los ladrillos con un ruido como el disparo de un rifle. Hansen puso los ojos en blanco y su cuerpo se desplomó sobre el suelo.

Harald temió que el hombre estuviera muerto. Se arrodilló junto al cuerpo inconsciente y enseguida vio que Hansen estaba respirando. Gracias a Dios, pensó. Lo horrorizaba pensar que habría podido matar a un hombre, aunque fuese un vil estúpido como Hansen.

La pelea solo había durado unos segundos, pero ¿había sido observada? Harald volvió la mirada hacia el campamento de los soldados al fondo del parque. Había unos cuantos hombres andando por allí, pero nadie estaba mirando en su dirección.

Se metió el arma de Hansen en el bolsillo y levantó del suelo el fláccido cuerpo. Echándoselo al hombro como hacían los bomberos, fue rápidamente alrededor de la iglesia hasta llegar a la puerta principal, que continuaba abierta. La suerte no le volvió la espalda, y nadie lo vio.

Puso a Hansen en el suelo, y luego cerró rápidamente la puerta de la iglesia y dejó asegurada. Sacó el cordel de la cabina del Hornet Moth y le ató los pies a Hansen. Luego le dio la vuelta y le ató las manos detrás de la espalda. Acto seguido cogió la camisa que se había quitado antes, metió la mitad de ella dentro de la boca de Hansen para que no pudiera gritar, y ató un trozo de cordel alrededor de la cabeza de Hansen para que no se le cayera la mordaza.

Finalmente metió a Hansen dentro del maletero del Rolls-Royce y lo cerró.

Consultó su reloj. Todavía tenía tiempo para llegar a la ciudad y advertir a Karen.

Encendió la caldera de su motocicleta. Era muy posible que lo vieran salir de la iglesia conduciéndola, pero ya no era momento de andarse con cautelas.

No obstante, podía meterse en un buen lío con el arma de un policía abultándole el bolsillo. No sabiendo qué hacer con la pistola, Harald abrió la puerta derecha del Hornet Moth y la dejó en el suelo, allí donde nadie la veía a menos que subiera al avión y la pisara.

Cuando el motor tuvo suficiente vapor, Harald abrió las puertas de la iglesia, sacó fuera la motocicleta, cerró desde dentro y salió por la ventana. Tuvo suerte, y no vio a nadie.

Fue a la ciudad, manteniendo una nerviosa vigilancia alrededor de él por si veía a algún policía, y estacionó junto al Teatro Real. Una alfombra roja conducía hacia la entrada, y Harald se acordó de que el rey iba a asistir a aquella representación. Un cartel lo informó de que *Las sílfides* era el último de los tres ballets en el programa. Un gentío formado por personas bien vestidas esperaba en los escalones con sus bebidas y Harald decidió que había llegado durante el intervalo.

Fue a la entrada de artistas, donde se encontró con un obstáculo. La entrada estaba custodiada por un portero de uniforme.

—Necesito hablar con Karen Duchwitz —dijo Harald.

—Imposible —le dijo el portero uniformado—. Está a punto de salir al escenario.

—Es realmente muy importante.

—Tendrá que esperar hasta después.

Harald ya había comprendido que aquel hombre no se dejaría convencer de ninguna manera.

—¿Cuánto dura el ballet?

—Alrededor de media hora, dependiendo de lo rápido que toque la orquesta.

Harald se acordó de que Karen le había dejado una entrada en la taquilla, y decidió que la vería bailar.

Fue al vestíbulo de mármol, recogió su entrada y entró en el auditorio. Nunca había estado en un teatro, y contempló con maravillado asombro la suntuosa decoración dorada, los distintos niveles que se iban elevando en el círculo y las hileras de asientos tapizados de rojo. Encontró su sitio en la cuarta fila y se sentó. Había dos oficiales alemanes de uniforme inmediatamente delante de él. Harald consultó su reloj. ¿Por qué no empezaba el ballet? Cada minuto hacía que Peter Flemming estuviera un poco más cerca.

Harald cogió un programa que alguien se había dejado en el asiento de al lado y lo hojeó, buscando el nombre de Karen. No figuraba en la lista del reparto, pero una tira de papel que cayó del opúsculo decía que la primera bailarina se encontraba indispuesta y que su lugar sería ocupado por Karen Duchwitz. También revelaba que el único papel masculino del ballet correría a cargo de un suplente, Jan Anders, presumiblemente porque el primer bailarín también había caído víctima de la enfermedad gástrica que se había propagado entre el reparto. Harald pensó que aquel debía de ser un momento bastante preocupante para la compañía, con los papeles principales asumidos por estudiantes cuando el rey se hallaba entre el público.

Unos instantes después se llevó la sorpresa de ver cómo el señor y la señora Duchwitz ocupaban sus asientos dos filas por delante de él. Hubiese debido saber que no se perderían el gran momento de su hija. Al principio le preocupó que pudieran verlo, pero luego reparó en que aquello había dejado de tener importancia. Ahora que la policía había encontrado su escondite, Harald ya no necesitaba mantenerlo secreto a los ojos de ninguna otra persona.

Entonces se acordó con una punzada de culpabilidad de que llevaba puesta la chaqueta deportiva del señor Duchwitz. Según la etiqueta que el sastre había colocado en el bolsillo interior la prenda ya tenía quince años, pero Karen no había pedido permiso a su padre para cogerla. ¿La reconocería papá Duchwitz? Harald se dijo que era una tontería pensar en aquellas cosas. La posibilidad de que fuera a ser acusado de haber robado una chaqueta era la más insignificante de sus preocupaciones actuales.

Tocó el rollo de película que llevaba en el bolsillo y se preguntó si había alguna probabilidad de que él y Karen pudieran escapar a bordo del Hornet Moth. Muchas cosas dependían del tren de Peter Flemming. Si el tren llegaba temprano, Flemming y la señora Jespersen habrían vuelto a Kirstenslot antes que Harald y Karen. Quizá podrían evitar que los cogieran, pero Harald no veía cómo iban a poder acceder al avión con la policía vigilándolo. Por otra parte, y con Hansen fuera de combate, en aquellos momentos no había nadie vigilando el avión. Si el tren de Flemming no llegaba hasta bien entrada la madrugada, quizá hubiera una posibilidad de que aún pudieran despegar.

La señora Jespersen no sabía que Harald la había visto. Creía disponer de tiempo de sobras, y eso era lo único que jugaba en favor de Harald.

¿Cuándo empezaría la maldita representación?

Después de que todo el mundo hubiera tomado asiento en el auditorio, el rey entró en el palco real. Aquella era la primera vez que Harald veía al rey Cristián IX en persona, pero la cara le resultaba familiar gracias a las fotografías, con el bigote de guías caídas confiriéndole una expresión permanentemente sombría que resultaba muy apropiada para el monarca de un país ocupado. El rey iba vestido de etiqueta y se mantenía muy erguido. En las fotografías y los cuadros siempre llevaba alguna clase de sombrero, y ahora Harald vio por primera vez que estaba perdiendo el pelo.

Cuando el rey se sentó, la audiencia siguió su ejemplo y las luces se apagaron. Por fin, pensó Harald.

El telón subió sobre unas veinte mujeres inmóviles en un círculo con un hombre ocupando la posición de las doce en un reloj. Las bailarinas, todas vestidas de blanco, posaban bajo una pálida claridad que tenía el color azulado de la luz de la luna, y el escenario vacío desaparecía entre sombras oscuras en sus extremos. La obertura del ballet estaba llena de dramatismo, y Harald se sintió fascinado a pesar de sus preocupaciones.

La música inició un lento fraseo descendente y las bailarinas se movieron. El círculo se agrandó, dejando inmóviles encima del escenario a cuatro personas, el hombre y tres mujeres. Una de las mujeres yacía sobre el suelo como si estuviera dormida. Entonces comenzó a sonar un vals lento.

¿Dónde estaba Karen? Todas las chicas vestían trajes idénticos, con ceñidos corpiños que les dejaban los hombros al aire y faldas de mucho vuelo que se mecían de un lado a otro cuando bailaban. Era un atuendo muy sexy, pero la iluminación atmosférica hacía que todas tuvieran el mismo aspecto, y Harald no podía saber cuál de ellas era Karen.

Entonces la mujer dormida se movió, y Harald reconoció los rojos cabellos de Karen. La figura se deslizó hacia el centro del escenario. Harald se había puesto rígido de ansiedad, temiendo que Karen hiciera mal algo y echara a perder su gran día, pero ella parecía controlar la situación y sentirse muy segura de sí misma. Empezó a danzar sobre las puntas de sus pies. Aquello tenía aspecto de doler mucho e hizo que Harald torciera el gesto, pero Karen parecía flotar. La compañía fue formando figuras alrededor de ella, disponiéndose en líneas y círculos. La audiencia permanecía callada e inmóvil, cautivada por Karen, y Harald sintió que el corazón se le llenaba de orgullo. Se alegró de que Karen hubiera decidido hacer aquello, fueran cuales les fuesen las consecuencias.

La música cambió de clave y el bailarín se movió. Mientras cruzaba el escenario en una rápida serie de saltos, Harald pensó que no parecía sentirse demasiado seguro de sí mismo y se acordó de que él también era un suplente, Anders. Karen había bailado con una gran confianza en sí misma, haciendo que cada movimiento pareciese no exigir esfuerzos, pero en los movimientos del muchacho había una tensión que confería una sensación de riesgo a su manera de bailar.

La danza se cerró con el lento fraseo que la había iniciado, y Harald comprendió que no había ninguna historia que contar y que las danzas serían tan abstractas como la música. Consultó su reloj. Solo habían transcurrido cinco minutos.

El conjunto se dispersó y volvió a formarse en nuevas agrupaciones que enmarcaron una serie de solos de danza. Toda la música parecía haber sido escrita en un compás de tres por cuatro, y era muy melódica. Harald, que adoraba los sonidos discordantes del jazz, la encontró casi demasiado suave.

El ballet le fascinaba, pero a pesar de ello su mente volvió al Hornet Moth, a Hansen atado dentro del maletero del Rolls, y a la señora Jespersen. ¿Podía haber encontrado Peter Flemming el único tren puntual que había en toda Dinamarca? En ese caso, ¿habrían ido ya él y la señora Jespersen a Kirstenslot? ¿Habrían encontrado a Hansen? ¿Estarían ya esperando escondidos? ¿Cómo podía cerciorarse Harald de ello? Lo mejor sería aproximarse yendo a través del bosque para detectar cualquier emboscada.

Karen dio comienzo a un solo de danza, y entonces Harald descubrió que sentía más tensión por lo que pudiera hacer ella que por la policía. No hubiese tenido que preocuparse: relajada y dueña de sí misma, Karen giraba, saltaba y se ponía de puntas tan alegremente como si fuera inventándoselo todo sobre la marcha conforme bailaba. Harald se asombró de la manera en que podía ejecutar algún paso especialmente vigoroso, corriendo o saltando a través del escenario, para luego llegar a una brusca parada en una postura grácil e impecable, como si careciese de inercia. Karen parecía desafiar las leyes de la física.

Harald se puso todavía más nervioso cuando Karen inició una danza con Jan Anders. Pensó que aquello era lo que llamaban un *pas de deux*, aunque no estaba muy seguro de cómo lo sabía. Anders la levantaba espectacularmente en el aire una y otra vez. Entonces la falda de Karen se extendía hacia arriba, mostrando sus fabulosas piernas. Anders la sostenía en esa posición, a veces con una mano, mientras adoptaba una pose o se movía por el escenario. Harald temía por la seguridad de Karen, pero ella descendía una y otra vez con una grácil ausencia de esfuerzo. Aun así, Harald se sintió muy aliviado cuando el *pas de deux* llegó a su fin y la compañía empezó a bailar. Volvió a consultar su reloj. Aquella tenía que ser la última danza, gracias a Dios.

Anders ejecutó varios espectaculares saltos durante la última danza, y repitió algunas de aquellas elevaciones con Karen. Entonces, cuando la música estaba llegando a su clímax, ocurrió el desastre.

Anders volvió a levantar a Karen, y luego la sostuvo en el aire con la mano en el hueco de su espalda. Karen se estiró formando una línea paralela con el suelo. Sus piernas se curvaron hacia delante con los dedos de los pies extendidos, y sus brazos retrocedieron por encima de su cabeza, formando un arco. Ambos mantuvieron la postura durante un instante. Entonces Anders resbaló.

Su pie izquierdo perdió todo contacto con el suelo. Anders se tambaleó y se desplomó sobre la espalda. Karen se precipitó al escenario, cayendo junto a Anders y aterrizando sobre el brazo y la pierna derecha.

Los otros bailarines corrieron hacia las figuras caídas. La música siguió sonando durante unos cuantos compases y luego cesó. Un hombre que llevaba pantalones negros y un suéter del mismo color salió de entre bastidores.

Anders se levantó, sosteniéndose el brazo, y Harald vio que estaba llorando. Karen trató de incorporarse, pero cayó hacia atrás. La figura vestida de negro hizo un gesto, y el telón bajó. La audiencia prorrumpió en un excitado murmullo de conversaciones.

Harald reparó en que se había puesto de pie.

Vio al señor y la señora Duchwitz, dos filas por delante de él, levantarse y avanzar rápidamente a lo largo de la hilera de asientos, excusándose ante la gente mientras pasaban. Obviamente tenían intención de ir detrás del escenario. Harald decidió hacer lo mismo.

Salir de la fila de asientos fue un proceso penosamente lento. Harald estaba tan preocupado que tuvo que hacer un gran esfuerzo de voluntad para no optar por la solución de ir andando sobre las rodillas de todos, pero finalmente llegó al pasillo al mismo tiempo que los Duchwitz.

—Voy con ustedes —dijo.

—¿Quién eres? —preguntó su padre.

Su madre respondió a la pregunta.

—Es Harald, el amigo de Josef. Ya os habéis visto antes. Karen está bastante prendada de él, así que deberías dejar que viniera con nosotros.

El señor Duchwitz soltó un gruñido de asentimiento. Harald no tenía ni idea de cómo sabía la señora Duchwitz que Karen estaba «prendada» de él, pero lo alivió ser aceptado como parte de la familia.

Ya estaban llegando a la salida cuando se hizo el silencio en la sala. Los Duchwitz y Harald se volvieron delante de la puerta. El telón había subido. El escenario se hallaba vacío salvo por el hombre de negro.

—Majestad, damas y caballeros... —empezó diciendo este—. Por suerte, el médico de la compañía se encontraba entre la audiencia esta noche. —Harald supuso que todas las personas que estaban relacionadas con la compañía de ballet habrían querido hallarse presentes para una gala real—. El médico ya ha ido detrás del escenario, y ahora está examinando a nuestros dos primeros artistas. Me ha dicho que ninguno parece estar gravemente herido.

Hubo un disperso coro de aplausos.

Harald se sintió muy aliviado. Ahora que sabía que Karen iba a ponerse bien, se preguntó por primera vez cómo podía afectar el accidente a su huida. Aunque pudieran llegar hasta el Hornet Moth, ¿sería capaz de pilotarlo Karen?

El hombre de negro siguió hablando.

—Como ya saben por nuestro programa, esta noche los dos papeles principales eran interpretados por suplentes, al igual que muchos de los demás. Aun así, espero que estarán de acuerdo conmigo en que todos bailaron maravillosamente bien, y que ofrecieron una soberbia representación casi hasta el último instante. Gracias.

El telón bajó y la audiencia aplaudió. El telón volvió a subir para revelar al reparto, menos Karen y Anders, que saludó agradeciendo los aplausos de la audiencia.

Los Duchwitz salieron, y Harald fue tras ellos.

Fueron rápidamente hasta la entrada de artistas y un acomodador los llevó al camerino de Karen.

Estaba sentada con el brazo derecho en un cabestrillo. Se la veía impresionantemente hermosa en aquel traje de un blanco cremoso, con los hombros al aire y el nacimiento de sus senos visible por encima del corpiño. Harald sintió que le faltaba la respiración, y no supo si la causa era la preocupación o el deseo.

El médico de la compañía estaba arrodillado delante de Karen, envolviéndole el tobillo derecho con un vendaje.

La señora Duchwitz se apresuró a ir hacia Karen, diciendo: «¡Mi pobre pequeña!». La rodeó con los brazos y la estrechó contra su pecho. Aquello era lo que le hubiese gustado hacer a Harald.

—Oh, estoy bien —dijo Karen, aunque se la veía bastante pálida.

—¿Cómo se encuentra? —preguntó el señor Duchwitz al médico.

—No ha sido nada grave —dijo este—. Se ha torcido la muñeca y el tobillo. Le dolerán durante unos cuantos días, y tendrá que tomarse las cosas con calma durante al menos dos semanas, pero se recuperará.

A Harald lo alivió saber que las lesiones de Karen no eran serias, pero lo primero en que pensó fue si podría volar.

El médico sujetó el vendaje con un pequeño imperdible y se levantó.

—Bueno, será mejor que vaya a ver a Jan Anders. Su caída no fue tan violenta como la tuya, pero estoy un poco preocupado por su codo.

—Gracias, doctor.

Su mano permaneció encima del hombro de Karen, para gran disgusto de Harald.

—Bailarás tan maravillosamente como siempre, no te preocupes —dijo, y se fue.

—Pobre Jan —dijo Karen—. No puede parar de llorar.

Harald pensó que Anders debería ser fusilado.

—La culpa fue suya. ¡Te dejó caer! —dijo indignado.

—Lo sé, y por eso está tan preocupado.

El señor Duchwitz miró con irritación a Harald.

—¿Qué estás haciendo aquí?

Una vez más fue su esposa la que respondió.

—Harald ha estado viviendo en Kirstenslot.

Karen se quedó muy sorprendida.

—¿Cómo lo supiste, madre?

—¿Crees que nadie se dio cuenta de cómo las sobras desaparecían de la cocina cada noche? Las madres no somos idiotas, ¿sabes?

—Pero ¿dónde duerme? —preguntó el señor Duchwitz.

—Me imagino que en la iglesia abandonada —replicó su esposa—. Esa debe de ser la razón por la que Karen estaba tan interesada en mantenerla cerrada.

Harald se horrorizó al ver la facilidad con que había sido revelado su secreto. El señor Duchwitz parecía estar bastante enfadado, pero el rey entró antes de que pudiera estallar.

Todos guardaron silencio.

Karen intentó levantarse, pero el rey la detuvo.

—Mi querida muchacha, te ruego que no te muevas de donde estás. ¿Cómo te sientes?

—Me duele, majestad.

—Estoy seguro de ello. Pero espero que no habrá habido ningún daño irreparable, ¿verdad?

—Eso fue lo que dijo el médico.

—Bailaste divinamente, ¿sabes?

—Gracias, señor.

El rey miró interrogativamente a Harald.

—Buenas noches, joven.

—Me llamo Harald Olufsen, majestad, y soy un amigo de escuela del hermano de Karen.

—¿Qué escuela?

—La Jansborg Skole.

—¿Al director todavía lo llaman Heis?

—Sí..., y Mia a su esposa.

—Bueno, asegúrate de cuidar bien de Karen. —Se volvió hacia los padres—. Hola, Duchwitz, me alegro de volver a verlo. Su hija tiene un talento realmente maravilloso.

—Gracias, majestad. Os acordaréis de mi esposa, Hanna.

—Por supuesto. —El rey le estrechó la mano—. Esto es muy preocupante para una madre, señora Duchwitz, pero estoy seguro de que Karen se pondrá bien.

—Sí, majestad. Los jóvenes se curan deprisa.

—¡Desde luego que sí! Bien, y ahora echémosle una mirada al pobre muchacho que la dejó caer —dijo el rey, yendo hacia la puerta.

Por primera vez, Harald reparó en el acompañante del rey, un hombre joven que era asistente, o guardaespaldas, o quizá ambas cosas.

—Por aquí, señor —dijo aquel hombre, y le sostuvo la puerta.

El rey salió.

—¡Bueno! —exclamó la señora Duchwitz en un tono lleno de emoción—. ¡Qué encantador!

—Supongo que será mejor que llevemos a Karen a casa —dijo el señor Duchwitz.

Harald se preguntó cuándo tendría una ocasión de hablar con ella a solas.

—Mamá tendrá que ayudarme a salir de este traje —dijo Karen.

El señor Duchwitz fue hacia la puerta y Harald lo siguió, no sabiendo qué otra cosa podía hacer.

—Antes de que me cambie, ¿os importaría que hablara un momento con Harald a solas? —preguntó Karen.

Su padre puso cara de irritación, pero su madre dijo:

—Claro que no, siempre que no tardes demasiado.

Luego salieron de la habitación y el señor Duchwitz cerró la puerta.

—¿Realmente te encuentras bien? —le preguntó Harald a Karen.

—Lo estaré en cuanto me hayas besado.

Harald se arrodilló junto a la silla y la besó en los labios. Luego, incapaz de resistir la tentación, besó sus hombros desnudos y su cuello. Sus labios viajaron hacia arriba, y besó la curva de sus senos.

—Oh, cielos, para. Es demasiado agradable —dijo ella.

Harald retrocedió de mala gana. Vio que el color había vuelto al rostro de Karen, y que estaba respirando entrecortadamente. Lo asombró pensar que sus besos habían hecho aquello.

—Tenemos que hablar —dijo Karen.

—Lo sé. ¿Estás en condiciones de pilotar el Hornet Moth?

—No.

Harald ya se lo había temido.

—¿Estás segura?

—Me duele demasiado. Ni siquiera puedo abrir una maldita puerta. Y apenas puedo caminar, así que me resultaría imposible operar el timón con mis pies.

Harald ocultó la cara en sus manos.

—Entonces todo ha terminado.

—El médico dijo que solo me dolería durante unos días. Luego podremos irnos tan pronto como me sienta mejor.

—Hay algo que todavía no te he dicho. Hansen volvió a husmear por allí esta noche.

—Yo no me preocuparía por él.

—Esta vez iba con una mujer detective, la señora Jespersen, la cual es mucho más lista que él. Escuché su conversación. Ella entró en la iglesia y enseguida lo averiguó todo. Dedujo que estoy viviendo allí y que planeo huir en el avión.

—¡Oh, no! ¿Y qué hizo?

—Fue a recoger a su jefe, quien da la casualidad de que es Peter Flemming. Dejó allí de guardia a Hansen y le dijo que disparara contra mí si intentaba despegar.

—¿Que disparara contra ti? ¿Qué vas a hacer?

—Dejé sin sentido a Hansen de un puñetazo y lo até —dijo Harald, no sin sentir un poco de orgullo.

—¡Oh, Dios mío! ¿Dónde está ahora?

—Dentro del maletero del coche de tu padre.

—Todavía podríamos hacerlo.

—¿Cómo?

—Tú puedes ser el piloto.

—No puedo pilotar el avión... ¡Tan solo llegaron a darme una lección!

—Yo te lo iré explicando todo mientras lo haces. Poul dijo que tenías un talento natural para ello. Y podría operar la palanca de control con mi mano izquierda parte del tiempo.

—¿Lo dices en serio?

—¡Sí!

—Está bien. —Harald asintió solemnemente—. Eso es lo que vamos a hacer. Reza porque el tren de Peter llegue con retraso.

30

Hermia había descubierto a Peter Flemming en el transbordador. Lo vio apoyado en la barandilla, mirando el mar, y se acordó de un hombre con un elegante traje de tweed y el bigote de color jengibre al que había visto en el andén de Morlunde. Sin duda varias personas de Morlunde estaban recorriendo toda la distancia hasta Copenhague, tal como hacía ella, pero aquel hombre parecía vagamente familiar. El sombrero y las gafas la despistaron durante un rato, pero finalmente su memoria terminó dando con el recuerdo que buscaba: Peter Flemming.

Lo había conocido yendo con Arne, en los tiempos felices. Le parecía recordar que los dos habían sido amigos de infancia, y que luego se pelearon cuando sus familias se enemistaron.

Ahora Peter era policía.

Tan pronto como se acordó de eso, Hermia comprendió que tenía que estar siguiéndola. Un escalofrío de miedo hizo que se estremeciera como si acabase de sentir un viento helado.

Se le estaba terminando el tiempo. Faltaban tres noches para la luna llena, y todavía no había dado con Harald Olufsen. Si conseguía que el hermano de Arne le entregara la película aquella noche, Hermia no estaba muy segura de cómo se las arreglaría para llevarla a Inglaterra a tiempo. Pero no iba a darse por vencida: por el recuerdo de Arne, por Digby y por todos los aviadores que arriesgaban sus vidas para detener a los nazis, tenía que conseguirlo.

Pero ¿por qué Peter no la había arrestado ya? Era una espía británica. ¿Qué tramaba? Quizá, al igual que ella, Peter estaba buscando a Harald.

Cuando el transbordador atracó, Peter la siguió y subió al tren de Copenhague con ella. Apenas el tren se hubo puesto en marcha, Hermia fue por el pasillo y lo vio en un compartimiento de primera clase.

Regresó a su asiento, muy preocupada. Aquello era lo peor que hubiese podido ocurrir. No debía conducir a Peter hasta Harald. Tenía que quitárselo de encima.

Dispuso de mucho tiempo para pensar en cómo hacerlo. El tren sufrió repetidos retrasos, y llegó a Copenhague a las diez de la noche. Cuando entró en la estación, Hermia ya había trazado un plan. Iría a los jardines del Tívoli y despistaría a Peter entre la multitud.

Mientras bajaba del tren, miró hacia atrás recorriendo el andén con la mirada y vio a Peter bajando del vagón de primera clase.

Hermia subió a paso normal por los escalones que conducían al andén, cruzó el torniquete de los billetes y salió de la estación. Estaba oscureciendo. Los jardines del Tívoli quedaban a unos cuantos pasos de la estación. Hermia fue a la entrada principal y compró una entrada.

—Cerramos a medianoche —le advirtió la vendedora.

Hermia había ido allí con Arne en el verano de 1939. Había una celebración nocturna, y cincuenta mil personas habían llenado el parque para ver los fuegos artificiales. Ahora el lugar era una patética versión de su antiguo yo, como una foto en blanco y negro de un cuenco de fruta. Los senderos continuaban serpenteando encantadoramente entre los parterres de flores, pero las luces de cuento de hadas suspendidas de los árboles habían sido apagadas, y los caminos se hallaban iluminados por lámparas especiales de baja intensidad para respetar las normas de oscurecimiento. El refugio para los bombardeos añadía un toque especialmente triste. Hasta las bandas de música parecían sonar en un tono más apagado. Para Hermia lo peor de todo fue que la multitud no era tan numerosa, lo cual ponía las cosas más fáciles a alguien que la estuviera siguiendo.

Se detuvo, fingió estar observando a un malabarista, y miró disimuladamente hacia atrás. Vio a Peter no muy lejos detrás de ella, pagando un vaso de cerveza en un puesto. ¿Cómo se lo iba a quitar de encima?

Se unió al gentío que rodeaba un escenario al aire libre encima del cual se estaba cantando una opereta. Fue abriéndose paso hasta la primera fila de espectadores y luego salió por el extremo opuesto, pero cuando siguió andando, Peter todavía estaba detrás de ella. Si aquello continuaba durante mucho rato, Peter se daría cuenta de que Hermia estaba intentando despistarlo. Entonces podía decidir que no valía la pena correr riesgos y arrestarla.

Empezó a sentirse bastante asustada. Fue alrededor del lago y llegó a una pista de baile al aire libre en la que una gran orquesta estaba tocando un fox-trot. Habría al menos un centenar de parejas bailando enérgicamente, y muchas más viéndolas bailar. Hermia por fin sintió algo de la atmósfera del viejo Tívoli. Ver a un hombre joven y bastante apuesto solo junto a la pista hizo que tuviera un arranque de inspiración. Fue hacia él y le dirigió su sonrisa más grande.

—¿Te gustaría bailar conmigo? —preguntó.

—¡Por supuesto!

La tomó en sus brazos y entraron en la pista. Hermia no bailaba muy bien, pero podía salir del paso con un compañero de baile competente. Arne había sido un soberbio bailarín, porque tenía estilo y se sabía todos los pasos. Aquel hombre sabía seguir el ritmo y se movía con mucha seguridad en sí mismo.

—¿Cómo te llamas? —le preguntó él.

Hermia estuvo a punto de decírselo, pero se contuvo en el último instante.

—Agnes.

—Yo me llamo Johan.

—Encantada de conocerte, Johan, y bailas maravillosamente el fox-trot —dijo Hermia, volviendo la cabeza hacia el sendero y viendo a Peter observando a quienes bailaban.

Desgraciadamente, entonces la melodía llegó a un brusco final. Las personas que habían estado bailando aplaudieron a la orquesta. Algunas parejas salieron de la pista y unas cuantas más entraron en ella.

—¿Otro baile? —preguntó Hermia.

—Sería un placer.

Hermia decidió ser franca con él.

—Oye, un hombre horrible me está siguiendo y estoy tratando de alejarme de él. ¿Estarías dispuesto a llevarnos hasta el otro extremo del parque?

—¡Qué emocionante! —Miró a los espectadores a través de la pista de baile—. ¿Cuál es? ¿Ese gordo que tiene la cara roja?

—No. El del traje marrón claro.

—Ya lo veo. Es bastante guapo.

La banda empezó a tocar una polca.

—Oh, cielos —dijo Hermia. La polca era difícil de bailar, pero tenía que intentarlo.

Johan era lo bastante experto para ponérselo lo más fácil posible a Hermia. También podía conversar al mismo tiempo que bailaba.

—El hombre que te está molestando... ¿Es un completo desconocido, o alguien a quien conoces?

—Lo he visto antes. Llévame hasta el otro extremo, junto a la orquesta... Sí, eso es.

—¿Es tu novio?

—No. Dentro de un momento voy a dejarte, Johan. Si ese hombre echa a correr detrás de mí, ¿le pondrás la zancadilla, o harás algo para detenerlo?

—Si es lo que quieres...

—Gracias.

—Me parece que es tu marido.

—Te aseguro que no.

Ya se encontraban muy cerca de la orquesta, y Johan la llevó hacia la pista de baile.

—Quizá eres una espía, y él es un policía que espera cogerte mientras les estás robando secretos militares a los nazis.

—Algo por el estilo —dijo Hermia alegremente, y se le escurrió de entre los brazos.

Salió de la pista andando rápidamente y fue alrededor del estrado de la banda para meterse entre los árboles. Luego cruzó corriendo la extensión de césped hasta que llegó a otro sendero, y después fue hacia una salida lateral. Miró atrás: Peter no estaba detrás de ella.

Hermia salió del parque y fue a la estación del ferrocarril suburbano que había enfrente de la terminal principal. Compró un billete para Kirstenslot. Estaba muy contenta. Se había quitado de encima a Peter.

La única persona que había en el andén aparte de ella era una mujer bastante atractiva con una boina azul celeste.

31

Harald fue hacia la iglesia moviéndose con mucha cautela. Había caído un chaparrón y la hierba estaba mojada, pero ya había dejado de llover. Una ligera brisa empujaba a las nubes alejándolas de allí, y una luna que estaba en tres cuartos brillaba intensamente a través de los huecos. La sombra de la torre del campanario iba y venía con la luz de la luna.

Harald no vio ningún coche desconocido aparcado cerca, pero aquello no lo tranquilizó demasiado. Si la policía realmente se estaba tomando en serio tender una trampa, habría escondido sus vehículos.

No había luces en ningún lugar del monasterio en ruinas. Era medianoche, y todos los soldados estaban acostados excepto dos: el centinela del parque, apostado delante de la tienda que servía como cantina, y una enfermera veterinaria de guardia en el hospital de caballos.

Harald se detuvo a escuchar enfrente de la iglesia. Oyó piafar a un caballo en los claustros. Moviéndose con la mayor cautela posible, se subió al tronco y miró por encima del alféizar.

Pudo entrever los vagos contornos del coche y el avión a la tenue claridad reflejada de la luna. Podía haber alguien escondido allí dentro, esperando al acecho.

Entonces oyó un gruñido ahogado y un golpe sordo. El ruido se repitió pasado un minuto, y Harald supuso que era Hansen, debatiéndose con sus ataduras. Una nueva esperanza hizo que le diera un vuelco el corazón. Si Hansen continuaba atado, quería decir que la señora Jespersen aún no había regresado con Peter. Seguía habiendo una probabilidad de que él y Karen consiguieran despegar a bordo del Hornet Moth.

Se metió por la ventana y fue al avión. Sacó la linterna de la cabina y recorrió el interior de la iglesia con su haz. Allí dentro no había nadie.

Abrió el maletero del coche. Hansen seguía atado y amordazado. Harald comprobó los nudos y vio que estaban aguantando. Volvió a cerrar el maletero.

Entonces oyó un ruidoso susurro.

—¡Harald! ¿Eres tú?

Alumbró las ventanas con la linterna y vio a Karen mirando por una de ellas.

La habían traído a casa en una ambulancia. Sus padres habían ido con ella. Antes de que se despidieran en el teatro, Karen había prometido salir de la casa sin ser vista tan pronto como pudiera y reunirse con él en la iglesia si no había nadie vigilando.

Harald apagó la linterna y luego abrió la gran puerta de la iglesia para dejarla pasar. Karen entró por ella cojeando, con un abrigo de piel encima de los hombros y llevando una manta. Harald la rodeó suavemente con los brazos, teniendo mucho cuidado con el brazo derecho en cabestrillo, y la estrechó contra su pecho. Por un breve instante, el calor de su cuerpo y el olor de sus cabellos hicieron que sintiese una intensa emoción.

Luego volvió a concentrarse en las cuestiones prácticas.

—¿Cómo te sientes?

—Me duele horrores, pero sobreviviré.

—¿Tienes frío?

—Todavía no, pero lo tendré cuando estemos volando a mil quinientos metros por encima del mar del Norte. La manta es para ti.

Harald cogió la manta y le apretó la mano buena.

—¿Estás preparada para hacer esto?

—Sí.

—Te quiero —dijo Harald, besándola suavemente.

—Yo también te quiero.

—¿De veras? Antes nunca lo habías dicho.

—Lo sé, y te lo estoy diciendo ahora por si se diese el caso de que no sobreviva a este viaje —replicó ella con su despreocupación habitual—. Eres el mejor hombre que he conocido jamás, por un factor de diez sobre uno. Tienes cerebro, pero nunca miras a la gente por encima del hombro. Eres bueno y delicado, pero tienes valor suficiente para todo un ejército. —Le tocó el pelo—. Hasta eres guapo, a tu manera un tanto curiosa. ¿Qué más podría pedir?

—A algunas chicas les gusta que un hombre vaya bien vestido.

—Sí, en eso tienes razón. Pero siempre podemos arreglarlo.

—Me gustaría decirte por qué te amo, pero la policía podría llegar aquí en cualquier momento.

—Oh, no te preocupes. Ya lo sé: me amas porque soy maravillosa.

Harald abrió la puerta de la cabina y tiró la manta dentro.

—Y ahora será mejor que subas a bordo —dijo—. Cuanto menos tengamos que hacer a la vista de todos, más probabilidades tendremos de poder salir de aquí.

—De acuerdo.

Harald vio que a Karen iba a resultarle difícil meterse en la cabina. Arrastró una caja hasta dejarla al lado del avión y Karen se subió a ella, pero entonces no podía meter dentro el pie lesionado. Entrar costaba bastante de todas maneras —la cabina disponía de menos espacio que el asiento delantero de un coche pequeño—, y parecía imposible hacerlo teniendo dos extremidades lesionadas. Harald comprendió que tendría que subirla en brazos.

Alzó en vilo a Karen con el brazo izquierdo debajo de sus hombros y el derecho debajo de sus rodillas, y luego se subió a la caja y la dejó sentada en el asiento de pasajeros del lado derecho de la cabina. De aquella manera, Karen podría accionar la palanca de control central en forma de Y con la mano izquierda buena, y Harald, sentado junto a ella en el asiento del piloto, podría emplear su mano derecha.

—¿Qué es eso que hay en el suelo? —preguntó Karen, inclinándose desde el asiento.

—El arma de Hansen. No sabía qué otra cosa hacer con ella. —Cerró la puerta—. ¿Estás bien?

Karen abrió la ventanilla.

—Estupendamente. El mejor sitio para despegar será yendo a lo largo del camino. El viento nos va bien, pero sopla hacia el castillo, así que tendrás que empujar el avión toda la distancia hasta la puerta del castillo y luego volverlo para que despegue con el viento de cara.

—De acuerdo.

Harald abrió de par en par las puertas de la iglesia. Lo siguiente que tenía que hacer era sacar el avión. Afortunadamente había sido estacionado de una manera muy inteligente, dejándolo enfilado hacia la puerta. Había un trozo de cuerda firmemente atado a la parte inferior del fuselaje que, había supuesto Harald cuando lo vio por primera vez, era utilizado para tirar del avión. Aferrando la cuerda con ambas manos, Harald tiró de ella.

El Hornet Moth era más pesado de lo que había imaginado. Además de su motor, llevaba dentro ciento ochenta litros de gasolina aparte de a Karen. Aquello era mucho peso que empujar.

Para vencer la inercia del avión, Harald consiguió hacer que este se meciera sobre sus ruedas y luego fue creando un ritmo hasta que finalmente pudo ponerlo en movimiento con un último empujón. La resistencia se redujo bastante una vez que el avión empezó a moverse, pero aun así seguía pesando mucho. Harald lo sacó de la iglesia con un considerable esfuerzo y logró llevarlo hasta el camino.

La luna asomó de detrás de una nube. El parque quedó casi tan iluminado como si fuera de día, dejando el avión totalmente expuesto a los ojos de cualquiera que mirase en la dirección apropiada. Harald tenía que trabajar deprisa.

Soltó el cierre que mantenía sujeta el ala izquierda contra el fuselaje y la colocó en posición. Luego bajó el alerón plegable del extremo interior del ala superior. Aquello mantuvo el ala en su sitio mientras Harald pasaba alrededor de ella para ir al borde delantero. Una vez allí hizo girar la clavija del ala inferior y la introdujo en su ranura. La clavija pareció topar con algún obstáculo. Harald ya se había encontrado con aquel problema cuando estaba practicando. Hizo que el ala se meciera suavemente, y eso le permitió terminar de introducir la clavija en su sitio. La sujetó con la tira de cuero y acto seguido repitió el ejercicio con la clavija del ala superior, para terminar fijándola mediante el puntal.

Para hacer todo aquello le habían hecho falta unos tres o cuatro minutos. Harald miró a través del parque hacia el campamento de los soldados. El centinela lo había visto y estaba viniendo hacia él.

Harald repitió el mismo procedimiento con el ala derecha. Cuando hubo terminado, el centinela ya estaba inmóvil detrás de él, mirando. Era el siempre amistoso Leo.

—¿Qué estás haciendo? —le preguntó, lleno de curiosidad.

Harald ya tenía preparada una historia.

—Vamos a sacar una fotografía. El señor Duchwitz quiere vender el avión porque no puede obtener combustible para él.

—¿Una foto? ¿De noche?

—Será una instantánea tomada a la luz de la luna, con el castillo al fondo.

—¿Lo sabe mi capitán?

—Oh, sí. El señor Duchwitz habló con él, y el capitán Kleiss dijo que no habría ningún problema.

—Oh, bien —dijo Leo, y luego volvió a fruncir el ceño—. Pero es extraño que el capitán no me hablara de ello.

—Quizá no pensó que fuera nada importante —dijo Harald, cayendo en la cuenta de que probablemente se había topado con un perdedor. Si los militares alemanes fueran tan descuidados, no hubiesen conquistado Europa.

Leo sacudió la cabeza.

—Un centinela tiene que ser informado de cualquier acontecimiento que se salga de lo corriente y que esté previsto que vaya a tener lugar durante su turno de guardia —dijo, como si estuviera repitiendo un reglamento.

—Estoy seguro de que el señor Duchwitz no nos habría dicho que hiciéramos esto sin haber hablado primero con el capitán —dijo Harald, inclinándose sobre el plano de cola y empujándolo.

Viéndolo esforzarse por mover la cola, Leo le echó una mano. Juntos hicieron girar la parte de atrás del avión en un cuarto de círculo de manera que este quedó encarado al sendero.

—Será mejor que lo compruebe con el capitán —dijo Leo.

—Si estás seguro de que no le importará que lo despierten...

Leo lo miró, entre dudoso y preocupado.

—Puede que todavía no se haya dormido —dijo pasados unos momentos.

Harald sabía que los oficiales dormían en el castillo. Intentó pensar en alguna manera de retrasar a Leo y terminar antes su propia tarea.

—Bueno, si tienes que subir hasta el castillo, antes podrías ayudarme a mover este trasto.

—Está bien.

—Yo cogeré el ala izquierda y tú coges la derecha.

Leo se colgó el rifle del hombro y se inclinó sobre el puntal metálico que corría entre el ala superior y el ala inferior. Con los dos empujando, el Hornet Moth ya no resultó tan difícil de mover.

Hermia cogió el último tren de la noche en la estación de Vesterport. El tren entró en Kirstenslot pasada la medianoche.

No estaba demasiado segura de qué iba a hacer cuando llegara al castillo. No quería atraer la atención hacia su persona llamando a la puerta y despertando a toda la casa. Quizá tuviera que esperar hasta la mañana antes de preguntar por Harald, y aquello significaría pasar la noche a la intemperie. Pero eso no la mataría. Por otra parte, si había luces encendidas en el castillo, quizá encontraría a alguna persona con la que pudiese hablar discretamente, tal vez alguien de la servidumbre. Y Hermia no quería perder un tiempo precioso.

Otra persona bajó del tren con ella. Era la mujer de la boina azul celeste.

Hermia sufrió un súbito ramalazo de miedo. ¿Había cometido un error? ¿Podía estar siguiéndola aquella mujer, relevando a Peter Flemming?

Tendría que comprobarlo.

Se detuvo en cuanto hubo salido de la estación oscurecida y abrió la maleta, fingiendo buscar algo. Si aquella mujer la estaba siguiendo, ella también encontraría un pretexto para esperar.

La mujer salió de la estación y pasó junto a Hermia sin la menor vacilación.

Hermia siguió hurgando dentro de su maleta mientras observaba a la mujer por el rabillo del ojo.

La mujer fue con paso rápido y decidido hacia un Buick negro estacionado cerca de allí. Alguien estaba sentado detrás del volante, fumando. Hermia no pudo ver la cara, solo el resplandor del cigarrillo. La mujer subió al coche. El Buick se puso en marcha y empezó a alejarse.

Hermia respiró más tranquila. Aquella mujer había pasado la tarde en la ciudad, y su marido había ido a la estación para llevarla a casa en el coche. Falsa alarma, pensó Hermia con alivio.

Echó a andar.

Harald y Leo empujaron el Hornet Moth a lo largo del camino, pasando ante el camión cisterna del que Harald había robado combustible, hasta llegar al patio delantero del castillo, y luego lo dejaron encarado hacia el viento. Leo entró corriendo en el castillo para despertar al capitán Kleiss.

Harald solo disponía de un minuto o dos.

Sacó la linterna de su bolsillo, la encendió y la sostuvo entre los dientes. Hizo girar los cierres en el lado izquierdo de la proa del fuselaje y abrió la cubierta.

—¿Combustible abierto? —preguntó.

—Combustible abierto —dijo Karen.

Harald tiró del anillo del activador y accionó la palanca de una de las dos bombas de combustible para inundar el carburador. Luego cerró la cubierta y aseguró los cierres. Sacándose la linterna de la boca, preguntó:

—¿Imanes encendidos y válvula de estrangulación fijada?

—Imanes encendidos y válvula de estrangulación fijada.

Harald se colocó delante del avión e hizo girar la hélice. Imitando lo que le había visto hacer a Karen, la hizo girar una segunda vez y luego una tercera. Finalmente le asestó un vigoroso empujón y se apresuró a retroceder.

No sucedió nada.

Harald soltó una maldición. No había tiempo para ocuparse de los fallos.

Repitió el procedimiento. Algo iba mal, pensó en el mismo instante en que lo intentaba. Cuando hizo girar la hélice antes, había ocurrido algo que no estaba ocurriendo ahora. Harald trató desesperadamente de recordar qué era.

El motor tampoco se puso en marcha.

Entonces el recuerdo volvió de pronto a su mente haciéndole comprender qué era lo que faltaba. Cuando hacía girar la hélice no se producía ningún chasquido. Recordó que Karen le había dicho que el chasquido era el impulsor de arranque. Sin eso, no habría ninguna chispa.

Corrió hacia la ventanilla que había abierto Karen.

—¡No hay ningún chasquido! —dijo.

—El imán se ha atascado —dijo ella sin perder la calma—. Ocurre con frecuencia. Abre la cubierta derecha. Verás el impulsor de arranque entre el imán y el motor. Dale un golpecito con una piedra o con algo duro. Normalmente eso basta para solucionar el problema.

Harald abrió la cubierta derecha e iluminó el motor con su linterna. El impulsor de arranque era un cilindro de metal plano. Harald buscó con la mirada en el suelo alrededor de sus pies. No había ninguna piedra.

—Dame algo del equipo de herramientas —le dijo a Karen.

Karen lo localizó y le dio una llave inglesa. Harald golpeó suavemente el arranque con ella.

—Deje de hacer eso ahora mismo —dijo una voz detrás de él.

Harald se volvió para ver al capitán Kleiss, vestido con los pantalones del uniforme y una chaqueta de pijama, cruzando el patio hacia él con rápidas zancadas; Leo venía detrás de él. Kleiss no iba armado, pero Leo tenía un rifle.

Harald se metió la llave inglesa en el bolsillo, cerró la cubierta y fue al morro del avión.

—¡Aléjese de ese avión! —gritó Kleiss—. ¡Es una orden!

De pronto se oyó la voz de Karen.

—¡No dé un paso más o le mataré!

Harald vio el brazo de Karen sobresaliendo de la ventanilla, apuntando la pistola de Hansen directamente hacia Kleiss. Este se detuvo, y Leo hizo lo mismo.

Harald no tenía ni idea de si Karen sabía disparar el arma, pero Kleiss tampoco.

—Tira el rifle al suelo, Leo —dijo Karen.

Leo dejó caer su arma.

Harald extendió la mano hacia la hélice y la hizo girar.

La hélice giró con un ruidoso y satisfactorio chasquido.

Peter Flemming llegó al castillo antes que Hermia, con Tilde Jespersen en el asiento de pasajeros junto a él.

—Aparcaremos donde no se nos pueda ver, y observaremos qué hace cuando llegue aquí —dijo.

—De acuerdo.

—Y sobre lo que ocurrió en Sande...

—No hables de ello, por favor.

Peter reprimió su ira.

—¿Nunca, quieres decir?

—Nunca.

A Peter le entraron ganas de estrangularla.

Los faros del coche mostraron un pueblecito con una iglesia y una taberna. Donde terminaba el pueblecito había una gran entrada a la que no tardarían en llegar.

—Lo siento, Peter —dijo Tilde—. Cometí un error, pero eso se acabó. Limitémonos a ser amigos y colegas.

—Al diablo con eso —dijo Peter, sintiendo que ahora ya no había nada que le importara mientras metía el coche en el recinto del castillo.

A la derecha del camino había un monasterio en ruinas.

—Qué raro —dijo Tilde—. Las puertas de la iglesia están abiertas de par en par.

Peter esperaba que hubiera un poco de acción para así poder dejar de pensar en el rechazo de Tilde. Detuvo el Buick y apagó el motor.

—Echemos una mirada —dijo, sacando una linterna de la guantera.

Bajaron del coche y entraron en la iglesia. Peter oyó un gruñido ahogado seguido por un golpe sordo. Parecía provenir del Rolls-Royce colocado encima de unos bloques en el centro de la iglesia. Abrió el maletero y el haz de su linterna reveló a un policía, atado y amordazado.

—¿Este hombre es tu Hansen? —preguntó.

—¡El avión no está aquí! —dijo Tilde—. ¡Ha desaparecido!

En ese momento, oyeron el ruido de un motor de avión poniéndose en marcha.

El Hornet Moth cobró vida con un rugido y pareció inclinarse hacia delante como si estuviera impaciente por partir.

Harald fue rápidamente hacia donde se habían detenido Kleiss y Leo. Cogió el rifle y lo sostuvo amenazadoramente, adoptando un aire de confianza en sí mismo que no sentía. Luego fue retrocediendo lentamente ante ellos y pasó alrededor de la hélice, que continuaba girando, para ir hacia la puerta de la izquierda. Extendió la mano hacia la puerta, la abrió de un manotazo y tiró el rifle encima del estante del equipaje detrás de los asientos.

Estaba subiendo a la cabina cuando un movimiento repentino hizo que mirara más allá de Karen por la ventana del otro lado. Vio cómo el capitán Kleiss saltaba hacia delante, en dirección al avión, y se tiraba al suelo. Un instante después hubo una detonación, ensordecedora incluso a pesar del ruido del motor, cuando Karen disparó la pistola de Hansen. Pero Harald pudo ver que el marco de la ventana le había impedido bajar la muñeca lo suficiente, y que no había conseguido darle al capitán.

Kleiss rodó por debajo del fuselaje, se incorporó al otro lado del avión y se subió al ala de un salto.

Harald intentó cerrar la puerta, pero Kleiss se interponía entre esta y el marco. El capitán agarró por las solapas a Harald y trató de arrancarlo de su asiento. Harald se debatió, intentando librarse de la presa de Kleiss. Karen empuñaba la pistola con su mano izquierda, y dentro de aquella cabina tan pequeña no podía volverse para disparar contra Kleiss. Leo vino corriendo, pero no pudo acercarse lo suficiente para unirse a la pelea.

Harald sacó la llave inglesa de su bolsillo y la usó para golpear con todas sus fuerzas. El extremo afilado de la herramienta le dio a Kleiss debajo del ojo e hizo que la sangre saltara, pero el capitán no soltó su presa.

Karen se inclinó hacia delante pasando junto a Harald y empujó la palanca de control hasta dejarla colocada en el tope. El motor rugió más estruendosamente y el avión empezó a moverse hacia delante. Kleiss perdió el equilibrio. Extendió un brazo, pero continuó aferrándose a Harald con el otro.

El Hornet Moth se movía cada vez más deprisa, meciéndose y dando saltos sobre la hierba. Harald volvió a golpear a Kleiss y esta vez el capitán gritó, lo soltó y se desplomó sobre el suelo.

Harald cerró la puerta.

Se dispuso a sujetar la palanca de control en el centro, pero Karen dijo:

—Deja que me encargue yo de la palanca. Puedo hacerlo con la mano izquierda.

El avión estaba enfilado camino abajo, pero empezó a desviarse hacia la izquierda apenas adquirió velocidad.

—¡Utiliza los pedales del timón de dirección! —gritó Karen—. ¡Mantenlo recto!

Harald pisó el pedal izquierdo para hacer que el avión volviera a entrar en el camino. No ocurrió nada, así que lo presionó con todas sus fuerzas. Pasado un instante, el avión ejecutó un viraje completo hacia la izquierda. Cruzó el camino y se metió entre la hierba del otro lado.

—¡Hay una demora y tienes que anticiparte a ella! —chilló Karen.

Harald comprendió a qué se refería. Era como llevar el timón de una embarcación, solo que peor. Ejerció presión con el pie derecho para hacer que el avión volviera al camino y entonces, tan pronto como el Hornet Moth empezó a virar, corrigió con el pie izquierdo.

Esta vez el bamboleo no fue tan violento. Cuando el avión regresó al camino, Harald consiguió mantenerlo enderezado dentro de él.

—¡Ahora mantenlo así! —gritó Karen.

El avión aceleró.

Peter Flemming puso la palanca del cambio de marchas en primera y pisó a fondo el pedal. El coche arrancó violentamente en el preciso instante en que Tilde estaba abriendo la portezuela de la derecha para subir a él. Tilde soltó la manecilla dejando escapar un grito y cayó de espaldas. Peter esperó que se hubiera roto el cuello.

Peter fue por el camino, dejando que la portezuela de la derecha oscilara locamente. Cuando el motor del coche empezó a aullar, cambió a segunda. El Buick fue ganando velocidad.

Sus faros iluminaron un pequeño biplano que rodaba por el camino, yendo directamente hacia él. Peter estaba seguro de que Harald Olufsen se encontraba a bordo de aquel avión. Y él iba a detener a Harald, incluso si el hacerlo los mataba a ambos.

Cambió a tercera.

Harald sintió que el Hornet Moth se bamboleaba cuando Karen movió la palanca de control hacia delante, elevando la cola.

—¿Ves ese coche? —le gritó.

—Sí... ¿Está tratando de embestirnos?

—Sí. —Harald no apartaba los ojos del camino, concentrándose en mantener el avión dentro de su curso mediante los pedales del timón de dirección—. ¿Podemos despegar a tiempo de pasar por encima de él?

—No estoy segura de si...

—¡Tienes que decidirte!

—¡Prepárate para virar si te digo que lo hagas!

—¡Estoy preparado!

El coche se hallaba peligrosamente cerca de ellos. Harald pudo ver que no iban a conseguir pasar por encima de él.

—¡Vira! —gritó Karen.

Harald presionó el pedal izquierdo. El avión, respondiendo menos lentamente que antes ahora que iban a más velocidad, salió bruscamente del camino. El viraje había sido demasiado brusco, y

Harald temió que la reparación que había llevado a cabo en el tren de aterrizaje no pudiera soportar la tensión. Efectuó una rápida corrección.

Mirando por el rabillo del ojo vio que el coche torcía en la misma dirección, todavía decidido a embestir al Hornet Moth. Era un Buick, vio, como aquel en el que Peter Flemming lo había llevado a la Jansborg Skole. El Buick volvió a girar, tratando de mantener un curso de colisión con el avión.

Pero el avión contaba con un timón de dirección mientras que el coche estaba impulsado por sus ruedas; aquello suponía una considerable diferencia sobre hierba mojada. El Buick empezó a patinar tan pronto como hubo entrado en la hierba. Mientras el coche iniciaba un rápido derrapaje en sentido lateral, la luna iluminó por un instante el rostro del hombre sentado detrás del volante que luchaba por recuperar el control, Harald reconoció a Peter Flemming.

El avión se bamboleó y volvió a enderezarse. Harald vio que estaban a punto de estrellarse contra el camión cisterna. Pisó a fondo el pedal izquierdo, y la punta del ala derecha del Hornet Moth pasó a escasos centímetros del camión.

Peter Flemming no tuvo tanta suerte.

Mirando atrás, Harald vio cómo el Buick, ahora completamente fuera de control, patinaba inexorablemente hacia el camión cisterna. El coche chocó con el camión a la máxima velocidad que podía llegar a alcanzar. Hubo una tremenda deflagración, y un segundo después todo el parque quedó iluminado por un resplandor amarillo. Harald trató de ver si la cola del Hornet Moth podía haberse incendiado, pero era imposible mirar directamente hacia atrás, así que se conformó con esperar que hubiese habido suerte.

El Buick se había convertido en un horno.

—¡Pilota el avión! —le gritó Karen—. ¡Estamos a punto a despegar!

Harald volvió a concentrar su atención en el timón de dirección. Vio que se precipitaba hacia la tienda que servía de cantina y presionó el pedal derecho para no chocar con ella.

Cuando volvieron a tomar un curso recto, el avión cobró velocidad.

Hermia echó a correr nada más oír ponerse en marcha el motor del avión. Cuando entró en el recinto de Kirstenslot vio un coche oscuro, muy parecido al que había visto en la estación, avanzando a gran velocidad por el camino. Mientras lo miraba, el coche derrapó y se estrelló contra un camión cisterna estacionado junto al camino. Hubo una aterradora deflagración, y tanto el coche como el camión quedaron envueltos en llamas.

—¡Peter! —oyó gritar a una mujer.

El fuego daba suficiente luz para que Hermia pudiera ver a la mujer de la boina azul celeste; entonces todo le quedó claro de pronto. La mujer realmente había estado siguiéndola. El hombre que esperaba dentro del Buick era Peter Flemming. No habían tenido necesidad de seguirla, porque sabían adónde iba. Habían llegado al castillo antes que ella. ¿Y luego qué?

Vio un pequeño biplano que rodaba sobre la hierba y parecía estar a punto de alzar el vuelo. Luego vio cómo la mujer de la boina azul celeste se arrodillaba, sacaba un arma de su bolso y apuntaba al avión con ella.

¿Qué estaba ocurriendo allí? Hermia dedujo que si la mujer de la boina azul celeste era una colega de Peter Flemming, entonces el piloto tenía que estar del lado de los ángeles. Incluso podía ser Harald, escapando con la película en su bolsillo.

Tenía que impedir que aquella mujer derribara al avión con su pistola.

El parque estaba iluminado por las llamas del camión cisterna, y en aquel resplandor Harald vio cómo la señora Jespersen apuntaba al Hornet Moth con un arma.

No había nada que él pudiera hacer. Iba directamente hacia ella, y si se desviaba hacia uno u otro lado, lo único que conseguiría sería ofrecerle un blanco mejor. Apretó los dientes. Las balas podían pasar a través de las alas o del fuselaje sin causar serios daños. Por otra parte también podían inutilizar el motor, dañar los controles, agujerear el depósito de combustible, o matarlo a él o a Karen.

Entonces vio a una segunda mujer que corría a través de la hierba con una maleta.

—¡Hermia! —gritó con asombro al reconocerla. Hermia golpeó en la cabeza a la señora Jespersen con la maleta. La detective se desplomó y dejó caer su arma. Hermia volvió a golpearla, y luego cogió el arma.

Un instante después el avión pasó por encima de ellas y Harald comprendió que había despegado del suelo.

Mirando hacia arriba, Harald vio que el Hornet Moth estaba a punto de estrellarse contra el campanario de la iglesia.

32

Karen movió bruscamente hacia la izquierda la palanca de control en forma de Y, que chocó con la rodilla de Harald. El Hornet Moth se inclinó hacia un lado mientras ascendía, pero Harald ya podía ver que el viraje no había sido lo bastante pronunciado y que el avión iba a chocar con el campanario.

—¡Timón de dirección izquierdo! —gritó Karen.

Harald se acordó de que él también podía pilotar el avión. Dejó caer el pie izquierdo sobre el pedal, y la inclinación del avión cambió inmediatamente para volverse más pronunciada. Aun así, Harald estaba seguro de que el ala derecha se incrustaría en los ladrillos. El Hornet Moth fue virando con una terrible lentitud. Harald se preparó para la colisión. La punta del ala pasó a unos centímetros de la torre.

—Oh, Cristo... —dijo Harald.

Las potentes ráfagas de viento hacían que el avión se encabritara igual que un poni. Harald tenía la sensación de que podían caer del cielo en cualquier segundo. Pero Karen siguió con el viraje. Harald apretó los dientes. El avión giró ciento ochenta grados. Finalmente, Karen lo enderezó cuando estaba pasando por encima del castillo. El Hornet Moth fue estabilizándose rápidamente conforme iban ganando altura; Harald se acordó de Poul Kirke diciendo que siempre había más turbulencias cerca del suelo.

Miró hacia abajo. Las llamas todavía temblaban encima del camión cisterna, y su claridad le permitió ver a los soldados saliendo del monasterio en su ropa de dormir. El capitán Kleiss estaba agitando los brazos mientras gritaba órdenes. La señora Jespersen yacía inmóvil en el suelo, aparentemente inconsciente. Hermia Mount había desaparecido. En la puerta del castillo, unos cuantos sirvientes permanecían inmóviles contemplando el avión.

Karen señaló un dial en el panel de instrumentos.

—No lo pierdas de vista —dijo—. Es el indicador de inclinación. Utiliza el timón de dirección para mantener la aguja en la posición de las doce.

La luz de la luna atravesaba el techo transparente de la cabina, pero no llegaba a ser lo bastante intensa para leer los instrumentos. Harald iluminó el dial con la linterna.

Continuaban subiendo, y el castillo fue empequeñeciéndose detrás de ellos. Karen no paraba de mirar a izquierda y derecha así como hacia delante, aunque no había mucho que ver aparte del paisaje danés iluminado por la luna.

—Abróchate la hebilla del cinturón —dijo Karen. Harald vio que ella llevaba puesto el suyo—. Eso evitará que te golpees la cabeza con el techo de la cabina si el viaje resulta un poco movido.

Harald se puso el cinturón. Empezaba a creer que habían escapado, y se permitió sentirse triunfante.

—Pensé que iba a morir —dijo.

—Y yo..., varias veces.

—Tus padres van a enloquecer de preocupación.

—Les dejé una nota.

—Eso es más de lo que hice yo —dijo Harald, al que no se le había ocurrido pensar en ello.

—Intentemos seguir con vida, ¿de acuerdo? Eso los hará muy felices.

Harald le acarició la mejilla.

—¿Cómo te encuentras?

—Tengo un poco de fiebre.

—La tienes. Deberías beber un poco de agua.

—No, gracias. Tenemos por delante un vuelo de seis horas, y ningún cuarto de baño. No quiero tener que hacer pipí encima de un periódico delante de ti. Eso podría ser el fin de una hermosa amistad.

—Cerraré los ojos.

—¿Y pilotarás el avión con los ojos cerrados? Olvídalo. Aguantaré.

Karen bromeaba, pero Harald estaba preocupado por ella. Los nervios de él todavía no se habían recuperado de la dura prueba por la que acababan de pasar, y Karen había hecho todas esas mismas co-

444

sas con un tobillo y una muñeca dislocadas. Harald esperaba que no perdiera el conocimiento.

—Mira la brújula —dijo Karen—. ¿Cuál es nuestro curso?

Harald había examinado la brújula mientras el avión estaba en la iglesia y sabía cómo leerla.

—Doscientos treinta.

Karen inclinó el avión hacia la derecha.

—Nuestro curso hacia Inglaterra debería ser doscientos cincuenta. Avísame cuando lo estemos siguiendo.

Harald iluminó la brújula con la linterna hasta que esta mostró el curso correcto, y luego dijo:

—Ya está.

—¿Hora?

—Las doce cuarenta.

—Deberíamos ir tomando nota de todo esto, pero no hemos traído lápices.

—No creo que se me vaya a olvidar nada de ello.

—Me gustaría subir por encima de estas nubes —dijo Karen—. ¿Cuál es nuestra altitud?

Harald dirigió el haz de la linterna hacia el altímetro.

—Mil cuatrocientos diez metros.

—Lo cual quiere decir que esta nube se encuentra a unos mil quinientos metros del suelo.

Unos instantes después el avión fue engullido por lo que parecía humo, y Harald comprendió que habían entrado en la nube.

—Mantén iluminado el indicador de velocidad aérea —dijo Karen—. Avísame enseguida si nuestra velocidad cambia.

—¿Por qué?

—Cuando estás volando a ciegas, resulta bastante difícil mantener el avión en la altitud correcta. Yo podría subir el morro o bajarlo sin darme cuenta. Pero si eso ocurre, lo sabremos porque nuestra velocidad aumentará o disminuirá.

La sensación de estar ciego era extrañamente inquietante. Así es como tienen que ocurrir los accidentes, pensó Harald. Un avión podía estrellarse contra la cima de una montaña si estuviera envuelto en nubes. Afortunadamente no había montañas en Dinamarca. Pero si diese la casualidad de que había otro avión volando dentro de la misma nube, entonces los dos pilotos no lo sabrían hasta que ya fuese demasiado tarde.

Cuando hubo transcurrido un par de minutos, Harald descubrió que la nube dejaba pasar suficiente luz de luna para que pudiera verla remolineando junto a las ventanas. Entonces, para el inmenso alivio de Harald, salieron de ella y pudo ver la sombra del Hornet Moth proyectada por la luna sobre la nube, debajo de ellos.

Karen movió la palanca hacia delante para nivelar el avión.

—¿Ves el contador de revoluciones por minuto?

Harald encendió la linterna.

—Pone dos mil doscientos.

—Ve cerrando la válvula poco a poco hasta que baje a mil novecientos.

Harald hizo lo que le decía Karen.

—Utilizamos la potencia del motor para cambiar nuestra altitud —le explicó ella—. Válvula hacia delante, subimos; válvula hacia atrás, bajamos.

—¿Y entonces cómo controlamos nuestra velocidad?

—Mediante la altitud del avión. Morro hacia abajo para ir más rápido, morro hacia arriba para ir más despacio.

—Ya lo he pillado.

—Pero nunca subas el morro demasiado bruscamente, o entrarás en pérdida. Eso quiere decir que pierdes altura porque el motor empieza a calarse, y el avión se precipita.

A Harald le pareció que era una idea realmente aterradora.

—¿Y entonces qué haces?

—Bajas el morro para incrementar las revoluciones del motor. Es fácil..., pero surge el pequeño problema de que tus instintos te dicen que subas el morro, y eso lo empeora todo.

—Lo recordaré.

—Coge la palanca durante un rato —dijo Karen—. Veamos si puedes volar siguiendo el curso y manteniendo nivelado el avión. Bueno, ya tienes el control.

Harald agarró la palanca de control con la mano derecha.

—Se supone que has de decir: «Tengo el control» —dijo Karen—. Eso sirve para que el piloto y el copiloto nunca lleguen a encontrarse en una situación en la que cada uno piense que es el otro quien está pilotando el avión.

—Tengo el control —dijo Harald, pero no sentía que lo tuviese. El Hornet Moth tenía una vida propia, se bamboleaba y caía con cada turbulencia, y Harald descubrió que tenía que recurrir a todos sus poderes de concentración para mantener las alas niveladas y el morro en la misma posición.

—¿Te has dado cuenta de que siempre estás tirando de la palanca hacia atrás?

—Sí.

—Eso es porque hemos gastado un poco de combustible, lo que modifica el centro de gravedad del avión. ¿Ves esa palanca que hay en la esquina superior derecha de tu puerta?

Harald echó un rápido vistazo hacia arriba.

—Sí.

—Es la palanca de ajuste del timón de profundidad. Yo la moví hacia delante hasta ponerla al máximo para el despegue, cuando el depósito estaba lleno y la cola pesaba mucho. Ahora el avión necesita volver a ser ajustado.

—¿Cómo hacemos eso?

—Muy fácil. Sujeta la palanca con menos fuerza. ¿Notas cómo quiere deslizarse hacia delante por sí sola?

—Sí.

—Mueve la palanca de ajuste hacia atrás. Descubrirás que ya no es tan necesario que ejerzas una constante presión hacia atrás sobre la palanca.

Karen estaba en lo cierto.

—Ajusta ese control hasta que ya no necesites seguir tirando de la palanca.

Harald fue tirando de la palanca, haciéndola retroceder gradualmente. Antes de que pudiera darse cuenta de lo que estaba sucediendo, la columna de control ya le presionaba la mano.

—Demasiado —dijo, desplazando unos milímetros hacia delante la palanca de ajuste—. Eso está mejor.

—También puedes ajustar el timón de dirección, moviendo el dial que hay dentro de esa rendija con salientes de la parte inferior del panel de instrumentos. Cuando el avión está correctamente ajustado, debería vclar siguiendo el curso y manteniéndose nivelado sin que haya ninguna presión sobre los controles.

Harald apartó experimentalmente su mano de la columna. El Hornet Moth continuó volando nivelado.

Volvió a poner la mano sobre la palanca.

La nube que había debajo de ellos no era continua, y a intervalos podían ver el suelo iluminado por la luna a través de los huecos. No tardaron en dejar atrás Selandia y se encontraron volando sobre el mar.

—Comprueba el altímetro —dijo Karen.

Harald descubrió que le costaba bastante bajar la vista hacia el panel de instrumentos, porque sentía instintivamente que necesitaba concentrarse en pilotar el avión. Cuando apartó la mirada del exterior, vio que habían alcanzado los dos mil cien metros de altitud.

—¿Cómo ha ocurrido eso? —preguntó.

—Estás manteniendo el morro demasiado hacia arriba. Es natural. Inconscientemente, temes chocar con el suelo y por eso sigues tratando de ascender. Baja el morro.

Harald movió la palanca hacia delante. Mientras el morro del Hornet Moth estaba bajando, vio a otro avión. En sus alas había unas cruces muy grandes. El miedo se apoderó de Harald.

Karen lo vio al mismo tiempo que él.

—Infiernos. La Luftwaffe —dijo, sonando tan asustada como se sentía Harald.

Karen empuñó la palanca e hizo bajar el morro en un brusco descenso.

—Tengo el control.

—Tienes el control.

El Hornet Moth inició un rápido picado.

Harald reconoció al otro avión como un Messerschmitt Bf110, un caza nocturno bimotor con un inconfundible plano de cola formado por dos alerones y una larga carlinga de color verde invernadero. Se acordó de que Arne había hablado del armamento del Bf110 con una mezcla de temor y envidia: en el morro tenía cañones y ametralladoras, y Harald pudo ver las ametralladoras traseras sobresaliendo del extremo posterior de la carlinga. Aquel era el avión que se utilizaba para derribar a los bombarderos británicos después de que la estación de radio de Sande los hubiera detectado.

El Hornet Moth se hallaba completamente indefenso.

—¿Qué vamos a hacer? —dijo Harald.

—Tratar de volver a meternos dentro de esa capa de nubes antes de que ese caza se encuentre lo bastante cerca para poder atacarnos. Maldita sea, no hubiese debido permitir que subieras tanto...

El Hornet Moth continuaba descendiendo. Harald echó una ojeada al indicador de velocidad aérea y vio que habían alcanzado los ciento treinta nudos. La sensación era como la de estar precipitándose por una montaña rusa. Reparó en que se estaba agarrando al borde de su asiento.

—¿No es peligroso hacer esto? —preguntó.

—Menos que el que te disparen.

El otro avión se aproximaba rápidamente. Era mucho más veloz que el Moth. Hubo un destello y un estruendo de disparos. Harald ya había estado esperando que el Messerschmitt disparara contra ellos, pero aun así no pudo reprimir un grito de conmoción y miedo.

Karen viró hacia la derecha, tratando de hacer que al artillero le resultara lo más difícil posible apuntar. El Messerschmitt pasó por debajo de ellos como una exhalación. Los disparos cesaron y el motor del Hornet Moth siguió zumbando. No les habían dado.

Harald se acordó de que Arne le había dicho que a un avión veloz le resultaba bastante difícil acertarle a uno lento. Quizá eso los había salvado.

Mientras viraban, Harald miró por la ventana y vio al caza perdiéndose en la lejanía.

—Creo que estamos fuera de su alcance —dijo.

—No por mucho tiempo —replicó Karen.

Y así era, porque el Messerschmitt ya estaba virando. Los segundos transcurrieron lentamente mientras el Hornet Moth se precipitaba hacia la protección de la nube y el veloz caza alemán describía un gran viraje. Harald vio que su velocidad había llegado a los ciento sesenta nudos. La nube se hallaba prometedoramente próxima..., pero no lo suficiente.

Vio los destellos y oyó las detonaciones cuando el caza volvió a abrir fuego. Esta vez el Hornet Moth se encontraba más cerca y el caza disponía de un ángulo mejor de ataque. Harald se horrorizó al ver aparecer un desgarrón en la tela del ala inferior izquierda. Karen empujó bruscamente la palanca y el Hornet Moth se ladeó.

Entonces, de pronto, se vieron sumergidos en la nube.

Los disparos cesaron.

—Gracias a Dios —dijo Harald. Aunque hacía frío, estaba sudando.

Karen tiró de la palanca y niveló el avión. Harald iluminó el altímetro con la linterna y vio que la aguja iba frenando poco a poco su movimiento antihorario y se detenía justo encima de los mil quinientos metros. La velocidad fue volviendo gradualmente a la velocidad de crucero normal de ochenta nudos.

Karen volvió a ladear el avión, cambiando de dirección para que el caza no pudiera alcanzarlos con solo seguir su curso anterior.

—Baja las revoluciones a mil seiscientas —dijo Karen—. Descenderemos hasta quedar justo debajo de esta nube.

—¿Por qué no nos mantenemos dentro de ella?

—Es difícil volar dentro de una nube durante mucho tiempo. Te desorientas, y no sabes distinguir el arriba del abajo. Los instrumentos te dicen lo que está sucediendo, pero tú no los crees. Así es como ocurren muchos accidentes.

Harald encontró la palanca en la oscuridad y tiró de ella.

—¿Fue mera casualidad que apareciera ese caza? —dijo Karen—. Los alemanes quizá pueden vernos con sus haces de ondas de radio.

Harald frunció el ceño y empezó a pensar, alegrándose de tener un rompecabezas que apartara su mente del peligro que corrían.

—Lo dudo —dijo—. El metal interfiere las ondas de radio, pero no creo que el lino o la madera lo hagan. Un gran bombardero de aluminio reflejaría los haces mandándolos de vuelta a sus antenas, pero solo nuestro motor haría eso, y probablemente es demasiado pequeño para aparecer en sus detectores.

—Espero que estés en lo cierto —dijo Karen—. Si no, estamos muertos.

Salieron por debajo de la nube. Harald incrementó las revoluciones hasta mil novecientas, y Karen tiró de la palanca.

—No dejes de mirar alrededor —le dijo después—. Si volvemos a verlo, tenemos que subir lo más deprisa posible.

Harald hizo lo que le decía, pero no había mucho que ver. A un kilómetro y medio por delante de ellos, la luna brillaba a través de un hueco entre las nubes, y Harald pudo distinguir la geometría irregular de los campos y el terreno boscoso. Tenían que estar encima de la gran isla central de Fionia, pensó. Más cerca, una intensa luz se movía perceptiblemente a través del oscuro paisaje, y Harald supuso que sería un tren o un coche de la policía.

Karen inclinó el Hornet Moth hacia la derecha.

—Mira a tu izquierda —dijo. Harald no pudo ver nada. Karen inclinó el avión en la otra dirección, y miró por su ventana—. Tenemos que vigilar todos los ángulos —le explicó. Harald reparó en que estaba empezando a quedarse ronca con todo aquel constante gritar para hacerse oír por encima del ruido del motor.

El Messerschmitt apareció delante de ellos.

Salió de la nube a medio kilómetro enfrente del Hornet Moth, tenuemente revelado por la claridad lunar reflejada del suelo, y empezó a alejarse.

—¡Máxima potencia! —gritó Karen

Pero Harald ya lo había hecho, y Karen se apresuró a tirar de la palanca para elevar el morro del aparato.

—Quizá ni siquiera nos ha visto —dijo Harald con optimismo, pero sus esperanzas se vieron desmentidas de inmediato cuando el caza alemán ejecutó un brusco viraje.

El Hornet Moth tardó varios segundos en responder a los controles. Finalmente empezaron a subir hacia la nube. El caza vino hacia ellos en un gran círculo y se elevó rápidamente para seguir su ascensión. Tan pronto como los tuvo enfilados, empezó a disparar.

Un instante después el Hornet Moth se encontró dentro de la nube.

Karen cambió de dirección inmediatamente. Harald soltó un grito de triunfo.

—¡Hemos vuelto a despistarlo! —dijo. Pero el miedo que estaba tratando de ocultar confirió un tono quebradizo al tono de triunfo que había en su voz.

Siguieron subiendo a través de la nube. Cuando la luna empezó a iluminar la neblina que giraba alrededor de ellos, Harald comprendió que se encontraban muy cerca del final de la capa de nubes.

—Reduce la válvula —dijo Karen—. Tendremos que mantenernos dentro de la nube todo el tiempo que podamos. —El avión se niveló—. Vigila ese indicador de velocidad —dijo—. Asegúrate de que no estoy ascendiendo o bajando

—De acuerdo —dijo Harald, comprobando también el altímetro y viendo que se encontraban a 1.740 metros del suelo.

Entonces el Messerschmitt apareció a solo unos metros de distancia de ellos.

Volando ligeramente por debajo del Hornet Moth y un poco hacia la derecha, seguía un curso que lo llevaría a cruzar el suyo. Durante una fracción de segundo, Harald vio el rostro aterrorizado del piloto alemán, con su boca abriéndose en un grito de horror. Todos se hallaban a un centímetro de la muerte. El ala del caza pasó por debajo del Hornet Moth, esquivando el tren de aterrizaje por un pelo.

Harald pisó el pedal izquierdo del control de dirección y Karen tiró de la palanca, pero el caza ya se había esfumado.

—Dios mío, hemos estado cerca... —dijo Karen.

Harald contempló la nube que se arremolinaba ante ellos, esperando ver aparecer el Messerchsmitt. Transcurrió un minuto, y luego otro.

—Creo que él estaba tan asustado como nosotros —dijo Karen.

—¿Qué piensas que hará?

—Volará por encima y por debajo de la nube durante un rato, con la esperanza de que volvamos a aparecer. Con un poco de suerte, nuestros cursos irán divergiendo y lo perderemos.

Harald comprobó la brújula.

—Estamos yendo hacia el norte —dijo.

—Me salí del curso con todo ese esquivar —dijo Karen.

Inclinó el avión hacia la izquierda, y Harald la ayudó con el timón de dirección. Cuando la brújula marcó cincuenta y dos, dijo: «Ya es suficiente», y Karen niveló el avión.

Salieron de la nube. Ambos escrutaron el cielo mirando en todas direcciones, pero no había ningún otro avión.

—Me siento tan cansada... —dijo Karen.

—No me sorprende. Deja que tome el control y descansa un rato.

—No quites la vista de encima a los diales —le advirtió Karen—. Vigila el indicador de velocidad aérea, el altímetro, la brújula, la presión del aceite y el indicador del combustible. Cuando estás volando, se supone que debes estar pendiente de los instrumentos en todo momento.

—De acuerdo.

Harald se obligó a mirar el salpicadero cada par de minutos y descubrió, en contra de lo que le decían sus instintos, que el avión no se precipitaba al suelo tan pronto como él hacía tal cosa.

—Ahora debemos de estar sobre Jutlandia —dijo Karen—. Me pregunto hasta dónde nos habremos desviado en dirección norte.

—¿Cómo podemos saberlo?

—Tendremos que volar bajo mientras pasamos por encima de la costa. Deberíamos poder identificar algunos accidentes del terreno y establecer nuestra posición en el mapa.

La luna ya estaba bastante baja en el horizonte. Harald consultó su reloj y se asombró al ver que llevaban casi dos horas volando. Parecían unos cuantos minutos.

—Echemos un vistazo —dijo Karen pasado un rato—. Reduce las revoluciones a mil cuatrocientos y baja el morro. —Encontró el atlas y lo estudió a la luz de la linterna—. Tendremos que descender un poco más —dijo—. No puedo ver suficientemente bien.

Harald llevó el avión a los novecientos metros de altitud primero, y a los seiscientos después. La luna permitía ver el suelo, pero no había ningún elemento que pudiera distinguirse, solo campos. Entonces Karen dijo:

—Mira eso de ahí delante. ¿Es una ciudad?

Harald miró hacia abajo. Costaba saberlo. No había luces debido al oscurecimiento, que había sido impuesto precisamente para hacer que las poblaciones resultaran más difíciles de distinguir desde el aire. Pero el suelo visto bajo la luna ciertamente parecía tener una textura distinta por delante de ellos.

De pronto, unas lucecitas que ardían con un intenso resplandor empezaron a aparecer en el aire.

—¿Qué demonios es eso? —chilló Karen.

¿Estaría alguien lanzando fuegos artificiales al Hornet Moth? Los fuegos artificiales habían sido prohibidos después de la invasión.

—Nunca he visto balas trazadoras, pero... —dijo Karen.

—Mierda, ¿eso es lo que son?

Sin esperar instrucciones, Harald empujó la palanca de control hasta el límite y subió el morro para ganar altitud.

Mientras lo hacía, los haces de unos reflectores surcaron el cielo.

Hubo un súbito estruendo y algo estalló cerca de ellos.

—¿Qué ha sido eso? —gritó Karen.

—Creo que debe de haber sido un proyectil antiaéreo.

—¿Alguien está disparando contra nosotros?

De pronto Harald comprendió dónde se encontraban.

—¡Eso debe de ser Morlunde! ¡Estamos justo encima de las defensas portuarias!

—¡Vira!

Harald inclinó el avión.

—No subas demasiado deprisa —dijo Karen—. Se te calaría el motor.

Otro proyectil antiaéreo hizo explosión cerca de ellos. Los haces de los reflectores hendían la oscuridad alrededor del Hornet Moth, y Harald sintió como si estuviera haciéndolo subir con la fuerza de su voluntad.

Ejecutaron un viraje de ciento ochenta grados. Harald niveló el avión y continuó subiendo. Otro proyectil antiaéreo estalló, pero aquel ya lo hizo detrás de ellos. Harald empezó a tener la sensación de que aún podrían sobrevivir.

Las defensas dejaron de disparar. Harald volvió a virar, retomando su curso original y sin dejar de subir.

Un minuto después pasaron por encima de la costa.

—Estamos dejando atrás tierra firme —dijo.

Karen no dijo nada, y Harald se volvió para ver que tenía los ojos cerrados.

Contempló la costa que iba desapareciendo detrás de él bajo la luz de la luna.

—Me pregunto si volveremos a ver Dinamarca... —murmuró.

33

La luna se puso, pero durante un rato el cielo estuvo libre de nubes y Harald pudo ver las estrellas. Agradeció su presencia, ya que eran la única manera en que podía distinguir el arriba del abajo. El motor producía un tranquilizador rugido constante. Harald estaba volando a mil quinientos metros de altura a una velocidad de ochenta nudos. Había menos turbulencia de la que recordaba en su primer vuelo, y se preguntó si eso era debido a que se hallaba encima del mar, o porque era de noche, o a causa de ambas cosas. Iba comprobando su curso mediante la brújula, pero no sabía hasta qué punto el Hornet Moth podía ser desviado de él por el viento.

Apartó la mano de la palanca de control y tocó la cara de Karen. Su mejilla estaba ardiendo. Harald ajustó los controles para que el avión volara nivelado y siguiendo su curso, y luego sacó una botella de agua del compartimiento que había debajo del salpicadero. Se echó un poco de agua en la mano y mojó la frente de Karen con ella para refrescarla. Karen respiraba normalmente, aunque su aliento estaba caliente en la mano de Harald. Parecía haberse sumido en un sueño febril.

Cuando volvió a centrar su atención en el mundo exterior, Harald vio que estaba amaneciendo. Consultó su reloj: pasaba un minuto escaso de las tres de la madrugada. Tenían que estar a medio camino de Inglaterra.

La tenue claridad le permitió divisar una nube delante de él. No parecía tener ni principio ni final, así que Harald se internó en ella. También había lluvia, y el agua permanecía encima del parabrisas. A diferencia de un coche, el Hornet Moth no disponía de limpiaparabrisas.

Se acordó de lo que había dicho Karen acerca de la desorientación, y decidió no hacer nada sin pensárselo dos veces antes. Sin embargo, el contemplar constantemente la nada que se arremolinaba a su alrededor resultaba extrañamente hipnótico. Deseó poder hablar con Karen, pero le parecía que ella necesitaba dormir un poco después de todo lo que había tenido que soportar. Harald perdió toda noción del paso del tiempo. Empezó a imaginarse formas en las nubes. Vio la cabeza de un caballo, el capó de un Lincoln Continental, y el rostro bigotudo de Neptuno. Delante de él, a las once y unos metros por debajo del avión, vio una embarcación de pesca, con marineros que alzaban la mirada hacia él desde la cubierta para contemplarlo con asombro.

Harald comprendió que aquello no era ninguna ilusión, y volvió a ser consciente de lo que le rodeaba. La niebla se había despejado y estaba viendo una embarcación de verdad. Consultó el altímetro. Las dos agujas señalaban hacia arriba. Estaba volando al nivel del mar. Había perdido altitud sin darse cuenta.

Tiró instintivamente de la palanca elevando el morro del avión, pero mientras lo hacía oyó dentro de su cabeza la voz de Karen diciendo: «Pero nunca subas el morro demasiado bruscamente, o calarás el motor. Eso quiere decir que pierdes sustentación, y entonces el avión se cae». Harald reparó en lo que había hecho y recordó cómo corregirlo, pero no estaba seguro de que fuera a tener tiempo para ello. El avión ya estaba perdiendo altitud. Harald bajó el morro del Hornet Moth y empujó la palanca de la válvula poniéndola al máximo. Cuando pasó junto a la embarcación de pesca, el Hornet Moth volaba a la altura de esta. Harald decidió correr el riesgo de elevar el morro una fracción más. Esperó a que las ruedas chocaran con las olas. El avión siguió volando. Harald elevó el morro un poquito más y se atrevió a lanzar una rápida mirada al altímetro. Estaba subiendo. Harald exhaló un prolongado suspiro.

—Presta atención, idiota —dijo en voz alta—. Mantente despierto.

Continuó subiendo. La nube se disipó, y Harald se encontró entrando en una despejada mañana. Consultó su reloj. Eran las cuatro de la madrugada. El sol estaba a punto de salir. Mirando hacia arriba a través del techo transparente de la cabina, Harald pudo ver la Estrella Polar a su derecha. Aquello quería decir que su brújula no mentía, y que el Hornet Moth seguía yendo hacia el oeste.

Temiendo aproximarse demasiado al mar, Harald estuvo subiendo durante media hora. La temperatura bajó, y el aire frío entraba por la ventana que Harald había desprendido del marco para instalar su conducto de combustible improvisado. Se envolvió en la manta para que le diera calor. Se disponía a nivelar el avión a los tres mil metros de altitud cuando el motor tosió.

Al principio no se le ocurrió qué podía ser aquel ruido. El estruendo del motor llevaba tantas horas manteniéndose constante que Harald había dejado de oírlo.

Entonces el ruido volvió a sonar, y Harald comprendió que el motor tenía problemas.

Sintió como si su corazón hubiese dejado de latir. Se hallaba a unos trescientos kilómetros de tierra firme yendo en cualquier dirección. Si el motor fallaba ahora, tendría que bajar al mar.

El motor volvió a toser.

—¡Karen! —gritó—. ¡Despierta!

Karen siguió durmiendo. Harald apartó la mano de la palanca y le sacudió el hombro.

—¡Karen!

Los ojos de Karen se abrieron. El sueño parecía haberle sentado bien y se la veía más tranquila y no tan sonrojada como antes, pero una expresión de miedo ensombreció su rostro tan pronto como oyó el motor.

—¿Qué sucede?

—¡No lo sé!

—¿Dónde estamos? ·

—A kilómetros de cualquier sitio.

El motor seguía tosiendo.

—Puede que tengamos que amerizar —dijo Karen—. ¿Cuál es nuestra altitud?

—Trescientos metros.

—¿La válvula está abierta al máximo?

—Sí, yo estaba subiendo.

—Ese es el problema. Hazla retroceder hacia la mitad.

Harald tiró de la palanca de la válvula.

—Cuando la válvula está abierta al máximo —dijo Karen—, el motor absorbe mucho más aire de fuera que del interior, por lo que ese aire está más frío. A esta altitud, el aire ya se encuentra lo bastante frío para formar hielo en el carburador.

—¿Qué podemos hacer?

—Bajar. —Sujetó la palanca y la empujó hacia delante—. La temperatura del aire debería ir subiendo a medida que descendemos, y el hielo se derretirá... pasado un tiempo.

—Si no lo hace...

—Mira a ver si hay alguna embarcación. Si caemos cerca de una, puede que nos rescaten.

Harald escrutó el mar de uno a otro confín del horizonte, pero no pudo ver ninguna embarcación.

Con el motor fallando disponían de muy poca impulsión, y empezaron a perder altura rápidamente. Harald sacó el hacha del compartimiento, preparado para poner en práctica su plan de cortar un ala para utilizarla como flotador. Metió las botellas de agua dentro de los bolsillos de su chaqueta. No sabía si sobrevivirían en el mar durante el tiempo suficiente para morir de sed.

Siguió mirando el altímetro. Bajaron hasta los trescientos metros, y luego hasta los ciento cincuenta. El mar parecía muy frío y negro. Seguía sin haber ninguna embarcación a la vista.

Una extraña calma se adueñó de Harald.

—Me parece que vamos a morir —dijo—. Siento haberte metido en esto.

—Todavía no estamos acabados —dijo Karen—. Mira a ver si puedes darme unas cuantas revoluciones más para que el impacto con el agua no sea demasiado violento.

Harald accionó la palanca de la válvula. La nota del motor subió. Luego el motor falló, se puso en marcha y volvió a fallar.

—No creo que... —empezó a decir Harald.

Entonces el motor pareció ponerse en marcha.

Rugió constantemente durante varios segundos, y Harald contuvo la respiración; luego volvió a fallar. Finalmente prorrumpió en un rugido incesante. El avión comenzó a subir.

Harald se dio cuenta de que los dos estaban gritando de júbilo.

Las revoluciones subieron hasta novecientos sin que el motor fallara ni una sola vez.

—¡El hielo se ha derretido! —dijo Karen.

Harald la besó, algo que le fue francamente difícil. Aunque lo diminuto de la cabina hacía que estuvieran codo a codo y muslo contra muslo, resultaba bastante problemático girarse en el asiento, especialmente con el cinturón puesto. Pero aun así se las arregló para hacerlo.

—Eso ha sido muy agradable —dijo ella.

—Si sobrevivimos a esto, voy a besarte cada día durante el resto de mi vida —dijo Harald alegremente.

—¿De veras? —replicó ella—. El resto de tu vida podría ser mucho tiempo.

—Eso espero.

Karen pareció sentirse muy complacida al oírle decir eso, y luego dijo:

—Deberíamos comprobar el combustible.

Harald se volvió en su asiento para echar un vistazo al indicador que había instalado entre los asientos traseros. Resultaba bastante difícil de leer porque tenía dos escalas, una para ser usada en el aire y otra para utilizar en tierra cuando el avión se hallaba inclinado.

Pero ambas marcaban muy cerca de «Vacío».

—Demonios, el depósito está casi seco —dijo Harald.

—No hay tierra a la vista —dijo Karen, y consultó su reloj—. Llevamos cinco horas y media en el aire, así que probablemente todavía nos encontramos a media hora de vuelo de tierra firme.

—No te preocupes, porque puedo volver a llenar el depósito.

Harald abrió la hebilla de su cinturón y se volvió torpemente para arrodillarse sobre su asiento. La lata de petróleo estaba encima del estante para equipaje que había detrás de los asientos. Junto a ella había un embudo y un extremo de un trozo de manguera de jardín. Harald había desprendido una ventana de su marco y había pasado la manguera por el agujero, atando el otro extremo a la entrada de combustible que había en uno de los lados del fuselaje.

Pero ahora pudo ver cómo el extremo exterior de la manguera se agitaba de un lado a otro bajo las ráfagas de viento. Soltó un juramento.

—¿Qué ocurre? —preguntó Karen.

—La manguera se ha soltado durante el vuelo. No la até lo bastante fuerte.

—¿Qué vamos a hacer? ¡Tenemos que repostar!

Harald contempló la lata de gasolina, el embudo, la manguera y la ventana.

—He de meter la manguera dentro del cuello del llenador. Y eso no puede hacerse desde aquí.

—¡No puedes salir fuera!

—¿Qué le haría al avión el que yo abriera la puerta?

—Dios mío, es como un freno de aire gigante. Reducirá nuestra velocidad y nos hará virar hacia la izquierda.

—¿Puedes compensar eso de alguna manera?

—Puedo mantener la velocidad bajando el morro. Supongo que podría presionar el pedal derecho del timón de dirección con mi pie izquierdo.

—Intentémoslo.

Karen hizo que el avión iniciara un suave picado y luego puso el pie izquierdo encima del pedal derecho del timón de dirección.

—Adelante.

Harald abrió la puerta. El avión se ladeó inmediatamente hacia la izquierda con una brusca inclinación. Karen pisó el pedal derecho del timón de dirección, pero continuaron virando. Karen movió la palanca hacia la derecha y trató de corregir el movimiento, pero el avión siguió inclinándose hacia la izquierda.

—¡No sirve de nada, no puedo controlarlo! —gritó Karen.

Harald cerró la puerta.

—Si hago saltar esas ventanas, eso dejará reducida casi a la mitad el área de resistencia al viento —dijo. Se sacó la llave inglesa del bolsillo. Las ventanas estaban hechas de una variedad del celuloide que era más dura que el cristal, pero Harald sabía que no era irrompible, porque hacía dos días había hecho saltar del marco una de las ventanas traseras. Extendiendo el brazo derecho todo lo que pudo por detrás de él, golpeó la ventana enérgicamente y el celuloide quedó hecho añicos. Luego hizo caer del marco el material restante golpeándolo con la llave inglesa.

—¿Lista para volver a intentarlo?

—Dame un minuto. Todavía necesitamos un poco más de velocidad. —Karen se inclinó sobre los controles, abrió la válvula, y luego accionó la palanca de ajuste haciéndola avanzar un par de centímetros—. Adelante.

Harald abrió la puerta.

El avión volvió a inclinarse hacia la izquierda, pero esta vez de una manera no tan pronunciada como antes, y Karen pareció poder corregir la inclinación con el timón de dirección.

Arrodillándose sobre el asiento, Harald sacó la cabeza por el hueco de la puerta. Podía ver el final de la manguera oscilando alrededor del cierre del acceso al combustible. Manteniendo abierta la puerta con el hombro derecho, extendió el brazo y agarró la manguera. Ahora tenía que introducirla dentro del depósito. Podía ver el panel de acceso abierto, pero no el cuello del conducto de llenado. Logró que el extremo de la manguera quedara colocado aproximadamente encima del panel, pero el trozo de goma que tenía en la mano saltaba continuamente de un lado a otro con el movimiento del avión y Harald no podía introducir el extremo en la cañería. Era como tratar de enhebrar una aguja en un huracán. Estuvo intentándolo durante varios minutos, pero la tarea se volvió todavía más imposible a medida que se le iba enfriando la mano.

Karen le tocó el hombro con los dedos.

Harald volvió a meter la mano dentro de la cabina y cerró la puerta.

—Estamos perdiendo altitud. Necesitamos subir —dijo Karen, y volvió a tirar de la palanca.

Harald se sopló la mano para calentársela.

—De esta manera no puedo hacerlo —le dijo—. No puedo introducir la manguera dentro del conducto. Necesito poder sostener el otro extremo del tubo.

—¿Cómo?

Harald reflexionó durante unos instantes.

—Quizá pueda sacar un pie por el hueco de la puerta.

—Oh, Dios.

—Avísame cuando hayamos ganado suficiente altitud.

Pasados un par de minutos, Karen dijo:

—Adelante, pero estate preparado para cerrar la puerta tan pronto como te toque el hombro.

Poniéndose de espaldas a los controles con la rodilla izquierda encima del asiento, Harald sacó el pie derecho por el hueco de la puerta y lo puso encima de la tira reforzada del ala. Agarrándose al cinturón del asiento con la mano izquierda como medida de seguridad, se inclinó hacia fuera y cogió la manguera. Fue deslizando la mano a lo largo de ella hasta que se encontró sosteniendo el extremo. Luego se inclinó un poco más hacia fuera para introducir el extremo en el conducto del depósito.

Entonces el Hornet Moth se encontró con una bolsa de aire y se bamboleó con una súbita oscilación. Harald perdió el equilibrio y pensó que iba a caerse del ala. Tiró de la manguera y del cinturón de su asiento al mismo tiempo, tratando de mantenerse erguido. Dentro de la cabina, el otro extremo de la manguera se soltó del trozo de cordel que lo sujetaba. Cuando quedó suelto, Harald lo soltó sin querer. El viento se lo llevó.

Temblando de miedo, Harald volvió a entrar en la cabina y cerró la puerta.

—¿Qué ha pasado? —preguntó Karen—. ¡No podía ver nada!

Por un instante Harald fue incapaz de contestarle. Cuando se hubo recuperado, dijo:

—Se me cayó la manguera.

—Oh, no.

Harald consultó el indicador del combustible.

—Estamos volando con el depósito vacío.

—¡No sé qué podemos hacer!

—Tendré que subirme al ala y echar la gasolina directamente desde la lata. Eso requerirá dos manos, porque una lata de dieciocho litros pesa demasiado para que pueda sostenerla con una sola mano.

—Pero entonces no podrás agarrarte.

—Tendrás que sujetar mi cinturón con la mano izquierda.

Karen era fuerte, pero Harald no estaba seguro de que pudiera con su peso si él resbalaba. Sin embargo, no había alternativa.

—Entonces no podré mover la palanca de control.

—Tendremos que confiar en que no necesites hacerlo.

—Está bien, pero ganemos más altitud.

Harald miró en torno a él. No había tierra a la vista.

—Caliéntate las manos —dijo Karen—. Mét50las debajo de mi abrigo.

Harald se volvió, todavía arrodillado encima del asiento, y puso las manos encima de la cintura de Karen. Debajo del abrigo de piel llevaba un delgado suéter de verano.

—Ponlas debajo de mi suéter. Adelante, siente mi piel: no me importa.

La piel de Karen estaba caliente al tacto.

Harald mantuvo las manos allí mientras seguían subiendo. Entonces el motor falló.

—Nos hemos quedado sin combustible —dijo Karen.

El motor volvió a ponerse en marcha, pero Harald sabía que Karen estaba en lo cierto.

—Hagámoslo —dijo.

Karen niveló el avión. Harald desenroscó el tapón de la lata y la diminuta cabina se llenó con el desagradable olor de la gasolina, a pesar del viento que soplaba por las ventanas rotas.

El motor volvió a fallar y empezó a ir cada vez más despacio. Harald levantó la lata y Karen cogió su cinturón.

—Te tengo bien sujeto —le dijo—. No te preocupes.

Harald abrió la puerta y sacó el pie derecho fuera de la cabina. Dejó la lata encima del asiento. Luego sacó el pie izquierdo, de tal manera que se encontró de pie encima del ala y con el cuerpo inclinado dentro de la cabina. Estaba completamente aterrorizado.

Levantó la lata y se irguió, quedando inmóvil sobre el ala. Entonces cometió el error de mirar más allá del borde de escape del ala hacia el mar que había debajo. Casi se le cayó la lata. Harald cerró los ojos, tragó saliva y se obligó a controlarse.

Abrió los ojos, decidido a no mirar hacia abajo. Se inclinó sobre la entrada del combustible. El cinturón del asiento se tensó sobre su estómago cuando Karen se hizo cargo del súbito tirón. Harald inclinó la lata.

El movimiento constante del avión hacía imposible verter el combustible acertando con la entrada de la toma, pero pasados unos instantes Harald fue cogiéndole el truco a la manera de compensar aquello. Inclinándose hacia delante y hacia atrás, confió en Karen para que lo mantuviera encima del ala.

El motor siguió fallando durante unos cuantos segundos, y después volvió a la normalidad.

Harald solo quería volver al interior de la cabina, pero necesitaban combustible para llegar a tierra firme. La gasolina parecía fluir tan despacio como la miel. Una pequeña parte se disipaba en el viento, otra se esparcía alrededor de la cubierta del acceso y se desperdiciaba, pero la mayor parte parecía entrar dentro del conducto.

Finalmente la lata quedó vacía. Harald la tiró al aire y se agarró agradecidamente al marco de la puerta con la mano izquierda. Luego volvió a entrar en la cabina y cerró la puerta.

—Mira —dijo Karen, señalando hacia delante.

En la lejanía, justo encima del horizonte, había una forma oscura. Era tierra.

—Aleluya —murmuró Harald.

—Reza para que sea Inglaterra —dijo Karen—. No sé hasta qué punto podemos habernos desviado.

Pareció tardar mucho tiempo en hacerlo, pero finalmente la forma oscura fue volviéndose verde y se convirtió en un paisaje. Luego el paisaje pasó a ser una playa, una población con un puerto, una extensión de campos, y una hilera de colinas.

—Echemos un vistazo desde más cerca —dijo Karen.

Bajaron hasta los seiscientos metros para examinar la población.

—No sé si es Francia o Inglaterra —dijo Harald—. Nunca he estado en ninguna de las dos.

—Yo he estado en París y en Londres, pero ninguna de esas ciudades se parece a esto.

Harald comprobó el indicador del combustible.

—De todas maneras pronto tendremos que tomar tierra.

—Pero necesitamos saber si nos encontramos en territorio enemigo.

Harald miró a través del techo de la cabina y vio dos aviones.

—Estamos a punto de averiguarlo —dijo—. Mira hacia arriba.

Contemplaron los dos pequeños aviones que se estaban aproximando rápidamente viniendo del sur. Cuando estuvieron más próximos, Harald clavó la mirada en sus alas, esperando a que las insignias se hicieran visibles. ¿Resultarían ser cruces alemanas? ¿Y si todo aquello había sido en vano?

Los aviones ya se encontraban más cerca, y Harald vio que eran dos Spitfire con insignias de la RAF. Aquello era Inglaterra.

Soltó un grito de triunfo.

—¡Lo hemos conseguido!

Los aviones flanquearon al Hornet Moth. Harald pudo ver a los pilotos mirándolos desde sus cabinas.

—Espero que no piensen que somos espías enemigos y nos derriben —dijo Karen.

Era una terrible posibilidad. Harald trató de pensar en alguna manera de decirle a la RAF que eran amigos.

—Bandera de tregua —dijo. Se quitó la camisa y la sacó por la ventana rota. El algodón blanco aleteó al viento.

Pareció funcionar. Uno de los Spitfire se colocó delante del Hornet Moth y agitó las alas.

—Creo que eso significa «Seguidme» —dijo Karen—. Pero no tengo suficiente combustible. —Observó el paisaje que iba desfilando por debajo de ellos—. Brisa marina procedente del este, a juzgar por el humo de esa granja. Tomaré tierra en ese campo —añadió, bajando el morro del Hornet Moth y virando.

Harald contempló nerviosamente a los Spitfire. Pasado un instante estos viraron y empezaron a describir círculos, pero mantuvieron su altitud, como si estuvieran esperando ver qué ocurriría a continuación. Quizá habían decidido que un Hornet Moth no podía suponer ninguna amenaza para el Imperio británico.

Karen bajó hasta los trescientos metros y luego, virando hasta que tuvo el viento de cola, sobrevoló el campo que había elegido. No había obstáculos visibles. Karen se volvió hacia el viento para tomar tierra. Harald manejó el timón de dirección, ayudando a mantener el avión en un curso lo más recto posible.

Cuando estaban volando a unos seis metros por encima de la hierba, Karen dijo:

—Ve reduciendo la válvula hasta dejarla cerrada, por favor.

Harald tiró de la palanca y Karen elevó suavemente el morro del avión con su control. Cuando a Harald ya le parecía que casi tocaban el suelo, continuaron volando durante cosa de unos cincuenta metros. Luego hubo una brusca sacudida cuando las ruedas entraron en contacto con la tierra.

El avión solo necesitó unos cuantos segundos para empezar a reducir la velocidad. Cuando se detuvo, Harald miró por la ventana rota y vio, a escasos metros de distancia, un hombre joven sentado en una bicicleta que los estaba contemplando con la boca abierta desde un sendero que discurría junto al campo.

—Me pregunto dónde estamos —dijo Karen.

Harald llamó al hombre de la bicicleta.

El hombre, que era bastante joven, lo miró como si hubiera llegado del espacio exterior.

—¡Hola! —dijo en inglés—. ¿Qué lugar es este?

—Bueno —dijo finalmente—, no es el maldito aeropuerto.

EPÍLOGO

Veinticuatro horas después de que Harald y Karen hubieran tomado tierra en Inglaterra, las fotografías de la estación de radar alemana en Sande que había tomado Harald ya habían sido impresas, ampliadas y clavadas en una pared de una espaciosa sala de un gran edificio en Westminster. Algunas habían sido marcadas con flechas y anotaciones. En la sala había tres hombres con uniformes de la RAF, examinando las fotos y hablando en voz baja y agitada.

Digby Hoare llevó a Harald y Karen a la sala y cerró la puerta, y los oficiales se volvieron. Uno de ellos, un hombre alto con un bigote gris, dijo:

—Hola, Digby.

—Buenos días, Andrew —dijo Digby—. Este es el vicemariscal del Aire sir Andrew Hogg. Sir Andrew, permítame presentarle a la señorita Duchwitz y el señor Olufsen.

Hogg estrechó la mano izquierda de Karen, ya que la derecha todavía la llevaba en cabestrillo.

—Es usted una joven excepcionalmente valiente —dijo. Hablaba inglés con un curioso acento que acortaba cada palabra y hacía que su voz sonara como si tuviera algo dentro de la boca, y Harald tuvo que aguzar el oído para entender lo que decía—. Un piloto experimentado se lo pensaría dos veces antes de cruzar el mar del Norte a bordo de un Hornet Moth —añadió.

—Si quiere que le diga la verdad, cuando despegué no tenía ni idea de lo peligroso que era —replicó.

Hogg se volvió hacia Harald.

—Digby y yo somos viejos amigos. Me ha dado un informe completo sobre su interrogatorio y, francamente, no sabría decirles lo importante que es esta información. Pero quiero que vuelva a exponerme su teoría acerca de cómo esos tres aparatos operan conjuntamente.

Harald se concentró, recuperando de su memoria las palabras inglesas que necesitaba. Señaló la instantánea general de las tres estructuras que había tomado.

—La antena grande nunca cesa de girar, como si estuviera examinando constantemente los cielos. Pero las antenas más pequeñas suben y bajan y se inclinan de un lado a otro, y me pareció que tenían que estar siguiendo la trayectoria de los aviones. Y además...

Hogg lo interrumpió para dirigirse a los otros dos oficiales.

—Envié a un experto en radio para que efectuara un vuelo de reconocimiento sobre la isla esta mañana al amanecer. Captó emisiones radiofónicas en una longitud de onda de dos coma cuatro metros, presumiblemente emanando de la gran Freya, y también ondas de cincuenta centímetros, presumiblemente procedentes de las máquinas más pequeñas, las cuales deben de ser Wurtzburgs. —Se volvió hacia Harald—. Continúe, por favor.

—Así que supuse que la máquina grande avisa de la aproximación de los bombarderos cuando estos todavía se encuentran bastante lejos. De las máquinas más pequeñas, una detecta a un bombardero y la otra sigue al caza que es enviado para atacarlo. De esa manera, un controlador podría dirigir a un caza hacia el bombardero con una gran precisión.

Hogg se volvió nuevamente hacia sus colegas.

—Creo que tiene razón. ¿Qué opinan?

—Aun así, me gustaría saber cuál es el significado de *himmelbett* —dijo uno de ellos.

—¿*Himmelbett*? —dijo Harald—. Esa es la palabra alemana para una de esas camas...

—En Inglaterra la llamamos una cama de cuatro postes —le explicó Hogg—. Hemos oído que el equipo de radar opera en un *himmelbett*, pero no sabemos qué quiere decir eso.

—¡Oh! —dijo Harald—. Me he estado preguntando cómo organizarían las cosas los alemanes. Esto lo explica.

Se hizo el silencio en la sala.

—¿Lo explica? —preguntó Hogg.

—Bueno, si usted estuviera al mando de la defensa aérea alemana, tendría sentido que dividiera sus fronteras en bloques de espacio aéreo, digamos de ocho kilómetros de ancho por treinta de fondo, y que luego asignara un conjunto de tres máquinas a cada bloque... o *himmelbett.*

—Sí, puede que esté en lo cierto —dijo Hogg con voz pensativa—. Eso les proporcionaría una defensa casi impenetrable.

—Si los bombarderos vuelan los unos al lado de los otros, sí —dijo Harald—. Pero si ustedes hicieran que sus pilotos volaran siguiendo una hilera, y los enviaran a todos a través de un solo *himmelbett*, entonces la Luftwaffe únicamente podría seguir la trayectoria de un bombardero, y los otros tendrían muchas más posibilidades de atravesar la defensa.

Hogg lo contempló en silencio durante unos momentos. Luego miró a Digby, y a sus dos colegas, y después volvió nuevamente la mirada hacia Harald.

—Como un torrente de bombarderos —dijo Harald, no muy seguro de si lo habían entendido.

El silencio se prolongó. Harald se preguntó si habría algo en su inglés que les impedía comprenderlo.

—¿Ve lo que quiero decir? —preguntó.

—Oh, sí —dijo Hogg finalmente—. Veo exactamente lo que quiere decir.

La mañana siguiente Digby sacó de Londres a Harald y Karen en un coche y los llevó al noreste. Después de tres horas de viaje, llegaron a la casa de campo que había sido ocupada por la fuerza aérea para utilizarla como alojamientos los oficiales. A cada uno se le dio una pequeña habitación provista de un catre, y después Digby les presentó a su hermano, Bartlett.

Por la tarde todos fueron con Bart a la estación de la RAF cercana en la que se hallaba estacionado su escuadrón. Digby se había ocupado de que pudieran asistir a la reunión preparatoria, diciéndole al comandante local que su presencia formaba parte de un ejercicio secreto de inteligencia; y no se hicieron más preguntas. Escucharon mientras el oficial al mando explicaba la nueva formación que utilizarían los pilotos para la incursión de aquella noche: el torrente de bombarderos.

Su objetivo iba a ser Hamburgo.

La misma escena fue repetida, con distintos objetivos, en pistas esparcidas a lo largo de todo el este de Inglaterra. Digby le dijo a Harald que más de seiscientos bombarderos tomarían parte en el desesperado intento de aquella noche de alejar a una parte de los efectivos de la Luftwaffe del frente ruso.

La luna salió unos minutos después de las seis de la tarde, y a las ocho los motores gemelos de los Wellington empezaron a rugir. En la gran pizarra negra de la sala de operaciones, estaban anotados los tiempos de despegue junto con la letra de código para cada aparato. Bart pilotaría la G de George.

A medida que anochecía y los operadores de radio iban informando desde los bombarderos, sus posiciones fueron siendo marcadas en un gran mapa de mesa. Los marcadores iban acercándose cada vez más a Hamburgo. Digby fumaba un nervioso cigarrillo detrás de otro.

El avión que encabezaba la formación, la C de Charlie, comunicó que estaba siendo atacado por un caza, y luego sus transmisiones cesaron. A de Abraham llegó a la ciudad, comunicó que había una intensa defensa antiaérea y lanzó incendiarias para iluminarle el objetivo a los bombarderos que lo seguían.

Cuando estos empezaron a dejar caer sus bombas, Harald pensó en sus primos los Goldstein en Hamburgo, y esperó que estuvieran a salvo. Como parte de su trabajo escolar del año pasado había tenido que leer una novela en inglés, y había elegido *La guerra en el aire* de H. G. Wells, que le había dado una dantesca visión de una ciudad siendo atacada desde el aire. Harald sabía que aquella era la única manera de derrotar a los nazis, pero aun así temía por lo que pudiera ocurrirle a Monika.

Un oficial fue hacia Digby y le dijo en voz baja que habían perdido contacto radiofónico con el avión de Bart.

—Puede que solo sea un problema del transmisor —dijo.

Uno a uno, los bombarderos llamaron para comunicar que estaban regresando..., todos salvo la C de Charlie y la G de George.

El mismo oficial regresó para decir:

—El artillero posterior de la F de Freddie dice que vio caer a uno de los nuestros. No sabe cuál era, pero me temo que suena como la G de George.

Digby hundió la cara en las manos.

Las fichas que representaban a los aviones fueron retrocediendo poco a poco a través del mapa de Europa que cubría la mesa. Solo «C» y «G» se quedaron encima de Hamburgo.

Digby telefoneó a Londres, y luego le dijo a Harald:

—El torrente de bombarderos funcionó. Estiman un índice de pérdidas inferior al que hemos tenido durante el último año.

—Espero que Bart se encuentre bien —dijo Karen.

Los bombarderos empezaron a regresar durante las primeras horas de la madrugada. Digby salió fuera, y Harald y Karen se reunieron con él para contemplar cómo los grandes aviones tomaban tierra sobre la pista y sus tripulaciones salían de ellos, cansadas pero llenas de júbilo.

Cuando se puso la luna, todos habían regresado menos Charlie y George.

Bart Hoare nunca volvió a casa.

Harald se sentía muy deprimido mientras se quitaba la ropa y se ponía el pijama que le había prestado Digby. Hubiese debido estar exultante. Había sobrevivido a un vuelo increíblemente peligroso, entregado datos cruciales a los británicos y visto cómo aquella información salvaba las vidas de centenares de aviadores. Pero la pérdida del bombardero de Bart, y el dolor en el rostro de Digby, hacían que se acordara de Arne, que había dado su vida por todo aquello, y de Poul Kirke, y de los otros daneses que habían sido arrestados y que era casi seguro serían ejecutados por el papel que habían desempeñado en el triunfo; y lo único que podía sentir era tristeza.

Miró por la ventana. Estaba amaneciendo. Corrió las delgadas cortinitas amarillas sobre la pequeña ventana y se acostó. Luego yació allí, sin poder dormir y sintiéndose fatal.

Pasado un rato entró Karen. Ella también llevaba un pijama prestado, con las mangas y las perneras enrolladas para acortarlas. Su rostro estaba muy solemne. Sin decir nada, se metió en la cama junto a él. Harald sostuvo su cálido cuerpo entre sus brazos. Karen apoyó la cara en su hombro y empezó a llorar. Harald no le preguntó por qué lloraba. Se sentía seguro de que ella estaba teniendo los mismos pensamientos que él. Karen lloró hasta quedarse dormida en sus brazos.

Pasado un tiempo, Harald fue adormilándose. Cuando volvió a abrir los ojos, la luz del sol entraba a través de las delgadas cortinas. Harald contempló con asombro a la joven que tenía en sus brazos. Había soñado despierto muchas veces que dormía con ella, pero nunca había llegado a imaginárselo de aquella manera.

Podía sentir las rodillas de Karen, y una cadera que se le clavaba en el muslo, y algo suave junto a su pecho que pensó podía ser un seno. Contempló el rostro de Karen mientras dormía, estudiando sus labios, su barbilla, sus rojizas pestañas, sus cejas. Sintió como si el corazón fuera a estallarle de puro amor.

Al cabo Karen abrió los ojos. Le sonrió y dijo: «Hola, cariño mío». Luego lo besó.

Un rato después, hicieron el amor.

Tres días después, Hermia Mount apareció.

Harald y Karen entraron en un pub cercano al palacio de Westminster, esperando encontrare con Digby, y allí estaba Hermia, sentada a una mesa con una ginebra con tónica delante de ella.

—Pero ¿cómo ha vuelto a casa? —preguntó Harald—. La última vez que la vimos, estaba golpeando en la cabeza a la agente de detectives Jespersen con su maleta.

—Había tanta confusión en Kirstenslot que pude escabullirme antes de que nadie se fijara en mí —dijo Hermia—. Eché a andar hacia Copenhague al amparo de la oscuridad y llegué a la ciudad cuando salía el sol. Luego volví a utilizar la ruta por la que había venido: de Copenhague a Bornholm en transbordador, luego una embarcación de pesca a través del mar hasta Suecia, y un avión desde Estocolmo.

—Estoy segura de que no resultó tan fácil como lo hace parecer —dijo Karen.

Hermia se encogió de hombros.

—Comparado con la terrible prueba por la que pasaron ustedes, no fue nada. ¡Menudo viaje!

—Estoy muy orgulloso de todos vosotros —dijo Digby, aunque a Harald le pareció, por la expresión de ternura que había en su rostro, que se sentía especialmente orgulloso de Hermia. Luego consultó su reloj y dijo—: Y ahora tenemos una cita con Winston Churchill.

La alerta de ataque aéreo empezó a sonar mientras estaban cruzando Whitehall, así que vieron al primer ministro en el complejo subterráneo conocido como las Salas del Gabinete de Guerra. Churchill estaba sentado detrás de un pequeño escritorio en un despacho lleno de cosas. Un mapa de Europa a gran escala colgaba de la pared detrás de él. Junto a una pared había una cama individual cubierta con una colcha verde. El primer ministro vestía un traje a rayas de color claro y se había quitado la chaqueta, pero tenía un aspecto inmaculado.

—Así que usted es la moza que voló sobre el mar del Norte a bordo de un Tiger Moth —le dijo a Karen, estrechándole la mano izquierda.

—Un Hornet Moth —lo corrigió ella. El Tiger Moth era un avión descubierto—. Creo que en un Tiger Moth habríamos muerto congelados.

—Ah, sí, por supuesto. —Se volvió hacia Harald—. Y usted es el muchacho que inventó el torrente de bombarderos.

—Fue una de esas ideas que nacen de una discusión —dijo Harald, sintiéndose un poco avergonzado.

—Esa no es la manera en que me han contado la historia, pero tanta modestia dice mucho en favor de usted. —Churchill se volvió hacia Hermia—. Y usted que lo organizó todo, señora, vale por dos hombres.

—Gracias, señor —dijo Hermia, aunque Harald supo por su seca sonrisa que aquello no le parecía gran cosa como cumplido.

—Con su ayuda, hemos obligado a Hitler a retirar centenares de cazas del frente ruso y devolverlos a Alemania para la defensa de la Madre Patria. Y, en parte gracias a ese éxito, quizá les interese saber que hoy he firmado un pacto con la Unión de Repúblicas Socialistas Soviéticas. La Gran Bretaña ya no se encuentra sola. Tenemos como aliada a una de las potencias más grandes del mundo. Rusia quizá haya tenido que doblar la rodilla, pero dista mucho de estar vencida.

—Dios mío —dijo Hermia.

—Saldrá en los periódicos de mañana —murmuró Digby.

—¿Y qué piensan hacer ahora nuestros dos jóvenes? —preguntó Churchill.

—Me gustaría unirme a la RAF —respondió Harald inmediatamente—. Aprendería a volar como es debido, y luego ayudaría a liberar a mi país.

Churchill se volvió hacia Karen.

—¿Y usted?

—Algo similar. Estoy segura de que no me dejarán ser piloto, y eso a pesar de que puedo volar mucho mejor que Harald. Pero me gustaría unirme a la fuerza aérea femenina, si es que existe una.

—Bueno —dijo el primer ministro—, tenemos una alternativa que sugerirles.

Harald se sorprendió.

Churchill hizo una seña con la cabeza a Hermia, que dijo:

—Queremos que los dos vuelvan a Dinamarca.

Aquello era lo único que Harald no se había estado esperando.

—¿Volver?

—Primero los mandaríamos a un curso de adiestramiento..., bastante largo, seis meses —siguió diciendo Hermia—. Aprenderían a manejar una radio, el uso de los códigos, la utilización de explosivos y armas de fuego y unas cuantas cosas más.

—¿Con qué propósito? —preguntó Karen.

—Saltarían en paracaídas sobre Dinamarca equipados con radios, armas y documentos falsos. Su tarea consistiría en iniciar un nuevo movimiento de resistencia para sustituir a los Vigilantes Nocturnos.

El corazón de Harald había empezado a latir más deprisa. Era un trabajo notablemente importante.

—Ya estaba decidido a volar —dijo. Pero la nueva idea era todavía más emocionante..., aunque peligrosa.

Churchill intervino.

—Tengo a millares de hombres jóvenes que quieren volar —dijo bruscamente—. Pero de momento no hemos encontrado a nadie que pueda hacer lo que les estoy pidiendo a ustedes dos. Son únicos. Son daneses, conocen el país y hablan el idioma como nativos, que es lo que son. Y han demostrado ser extraordinariamente valientes y estar llenos de recursos. Permítanme expresarlo de esta manera: si no lo hacen ustedes, entonces no se hará.

Resistirse al poder de la voluntad de Churchill era muy difícil, y en realidad Harald no quería hacerlo. Se le estaba ofreciendo la ocasión de hacer lo que tanto anhelaba, y ya se sentía emocionado por la perspectiva. Miró a Karen.

—¿Qué opinas?

—Estaríamos juntos —dijo Karen, como si eso fuese lo más importante para ella.

—¿Entonces irán? —preguntó Hermia.

—Sí —dijo Harald.

—Sí —dijo Karen.

—Excelente —dijo el primer ministro—. Bien, pues eso ya está resuelto.

POSFACIO

La resistencia danesa terminó convirtiéndose en uno de los movimientos clandestinos de smás éxito de Europa. Suministró una continua afluencia de datos militares a los Aliados, llevó a cabo miles de actos de sabotaje contra las fuerzas de ocupación, y proporcionó rutas secretas mediante las que casi todos los judíos de Dinamarca huyeron de los nazis.

AGRADECIMIENTOS

Como siempre, fui ayudado en mi investigación por Dan Starer de Research for Writers, de la ciudad de Nueva York (dstarer@researchforwriters.com). Él me puso en contacto con la mayoría de las personas que se mencionan a continuación.

Mark Miller de De Havilland Support Ltd fue mi asesor sobre los aviones Hornet Moth, lo que puede llegar a ir mal en ellos, y cómo repararlos. Rachel Lloyd de la Northamptonshire Flying School hizo todo lo que pudo para enseñarme a pilotar un Tiger Moth. Peter Gould y Walt Kessler también ayudaron en esa área, al igual que lo hicieron mis amigos pilotos Ken Burrows y David Gilmour.

Mi guía para todas las cosas danesas fue Erik Langkjaer. Por los detalles de la vida en Dinamarca durante los tiempos de guerra también les estoy agradecido a Claus Jessen, Bent Jorgensen, Kurt Hartogsen, Dorph Petersen, y Soren Storegaard.

Por ayudarme con la vida en un internado danés doy las gracias a Klaus Eusebius Jakobsen de la Helufsholme Skole og Gods, Erik Jorgensen del Birkerod Gymnasim, y Helle Thune de la Bagsvaerd Kostkole og Gymnasium, todos los cuales me abrieron las puertas de sus escuelas y respondieron pacientemente a mis preguntas

Agradezco su información a Hanne Harboe de los jardines del Tívoli, Louise Lind del Postmuseum de Estocolmo, Anita Kempe, Jan Garnert y K. V. Tahvanainen del Telemuseum de Estocolmo, Hans Schroder de la Flyvevabnets Bibliotek, Anders Lunde de la Dansk Boldspil-Union, y Henrik Lundbak del Museo de la Resistencia Danesa en Copenhague.

Jack Cunningham me habló del cine en el Almirantazgo, y Neil Cook de HOK International me proporcionó fotografías de él. Candice DeLong y Mike Condon me ayudaron con las armas. Josephine Russell me contó lo que era ser una estudiante de ballet. Titch Allen y Pete Gagan me ayudaron con las motocicletas antiguas.

Les estoy agradecido a mis editores y agentes: Amy Berkower, Leslie Gelbman, Phyllis Grann, Neil Nyren, Imogen Tate y Al Zuckerman.

Finalmente, doy las gracias a los siguientes miembros de mi familia por haber leído esbozos y primeras versiones: Barbara Follett, Emanuele Follett, Marie-Claire Follett, Richard Overy, Kim Turner y Jann Turner.

Esta edición de 6.000 ejemplares
se terminó de imprimir en
Artes Gráficas Piscis S.R.L.,
Junín 845, Buenos Aires,
en el mes de abril de 2003.